범우비평판 한국문학 34-❶

이기영 편

서화 (외)

책임편집 **김성수**

종합
출판 **범우**
Bw

국립중앙도서관 출판시도서목록(CIP)

서화(외) / 지은이: 이기영 ; 책임편집: 김성수. -- 파주
: 범우, 2006
    p. ;   cm. -- (범우비평판 한국문학 ; 34-1 - 이기영 편)

ISBN 89-91167-24-1 04810 : ₩12000
ISBN 89-954861-0-4(세트)

813.6-KDC4
895.734-DDC21   CIP2006000498

한민족 정신사의 복원
—범우비평판 한국문학을 펴내며

한국 근현대 문학은 100여 년에 걸쳐 시간의 지층을 두껍게 쌓아왔다. 이 퇴적층은 '역사'라는 이름으로 과거화되면서도, '현재'라는 이름으로 끊임없이 재해석되고 있다. 세기가 바뀌면서 우리는 이제 과거에 대한 성찰을 통해 현재를 보다 냉철하게 평가하며 미래의 전망을 수립해야 될 전환기를 맞고 있다. 20세기 한국 근현대 문학을 총체적으로 정리하는 작업은 바로 21세기의 문학적 진로 모색을 위한 텃밭 고르기일 뿐 결코 과거로의 문학적 회귀를 위함은 아니다.

20세기 한국 근현대 문학은 '근대성의 충격'에 대응했던 '민족정신의 힘'을 증언하고 있다. 한민족 반만 년의 역사에서 20세기는 광학적인 속도감으로 전통사회가 해체되었던 시기였다. 이러한 문화적 격변과 전통적 가치체계의 변동양상을 20세기 한국 근현대 문학은 고스란히 증언하고 있다.

'범우비평판 한국문학'은 '민족 정신사의 복원'이라는 측면에서 망각된 것들을 애써 소환하는 힘겨운 작업을 자청하면서 출발했다. 따라서 '범우비평판 한국문학'은 그간 서구적 가치의 잣대로 외면 당한 채 매몰된 문인들과 작품들을 광범위하게 다시 복원시켰다. 이를 통해 언어 예술로서 문학이 민족 정신의 응결체이며, '정신의 위기'로 일컬어지는 민족사의 왜곡상을 성찰할 수 있는 전망대임을 확인하고자 한다.

'범우비평판 한국문학'은 이러한 취지를 잘 살릴 수 있도록 다음과 같은 편집 방향으로 기획되었다.

첫째, 문학의 개념을 민족 정신사의 총체적 반영으로 확대하였다. 지난 1세기 동안 한국 근현대 문학은 서구 기교주의와 출판상업주의의 영향으로 그 개념이 점점 왜소화되어 왔다. '범우비평판 한국문학'은 기존의 협의의 문학 개념에 따른 접근법을 과감히 탈피하여 정치·경제·사상까지 포괄함으로써 '20세기 문학·사상선집'의 형태로 기획되었다. 이를 위해 시·소설·희곡·평론뿐만 아니라, 수필·사상·기행문·실록 수기, 역사·담론·정치평론·아동문학·시나리오·가요·유행가까지 포함시켰다.

둘째, 소설·시 등 특정 장르 중심으로 편찬해 왔던 기존의 '문학전집' 편찬 관성을 과감히 탈피하여 작가 중심의 편집형태를 취했다. 작가별 고유 번호를 부여하여 해당 작가가 쓴 모든 장르의 글을 게재하며, 한 권 분량의 출판에 그치는 것이 아니라 작가별 시리즈 출판이 가능케 하였다. 특히 자료적 가치를 살려 그간 문학사에서 누락된 작품 및 최신 발굴작 등을 대폭 포함시킬 수 있도록 고려했다. 기획 과정에서 그간 한 번도 다뤄지지 않은 문인들을 다수 포함시켰으며, 지금까지 배제되어 왔던 문인들에 대해서는 전집 발간을 계속 추진할 것이다. 이를 통해 20세기 모든 문학을 포괄하는 총자료집이 될 수 있도록 기획했다.

셋째, 학계의 대표적인 문학 연구자들을 책임편집자로 위촉하여 이들 책임편집자가 작가·작품론을 집필함으로써 비평판 문학선집의 신뢰성을 확보했다. 전문 문학연구자의 작가·작품론에는 개별 작가의 정신세계를 더욱 구체적으로 살펴볼 수 있는 한국 문학연구의 성과가 집약돼 있다. 세심하게 집필된 비평문은 작가의 생애·작품세계·문학사적 의의를 포함하고 있으며, 부록으로 검증된 작가연보·작품연구·기존 연구 목록까지 포함하고 있다.

넷째, 한국 문학연구에 혼선을 초래했던 판본 미확정 문제를 해결하기 위해 최선의 노력을 기울였다. 특히 일제 강점기 작품의 경우 현대어로 출판되는 과정에서 작품의 원형이 훼손된 경우가 너무나 많았다. 이번 기획은 작품의 원본에 입각한 판본 확정에 특별한 노력을 기울여 근현대 문학 정본으로서의 역할을 다했다.

신뢰성 있는 전집 출간을 위해 작품 선정 및 판본 확정은 해당 작가에 대한 연구 실적이 풍부한 권위 있는 책임편집자가 맡고, 원본 입력 및 교열은 박사 과정급 이상의 전문연구자가 맡아 전문성과 책임성을 강화하였다. 또한 원문의 맛을 최대한 살리기 위해 엄밀한 대조 교열 작업에서 맞춤법 이외에는 고치지 않는 것을 원칙으로 했다. 이번 한국문학 출판으로 일반 독자들과 연구자들은 정확한 판본에 입각한 텍스트를 읽을 수 있게 되리라고 확신한다.

'범우비평판 한국문학'은 근대 개화기부터 현대까지 전체를 망라하는 명실상부한 한국의 대표문학 전집 출간을 목표로 한다. 따라서 권수의 제한 없이 장기적이면서도 지속적으로 출간될 것이며, 이러한 출판 취지에 걸맞는 문인들이 새롭게 발굴되면 계속적으로 출판에 반영할 것이다. 작고 문인들의 유족과 문학 연구자들의 도움과 제보가 지속되기를 희망한다.

2004년 4월

범우비평판 한국문학 편집위원회 임헌영·오창은

이기영 편 | 차례

소설

오빠의 비밀편지

1

날마다 학교에서 일찍일찍 돌아오던 마리아가 오늘은 해가 저물도록 오지 않는다. 집안식구들은 처음에는 제각기 입 속으로 의심하며 궁금증을 내다가 밤이 점점 깊어가니 모두 은근히 걱정스러운 생각이 나서 무슨 일이나 있지 않는가 하고 "웬일인가? 왜 안 온다니?"하며 서로 모르는 일을 서로 묻고 있다.

시계가 여덟 시를 땅땅 치고 조금 있다가 홀연 신발소리가 자박자박 난다. 문을 탁 열고 보니 밤은 캄캄한데 기다리던 마리아가 마루에 책보를 놓고 구두끈을 푸느라고 엎드려 있다.

모친은 기다리더니 만치 반가웠으나 애타더니 만치 또한 성이 나서 마리아가 채 방에 들어서기도 전에 책망이 나온다.

"웬일이냐…… 오늘은? 계집애가 왜 캄캄한데 다니니."

"저, 선생님이 한문을 외우라고 하셨는데 영순이가 저의 집으로 같이 가서 읽자고 하기에…… 그 애는 나보다 한문을 잘 알고 해서…… 따라 갔더니만 어느덧 해가 졌겠지. 영순이 어머니랑 자꾸 저녁 먹고 가라고 또 붙들어서 그만 느……."

하고 마리아는 모친의 눈치를 보아가며 정신차려 변명을 한다. 그러나 공연히 울렁울렁하는 가슴은 말끝을 마치기가 어려운 모양이다.

"한문은 오빠한테 묻지는 못하니. 오빠가 있는데…… 왜 늦도록 남의 집으로 까질르니. 계집애가."

"오빠가 무얼 잘 가르쳐주남. 두 번만 거푸 물어도 벌써 볼멘소리로 핀잔만 하며 이 바보야 그걸 몰라, 하고 자꾸 욕만 하는걸."

마리아는 반벙어리에 심술을 좀 섞은 듯한 태도로 모친의 말이 답답하다는 듯이 말대꾸를 하였다.

이 말이 떨어지기 전에 건넌방에서 안방으로 들어오는 마루를 콩콩 구르는 신발소리가 나더니

"무엇이 어쩌고 어째? 내가 언제 안 가르쳐주던."

하고 오빠가 툭 튀어들어오며 도끼눈을 해가지고 주먹을 휘두른다.

"누가 안 가르쳐준댔남. 잘 안 가르쳐준댔지."

"언제 잘 안 가르쳐주디? 요것이 기어이 주먹맛을 보고싶어서……."

"그럼 잘 가르쳐주었남!"

"그래도…… 한문을 어쨌다구? 한문이 무슨 한문! 누구를 속이려고 드니?"

"속이긴 무엇을 속인데…… 오빠두 참 낼 영순이한테 물어보우."

하고 마리아는 기막힌 웃음을 픽 웃으며 똑바로 뜬 눈이 외로 돌아간다.

"그럼 계집애가 왜 밤중에 다니니?"

'오빠는 나보다 더 밤중에도 다니지 않았남!'

하고 마리아는 푹 찌르고 싶은 생각이 불일 듯 하였으나,

"아니 무엇이 어째. 이 계집애야!"

하며 오빠의 주먹이 후려칠까봐 무서워서 나오는 말을 꿀꺽 참았다.

마리아는 오빠와 여러 번 싸웠다. 싸울 때마다 이론으로 당하지 못할 때는 반드시

"계집애년이 무슨 잔말이냐!"

하며 주먹을 휘둘렀다. 그러면 자기는 계집애가 무슨 죄인은 아닌 줄 알았지만 그래도 계집애면 어떠냐고 끝까지 항거할 용기가 없었다. 벌써 그 소리가 나오면 어쩐지 기가 풀려서 당당히 할 말도 못 하고 그대로 눌리고 말았다.

하긴 그것은 오빠만은 아니었다. 어려서부터 어머니도 걸핏하면 "이년 계집애년이……" 하고 눈을 흘겼고 이웃사람들의 입에서도 이 "계집애"라는 말이 그칠 때가 없었다.

"계집애년이 울기는 왜 우니? 계집애년이 까질르기도 한다! 계집애년이 맛난 음식은 퍽 밝히네!" 하는 소리는 제집 식구거나 남의 집 식구거나 소녀와 처녀에게 그들이 가장 많이 쓰는 일상용어였다.

오빠가 다니는 학교는 그저 학교라 하고 우리 학교는 반드시 여학교라 한다. 그 언제던가 영어를 배우는 시간에 남자선생님이 빙글빙글 웃으면서 말하기를 사람은 남자가 대표로 서지마는 짐승은 암컷이 대표를 선다고, 그래 사람의 대표는 '맨'으로 하고 소의 대표는 '카우'로 하지 결코 '우맨'이나 '악스'라지는 않는다고 하였다.

그때 자기는 얼굴이 붉어지며 (다른 아이들도) 일종 모욕을 당하는 듯하여 새삼스레 사내로 태어나지 못한 것을 남몰래 안타까워하였다.

오빠는 학교에 갔다와서 뻔둥뻔둥 노는데도 가만 내버려두건만 자기는 조석으로 부엌 설거지를 시키고 동생을 보라하고 빨래를 시키고 그렇게 알뜰히 부려먹으면서도 무엇을 좀 잘못할라치면 어머니는 곧 "계집애가 데퉁맞기두 하다. 계집애가 칠칠찮기두 하다!" 하고 눈이 빠지도록 나무람을 한다.

그러나 오빠는 여간해서 나무라지도 않거니와 한대야 "사내가 어떻다……"고는 아니하였다.

나무람을 들어도 그저 들으면 오히려 괜찮겠다. 자기는 그 계집애라는 소리를 누구네한테 듣는 "여보"와 같이 듣기 싫었다.

한번은 하두 골이 나기에 "어머니는 계집애가 아닌감!" 하였더니 그 때 어머니는 너무도 어처구니가 없던지 쓰디쓴 선웃음을 웃으며 "어미 대접을 잘한다. 그러기에 나는 너만 나이에 그렇게 내닫지는 않았단다." 하고, 또 "계집애가 그래서는 못쓴다" 하였다.

"딸자식은 쓸데없어. 시집가면 고만인걸—."

"그래요. 시집보내기 전에 실컷 부려나 먹지요. 호호……." 하는 어머니와 이웃사람들의 이야기를 들을 때는 계집애의 천덕꾸러기 가 된 까닭은 그렇구나! 하였고, 구약성격을 펴들고 창세기를 보다가 이브가 마귀의 꾀임을 받아서 선악과를 따먹었다는 구절을 읽고는 또 그래 그런가도 싶었다. 그래 한 번은 내뚝에서 뱀을 만났을 때 불현듯 그 생각이 나서

"요놈의 마귀! 마귀."

하고 징그럽게 서리서리하고 누운 것을 돌멩이로 때려죽였다. 몸서리 가 나지마는 이를 악물고 때려죽였다.

그래도 마리아는 오빠가 새 옷을 입을 때는 나도 달라고 오빠가 새 신을 살 때는 나도 사달라고 조르다가 그 소리를 듣곤 하였다. 오빠는 무엇이든지 자기보다 더 가지려는 욕심꾸러기였다.

어머니는 언제나 늘 오빠의 편을 드는 줄까지도 자기는 모르지 않았 지만 그러나 기어코 오빠의 불공평을 타내고서 그 소리를 듣고야 말았 다. 그러면 분하였지만 그래도 그래야만 속이 시원한 것 같았다.

집안에서 자기를 그 중 사랑하기는 아버지였다.

아버지는 꾸지람을 하지 않지마는 그도 한때에는 역시 "계집애가 그 러면 못쓴다"고 하였다.

오빠는 아버지만 없으면 제 마음대로 횡행천하였다. 아버지가 혹시 오빠를 꾸짖다가도 어머니가 만류하면 그만두었다. 아버지는 어머니

의 말을 곧잘 듣는 것 같았다. 그래 그런지 오빠는 점점 기승스러워 갔다. 그럴수록 오빠의 팔자가 부러웠고 그만큼 또한 오빠가 얄미웠다.

그런데 오빠는 무엇을 자기보고 속인다고 한다. 아니 오늘저녁에 내가 속인 것이 무엇인가? 길에 나서면 별별 일이 다 많다고 더욱 서울이란 데는 부랑자가 많은 까닭에 밤에 다니기가 위태하다고 어머니는 늘 말씀하지마는 전등이 낮같이 밝은데 무슨 걱정일까? 비록 자기는 여자일망정 그런 일을 방비할 만한 수단과 능력이 있다. 한데 어머니는 자기를 못 미더워하고 오빠는 자기를 엄중히 단속하려 함을 보면 다만 그런 불의의 일을 두려워함이 아니라 자기에게도 무슨 못 미더워할 만한 구석이 있는 듯 싶다.

그렇다. 그렇지 않으면 오빠는 왜 밤중까지 쏘다니다 와도 아무 말이 없는데 자기는 모처럼 한 번만 늦어 와도 야단일까? 그것은 어떤 사내에게 꼬임을 받을가보아서 그러는 것일까? 그러나 사내와 노는 게 왜 나쁠까? 시집가서 사내와 같이 살면서, 사내를 호랑이보다 무서워함은 우스운 일도 다 많다. 그것은 아버지와 어머니도 당초에는 모르던 남남끼리 만났었다는데…… 하고 마리아는 속으로 퍽 웃었다.

2

그 이튿날 마리아는 영순이를 만나서

"나는 어제 아주 천덕꾸러기가 되었다."

하고 오빠와 어머니에게 걱정 듣던 이야기를 하였다.

영순이는 눈을 동그라니 뜨고 잠깐 놀라는 체하다가 다시 얼굴빛을 제대로 고치며

"무얼, 우리 집에 갔었다고 하지. 하긴 우리 어머니도 내가 늦게 들어오면 꾸중하신단다."

하고는 방끗 웃는다.

"그러지 않아도 너더러 물어보라고까지 하였단다. 그래도 오빠는 나 보고 자꾸 무엇을 속인다고 그런단다."

하는 마리아는 오빠가 지금 옆에나 있는 것처럼 눈을 할기죽 흘기며 얄 미운 표정을 보였다.

"호호호. 속이긴 무엇을 속여. 아마 네 속을 모르니까 그러는 게지. 그래도 너는 오빠가 있으니까 좋겠더라."

"좋기는 무에 좋으냐. 아주 심술쟁인데. 호호호."

"난 늬 오빠가 사람이 좋아보이더라. 사내다워서……."

"그럼. 사내가 사내 같지 않구. 기애는 별소릴 다하네. 그럼 너두 오 빠라구 해라."

하고 마리아는 깔깔 웃었다. 영순이는 귀밑을 살짝 붉히며

"억지루 오빠라면 되니?"

하고 마주 웃는데 하얀 이가 보기 좋게 반짝인다.

"호…… 의남매하지. 참 오빠가 너한테 물어볼는지도 모르니 그러거 던 바른 대로 잘 대답해다구. 어저께 늬 집에서 늦었다구.……응."

"무얼 나는 모른다구 할걸……."

하고 영순이는 방글방글 웃으며 머리를 쌀쌀 내두른다.

"얘. 그러면 난 죽는다. 여보! 영순씨! 제발 살려주십사."

마리아는 절하는 시늉을 하며 개개 빌어 올린다. 영순이는 그게 재미 있는 듯이 갈수록 새침해지며 거절하는 모양을 보이다가 나중에는 "그 래라" 하고 승낙하였다. 마리아는 이제는 살았다는 듯이 기쁨에 넘치 는 표정으로 영순이의 손목을 쥐고 흔들면서 이런 말을 물었다.

"늬 아버지한테 요새 편지 왔니?"

"요새는 편지도 안 온다."

"거기서 늬 아버지는 첩을 얻어서 술장사를 한다지. 호호호."

"그렇단다. 아주 반했단다."

"늬 어머니가 성내지 않던?"

"성은 왜…… 내가 아니!"

영순이는 픽 웃는다.

"무얼 몰라. 밤낮 늬 작은어머니를 초들지. 해! 해! 해!"

"초들면 무엇하니?"

"그럼 안 해? 나 같으면 쫓아가서 한바탕 야단을 치겠다."

"누구한테다?"

"둘한테 다."

별안간 영순이는 손뼉을 치며 깔깔 웃더니

"너는 그럼 시집을 안 가려는 게로구나!"

하며 조롱한다.

마리아는 얼굴이 빨개지며

"그럼 넌 시집 안 갈란?"

하고 무색한 듯이 달려들어서 영순이를 꼬집었다.

"아아! 아이고 아파. 난 안 갈란다."

"왜 늬 어머니같이 될까봐? 호호호……."

"사내 말은 믿지 못한단다."

"그래도 모두 시집만 잘 가더라. 아마 혼자는 못사는 게야."

"설마……."

"저 여선생님을 못 보니! 호호호."

"이애 그런 소리를 왜 하니."

하고 영순이는 부끄러운 듯이 누가 듣지나 않나 사방을 둘러본다. 마리아의 가슴은 이상히 뛰며 까닭 모를 호기심에 자꾸만 그런 말을 하고 싶었다.

한 살을 더 먹은 영순이는 그런 말을 무슨 의미가 들었는지 얼굴을 은근히 붉히며 별나게 이상한 표정을 짓는다. 아마 저 애는 사내 속을 나보다 더 잘 아나보다 하고 마리아는 은근히 영순이를 부러워하였다.

영순이는 '너도 차차 ○○의 싹이 트는 게로구나……' 하고 마리아의 속을 들여다보는 듯이 오장이 간질간질하였다.

3

요새는 어째 오빠의 눈치가 다른 것 같다. 오빠뿐 아니라 영순이 눈치도 다르다.

오빠가 그전에는 혹시 늦게 돌아와도 그 시간은 대중이 없었다. 어떤 때는 밤중에, 어떤 때는 초저녁에 그리고 흔히는 어떤 동무의 집에서 저녁을 얻어먹고 왔다고 하였다.

그런데 요새는 그렇게 늦게 다니는 일이 없으나 꼭꼭 해질 무렵에 돌아오는 게 이상하다.

영순이는 그전에는 가끔 저의 집으로 놀러가자고 끌더니 요새는 뚝 따고 저 혼자만 다닌다. 그러나 '네가 요새는 새 동무를 사귄 게로구나' 하고 슬그머니 노여운 생각이 나서 그런 까닭을 물어보지도 않았다(영순이는 문안에 살기 때문에 마리아가 늘 영순의 집에 가 놀았지 영순이는 마리아의 집으로 놀러 오지는 않았다).

그러나 오빠와 영순이를 한데 붙여가지고 무슨 의심은 하지 않았다. 둘의 눈치가 별안간 이상해졌다고 따로따로 생각하다가 어느 날 저녁 잠들기 전에 언뜻 '그렇지나 않는가?' 하는 의심이 번갯불 치듯 마리아의 생각에 떠올랐다. 그래 그는 그 속을 애써 알고 싶어서 조급증이 났다.

그 이튿날 마리아는 아침을 먹기가 바쁘게 일찍이 학교로 가서 영순이의 눈치를 슬슬 보다가 하학 후에는 살짝 그에게 미행을 붙였다.

그래도 영순이가 제 집으로 갈 줄만 알았더니 웬걸 제 집을 끼고 돌면서 뒷산 모퉁이 솔밭 속으로 들어간다. 거기는 자기도 그전에 한번 동무들과 가본 일이 있는데 그 산마루턱을 조금 올라가면 더 높은 봉우리가 있고 사태 난 흰 돌 사이에는 다복솔이 다복다복 났다. 사방에서 올라오게 된 곳이므로 한눈만 팔지 않으면 어디서든 올라오는 자를 망볼 수도 있고 달아나든지 숨든지 그런 비밀한 모임을 갖기는 다시 없을 만한 곳이었다.

마리아는 이런 지형을 잘 아는 까닭으로 오빠의 학교에서 이리로 오자면 어디로 올 것까지 짐작하고 저쪽으로 방향을 바꾸어서 살금살금 산기슭으로 올라갔다. 그러나 무슨 죄를 짓는 것같이 가슴이 울렁울렁하며 들키지나 않을까? 오빠가 아니면 어찌하나 하는 불안한 생각이 나서 걸음이 내걸리지 않게 한다.

'도루 갈까? 어쩔까? 하고 몇 번을 망상거리다가 여기까지 와서 도로 가기도 무엇하다고 마음을 돌리자 그는 그대로 올라갔다. 얼추 올라가서 숨을 죽이고 가만히 들으려니 벌써 재깔재깔하는 소리가 들리는 듯! 마리아의 호기심은 새 용기를 내게 하였다.

솔포기 뒤에 가 은신을 하고 살그머니 일어서서 갸웃이 넘겨다보니 바로 그 흰 돌 위였다. 오빠와 영순이는 저편으로 고개를 두고 나란히 앉아서 무슨 이야기를 재미있게 하고 있다. 자기네의 비밀을 누가 알까봐 겁이 나는 듯이 둘이서 번갈아가며 사방을 휘둘러본다. 영순의 얼굴은 빨갛게 단풍같이 물들었는데 두 눈에는 웃음을 가득 실었다.

오빠의 가라앉지 않는 태도로 싱긋싱긋하는 표정은 무슨 불안을 느끼는 듯한 웃음이 아닌가?

마리아는 어깨가 으쓱하였다. 그리고 우스워죽겠다. 그러나 그는 무슨 이야기를 하는가 들어보려고 나오는 웃음을 두 손으로 틀어막고 가만히 귀를 기울였다.

영순이는 오빠의 등에다 손을 얹으면서

"나는 당신이 보고싶어서 엊저녁에 꿈을 어떻게 꾸었는지 몰라요."

그리고 호호…… 웃으니까

"나는 오늘 도화를 그리는데 자꾸 영순씨 화상이 그려지겠지."

하고 오빠도 마주 웃는다.

"거짓말!"

"아냐. 이건 정말! 진짜 정말이여요."

"저 봐. 농담하듯, 당신은 참으로 나를 사랑해요? 네!"

"나는 사랑보다 큰 것을 하지요."

"사랑보다 큰 게 뭐야요?"

"글쎄 무얼까요, 당신보다 더 사랑한다는 의미로……."

"정녕?"

"정녕!"

맹꽁이 울 듯, 그들의 받고 채기하는 소리가 마리아는 우스웠다.

"정녕!" 하고 마리아도 툭 튀어나서 한바탕 웃고 싶었다. 집에서 걸핏하면 자기를 보고 "이 계집애야! 저게 사람인가?" 하고 욕하던 오빠가 영순이한테는 저렇게 소인을 개올리고 안달을 하는 꼴이 가관이다. 영순이가 대체 무엇을 가졌기에 저러나! 하다가 마리아는 잠깐 수태를 머금었다.

'오빠! 나보구 계집애라고 그리더니 이게 웬일이요? 영순이는 계집애가 아니여요?' 하고 오빠를 실컷 떠들어주고 싶으니 만큼 '이애 영순아! 너 시집을 안 간다더니 이게 무슨 짓이냐?' 하고 영순이한테도 톡톡히 무안을 주고 싶었다.

자기는 오빠한테 한번도 사랑한다는 말을 못 들었는데 영순이와는 언제부터 그렇게 친해졌나 하는 생각이 나자 '이애 영순아! 왜 우리 오빠를 네가 뺏어가려고 그러니?' 하고 쫓아가서 영순이를 떠박지르고 싶은 시기도 나고 '오빠는 영순이를 사랑하느라구 나를 그렇게 박대하였구먼!' 하고 오빠를 윽박질러 주고도 싶었다.

그러나 오빠는 자기를 영순이같이 사랑하지 못할 무엇이 있는 줄 알았다. 그 언제인가 영순이가 오빠보고 사람 좋다고 부러워하기에 "그럼 너도 오빠라구 해라!" 하였더니 그때 영순이는 빙긋 웃으며 "억지루 오빠라면 되니?" 하지 않았던가. 그와 같이 자기도 억지로 오빠의 사랑을 받으려면 될 수 있나 하였다.

이런 생각이 마리아의 심중에 떠오르자 별안간 쓸쓸해지며 무엇을 잃어버린 것같이 서운해진다. 아까까지 가졌던 호기심도 스르르 풀리며 전신에 맥이 하나도 없다. 마리아는 시름없이 발길을 돌리며

'남들이 재미있게 노는 것을 훼방칠 까닭이 없지' 하였으나 그보다도 큰 원인은 흥미가 떨어져서 그렇게 할 용기가 없어졌다.

'나는 누구……' 하는 생각이 마리아의 가슴에 잠기자 별안간 걸음은 안 걸리고 고개가 점점 숙여졌다. 봄 해는 어느덧 서천에 기울었는데 이 집 저 집에는 살구꽃이 만발하였다. 뒷산 솔밭 속에서 산비둘기의 우는 소리가 처량히 들린다.

4

그후 한 달만이던가, 마리아의 아버지는 여러 날 타관에 나가서 안 계시기 때문에 사랑방은 오빠가 통으로 차지하게 되었다. 어느 날 식전부터 빨래를 서둘던 날이다. 오빠는 일어나지도 않았는데 어머니가 오빠의 새 옷을 다려주며 갖다주고 헌 옷을 들여오라 하였다. 빨래를 삶는데 같이 삶는다고 한다. 마리아는 옷을 받아가지고 사랑에 나가보니 오빠는 정신 모르고 그저 잔다. 코를 꼭 쥐어서 잠을 깨우려다가 또 식전욕이나 실컷 얻어먹을까 무서워서 새 옷을 머리맡에 놓고 방 한가운

데 아무렇게나 벗어놓은 옷을 주섬주섬 개키는 판이다.

조끼세간을 새 조끼주머니에 옮기려고 모두 꺼내놓고 보니 별것이 다 들었다. 지갑, 도장, 인단갑, 만년필, 수첩, 편지 등……

'이건 영순이 줄라고 산 게로구나!' 하고 마리아는 빙긋 웃으며 '나는 눈깔사탕 하나도 안 사주더니……'

자는 오빠를 보고 눈을 흘기었다.

다른 세간은 다 집어넣고 편지를 가지런히 하여 집어넣으려는 중인데 웬 조그만 하얀 양봉투가 그 속에 끼어있는 모서리가 내다보인다. 이게 뭔가 하고 쏙 뽑아보니 거기에는 석죽화 한 가지가 곱게 그려져 있고 봉투 속에는 무엇이 들어있다.

거죽에는 아무것도 안 썼으나 그 속에 든 것은 영락없는 편지 같다.

마리아는 호기심이 나서 그것을 보고싶었다. 살짝 돌아앉아서 연해 오빠를 돌아보며 속종이를 빼보았다. 그래도 들킬까 겁이 나서 대강만 보았는데 양지에다 펜으로 참깨같이 주어박아서 세세성문한 만지장서다. 그것은 대개 이러한 사연이었다.

허두에다 바로 '나는 당신을 사랑합니다' 해놓고는 '만일 당신의 품에 안기면 나는 얼마나 행복할까요! 그는 동서고금의 사전을 뒤져봐도 말로는 형용할 수 없겠지요' 하는 허풍을 치고 나서 '천사같이 아름다운 당신이여! 나는 당신이 보고 싶어요. 당신을 보지 못하면 나는 이 세상에서 살 수 없어요. 당신은 나의 생명의 신이여요! 당신은 나를 죽이든지 살리든지 나의 생명을 오직 당신에게 맡기나이다. 한강 철교에서 떨어지리까? 청량리 송림에다 목을 매리까? 아니지요! 당신같이 사랑이 많으신 이는 결코 그러실 리가 없겠지요? 당신은 청춘이외다. 청춘은 청춘끼리 사랑할 수 있지 않아요. 당신이 무엇이 그리운 것이 없나이까. 나는 울어요. 당신이 보고 싶어요. 당신은 나의 눈물을 씻겨주시렵니까? 안 씻어주시렵니까? 꽃은 웃고요, 달은 밝아요, 새는 노래하구요, 바람은·서늘하구요! 그러나 날 가고 달 가고 봄 가고 사람이 늙으면 청춘이 아깝지 않습니까? 오, 나의 사랑하는 당신이여. 당신은 어찌하시렵니까?' 하는 울고 웃고 하소연하고 섧은 사정을 한 달콤한 엽서였다.

그러나 그것보다도 끝에다 쓴 '나의 사랑하는 옥진 씨여!' 라 한 편지는 받아볼 임자의 이름을 보고 마리아는 소스라쳐 놀라지 않을 수 없었다.

그것은 옥진이란 아이가 마리아와 한 학교에 다니기 때문이었다. 자기보다 한 학년을 앞선, 얼굴이 곱상스럽고 새침한 아이였다.

마리아는 편지를 얼른 집어넣고 그전대로 해서 새 조끼에 넣은 후에 헌 옷을 가지고 안으로 들어왔다. 아침을 같이 먹을 때 오빠의 얼굴이 다시 쳐다보인다. 오빠는 자기의 비밀을 알 리가 없으리라고 확신하듯이 평시와 다름없이 밥을 먹고 앉았다.

마리아는 오빠의 행동이 우스웠다. 그의 허위가 얄미웠다. 예배당에서는 가장 정성스러운 듯이 기도를 올린다. 그는 뭇사람을 사랑하게 해달라고 또는 죄를 짓지 말게 해달라고 죄를 짓거든 회개하게 해달라고 간절히 비는 것이었다. 그런데 영순이를 그렇게 하고 옥진이에게 그런 편지를 쓰는 것은 죄가 되지 않는가. 회개할 생각은 꿈에도 없는 것 같다.

자기를 계집애라고 구박하면서— 어머니도 그런 기도를 올리고 이웃 신자들도 그런 기도를 올리고 저의 집에서는 각각 그러니까 특별히 오빠만 말할 것은 아니라 하더라도 그 언제 청년회에서 토론을 할 때였다. 토론문제가 남녀동등이 가할까 부할까 하는 문제였는데 오빠는 가편에서 열변을 토하였다. 그때 손바닥이 깨어지라고 박수를 치다가 문득 오빠의 행동과 말이 남극과 북극같이 상반됨이 생각나서 '저런 말이 어디서 나오나! 뻔뻔두 하다' 하고 흉을 보았었다. 그래도 또 이런 일이 있을 줄까지는 몰랐다. 영순이를 영원히 사랑한다며 불과 한 달 미만에 또 이런 편지를 옥진이에게 쓰고 나더러 속인다더니 됩다 이렇게 속이는 일이 있을 줄을.

마리아는 영순이의 하던 말이 생각난다.

"남자의 맘은 믿지 못한단다"고 하던 말이.

영순이는 제 입으로 그런 말을 하고 오빠에게 속은 것이 어리석지마는 또한 불쌍하기도 하였다.

오빠가 영순이를 어떻게 친했나 했더니 이제 보니까 그런 편지로 친하였구나. 옥진이도 미구에 그 편지에 떨어지고 그후에는 또 세 번째 네 번째 그런 편지를 쓸 것이 아닌가?……

오빠는 밤이 늦도록 불을 켜고 책상 앞에 앉았기에 그래도 공부는 하는 줄만 알았더니 인제 생각해보니까 그런 편지 공부를 한 것이다.

그러나 오빠는 글을 잘 쓴다기보다는 얼굴이 잘생겼다. 영순이가 반한 것도 아마 오빠의 풍채에 떨어진 것이 아니었던가?

'인물 잘난 우리 오빠는 색마이여요. 청보에 개똥 싼 건 우리 오빠이여요. 동무님네 미남자에게 속지 마소' 하고 마리아는 신문에다 이런 광고를 내고 싶었다.

5

그후에 마리아는 또 옥진이를 정탐하였다. 흐르는 세월은 어느덧 4월도 다 가는 마지막 날이다. 마리아는 그전에 영순이를 따라서던 솜씨로 이번에는 옥진이의 뒤를 밟았다. 아니나 다를까! 옥진이는 그 솔밭 속으로 사라져 들어갔다.

마리아는 또 호기심이 나서 그때와 같이 산마루로 올라가보았다. 오빠는 벌써 와서 기다린 지 오랜 모양, 옥진이는 쌔근쌔근 올라가더니 한달음에 뛰어가서 오빠를 껴안는다. 그리고 서양사람들이 만나서 하듯이 '키스'를 한다.

그렇게 새침하던 옥진이가 오빠 앞에서는 갖은 아양을 부리는 꼴을 볼 때 저런 표정이 대체 어디서 나오나 하고 마리아는 우습다느니보다도 은근히 놀래었다.

'저것 봐! 저 고개짓하고 눈웃음을 살살 치며…….'

마리아는 혀를 내둘렀다. 오빠는 옥진이의 손을 잡고 그전에 영순이와 앉았던 (틀림없는 그 돌이다) 그 돌에 나란히 앉았다. 옥진이는 제비같이 지저귀고 오빠는 콩새같이 앉아서 지금 한창 대화를 하는 판이다. 그런데 놀라지 말라! 저쪽에서 웬 얼굴이 솔포기 너머로 넘겨다보는데 그는 틀림없이 영순이였다.

영순이의 얼굴빛은 이상히 변하고 사지가 벌렁벌렁 떨리는 대로 솔가지가 바르르 흔들린다. 마리아의 가슴은 짜릿짜릿하였다.

별안간 영순이는 날쌔게 뛰어가서 오빠의 무릎 앞에 푹 꺼꾸러지며 "으! 흐흐 흑……" 하고 느끼어 우는 바람에 오빠는 "어!" 하고 펄쩍 뛰어 궁둥방아를 찧고는 외마디소리를 지르는데 옥진이는 "앗!" 하고 두 손으로 얼굴을 가리며 엎드러진다.

"당신은 나를 영원히 사랑한댔지요? 으…… 으…….

이는 영순이의 울음 섞인 말.

"아! 이게 웬……."

하는 것은 옥진이의 기막히는 울음이다. 그런데 오빠는 울어야 좋을는지 웃어야 좋을는지 모르겠다는 표정으로 멍하니 아무 말이 없이 앉았다.

"나는 그런 줄을 몰랐어. 아 이를 어째여…… 흑 ! 흑 !"

"나도 이런 줄은 몰랐어! 아이…… 아이!"

하고 그들이 한참 우는 판에 별안간

"나도 몰랐소! 오빠, 이게 웬일이요?"

소리를 치고 마리아도 툭 뛰어 나서며 깔깔 웃었다.

오빠는 어떻게 놀랐던지 용수철처럼 껑충 뛰어 일어서며 "어!" 하고 마주 소리를 지르고는 멀거니 쳐다보다가 너무 염치가 없던지 제풀에 허허! 하고 커다랗게 웃어버린다.

"앗!"

"앗!"

영순이와 옥진이의 어깨는 일시에 들썩하며 얼굴을 가리운 채로 싹 돌아앉는다. 그들은 어쩔 줄을 모르고 울래야 울 수도 없다는 듯이 죽은 듯이 괴괴하다.

"난 오빠의 비밀을 다 알아요!"

"무엇?……"

옥진이와 영순이의 고개는 점점 숙여진다.

"이 애들 왜 우니? 우리 오빠를 해내자."

하는 마리아의 말이 떨어지자마자 그 밑 솔밭 속에서 사냥꾼의 방포인지 난데없는 총소리가 "탕" 하고 난다.

오빠는 그만 후닥닥하더니 걸음아 날 살려라 하고 저리로 살살 기어 도망을 치는데 영순이와 옥진이는 고개를 못 들던 수치도 어디로 다 사라져 버리고 황급히 일어나서 눈을 두리번두리번하더니

"에그머니나! 이를 어째?"

"아이구, 아이, 아!"

하고 천방지축 달아난다. 마리아도 그 통에 끼어서 그들과 같이 달아나는데 겁이 나는 중에도 우스워서 킬! 킬! 웃느라고 도무지 걸음을 걸을 수 없었다.

"아이구! 아이구!"

저만큼 멀리 가는 영순이와 옥진이는 엎어지며 자빠지며 쩔쩔매는데 오빠는 그들 앞에서 마치 선불 맞은 노루처럼 겅정겅정 뛰어내려간다.

그후 마리아는 거리에서 오고가는 팔을 스치며 지나가는 얼굴 잘 난 남학생을 보고 '저이도 우리 오빠 같은 미남자로구나! 저이 호주머니 속에는 오빠의 비밀편지 같은 그런 편지가 몇 장씩 들어있누?' 하고 두 번씩 쳐다보았다.

　　어느 날 저녁에 마리아는 뱅글뱅글 웃으며 오빠를 쳐다보고

　　"오빠 사랑보다 큰 것은 안방이지요?"

　　"뭐!"

하고 오빠는 픽 웃더니만 두 눈을 끔적끔적하고 밖으로 나간다. 어머니는 웬 곡절을 모르고 물끄러미 쳐다보다가

　　"그게 다 무슨 소리냐?…… 무슨 소리냐?"

하고 따라 웃는다.

―《개벽》49호(1924. 7).

가난한 사람들

1

성호는 내일 아침거리가 없는 것을 보고 집을 나섰다. 그러나 어디 가서 돈이나 쌀을 얻어오려고 나선 것은 아니다. 그런 구걸은 할 데도 없거니와 인제는 하기도 싫었다.

작년 9월에 동경에서 나온 이후로 그는 아무 벌이를 한 것이 없으니 지금까지 먹고산 것도 물론 그의 주선으로 된 것은 아니었다. 양식이 떨어지기는 벌써 석 달 전이었는데 이제껏 어떻게 살아왔는지? 가난한 사람은 허리띠가 양식이란 말과 같이 허리띠를 졸라매고 살았는지? 그는 식구들이 살아온 재주가 용하다고 생각하였다.

그동안 — 지금 생각해보면 하나도 되지 않을 일을 해보려고 공연히 서울 가서 두류한 까닭에 집안형편을 도무지 모르고 지내었다. 그래도 그는 자기가 호주의 책임이 있는 줄을 잊어버리지는 않았다.

저녁에 조죽을 먹은 것이 생목이 올라서 속이 거북하다. 배가 고파서 한 그릇을 다 먹었지만 무슨 쓴 약을 먹은 것같이 불쾌하였다. 사람이 그걸 먹고 살다니? 하는 우스운 마음이 한편에서 슬그머니 일어나다가 그나마 내일부터는 없다 하는 생각이 번개같이 머리를 치고 일어나자 성호는 다시금 그거라도 있었으면 좋겠다고 하였다. 아! 그거라도 많이 있었으면 그 놈을 팔아서 쌀을 사먹을 수 있지 않을까? 하는 어림없이 어리석은 생각을 하고 그는 제풀에 허허 웃었다.

그러나 그는 암만해도 무엇이 섭섭한 것이 있었다. 그 멀건 조죽에 아욱 건더기가 **빽빽**이 든 것을, 뜨겁기는 경치게 뜨거운 걸 후후 불어 가며 먹던 생각을 하면 워낙 아이들이 안 먹으려고 트적질을 할 만도 하다고 생각하였다. 그것을 음식이라고 먹은 자기의 주둥이를 짓찧고 싶었다.

그러자 성호는 그전에 잘 얻어먹던 생각이 새록새록 난다. 일전에 누구의 집에서는 생선 조기국을 잘 먹었고, 또 누구의 집에서는 상추쌈을 잘 먹었다는 것으로부터 어떤 여관에서 무엇 무엇을 맛나게 먹었다는 것이 차례로 생각난다. 그리고 그때 남은 입맛을 다시려는 듯이 그는 헛침을 꿀떡 삼켰다.

그는 다시 자기의 이런 비루한 생각을 비웃었다. 가령 몇 때를 굶었기로 며칠을 죽을 먹었기로 이런 비루한 생각을 내게 하나?…… 사람이 이렇게 약한 것인가? 자기만 이렇게 약한가?…… 하고 그는 무한히 애달파하다가 그래도 그의 자존심은 누구든지 이런 경우를 당하면 의례히 그럴 것이라고 결론을 짓고 말았다.

성호는 이런 생각을 하려거니 또는 하지 않으려거니 하며 한발두발 걸어나간 것이 어느덧 가고자 하는 곳에 다다랐다. 그곳은 성호의 집에서 한 십 리 남짓한 이 고을 읍내였다.

첫여름 푸른 들에 부옇게 팬 보리이삭이 서늘한 저녁바람에 굼실굼실 물결을 치는데 창암한 저문 빛이 그 위로 가물가물 기어온다. 정거장 한편으로 두어 개 전등불이 그 속에서 반짝반짝, 그것은 이런 시골에서는 진기한 일이라고 광명을 저 혼자 자랑하려는 것처럼, 또는 무슨 고독의 비애를 느끼는, 갓으로 울고 난 처녀의 눈동자처럼 고요히 빛난다…….

성호는 그 길로 우편국에 가서 편지 한 장을 부쳤다. 주머니에는 일금 13전이 들었는데 3전으로 우표 한 장을 사 붙이고 나니 나머지는 수판질할 수고도 들 것 없이 10전이었다. 이것이 그의 전 재산! 아니 자기 집의 전 재산이다. 그렇다니 말이지 자기에게 10전이나마 있었지 온 집안 열 식구 중에 다른 이들에게는 동전 한 푼도 없었다.

그 편지라는 것은 별 것이 아니라 그동안에 서울에 가서 몇 달 동안 운동하던— 마치 천 원 만 원판같이 된다 된다 하며 안 되는— 직업을 주선해주려는 친구에게 그것을 마지막 재촉하는 편지였다.

"꼭! 자네만 믿네. 안 되면 여간 낭패가 아닐세. 그러니 아무쪼록 극력 주선을 해주게. 아무 거라도 밥벌이만 되면 하겠네. 그러나 요전에 말하던 것을 힘써주게! 그러면 곧 기별해주게" 하는 의미로 중언부언 부탁하면 집안형편의 난처한 사정을 들어서 아무쪼록 그 친구가 이 편지를 보면 동정심이 끓어오르도록, 그래 자기 힘껏 주선해주도록— 이를터이면 탄원도 같고 호소도 같은 구구한 사연이었다.

성호는 편지에다 우표를 정녕히 붙여서 우체통에 집어넣고 저 편지가 오늘 저녁에 올라가면 내일 아침에는 들어가렸다. 그러면 모레나 글피쯤은 답장을 보렸다. 아니 그 안에 올린지도 모르지 하며 만일 그때에 '채용 승낙, 즉 상경'이라는 전보가 오면 얼마나 반가울까? 아니 그러면 여비는 어디 가서 꾸나? 그야 되기만 하면 설마 여비 없어 못 갈려구. 무얼 그까짓 것 걸어가지! 그러나 일이 안 되면 어쩐다? 또 이 편지가 안 들어가느니?…… 하는 어디까지 궁한 생각과 쓸데없는 염려까지 하면서 그는 우편국을 나섰다.

성호는 그 길로 즉시 집으로 돌아가려다가 식구들의 우는 상을 잠시라도 안 보려고 찾아가도 '무엇을 달라러 오지나 않았나?' 하지는 않을 듯한 어떤 친구의 집을 찾아갔다.

그는 어느 '관청'에 다니는 친구인데 젊은 내외가 단둘이 비둘기 한

쌍같이 고적하게 아니 호젓하게 셋방 한간을 얻어 사는 청년이었다. 그는 성호를 반가이 맞아들였다.

마침 그의 부인은 촌에 있는 큰집으로 제사를 지내러 갔다 하며 자기 혼자 집을 보는 참인데 그러지 않아도 심심하던 차에 잘 왔다고 하는 바람에 성호는 방안에 들어가기를 사양치 않았다.

하기는 이 청년은 개화를 해서 그런지 아니 자기에게는 그의 부인을 내외를 시키지 않으려는 친절인지도 모른다. 그 언제인가 성호는 그 부인이 있을 때에 한번 들어가 본 적이 있었다. 그때 무에라고 처음 보는 인사를 할는지 몰라서 잠깐 머뭇거리다가 좌우간 들어가서 저쪽의 태도를 보아가며 하려고 하였더니 그 부인은 마치 숫색시같이 부끄러워하며 고개를 다소곳하고 불안한 미소를 띠고 섰는데야 인사는커녕 쳐다볼 용기도 없어서 그냥 털썩 주저앉았다. 그래 불안하고 어리뻥뻥한 생각에서 그때 주인에게 이런 말을 간접으로 건넸다.

"밖으로 나갑시다. 안에서 불편하실 터이니……."

그러나 그 친구는 자기 혼자 편안한 듯이

"괜찮어, 있으면 어떤가."

하고 빙긋 웃었다. 그때 성호는 속으로 생각하기를 — 사람과 사람이 마주 대하는 것이 어찌해서 이같이 어색하게 할까? 더구나 저 부인은 자기 친구의 부인이 아닌가? 저 부인은 나를 저렇게 부끄러워하지마는 그러나 나만 없으면 그의 남편 앞에서는 아무 거리낌없이 웃고 이야기하렸다…… 하고 그는 속으로 혼자 웃었다. 그리고 이렇게 몰취미하고 덤덤한 짓으로 서로 소 닭 보듯 하고 있느니보다 만일 재미있는 이야기를 간격없이 할 수 있다면 좌석이 얼마나 어울리고 사람 사는 것 같으랴 하여 예수도깨비라는 김장로 집 식구를 그것만은 부러워할 만하다고 하였다.

자기는 그때 그 친구를 졸라서 밖으로 데리고 나간 뒤부터 다시는 그

부인이 방에 있을 때는 들어가지 않았다. 지금도 그 부인이 방에 있으면 밖에서 수어하다가 가려던 참이다.

　그러나 자기 부인의 얼굴을 보이기도 이 친구뿐이요, 남편의 친구와 상면해주는 부인도 이 부인뿐이었으므로 성호는 그들의 용기를 감복하였고 또한 그것을 영광으로 생각하였다. 말이 난 김에 말이지만 그 부인은 결코 미인은 아니었다. 주근깨가 약간 있던가? 없던가? 그때 잠깐 본 까닭에 지금의 그의 얼굴 전양도 희미하였지만 어떻든지 스물을 갓으로 넘은 여자의 의례히 있는 증인 처녀의 수태를 띠고 두 뺨이 불그레한 게 그저 평범한 얼굴이었다. 하긴 젊은 여자는 웬만하면 밉지 않게 보이는 것이다. 그래 그 부인도 그렇게 보였는데 그의 입이 컸다는 것만은 지금도 인상에 남아있다.

　"안에서 같이 제사 참사를 가자고 합데다마는……."

하고 주인은 우선 말끝을 꺼내었다. 이런 사람은 잠시라도 입을 다물면 심심해서 견디지 못하는 터이므로 이런 때 말벗이 생기면 여간 반갑지 않은 것이다.

　"아! 먹을 것이 없어서 죽어 가는 집에서 제사는 지내어 무엇하오. 제사도 정성으로 지내야 하지 그렇지 않으면 차라리 지내지 않는 것이 조상의 혼령을 속이지나 않게 되지요. 영혼이 무엇을 자시기나 하는 게요? 공연히 음식을 차려놓고 헛것 보고 꾸벅거리는 것인데……."

하고 그는 허허 웃는다. 그의 쭉 찢어진 큰 입이 귀밑까지 돌아가는 게 아주 찢어지지나 않을까 겁이 난다. 그런데 눈은 그와 반대로 조그맣게 쏙 들어가 박힌 것이 그의 큰 입과는 어울리지 않았다. 언제 보아도 우스운 사람이지만 아무거나 입 큰 이들끼리 잘들 만났다.

　"암! 그렇지."

하고 성호도 맞장구를 치고 주저앉았다. 참 자기도 제사를 지내본 지가 언제인지 지금은 제삿날도 거의 잊어버려간다. 그러나 그는 가난하다고 제사를 안 지낸 것은 아니었다. 예수를 믿고서 제청과 혼백을 불사른 것이 수년 전 일인데 지금은 예수도 아니 믿고 무신자, 무산자, 무식자, 맨 '무' 자로만 노는 판이다. 말까지 가난한 성호는 언제든지 남의 말을 듣고 있을 적이 많았다.

주인은 자기의 구차한 사정을 일장설화하였다. 월급이래야 30원밖에는 아니되는데 그것을가지고는 도저히 살 수 없다는 둥, 그래도 자기는 어떻게든지 나중에야 하다 못해 일본집에 가서 고츠카이 노릇을 하더라도 제 입벌이는 하겠지마는 원 우리 형님들은 어찌할 셈인지 그전에 놀고먹던 양반의 못된 버릇만 생각하고 아무 도리도 없이 핀둥핀둥 놀기만 하겠다.

그래도 잔뜩 찌푸리고 우는 상을 해가지고 있는 꼴은 가끔 보아도 보기가 싫다는 둥 그리고 들리는 소리는 몇 때를 굶었느니, 양식이 떨어졌느니 하는데 집에도 내일 아침거리가 없어서 걱정이라는, 역시 궁한 소리였다.

성호는 한편으로 그렇겠다고 무한히 동정하는 마음을 가지고 들었으나 다른 한편으로는 자기가 왔으니까 일부러 그런 소리를 하여서 무엇을 미리 말막음하려는 수작이 아닌가? 하는 이 친구도 인제는 이렇게 대접하는구나 하는 고까운 생각이 들어간다. 그는 자기의 당목 두루마기와 양테가 오그라든 퇴색한 중절모자가 그에게 너무 궁하게 뵈어서 그런 소리를 하지나 않았는가 싶었다.

그러나 주인은 30원짜리요 자기는 그것도 없다는 것이 이렇게 자격지심을 내게 하는가? 하는 성호는 자기의 못생김을 스스로 비웃지 아니치 못하였다. 사람이 이렇게 못생겼나? 자기가 이렇게 못생겼나? 하는 생각을 그는 다시금 느끼었지만 그러나 이런 생각을 또 억지로 취소하고 다시 주인의 이야기를 듣기 시작하였다.

"긴상도 회사에 그저 계셨더라면 지금은 한 50원 되었을 걸!"

하고 쳐다보는 눈치는 아마 성호가 수년 전에 그만둔 어느 회사에 그저 다녔다면 월급이 그만큼 되었겠다는 말인 듯하다. 주인은 다시 말을 이어서

"인제는 다른 것은 바랄 것도 없고 그저 판임관이나 하나 붙들어서 목구녕 치닥거리나 해야겠는데 아, 그게 도무지 극난이구려. 박군은 모 귀족 대감과 사무관의 긴찰을 맡다가 또 진사와 참여관에게 눌러놓고 벌써 언제부터 운동을 해도 아니되니. 나 같은 아무 세줄도 없는 사람이야 바랄 수가 있나. 하긴 평생을 이 짓만 할 생각을 하면…… 내가 무엇 하러 사는지?…… 이게 사람의 생활인가? 기계의 생활인가? 하는 한심스런 생각도 나지마는 그러나 어찌할 수 있소. 아니할 말로 도적질을 하겠나, 강도질을 하겠나. 아! 날마다 붓대와 씨름하는 되풀이일을 하기도 인제는 멀미가 나지마는, 참 서양 어떤 사람이 말했다지요? 사무실은 감옥이라고. 과연 아주 징역살이구려. 고등징역이라 할는지는 모르지마는…… 허허허."

성호는 여전히 아무 말 없이 다만 빙그레 웃고 있었다. 주인은 잊었던 것이 생각나듯이 급히 권련을 두어 모금 쪽쪽 빨아서 맛있게 흡연하더니 "아 그리고……" 하고 말을 잇대이는데 말하는 대로 콧구멍에서 담배연기가 꼬약꼬약 나온다.

"아 그리고 뺌도리로 갈마드는 상관 섬기기가 여간 어렵지 않소구려. 그거 비위 상하고 아니꼽고 게다가 되지도 못한 꼴같잖은 자에게 그저 상관이라는 직위 하나 때문에 소인을 개올리는 생각을 하면 그저 에— 이, 빌어먹을 놈의 것, 내가 이 짓을 않으면 죽나 하고 그만 둘러메치고 싶은 생각이 폭 치밀다가도 그러나 내일 일을 생각하면 다시 어찌할 수 없는 생활의 압박감이 내리눌러서 또 꿀꺽 참는구려. 그러니 사람의 신세는 다 되었지 별 수 있소."

하고 그는 다시 너털웃음을 웃는다. 성호도 그를 따라 웃었다. 그는 주

인의 말이 우스운 것이 아니라 그의 얼굴표정과 손짓을 해가며 말하는 것이 우스웠다. 일점등화가 희미하게 방안을 비치는데 동창에는 어느덧 달빛이 은은히 밝아온다.

"아니, 제 비위도 못 맞추는데 남의 비위를 어떻게 맞추겠소?"

하고 주인은 입심 좋게 또 이야기를 내놓는다.

"그래도 요전에 갈려간 자는 걸적걸적하고 풍치가 있는 자이라 같이 술도 먹고 엄벙덤벙하는 바람에 괜찮더니, 그런데 요새 온 자는 어디서 그 따위가 생겼는지 깐작깐작한 게 여간 골생원이 아니라 성미 맞추기가 여간 어렵지 않거든! 허허허. 그러나 물 건너 친구들에게 붙어야 하지. 우리네야 무슨 권리가 있소."

하고는 무슨 의미를 전하려는 듯이 한동안 물끄러미 성호를 쳐다본다. 그는 다시 표정을 평시와 같이 짓더니 또 누구는 무슨 과장으로 승차하고 누구는 무엇으로 영전을 하였다 하며 그들은 자기를 사랑하였으니까 이담에 찾아가면 설마 괄시는 않겠지 하고 결국은 일본말로 편지 몇 장을 써 달라는 것이엇다. 그래 성호는 무심히 허허 웃었다.

"아, 그놈의, '소로분'을 누가 쓸 줄 알아야지. 공문으로 고노단쇼까이 소로나리 하는 기안은 간신히 하지마는 허허허. 더위도 심해가니 서중暑中 문안을 드려야지. 종의 직책은 상전에게 충성하는 것이 제일이것다. 하하하."

하고 들입다 웃는데 그 딴은 자겸이 아닌 어떤 비굴한 생각이 이렇게 선웃음을 치게 하는 듯 싶었다. 아마 자기의 온 희망이 일개 판임관에 있음을 고소하며 그래 양심의 가책으로 어리손을 치는 것 같다.

성호는 생각하였다. 청년의 혈기왕강한 시대에 구복에만 노예가 된다 함은 얼마나 무서운 아귀인가? 아귀들은 눈앞에 한 조각 빵을 얻어서 오늘은 근근히 부지하지마는 내일은?…… 내년은?…… 과연 어찌 될까 생각할 때 그는 몸서리를 치지 않을 수 없었다. 또한 자기 집과 같은 무수한 세민이 조죽이나마 못 얻어먹고 남녀노유가 서로 붙들고 죽음의 무서움을 소름짓고 있는 양을 눈앞에 그려볼 때 그는 부지중 더운 눈물을 가슴 속으로 흘리었다.

　주인은 한참동안 무엇을 생각하는 듯 하더니 절망의 웃음을 허허 웃으며

　"무얼, 목숨이 살자면 사람을 죽여야 되겠습데다."

하고 성호의 얼굴을 의미있게 바라본다.

　"목숨이 살자면 사람을 죽여야 한다니?"

　성호는 그게 무슨 소리인지 어리둥절하여 이렇게 되짚어 물었다.

　"아! 그렇지 않소? 어데 사람으로야 이 세상에 살 수 있습데까. 참. 나도 그 동안에 기가 퍽 죽었지. 크지도 않고 벌써 늙노라고 그런가? 하고 어떤 때는 작갑스러운 생각도 들어갔지만 그러나 요전에는 하도 분하기에 상관한 놈을 뚜드려주었더니― 놈이 여간 사람대접을 아니해야지요. 나중에는 어찌 되었든지 간에 예끼 경칠 놈 같으니 하고 막 집어세웠구려. 허허허."

　"아니 그래서?"

하고 성호는 호기심이 나서 비로소 그의 뒷말을 재촉하였다.

　"아, 그런데 그게 문제가 되어서 깨딱했드면 이게 떨어질 뻔하였구려."

하더니 그는 목에다 손을 대면서

　"그래 별 수 있소. 또 개개 빌어올리고야 결국 무사하였지요."

하는 말에 성호는 또 웃음이 탁 터졌다.

　"허허, 그러니 당초에 뚜드린 본의가 어데 있겠소. 반항한 협기가 어디 있게 되었소? 그래 나는 그후에 이렇게 생각하였소. 목숨이 살자면 사람을 죽여야 한다고, 이는 내가 창견한 생명철학이요. 허허허……."

하는 주인의 해석을 듣고 성호는 비로소 이 굉장한 철학을 알게 되었다.

　"왜놈들은 사람을 쓰지 않고 기계만 쓰지요. 하긴 현대문명이 기계의

문명이라니까 사람도 기계로 쓰는 것이 문명인의 본색이라 할는지는
모르지마는— 그래 사람은 죽이고 기계 같은 자동인형만 쓰지. 이지나
감정으로 살려는 사람은 아예 쓰지 않는구려. 그런 자는 사람을 죽여서
쓰든지 그게 죽지 않으면 그만 획! 불어세우지 않겠소. 다만 노예같이,
우마같이 그저 시키는 대로 꾸벅꾸벅 복종만 하는 자를 아주 좋은 사람
이라니 우습지 않소."

"그렇지 않으면 불령선인이라고?"

"옳지! 옳지!"

하고 주인은 자기의 의중을 알아맞힌 듯이 부르짖는다.

"그러나 사람을 죽이고 목숨만 사는 것이 과연 행복할까요?"

하고 성호는 별안간 이렇게 물어보았다.

"그야 물론 고통이지요마는……."

하고 주인은 갑자기 덜미를 잡힌 듯이 말끝을 흐린다.

"그러면 차라리 사람을 살리는 게 낫지 않을까요? 목숨을 죽이고
……."

"허허허, 이상적으로는 물론 그게 옳지마는 내남없이 약한 사람은 정
신은 죽여도 육체는 죽이지 못하는 게지요."

"그러면 정신도 죽이고 육체도 죽일 경우에는 어찌하겠소?"

하고 성호는 다시 물어보았다.

주인은 잠깐 눈을 끄먹끄먹하고 앉아 있다가

"무얼 어찌해요. 그러면 아주 죽은 게지요. 기위 죽을 바에야!"

하고 성호를 쳐다본다. 성호는 빙글빙글 웃으며

"정녕 그런다고 했습니다?"

하고 뒤를 다져보았다. 주인은 무슨 까닭으로 그 말을 다지는지 몰라서
의심스러운 듯이 눈을 이상히 뜨고 쳐다본다. 성호는 한 걸음 다가앉으
며 조금 언성을 높여서 그러나 웃으면서 이렇게 다시 물어보았다.

"당신은 목숨도 죽이고 사람도 죽이지 않았소?"

"응— 내가?……."

하는 주인은 잠깐 놀라는 모양인데,

"그럼 아니야?"

하고 성호는 다음과 같은 말을 하였다.

"오형은 한 달에 30원씩이나 월급을 받으니까 목숨은 넉넉히 살리듯 싶게 생각하시는지 모르겠소마는, 대관절 한 집안에서 한 달에 30원이라는 생활비가 얼마나 비참한 숫자인가요? 그것은 목숨을 살리는 게 아니라 그저 죽지 않을 정도로 연명하는 거지요. 생활이 아니라 겨우 생명의 유지를 하여갈 뿐 아니여요!"

주인은 잠착히 듣고 앉았더니 성호의 말이 끝나자 연신 고개를 끄덕끄덕한다. 별안간 그 큰 입을 딱 벌리고 "아— 하하하" 하고 당나귀 울 듯 웃는데 성호는 그만 깜짝 놀래었다.

"그렇게 말하면 참 그도 그리여."

하고 주인은 무안한 듯이 또한 자기의 모순된 생각을 비웃는 듯이 웃는데 성호는 그의 유일한 생명철학을 공연히 깨뜨려주었다고 후회하였다. 그래 화제를 돌려서 이런 이야기 저런 이야기를 주고받았다. 사람이란 게 무엇하러 사는 것인가? 하는 새삼스런 생각이 들어갔다.

어느덧 밤은 이윽한 모양이다. 성호는 집으로 돌아가려다가 주인이 만류하는 바람에 앉은자리에서 쓰러졌다. 잠들기 전에 남의 일 같지 않게 생이냐? 사이냐? 하는 문제를 곰곰이 생각해보았으나 역시 해결을 못 짓고 잠들어버렸다.

놀라 깨니 아침해가 동창에 붉게 비쳤는데 이슬에 젖은 땅기운이 방안에까지 스며든다. 그것은 지금 막 깬 영혼에 새 생명을 불어넣는다. 성호는 벌떡 일어났다. 그 즉시 그는 밖으로 나가서 신선한 대기를 길게 들이마셨다. 그는 마치 어머니의 생명의 젖같이 아침공기를 마실수록 정신이 씩씩하였다. 아, 자연의 은총이여! 이때의 저 모든 것은 자기를 위하여 있는 것같이 생각되었다.

다시 바라보니 푸른 하늘이 맑게 개인 저편에 먼 산봉우리가 그림처럼 솟았는데 만물은 취한 듯이 이 새 날의 서광을 받고 있다. 산들바람에 나뭇잎은 좋아라고 춤을 춘다. 공중에 나는 새도 유쾌한 듯 날개를 치며 아침노래를 부른다.

황금예포를 입은 임금이 거동하듯 태양은 동천에서 뚜렷이 떠오른다.

성호는 홀린 듯이 한동안 우두커니 서서 이 지상만물이 새 아침을 맞이하는 광경을 바라보다가 방안으로 들어왔다. 주인은 아직도 일어나지 않고 이불 속에서 잠이 덜 깬 목소리로

"왜 어느새 일어났어.…… 더 자요. 응……."

하고 몸을 뒤처눕는다. 성호는 그 말에 끌리어 다시 드러누워 보았으나 더 잠을 잘 수는 없었다. 그래 그는 뚫어진 문구멍으로 금선같이 뻗쳐 들어온 일광을 희롱하며 누웠다. 거기에는 무수한 먼지가 뱅뱅 떠돈다. 그것들은 원무를 추며 재미있게 노는 것 같다. 그는 손으로 광선을 막아보았다. 손가락이 그 빛에 곱게 물들어서 보기 좋다. 그는 마치 어린아이가 재미있는 장난에 팔리듯이 손을 떼었다 다시 가리웠다 하며 누웠는데 누가 기침도 않고 불쑥 들어온다. 그는 주인의 일가 되는 청년이었다.

"아! 여태 자오? 이걸 써오라는데 종이가 없어서……."

하며 그는 무엇을 끄집어 내는데 언뜻 눈결에 보자니 그것은 그의 이력서인 듯하였다. 하다면 그도 역시 직업을 구하는 것이 아닐까?……

그 청년은 그전에 헌병보조원을 다니다가 만세통 후에 헌병제도가 순사제도로, 무단정치가 이름 좋은 문화정치로 뒤바뀌는 바람에 누런 복장을 벗어놓고 검은 복장의 순사가 되었는데 누구네의 학대가 그전과 같다는 불평으로 스트라이크(동맹파업)인가 무엇인가를 하다가 그만

괵수*을 당하였다 한다.

성호는 그에게 묵례를 한 후 피차의 궁상을 비교해보았다. 그러자 누구라고 지목할 수 없는 분노와 복수적 감정이 있는 대로 끓어올라와서 폭풍우를 일으키려는 거먹구름같이 갑자기 심기가 불쾌하였다.

그래 성호는 바로 그 집을 나섰다. 주인은 미안한 듯이 "아침을 자시고 가실 걸…… 찬밥은 있지만 반찬이 있어야지" 하는 소리를 등 뒤에서 들었다.

"찬밥이라도 괜찮소" 하는 대답을 마음 속으로 부르짖고 성호는 또다시 자기의 비루한 동물적 본능을 비웃었다.

2

성호의 발길은 자기도 모르게 집으로 향하여 걸어왔다. 그것은 갈 곳이 그 밖에 없는 줄 발이 먼저 잘 안 모양이다. 집에서는 아침을 지어먹었나? 못해먹었나? 하는 두 가지 생각을 하다가 그래도 어떻게 해먹었을 터이지 하는 어림없는 생각을 하고 부지중 실소하였다. 그것은 그가 확실히 아무 변통이 없는 줄을 번연히 알고 나왔는데 하룻밤 사이에 무슨 도리가 있을 리는 만무한 까닭이었다. 도리어 집에서는 자기가 나갔다 들어오는 만큼 무슨 도리가 생겼나 하는 듯이 식구들이 자기의 얼굴을 쳐다볼는지 모른다. 원체 그게 옳은 순서이다.

집에는 삼촌과 아우가 있다. 그 외에는 여자와 어린애들뿐이다. 아우는 농사를 짓는 터이지만 삼촌과 자기는 건달이 되었다. 아니 자기는 건달도 못 된 셈이다. 이를테면 건달견습이라고나 할는지?…… 작년에 일본에서 나온 후부터 이렇게 어정잡이가 되었다. 그래도 식구들은 우

---

* 馘首:목을 자름.

리 건달 숙질을 믿는 모양이요 그 중에도 자기를 제일 믿는 모양 같았다. 그래 삼촌과 자기가 의관을 하고 나갔다가 들어오면, 그들은 의례히 무슨 수가 생기지는 않았나? 하는 듯이 우리 숙질을 번갈아 쳐다보는 것이었다. 그러나 그것은 그들뿐이 아니라 우리 숙질도 서로 그렇게 쳐다보곤 하였다. 혹시 서로 무슨 수가 생겼나 하고……

지금도 들어가면 그들은 또 그렇게 자기를 쳐다볼 것이다. 그것이 순간이나마 성호에게는 다시없는 고통을 느끼게 하였다. 아니 그것은 퍽 무서운 순간이었다. 그것은 자기의 무능과 못생김을 폭로하는 것 같은— 또 무슨 최대의 모욕을 당하는 것 같기 때문이었다. 그들은 자기에게 처자를 건사하지 못하는 사내노릇을 그만두어라! 하는 조소와 멸시를 있는 대로 끼얹는 것 같았다. 그는 무슨 낯으로 지금 그들을 대할까? 하는 불안과 수치와 절망과 탄식과 분노 등 모든 불유쾌한 감정을 느끼며 자기 집 앞에 당도하였다. 무슨 큰 모험이나 하는 듯한 조마조마한 마음, 아침을 해먹었나? 못 해먹었나?…… 그 어느 편인가 하는 생각은 어서 알고 싶어서 궁금증이 났으나 다른 한편으로는 알까봐 두려운 마음이 가슴을 두근거리게도 하였다. 그것은 굶었으리라는 생각이 더 한층 굳세인 까닭이었다. 이 찰나에 그의 가슴이 뜨끔하며 번개같이 알려졌다. 그는 일곱 살 먹은 아들이 학교에 가지 않고 시름없이 마당 한편 구석에 선 것을 보았다. 그것은 아침을 못 해먹었다는 것이 증명함이었다.

성호가 얼굴이 화끈 화끈하며 사립문 안에 들어서니 아내는 여덟 달 된 배를 불룩 내밀고 의례거니 무슨 소리를 바라는 눈치로 자기를 유심히 쳐다본다. 그는 아내의 시선이 무서워서 얼른 방으로 들어섰다. 아내는 벌써 싹수가 글렀던지 어느덧 표정을 고치어서

"아침은 어떻게 하셨소?"

하는 말이 유달리 은근하고 부드러웠다. 그는 자기가 어디서 아침을 얻

어먹었는가? 못 먹었는가? 를 매우 염려해주는 것 같은 다정한 말씨였다. 성호는 분명히 아침을 굶었지만 부러 아내의 동정을 보려고 짐짓 꾸며대기를

"나는 먹고 왔소마는 집에서는 아침을 못한 게구려!"
하는 무책임한 말을 던져보았다. 아내는 안색이 현저하게 드러난 누런 얼굴, 이마에는 주름살을 그의 치마주름처럼 잡고 쑥 들어간 두 눈을 해멀거니 뜨고서 힘없이 앉은 모양이 입으로 훅 불어도 픽! 쓰러질 것만 같다. 무엇을 생각하는 것처럼 그는 눈을 내리깔고 한 곳을 노려보더니 성호의 이 말이 떨어지자 별안간 그 여윈 입술 위로 해죽이 시들은 꽃 같은 미소가 떠오르며 "나는 당신도 굶은 줄 알았더니만······어데서?" 하고 눈알을 되록 굴린다. 그는 무슨 만족을 느끼는 듯이 그 눈동자가 변으로 빛난다. 성호는 이 의외의 대답과 표정에 그만 망연자실하였다.

"당신 혼자만 먹으면 그만이군요? 번연히 아침거리가 없는 줄 알면서 아침을 못 해먹은 게요구려가 다 무엇이요?"
하고 쇠 끓는 소리로 악을 바락바락 쓰며 쪽쪽 울고 바가지를 긁을 줄 알았지. 이런 너그러운 동정으로 자기를 사랑할 줄은 과연 몰랐다.

성호는 아내보다 두 살이나 덜 먹었다. 그는 될 수 있는 대로 아내를 학대하였다. 그는 아내가 언제든지 밉게만 보였다. 아니 그전에는 그리 미운 줄을 몰랐더니 차차 나이가 들수록 그가 미웠다. 벌써 30이 가까운 그는 아편쟁이 얼굴같이 누렇게 들뜬 데다가 이마는 벗어지고 머리는 빠져서 가리마가 신작로처럼 정수리를 타고 나갔다. 게다가 정배기가 벗어진 것은 마치 산날맹이(산등성이)에 있는 공동묘지, 막다른 길목에 뗏장을 깐 잔디밭과 같이 보기 싫다. 그런데 엉성한 옷을 촌티가 나게 입고 메떨어진 말을 멋없이 하는, 더구나 그 두더지 발 같은 손을 볼 때에는 그만 있는 정까지 떨어질 지경이다(그것은 억센 노역으로 그러게

되었지마는).

"저걸 계집이라고 데불고 산담!"

하고 그럴 때마다 성호는 아내를 저주하였다. 그래도 어떻든지 지금까지 살아왔었고 (그보다 더 큰 울분도 참고 있지마는) 무엇보다 자식을 넷이나 낳은 것을 생각하면 그가 미우니 만큼 자기 자신을 주장질하고 싶었다.

하긴 그의 나이가 아직 30도 못 된 바에 그렇게 늙어 보이지는 않겠지마는 영양부족과 산고와 과도한 노동과 빈궁에 아주 찌들어서 그만 지레 늙은 모양이다. 만일 그의 입모습만 좀 예뻐보일 것 같다. 그렇다니 말이지 그가 처음으로 시집을 왔을 때는 지금 어렴풋한 기억에도 아리따워 보이었다. 그때 그는 열여섯 살! 그 동고스름한 얼굴에 처녀의 살이 올라서 두 볼이 볼그스레한 게 마치 소담한 과실과 같이 탐스러웠다. 웃을 때는 그 두 뺨에다 샘을 파고…… 만 열세 살도 못 되는 신랑이었다!

성호는 어떤 때 지난일을 생각해보고 초립동이의 시절을 그려보다가 슬그머니 그때 일을 아내에게 물어볼라치면 그는 별안간 성을 발끈 내며 톡 쏘는 목소리로 반드시 이렇게 말하였다.

"그건 왜 묻소? 생각만 해도 지긋지긋한데……."

하고 눈물이 그렁그렁하였다. 그는 마치 잊었던 설움이 새로이 생각나는 것처럼 애달픈 마음을 걷잡지 못하는 것 같았다.

"그때는 나를 죽이고 싶었지?"

"아이구 끔찍한 소리도!"

"아니 확실히 밉기는 하였지?"

"호!……."

"그럼 내가 지금 당신이 미운 것은 그때 품갚음이요."

하니까 아내는 아무 말도 없이 분해 못 견디듯 색 — 색 — 하고 앉았

다가

　"무얼! 당신은 사내니까 못할 짓 없이 다하지 않았소."

하고 목 메인 소리를 하며 입술을 깨물었다. 그때는 공방의 설움을 서려담았고 지금은 남편의 눈밖에 난 데다가 인제는 늙어가는 설움까지 그의 상심을 보태었다. 그는 거울을 대하다가 몇 번이나 울었던고? 그도 늘 말하는 바이지마는 지금 하나만 살아있는 아들이 없었던들 벌써 양잿물을 깨물었던지 진작 달아났을 것이다. 그러나 그는 그뿐이 아니었다. 성호의 마음속을 들여다보면 그로 하여금 더욱 큰 불행을 느끼게 하였을 것이다.

　남편이 없을 때도 그러는지는 모르지만 성호가 집에 있을 때에는 언제든지 분을 보얗게 발랐다. 그럴 때마다 "분 아니라 아무 걸 다 발라보아라!" 하고 성호는 속으로 웃었다. 물론 싸우기도 많이 하였다. 별안간 그의 뺨따귀를 불이 번쩍 나게 후려치기도 하고 머리채를 휘어잡고 실컷 뚜드려준 후에 방문을 걸어 잠그고 밖으로 내쫓기도 하였다. 그때 아내는 물에 빠져죽는다고 울며나가더니 이웃집에 가서 자고 그이튿날 식전에 도로 들어왔다. 어떻든지 자기도 그로 하여 속이 무척 상하였지만 그의 머리가 그렇게 미인 것도 실상은 성호가 일본으로 달아난 동안 작년에 중병을 앓고 나서 빠진 게라고 한다.

　일본에서 돌아와 볼 때에는 그가 더 보기 싫었다. 그래도 아내는 자기가 제일 보고 싶은 모양이었다. 동경 지진통에 죽은 줄 알고 그는 한 달 동안을 울며불며 지냈다던가. 그런데 별안간 살아나온 것이 여간 반갑지 않은 모양이었다. 하긴 성호는 지금 한창적이다. 후리후리한 키에 해맑은 얼굴은 벌써 26,7세나 되어 보이지만 수염 하나 없이 맨숭맨숭한 게 퍽 애젊어 보이었다. 생김 생김이 천생 여자 같았고 그의 성격도 여성적이었다. 그러나 그의 행동은 가끔 엉뚱한 짓을 하였다. 아마 이러한 사람을 이중성격의 소유자라 할 것이다. 평시에는 말을 잘 하지 않지마는 말을 할 때에는 마치 숫색시같이 수줍어하다가도 또 어떤 때는 이상하게도 감격하게 열변을 토한다.

그뿐 아니라 그는 어려서부터 별한 사람으로 그의 고향에서는 소문이 났다. 안존하고 색시 같은 사람이 툭 하면 어디로 잘 달아나고 어디 한군데를 붙저지를 못하고 이리 갔다 저리 갔다 한다고 그는 색시난봉이라는 별명까지 들었다.

벌써 오래 전 일이지만 지금은 이 세상에 있지 않은 그의 조모가 어떤 때 성호가 늘 뜸하니 앉은 것을 보다 못해서

"저건 사내자식이 왜 저럴고? 제 댁은 사철하고 똑똑한데!" 하다가 "너는 네 댁하고 바꿔라!" 하고 다시 깔깔 웃었다. 그래도 그가 온다간다 말없이 어데로 멀리 갔다올 때라든가 술을 잔뜩 먹고 주정을 할라치면 "저런 얌전이가 난봉이 될 줄 누가 알았느냐!"고 그는 새삼스레 놀래어 혀를 내둘렀다.

조모는 성호가 하도 돌아다니니까 자기 생전에 증손을 못 볼까봐 겁이 났다. 그는 아들을 성화같이 졸라서 붙들어오게 하였다. 과연 그후에 난 것이 지금 일곱 살 먹은 손자였다. 그는 전라도에 가서 붙들어다 난 아이라고 근동에 소문이 자자하였다.

아내와 결혼하기는 성호가 열네 살 되던 해 이른봄이었다. 그해는 할머니가 갑년이 되는 경사로운 해이므로 손부를 맞는 경사를 아울러 보시게 하자는 부친의 효성으로 그렇게 하였다. 이를테면 성호는 속죄제에 바치는 어린 양 모양으로 할머니의 수연에 희생이 된 셈이었다. 그가 조혼을 당한 청년들이 지금 한창 떠들며 이혼문제를 일으키는 조건이란 게 나는 나 자의로 혼인을 한 것이 아니라 재래의 악습인 조혼의 강제결혼을 당하였으니 이혼할 권리가 있다, 이혼이 만일 죄악이라고 한다면 그 책임은 사회가 짊어질 것이라고 하는 것이었다. 그는 엘렌케이의 이혼신성론을 가미한 그런 이론에 공명하였다. 더구나 그의 아내

가 나이 많고 얼굴이 곱지 않으며 무식하고 왜 밀기름내를 풍기는 구식 여자라는 증오는 성호가 차차 지식이 늘어가고 안목이 높아갈수록 더욱 밉게만 보였다. 그럴 때마다 "연애를 해 보지 못한 자는 인생의 가치가 없다" 한 누구의 말이 문득 생각나서 가슴을 찌르고 자기도 연애를 해보았으면…… 하는 동경과 충동이 일어나기도 하였다. 그래 오고 가는 길거리에서 혹시 시선을 끄는 아름다운 여자를 만났을 때에는 '여보! 당신은 나하고 연애 좀 해보지 않으랴오?' 하는 말을 입 속으로 생각하고는 자기의 불순한 감정을 남몰래 웃은 적도 있었다.

그러나 아내는 무슨 학대를 하든지 제발 이혼이나 말아달라는 것 같았다.

"여보! 당신과는 진정 살 수 없소. 당신의 세계(마음)와 나의 세계가 같지 않아서 서로 이해치 못하고 갈등만 나게 하니 하루 한 날 아니고 그놈의 노릇을 어찌 견딜 수 있소? 그러니까 진즉 이혼을 하는 것이 피차간 행복이 되겠소. 예전 말이지 지금은 이혼하고 개가하는 것이 결코 죄가 아니되오. 아니 예전에도 그게 죄될 게 없었소. 사내는 첩을 얻기까지 하는데 서로 살기 싫어서 갈라지는 것이 무슨 죄가 되겠소. 도리어 이런 경우에 이혼을 아니하는 게 죄가 되겠지."
하고 그 어느때인가 성호는 이런 의미의 말을 아내에게 꺼내보았다.

"고만두어요. 내가 왜 화냥년인가. 기생 갈보년인가. 부모가 한번 정해준 남편의 눈이 멀뚱멀뚱하게 살았는데 미쳤다고 시집을 또 가요? 아이구 망칙한 소리두! 그게 죄가 아니면 이 세상에 죄라고는 하나도 없게요. 무얼 사내는 사내니까 첩을 얻어도 괜찮다지. 사내도 된 사내는 그렇기에 첩을 안 얻는다는구먼! 아주 그러면 누가 속을 줄 알지마는 나도 그런 데는 다 약았다오. 내외간 싸움은 칼로 물 치기라고 예전 사람이 여북 잘 알고 말했겠소. 평생을 같이 살자면 가끔 싸움도 하는 게지. 아니 싸움하는 족족 이혼을 하다가는 밤낮 이혼만 하다 말게!"

하고 그때 아내는 숫제 농담으로 돌리며 생긋 웃었다. 그게 그만 성호는 속이 버쩍 상해서

"나는 당신이 싫은 것을 어쩌구."

"나는 당신이 좋은 것을 어쩌구."

하고 아내도 자기의 입내를 내는 것처럼 마주 소리를 질렀다. 그때 성호는 어이가 없어서 실없이 허허 웃으며

"여보! 당신은 못도 생겼지. 왜 사내가 나 하나뿐이오? 새로 시집가면 더 좋지 않어? 나는 날마다 장가들고 싶데! 왜 남은 살기 싫다는 걸 부득부득 같이 살잘 것은 무엇이요. 당신도 먹기 싫은 밥은 안 먹지요? 그와 마찬가지로 살기 싫은 당신과 살지 않으려는 나의 청을 그렇게 안들어줄 게 무엇 있소."

하였더니 아내는 다시 말끄러미 쳐다보다가

"내가 왜, 밥인가?"

하고 또 웃었다.

"아니 당신이 밥이란 말이 아니라 그와 같은 이치란 말이야."

"이치는 무슨 이치? 당신의 부모와 나의 부모가 서로 잘 살라고 짝지어 주었는데 지금 와서 싫으니 좋으니 할 게 무어여요. 싫어도 할 수 없고 좋으면 좋고 그렇지 벌써 팔자가 그런 걸 어찌해! 그러면 또 당초에 누가 나하고 혼인을 하랍데까?"

"그때는 철모르는 어린애였으니까 그랬지."

"그럼 자식은 왜 낳았고?"

"그것도 그래서 낳지."

"무얼! 그래서 낳어? 아주! 자식까지 낳아놓고 인제 와서 무슨 딴소리요. 나를 그전 처녀로 도루 만들어주소! 그러면 내 얼씨구나 하고 시집을 갈게. 당신이 나를 헌 계집으로 만들어 놓았으니."

"나도 당신 때문에 헌 사내가 되지 않았소."

"호호! 그럼 피장파장이지. 헌 사내와 헌 계집이 잘 살게 되지 않았소. 헌 사내가 새 계집을 바라는 것도 죄요, 헌 계집이 새 사내를 바라는 것도 죄니까 그대로 사는 것이 좋지 않아요. 그리고 또 얼마나 같이 살았기에 툭하면 같이 살기 싫다노. 밤낮 돌아다니면서…… 그런 미친 소리는 말고 어서 잠이나 잡세다. 아이 졸려!"

하고 아내는 선하품을 하— 하며 결국은 자기의 말을 미친 소리로 돌리고 만다.

그때 성호는 어이가 없어서 이런 싱거운 대화로는 문제가 해결되지 않을 줄 알자 말을 그치고 말았다. 그야 이혼을 꼭 하려고만 들었으면 못할 것도 아니었다. 그러나 자기에게는 그보다 더 큰 문제가 있었다. 늘 그것을 갈망하고 뒤로 돌려둔 셈이다.

그것은 다름 아니라 성호가 하고자 하는 학문이었다. 그는 몇 번째 해외 유학을 뜻하였지만 번번이 실패를 당하였다. 지금 집에 와서 이렇게 있는 것도 관동 대지진통에 동경에서 간신히 목숨만 살아서 귀국한 때문이었다. 그는 동경에서 그때까지 고학을 하였다.

그러므로 이혼문제는 지금도 그의 머리 속에 그대로 잠겨 있는 터이라 이제 아내의 그런 말—총명한 독자는 알 것이다. 아까 성호는 그에게 무슨 말을 듣고 망연자실하였는지— 듣는다고 별안간 그가 예쁘게 보일 리는 만무하였지마는 이런 경우에 그와 같은 말을 듣고 보니 용색을 초월하는 어떤 형용할 수 없는 인간성을 그의 누런 얼굴에서 발견하였다. 그는 자기의 싸늘한 마음에도 비로소 인간의 동정심을 내게 하는 것이 있었다. 그래 아내로서 밉던 생각보다 그도 사람이로구나— 하는 정의감, 인도감을 그는 느끼었다.

성호는 별안간 달려들어 아내를 힘껏 껴안고 그 시들은 꽃 같은 입술에다 길게 키스를 하여주었다. 아내는 평생 처음 당해보는 터이라 어쩔 줄을 모르는 표정으로 해죽이 엷은 미소를 띠는데 그것은 일종 경희를 느끼는 듯하였다.

"오— 정의의 신이여! 인도의 신이여! 어서 뭇인생에게서 인간고를
극복하게 하여주옵소서!"

하는 축원을 마음속으로 올리었다.

3

아내는 한참 우두커니 앉았더니 무엇을 주저주저하다가 불쑥 꺼내는
것은 어제 저녁에 쌀을 꾸러갔다가 퉁을 맞은 이야기였다.

"작은아버님은 계시고 어린애들하고 차마 굶고 앉았을 수가 없어서
벌리기 어려운 입을 벌리러 큰집에를 갔었지요."

그는 별안간 나직이 한숨을 내쉰다. 성호는 벌써 무슨 곡절이 있는
줄 알고 뒷말을 재촉하였다.

"그래서?"

"그래 누에를 쳐서 갚을 터이니 외상 쌀 한 말만 달라고 하였더니 그
형님이 펄쩍 뛰며 야단을 치겠지요. 그 서방님이 서울 가서 있는 동안
에 밥값을 물어준 것도 적지 않는데 무얼 또 달래. 안팎으로 염치도
좋지! 우리는 6촌 때문에 못살아! 인제는 쌀 한 톨, 벼 한 톨 막무가내
여— 하고 갖은 푸념을 다하기에 너무나 무색하고 분하기도 해서 술 먹
어 없애고 무꾸리해 없애는 돈으로 6촌 밥값 좀 물어주었기로 그게 죄
될 일 무엇 있소?…… 6촌 때문에 못산다니 그래 얼마나 당해주었기
에? 외상 쌀 한 말을 달래도 안 주면서…… 공치사할 것을 누가 물어주
랍데까? 하고 휙 돌아서 나오는데 그만 눈물이 앞을 가리워서 걸을 수
없었구먼……."

아내는 그때 당하던 소조가 다시 생각 떠오르는 듯이 치맛자락을 쳐
들어서 솟아나오는 눈물을 이리저리 씻는다. 벌써 눈물 두어 방울은 그

의 옥색 당목치마 앞폭에 떨어져서 동전만한 원형을 그리고 있다. 그는 빨간 피가 엉킨 두 눈을 다시 쳐들며

"아니 밥값은 얼마나 받았기에 그런 소리를 듣소? 안 주면 거저 안 준다 할 것이지만 별소리를 다하여서 남을 박을 주게!"

하고 쳐다본다. 성호는 아내의 말을 마치 사형선고를 듣는 수인같이 벌벌 떨며 들었다. 구절구절이 감전되는 것같이 가슴속으로 찌르르찌르르 흐르는 것은 분함인지? 아픔인지? 형용할 수 없는 고통감이었다. 그는 머리를 어디다 몹시 부딪친 때와 같이 정신이 아찔하며 다만 눈앞을 멍하니 바라다볼 뿐이었다.

'아 — 그랬나. 참 그랬나? 사람이 이런 모욕을 당하고 살아 무엇하나! 지금 내 손에 25원이라는 돈이 있으면 당장에 집어던지고 그 더러운 돈에 복수를 할 것이다!'

그는 너무 분하여 주먹을 불끈 쥐고 이를 갈았다. 그리고 굶으면 그저 굶지 왜 그런 소리를 하러 갔었느냐고 다시 아내를 주장질하였다.

"나도 그럴 줄은 몰랐지요. 하지만 답답하기에 그리고 고치를 팔면 그만 돈을 해 갚은 수가 있겠기에…… 그래도 남의 집에 가느니보다는 혹시 나을까 하여서……."

하더니 아내는 말을 못다 마치고 다시 눈물을 씻는다. 그는 친척관계보다 계급의식을 더욱 느끼는 모양이었다.

과연 우리집에서 큰집 신세를 얼마나 졌는지?…… 그 집은 부자요, 우리는 가난하니까 물론 다소의 은혜를 입은 것은 사실이었다. 그래도 우리 집으로 하여서 못살 지경은 아니겠다. 한 동리간에서 한 집안에서 자기네만 포식난의하기가 양심이 괴로워서 돈푼, 쌀말, 밥그릇을 주었기로니 그걸로 못살겠다 함은 너무나 심한 말이 아닐까? 노름해서 한 자리에 수천 원씩 내버리고, 요릿집에 가서 하룻밤에 몇 백 원씩 없애는 것은 밖으로 잘살게 하는 짓이요. 무꾸리하고, 살풀이하고, 불공하

고 녹으메 정성드린다고 곡식을 섬으로 퍼내고 비단으로 필로 끊어 없애는 것은 안으로 잘살게 하는 것인데 다만 푼전승량을 집안에 동정한 까닭으로 그래 못살겠다 함인가? 그럴 테면 당초에 주지를 말던지― 아무리 구걸을 하더래도 아니 주면 강탈을 당할 리는 없지 않은가 ― 6촌이야 굶어죽은지 사촌이야 얼어죽든지, 자기네만 잘살면 그만이 아닌가. 소유권이 신성불가침한 법률로 제정된 바에 호리라도 뺏길 염려는 없다. 언제 우리에게 무엇을 뺏겼는가? 언제 우리가 무엇을 구걸하였는가? 언제 우리가 그 집 담구멍을 뚫었는가? 못 살게 했다는 소리는 웬 소리냐고 성호는 입 속으로 부르짖었다.

처음에는 무슨 자선이나 하는 듯이 주고 나서 나중에는 공치사를 할걸― 왜 누가 당초에 주라던가? 무슨 마음으로?…… 그는 있는 자의 비루한 심리를 다시금 구역질하고 싶었다.

'작년 진재통에 죽은 줄 알았던 내가 살아왔다고 내가 돌아오던 날 그 형님은 근 백 리나 되는 조치원 정거장까지 일부러 마중을 나왔었다. 나의 살아온 것을 천행으로 알고 나의 생명을 무한히 사랑하는 진정인 듯이 나의 손을 만지고 또 만지고 다시 만져주던 그때 그 형님! 지금도 그때 인상이 그대로 눈에 박혀 있다. 아!…… 그 형님댁에서 나의 목숨을 이어갈 쌀 한 말의 외상을 거절하고 도리어 은혜를 내세우며 갖은 모욕을 끼얹어 내쫓았다니, 이것은 무슨 모순인가? 그때 그 사랑이 쌀 한 말 값만 못하단 말인가? 쌀 한 말 값이 대체 얼마나 되기에? 쌀 한 말은 시가로 1원 50전이 아닌가? 아! 그러면 나의 생명은 1원 50전 어치도 못 되는 셈인가? 아! 형님!'

하고 성호는 마음속으로 슬피 울었다.

성호는 불행히 형님이 없는 까닭으로 6촌형님을 친형같이 공경하고 사랑하였다. 자기 개인으로 소위 이번에 밥값이라는 것으로부터 다소의 물질적 동정을 받은 일이 몇 번 있었다. 그래 그의 후의를 감사하여

자기의 천박한 지식이나마 정신상 유익을 나누려고 되도록은 애써보았다. 물론 그것은 무형하고 미미한 것이었지마는 물질에 가난한 성호로서는 그밖에 다른 것으로는 그에게 끼쳐 줄 것이 없었다.

사람이란 감정적 동물이다. 또한 그것이 환경과 처지의 지배를 받는 게다. 아무리 전은이 지대하기로 이런 때에 꼼짝없이 죽었구나 하는 막다른 지경에서 최후로 구원의 손길을 내밀던 그 은인한테 절망과 모욕을 겸하여 당하고는 감정은 그대로 있을 수 없다. 배부른 자에게는 고량진미를 주어도 별 맛을 모르지만 배고픈 자는 찬밥이라도 달게 먹는 것이다. 이런 때에 쌀 한 말을 주는 것은 비록 거저 주지는 않더라도 다른 때 몇 섬 몇 백 냥을 거저 주는 것보다도 더욱 감사히 생각하는 것이다. 그래 생래로 도적놈의 심사를 가진 자가 아니면 이런 것을 갚을 줄을 안다. 그러므로 이런 경우에 거절을 당하며 전은이야 태산 같던 하해 같던 간에 감정은 그대로 있을 수 없는 것이다.

궁한 도적은 쫓지 않는다는 말이 있지 않은가? 죽음에 쫓기는 생명은 원수라도 용서한다는 말이 있다. 꿩고기가 맛나지마는 집안에 든 꿩은 잡아먹지 않는다 한다. 왜? 그게 인정인 까닭이다. 겨울에 눈이 듬뿍 쌓일 때에는 꿩이 먹을 것이 없어서 인가로 내려온다. 먹을 것이 없어서 굶어죽겠으니 살려달라고— 당신네 마당에 널린 곡식알을 먹여달라고— 저를 잡아먹는 사람에게 무서운 줄도 모르고 달려든다. 아귀는 그렇게 무서운 것이다. 생명은 이렇게까지 죽을 땅에 들어가면서도 오히려 살길을 찾으려고 한다. 누구나 봄날 담 밑 돌을 떠밀어보라! 거기서는 콩나물같이 서리서리한 것을 볼 것이다. 그것은 다른 풀과 같이— 새싹이 나올 제 그만 무거운 돌에 찍어 눌려서 못 나온 것이다. 그래도 살려고 내뻗치는 생명력은 땅 위로 내솟지는 못할망정 그대로 서려 있다. 그런데 하물며 사람이랴? 떡을 달라는데 돌을 주는 것도 분수가 있을 게다.

그는 경우와 처지가 은인을 원수로 만들고 또한 원수가 은인이 될 수도 있는 줄 알았다. 이것이 인생의 아름다운 감정도 되고 또한 악한 감정도 되나 인생을 이것을 초월할 수는 없다고 생각하였다.

쌀 한 말 —1원 50전— 이는 하찮은 것이다. 그러나 그 하찮은 것이 자기의 눈에서 피눈물을 내게 하였다면 그는 일평생 그 기억을 잊을 수 없을 것이다. 만일 사람에게 영혼이 있다면, 그는 영원히 잊지 못할 것이다. 하찮으니만치 더욱 분하다. 성호는 이런 생각을 하자 아내와 같이 마주 눈물을 흘리고 소리 없이 울었다.

그는 이 당장으로 어디든지 가서 고용을 살아서라도 우선 그 돈은 갚고 싶었다. 그래 눈을 감고 그런 고용할 곳을 생각해보았다.

물론 이번 일은 그 아주머니가 한 일이니까 무지하고 인색한 여자의 다라운 소견으로 돌릴 수 있다. 족히 타내어서 말할 거리도 못 되느니만치 그 형님에게 이런 감정을 가지려는 것은 무리하다 할는지 모른다. 그러나 이번 일은 그 형님과의 사이를 예리한 칼로 싹 베어놓은 것 같은 무엇이 있다. 그것은 분명히 계급의식이었다. 있는 자와 없는 자의 편이 남극과 북극같이 상거가 띄어 있는— 자본주의 시대의 절정이 지금이다. 비록 친자형제 간이라도 있고 없는 그 편을 따라 갈리었다. 그러므로 윤기보다 계급의 적대이다. 이 까닭에 친자형제 간에 살상이 있고 구수가 되지 않는가? 있는 자는 없는 자의 적이다. 없는 자는 있는 자의 적이다. 일가이니 친척이니 그게 다 무엇이냐? 오직 유무가 서로 싸워서 지든지 이기든지 승부를 다툴 것뿐이다. 그렇다! 계급투쟁이다! 하고 그는 부르짖었다. 어서 대혁명이 일어나서 인간의 새 생활을 건설하지 않고서는 인간의 사회에는 결코 행복이 없을 것을 그는 즉각적으로 깨달았다.

소위 밥값이라는 것도 자기가 구걸한 것은 아니었다. 그 밥값 문제가 생긴 것도 자기가 서울 가서 무슨 직업을 구하여 공부를 계속하게 되면 그 형님도 서울에서 같이 무엇을 해보겠다는 피차의 목적에서 밥값이 없는 자기는 부득이 그 형님이 성대해주어야 할 형편으로 되었기 때문이었다. 그랬거나 저랬거나 자기는 그 돈을 나쁘게 쓰지 않은 이상 그게 어떨 게 없다. 무슨 사회주의를 말하려 함은 아니지마는 원래 내 것, 남의 것하는 소유의 관념에는 그리 중대한 가치를 인정할 수 없다. 우선 나라는 자체가 벌써 남에게서 나왔고 나의 생명이 남의 노력을 힘입어 사는 터에 나도 남을 위하여 유익을 줄 만한 일을 해야 할 의무가 있는 것이다. 그 의무를 이행한 연후에야 비로소 남의 노력을 힘입을 권리가 있겠다. 그러므로 자기의 생명이 사회에 해독을 끼치지 않고 자타간에 유익한 일을 하였다면 자기는 누구의 은혜를 입든지 자기의 생명권은 그것을 받을 만한 양심이 있을 뿐만 아니라 또한 그를 청구할 수 있는 떳떳한 권리가 있다. 더구나 큰집 재산은 그 형님이 번 것도 아니요, 그 할아버지도 정직히 번 돈은 아니다. 까놓고 말한다면 수령(낡투 : 원)으로 다니면서 백성의 피를 긁은 돈이다. 옛말에도 위인이면 불부라고 하였다. 예나 지금이나 인하고 부한 이가 누가 있으랴?…… 그러나 자기는 그 밥값을 안 갚으려고 이런 소리를 하는 것은 아니다.

아내는 밖으로 나가더니 뽕바구니를 갖다놓고 뜰 위에서 뽕잎을 다듬는다. 누에는 지금 아기잠을 자고났다. 아들이 배가 고파서 무엇을 달라고 저의 어머니의 눈치를 보다가 암만 해도 참을 수가 없는 듯이 "어머니, 응!—" 하고 소리를 내어 조른다. 그 소리가 떨어지자마자 별안간 아내의 이를 악물고 저주하는— 또는 아들을 패는 툭탁 소리가 들린다.

"번연히 아침을 못한 줄 알면서 밥이 어데 있다고 조르니? 글쎄, 응! 복은 못 타고 난 것이 처먹을 줄은 퍽 약바른가베!"
하고 뚜드리며 악쓰는 사이로
"아이구. 어머니…… 으으! 응! 아이구 아이구 아야!"

하는 아들의 힘없이 우는 소리가 처량히 들린다. 성호는 다시 얼굴에다 불을 담아 붓는 듯한 아찔아찔한 뼈가 저린 느낌에 몸서리를 쳤다.

"이러고는 도저히 살아있을 게 아니다!"

하는 어떤 무서운 생각을 먹었다. 그는 두 주먹을 불끈 쥐고 이를 악물며 벌벌 떨었다. 악! 소리를 치고 달려들어서 아내를 패고 아들을 메여부치고 누구든지 닥치는 대로 때리고 죽이고 싶었다. 지구에다 불을 싸지르고 그들의 타죽는 꼴을 보고 싶었다. 동경 지진 같은 대지진이 나고 활화산이 툭툭— 터져서 이 아귀들이 몰살하는 거동을 보고 싶었다. 그래 악마의 홍소를 웃고 싶었다.

"아, 그래도 못 끊쳐? 응, 그래도……."

하고 아내는 아들을 주장질하며

"울지 말고 어서 뽕 다듬어! 복도 못 탄 놈은 일이나 부지런히 해야지. 내일부터는 나무나 해라! 그까진 학교에는 다니면 무슨 밥이 입으로 들어간다데? 아, 그래도 못 다듬어. 그래도 응! 일하기 싫거든 나가뒤여져라. 죽으면 밥은 안 먹어도 될 터이니."

도끼눈을 모로 뜨고 주먹질하는 아내는 독살이 나서 붉으락푸르락한다. 폭력의 공포에 떠는 아들은 그만 기가 죽어서 울음을 꿀떡 삼키고 뽕을 다듬는지 아무 기척이 없다. 그 뒤에는 오직 죽은 듯한 정적이 계속되는데 어디서 우는지 멀리 뻐꾹새 우는 소리가 처량히 들려온다.

"어머니! 이것도 다듬어?"

하는 아들의 천진스러운 상냥한 소리가 흘러나오자

"오냐. 그것도 다듬어라."

하는 모친의 따뜻한 온정에서 나오는 소리가 또 뒤미처 들린다. 아들은 다시 흑! 흑! 느끼는 한숨을 애처러이 내쉬었다.

성호는 고대 모자의 뚜드리고 맞고 저주하고 통곡하던 것과 지금 이따뜻한 정으로 대화하는 양을 대조해보고는 인정의 변화가 무상함을 다시금 느끼었다. 숙우가 갠 맑은 아침과 같다 할는지! 애연하고도 아름다운 어떤 야릇한 정서를 느끼게 한다. 그러나 그는 그들에게서 정복자와 피정복자의 심리를 다시 엿보았다. 아, 강자와 약자의 생활의 축도를 그는 이 모자에게서도 보았다. 그래 그는 인간의 무지를 새삼스레 놀래었다.

안방에서는 사촌아이가 칭얼칭얼하다가 또 저의 어머니에게 얻어맞은 모양이다. 그 바람에 젖먹이 어린애가 놀래서 불에 단 것같이 기급을 하여 때그르 운다. 주린 송아지의 힘없이 우는 소리 같은 큰애의 우는 소리, 악패듯 갓난애의 악착한 울음소리 그리고 어머니의 저주소리! 이는 도무지 사람의 집이 아니라 귀곡, 마굴이다. 성호의 가슴은 또 칼로 에이는 듯하였다.

머리털이 더벙한 아우가 밖에서 지게를 지고 들어오더니 마당에다 탁 벗어놓으며 후— 한숨을 내쉰다.

"형님, 돈 좀 변통 못 하겠소? 논은 갈아야 하겠는데 양식이 있어야지."

하고 의례거니 주시하는 눈으로, 성호를 쳐다보다가 절망의 표정을 짓는다. 그는 무어라고 대답할 말이 없어서 아무 말도 아니하였다.

"남의 보리는 누르러 가더구만 우리 보리는 그대로 새파라니 보리도 우리 집은 미워하는 게여!"

이는 숙모의 탄식이었다.

"왜, 나무도 못 해오누? 먹이가 생겨도 나무가 없어서 못 해먹겠네."

하는 것은 제수가 아우를 원망하는 혈가의 걱정하는 소리였다. 그는 만삭된 배를 안고 주린 상에 기운없는 몸을 가까스로 추스르며 그래도 뒤뚱뒤뚱하고 집오리같이 돌아다닌다. 아내는 '여기도 있다' 하는 듯이 그런 배를 볼록이 내밀고 마주앉았다. 한 쌍의 잉부! 때 맞추어 잘들 배었다! 가난의 귀신이 어련하랴마는……

홀연 누런 복장이 문 앞에 나타나며 "편지 왔소" 하고 봉함엽서 한 장을 떨어뜨리고 간다.

성호는 불안과 기쁨을 동시에 느끼며 아우가 집어다주는 편지를 얼른 뜯어보았다. 그것은 기다리던 서울 답장인데 근순일내에 형체만왕이니 하는 예투의 한문식으로 중간에 "사불여의, 미안내하"라는 문구가 보기 좋게 취직이 틀렸다고 설명하였다. 그는 힘없이 그 편지를 집어서 자리에 던지고 아무 말 없이 눈을 감았다. 어데서 왔느냐고 아우의 묻는 말도 대답할 용기가 없는 듯이…….

'아! 인제는 그만이다. 나의 배우고자 하던 학문은 영영 절망이다. 절망! 자살! 구차투생! 가족! 방랑! 절망!'

그는 이렇게 생각을 되풀이하였다.

성호는 옷을 떼어 입고 밖으로 나갔다. 읍내 가는 길로 나가다가 삼촌을 길거리에서 만났다. 그는 어디서 장변 2원을 얻어서 우선 쌀 한 말을 사온다고 둘러메고 온다. 성호는 그 길로 읍내로 내려갔다. 가는 뜻인즉 어떤 '관청'에 다니는 친구를 찾아보고 집안 형편을 사정하여 무슨 월급자리 하나를 취직케 하여 달라고 청하려 함이었다.

그런데 그는 그 집을 채 못 다 가서 다시 마음이 변하였다. 그는 그런 자리가 마침 있을 리도 모르고 있다 하더라도 그것은 20여 원의 월급일 것이다. 그것을 받아가지고 십여 식구가 과연 살 수 있을까? 그야 전목적이 그뿐이라면 어떻든지 가족을 연명케 할 수 있을 터이요, 그 돈도 갚을 수가 있겠지만, 그러나 그는 그것으로 어떻게 만족할 수 있을까? 그까짓 복수를 한다면 무엇이 상쾌할 것이냐? 아니 그것은 비열한 복수이다. 부자의 인색한 행위와 같은 역시 인색한 복수이다.

성호는 이와 같은 생각을 다시 돌려먹고 서울 어떤 동지를 찾아보려고 하였다.

한 발 두 발 옮길 때마다 등 뒤에서는 아들의 우는 소리가 들리는 듯하다. 아이의 우는 소리, 저주하고 악쓰는 소리가 들리고 그들의 꼴이 일일이 보이는 듯하다. 그러자 눈앞에는 제수가 어린애를 금방 낳아놓고 굵고 늘어진 형용이 또 보인다. 갓난애는 응애응애 악착히 울고 해산방에는 비린내가 탁 터진다. 삼촌은 잔뜩 찌푸리고 해멀젖고 쑥 들어간 눈에서 눈물을 텀벙텀벙 흘리는데 숙모는 그 옆에서 두 다리를 쭉 뻗고 앉아서 사설을 하여가며 우는 양이 보인다. 그 사이로 간간 신음하는 산모의 통성과 갓난 아이의 귀곡성 같은 악착한 울음소리가 여전히 들린다. 그리고 문 앞에는 2전을 준― 장변노리가 사자같이 버티고 서서 빚을 조르는 양이 보인다.

별안간 아내가 벌떡 일어나더니 갓난애를 번쩍 들어서 마당에서 메때리고는 부엌으로 우르르 들어가서 식칼을 들고 밖으로 뛰어나간다.

갓난애는 깩하더니 그만 사지를 바르르 떨며 숨이 끊어진다. 그의 으서진 머리에서는 빨간 피가 흘러내린다. 아내는 한 걸음 두 걸음 달려들어 고리대의 산멱을 푹! 찔렀다. 고리대의 채귀는 비척비척하더니 무서운 신음성을 지르며 장나무토막처럼 쾅! 하고 나자빠진다. 아내는 머리를 풀어 산발하고 피묻은 식칼을 휘두르며 저편 길로 껑충껑충 뛰어간다. 그러자 제수도 벌떡 일어나더니 아이를 들어서 마당에다 메내친다. 그리고 지게 꽂힌 낫을 빼가지고 한달음에 내닫는다. 그는 목에서 선지피가 철철 흐르는 빚쟁이 송장의 배를 두어 번 콱― 콱 찍고는 낫을 휘두르며 또 큰동서를 쫓아간다. 삼촌과 숙모는 눈을 흡뜨고 또 그들을 쫓아간다.…… 아이들은 모두가 기절하여 눈을 뒤어쓰고 뒤쳐졌는데 안마당의 두 영아의 송장은 마치 털 안 난 참새새끼가 떨어져 죽은 것같이 처참하다. 한 아이는 모가지가 부러지고 한 아이는 창아리가 터졌다. 문 앞에는 구레나룻이 난 무서운 송장이 눈을 흘리고 이를 앙당그려 물고 피를 동이로 쏟고 누웠다. 그런데 저기에서는 "미쳤다! 미쳤다!" 하는 동리 사람들의 고함치는 소리가 들린다. 성호는 정신이 아찔하여 그만 그 자리에 혼도하였다.……

이것은 그의 무서운 환상이었다.

'아! 그렇다. 이 세상은 악마가 사는 세상이다. 그악하게 사는 악마의 세상이다! 저 잘살려고 남을 못살게 구는 악마 이상의 악마를 쳐죽여라. 그렇다. 죽여라. 죽여라! 아귀를 죽여라!'

하고 그는 두 주먹을 불끈 쥐며 다시 일어났다. 이를 악물고 "으악—" 소리를 쳤다. 복수의 감정이 모락모락 타올랐다.

어느덧 밤은 어둑어둑한데 원촌에서 개 짖는 소리가 은은히 드려온다. 그는 다리에다 힘을 주어 다시 걸음을 내걸었다.

별안간 난데없는 천둥소리가 우루루 난다. 번갯불이 예서 번쩍, 다시 제서 번쩍, 눈앞이 환— 하였다가 도로 캄캄해진다. 그러나 또 우루루— 딱— 하는 천둥소리는 미구에 저쪽에서 소나기가 몰려오려는 것 같다. 복마전 같은 거먼 구름이 온 하늘을 삽시간에 뒤덮는다. 미구하여 우박 같은 빗방울이 후닥닥후닥닥하다가 큰비로 퍼붓는다. 그는 다시 정신을 차리어서 두 주먹을 휘두르며

"그렇다! 퍼부어라! 폭풍우다! 벼락을 쳐라! 지동을 해라! 죽여라! 죽여라!"

외치고는 미친 사람과 같이 펄펄 뛰며 암흑을 뚫고나갔다.

폭풍우! 암흑! 뇌성벽력! 우— 와— 우루루! 번쩍!

(1924. 6).

—《개벽》 59호(1925. 5).

쥐 이야기

1

쌀쌀한 첫겨울은 아마 정밤중이나 되었을까.

……사방은 괴괴하니 사람들은 모두 꿈나라로 헤매일 판이다. 이때 야말로 쥐의 세상이다. 양지말 검부잣집 반자 우에도 쥐들이 활동하기 시작하였다. 이것은 아비 쥐가 하는 말이었다.

"자 여기서 달음박질을 할까? 어데로 사냥을 나갈까? 속이 좀 출출 한데."

"사냥가요! 사냥가요!"

하고 새끼 쥐 어미 쥐들이 조른다. 그 바람에 어미 쥐와 새끼 쥐들은 부 엌으로 먹이사냥을 나갔다.

지금 이 쥐의 일가족은 건넌말 수돌이의 집에 가서 살다가 이 집으로 요사이 이사를 왔다. 아비 쥐를 곽쥐라고 부르는데 그것은 곽쥐같이 무 섭다는 뜻이었다. 과연 그의 툭 뼈지고 서기 나는 눈하고 굵고 긴 수염 이 쭉쭉 뻗친 것이 강아지만큼 덩치가 커서 여간 도랑은 껑충! 껑충! 뛰 어넘는다. 그리고 그의 탄탄히 박힌 옥니에는 무쇠라도 사그릴 수 있는 억센 힘이 있었다. 한번은 양지쪽에서 졸고 있는 고양이의 수염을 잡아채서 동무들을 놀래준 일도 있었지만은 요전에는 또 대낮에 낮잠 자는 김부자의 얼굴에다 오줌을 내깔려서 그게 유명한 이야깃거리가 되었다. 그래 동무들은 그를 더욱 무서워하고 곽쥐 마누라는 남편을 잘 얻었다고 은근히 자랑하였다.

곽쥐의 식구는 늙어 가는 마누라하고 아들딸의 네 식구가 있다. 하긴 시집간 딸들하고 따로 사는 아들이 많지마는 그들 중에는 고양이한테 먹힌 것도 있고 쥐덫에 치여서 죽은 것도 많았다.

곽쥐 식구들은 이사를 오던 길로 바로 헛간 밑창에다 굴을 뚫었다. 그곳에서 광으로 외양간으로 여기저기다 곁굴을 팠다. 그래 벼와 다른 곡식은 만판 훔쳐먹을 수 있는데 가끔 맛난 요리 생각이 나서 그들은 이렇게 부엌사냥을 나가곤 했다.

한번은 식전에 나갔다가 김부자의 맏며느리 매부리코한테 들켜서 하마터면 부지깽이로 오지게 얻어맞을 뻔하였다.

그렇다니 말이지 언젠가는 곽쥐가 대낮에 안마루에도 올라갔다가 그만 김부자한테 들키어 꼬리를 붙잡히게 되었을 때 소리를 치고 김부자의 손등을 물었더니만 그 바람에 꼬리를 놓아서 다행히 살아났다. 이 말을 들은 마누라 쥐는 눈을 크게 뜨고 놀라면서 그 남편에게 권고하였다. 밤중에나 사냥을 나가든지 그렇지 않으면 여기서 그냥 곡식을 까먹고 살지 아예 대낮에는 나갈 생각을 말라고…… 그러다가 만일 붙들리면 어찌하겠느냐고 걱정을 하였으 때 곽쥐는 코웃음을 치며

"무얼 괜찮아! 내가 붙들릴 때까지만 어데 살아보게."

하고 아주 장담을 하였다. 과연 곽쥐는 그렇게 건장하지마는 마누라 쥐는 늘 골골하는 할미였다. 그래 아들 쥐와 딸 쥐는 아버지의 용맹을 더욱 찬양하였다.

그 때 딸 쥐가 방글방글 웃으며 곽쥐의 무릎 앞에 와 안기면서

"아버지! 나는 이담에 딸을 낳거든 아버지 같은 사위로 사내를 삼을

테야."

벼만 정신없이 까먹고 있던 어미 쥐는 딸의 이 소리를 듣고 새! 새! 새! 웃었다.

2

곽쥐가 건넌말 수돌의 집에서 이 집으로 이사를 오자고 할 때 다른 식구들은 모두 반대하였다. 그것은 양지말이라는 그렇게 먼데를 어린 것들하고 무사히 갈 일도 걱정되었지만 그보다도 부잣집이면 고양이가 있든지 쥐덫이 있을 것이니 공연히 제 명대로 못 살고 죽으려고 그런다고 우선 마누라의 바가지를 긁었다. 그러나 곽쥐는 한사코 우겼다.

"그렇게 무서워서야 그야말로 곤닭알 지고 성 밑은 못가겠네. 아니 그럼 이 집에도 오늘밤으로 불이 날는지 누가 안담? 내 말을 들어봐! 우선 이 집에 있을 수가 없는 것은 저희 사람의 입에도 풀칠할 거리가 없어서 배를 쫄쫄 주리는 판인데, 글쎄 우리를 줄 곡식이 어데 있느냐 말이야. 또한 그렇지는 않다 하더라도 가난한 그런 집의 식량을 우리까지 축내주는 것은 옳지 않은 일이니까. 그래야만 우리가 갖다 먹드라도 딱할 것도 없고 또 저희는 우리를 주고도 오히려 먹을 것이 남지 않겠는가. 공연히 여편네만 분수도 모르고 저러겠나. 자, 두말 말고 어서 가세—."

하는 이 신뢰할 만한 가장의 말에 그들은 필경 찬성하게 되었던 것이다.

과연 이사를 와보니 우선 배가 불러서 좋다. 하긴 맏며느리의 부지깽이와 김부자에게 혼난 일이 있지만 그 대신 고깃점을 얻어먹을 수 있지 않는가. 한데 마누라 쥐에게서 한 가지 불쾌한 일이 생기었다. 그것은 이 집에 동무 쥐들이 들썩들썩하여서 곽쥐가 가끔 외입하느라고 늦게 돌아오는 때문이었다. 그러나 인제는 늙어가는 터에 강짜는 하면 무얼 하느냐고 그는 짐짓 모르는 체하고 눈감아두었다. 과연 그는 이런 생각 저런 생각 없이 그저 배부르게 먹고 등 덥게 잠이나 자며 어린것들이 모락모락 자라는 것을 다시 없는 재미로 여기었다.

3

애들이 고기를 먹고자 해서 곽쥐는 지금 고기를 훔치러 안부엌으로 들어갔다. 그것은 오늘은 사람들이 들락날락하고 안팎이 법석을 하였으니 무슨 맛난 음식이 있는 것이다 하는 눈치를 채었음이다. 과연 들어가 보니 부엌에는 고기 냄새가 코를 찌른다. 하건만 가마솥에다 처넣은 모양이므로 좀처럼 솥뚜껑을 열 수가 없었다. 솥마다 무거운 쇠솥뚜껑을 덮었다. 그래 이번 행보에는 헛걸음한 일을 생각할 때 곽쥐는 대단히 분하였다.

그는 할 수 없이 돌아나오려다가 어쩐지 방으로 들어가 보고 싶은 생각이 나서 다시 살강 밑에서 골방으로 뚫린 구멍을 찾아 들어갔다. 골방은 미닫이가 빠끔히 열렸는데 안방에는 불을 환히 켜놓았다. 그런데 김부자는 혼자 앉아서 지금 한창 돈을 세는 모양이었다.

볼춘덕이 (안)마누라는 어디로 또 난질을 갔는지? 건넌방에서는 다듬이질 소리가 뚝딱뚝딱 난다. 그 사이로 새새거리는 배지가 너무 불러서 얄을 있는 대로 까는 젊은 계집들의 웃음소리가 들리었다.

김부자는 쇠뿔관을 뒤집어쓰고 앉았다. 그의 앞에는 지전 뭉텅이와 은전 동전이 수북하게 쌓였다. 아마 오늘 법석을 하더니만 벼 판 돈이 그렇게 많은 모양이었다.

그때 김부자는 기침을 한번 콜록…… 하더니 연신 기침이 줄달아 나왔다.

공교히 아랫방에서는 요강도 없어서 그는 칵칵하며 앞창 미닫이를 열고 나갔다. 그래 마루 끝에 서서 가래침을 한참 뱉는 동안에 곽쥐는 살살 기어 방으로 들어왔다. 곽쥐는 사방을 둘러보다가 그 중 큼직한 지전 뭉텅이 하나를 입에다 물고 그만 달아나왔다.

행여나 고기를 훔쳐오나 하고 은근히 기다리던 식구들은 아무것도 아닌 종이 뭉텅이를 곽쥐가 물고 들어오는 것을 보고 모두 실망의 눈을 크게 떳다.

딸 쥐가 먼저 톡 튀어나오며 이렇게 물었다.

"아버지! 고기는 어쩌고 이건 다 뭐야요?"

"돈이란다"

"돈이 뭐하는 게요? 이런 종이 쪼각을……."

"그래도 사람들은 이것만 가지고 있으면 고기도 생기고 쌀도 생기고 맘먹은 대로 모두 생긴단다."

"아니 종이 쪼각이 무슨 재주로 그런 걸 생기게 하나요?"

"그렇기에 희한한 일이지. 이게야말로 예전이야기에 있는 도깨비감투 같은 것이란다."

"아! 거저 그렇게 맘대로 생겨요?"

"암! 이런 돈만 주면 쌀, 고기, 옷감! 그런 물건을 모두 거저 갖다 바친단다."

한참 눈을 말똥말똥 뜨고 앉았던 딸 쥐는 암만해도 이상스러운 듯이

"종이 쪼각이 쌀로 될 수 없고 고기로 될 수가 없는데 어떻게 이런 것을 주고 그 대신 그런 것을 받는다오? 그런 천치가 어데 있어요? 귀한 물건을 주고 휴지 조각을 받는……."

하고 곽쥐를 쳐다본다.

"그러기에 어리석은 놈들이지. 그래도 수돌이 같은 천치는 아직 그 속을 모른단다. 돈이란 건 정작 써야 할 사람이 못쓰고 놀고먹는 놈들이 횡령을 한 도깨비감투 같은 것인 줄을! 부자놈들은 이렇게 대낮에

앉아서 도적질을 하면서도 됩다 우리보구 도적질 잘하는 씨알머리라니 참 우습지 않느냐! 도적질하는 놈을 보고 쥐도적이라는 별명까지 지어 놓는 놈들의 낯짝이야말로 뻔뻔도 하단 말이야."

"아니 수돌이네는 왜 그렇게 가난하다우? 해마다 농사를 짓고 있는 데……."

이때까지 아무 말 없이 벼만 까먹고 있던 마누라 쥐가 고개를 바짝 쳐들고 곽쥐 영감을 힐끗 보며 묻는다. 곽쥐는 점잖게 수염을 쓰다듬으며

"그게 이런 돈 가진 자에게 모두 빼앗겨서 그렇지. 돈하고 억지로 바꾸게 된 까닭으로."

"그러면 인제 보니까 우리만 도적놈이 아니로구먼!"

하고 아들 쥐가 깡충깡충 뛰며 좋아한다.

"애, 우리는 도적놈 중에는 정직한 편이란다. 그리고 이런 부자집에서 저희들이 먹고 쓰고 나머지를 갖다먹는 것은 결코 도적질이 아니야. 그것은 목숨으로 태어나기는 저희나 우리나 마찬가지니까. 그런데 참 마누라는 왜 자꾸 훔쳐 먹는다구 하나? 말이 흉하게. 우리는 훔쳐먹는 것이 아니라 갖다먹는 게야! 주지 않으니까 갖다먹은 밖에."

"그럼 이담부터는 훔…… 아니 갖다먹는다 하지요!"

"응! 그래. 그런데 이 못난 수돌이 좀 보지. 오늘 식전에도 이 집 영감장이를 보고 허리를 굽실굽실하며 '샌님! 굶어죽겠으니 장릿벼 열 말만 주십시오! 설마 그게야 떼먹겠습니까?' 하고 애걸복걸하겠지. 글쎄! 그게 될 일이야. 그 뜬뜬장이가 가외 수돌이 같은 집을. 참! 어림 반푼어치 없는 일이지! 글쎄 왜 뺏어먹을 궁리를 못하느냐 말이야? 아니 잡혀갈까봐 겁이 나서? 잡혀가면 더 좋지 무얼! 옷 있겠다, 밥 있겠다!"

곽쥐는 남의 일이라도 열이 나는 모양이다.

"잘못하는 자에게 굴복하는 것은 그 잘못된 것을 더욱 조장시킬 뿐이야. 그런 자의 선심을 바라고 사느니 까마귀가 백로되기를 바라지. 그

럴 터이면 차라리 자처를 해서 죽어! 그런 드러운 묵숨을 살랴거든."

"그래도 사흘 굶어 아니 날 맘 없겠지만 차마 도적질이야 할 수 있나? 그러던걸요. 그 언제 들어보니까 수돌이가……."

"옳아! 옳아! 굶어죽어도 도적질만 안하면 착하다! 그게 어디 도적질이라구. 자기가 사람에게 유익한 일을 해도 먹을 것이 없어서 있는 집 물건을 갖다먹는 것은 도적질이 아니야. 제가 일한 품값 찾어먹는 것인데 무얼. 그러면 왜 또 도적놈한테 가서 무엇을 달라고 구구한 소리는 하누? 그것은 도적질보다 더 드러운 짓이 아닌가? 도적질한 물건을 빌어먹으려는 것은!"

"참, 수돌이 처도 아까 쌀을 꾸러 부엌으로 왔더구먼! '아씨! 발써 사흘째 못 끓였습니다. 어린것들하고 칩고 배고파 죽겠으니 그저 적선하는 셈치고 쌀 서 되만 꾸어주십시오! 그럼 두 되만…… 아! 한 되만……' 하고 갖은 사정을 하며 들이 졸라도 매부리코 맏며느리는 톡톡 쏘는 소리로 핀잔만 부여케 하겠지요. '쌀이 어디 있어? 어서 가, 누가 굶으라남? 왜 와서 누구에게 생떼를 쓰려 들어? 안팎이 아침저녁으로, 어서 가!' 하고 내쫓는 바람에 그는 눈물을 텀벙텀벙 쏟고 빈바가지를 들고 나갑디다. 요새 이 치운데 갈래갈래 찢진 홑고장이를 입고……."

이 소리를 들은 곽쥐는 엣! 하고 성이 나서 씩씩 하였다.

"그년도 여간내기가 아니야. 언제 그년 낯짝에다가 오줌을 좀 깔겨야. 마누라도 좀 깔겨주게. 우리같이 훔…… 아니, 갖다먹든지 어쩌든지 못해먹고 글쎄 그게 무슨 못난 짓이람! 에이 못생긴 인간! 무지한 인간! 우리는 원체 할 수 없으니까 그따위 행동을 취하지 못하지마는 저희는 다 같은 사람으로 왜 못하느냐 말이야? 그까짓 김부자 같은 것은 한번만 메붙여도 박살이 날 걸! 그런 일이 예서제서 있어보게. 놈들이 끽 소리를 못하고 곡광을 열어제낄 터인데…… 그런데 그 앞에 가 모다 애걸을 하니 그런 놈들이 점점 뻣뻣해질밖에."

"참, 수돌이네 불쌍하더구먼. 아! 우리는 짐승이라도 여태 한때를 굶어보지 않았는데 사흘 나흘씩 굶다니? 글쎄 그짓을 하고 어떻게 산단 말이오?"

"그래도 내외 맞붙어 자고 새끼만 내지른다네. 수돌이네 또 애 뱄다지. 배가 왕산만하니 그 주제에 글쎄 어쩌자고 또 하나를 나려 든담? 에잇, 천치들!"

"그래도 그 재미로 사나봅디다!"

"재미? 몰라. 아가 배도 맛들일 탓이라구!"

"사람 중에 수돌이네보다 더한 집도 있을까요?"

"있고말고. 조선 안만 해도 여러 백만 명일 것일세."

"아! 그래도 저희가 잘났다고 한다우? 사람놈들이?"

별안간 딸 쥐가 깡충깡충 뛰며 이렇게 물었다.

"하구말구. 천지지간 만물지중에 유인이 최고란단다."

"그게 다 무슨 소리라우?"

"하늘과 땅 사이에는 사람이 가장 귀하단 말이야."

"아이구 우스꽝스러워라! 아귀가 들썩들썩한 인간지옥이?"

어미쥐와 아들쥐는 또 새새새 웃었다. 곽쥐는 앞발로 땅바닥을 한번 탁 치더니 또 이런 말을 하였다.

"만일 우리네 중에 그런 놈이— 다른 사람은 모두 굶주리는데 저 혼자 잔뜩 가지고 있는 놈이 있어봐라! 그놈이 어디 하루를 성히 있게 두나. 당장에 박살이 날 걸!"

"참, 나도 그런 놈은 가만두지 않을테야."

"참, 나도 그럴 테야!"

하고 새끼들도 열을 내서 부르짖었다.

4

곽쥐는 사랑스러운 듯이 그들을 껴안으며 다시 이러한 점잖은 훈계를 하였다. 그래 그들은 정신차려 듣는다.

"애, 귀여운 새끼들아! 니들도 이담에 세상에 나서게 될 때는 정신을 차려야 된다. 사람의 세상이 저렇게 살기가 그악해짐을 따라서 우리네 살기도 그만큼 어려운 세상이 되어간다. 어떻든지 한 목숨을 살리랴면 힘이 있어야 하느니라. 힘이 없는 데는 살 수가 없다. 살 수가 없는 데는 살았어도 죽은 셈이다. 수돌이집이 그러한 집이다. 이런 힘이 없는 생활을 사람들은 '무능' 하다 한다. '무능' 은 악한 일은 아니라 할지라도 힘이 없는 것은 사실이다. 그런데 힘이 없으면 생활이 없으니 결국은 무능도 역시 일종의 죄악으로 볼 수밖에 없다. 그것은 자기의 생명을 살리지 못한 죄악이다. 비록 악할지라도 힘이 있으면 거기에는 생활이 있다. 생활이 있는 데는 따라서 선이 있고 미가 있고 진리가 있는 것이다. 이 힘은 선량한 지식을 살릴 수 있는 까닭으로…… 그러므로 이 힘! 이 힘! 너희는 마땅히 이 힘을 잘 길러야 한다. 보아라! 공중에 나는 새나 들에 피는 한 송이 꽃이 모다 힘의 표현이 아니냐? 힘의 상징이 아니냐? 생명이 있는 데는 힘이 있다. 그렇다고 또 오해하여서는 아니 된다. 힘은 선량한 지식으로만 써야 할 것을, 결코 사욕적이어서는 안 된다. 새끼들아! 잘 들었니? 응!"

"네! 나도 아버지같이 힘이 많아서 이담에 여장부가 될 터이야!"

"나도 사나이 대장부가 될 터이야!"

곽쥐는 그들의 궁둥이를 투덕투덕 쳐주었다.

"참, 돈 좀 세어보자! 얼마나 되나! 영감장이가 속이 좀 쓰릴 걸. 하나, 둘, 셋……모두 열 장이다. 자— 오늘밤에는 우리도 돈을 좀 깔고 자자. 빤질빤질한 게 이야말로 장판방이다. 자! 마누라도 한장 깔고, 또 이렇게 병풍을 치고, 그리고 나머지는 수돌이 갖다주자구!"

"참, 그 생각 잘하셨소! 그럼 나 깔 것까지도 갖다주오."

"무얼 이것도 많아. 너무 많이 갖다주었다가 또 기절하는 꼴이나 보게. 그런 사람이 평생 이런 돈을 만져나 보았겠나! 그럼 병풍은 고만두고 여섯 장을 갖다주지."

"그런데 거기를 어떻게 갖다준다오?"

하고 마누라는 갖다줄 일이 걱정되는 모양이었다.

"무얼, 내가 얼른 갖다주고 오지!"

하더니 곽쥐는 지전을 똘똘 말아서 입에다 물고 그길로 바로 나갔다. 그래 마누라쥐는 잘 다녀오라고 신신당부하였다.

곽쥐가 그길로 쏜살같이 수돌이집에를 가보니 희미한 등불이 깜박깜박하는 방안에 식구들은 모두 굶어서 늘어졌다. 그는 방바닥에다 지전을 내던지고 이내 바로 나왔다.

곽쥐가 집에 돌아오니 마누라와 새끼들은 그저 자지 않고 자기의 돌아오기를 기다리고 있었다. 그들은 자기 주려고 벼를 수북하게 까놓았다. 그래 밤참을 잘 먹고 지전 깐 새 자리에서 잠자리를 잘 보게 되었다.

그 이튿날 수돌이집에는 난데없는 돈 육십 원이 생기고 김부자집에서는 돈 백 원을 잃어버렸다고 온 집안을 발끈 뒤집어엎었다.

—《문예운동》(1926. 1).

농부 정도룡

1

불볕은 내려쪼인다. 뜨거운 태양열太陽熱은 불비를 퍼붓는 것 같다. 그것은 마치 훈련된 병사가 적군에게 총을 겨누어 한방에 쏘아 죽이려는 것같이 땅 위 만물에게 똑바로 내리대고 광선을 발사한다.

길바닥의 모래알은 이글이글 익는다. 나뭇잎은 시들고 풀포기는 발갛게 타들어간다. 대지는 도가니같이 끓는데 만물은 그 속에 들어앉았다. 그래 불김은 삼키고 또한 불김을 내뿜는다.

개는 긴 혀를 빼물고 쉴새없이 헐떡거린다. 그 불빛 같은 혀를 길게 빼물고 헐떡거리는 양은, 마치 꺼지지 않는 불을 먹은 오장이 바작바작 타들어가는 고통을 자지리 느끼는 듯이 눈을 딱 감고 사족을 뻗친 채로 늘어졌다. 웅덩이 안에 담긴 물은 열탕같이 끓어서 털썩! 하고 뛰어드는 개구리는 두 다리를 쭉 뻗고 발랑 자빠진다. 그리고 사지를 바르르 떨다가 다시 뒤쳐지며,

"에그머나! 이게 웬일인가?"

하는 듯이 그 툭 뼈진 큰 눈을 더 크게 뜨고 허우적거린다. 그러나 이보다 더 심각한 흥미를 강자에게 느끼게 하는 것은 논꼬에 몰린 송사리떼

일 것이다. 물은 자질자질 미구에 잦아 붙을 지경인데, 잔인한 양염陽炎은 저들의 생명수生命水를 각일각刻一刻으로 빨아간다. 그 속에서 오몰오몰하는 송사리떼, 아! 죽음의 최후의 공포를 느끼고 서로 살려고 애씀인지? 꼬리를 맞부딪치다가는 물 밖으로 튀어진다. 그리고 놈은 보기 좋게 순간에 죽어 버린다. 저 먼저 살려고, 저 혼자만 살려고 조바심을 하는 자는 먼저 죽는다. 이것은 약자에게 많은 교훈을 준다. 그런데 잔인한 웃음의 햇살은 행복을 느끼는 듯이 그를 내려다보고 있다.

그러나 그들은 장엄한 죽음을 결단하여 최후의 일적一滴에서 맹렬히 반항한다. 약자가 강자와 싸우다가 죽는 것은 그들도 —조그만 미물인 그들도— 장쾌한 죽음인 줄 아는 모양이다. 약자가 강자에게 반항하다가 통쾌한 최후를 마치는 것은 영원한 명예인 줄을 저들도 아는 모양이다. 그렇지 않으면 그들은 왜 조용히 죽음을 기다리지 않는가?

한낮의 더위는 과연 심하다. 더구나 대륙적 기후라 더욱 맹렬하다.

생물은 모두 서고暑苦를 느끼며 가뭄에 부대끼면서 최후의 일각까지 생의 투쟁을 계속한다. 학정에 신음하는 민중 같다 할까? 철쇄에 얽매인 죄수 같다 할까? 바람이 분대야 불을 몰아오는 것 같은 흙먼지를 날리며 더운 기운만 확확 끼얹어서 숨을 턱턱 막히게 할 뿐이다. 그러니 부채질을 하는 것은 불을 붙이는 셈이다. 천치가 아닌 다음에야 이런 때에 부채질을 할 사람은 없겠다.

그런데 땅 위에 있는 수분을 모두 빨아다가 사람의 살 속에다 주사를 하였는지 오직 이 사람 저 사람의 몸에서만 땀이 철철 흐른다. 그래도 땀도 물이라고 사람을 행복하게 할는지? 그렇다면 이 땀물과 눈물은 그중 많이 흘리는 자는 지금 저 들에서 모를 심는 농부들일 것이다. 도회의 공장에서 일하는 노동자일 것이다.

볕에 그을은 몸뚱이는 황인종인지 흑인종인지 분간할 수 없도록 검다. 황금열은 백인종의 마음속도 먹장같이 검게 만들어 놓듯이, 이 태양열도 남의 살빛을 이렇게 변해 놓는다.

희끄무레한 잠방이를 걸치고 아래위로 드러내 놓은 살빛은 오동잎같이 더욱 검게 뵈는데 어쩌다 옷 속에 들어 있는 살이 나오면 그는 도저히 한 사람의 살빛이라고 할 수 없을 만치 딴 색이 돋는다. 이 햇빛에 탄 검붉은 등어리를 일자로 꾸부리고 늘어서서 그들은 지금 한창 바쁘게 모를 심는다. 한 포기 두 포기 꽂아 놓는 대로 논빛은 청청히 새로워지고 그들의 입에서는 유장悠長한 '상사디' 소리가 흘러 나온다. 그러나 그들의 고통을 잊고자 하는 애달픈 느낌을 준다. 그러는 대로 등어리에는 진땀이 송송 솟고 태양은 한결같이 그의 광선을 내리쏜다. 그들의 땀빛도 검은 것 같다.

그러나 이 논 임자는 나무그늘 두터운 북창에 의지하여 뭉게뭉게 피어오르는 흰 구름을 바라보며 귀로는 이 유한悠閑한 농부가의, 벼포기 사이로 흘러나오는 곡조를 듣고 있다. 그래도 그는 더웁다고 부채질을 연신 하면서 까부러지려는 겻불같이 두 눈이 사르르 감겼다 다시 빠꼼히 떠보았다 한다.

여러 날 가물었던 끝이라 그런지 저녁이 되어도 퇴서기는커녕 시원한 바람이 불어 오리라 하는 기대를 보기 좋게 실망하려는 듯이 역시 훈증한 더운 김만 확확 끼얹는다. 마치 맵지 않은 연기 속에 싸인 듯하여 숨을 턱턱 막히게 한다.

이런 날 저녁에는 변으로 모기가 많겠다. 원래 모기라는 벌레는 더운 때에 생기는 것이라 하면 역시 더운 날 저녁에 더욱 활동할 것은 괴상히 여기는 편이 더욱 괴상한 일이다마나는 일상 제 생각만 잘하는 사람들은,

"아 오늘 저녁에는 웬 모기가 이리 많은가?"

하고 무슨 변이나 생긴 듯이 이상히 여긴다. 그야 어떻든지 과연 여름 한철에는 조그마한 모기란 놈도 꽤 사람을 시달리겠다. 깔따구한데 물

리고 성을 잔뜩 내고 앉은 사람의 꼴도 우습지마는 그렇다니 말이지 사람이란 것도 그리 영물은 못 되는 물건인 듯하다. 그래도 사람더러 물어 보아라! 인간은 만물의 영장이라고 큰소리를 하지 않나? 더구나 문명인이란 사람들이……

달은 아직 떠오르지 않고 황혼의 땅거미가 아물아물 저 건너 숲 사이로부터 휩싸 들어온다. 벌써 먼산의 윤곽은 희미하고 모든 것이 흰빛 속에 숨기라는 것처럼 어둠의 장막 속에서 비치고 있다. 산골짜기에 드러난 바윗돌같이 점점 한 덩어리가 흩어져 있는 것은 띄엄띄엄 있는 마을집이었다. 좌우로 산이 둘러 있고 앞으로 논과 밭이 있는 것은 이런 어두운 밤이라도 이게 농촌인 줄은 짐작할 수 있다. 이따금 혹 끼치는 바람에 거름내가 코를 콕 찌르는 것을 보아도 그것은 알 수 있지마는.

종일 더위에 부대끼고 힘든 일에 시달리던 그들은 저녁 숟갈을 놓고 나면 사지가 노곤한 게 오직 값없이 오는 것은 잠뿐이었다. 그러나 마귀는 이나마 시기猜忌함인지 모기가 덤비어서 그들의 단잠을 깨운다. 한날의 피로를 휴식하라고 생명의 신은 이 밤을 마련하였건마는 그들의 운명은 그나마 허락지 않는 것을 어찌하랴? 아! 불쌍한 농군들아!

이집 저집에는 마당에다 모깃불을 피우고 그들은 남루를 걸친 대로 여기저기 쓰러졌다. 어둑어둑한 속에서 반딧불같이 반짝반짝하는 것은 담뱃불이다. 이따금 환하게 타오르는 것은 모깃불이었다. 그것은 무슨 까닭인지 미구에 툭 꺼지고는 다시 회색 연기가 구름같이 피어오른다. 그 주위에 희끗희끗한 것이 옹기종기 앉고 눕고 담배를 피우며, 그들은 무거운 입을 벌리어 무슨 소리인지 두런거린다. 그 사이에 하품하고 기침하고 침을 탁 뱉고 당나귀 울 듯 하는 얼빠진 웃음 소리가 들린다. 그 위에는 밤하늘이 마치 졸음이 오는 듯이 거슴츠레한 빛의 눈을 깜박거리며 내려다본다. 마치 그들의 이야기를 어렴풋이 듣는 것처럼……

그들은 그 느릿느릿한 말씨로 지껄이다가는 번갈아 한숨을 쉬고 그러고는 다시 허허 웃는다. 목소리는 크지마는 뒷심이 없다. 꽁보리밥 먹은 말소리다. 그것은 마치 그들의 살찐 듯하지마는 실상은 영양불량으로 푸석살이 누렇게 들뜬 것같이 그들의 목소리도 황색으로 들뜬 것이다. 그래도 불한당—땀 안 흘리고 잘 사는 사람—들은 노동자는 건강하다고…… 양반님네! 제발 그런 소리나 맙시다.

그 안마당에는 여자들이 모여 앉아서 무엇을 쫑알거리고 또 해해 웃는다. 거기에는 청춘의 생명 있는 목소리가 들린다. 그것은 인간의 행복을 동경하는 열정에 타오르는 젊은 여자의 목소리다. 그러나 그의 운명은 벌써 결정되었다……. 그의 할머니와 할아버지와 또한 그의 어머니와 아버지가 살던 생활을—그들이 가던 길을—그는 다시 뒤따라갈 뿐이었다……. 물 긷고 빨래하고 보리방아 벼방아 찧고 다듬이질하고 옷 짓고 밥하고 그리고 애 낳고 밭 매고 모 심는 일까지. 만일 이것이 싫거든 죽어라! 하는 것이 그들의 운명의 명령이었다.

사방을 둘러보아야 모두 날마다 보는 싫증나는 것들뿐이었다. 하늘도 늘 보던 하늘이요, 산도 늘 보던 산, 들도 늘 보던 들이다. 그들 중에는 사십 년 혹은 오십 년 동안을 한 곳에서 말뚝과 같이 박혀 산 자가 많다. 아니 몇 대째로 여기서 나서 여기서 살다가 여기서 죽었다. 어디 출입을 한다는 것이 기껏 장 출입이었다. 그들은 장에 가서 시체로 난 물건을 보고 와서는 신기한 듯이 떠들고 야단이다.

수둥다리에 홀게눈을 해가지고 말을 하자면 입을 실룩실룩하는 덕삼이가 그 우스운 입을 실룩거리며,

"너 차 타보았니!"

하고 옆에 앉아 있는 말불이에게 물었다.

"아즉 못 타봤소 타보면 어떻다우?"

말불이는 신기한 듯이 이렇게 되짚어 묻는다.

"어때여 호습지. 산이 빙빙 돌고 들이 달음박질한단다!"

"예 여보! 차가 달아나지 그래 산이 달아나요."

하고 말불이는 곧이 들리지 않는 듯이 이렇게 핀잔을 하였다.

"허허허, 그것은 네가 아즉 타보지 못한 말이다. 차 안에서 보면 산이 달아난단다."

하는 말에 말불이는 다시 반신반의하는 표정으로 쳐다보다가,

"나는 여태 타본 것이라고는 없소!"

하고 절망한 듯이 입을 헤 벌리고 웃는다. 잘 자고 있던 덕삼이는 무슨 생각을 하였는지 또 싱글싱글 웃더니만,

"그러나 네 생전에 꼭 두 가지는 타볼 게 있다."

하고 그는 다시 의미 있게 말불이를 쳐다본다.

"두 가지가 뭐유?"

"응! 장가들면 가마 타보고 그러면 네 아씨 배 타보고……."

하하하! 하는 그 얼빠진 당나귀 웃음 소리 같은 웃음 소리가 사방에서 일어났다. 옆에 있던 막동이가 방정맞게 톡 튀어나서며,

"그러나 장가도 못 들면 어쩌구?"

하였다.

"그래도 한 가지는 꼭 타겠지, 죽으면 들거치를 타더래도 설마 송장더러 무덤으로 걸어가라지는 않을 터이니까? 허허허."

말불이는 그게 무엇인가 하고 기쁘게 바라보고 있다가 그만 실망한 듯이,

"예 여보!"

하고 덕삼이의 등허리를 탁 친다. 그는 그만 골이 났다.

"허허허."

하는 웃음소리가 또 소나기 오듯 하였다. 하하하 하고, 한숨쉬는 소리도 들린다. 그는 늘 음침한 상을 하고 있는 덕보이었다. 그들은 다시 저거

번에 서울 갔다는 영삼이를 둘러싸고 서울 이야기를 묻기 시작하였다.

"대체 서울이란 어떻던가?"

하고 텁석부리 정첨지가 벙글벙글하며 이렇게 화제를 돌리었다.

"그걸 어찌 한 말로 할 수 있나."

하더니 영삼이는 다시 말을 잇대며 자기 혼자 서울 구경한 것을 자랑하는 것처럼,

"자네들도 남대문은 들어서 알겠지?"

하고 묻는데, 누가,

"남대문 입납 말이지!"

하는 소리에 또 웃음통이 터졌다.

"그래 그 남대문 말이야! 참 잘 지었데. 우리나라 사람도 예전에는 재주가 많았던 게야!"

"그런데 지금은 그 재주가 다 어디로 갔다오?"

하고 금방 골냈던 말불이는 어느 틈에 골이 삭았는지 별안간 이렇게 묻는다.

"무얼, 삭었지!"

"무엇에 삭어요?"

"양반과 술과 계집에! 하하하"

"참! 그런지도 몰라."

하고 정첨지는 고개를 끄덕이며 가벼이 탄식한다. 영삼이는 다시 말끝을 돌리었다.

"아니 가던 날 저녁에 협률사(연극장)를 가보지 않았겠나! 참! 꽃 같은 기생도 많데. 자네들 기생 구경하였는가?"

성칠이가 바짝 다가앉으며 도리깨침을 꿀떡 삼키더니,

"그럼! 못 봐. 읍내 오리집에 있지 않은가?"

"하하하, 게우집은 아니고 오리집이야. 참! 오리같이 모두 생겼더라!

돈 속으로 탐방탐방 빠지는 것이."

"그게 기생인가? 갈보이지. 짜장 기생은 이런 시굴은 아니 내려온다네."

덕삼이가 또 이렇게 말참례를 하였다.

"그래 하룻밤 다리고 자고 싶지 않던가?"

"무얼, 저 꼴에 어떻게…… 헤헤헤."

영삼이는 다시 말을 잇대었다.

"그런데 서울 사람 말소리야말로 좋데! 더구나 여자의 말소리라니 아주 반하겠던데."

"그래 여자의 말소리가 어떻단 말이냐?"

"아! 우리 시골 여자는 이랬수! 저랬수! 하는데 메떨어지지 않은가. 그런데 서울 여자는 아! 왜이래요? 안녕하십시오! 어떠시오! 하는 게, 나는 잘 입내낼 수도 없네마는, 아주 꾀꼬리 소리란 말이야. 얼골을 보면 비 온 땅에 징신 신고 간 자옥이라도 말소리는 봄하늘에 종달새 울음이거든. 그런 여자는 쇠경이 장가들면 꼭 맞춤이겠네, 허허허."

"아따, 그 자식 서울 갔다 오더니 말솜씨 늘었다. 얽었단 말이지."

"헤헤헤."

"자네 웃음쩨는 시굴 촌놈쩰세. 나도 이번에 서울 가서 그렇게 웃다가 흥잡혔네" 하고 영삼이는 또 성칠이의 웃음소리를 타내었다.

"그람 어떻게 웃나?"

하고 성칠이는 무안한 듯이 되짚어 묻고 쳐다본다.

"허허허 하든지 하하하 하든지 하란 말이야."

"무얼 하하줄은 모두 웃어도 좋지."

"아니 그럼 누가 햐햐햐 웃던가?"

"웃고말고. 일전에 아니 장에를 가지 않았겠나? 마침 왜 갈보집 앞을 지나노라니까 무얼 무얼 똥땅똥땅하며 노래를 부르고는 햐햐햐 하고 마치 불여우 간 뜯는 웃음을 웃데나그려."

"참! 그렇지. 나도 들었어."

하고 정첨지가 맞장구를 치고 따라 웃는다. 누가 방귀를 뽕 하고 뀌는
바람에 또 웃음줄이 터졌다.

어느덧 밤은 이윽하였다. 이제는 고요한 밤이 어둠의 장막을 드리고
말없이 그의 침묵을 지키는데, 간간이 들리는 것은 잠 없는 늙은이들의
아직도 이었다 끊쳤다 하는 구성진 이야깃소리였다. 그들의 특징인 이
빠지고 힘없고 청승궂은 어조로 기운 없이 하는 느릿느릿란 말은 마치
그들의 흰 터럭과 같이 말소리에도 회색을 띤 것 같다. 허무한 과거를
추억하며 애달픈 죽음이 여일餘日을 재촉함을 생각할 때 그들의 입에서
는 하염없이 탄식이 흘러나올 뿐이다. 야반의 적막이 죽은 듯한 이때
그들의 그 그늘진 목소리는 마치 북망산에 묻힌 고총古塚 속 백골들이
하나씩 둘씩 벌떡벌떡 일어앉아서 음침하고 충충한 불쾌와 시취와 송
장벌레가 뼈다귀를 갉아 먹는, 영원한 고통인 그 무서운 총중생활塚中生
活을 하소연 하는 것같이 들리었다.

그러나 동천에서 서늘한 달이 떠오르자 대지는 다시 월색에 안기어
반기는 듯! 웃는 듯! 천당과 낙원이 여기가 아닌가 의심할 만치 삽기간
에 별천지가 되었다. 더위도 어느덧 물러가고 산뜻한 청량미淸凉味가 전
신의 살구멍으로 들어가서 박하빙수를 먹는 것 같은 상쾌한 느낌을 느
끼게 한다. 만물은 저 교교한 달빛에 싸이어 은근한 정을 머금고 이제
새로운 생명에 소생한 듯이 행복을 미소하며 그의 단꿈에 취한 듯이 몽
롱히 비쳤다. 가끔 비단치마가 스치는 듯한 산들바람은 이제는 살았구
나! 하는 행복의 탄식이라고나 할까?

아까까지 반짝반짝하며 저의 광채를 자랑하는 듯하던 별들은 그만
월광에 무색하여 부끄럼을 감추려는 듯이 저의 존재를 숨기고 있다. 그
러나 이따금 깜박깜박하고 내다보며 어디까지 희미한 그림자를 나타내

려 함은 아무래도 저 달을 질투하는 것 같다마는, 별들은 이렇게 낮에
도 있고 밤에도 있고 달이 있을 때나 해가 있을 때나 노상 있지마는 미
혹迷惑잘하는 사람들은 해가 뜨면 우리가 없어지고 달이 솟으면 우리는
숨는 줄 안다. 그래 해도 달도 없는 밤에만 우리를 찬미한다. 그리고 우
리를 저희의 눈만치 조그맣게 생각하여 우리보고 눈 깜짝인다고 하지
마는 실상 우리는 달보다는 크고 해보다도 크고 그리고 우리는 무수하
다고……

　미풍이 살짝 지나갈 때에는 마른 흙내가 폴싹 떠오르다가도 그 속에
는 이슬 섞인 초향草香이 물씬 하고 코를 상긋하게 한다. 지금 저리로서
불어오는 일진청풍은 앞강에서 물결을 스치고 일어남인 듯 수분 섞인
서늘한 맛을 가슴에다 끼얹는다. 그런가 하고 생각해 보니 등허리에 친
친하던 땀이 어느결에 거진 말랐다. 자는 사람들도 이것을 꿈속에서 의
식하는지? 숨소리가 부드러이 길게 내쉬었다.

2

　마실 갔다 돌아오는 정도룡鄭道龍은 지금 자기 집 싸리문을 지치고 안
마당으로 들어섰다. 모깃불이 한 줄기 회색 연기를 되풀이하는 그 짓에
염증이 난 듯이 게을리 가는 연기를 토하고 있다. 그 가닥 그 가닥이 바
람에 솔솔 불리어 공중으로 회회 돌아 올라가다는 다시 사라지고 사라
지고 한다.

　뜰 뒤에는 밀방석을 깔고 그 위에서 홑이불을 덮고 누운 세 식구가
나란히 잠들었는데 모깃불은 마치 고요한 이 밤의 비밀을 홀로 지키려
는 듯이 호독호독 불똥을 튀며 모락모락 타오른다. 그러나 주위가 모두
꿈나라에 방황하는 이때이라 졸음은 저에게도 침노하는지? 하품하는
입김 같은 연기를 실같이 점점 가늘게 토한다.

나뭇가지 사이로 흘러 비치는 달그림자는 흔들흔들하며 그 한가지 그림자가 지는 사람의 얼굴을 은은히 가리었다. 멀리 강 언덕에 늘어선 버들수풀은 우중충하게 한데 얼크러져 수묵을 던진 것 같은데 달빛은 그 속의 신비를 엿보려는 것처럼 와사등 같은 푸른 빛을 그 위에 던지고 있다. 그리고 이편으로 툭 터진 사이로는 일면강색一面江色이 환하게 보이는데 은파연월에 은근한 경색이 누구의 가슴에 한 줄기 느낌을 자아낸다. 아! 이 밤 이때에 누가 무엇을 생각하느냐? 어디서 컹컹 짖는 개소리가 야반夜半의 정적을 깨뜨리고 멀리 공기를 헤치고 사라져 간 뒤에는 다시 침묵. 오직 자는 사람의 숨소리가 색색! 하고 이따금 모기소리가 앵 하고 귓가를 지나가는 소리가 가늘게 들릴 뿐! 그것은 멀리 지옥에서 들리는 마귀의 참회하는 울음소리와 같이……

　정도룡은 지금 무심히 앞강을 바라보고 앉았다. 그는 무슨 생각을 하는지 또한 무엇에 감동함인지 한동안 등신같이 우두커니 앉아서 멍하니 앞강을 바라보다가 홀연 한숨을 후— 하고 내쉰다. 그는 담배 한 대를 피워 물었다.

　어느 틈에 담배도 다 탔는지 댓진 끓는 소리가 꼬로록하고 나자 그는 마지막 한 모금을 쭉 빨고는 대를 탁탁 털었다. 타고 나머지 담배는 섬돌 아래로 떨어지며 그래도 그 불이 다 타고야 말겠다는 듯이 가는 연기가 타오른다. 그게 최후로 깜박하며 연기가 폴싹 떠오르고 사라질 때 그는 비로소 자기의 정신을 차린 듯이 깜짝 놀라 고개를 이편으로 돌리었다.

　그의 옆에는 바로 마누라가 누웠다. 그 다음에는 딸이 눕고 그 다음에는 아들이 차례로 누워 잔다. 이렇게 보는 순간, 그는 지금까지 하던 모든 생각은 다 어디로 가버리고 오직 자는 이들의 귀여운 생각이 금시로 가슴을 치밀었다. 그의 입에는 어느덧 미소가 떠오르며 사랑이 가득히 괸 눈으로 아들과 딸 또는 마누라의 자는 얼굴을 번갈아 보았다. 그래 그들의 뺨을 번갈아 만져 주고 그리고 차례로 궁둥이를 두드렸다. 차례로 입을 맞췄다.

늙어가는 마누라이지마는 이렇게 은근한 달빛에 싸이어 전신을 자유로 펼치고 자는 양을 보니 유달리 아름다워 뵈는 것이 마치 처녀로 다시 돌아오지 않았나 싶다. 그래 자기도 청춘으로 돌아온 듯 싶었다. 그는 마지막으로 아내의 입술을 ×××××. 불현듯! ×××××××.

아내는 지금 서른다섯 살이다. 자기가 그와 만나기는 지금으로부터 십팔구 년 전이다. 그 때에 그가 순결한 처녀이었든지 아닌지 그것은 자세히 모른다마는 자기도 자기의 출처는 잘 모르는 터이라 그런 것을 물을 것은 없다. 자기 부친이 서울 뉘 집 청지기로 있을 때에 어떤 백정의 딸을 상관하여 자기를 낳았다기도 하고 어떤 무당이라고도 하니까, 그런 아내의 신분을 가리거나 또한 정조貞操를 말할 여지도 없다. 자기야 개구녕으로 빠져 나왔든지 다리 밑에서 주워 왔든지 그야 어떻든지 자기에게도 생명이 있는 것을 가끔 행복한 줄로 느낄 때에는 그것을 감사치 않을 수 없었다.

그때 자기는 이리저리 돌아다니던 의지가 없는 혈혈단신이었다. 여기저기로 날품팔이를 하며 그날그날을 지나다가 어디 가서 머슴을 좀 살아 볼까 하고 어찌어찌 굴러간 것이 공교히 지금 아내가 사는 동리로, 더구나 그가 있는 집으로 가서 고용이 된 것은 지금 생각하여도 우연한 일 같지는 않다. 그게 인연이 되어서 그와 또한 결혼할 줄이야 누가 꿈에나 생각하였으랴 하고 그는 지금까지 신기히 여기는 터이었다.

그때 자기는 한창때이라 그러지 않아도 그를 곁눈질하며 흘끔흘끔 쳐다보았다. 혹! 저 색시하고…… 하는 헛침을 자기보다 더 많이 삼키고 더 오래 있던 자들이 많이 있었는데 놈들이 그만 자기한테 다리 들렸겄다 하고 그는 지금도 이 최후의 승리를 달콤하게 웃지 않을 수 없었다.

아내는 그 집 젊은 부인의 조전비이었었다. 그 부인이 늘 말하기를,

"너는 댁에서 잘 골라서 시집을 보내 줄 터이니 그리 알아라."

하고 당부하였다 한다. 그런데 별안간 자기와의 관계가 소문이 났을 때 그 부인은 그를 조용히 불러앉히고 사실을 일일이 심문할 때 그의 이실 직고하는 대답을 듣고 나서는 소스라쳐 놀라면서 마치 소금벌레나 본 것처럼,

"아모리 천한 상년이기로 그렇게 함부로 몸을 갖는단 말이냐? 상년 이란 참 할 수 없고나! 나는 그런 줄 몰랐더니!"

하고 혀를 툭툭 차면서 눈이 빠지도록 나무랐다 한다. 그때 아내는 분 하고 무안해서 눈물을 샘솟듯하며 이러한 대답을 당돌히 하였다 한다.

"아모리 아씨가 제 일을 잘 보아 주신다 해도 제 맘에 드는 사람을 어 떻게 고르실 수 있어요! 저 같은 상년의 일은 제 눈으로 똑똑히 보고 제 손으로 골라야 하지요?"

하고 다시 열렬한 목소리로,

"저는 그것을 부끄러운 줄 모릅니다. 저하고 살 사람을 제 손으로 고 르는 게 무엇이 부끄러워요? 아마 상년이라 그런지는 모르지마는, 그 러나 아씨께서는 양반님의 법대로 예절을 갖추어서 이 댁으로 시집을 오셨지요? 그런데 아씨는 왜 서방님을 마땅치 못해 하십니까? 그런 혼 인이 왜 금슬이 좋지 못하셔요? 아씨는 왜 눈물을 흘리시고 한숨만 쉬 시나요? 서방님은 첫째 나이가 어리시지요! 아씨보다 철이 안 나셨지 요? 다른 것은 고만두고라도 지금 아씨가 한창때에는 서방님은 어리시 고 서방님이 한창때에는 아씨도 벌써 이우는 꽃과 같이 늙으시지 않겠 습니까? 아씨는 그게 좋으신가요? 예법대로 하신 혼인이 왜 그리 불행 합니까? 저는 차라리 뭇사람에게 욕을 먹을지언정 저를 평생토록 불행 으로 살 수는 없어요. 그러느니 차라리 목을 매어 죽지요! 그래서 저 는…… 아씨! 그것은 용서하십시오! 상년이라 어찌할 수 없습니다!"

하고 한참을 분한 말을 쏟아 놓았더니 부인은 무슨 생각이 들었던지 아무 말이 없이 묵묵히 앉았다가 나중에는 입을 비죽비죽하더니 그만 그의 손을 붙들고 목이 메어 울었다 한다. 그래 마주 앉아서 실컷 울었다 한다. 그날 밤에 아내는 나를 불러 가지고 으슥한 곳으로 가서 그 말을 죄다 하여,

"아주 무안해서 퍽 울었어요!"

하기에,

"울기는 왜 울었어? 남이야 뭐라던 우리 할 일만 잘했으면 고만이지."

하였더니,

"네! 그렇지요! 남의 비방이 무서워서 저의 참맘으로 하고 싶은 것을 못 하는 것은 빙충맞지요!"

하고 그는 새로운 용기를 얻은 듯이 나의 손목을 꼭 쥐었다.

그야 어떻든지 우리의 이런 관계가 주인댁 양반님네에게까지 풍기상風紀上 좋지 못한 영향이 미친다고 주인영감이 콩팔칠팔하며 불호령하는 꼴이 우스웠다.

"너희 같은 추한 연놈은 이 당장에 냉큼 나가거라!"

하고 내모는 바람에 우리는 얼씨구나 하고 종의 멍에를 벗어 놓았다. 청년남녀의 외짝은 신발의 짝과 같은 것이다. 외짝 신이 아무리 곱더라도 그것은 아무것도 아니다. 그래 제 발에 맞는 신을 제가 골라 신을 것이매 그런데 그 부인은 큰 짚신에다 나막신을 짝맞춘 셈과 같다. 지금 자기의 아들에게는 큰 짚신을 신기고 며느리에게는 작은 신을 신겨서 아들은 철덕철덕 끌고 며느리는 안 들어가는 것을 억지로 신으려고 애쓰지 않는가? 하고 자기는 그때 코웃음을 하고 나왔다. 그 덕분에 장가 잘 들고 종에서 속량되어서 이 민촌으로 와서 살게 된 것이다.

'그때 아내도 자기가 맘에 들었던 모양이야!'

하고 정도룡은 다시 미소를 빙긋하였다.

피차에 눈이 마주칠 때마다 그는 얼굴을 살짝 붉혔지마는 조용한 틈만 있으면 자기와 이야기하기를 좋아하였다. 가끔 우스운 이야기를 할라치면 그는 그 하얀 잇속을 드러내 놓고 간드러지게 웃는 양을 볼 때에는 어찌도 귀엽던지 그 모양이 볼수록 보고 싶었다. 그래 우스운 이야기를 듣는 대로 꼭꼭 기억하였다가 그에게 들려주고 하면서 그의 웃는 꼴을 재미있게 보고 놀았다.

그러나 우스운 이야기도 늘 밑천이 없으므로 나중에는 웃말 사는 우스운 소리 잘하는 텁석부리 송첨지에게 이야기를 사다가 팔았다. 그자는 근년에 난 궐련 맛을 보고 반한 자인데 궐련 한 개에 이야기 한마디씩 교환하였다. 그러노라고 자기는 궐련을 사도 놓고 한 개에 한마디씩 무역貿易하였다. 그 다음에는 그것도 밑천이 떨어져서 하루는 우스운 이야기를 궁리하다가 암만해도 생각이 아니 나서 한번은 이렇게 그를 속였다. 처음에는 아주 이번 이야기가 제일 재미있고 우습다고 허풍을 쳐놓고는 별안간 두 무릎을 툭탁툭탁 치며 닭 우는 소리를 꼬끼요! 꼭! 하였더니 그는 너무나 어이없는 짓에 어떻게 우스웠던지,

"아이고 배야! 배야."

하고 들입다 웃는데 과연 웃던 중 제일 많이 웃었다. 그래,

"거 봐! 이번 이야기가 그중 우습지 않은가?"

하였더니 그는 얄미운 듯이 눈을 샐쭉하며 어디 보자는 듯이 눈찌가의로 돌아갔다.

"남을 그렇게 속이는 것 보아!"

이를테면 그때의 자기네는 시체 개화한 청년들이 잘한다는, 연애를 하였던 모양이라고 그는 과거의 청춘을 돌아보며 그때의 단꿈을 다시 입맛 다셔 보았다.

아내는 지금 꿈에 사탕을 먹다가 입술이 근질근질한 듯한 바람에 깜짝 놀라 깨어 눈을 번쩍 떠보았다. 그게 누구인지 안 그는 다만 해죽이

웃었다.

달은 여전히 밝아서 나뭇가지 사이로 흘러들어와 은근히 비취었다. 그 빛이 아내의 얼굴을 비췄다 말았다 하는 것은 산들바람에 나뭇가지 흔들리는 모양이다.

아들과 딸은 지금 코를 콜콜 골며 잔다. 부부의 도란도란하는 말소리가 이때의 적막을 깨뜨렸다. 밤은 더욱 괴괴하다.

3

죄수罪囚를 감시하는 간수가 교대하는 것같이 괴로운 밤은 다시 괴로운 낮으로 바뀌었다. 검은 밤이 가면 흰 낮이 오는 것은 검은 옷 입은 간수가 가고 흰 옷 입은 간수가 오는 것 같다. 밤에는 모기, 빈대, 벼룩에게 사정없이 뜯기고 낮에는 더위와 노역勞役에 알뜰히 볶이어서 그들의 애달픈 생명은 잠시도 안식할 때와 곳이 없다.

지금은 새벽녘이다. 새벽의 회색빛이 차츰차츰 엷어지며 산고랑에 굴러 있는 바윗돌같이 여기저기 한전하는 사람들의 꼬라구니가 드러난다. 그것은 마치 건들바람에 열린 원두같이 때아닌 생명을 시든 꼭지에 매달고 아무렇게나 굴러 있는 그것과 같다. 사람의 피맛에 환장한 독충毒蟲들은 이 밤의 마지막 배를 불리려고 열광熱狂한다. 모기는 잉잉 하고 다니며 쏘고 음흉한 빈대는 다리 위에 착 붙어서 사람의 등골을 빨아먹는다. 그러면 벼룩은 살살 기어 다니며 뜯어먹고는 함부로 피똥을 갈긴다. 모기는 야만인같이 함성을 지르고 대들어 공격하다가 쫓겨 가지마는 빈대는 문명인같이 음흉하게 ─교묘하게─ 자기의 존재를 감추고 사람의 피를 빨아먹는다. 그러면 벼룩은 누구와 같다 할는지? 그놈의 팔팔한 기운이 잠시도 한 곳에 붙어 있지 않고 바늘끝같이 따끔하게 쏜다. 그놈은 습기에서 생기는 놈이다. 개는 땅에서 많이 자는 까닭에 그

놈은 개에게서 많이 생긴다. 이놈들이 사정없이 안팎에서 물지마는 잠자는 사람들은 무의식적으로 경련하듯이 근육을 꼼작꼼작하는 것은 꿈속에서도 고통을 느끼는 것이다. 새벽 무렵의 축축한 기운은 아무래도 단잠을 이루지 못하게 한다. 그들은 물구덩이에서 빠진 꿈을 꾸다가 깜짝 놀라 깨보면 찬이슬이 함씬 내려서 온몸이 축축하고 끈적끈적하였다. 그래 그들은 벌떡 일어나서 궁둥이를 툭툭 털고 머리를 긁적긁적하였다. 그리고 하품을 입이 찢어지게 하고 그 다음에는 담배를 붙여 물고 꿈지럭꿈지럭 일거리를 붙들기 시작하였다.

정도룡도 지금 일어나서 전례대로 궁둥이를 툭툭 털고 머리를 긁적긁적하고 하품을 입에서 딱 소리가 나게 하였다. 막 깎은 머리는 더부룩하게 마치 밤송이같이 털이 일어섰다. 무엇보다 먼저 활동하는 눈은 본능적으로 눈앞을 바라보았다. 태양은 미구에 떠오르려는 기별을 보내는 듯이 동천이 불그스레한데 여자들은 자고 깨서 우선 부엌에다 불을 싸놓았다. 그 연기가 아침 안개와 어우러져서 동구 앞 버들숲에 엉키었는데, 그 한 가닥이 뒷산 중턱에 넌즈시 걸리었다.

앞으로는 맑은 강이 푸른 언덕을 뚫고 그윽이 흐른다. 신선한 아침 공기가 소녀의 입김과 같이 부드러이 진동하여 이슬에 젖은 나뭇잎을 하느작하느작 나부낀다. 어느 틈에 태양은 발끈 떠올라와서 그 사이로 금실 같은 광선이 화살같이 내뻗친다. 일면으로 푸른 들에 뿌옇게 패나는 보리이삭은 굼실굼실 물결을 치고 있다. 개가 두어 마디 컹컹 짖고 식전 닭이 유장한 목청으로 꼬끼요! 한 마디를 늘어지게 우는데 제비는 부지런히 벌레를 물어들이고 참새는 한가이 울타리에서 짹짹거린다. 하나씩 둘씩 사람의 목소리가 들리며 그들은 제각기 할 일을 붙잡았다. 이것이 농촌의 유일한 여름 아침이다.

정도령은 아들과 딸을 깨우고 우선 담배 한 대를 피워 물었다. 식전 담배 맛이란 참으로 유명하였다. 그런데 담배도 줄여야 할 세상이다.

그는 그 담배 맛에 취한 듯이 연신 빨며 우러난 침을 탁 뱉었다. 그는 빗자루를 들어서 우선 안팎 마당을 쓸었다. 마누라는 아침을 짓느라고 부엌에서 달각달각하며 아래윗방으로 들락날락한다. 딸은 부엌일을 거들어 주다가 지금은 샘으로 물 길러 갔다. 미구에 딸이 물 한 동이를 찰름찰름 이고 방울방울 흘러내리는 물방울을 손으로 씻으며 돌아오자,

"아버지! 진지 잡수서요!"

하는 소리에 네 식구는 비로소 방으로 모여들었다. 딸은 지금 숭늉 부을 물을 새로 길러 간 것이었다. 만주 좁쌀에 쌀이라고는 백미에 뉘같이 약간 섞인 밥을 부자는 겸상하고 모녀는 그 앞에 내려놓고 먹는다.

"아! 상 하나를 더 삽시다. 편편치 않게 땅에다 놓고 꾸부려서 먹기가 거북지 않소? 아마 당신의 허리가 꾸부러진 것이 그 까닭이 아닌가 몰라."

하고 그는 아내를 쳐다보며 웃었다.

"호호! 설마……? 상 살 돈이 어디 있소? 그보다도 더 급한 것도 못 하는데."

"무엇은 살 돈이 넉넉해서 사겠소. 억지로 살래야 되는 게지!"

아내는 다시 해죽이 웃고는 손으로 김치를 집어다 먹는다.

"어머니! 우리는 상이 없어도 괜찮지요…… 밥을 뜨러 갈 때에는 허리를 굽히지마는 입에 넣을 때에는 다시 허리를 펴니까요. 오빠처럼 저렇게 젓갈질도 할 줄 모르는 것을 집으려고 애쓰는 동안에 밥은 벌써 삼키고 짠 반찬만 나중에 먹으니보다 이렇게 손으로 집어먹으면 젓갈내도 안 나고 더 맛있지요."

금순이의 이 말에 그들은 모두 웃었다.

"가난에는 참 잘 졸업하였구나."

하고 정도룡은 허허 웃었다.

"그래도 너는 나만치도 젓갈질을 할 줄 모르잖니? 너는 젓갈질을 할

줄 몰라서 남의 집 손 노릇은 평생에 못 해볼라!"

금석이는 금순이를 또 이렇게 빈정거렸다.

동향 집이라 아침해가 발끈 비쳐서 눈이 부시어 견딜 수 없다. 그런데 방은 뜨겁다. 요새는 서늘해야 할 방이 불같이 뜨겁고 짜장 더워야 할 겨울에는 방바닥이 얼음판같이 차다. 찰 때 차고 더울 때 더운 것이 자연에 맞을는지는 모르지마는 약한 인간 생활에는 이것보다 부적不適한 일은 없다. 그것은 고통인 까닭이다. 이 고통 중에서 그들은 거친 아침을 치렀다. 땀을 뻘뻘 흘리고 밥을 간신히 먹었다.

아침 후에 그는 무엇인지 아들에게 부탁하고 일터로 나갔다. 그것은 몇 마지기 안 되는 남의 논을 부치는 농사였다. 그 뒤에는 세 식구가, 금순이는 모친과 함께 바느질거리를 들고 앉았고, 금석이는 그 옆에 벌떡 드러누워서 깝작깝작 재미있게 놀리는 여동생의 바늘 쥔 손을 들여다보고 있다. 두터운 나무그늘은 서늘하게 지면地面을 덮고 그 푸른 잎은 산들바람에 다시 부채질을 한다. 뜰 앞 그늘 밑에다 밀방석을 편 까닭이다. 이렇게 식후에 서늘한 맛을 느끼며 드러누웠는 것은 무엇이라 말할 수 없는 상쾌한 마음을 느끼게 한다. 금석이는 이 달콤한 맛을 미소로 표시하며 지금 가만히 누워 있다.

"오빠! 왜 웃어? 내 괴불 하나 해주까? 이걸로?"

하고 금순이는 비단조각을 무슨 보물인 듯이 살짝 보이며 방긋 웃고 쳐다본다. 금석이는 빙그레 웃고 여전히 누이를 마주 쳐다본다. 금순이는 분홍 적삼에 도구물치마를 입었는데 윤이 흐르는 머리에 좀 갸름한 얼굴이 아름다웠다. 벌써 처녀태가 나서 젖가슴이 도도록한 게 탐스러운 숫색시 꼴이 났다. 얼비치는 팔뚝은 보랏빛으로 윤을 은연히 그리고 숨어 있다. 또렷또렷한 눈매는 심상히 보지 않고 무엇을 캐려는 것 같다. 그래 금석이는 이렇게 꽉 생각하였다.

'너도 발써 다 컸고나!'

"괴불은 이 다음에 시집가서 네 아들이 넣거든 해주랴무나! 그런 것은 고만두고 이렇게 좀 드러누워 보렴! 얼마나 유쾌한가?"

"아니! 아니! 나는 싫여! 오빠두…… 누가……? 게으름쟁이!"
하고 금순이는 부끄럼에 타올라 어쩔 줄을 모르겠는 듯이 얼굴이 다홍빛이 되며 어리광하듯 우는 소리를 한다. 두 팔꿈치를 내저으며.

그런데도 모친은 무슨 의미인지 빙그레 웃고 잠자코 있다가,

"밥 먹고 바로 누우면 죽어서 소가 된단다. 어서 일어나 나가 보아라."
하였다. 아마 아까 부친에게 부탁받은 것을 주의시키는 모양이다.

"소나 되면 좋겠소! 소는 게으르니까 할 수 있는 대로 놀거든!"

"그래 게으른 소가 좋아?"
하고 금순이가 날카로운 목소리로 부르짖었다.

"그럼 좋지 않구! 나는 죽어서 소가 될란다."

"아! 소가 무에 좋아요? 내 참! 오빠두."

"이 숙맥아, 그걸 모르니? 암만 부지런해도 장 제턱일 바에는 할 수 있는 대로 게으른 것이 한쪽 손해는 덜지 않느냐 말이다? 부지런한 것은 고통이거든. 부지런히 고통을 사는 그런 천치가 있나."

"호호호! 그렇다고 게으르면 더 가난하지 무얼!"

"뭐 더 가난해! 이보담 더 가난할 게 있어야지? 아주 가난이 밑바닥이 드러났는데두? 응둥이가 찢어질래도 방둥이가 걸리도록."

모친과 금순이는 일시에 호호 웃는다.

"그래 나는……."
하고 금석이는 다시 말을 시작한다. 그는 순색으로 느물느물 말을 한다.,

"저— 소가 시냇가 잔디밭에서 푸른 풀을 뜯어먹으며 한가히 아귀를 삭이고 누운 팔자가 몹시 부러울 때가 많다. 부지런히 일하면 자꾸 부려먹거든. 그러므로 소는 할 수 있는 대로 게으름을 피우지. 아니 소가 부지런하면 사람이 안 잡어먹겠니? 부지런하면 일찍 늙어서 도수장으

로 더 쉽게 들어갈 것이다."

"참! 사람에게 그렇게 유익한 소를 왜 잡어먹는다우?"

하고 금순이는 모친을 물끄러미 쳐다보며 웃는다. 모친은 빙그레 웃으며,

"사람에게 유익하니까 잡어먹는단다."

하였다. 그는 이렇게 대답은 하였으나 자기도 무슨 뜻인지 모르고 말하였다.

"그와 같이 가난한 사람은 부자의 소란다."

모친의 말끝에 금석이는 이렇게 받고 채었다.

"너희같이 되지 않는 일에 밤낮 애쓰는 게 어찌 좋으냐? 그런 괴불 같은 것을 하는 틈에 낮잠을 한참 자는 것이 얼마나 유익할지 모르겠다."

하고 금석이는 다시 금순이를 웃으며 쳐다본다.

"아이! 오빠두…… 고만두어요! 그라지 않아도 조선 사람은 게으르다고 소문이 낫다우."

하고 그는 표정이 샐쭉해지더니 다시 무슨 생각이 들었는지 미구에 방그레한 웃음으로 빛난다.

"오빠는 마치 예전 이야기에 있는 게으름쟁이 같구려!"

뒤미처 윤나는 웃음 섞인 소리로 그는 이렇게 부르짖자,

"무슨 이야기?"

하고 금석이는 그 뒤를 채었다.

"그럼 내 이야기하께!"

하더니 금순이는 이야기도 하기 전에 미리 나오는 웃음을 참지 못하는 듯이 호호 웃으면서,

"저기. 오빠! 호…… 예전에 한 사람이 있는데 어떻게 게으르던지 아마 오빠 같던 게야!"

하고 그는 또 들입다 웃는다.

"그래서? 이야기나 하고 웃어야지!"

"그래, 그런데 이……! (그는 손으로 입을 가리며) 그런데 하루는 쌀이 없다고 한 걱정을 하는 바람에 이웃 사람이 보다 못해서 그럼 우리 집에서 벼 한 섬을 갖다 먹으라 하였더니 그 사람이 깜짝 놀라며 하는 말이, 아! 그걸 누가 갖다가 누가 찧어 먹느냐고 기겁을 하였다우."

하고 금순이는 간신히 이야기를 그치고 우스워 죽겠는 듯이 배를 움켜쥐고 쓰러진다. 무심코 금순이의 들썩들썩하는 어깨를 바라보고 있는 금석이는 여전히 빙그레 웃으며 이렇게 대답하였다.

"무얼 그 사람의 팔자가 좀 좋으냐? 지금 부자들이 모다 그 사람 같은 줄을 너는 모르니? 애, 볏섬을 지기는 고사하고 빗자루 한 번을 안 드는 사람이 많다. 게으를수록 부자가 되거든. 왜 그러냐 하면 그들이 게으르면 게으를수록 우리 같은 노동자의 수고는 더해지는 까닭이다. 우리 같은 가난한 사람은 게으를래야 게으를 수가 없지 않느냐? 하루만 놀아도 내일은 입에 밥이 안 들어가니 말이다. 그러므로 우리집도 게으를 공부를 해야겠다. 너는 나한테 배우고 어머니는 아버지한테 배우고……."

모친과 금순이는 웃었다. 금석이는 그만 무안하던지 무거운 궁둥이를 게을리 일으킨다. 그는 지게를 지고 들로 나갔다.

금석이는 지금 열여덟 살이요, 금순이는 올에 열여섯 살이었다. 그런데 모친은 다시는 동생을 보여 주지 않으려는지 도무지 소식이 감감하다. 그래 금순이는 가끔 이렇게 졸라 봤다.

"어머니! 왜 애기 안 낳아요?"

그러면 모친은 할 말이 없는지 다만 빙긋 웃기만 하였다.

"똑 더도 말고 둘만 낳아요! 사내 하나 계집애 하나. 그래 나두 형노릇 좀 하게. 오빠한테 절제만 받기 싫대두! 아니 둘 다 계집애를 낳아요! 그래 우리 삼 형제한테 오빠가 찍찍하는 꼴 좀 보게!"

그 언제인가 금순이가 이런 말을 하였더니 모친은 어이없는 듯이 쳐

다보며,

"기애는 어린애를 누가 수수팥떡 만들 듯이 하는 줄 아나베!"

하고 웃었다. 그때 금석이는 의미 있는 미소를 띠며 참으로 그렇기나 한 듯이,

"네까짓 것들은 셋 아니라 열이라도 덤벼 보아라. 나 하나를 당할 수 있나?"

하고 장담을 썼다. 그래 금순이는 다시,

"어디 보까 그런가! 어머니 어서 낳아 봐?"

하고 어리광을 부리어서 모친을 또 웃기고 말았다. 벌써 오랫적, 예전 일이다마는,

"여보 마누라! 우리는 꼭 둘만 납세다."

하고 정도룡은 그 어느 날 밤 잠들기 전에 아내에게 이런 말을 하였다.

"아들 하나, 딸 하나만 납세다. 많이만 나면 무엇 하오. 잘 키우고 잘 가라치지 못할 바에야 도야지 새끼같이 얻어먹는 게 아닐 바에야, 수효로보다는 바탕으로 잘 낳아야 하지 않겠소!"

그때 아내는 새뜩해지며,

"누가 그걸 억지로 하나! 낳는 대로 낳고 되는 대로 낳지!"

하였다.

"그래도 자식 욕심은 퍽 많은가베!"

"그럼, 자식도 없으면 무슨 자미로 사우?"

"맘부터 그렇게 먹으니까 안 된단 말이지. 아무리 억지로 못 한다 하더래도 욕심만 부리지 말고 단 하나를 낳더래도 훌륭한, 착한 자식을 낳아 보리라는 작정을 하고 정성을 드리면 그런 자식을 낳을 수도 있단 말이오. 지성이면 감천이라고 예전 말도 있지 않소? 그런데 더구나 가난한 처지에 자식만 많이 낳기, 피차에 고생을 하는 것은 죄악이요, 적악이니."

"자꾸 배면 어쩌구?"

하고 그때 아내는 힐끗 쳐다보며 방긋 웃었다.

"낙태시키지!"

"에구메나! 끔찍한 소리두 하네!"

아내는 눈을 동그라니 뜨며 놀란 표정을 지었다. 하긴 그는 산고를 치르던 때 생각을 하면 미상불 그만 낳으면 좋겠다는 생각도 났다. 그러나 어떤 사람은 초산에 어찌도 혼이 났던지 다시 애를 낳으면 개딸년이라고 맹세를 하고도 불과 일년에 또 애를 배서 경을 치고 나서는 또 그 애가 귀여워서 죽겠다는 말과 같이 이렇게 금순이가 동생을 보자고 조르는 말을 들으면 다시 하나만 더 낳아 보았으면…… 하는 생각이 마음 한편 구석에서 슬그머니 일어났다. 그래 벌써 단산인가? 생각할 때에는 그는 어쩐지 시원섭섭한 생각이 갈마 들어서,

"당신 소원대로 잘되었소!"

하고 영감을 원망하는 듯이 이런 말을 불쑥 한 적도 있었다. 그러나 영감은,

"응! 무슨 소원?"

하고 눈을 동그라니 뜨고 어리둥절하는 바람에 그는 다시 제풀에 웃어 버렸다. 그는 지금도 그런 생각이 나서 영감을 미운 눈치로 쳐다보다가 언뜻 생각난 듯이,

"참! 용쇠네는 셋째딸을 또 삼백 냥에 팔어먹었다우!"

하고 아까 마실 왔던 춘이 어머니에게 들은 이야기를 하였다.

"잘했군! 딴은 그게 팔어먹기로 말하면 달마다 부지런히 옥토끼 새끼 낳듯 하였으면 괜찮을걸!"

"무식한 소리도 하네!"

"무에 무식해! 그런데 또 며느리가 태기가 있다니 이번에도 제발 딸을 납시사고 고사를 지내라지, 그러면 또 오백 냥쯤 받고 손녀를 팔어

먹었으면 한 밑천 톡톡히 잡을 터이니!"

하고 정도룡은 퉁명스럽게 부르짖었다.

"자식을 크기도 전에 장가를 들여서 도야지 암 붙이듯 해서 새끼를 낳는 대로 팔아먹는다 하면 그야말로 화수분이다. 다행히 딸만 낳는다 하면…… 그러나 삼신할머니는 심술쟁이라 가끔 사내를 맨들어 놓거든. 그런데 용쇠네는 복이 많아서 딸 삼형제를 한숨에 내리 낳아 가지고 이백 냥 삼백 냥 사백 냥에 팔아먹었단 말이지. 하긴 그것은 용쇠네만 말할 것은 아니야. 소위 양반이라는 집에서도 그와 비슷한 짓을 하니까. 어떻든지 이 세상은 얼마나 고마운 것이냐. 아모리 악한 짓을 하고라도 아름다운 이름으로 그것을 잘 감출 수가 있으니까……."

하고 그는 코웃음을 하였다. 그는 남의 일 내 일 할 것 없이 불의한 일을 보면 이렇게 역정을 냈다.

어느날 정도룡은 용쇠의 집앞을 지나노라니까 용쇠는 그의 넷째딸을 사정없이 회초리로 때려주는 판이다. 그 아이는 지금 너덧 살밖에 안 먹어 보이었다. 이 거동을 본 정도룡은 별안간 달려들어 용쇠의 따귀를 후려갈기고 그 손에 든 매를 잡아 뺏었다. 그래 용쇠는 별안간 얼을 먹고 입을 우물쭈물하며 등신같이 멀거니 쳐다보고만 있다.

"왜 어린애는 따리니? 저애가 니 집의 화수분이 아니냐. 어려서는 뚜드리고 헐벗기고 배곯리다가 열 살만 먹으면 팔아먹고 니같은 놈이 도모지 사람의 자식이냐?"

하고 그의 무섭게, 흘겨보는 바람에 용쇠는 입을 딱 벌리고 어쩔 줄을 모르고 섰다. 정도룡은 다시 말을 잇대었다.

"이 못난 자식아! 세상에 저보다 약한 자를 학대하는 것같이 못난 것은 없다. 나보다 강한 자에게는 소인을 개올리는 주제에 누구를 깔보고 때릴 권리가 있느냐 말이다. 그것은 포학한 자를 위하는 행위다. 양반이 상놈을 천대하거나 관리가 백성을 학대하거나 남자가 여자를 구박하거나 부모가 자식을 박대하거나 그것은 모두 일반이 아니냐?"

하고 그는 잠깐 말을 멈췄다가 다시 용쇠를 흘겨보며,

"사람이란 즘성은 우둔한 것으로서 제가 당해 보지 못하면 남의 일은 모르는 것들이다. 무슨 공자님의 도학을 배웠다는 유식한 양반들과 같이 글로만은 착한 일을 모를 것이 없이 알지마는, 그런 이들 중에서 도리어 우리 같은 무식한 자보다도 악한 짓을 하는 자를 많이 보았다. 그들은 우리네 농민의 고통을 모른다. 그것은 마치 부자가 가난한 자의 사정을 모르듯이 이웃집에서야 며칠을 굶느니 추워 죽느니 해도 그저 그런가 심상히 보고 제 배부른 것만 다행으로 아는 자들이다. 놈들은 건망증에 걸려서 아까 한 일도 금시에 잊어버리고 지금 눈앞의 일만 생각하겠다. 그러므로 그들에게 배운 지식을 실행하게 하랴면 우선 고통을 맛뵈어야 할 것이다. 할 수 있으면 어떤 놈이든지 모두 잡어다가 요새 저 논밭 두렁 속에 몰아 처넣고 괭이와 호미를 하나씩 앵겨 놓고는 채찍으로 소 몰듯이 들두드려 일을 시킬 것이다. 그래 맛이 어떠냐고 좀 물어 볼 것이다. 그렇지 않으면 예수교쟁이니 하느님이니 나무아미타불이니 공자니 맹자니 영웅호걸이니 하는 그들의 말과 일이 모다 소용 없는 것이다. 아니 그들의 힘으로 인간을 구원한 일이 언제 있다더냐?"

하고 그는 마치 용쇠가 그들인 것처럼 들이대었다. 그러나 용쇠는 역시 아무 대꾸가 없다.

"내 자식이니까 내 맘대로 한다구? 자네는 이렇게 생각할는지 모르겠네마는 그러나 부모가 자식을 따릴 권리가 어디 있나? 사람에게 수족을 붙여준 것은 일하라는 것이니 남을 함부로 따리라는 것은 아니야. 부모나 자식이나 사람이기는 일반이라 하면 제 자식이나 남의 자식이나 그의 등분이 없을 게다. 덮어놓고 제 뜻만 맞추랴고 남을 강제하는 것은 포학한 짓이 아닌가? 얼럭박이를 밉다고 암만 뚜드려 준대야 그게 별안간 빤질빤질해질 이치는 없지! 자네는 오늘부터 즘성을 배우게!"

"무얼? 즘성을……?"

하고 용쇠는 얼굴이 빨개지며 불안한 표정으로 쳐다본다.

"그래! 즘성을 배우란 말이야! 자네 집에 제비가 제비 새끼를 치지 않는가? 그 어미 제비를 배우란 말이야! 공자님의 말이나 누구의 말보다고……."

용쇠는 그게 무슨 소리인지 다만 자기를 모욕하는 줄만 알았다. 그래 속으로는 분하였지마는 그대로 참고 들었다.

용쇠가 이렇게 혼이 난 뒤에 동리 사람들은 더욱 정도룡을 두려워하였다. 그러나 그를 경외하기는 그전부터 하였다. 그것은 그의 건강한 체격과 또한 그의 의리 있는 심지가 누구든지 자연히 그를 신뢰하고 싶은 마음이 생기게 하였다. 그것은 그를 미워하는 사람까지도 속으로는 그의 행동을 감복하였다. 그래 그의 이름이 근사한 것을 기화로 그를 모두 계룡산 정도룡이라 하였다.

그에 대한 이러한 존경은 건넛말 양반촌에서도—유명한 김주사까지도—그를 만만히 보지 못하였다. 그래 고양이 있는 집에서 기를 펴지 못하고 사는 생쥐같이 지내던 이 동리 사람들이 그로 말미암아 적지 않은 힘을 입었다. 그래 이 동리 사람들은 어른 아이 없이 그를 참으로 정도룡같이 믿으며 그의 말이라면 모두 복종하게 되었다. 물론 이 동리의 크나 작은 일은 그의 계획과 지휘로 해결되었다. 그런데 그를 그중 사랑하기는 어린아이들과 여자들이었다. 그것은 무지한 남자와 부모의 횡포를 규탄해 주는 까닭으로 그러하였다. 마치 일전에 용쇠를 혼내주듯 하므로.

그렇다고는 하지마는 이 동리 사람들의 생활은 참으로 가련하였다. 용쇠는 그래도 딸이나 팔아먹었지마는 늙은 부모하고 어린 자식들에 식구는 우르르한데 양식이 떨어져서 굶주리는 집이 경성드뭇하였다. 더구나 지금은 농가에서는 제일 어려운 보릿고개를 당한 판이니까, 모는 심어야겠는데 보리는 아직 덜 익어서 채 익지도 않은 풋보리를 베다가 뽀얀 물을 짜내서 죽물을 끓여 먹는 집도 많다. 이 세상에서는 종의 신세처럼 불쌍한 자가 없다 하지마는 의식이 없는 '자유인'은 종보다도 더 불쌍하다. 아니 지금 '무산자'들은 의식이 없는, 주인 없는 종이 되었다.……(이하 18자 원문 탈락)……

이웃집 춘이 할머니는 바람 앞에 흔들리는 나무뿌리같이 근드렁근드렁하는 몸을 간신히 지팡이에 의지하고서 우두커니 보리밭을 쳐다보고 있다. 그는 마치,

"보리야! 어서 익어라. 우리집에 양식이 떨어진 줄은 너도 알겠고나! 영악한 사람들보고 장릿벼 달라고 하소연하느니 차라리 너보고 하는 것이 낫겠다. 그래도 우리집 식구의 목숨을 구해 줄 이는 네로구나! 보리야, 어서 익어라. 나는 다시는 사람에게는 말하기 싫다."

하는 것처럼 그는 참으로 이런 말을 하지나 않는지? 오므라진 입을 쉴 새없이 우물거리고 있다. 또한 보리는 이 말을 알아들었는지 걱정스러운 듯이 고개를 숙이고 있다. 그 잎새와 줄기가 바람에 스쳐 우는 것은 이 불쌍한 노인의 신세를 슬퍼하는 것 같다. 정도룡은 지금 자기 집 앞에 서서 이 노인의 하고 섰는 의미를 캐보려는 듯이 우두커니 그를 바라보고 있다. 부지중 무거운 탄식이 그의 입에서 흘러나왔다.

춘이 집은 요사이 정도룡의 집에서 준 좁쌀 되로 끓여 먹는 형편이었다. 그는 어린 손자 춘이를 데리고 과부 된 고부가 논 댓 마지기를 지어

서 근근이 살아가는 터이다.

이 나라에 많이 왔다갔다하는 또는 이 땅에 와서 우리는 이렇게 잘산다 하는 문명인들은 저들의 참혹한 생활을 조소한단다. 저게 사람 사는 꼴인가? 하고. 오! 문명인아! 너희의 지식은 과연 저들보다 우월한 것은 사실이다. 너희는 그 지식으로 그와 같이 호강하는 줄도 안다. 그러나 너희의 행복이 어디서 나오는 줄을 아느냐?

나마(로마)는 일일의 나마가 아니라 함은 도리어 너희가 잘 하는 말이다. 그의 황금시절은 백 년 동안 노예의 피와 땀을 희생하였던 때라 하지 않는가? 그렇다! 너희의 문명은 모두 무수한 노예의 해골에서 희생한 '버섯'이다. 너희는 이 버섯을 따먹고 사는 유령이다. 우리의 피를 빨아먹는 입으로 붉은 웃음을 띠고 있는 '야차'와 같은 너희는 얼마나 무서운 '아귀'인가? 참으로 아귀 인간은 너희들이다! 너희들이다…….

너희에게서 허위를 빼면 남는 것은 아무것도 없다. 허위는 너희에게는 생명의 신이다. 그러므로 너희는 허위의 신을 숭배한다. 허위의 신은 정의를 가장하고 이 세상을 정복한다. 너희의 도덕, 법률, 정치, 예절, 그것은 모두 허위투성이다. 이러한 이야기를 들어 봐라— 어떤 사람이 도깨비를 잘 위하였더니 도깨비는 감투 하나를 주었다 한다. 그래 그자는 도깨비감투를 쓰고 대낮에 돌아다니며 점방에 있는 쌀과 옷감을 훔쳐 와도 그 임자들은 도무지 도적맞은 줄도 모르고 있었다 한다. 그와 같이 너희는 도깨비감투를 쓰고 온 천하에 횡행한다. 황금으로 만든 도깨비감투를 쓰고.

"놈들은 우리 같은 무식한 백성은 정치할 필요가 있다 한다. 군자는 소인을 다스려야 하고, 그 대신 소인은 군자를 먹여살려야 한다고? 놈들이야말로 낯짝도 뻔뻔한 소리도 한다. 도적질을 하거든 정직하게나 못하고!"

정도룡은 이렇게 혼자 중얼거렸다.

"아니 자고로 우리에게서 중대한 일이 생긴 것이 무엇인가? 우리는 우리의 노동으로 우리의 목숨을 부지할 만하면 고작이다. 혹시 큰일이래야 술주정꾼이나 내외간이 싸움하거나 그렇지 않으면 불량한 놈이 남의 아내를 겁탈하려는 것 같은 것일 것이다. 그러나 그런 것은 우리도 잘 재판할 수가 있다. 이 세상의 모든 풍파와 난리는 모다 저희놈들이 꾸미고 있으면서 아! 됩다 우리네보고 우악한 백성은 다스려야 한다고?"

"법률인지 무엇인지 그런 것은 무식한 우리는 모른다. 그러나 제가 벌어서 제각기 먹고 사는 우리 같은 농민에게야 그게 다 무슨 소용이 있느냐 말이다. 우리는 지금 그렇게 우리 일을 우리가 처리하고 있다. 놈들은 대체 웬 앞자락이 그리 넓어서 아무 일도 없는 우리 동리에 와서 무엇을 이래라! 저래라! 하고 늘 간섭을 하느냐 말이다. 그리고 우리의 주머니를 털어 간다. 더러운 도적놈들 같으니……."

"대체 우리에게 돈이 어디 있느냐 말이야. 그런 것은 부자한테 가서나 달랄 것이 아닌가? 놈들은 턱없는 갖은 부역을 다 시키고 별 추렴을 다 물리고 나중에는 내외 잠자리 자는 추렴까지 물릴 작정인지? 일껏 부역 나가서 신작로를 잘 닦어 놓으면 자동차를 휘몰아서 흙먼지를 끼얹는다. 그게 길 닦어 준 고마운 치사란 말이야!"

하고 그는 다시 코웃음을 하였다. 그 언제인가도 그는 이와 같은 코웃음을 톡톡히 한 일이 있었다. 그게 벌써 몇 해 전이다마는 금석이가 보통학교에 마지막으로 갔다 오던 날 저녁이었다. 정도룡은 식후에 담배를 붙여 물고 퍽퍽 피우다가 무심코,

"오날은 선생님이 무엇을 가라치시더냐?"

하고 아들에게 물어 보았다. 그때 금석이는 여러 가지 과정을 주워섬긴 뒤에,

"선생님이 오날은 훈계하시기를 사람은 위생을 잘해야 된다고요. 음

식을 일정한 시간에 먹고 잠도 일정한 시간에 자고 때때로 운동을 잘하라고요. 그리고 할 수 있는 대로 고기와 계란을 많이 먹으라고, 그래야 몸이 튼튼하다고요."

이 소리에 별안간 그는 소리를 버럭 지르며 담뱃대로 재떨이를 후려때렸다.

"무엇이 어짜고 어째? 그래 그 말을 듣고 가만히 있었니? 누가 그런 것을 먹을 줄 모른다더냐고 하지. 죽이나마 제 양대로 못 얻어먹는 우리네보고 무엇이 어짜고 어째? 운동을 하면 도리어 허기가 지는 것을 어짜랴냐고 좀 물어 보지! 그런 것은 배지 부른 놈들이나 할 노릇이라고. 굶어가며라도 힘에 과한 학교 추렴을 물고 다니니까 선생이라는 것들은 그런 고마운 소리를 하더냐? 부잣집 자식이 몇이나 되기에 그런 소리를 한다더냐? 살찐 놈 따러 '부' 라는 수작도 분수가 있지 않은가? 아니 그게 선생질하는 놈의 말 따위라디? 숙맥의 아들놈들 같으니. 애, 금석아! 너는 내일부터 그까짓 학교는 집어치워라! 그런 백주에 잠꼬대 같은 놈의 말은 차라리 안 듣는 편이 낫겠다. 그리고 또 일어인지 소 모는 겐지만 배우면 산다더냐?"
하고 그는 성이 머리끝까지 올랐다. 그래 금석이는 그 이튿날부터 학교를 그만두었다.

그 후 얼마 안 되어서다. 금순이는 그즈막에 한번 구경함직한 코보가 와서 새로 설립한 예배당에를 가보았다. 목사의 하는 말이 어찌 착한지 모르겠다고 그래 다녀보겠다 하므로 그는 허락하였는데 하루는 금순이에게도 또 금석이 쪽이 났다. 그것은 어느 날 주일에 생긴 일인데,

"그래 목사가 무슨 말씀을 하시데?"
하고 정도룡은 딸에게 오늘 예배당에서 들은 말을 물었다. 그때 금순이는 총기 좋게 들은 말을 옮기었다.

"저기요! 우리가 사는 것은 모두 하느님의 은혜라고요. 그리고 사람

은 누구이나 작고 크고 간에 죄를 지은 죄인이니까 그저 범사에 감사해야 구원을 얻는다고요!"

"무어? 범사에 감사하라고?"

"네, 어떤 일이든지 그저 고맙게 생각하라고요! 주는 대로 받으라고요!"

이 소리에 정도룡은 또 코웃음이 나왔다.

"흥! 우리가 범사에 감사할 것이 무엇이라디? 배고프고 헐벗고 무시로 노동하는 우리네보고 무엇을 감사하란 말이야? 옳지! 우리네의 이렇게 가난한 것은 죄라고, 가난한 죄라고? 그래 주는 대로 받으라고? 어떠한 학대든지! 치욕이든지! 아니 그놈도 그놈이로구나! 고기 많이 먹고 닭알만 해먹으라는 선생보다도 심한 놈이로구나! 아니! 그의 볼치를 눈에서 불이 나도록 한번 후려 주어 보지! 그놈의 감사하다는 꼴을 좀 보게! 하긴 이 세상에서는 범사에 감사할 놈도 있겠지. 돈 많은 부자나 세력 좋은 양반들이나 무엇이든지 제 맘대로 잘되는 놈들은…… 저 건너 김주사 따위같이 돈 가지고 별 지랄을 다 하는 놈들은 주는 대로 받고 감사하다 하겠지. 그러나 우리 같은 놈을 보고 무엇을 감사하라 하더냐? 놈들은 그런 소리를 하고 월급을 처먹으며 사니까 그란다 하지마는 그 소리를 듣고 가난한 사람은 무엇으로 감사할 턱이 있느냐 말이다. 우리에게는 그런 하느님은 소용 없다. 이런 하느님은 우리에게는 마귀다! 그런 놈의 예배당에는 너도 다시는 가지 마라!"

하고 그는 또 금순이를 못 가게 하였다. 그는 그때도 무섭게 성이 났었다.

그의 이러한 생각은 불꾸러미를 해들고 돌아다니며 예배당이고 학교고 부잣집이고 무엇이고를 모두 불을 싸지르고 싶었다. 그런 것들은 모두 자기네와 같은 무죄하고 만만한 백성을 못살게만 만드는 원부怨府라고 부르짖었다.

그는 이런 생각이 들 제마다 무의식적으로 주먹이 쥐어졌다. 그리고 무섭게 눈을 흘기고 이를 악물었다.

5

그런데 이 동리에는 뜻밖에 큰 일이 생기었다.

그것은 이 동리는 원래 가난한 상사람만 사는 터이므로 그들은 모두 소작농민이거나 그나마도 전장 참례를 못 하고 짚신장사, 나무장사로 근근이 사는 집도 있다. 많이 짓는대야 논섬지기로서 도지 소나 한 바리 먹이는 집이 그중 상농가요 또한 넉넉하다는 집이었다. 이 앞 전장은 거지반 경답이지마는 건넛말 김주사 집 땅도 더러 있었다. 그래 그 집 논을 부치는 사람도 더러 있었는데 말이 작인이지 이건 제 집 하인보다도 심하게 부려먹는다. 그것도 논이나 많이 주고 그런다면 모르지마는 잘해야 논 댓 마지기나 그렇지 않으면 두세 마지기의 박토를 주고서는 수시로 부역을 시키는 일이 여간 관청보다 심하다. 여름이면 으레 자기 집 모 심고 논 매는 데 한 차례씩 불러다 시키고 칠월 나무 벨 때에는 하루삯 나무를 베게 하고 그 나무를 묶어 내린 때 또 하루 시키고 벼 벨 때, 마당질할 때, 어떻든지 일이 있을 때마다 부려 먹는다. 그리고 구실은 작인더러 치르라 하고 배징이니 마정이니 도무지 더럽게도 알뜰히 할퀴어 가는데 그래도 목숨이 포도청이라도 땅이 없는 그들은 어쩔 수 없이 그 천대를 받아 가며 네! 네! 하고 복종을 한다. 그나마 떨어지는 날에는 장릿벼 한 섬도 융통을 못 하는 까닭이다. 춘이네도 그 집 논 닷 마지기를 부치는데 고부가 어린 춘이를 데리고 그것을 지어서 간신히 호구를 하는 터이다. 그런데 지금 모를 심을 임시에 별안간 그 논을 뗀다는 소문이 났다.

그것을 김주사 사는 건넌말서 한편으로는 사탕장사를 해서 어린애들의 코묻은 돈을 뺏고 한편으로는 김주사와 합자를 하여 고리대금을 하는 일본 사람이 사는데 그 일본 사람이 그 논을 얻었다고 오늘 아침에 그자가 와서 모를 심지 말라고 이르고 갔다 한다. 그래 춘이 조모가 기겁을 하여 한달음에 김주사한테 쫓아가 물어 본 결과 과연 그것이 사실이었다.

김주사는 감투를 쓰고—그는 지금 도 평의원이다마는 감투 쓸 일은 이 밖에도 많다. 전 금융조합장, 전 보통학교 학무의원, 전 군 참사, 적십자사 정사원, 지주회 부회장(이담에 죽을 때에는 명정을 쓰기가 어려울 만큼 이렇게 직함이 많았다)— 점잖은 목소리로 논 떼는 이유를 이렇게 말하였다.

"여태까지 몇 해를 잘 지어 먹었으니 인제는 고만 지어 먹게. 다른 사람도 좀 지어 먹어야지."

그때 노파는 벌벌 떨리는 목소리로,

"아이구, 나으리! 지금 와서 논을 떼면 어찌합니까? 그러면 제 집 식구는 모두 굶어죽겠습니다!"

하고 개개 빌어 보았으나 김주사는 그런 것은 나는 모르고, 내 땅은 내 맘대로 언제든지 뗄 수 있지 않으냐, 됩다 불호령을 하였다.

그래도 춘이 조모는 한나절을 애걸복걸하며 올 일년만 더 지어 먹게 해달래 보았으나 그는 도무지 막무가내였다. 벌써 다시 변통이 없을 줄 안 춘이 조모는 그 길로 나오다가 그 집 대뜰 위에서 그 아래로 물구나무를 서서 그만 그 자리에서 즉사하였다. 그는 지금 여든다섯 살인데 여기까지도 간신히 지팡이를 짚고 기어왔었다.

그러나 김주사는 조금도 개의치 않고 하인을 명하여 송장을 문 밖으로 끌어내게 하였다. 그리고 송장을 찾아가라고 춘이 집으로 전갈을 시키고 일변 구장을 불러서 경찰서로 보고하게 하였다. 김주사는 마침 그 일인과 술을 먹을 때이므로 그는 물론 튼튼한 증인이 되었다.

행여나 무슨 소리가 있는가 하고 기다리던 춘이 모자는 천만뜻밖에 이 기별을 듣고 천지가 아득하여 전지도지 쫓아갔다. 그들은 지금 시체 옆에 엎드려서 오직 섧게 통곡할 뿐이었다.

그런데 정도룡은 오늘 자기 집 모를 심다가 이 기별을 듣고는 한달음에 뛰어들어왔다. 벌써 마을 사람들은 많이 모여 서서 김주사의 포학한 행위를 욕하고 있다. 그 중에 핏기 있는 원득이는 이 당장에 쫓아가서 그놈을 박살내자고 팔을 걷고 나서는데 겁쟁이들은 우물쭈물 눈치만 보고 겉으로 돈다. 더구나 김주사 집 땅을 부치는 사람들은 아무 말도 못 하고 벌써부터 꽁무니를 사리려 든다.

"허 참, 그거 원…… 나는 논을 갈다 왔는데 좀 가보아야겠군!"

하고 용쇠가 머리를 주죽주죽하며 돌아서는 바람에 나도 나도 하고 몇 사람이 그 뒤를 따라 서려 하는데 별안간 정도룡은 벽력같이 소리를 질렀다.

"동리에 큰 일이 났는데 제 집 일만 보려 드는 늬놈들도 김주사 같은 놈이다!"

이 바람에 개 한 마리가 자지러지게 놀라서 깨갱거리며 달아난다.

그래 그들은 머주하니 돌쳐섰다. 이 때의 정도룡은 눈에서 불덩이가 왔다갔다하였다. 그는 아이들을 늘어놓아서 들에 있는 사람들을 모조리 불러들였다. 그들은 그의 전갈을 듣고 모두 뛰어들어왔다. 더구나 용쇠 같은 이 났다는 말을 듣고.

정도룡은 그들을 일일이 지취하여 일 치를 순서를 분배한 후 나머지 사람들은 상여를 메고 우선 김주사 사는 동리로 급히 갔다. 참혹한 노파의 송장은 동구 밖 느티나무 밑에 놓였는데 그 옆에는 춘이 모자가 엎드려서 우는지 까물쳤는지 모르게 늘어졌다. 섬거적을 떠들고 보니 노파는 목이 부러져서 뒤로 제쳐졌다. 앙상한 뼈만 남은 얼굴에 오므라진 입으로 혀를 깨물었는데 거기에는 새빨간 피가 흘렀다. 웬일인지 눈은 한 눈만 흡뜬 것이 더욱 무섭게 보이었다. 벌써 살은 썩어서 시취가 탁탁 터지며 쉬파리가 왱 하고 떼로 날다가 다시 대든다.

정도룡은 자기 손으로 먼저 시체의 머리 편을 들어서 상여 위에 얹게 하였다. 이에 상두꾼은 대들어서 상여를 메고 그는 다시 춘이 모자를 안동하여 그 뒤를 따라갔다.

그 동안에는 읍내로 상포 바꾸러 간 사람과 매장 허가를 맡으러 간 사람도 돌아왔다. 경찰서에는 벌써 상여가 오기 전에 경부와 의사가 나와서 시체를 검사해 보고(무엇보다 증인의 말을 듣고) 사실 자살이라 하고 내려갔다.

상포가 들어오는 대로 동리 여자들은 일제히 모여서 수의를 급히 만든 까닭에 상여가 온 뒤에 얼마 안 있다가 다 되었다 하였다. 그 동안에 상두꾼은 술을 한 사발씩 먹고 담배를 한 대씩 피우게 하였다. 그래 정도룡은 급히 서둘러서 원득이와 같이 염을 한 후에 그날 저녁때에 바로 장사를 지내게 되었다. 동리 안에서 부조가 들어온 것은 많지마는 건넛말 양반촌에서도 돈냥 쌀말이 들어와서 상두꾼의 술밥(점심)과 조각포를 차려 놓을 제수까지도 마련할 수 있었다.

초여름해가 너웃너웃 서천에 기울 무렵에 적막하던 산촌에는 난데없는 상여 소리가 높이 났다. 구름재일(약장)이 펄렁펄렁하는 상여 밑으로는 오—호! 오—호! 하는 상두꾼의 처량한 노래가 떠나오는데 그 뒤로는 남녀노소의 회장꾼이 죽 늘어섰다. 동리 사람으로는 극노인과 새각시를 빼놓고는 모두 회장꾼으로 행렬을 지었다. 선소리와 요령 소리 사이로 춘이 모자의 곡성이 쉴새없이 그들의 창자를 끊고 나왔다. 상여가 동구 밖으로 나갈 때 집에 남아 있는 노인들은 시름없이 멀리 바라다보며,

'어떻든지 팔자 좋게 잘 죽었다……'
하고 그들의 속절없는 탄식을 발하였다. 올봄에 성옥이 조모의 상여가

나갈 때에도 그들은 그렇게 바라다보았다. 늙어 굶주리고 아들 손자가 가난에 허덕거리는 꼴을 보면 그들은 보리꽁댕이와 조죽이나마 그게 잘 넘어가지를 않았다. 어서 죽어서 이 꼴을 보지 말고 싶은 생각은 이렇게 먼저 죽는 이의 팔자를 못내 부러워하도록 하였다. 어린 각시들은 싸리문 귀틀에 붙어 서서 그의 거슴츠레한 눈에 경이를 띠고 내다본다. 마치 죽는 게란 무엇인고 하는 듯이…….

어느덧 해가 넘어가고 어슴푸레한 초승달이 서쪽 하늘에 걸려 있다. 시간은 모든 일을 해결하는 것이다. 그래 산말랑이 공동묘지에는 전에 없던 새 무덤 하나가 생기었다. 그 위에 서늘한 달빛이 그의 안식을 축복하는 듯이 키스를 주었다. 그리하여 춘이 할머니는 돈 없는 나라, 세금 없는 나라, 부자와 가난이 없는 나라, 밥 안 먹어도 사는 나라로 영원히 안식을 얻어 갔다…… 그러나 아귀는 그를 한조각 남루監褸나 한 그릇 조죽을 아까워서 그를 이 세상에서 쫓아낸 까닭으로 얼마나 기쁘고 좋아할는가?

6

그 후로 정도룡이 찡그린 눈썹은 종시 펴지지 않았다. 그의 음울한 얼굴빛은 어떤 무서운 결심으로 보이었다. 과연 그 이튿날 그는 이 동리 사람을 모두 놀랄 만한 일을 하였다. 그는 어제 심다 만 자기집 논을 그 땅 마름에게 청하여 허락을 얻어서 춘이네에게 주기를 선언하였다. 그리고 오늘 아주 모를 심어 주자고 서두는 바람에 동리 사람들은 일제히 나서서 한나절에 심어 버렸다. 춘이 어머니는 그 말을 들을 때 깜짝 놀라 한사하고 만류하였으나 그는 걱정 말라고 종시 듣지 않고 그렇게 하였다. 그리고 나서 그는 그 길로 바로 김주사 집을 찾아갔다. 마침 김주사는 사랑방에 혼자 있었다.

"아! 도룡이, 웬일인가?"

하고 평상 위에 누웠던 김주사는 벌떡 일어나 앉는다. 그는 그러지 않아도 그의 뜻밖의 심방을 은근히 놀라는데 그의 무섭게 빛나는 눈동자와 마주치자 그는 어쩐지 두려운 생각이 났다. 그의 눈은 마치 성난 범의 눈같이 서기하였다.

"네! 논 좀 달라러 왔소!"

도룡은 언제든지 이렇게 뭉뚝뭉뚝한 말을 아무 앞에서나 거침없이 하였다.

"논? 왜 논이 있지 않은가. 그리고 인제 와서 논을 달라면 되나?"

하고 김주사는 어이없는 듯이 빙긋 웃고 쳐다본다.

"인제 가서 땅을 떼는 이도 있을라구요!"

이 바람에 그의 웃음은 쑥 들어가도 말았다. 그는 할 말이 없어서 얼떨떨한 것처럼 공연히 한눈을 이리저리 판다.

"우리 논을 춘이네를 주었으니까 나는 논 한 마지기도 없소!"

하는 말에 김주사는 두 번째 놀랐다. 그는 감히 왜 제 논은 남 주고 다시 얻으러 어리석게 다니느냐는 말은 못하였다. 하긴 이런 경우에는 어떠한 악인이라도 그런 말이 쉽게 나오지 않을 것이다마는.

"논이 어디 있어야지! 댁에서 짓는 것밖에……."

하고 그는 무안한 듯이 슬쩍 저편의 눈치를 보다가 시름없는 하품 한번을 한다. 그리고 얼른 궐련을 붙여서 피운다.

"그럼 그것을 주시지요! 무슨 심사로 제 집 식구의 먹는 떡을 뺏어서 도적놈을 줄까요?"

"도적놈을 누가……? 그것은 댁에서 지어야지!"

하고 김주사는 딴청을 썼다마는 그의 가슴 속에는 확실히 이 말이 박히었다.

"그럼 줄 수 없소?"

"올에는 어려운 걸!"

말끝이 채 떨어지기 전에 정도룡은 벌떡 일어나서 뒤도 안 돌아보고 나가 버린다. 이 바람에 김주사는 또 한번 입을 열었다. 그는 한참동안 그의 나가는 양을 멀거니 보았다. 정도룡은 그 길로 집으로 갔다.

그런데 그의 아내는 영감의 하는 일이 감히 타내지는 못하였으나 이 때에 와서 농사치를 톡톡 털어서 남을 주면 어린 자식들하고 어떻게 살 셈인가 하고 잡히지 않았다. 그러나 금석이는 만사 태평하다는 기색으로 언제와 같은 빙그레한 웃음을 띄우고 금순이와 무슨 이야기를 하고 있다. 그래 모친은 그게 얄미웠다.

"아버지가 어디 가신지 너 아니?"

"몰라! 김주사 집에?"

하고 금순이는 눈을 되록하며 오빠를 쳐다본다.

"정녕 논 얻으러 가셨을 것이다. 그래 만일 논을 안 주면 아버지는 그 자식을 죽일 것이다. 참으로 제비 새끼를 잡아먹는 구렁이를 그대로 두 는 것은 죄이니까."

금순이는 눈이 더욱 되록되록 빛난다.

"만일 아버지가 죽이지 않으면 내가 죽일 터이다. 저 낫(윗목 벽 밑에 세워 놓은 낫을 가리키며)으로 모가지를 후리면 그놈이 뎅겅 내려앉을 것 이다. 그리고 정녕 펄떡펄떡 뛸 것이다. 거짓말인가 들어 봐요! 그 언제 인가 진풀을 휙휙 후린 때이다. 대가리를 꼰주 들고 있는 독사 한 놈을 낫으로 휘갈겼고나. 그랬더니 이놈이 팔딱팔딱 뛰더구나. 나는 그때도 생각하였다. 이 세상에 괴악한 놈들을 모다 이렇게 짤려 죽였으면 하 고…… 그래 그놈들의 피투성이 대가리들이 개고리 뛰듯 하는 꼴을 보 았으면 하고. 그런데 그렇게 죽일 놈이 하나 생기지 않았니?"

이 말이 채 떨어지기 전에 정도룡이 돌아왔다. 그래 금석이는 이야기 를 뚝 그치고 부친의 기색을 살펴보았다. 그는 과연 더욱 음울하고 침

통해졌다. 역시 아무 말이 없는 가운데서 저녁을 치르고 나서 한참 앉았다가 그는 슬그머니 일어나서 밖으로 나간다. 그는 역시 아무말이 없었다. 그런데 이때에 금석이는 그의 나가는 등뒤에 대고 아무말이 없었다. 그런데 이때에 금석이는 그의 나가는 등뒤에 대고 이런 말을 부르짖었다.

"그까짓 칼보다 저 낫을 가지고 가시우!"

별안간 정도룡은 고개를 휙 돌이켰다. 그는 한참 동안 아들을 멀거니 쳐다보다가 그대로 다시 돌쳐서서 나간다. 조금 있다가 모친은 그의 뒤를 쫓아나갔다. 금순의 눈에도 놀란 빛이 떠돌았다. 그러나 금석이는 아무렇지도 않은 듯이 역시 빙그레한 웃음을 띄우며,

"애! 어디 갈래? 너는 나하고 이야기나 하자!"

하고 지금 밖으로 나가려는 금순이의 발을 멈추게 하였다.

"너는 죽는 것이 그렇게 무서우냐? 너도 빈대는 잘 죽이더구나. 김주사 같은 놈은 사람의 피를 빨아먹는 빈대다. 빈대를 죽이는 것이 무서울 게 무에냐 말이야."

금순이는 얼을 먹는 듯이 그의 놀란 눈동자는 금석이 얼굴에 꼭박히었다.

"사람은 원래 천생으로 죄를 타고난 줄 안다. 무슨 턱으로 소를 실컷 부려먹다가 잡아먹느냐 말이야? 그런 죄만 해도, 너는 지금 네 목숨을 바쳐라! 하면 네! 하고 당장에 바쳐야 할 것이다. 만일 하느님 같은 이가 참으로 있어서 그러한 명령을 한다면 말이다. 그런데 그 위에도 더 큰 죄를 짓는 놈은 용서치 않고 죽여야 할 것이요 또한 그런 줄을 알고 그런 놈을 죽이지 않는 자도 역시 죄인이다. 같은 죄라도 용서치 못할 죄가 따로 있거든! 마치 김주사 따위의 죄 같은 죄가……"

하고 금석이는 이렇게 느물느물 말하는데 금순이의 아까까지 놀라운 표정으로 빛나던 눈은 어느덧 어떤 강렬한 감격한 정서를 감춘 웃음으

로 차차 빛나기 시작하였다.

"너는 감옥소에서 사람 죽인다는 이야기를 못 들었지? 아까 나는 누구를 죽여 보고 싶다 하였지마는 그와 마찬가지로 나는 뉘게 죽어보았으면 하는 생각도 났다. 이것은 누구한테 들은 이야기다마는 나도 그렇게 죽고 싶더라."

"어떻게?"

하고 금순이는 비로소 한마디 말이 그의 붉고 촉촉한 입술 사이로 굴러나왔다. 금석이는 이 무서운 말을 아주 순색으로 이야기한다.

"여러 사람들이 죽 둘러섰는데 죽일 사람을 사형대 앞에다 내세운다는구나!"

하고 무슨 의미인지 그는 씽긋 웃는다.

"그래 중이 나와서 극락세계로 가라고 염불을 한 후에 망나니가 줄을 잡아다릴라치면 그 위에서 기계칼(기요틴)이 뚤뚤뚤 굴러나오려는데 칼날이 번쩍 하자 피가 뚝뚝 듣는 대가리가 눈을 끄먹끄먹하며 공중으로 달려 올라간다는구나! 그런데 이 못난이들은 대개 발써 죽기도 전에 낯빛이 송장같이 되어 가지고 벌벌 떤다는구나. 나 같으면 그때 천연히 웃고 있을 터이다. 그래 모가지가 달려 올라갈 때는 마치 저녁해가 붉은 놀 속으로 사라져 들어가듯이 웃음이 차차 사라져갈 때 그때 나는 이렇게 부르짖을 것이다. '통쾌하다! 통쾌……하……다!' 다자까지 못다 마치고 웃음과 목숨이 일시에 사라져서 그 뒤로는 아주 캄캄한 밤중이 되고 말게."

별안간 금순이는 그 윤나는 목소리로 떼그르 웃었다. 이 웃음 소리가 떨어지마자,

"얘! 금석아! 금순아! 니 아버지가 어디로 가셨나 따라가 보려고 큰말로 넘어가려니까 저기서 누가 오더니만 아는 체를 하더구나! 그래 자세히 보니 그게 순득이 아버지야! 김주사 집에 있는. '금석 아버지 계세

요! 댁에서 잠깐 넘어오시래우!' 이라겠지. 그래 지금 그리고 안 가더냐고 물어 보았더니 아니 못 만났다고 하더구나! 그런데 귓결에 얼핏 들으니까 이 뒤 춘이네 집에서 니 아버지 같은 목소리가 나는 것 같더구나. 그래 쫓아가 보니 과연 거기 계셔서 지금 같이 김주사 집으로 가것다……."

그는 간신히 여기까지 말을 마치고 숨을 돌리는데 금석이는 멍하니 한참 듣고 있더니만,

"다 틀렸군!"

하고 무엇을 절망하는 듯이 부르짖는다.

"인제 어머니는 걱정 안해도 잘되었소. 그 자식이 명이 좀더 오래 살라는 게로군!"

모친은 아들의 말귀를 못 알아들었지마는 어떻든지 이 말 속에 숨을 돌릴 만한 무엇이 있는 듯 하였다. 그래 그는 숨을 내쉬고 다시 아들의 눈치를 보았다.

"김주사가 정녕 논을 줄라는 게유. 자식이 겁이 났던 게지. 하긴 겁도 날 만하겠지마는 논을 줄 바에야 구태여 죽일 게 있나. 춘이네는 그 대신 더 잘되었으니까 그를 죽이기로 춘이 할머니가 다시 살아나지는 못할 터이고! 그러나 이 앞으로 또 그런 짓을 하다가는 기어이 아버지 손에 죽어볼 걸! 나도 정녕 몇 놈은 죽여볼 게야! 그런데 너도 고깃값은 할 것 같다. 아모려나 잘됐군!"

하고 금석이는 여전히 빙그레 웃는 눈으로 금순이를 흘린 듯이 쳐다보는데 그런데 눈 쌓인 겨울날 갠 하늘에 빛나는 아침햇빛 같은 눈웃음치는 금순이는 아무 말 없이 별안간 괴춤을 훔치는 척하더니 날 새파랗게 선 단도를 꺼내서 금석이 앞에서 내던졌다.

"아! 너도 김주사를 죽이랴 했었고나! 정녕 그렇다니까! 고깃값은 한다니까!"

하고 금석이는 얼결에 부르짖으며 눈을 크게 뜨는데 이 바람에 모친은 얼없이 금순이를 한참 쳐다보다가,

"아니! 무서운 씨알머리들!"

하고 마치 넋잃은 사람의 혼자말하는 것처럼 중얼거렸다. 그는 금순이가 저 칼을 곤두잡고 김주사의 목을 향하고 팩 달려드는 광경이 언뜻 눈앞에 그려지자 그는 전신에 소름이 쪽 끼치었다.

모친은 와락 달려드는 금순이를 싸안았다. 그리고 알지 못한 눈물이 샘솟듯 하며,

"금순아! 금순아!"

하고 목메어 부르짖었다. 그러나 금석이는 여전히 빙그레 웃고 있는데 거기에 정도룡이 돌아왔다. 그는 눈을 크게 뜨고 식구들을 번갈아 쳐다보았다. 그의 눈은 다시 단도를 보고 금순이를 쳐다보았다.

—《개벽》(1926. 1~2).

민촌

1

태조봉 골짜기에서 나오는 물은 향교말을 안고 돌다가 동구 앞에 버들 숲속을 뚫고 흐르는데 동막골로 넘어가는 실뱀 같은 길이 개울 건너 논둑 사이로 요리조리 꼬불거리며 산 잔등으로 기어올라갔다. 그 길가 내뚝 옆에 늙은 상나무 한 주가 마치 등 굽은 노인이 지팡이를 짚고 있는 거기에는 언제든지 맑은 물이 남실남실 두덩을 넘어 흐른다.

그런데 그 앞개울은 가물에 바짝 말라붙었던 개천에 이 샘물이 겨우 메기침같이 흐르던 것이 요사이 장마통에 생수가 터져 벌창을 한다.

양청물처럼 푸른 하늘에는 당태솜 같은 흰 구름이 둥둥 떠돌고, 녹음이 우거진 버들 숲 사이로 서늘한 매미소리가 흘러나온다. 그것은 마치 청금단을 펼쳐놓은 것 같은데 멀리 설화산이 까마득하게 하늘 끝과 마주 닿았다. 푹푹 찌는 무렵에 불볕이 쨍쨍 난다. 이른 저녁때다.

조첨지 며느리, 점백이 마누라, 성삼이 처, 또는 점순이, 이쁜이들은 지금 샘가에 늘어앉아서 한편에서는 보리쌀을 씻고 또 한편에서는 푸성귀를 헹구는데 수다스러운 성삼이 처는 이런 때에도 입을 잠시도 다물지 않는다. 그는 웃을 때마다 두 뺨에 샘을 파고 말을 할 때에는 고개를 빼뚜룩하면서 쌍꺼풀진 눈을 할금할금하는 것이 특징적이었다. 어떻든지 해반주구레한 얼굴에 눈웃음을 잘 치고 퍽 산들거리는— 이 동네에서는 제일 멋쟁이로 유명한 여자였다. 그래 주전부리(?)를 곧잘 한다는 소문이 떠돈 지도 벌써 오래 전인데 이웃간에서는 시아비와 서방은 도무지 그런 줄을 모르고 있는 멍텅구리 한 쌍이라고 흉이 자자하였다.

지금 성삼이 처는 언제나와 같은 표정으로 점백이 마누라를 힐끗 쳐다보며 아주머니! 하고 열쩨게 불렀다. 그의 날카롭고 윤나는 목소리가 쨍쨍 울린다.

'또 무슨 소리가 나올려누?'

일상 뜸하니 남의 말만 듣고 있는 조첨지 며느리는 은근히 남몰래 생각하였다. 하긴 그는 아직 파겁을 못한 숫각시로서 이런 자리에서는 그들과 같이 말참례를 하기를 수줍어하였다.

안동포 적삼소매를 활짝 걷어붙이고 뿌연 살이 포동포동 찐 팔뚝으로 보리쌀을 이리저리 헤쳐서 푹 눌렀다. 썩! 싹! 푹 눌렀다. 썩! 싹! 하는 장단을 맞추어 재미있게 씻던 성삼이 처는 바가지로 물을 퐁퐁 퍼붓고는 한번 휘— 둘러서 보리쌀을 헹구었다. 그 다음에는 그 옆에 놓인 옹배기에다 뽀얗게 우러난 뜨물을 쪽— 따라놓는다.

그러자 그는 무슨 의미인지 뜻인지 점백이 마누라를 힐끗 쳐다보고 한번 생긋 웃는다.

"아주머니! 박주사 아들은 또 첩을 얻었다지요?"

"그렇다네. 돈많은 사람이니까. 부잣집 소를 개비하듯 얼마든지 갈아들일 수 있겠지."

점백이 마누라는 그리 대수롭지 않은 듯이 볼먹은 소리로 대답한다.

그의 목소리는 원래 예사로 하는 말도 퉁명스럽게 들리었다.

"그런데 그전 첩은 나가기 싫다는 걸 억지로 쫓았대요. 동전 한 푼 안주고…… 그래 울며불며 나갔다던가."

"왜 안 그랬겠나. 아무리 첩이라고 하기로니 같이 살겠다고 데려다놓고 불과 일 년도 못 되어 맨손으로 나가라니!"

"나 같으면 그렇게 쫓겨나지는 않겠어요."

하는 성삼이 처는 별안간 두 눈초리가 샐쪽해진다.

"그럼 어찌하겠나. 첫째는 당자가 싫다하고 온 집안사람들이 돌려내는 데야. 그 눈칫밥을 먹고 어떻게 살겠나? 그렇기에 예전 말에도 여편네는 뒤웅박 팔자라고 했다네. 더군다나 민적도 없는 남의 첩된 신세가 아닌가?"

"나 같으면 그깐 놈의 고장을 들어서 메부치고 한바탕 분풀이라도 실컷해보고 나가지 그냥은 아니 나가겠소."

이 말이 채 떨어지기도 전에 눈앞을 힐끗 쳐다보던 점백이 마누라는 별안간 "쉬—" 하고 성삼이 처의 옆구리를 꾹 찔렀다. 그 바람에 성삼이 처는 깜짝 놀라서 고개를 홱 돌이켰다. 바로 거기에는 지금 흉을 보던 그 박주사 아들이 마주 온다. 그래 그는 시치미를 뚝 따고 잠착히 보리쌀을 헹구는 체하였다.

모시두루마기에 맥고모자를 쓴 박주사 아들은 살이 너무 쪄서 아랫볼이 터덜터덜한다. 그는 얼굴을 쳐들고 점잖은 걸음걸이로 조를 빼며 걸어온다. 어느 틈에 나왔는지 개천가 논둑 위에로 뒷짐지고 거니는 조첨지를 보자 박주사 아들은

"영감, 근력 좋은가?"

하고 거침없이 하소를 내붙인다. 그런데 조첨지는 그게 누구인지 의아하는 모양으로 한참동안을 자세히 쳐다보더니만 그제서야 비로소 알아차린 모양으로 아주 반색을 하면서

"아! 나으리십니까? 웬수의 눈이 어두워서…… 해마다 달습니다그려. 어서 죽어야 할 터인데…… 아 그런데 어디를 가시나요?"

하고 그는 박주사 아들이 오는 편으로 꼬부랑꼬부랑 따라나온다.

"응! 이 아래들에 좀……."

박주사 아들은 이런 대답을 거만하게 던지고 샘뚝에 둘러앉은 여자들을 자존심이 가득한 눈매로 한 번 쓱 둘러보더니만 다시 무슨 생각이 들었던지 저만침 가다가

"그래도 좀더 살아야지!"

하고 고개를 홱 돌이키며 씨부렁거렸다. 그 순간에 그는 다시 한 번 샘뚝을 바라보았다.

"새파랗게 젊은 놈이 제 할아비 뻘이나 되는 노인한테 하게 소리가 어떻게 나올까?"

하고 성삼이 처는 또 입을 삐쭉하는데

"할아비 뻘은커녕 증조할아비 뻘도 넉넉하겠네!"

지금 막 바가지로 물을 퍼먹던 점백이 마누라가 그의 말에 맞장구를 쳤다.

"참, 자네 시아버니 연세가 올해 몇에 나셨나?"

하고 묻는다.

"여든…… 일곱이시래요."

하는 말에 그들은 모두 입을 딱 벌리었다.

"같은 양반이라도 이 아래말 서울댁은 그렇지 않더구만."

"응, 그 양반은 원체 얌전하니까. 무얼, 저희보고 하오를 않기로나 근본이 안 올라서기나 피장파장이겠지. 지금 세상은 저만 잘나면 예전같이 판에 박은 상놈노릇은 않는가 보데. 저만 잘나고 돈만 있으면 아주 그만인 세상인데 무얼!"

"아이구! 아주머니는 아들을 잘 두셨으니까 그러시지 학교공부에도 번번이 일등 간다지요?"

"글쎄…… 장래가 어찌 될는지는 두고 봐야지, 우리 늙은 내외는 그저 저 하나만 바라고 살지마는 그나마 뒤를 대기가 여간 어려워야지.

참, 자네도 어서 아들을 낳아야 할 텐데. 도무지 웬 셈인가? 소식이 감
감하니…… 좀 단골한테나 물어보지.”

“그러지 않아도 물어보았어요.”

“그래 뭐라구?”

점백이 마누라는 별안간 목소리를 죽이며 은근히 쳐다본다.

“살풀이를 해야 한대요.”

‘살은 무슨 살? 서방질을 작작하지.’

점백이 마누라는 속으로 이런 말을 뇌이면서도 겉으로는

“그럼 그 살을 풀어야지. 무슨 터줏살이라던가?”

하고 다시 의심스러운 듯이 물어보았다.

“아니, 궁합이 안 맞는데요.”

‘핑계 김에 잘됐군!’

그는 또 속으로 이런 생각을 하면서 겉으로는 그런 체 고개를 끄덕끄
덕하였다.

점백이 마누라는 이야기에 팔려서 멍청해 있던 것이 생각난 것처럼
소두방 같은 손으로 보리쌀을 다시 씻기 시작하였다. 그의 큼직한 얼굴
에는 얽은 구녁이 벌집처럼 숭숭 뚫렸다.

지금까지 기척이 없이 열무를 씻고 있던 점순이는 별안간 고개를 반
짝 쳐들며

“그런 젊데 젊은 이가 노인을 보고 어떻게 그런 말버릇을 할까요?”

하고 이상스러운 표정으로 점백이 마누라를 쳐다본다. 그는 마치 여태
까지 그 생각을 하느라고 잠자코 있었던 것처럼.

“양반이라고 그런단다.”

점백이 마누라는 무심히 대답하였다. 이 말에는 무슨 생각이 들었던
지 성삼이 처는 또 이야기를 끄집어 내놓는다.

“아주머니! 나는 참 저승에 가서라도 양반이 될까봐 겁이 나요. 잔뜩

간혀 앉아서 그걸 무슨 재미로 산대요? 헤헤헤……."

"그래도 지금의 그까진 것은 아주 약과라네. 옛날에는 참말로 지독하였으니 어데서 남편의 얼굴을 바로 쳐다볼 뻔이나 하며 시부모 앞에서 철떡 앉아보기를 할까. 꼭 양수거지를 하고 서야 했지. 어떻든지 양반이란 것은 마치 옻이 소금을 마르듯이 한치 반푼을 다투고 매사에 점잔하기로만 위주했으니까!"

한참 말끄러미 쳐다보던 성삼이 처는 별안간

"그런 이들이 내외간 잠자리는 어찌했을까?"

하고 웃음을 내뿜는 바람에 조첨지 며느리는

"아이 형님도 참……."

하고 손등으로 입을 가리며 웃는다.

"그러던 양반이 지금은 차차 상놈을 닮아간다네!"

하고 점백이 마누라도 빙그레 웃었다.

이쁜이는 그만 고개를 푹 숙였다.

"아마 그들도 자네 말마따나 양반을 '결탁'으로 알았던지. 그저 말버릇만 '양반'이 남은 모양인데. 하기는 그것마저 없어지면 아주 상놈과 마찬가지가 될 테니까로 양반의 꺼풀만 가지고 있는진 모르지만 참말로 이전 양반 중에는 양반다운 행세가 있었다네."

"박주사 양반 같은 것은 양반, 양반 개 팔아 두 양반만도 못한 것이 무슨 양반이라구—."

"예전 양반은 돈을 알면 못쓴댔는데 지금 양반은 돈을 더 잘 알아야만 되나부데. 그이도 돈으로 양반이지 만일 돈이 없어 보게. 누가 그리 대단히 알겠나. 그러니까 그에게는 돈이 양반이란 말일세. 하니까 돈을 제 할아비 신주보다 더 위할밖에. 우리네 가난한 사람의 통깝데기를 벗겨서라도 돈을 더 모으자는 것은 좀더 양반노릇을 힘있게 하자는 수작이지."

"참, 돈이 그른지 사람이 그른지 지금 세상은 모두 돈만 아는 세상인 가봐요. 의리도 없고 인정도 없고…….."

"사람이 글러서 돈이 생겼다네. 돈 없는 짐승들은 제각기 잘들 살지 않나!"

"참 그래요. 예전 이야기에도 짐승들이 돈을 만들어 썼다는 건 못 들었구먼."

"그렇지만 힘이 센 놈이 약한 놈을 잡아먹지 않아요? 짐승들은…….." 하고 별안간 점순이는 의심스러운 듯이 물었다. 그는 자기도 모르는 이런 말이 불쑥 나왔다.

"잡아먹힐 놈은 먹히더라도…… 무얼 사람들도 그런 셈이지. 애, 나는 제멋대로만 살 수 있다면 하루를 살다 죽더래도 좋겠다."

"봄 하늘에 훨훨 나는 종달새처럼요?"

"그래! 참 네가 잘 말했다."

하고 점백이 마누라는 슬쩍 웃는다. 그가 제법 이런 소리를 하게 된 것은 실상은 자기 아들에게서 들은 것이었다. 서울 양반댁이란 이는 서울에 가서 중학교를 다니다가 온 청년인데 이 동리 사람들은 그를 서울댁이라고 부르기 시작하였다. 그가 집에 있을 때면 점백이 아들은 늘 그를 찾아가서 같이 놀았었는데 그한테서 이런 말을 듣고 와서는 저의 부모에게 옮기곤 하였다. 그런 말을 들을 때에는 언제든지 신기한 것처럼 영감은 고개를 끄덕끄덕하며

"하긴 그도 그리여…….."

하고 무엇을 생각하는 것같이 고개를 숙이고 있었다.

여인들은 우물에서 할 일이 끝나자 하나둘씩 제가끔 흩어져갔다. 성삼이 처는 보리쌀을 씻던 자배기에다 물을 하나 가뜩 퍼 이고 한 손에는 뜨물 옹배기를 들고서 자배깃전으로 넘어 흘러내린 물방울을 입으로 연신 푸푸 내뿜으며 걸어간다. 어느덧 이 집 저 집에서는 저녁연기

가 꾸역꾸역 떠오른다.

2

향교말이란 동네는 자래로 상놈만 사는 민촌으로 유명한 곳이었다. 과연 4~50호나 되는 동리에 양반이라고는 약에 쓰려고 구해도 없는 상놈천지였다. 어쩌다 못생긴 양반이 이 동리로 이사를 왔다가는 그들에게 둘려서 얼마를 못살고 떠나고 떠나고 하였다.

그러나 그전에는 양반의 '덕'으로 향교 하나를 중심하여 향교 논도 부치고 향교 소임 노릇도 해서 그럭저럭 구명도생은 하였었다. 그런데 시체양반이 생긴 후부터는 세상이 어찌도 박한지 종의 턱찌기까지 핥아먹는 바람에 그나마 죄다 떨어지고 지금은 향교 땅은 모두 권세 좋은 양반들이 얻어서 농사를 짓고 소작으로 주기도 하는데 박주사 아들이 자기 집 하인으로 부리는 이웃사람에게도 이 논을 몇 마지기 얻어 주었다.

그래 향교말 사람들은 점점 더 못살게만 되어 가는데 작년에 흉년을 만나서 더구나 터무니가 없이 되었다. 그들 중에서 조금 살기가 낫다는 집이 남의 논 섬지기나 얻어부치는 것인데 박주사 집 논을 소작하는 빈농들도 더러 있었다. 그 나머지 사람들은 나무를 해다 팔거나 짚신을 삼아서 팔고 하며 메마른 산전을 파서 굶다 먹다 하는 이들뿐이었다. 그런데 금년에는 또 물난리까지 나서 수재를 당한 사람들이 많았다.

그 중에는 점순의 집도 논 댓 마지기를 지은 것이 절반 이상 떠내려가서 가을이 된대야 벼 한 톨 구경할 수 없게 되었다. 그것은 박주사 집 땅을 올해에도 다행히 부치다가 그만 그 지경이 된 것이었다.

박주사 집에서 이 논을 떼지 않고 그대로 둔 것은 점순이 어머니가 그 집 마나님한테 조른 보람이 있었던 것이 아니라 어떤 딴속이 있었던 것을 그들은 모르고 있었다. 그것은 박주사가 그때 그 논을 벌써 언제부터 맨입으로 드난을 하며 논 좀 달라고 지성껏 조르는 성룡이를 주자는 것을 박주사 아들이 우겨서 아직 그대로 둔 것을 보아도……

박주사집은 이 동리에 몇 대째로 웃말에서 살아왔다. 그는 해마다 형세가 늘어가서 이 통 안에서는 제일 부명을 듣는다. 그 집 식구들은 안팎으로 이구멍이 몹시 밝았다.

박주사 어머니 귀머거리 노인도 잇속에 들어서는 귀가 초롱같이 밝아진다는— 어떻든지 모두 그런 식구끼리 잘 만나서 사는 집안이다. 그래 그의 아들은 지금 20여 세밖에 안 되는 애젊은 친구가 어떻게도 이악스러운지 모른다. 그래 남만 못지 않은 그 아버지 박주사도 아주 세간을 그 아들한테 맡기었다. 그는 지금 동척회사 마름이요. 면협 의원이요, 금융조합 평의원으로 세력이 당당하다. 내년에는 보통학교 학무위원으로 추천해준다는 소문이 들리는데 칼 찬 순사나 군직원들이 출장을 나오면 의례히 그집으로 먼저 문안을 왔다. 그들은 박주사 아들과 네냐 내냐 막 터놓고 희영수를 하였다. 보통학교 훈도까지 가끔 나와서는 그와 마주 술잔을 나누기도 하였다.

그러나 이런 말을 장황히 늘어놓을 것은 없겠다. 왜 그러냐 하면 박주사 집 식구나 박주사 아들 같은 인간은 어느 시골이든지 결코 절종이 되지 않았기 때문에.

지금 샘물터에서 돌아온 점순이는 푸성귀를 담은 바구니와 물동이를 부뚜막에 내려놓았다. 어머니는 벌써 보리쌀을 솥에 안치고 불을 때기 시작하였다. 보리짚이 화르르화르르 아궁지로 타들어간다.

"물을 그렇게 많이 이고 무섭지 않으냐? 순영이가 왔다 갔다."

"네! 언제쯤?"

"지금 막…… 또 온다구 하더라만, 그럼 너는 순영이와 같이 네 오빠 등거리나 박아라!"

"어머니 혼자 바쁘시지 않아?"

"괜찮다."

하는 모친의 대답이 떨어지자마자

"그새 왔나?"

하고 순영이가 재빨리 들어온다. 그는 해죽이 웃는 낯으로 점순이를 쳐다보면서— 순영이는 점순이보다 예쁘다 할 수는 없지만 얼굴이 좀 둥그스름한 게 살이 토실토실 올라서 탐스럽게 생긴 처녀였다. 역시 점순이와 동갑으로 올해 열여섯 살에 났다. 그러나 그는 엉덩이가 제법 퍼지고 기다란 머리채가 발꿈치까지 치렁치렁하였다. 점순이는 키가 날씬하고 얼굴이 갸름한 게 그리 살지지도 또한 마르지도 않은데 살빛이 무척 희었다.

"나는 지금 샘으로 가볼까 하다가 이리 곧장 왔다. 왜 그렇게 늦었니?"

"열무에 버러지가 어떻게 먹었는지 좀 정하게 씻느라고…… 자, 방으로 들어가자."

"더운데 무엇하러 들어가니, 여기서 하자꾸나!"

"아니, 뒷문 앞은 시원하단다."

"그럴까!"

그들은 방으로 들어가서 손그릇을 벌려놓고 마주앉았다.

"이것은 뉘 버선이냐?"

"아버지해란다."

"요새 삼복머리에 버선은 왜?"

하고 점순이는 순영의 얼굴을 이상한 듯이 쳐다보았다. 그 표정은 갑자기 웃음으로 변하여진다. 확실히 빈정거리는 웃음으로—

"옳지! 알겠다…… 그렇지?"

"무에 그래여?…… 삼복에는 왜, 버선을 못 신니?"

"네 선을 보러 갈 버선……."

하는 말이 채 떨어지기도 전에 순영이는 달려들어서 점순이의 입을 틀어막으려 한 손으로는 허벅다리를 꼬집었다.

"아야! 야…… 안 하께! 네, 다시는 안하오리다! 호호호…… 그럼 거짓말이냐?"

"얘, 그런 소리는 하지 말고 어서 바느질이나 가르쳐주렴! 얼른 해가 지고 오라는데 기애가……."

하는 순영이는 오히려 부끄러운 듯이 두 뺨이 가만히 붉어졌다.

"왜 그리 또 급한가?"

"기애는…… 어머니가 얼른 오라고 한까 그렇지. 우리 어머니는 늬집에 올 때마다 그런단다."

"그는 왜?"

"누가 아니, 커다란 머슴애가 있는 집에 가서 왜 그리 오래 있느냐고 그런다는구만, 커다란 계집애가 철을 몰라도 분수가 있지 않느냐고—."

"너는 우리 오빠가 좋으냐?"

별안간 밑도 끝도 없이 점순이는 이런 말을 불쑥 물어보았다. 그래 순영이는 또 얼을 먹고 뻔히 쳐다보며

"그럼 너는 좋지 않으냐?"

"난 좋지 않다. 아주 심술꾸러긴데, 무얼—."

"얘, 사내들은 그래야 쓴다더라. 숫기가 좋아야—."

"그럼 너는 우리 오빠가 좋은 게로구나?"

"누가 좋댔니?…… 그렇단 말이지."

순영이는 얄미운 듯이 점순이를 흘겨보는데 눈 흰자가 외로 씰리고 입에는 뱅글뱅글 웃음이 피었다.

"오빠는 아주 너한테 반했단다."

"아이 기애는……."

순영이는 어이가 없는 듯이 점순이를 쳐다보았다.

"무얼 나도 다 아는데— 늬들은 어젯밤에 담 모퉁이에서 속살거리지 않았나?"

이 말에 그만 샐쭉해지더니

"그럼 또 너는 어제 저녁때 '서울댁' 하고 늬 원두막에서 단둘이 있지 않았니? 나두 개굴창에서 똑똑히 보았단다."

"그리여, 기애는 누가 아니라남! 그럼 그때 너도 애 놀러 오지 않구?"

이렇게 아무렇지도 않게 말하는 점순이를 순영이는 은근히 놀랐다. 그럴 줄 알았더면 나도 성을 내지 말걸 하는 생각이 슬그머니 났다.

"남들 재미있게 노는 걸 훼방치면 좋으냐? 무얼! 그때 갔어봐. 속으로는 눈딱총을 놓을 것이. 호……."

"아니야, 나도 어제 첨으로 그이하고 이야기해봤단다. 그런데—."

"그런데 뭐? 그때 너는 어째 혼자 있었니? 자욱맞이하려고 호—호호……."

"기애는 별소리 다하네. 글쎄 내 말을 들어봐요. 점심을 해놓고 기다리니까 어머니가 원두막에서 들어오시더니만 나보고 어서 밥 먹고 원두막에 가보아라, 내가 들에 밥 내다주고 올 동안만이라시겠지. 아버지와 우리 오빠는 어제 산너머에 있는 집의 화중밭을 매셨단다."

"오, 참, 어제도 늬 집은 일했지? 점심때 연기가 꼬약꼬약 나더라."

"그래 막 나가 앉아서 바느질거리를 손에 잡으려니까 별안간 인기척이 나더구나 깜짝 놀라 쳐다보니까 그이겠지. 나는 그때 어쩔 줄을 몰라서 고개를 푹 숙였단다."

"그이가 뭐라고 하던?"

"번—히 알면서 왜 모르는 체하나! 사람이 사람을 보는 것이 무엇이 부끄러워— 이러겠지."

"얼레! 그이도 꽤 우습잖아. 그때 너는 뭐라고 했니?……"

"그런 때 무슨 말이 나오겠니. 거저 웃고 쳐다보았지. 그랬더니 그는 또 그렇지, 그렇지, 진작 그렇게 고개를 들 것이지, 하나 나를 꿰어뚫을 듯이 쏘아보더구나. 그러더니만 무작정하고 망태기에서 참외를 꺼내 먹으며 나보고도 자꾸만 먹으라고 하겠지!"

"얼레! 그이가 왜 그렇다니…… 그래 어떻게 되었니?"

순영이는 한 걸음 다가앉으며 이상스러운 듯이 눈을 크게 뜨고 점순이를 쳐다보며 하는 말이었다.

"그담에는 이런 이야기를 하였단다. 참외를 어구어구 먹으면서─나를 양반이라고 늬들이 돌려내려 하지만 양반도 역시 사람이야! 하기는 같은 사람으로 누구는 양반이니 누구는 상놈이니 하고 또 누구는 잘살고 누구는 못사는 것이 벌써 그른 일이 아닌가? 그렇다면 너하고 나하고 같이 노는 것이 어떨 것 무어 있니?…… 다 같은 사람인데 나는 너한테 '창순아' 하고 불러주는 소리를 들었으면 제일 좋겠다구."

"얼레! 그것은 또 무슨 소리라니?"

"그렇지 않아도 그때 나는 그것은 왜요? 하고 깜짝 놀라며 물어보았단다. 그랬드니 그이는 이렇게 말하겠지. 그러면 너하고 나하고 동무가 되지 않냐고."

"그럼 같이 놀잔 말이구나?"

"그래 나는 당신도 우리네 상놈 같구려? 하였드니 그이는 그렇다하며 나도 상놈이 되고 싶다 하겠지. 내 원 어찌 우스운지."

"왜 그런다니?…… 그이가 미치지 않았을까?"

"몰라…… 그리고 여러 가지 이야기를 하였단다. 서울 이야기, 여학생 이야기, 이 세상이 악하고 어떻고 어떻다고 한참 떠들었단다."

"그건 또 웬 소리가? 아니 참말로 들을 만했겠구나! 그럴 줄 알았드면 나도 좀 가서 들을 것을!"

"그리다가 주머니를 부시럭부시럭 하더니만 돈을 집히는 대로 꺼내면서 세보도 않고 내놓고는 그만 뒤도 안 돌아보고 휘적휘적 가겠지!"

"얼레, 그래 얼마나?"

"동전하고 백통전하고 한 댓 냥 되어 보이더라. 그래 나는 한참동안 덩둘하다가, 나 봐요! 하고 암만 불러도 세상 와야지. 그이는 그만둬 하고 손을 내저으며 가버렸단다."

"참외는 몇 개 먹었는데?"

"세 개 먹었지! 하기는 잘 안 익은 놈들 두 개는 도로 놓았지만…… 먹은 값으로 치면 한 개의 닷 돈씩 치더라도 냥 반밖에 더 되니?"

"그렇지!"

"나는 참외값을 안 받으려고 하였는데. 부끄럽게 그것을 어떻게 받니?…… 그런데 나중에 세어보니까 넉 냥 일곱 돈이던가ㅡ."

말을 그치자 눈앞을 힐끗 쳐다보던 점순이는 몸을 소스라쳐 놀란다.

"아이 오빠두, 도둑패마냥 왜, 거기가 찰딱 붙어 섰어?"

이 소리에 순영이는 기급을 하여 몸을 움츠렸다.

"나도 좀 같이 놀자꾸나! 무슨 이야기를 그렇게 재미있게 하니?" 하고 총각은 벙글벙글 웃는다. 그는 깎은 머리를 수건으로 질끈 동였는데 서근서근해 뵈는 얼굴이 매우 귀인성이었다. 그는 열팔구 세밖에 안 되는 소년인데도 힘줄이 켕긴 장딴지라든지, 굵은 팔뚝이 한 장정같이 기운차 보이었다. 그는 지금 들에서 무엇을 하다 왔는지 손에는 흙가루가 뽀얗게 묻었다.

"순영이가 오빠의 흉을 봤다우. ㅡ커다란 머슴애가 남의 색시 궁둥이를 졸졸 따라다닌다구……."

"누가 그려여? 기애는 참!……." 하고 순영이는 얼굴이 새빨개지며 불안한 웃음을 웃는데

"아니 참말로 그랬니?" 하고 점동이는 순영이에게 팩 달려들었다.……

점순이는 뱅글뱅글 웃는 눈으로 그를 할겨보면서 밖을 살짝 나와버

렸다.

"아이, 왜 이래, 저리 가래두……."

하고 순영이의 징징 우는 소리가 들리자 부엌에서 모친의 소리가 났다.

"점동아! 왜 그러니? 남의 낼모레 시집갈 색시를— 가만 두어라! 성을 내면 어쩔려구?"

"시집가기 전은 상관없지 않소."

점동이가 빙그레 웃고 다시 순영이를 쳐다보는데 순영이는 얄미운 눈초리로 총각을 마주 쳐다본다. 그러자 별안간 고개를 푹 수그리더니 어느덧 그의 눈에서는 눈물방울이 뚝뚝 떨어졌다.

이 꼴을 본 점동이는 다시 달려들어 그를 꼭 껴안았다. 그리고 뜨거운 입술을 그의 입에다 대었다.

*

일 분 후에 문밖에는 박주사 아들이 왔다.

"김첨지 집에 있나?"

하고 그의 목소리가 나자

"아이구! 나리 오십니까? 저— 일 갔답니다."

하고 점순의 모친은 불을 때다 말고 부지깽이를 손에 든 채 쫓아 나와 맞는다.

"모처럼 오셔야 앉으실 데도 없고— 원 사는 꼬라구니가 이렇습니다. …… 그 밀방석 위라도 좀 앉으시지요."

마침 그는 무슨 일이나 저지른 것처럼 얼굴에 당황한 빛을 띠고 섰다. 그때 안방을 흘금흘금 곁눈질하던 박주사 아들은 교만한 웃음을 엷게 머금고

"무얼, 바로 갈 걸! 괜찮아."

하는데 그것은 자기의 행복을 더욱 느끼며 금방 더 한층 훌륭한 사람이
된 것을 의식하는 표정같이 거드름을 피우고 섰는 것이 꼴 같지 않았다.

"그래도……."

점순이 모친은 이렇게 말끝을 흐리더니만 다시 무슨 생각이 들었던
지 잠깐 머뭇거리다가 그제야 딴 말을 꺼냈다. 그는 있는 용기를 다하
여 간신히 입을 여는데 그것은 할까 말까? 하고 몇 번을 망설이다가 하
는 말같이 보였다.

"저— 내년에는 논을 좀더 주십시오. 올해는 뜻밖에 그런 수재로……
저희도 저희지마는 댁에도 해가 적지 않겠습니다."

"논? 어데 논이 있어야지. 그러나 가을에 가서 좀 보세."

이 말에 점순이 모친은 반색을 하였다. 그는 한 걸음을 자기도 모르
게 주춤 나오며

"참, 나리만 믿겠습니다. 어데 다른 데는……"

그는 무슨 까닭인지 말끝을 이렇게 흐린다.

"하는 건 없사와도 좀처럼 나갈 새가 있어얍지요. 지지한 살림이 밤
낮 바쁘답니다. 그까짓 것은 아직 미거하고…… 참 언제쯤 새로 오신
마님도 뵈올 겸 한번 놀러 가보겠습니다."

"그라게! 난 그만 가겠네."

그동안 박주사 아들은 마당에 놓은 절구통전에 걸터앉았다가 별안간
벌떡 일어서 나간다. 권련을 연신 퍽퍽 피우면서.

"아— 그렇게 바로 가세요. 그럼 안녕히 가세요."
하고 점순이 어머니는 한동안 그를 눈으로 배웅하였다. 어쩐지 그의 눈
에는 까닭모를 눈물이 핑 돌았다.

3

동편 흑성산 쪽에서 난데없는 매지구름이 둥둥 떠돌더니 우루루 하

는 천둥소리와 함께 소나기가 새까맣게 묻어 들어온다. 미구에 높은 바람이 휙— 소용돌자마자 주먹 같은 빗방울이 뚝뚝 듣더니만 그만 와— 하고 정신을 차릴 수 없이 큰비가 퍼붓는다.

이제까지 조용하던 천지는 갑자기 난리 난 세상같이 소란하였다. 들에서 일하던 사람들이 어허! 하며 사방에서 뛰어들어온다. 앞 논의 벼잎과 마당가에 있는 포플러 나뭇잎새가 빗방울을 맞는 대로 까땍까땍 너울거린다. 그리는 대로 우—와— 소리를 친다. 그러나 어느 틈에 그쳤는지 가는 비가 솔솔 내리며 번개가 번쩍번쩍하며 무서운 천둥소리가 우루루 우루루…… 거먹구름은 북쪽으로 몰려간다. 어데서 자끈자끈하는 것은 벼락을 치는 것일가. 미구에 하늘은 씻은 듯 가신 듯 개이고 보름 가까운 달이 동천에 뚜렷이 떠올랐다.

보리죽, 보리밥으로 저녁이라고 끼니를 때운 뒤에 마을사람들은 항상 모이는 점백이 집 마당으로 모여들기 시작하였다. 점순이 아버지도 숟갈을 놓자 담뱃대를 들고 마실을 갔다. 멍텅구리 한 쌍이라는 조첨지 부자도 벌써 왔고 이 동리에서 어른 중에는 제일 유식하다는— 하긴 겨우 국문을 깨쳐서 겨울에 이야기책을 뜨덤뜨덤 볼 줄 알지만 어떻든지 이 동리에서 제일 유식한 '지식계급'이라는 원득이도 왔다. 총각대방 수돌이! 코똥 잘 뀌는 박첨지커니, 죽 늘어앉아서 하루동안 피곤한 몸을 쉬는 판이었다. 노인들은 장죽에다 담배를 피워 물고 그것도 '희연'은 너무 비싸서 못 사먹는 사람에 많은데 보짱 크고 담대하기로 유명한 노름꾼 순익이가 몰래 담배를 심어서 순썰이로 썰어 말린 것을 한 대씩 나누어주었다.

노인들은 구성진 목소리로 이야기를 주고받는다. 나이가 그 중 많고 이야기 잘하는 조첨지가 이 동리에서는 제일 상노인이었다. 젊은 축들은 저만침 따로 자리를 잡고 앉아서 담배를 피운다. 그들 중에는 어른들이 앉은 자리로 와서 이야기를 듣기도 하였다. 요즈음 이야깃거리는 경향 각처에 물난리가 난 소문들이었다.

안마당에서는 내일 논을 맬 밥거리의 보리방아를 찧는데 성삼이 처도 방아꾼으로 뽑혀왔다. 지금 그들은 세장단마치로 쿵쿵 쿵덕쿵! 하고 한참 재미있게 찧는 판이다.

성삼이 처는 방아를 찧는데도 멋이 잔뜩 들어서 절구전에다 사잇가락을 넣어서 뚝딱뚝딱 부딪치는데 그게 아주 흥취있게 들리었다. 점백이 마누라, 이쁜이 어머니와 조첨이 며느리는 저편에서 키질을 하고 변덕쟁이 진순이 어머니, 수다스런 수돌이 처, 여러 가지 의미로 유명한 성삼이 처는 한패가 되어서 방아를 찧는데 어떻든지 그들은 서로 잘 어울리었다.

성삼이 처는 물론 이런 때에도 입을 가만두지 않고 숨이 차서 씨근씨근하면서도 무엇을 속살거리고는 그 유명한 윤이 나는 웃음을 때그르 웃었다. 그러면 수돌이 처가 또 우스운 소리를 해서 그만 웃음통이 터지고 절굿공이를 서로 맞부딪치며 허리들을 잡았는데 별안간 순이 어머니가 이런 노래를 꺼내었다.

쿵덕! 쿵덕! 쿵덕쿵
잘두 잘두 찧는다!
이 방아를 다 찧어서
누구하고 먹고 살까?

그래서 그들은 방아가 다시 어울렸는데 별안간 어디서 생겼는지 절구통 갈보라는 술장사하는 순옥이 처가 엉덩이춤을 추며 절구공이를 들고 대들었다.

한말 닷되 술을 빚고

말두 될랑 떡을 쳐서
동무님네 불러다가
먹고 뛰고 놀아보세!
얼싸절싸! 쿵덕쿵!

그는 이렇게 소리를 받자 절구공이를 들고 한 번 핑그르 맴돌아서 다시 장단을 맞춰 찧는데 여러 사람들은 일시에 웃음을 내뿜는다.

조첨지 며느리는 배를 움켜쥐고 속으로 웃느라고 땀이 다 났다. 그러나 절구질꾼들은 더욱 세차게 내리찧으며 모두 신명이 나서 어깨가 으쓱거려졌다.

어떤 년은 팔자 좋아
금의옥식에 싸였는데
이내 팔자 어인 일고?
삯절구에 손 터지네
아이구지구 쿵덕쿵!

이번에는 수돌이 처가 이렇게 받자 잇대어서 성삼이 처가 또 받았다.

시뉘 잡년 화냥년!
말전주는 왜 하누
콩밭고랑 김맬 적에
정든 님을 어쩌라구?
얼싸절싸! 쿵덕쿵!

그래 그들은 또다시 웃음을 내뿜고 절구공이를 맞부딪치고 보리쌀을 파헤치고 한바탕 야단법석이 났다. 더구나 성삼이 처의 웃음소리는 까투리나는 소리로 알바가지를 있는 대로 떨었다. 바깥마당에는 지금 서울댁 양반이 왔다. 그들은 모두 서울댁 양반을 좋아하였다. 그것은 비단 그에게는 양반티가 없는 것뿐만 아니라 그의 호활하고 의리있는 것이 마음을 끌었던 것이다. 생김생김도 눈이 큼직하고 콧날이 서고 준수한 얼굴이었다. 그들은 마치 서울댁을 지식주머니로 아는 듯이 그를 만나면 우선 세상형편을 물어 보았다. 그럴 때마다 그는 여러 가지 이야기를 하였다. 그는 신문에서 읽은 것, 자기가 아는 일, 이 세상의 여러 가지 문제를 이야기해 들려주었다. 그러면 그들은 모두 재미있게 듣고 있었다. 요새 물난리 통에 서울 사는 민부자가 돈 천 원을 기민구제에 기부했다는 말을 했을 때 그들은 모두 입이 딱 벌어지도록 놀랐다. 하나 그는 또한 이런 말을 첨부하였다. 그것은 부자들의 사탕발림이요, 그것은 소작인들을 짜먹으려는 가짜수작이라고. 물론 이 말을 처음 들을 때 그들은 서울댁을 의심하였지만 어디까지 자기 의견을 주장하였다. 그가 그들에게 한 말을 간단하게 요약하자면 이러하였다.

"첫째로 말할 것은 돈이 쌀이 아니요, 돈이 옷감이 될 수 없는데, 또한 그 쌀이나 옷감은 가만히 앉아 있는 사람의 손으로 된 것이 아닌데…… 어찌해서 손가락 까딱하지 않는 사람이라도 돈이라는 종이 쪼각을 가지면 당장에 부자가 되느냐? 그게 벌써 틀린 일이다. 가령 지금 쌀 한 말에 2원을 한다고 하면 그 쌀 한 말을 만들어내기에는 봄부터 가을까지 전후 비용이…… 더구나 남의 장리를 얻어서 농사를 진 사람으로서는 2원의 몇 갑절이 더 들었을 것인데 이러한 품밥이 들 생각은 하지 않고 장사하는 놈들이 제 맘대로 쌀값을 올렸다 내렸다 하는 것은 불공평한 처사이다. 이것이 모두 장사치의 잇속으로 따진 사람까지도 상품으로 만들어서 저희의 부만 늘리자는 것이다. 그러므로 만일 돈을 쓸 터이면 그것은 반드시 사람에게 유익한 일을 하는 사람들끼리만 쓸 것이지 결코 놀고먹는 놈이나 못된 일을 하는 놈들은 못 쓰도록 해야 할 것이다. 그래 병신, 노인, 어린이들 외에는 제각기 재간대로 일을 하고 사는 것이 옳은 일이다."

그는 이렇게 말하였다. 그는 부자를 욕하고 박주사 아들을 욕하고 이 너머 김지주 집한테도 욕을 하며 그놈들은 양반도 아니요, 사람도 아니요, 개만도 못한 놈들이라고 하였다. 그들이 처음으로 이 말을 들을 때는 대단히 놀랐다. 그것은 지금까지 자기들이 가장 점잖게 행세한다는 양반을 보고 이렇게 욕하는 사람은 서울댁밖에 없었기 때문이다. 그러나 그의 말을 들을수록 그런 의심은 차차 풀리었다. 민부자의 천 원 기부도 그리 장한 일이 아니라는 것을 알 수 있었다. 그 언제인가도 서울댁은

"지금은 돈만 아는 세상이다. 만일 개가 돈을 가졌다면 멍첨지라고 공대할 세상이야."

해서 그들은 모두 웃음통이 터졌었다. 서울댁은 지금도 한참 그런 이야기를 하다가 집으로 간다고 일어섰다.

"아― 더 놀다 가시지유."

하고 이 구석, 저 구석에서 만류하는데― 그는 어디 볼일이 좀 있다고 그 길로 발길을 돌리었다. 그는 그 아래말에서 사는 백부의 집에 와 있는데 서울서 내려온 지가 며칠 되지 않았다. 그는 아직 장가도 아니 든 20여 세밖에 안 되어 보이는 소년으로 어려서부터 큰집에서 커났다.

가는 길에 그는 점순이네 집에 들렀다. 웬일인지 사립문 안에 들어서 보아도 아무 기척이 없다. 알고보니 점순이 혼자만 집에 있었다.

"나 봐요! 저……. 어저께 그 돈 받으세요."

점순이는 당황한 모양으로 일어서 나오며 부르짖는다.

"무슨 돈? 아― 참외값을 도로 받으라고?"

"참외값이 더 된대요."

"더 되나 덜 되나 너는 그것만 점두록 생각하고 있니? 더 되거든 네가 쓰려무나."

"얼레! 남이 흉보게."

"흉은 무슨 흉?"

"남의 사내에게서 거저 돈을 받는다구."

"그게 무슨 흉될 게 있니? 깨끗한 마음으로 주고 받았다면…… 너두 참 퍽 고지식하구나. 그러면 이담에 참외로 대신 주려무나."

"그럼 내일 와요? 참외막으로……."

"응 — 그라지."

그는 이렇게 대답하고 바로 자기 집으로 향하였다. 이날 밤에 점순이는 베개를 여러 번 고쳐 베고 생각하였다.

'퍽두 이상한 사람이다……'

4

그 이튿날 밤이었다. 점순의 모친이 원두막에 나가는 길에 점순이도 따라갔다. 서울댁은 오지 않았다. 그래 점순이는 은근히 기다렸지마는 지금은 그가 오려니 해서 나간 것은 아니다. 웬일인지 가고 싶은 마음이 키어서…… 그것은 달이 횡창 밝아서 이상스럽게도 어떤 궁금한 생각이, 그대로 방안에 앉았기가 싫었음이다.

그런데 순영이가 아까 저녁때 와서 그 말을 듣고 그러면 저도 같이 놀러 가겠다고, 그래 저의 어머니한테 허락을 맡아가지고 오겠다 하였다. 과연 나갈 무렵에 그는 벙긋벙긋 웃고 뛰어왔다. 그래 지금 원두막으로 같이 나가는 길이다. 무슨 일인지 점순이 부친은 산너머에 볼일이 있다고 저녁을 먹고 바로 나갔다. 그래 점순이 모친이 원두막을 지키러 나가게 된 것이다.

원두막은 앞산 모퉁이 개울 옆으로 기다랗게 생긴 원두밭둑에다 지었다. 거기는 냇물소리가 쏴— 하게 들리고 물에서 일어나는 서늘한 바람이 원두막 위로 솔솔 불어왔다.

냇물은 달빛에 어른어른하고 저편 백모래밭에는 돌비늘이 반짝반짝 빛나는데 이편 언덕 위로는 포플러의 푸른 숲이 어슴푸레한 그림자를 던지고 있다. 다시 눈앞으로는 설화산쪽이 아지랑이 속같이 몽롱한데 푸른 하늘에는 뭇별이 깜박깜박 눈웃음을 치고 인간을 내려다본다.

점순이와 순영이는 지금 홀린듯이 이 밤경치에 취하여 한참 재미있게 노는데 별안간 인기척이 나는 바람에 마주보니 그는 뜻밖에 서울댁과 점동이었다.

"너는 왜 또 오니? 집 보라니까…… 저이는 누구야?"

하는 점순이 모친은 점동이 뒤에 또 한사람이 있는 줄을 비로소 알고 묻는 말이었다. 그래 목소리를 듣고 그제야 안 것처럼 그는 다시 정답게 아는 체를 한다.

"아! 밤에 다 마실을 오시우? 나는 누구라구. 어서 올라오시지유!"

"녜. 참외 먹으러 왔습니다. 점동이를 만나서……."

하고 서울댁은 원두막 밑에서 대답하였다.

"참외를 따온 것이 아마 없지. 그럼 점동아, 네가 좀 따랴무나. 그럼 여기서 놀다 가시우. 나는 밭을 좀 매야!"

하고 노파는 원두막에 꽂힌 호미를 빼들고 내려왔다.

"달 밝고 서늘해서 밭매기는 썩 좋겠다. 기왕 나왔으니 너두 밭이나 좀 매야!"

"가만있수! 저 양반하고 이야기 좀 할라우. 어서 어머니 먼처 매시우!"

참외망태기를 메고 원두밭으로 가는 점동이는 이렇게 대답하였다.

"아, 참외나 하나 자시고 매시지요!"

서울댁은 이렇게 권하여보았다.

"지금은 생각 없어유. 내야 먹고 싶으면 이따가 따먹지요."

그는 이렇게 대답하고 맨 윗고랑으로 올라가서 글밭을 매기 시작하였다. 호미가 흙덩이에 부딪는 소리가 사각사각 난다.

그동안에 점동이는 참외를 한 망태기 따가지고 왔다. 그래 서울댁보고 원두막으로 올라가자 하였다.

"무얼! 여기서 먹지."

하고 서울댁은 사양하였다.

"아니오. 올라가요! 앉을 자리두 없는데. 애들아! 올라가도 괜찮지! 응? 우리 큰애기들아!"

원두막에서는 킬킬 웃는 소리가 들리었다.

소곤소곤하는 소리도 났다. 뒤미처

"맘대로 해요!"

하는 점순이의 날카롭게 부르짖는 목소리가 들리자 그들은 원두막 위로 올라갔다. 그런데 점순이는 그들이 앉기도 전에 서울댁 앞에다 웬 돈을 절그럭 하고 꺼내놓았다.

"그게 뭐야?"

점동이가 눈이 휘둥그래지는 것을 보고 색시들은 또 웃었다.

"아, 참외값!"

하고 서울댁은 그 사연을 이야기하고 이런 말을 하였다. 서울서 장사하는 사람들은 돈을 안 주어서 못 받는다고.

"그럼 그 돈으로 지금 참외나 먹읍시다. 아무 돈이나 쓰면 됐지. 계집애들이란 저렇게 꼼꼼해. 담배씨로 뒤웅을 파랴듯이."

하고 점동이는 참외를 한 개씩 안기었다.

"그럼 또 턱없이 남의 돈을 받어?"

점순이는 얄미운 표정으로 점동이를 쳐다보며 부르짖었다. 그러나 점동이는 참외를 깎아서 어석어석 먹으면서

"그래 잘했다. 상급으로 참외나 더 먹어라. 그리고 소리나 한 마디씩 하구!"

"아이구 망측해라! 누가 소리를 한담. 사내들 있는 데서!"

"사내들 있는 데서는 왜 못하는 법이냐? 니들끼리는 곧잘 하면서."

"니들이 이렇게 하지 않았니?"

하더니 점동이는 고개를 외로 꼬고 청승스런 목소리로 군소리하는 흉내를 내었다.

가세 가세!
나물 가세.
동산으로
나물 가세.

나물 캐고
피리 불고
노다 노다
임도 보고……

"아이 우리가 언제 그런 소리를 했어!"

하고 색시들은 얼굴이 빨개지며 부끄러워 죽겠다는 듯이 우는 소리를 한다. 그들의 안타까운 목소리로,

"안했걸랑 고만두렴,! 오, 참 성삼이네가 하던가? 아니 서울댁 양반! 서울 색시들도 노래를 하나요. 여학생도?"

하고 점동이는 서울댁을 쳐다본다.

"하고말구. 창가를 하지."

"오 — 창가. 이렇게 하는 것 말이지. 학도야, 학도야! 청년학도야! 이

렇게."

색시들은 또 킬킬 웃었다. 점동이의 털털한 수작에 그들은 저으기 부끄럼이 가시었다. 그들은 이렇게 재미있게 노는데 나중에는 서울댁의 이야기에 모두 귀를 기울이게 되었다. 그는 역시 이 세상이 악하고 부자가 악하다는 말을 하였다. 그래 우리 젊으나 젊은 청춘이 꽃동산과 같은 아름다운 세상에서 잘살 것을 지금 이렇게 되었다고 흥분하였다.

"보아라! 이 아름다운 경치를. 저 안타까운 별들을. 저 밝은 달빛. 저 그윽한 물소리. 저 은근한 수풀 속 나무나무 가지가지에 녹음이 우거진 이때, 우리들은 경치좋은 이 산속에다 정결하게 집을 짓고 옷밥 걱정이 없이 살어본다고 생각해보자. 아버지와 어머니는 들에 나가서 일을 하고 우리들은 학교에 가서 공부하며 뛰고 놀다가 저녁때 돌아와서는 들에 나가서 부모님의 일도 거들어주고 저 산 밖으로 노래를 부르면서 놀러 다닌다면 얼마나 우리의 사는 것이 아름답겠니? 모든 사람이 다같이 일하고 다같이 벌어서 부자와 간난이 없이 산다면 그때에야말로 공중에 나는 새도 인간의 행복을 노래하고 땅 위에 피는 꽃도 사람의 즐거움을 웃어줌일 게다. 그때야말로 참으로 이 세상 만물이 인간을 위하야 축복을 드릴 것이요, 저 달을 보아도 우리의 마음이 즐거울 것이다. 그런데 지금은 어떠하냐? 우리는 공부할 나이에 공부도 못하고 늙으신 부모는 밤낮 일을 해도 가난에 허덕허덕하지 않느냐? 처녀의 고운 손은 방아찧기에 악마디가 지고 청춘남녀는 맘대로 사랑할 수도 없지 않으냐? 못 먹고 헐벗으며 게딱지만한 오막살이 속에서 모기 빈대 벼룩에 뜯겨가며 이렇게 하루 살기가 지겹도록 고생고생하게 된 것은 그게 모두 몇 놈의 악한 놈들이 돈을 모두 독차지해가지고 착하게 부지런히 일하는 많은 사람들을 가난의 구렁으로 잡아 처넣은 까닭이다. 아! 지금 저 달이 밝지마는 우리에게 좋을 것이 무엇이며 지금 이 바람이 서늘하다마는 우리의 가슴은 더욱 답답하지 않으냐? 낮에는 햇빛 밑에서 일을 하고 밤에는 달 아래서 하루의 피곤한 몸을 쉬는, 천만 사람이 다 같이 일해서 먹고사는 세상이 참으로 사람답게 사는 세상이 될 것이다." 하는 그의 열정으로 부르짖는 말에 그들은 모두 넋을 잃고 귀를 기울였다. 점순이와 순영이는 하염없이 눈물이 글썽글썽하였다. 참으로 그런 세상을 어서 보고 싶으도록…… 그래 그렇지 못한 자기네의 지금 생활이 몹시도 분하고 애달팠다. 그렇게 허튼 소리를 하던 점동이까지 잠자코 앉아서 무엇을 우두커니 생각하고 있었다.…… 그래 사방은 괴괴하니 오직 물소리만 요란히 들리었다.

점동이가 눈짓을 하자 순영이는 슬그머니 원두막 아래로 내려갔다. 그런데 원두막 위에 단둘이 앉았던 점순이는 별안간 '서울댁' 무릎 앞에 푹 엎드러지며 흑흑 느껴울었다. 그것은 무슨 그를 사랑하고 싶어서 그리한 것이 아니라 지금 그에게 들은 말이 감격하여 견디지 못한 발작이었다. 과연 그는 지금까지 살아온 것을 생각할 때 오직 '불행' 그것으로만 느껴졌다.

"당신은 왜 그런 말을 일러주셨소."
하는 것처럼 그는 이제까지 모르던 슬픔을 깨달은 것 같다.

이때 남자는 그를 마주 껴안고 그의 뜨거운 입술에다 자기 입술을 대었다.

저편 나무 속에서도 목메어 우는 소리가 가늘게 들리었다. 점동이와 순영이도 거기서 우는 게다. 아직 인생의 대문에도 못 들어간 그들을 울리게 하는 것이 대체 무엇인가? 달아! 혹시 네나 아는가?

물소리, 울음소리! 또는 모친의 밭매는 호미소리…… 이 소리들이 서로 어울리어 이 밤의 심포니를 싸고 고요히 흐른다.

5

. 그후 한 달이 지나서이다. 가난한 집안에는 보리양식이 떨어질 칠궁으로 유명한 음력으로 칠월달을 접어들었다. 향교말에는 양식이 안 떨어진 집이 별로 없는데 점순이집에도 벌써부터 보리가 떨어졌다.

그동안에는 어떻게 부자가 품도 팔고 이럭저럭 지내왔으나 앞으로는 앞뒤가 꼭 막혀서 살아갈 길이 망연하였다. 그것은 논밭에 김도 다 매고 두렁도 다 깎은 터이므로 일꾼들은 모두 나무갓으로 올라갈 때이다. 인제는 품을 팔아먹을 일거리라고는 없어졌다. 벼는 벌써 부옇게 패었다.

그러므로 점순이네 부자도 나무나 해서 팔아먹는 수밖에는 다른 수가 없었다. 원두도 인제는 다 되어서 더 팔아먹을 것은 없었다.

산이 없는 점순이네는 나무갓을 얻기도 용이치 않았다마는 그래도 부자가 일을 하기만 하면 남의 나무를 베어주고라도 나무갓을 조금 얻을 수도 있었는데 화불단행이란 옛말이 거짓말이 아니던지 이런 때에 뜻밖에 김첨지가 덜컥 병이 났다. 그는 벌써 한 이레째나 생인발을 앓느라고 꼼짝을 못하고 드러누웠는데 그게 순색으로 더치게 되었다. 그래 퉁퉁 부었다. 그런데 양식은 똑 떨어졌다. 점순이 모친은 생각다 못하여 마지막으로 박주사 아들한테 장릿벼 한 섬을 얻으러 갔다.

박주사 아들이 흉악한 불깍쟁인 줄은 그도 모르는 바이 아니었지마는 거번에 논을 좀 달라고 할 적에도 그리할 듯한 대답을 한 것이라든지 그때 은근히 한번 놀러 오라던 말을 생각해보면 어디로 보든지 호의를 가졌던 것만은 확실한 모양이다. 나중에 알고보면 이 호의가 무척 고가임을 알고 그는 아연실색할 것이다마는 지금은 두수없이 꼭 죽었다 할 판이므로 이런 때에는 턱에 없는 것도 믿고 바라는 것이 사람의 정리이다. 물에 빠진 사람은 지푸라기도 붙잡는다 하지 않는가? 한번 놀러오라 하고 더구나 논까지 줄 듯이 대답한 그런 고마운 사람에게 어찌 구원의 손을 내밀지 않을 수 있으랴? 그자가 도척이거나 동척회사 마름이거나 이런 때는 그런 것이 상관없다. 그저 한번 놀러오라는 말과 논을 줄 듯이 대답한 그런 고마운 생각만 나는 것이다. 하기는 이런 사람을 어리석다 할는지 모른다. 과연 박주사 아들은 그의 어리석음을 비웃었다. 그러나 이런 죄없는 어리석은 사람을 농락하려는 사람은 또한 어떠한 사람이라 할까? 옳다! 지금 이 세상에서는 물론 이런 사람을 잘 났다 하겠지! 남을 잘 속여서 제 낭탁을 하는 사람을 똑똑하다고 칭찬하지 않는가? 그렇다면 박주사 아들도 물론 똑똑한 사람으로 칭찬을 받을 터인데 다만 너무 똑똑해서 알깍쟁이가 된 까닭에 똑똑한 사람을 칭찬하는 이 지방 사람들까지도 그를 좀 비방하게 되었단 말이다.

그러나 이런 말을 지금 여기서 옥신각신할 때가 아니다. 점순이 모친은 지금 등이 달아서 많은 희망을 품고 박주사 아들을 찾아갔다.

과연 박주사 아들은 서슴지 않고 한 마디로 선뜻 승낙하였다. 한 섬으로 만일 부족하거든 두 섬이라도 갖다먹으라고.

이때 점순의 모친은 얼마나 기뻐하였던가? 과연 자기도 모르게 입이 저절로 벌어졌다. 그래 그는 무수히 감사하다는 치사를 드리고 마치 승전고나 울리고 돌아오는 장수의 마음같이 걷잡을 수 없는 기쁜 마음으로 그 집 대문을 나섰다. 그런데 박주사 아들이 대문 밖에까지 따라나오더니 잠깐 조용히 할 말이 있다고 구석진 곳으로 손짓을 한다.

그것은 이러한 조건이었다. 장릿벼는 지금 말한 대로 줄 터이니 그 대신 자네 딸을 나 달라고.

그래도 집에서는 이런 줄은 모르고 행여나 무슨 수가 있나? 하고 은근히 기다리었다. 고정하기로 유명한 김첨지까지—가지 말라고 큰소리를 지르던— 도 무슨 수가 있는가? 하고 바라는 바이 있었다. 그런데 마누라는 눈물만 얻어가지고 돌아왔다. 그는 그때 박주사 아들한테 그

소리를 들을 때에 고만 가슴이 덜컥 내려앉으며 별안간 두 눈이 캄캄하였다. 그는 아무 대답도 않고 그길로 돌아서서 눈물만 비오듯 쏟으며 정신없이 돌아왔다. 그는 지금 눈갓이 퉁퉁 부은 눈으로 안산만 우두커니 쳐다보고 한 손으로 턱을 괴고는 풀이 없이 앉았다. 그래 김첨지는 화가 버럭 났다.

"아! 뭐라구 하던가?"

그는 돌아누우며 궁금한 듯이 이렇게 물었다.

"한 섬은 말고 두 섬이라도 갖다먹으랍디다."

"그럼 잘되지 않았나! 무얼?"

"그 대신 점순이를……."

마누라는 목이 메어 말끝을 못다 마치고 우는 얼굴을 외로 돌렸다. 이 소리에 별안간 김첨지는 벌떡 일어나 앉으며

"무엇이 어짜고 어째?"

하고 그는 갈범의 소리로 부르짖는다. 온 집안이 찌르릉 울렸다. 이 바람에 점순이 모친은 깜짝 놀라서 뒤로 무르청하고, 부엌에서 무엇을 하던 점순이는 방으로 뛰어들어왔다. 이때 김첨지는 수염 속으로 쭉 찢어진 입을 실룩실룩하더니 무섭게 이를 악물고 두 주먹을 불끈 쥐었다. 그의 큰 눈에서는 불덩이가 왔다갔다하였다.

"글쎄 가지 말라니까 왜 기어이 가서 그런 드러운 소리를 듣느냐 말야. 이것아! 응?"

"누가 그럴 줄 알았소."

마누라는 주먹으로 때릴까봐 겁이 나는 듯이 몸을 옴츠렸다.

"내가 굶어죽어보아라! 그런 짓을 하나. 글쎄 셋째첩 넷째첩으로 딸을 팔아먹는단 말이냐? 그래 뭐라고 대답하였나! 이편은 응?"

"뭐라긴 무얼 뭐래요. 하두 기가 막혀서 아무 말두 안했지!"

"그래! 그 말을 듣고 가만히 있었단 말이야? 이년아! 그놈의 낯짝에

다 침을 뱉지 못하고 응! 예이 드러운 놈! 네까짓놈이 양반의 자식이냐? 하고. 어서 가서 그래라! 어서. 네까짓놈에게 딸을 주느니 차라리 개에게 주겠다고. 개만도 못한 놈아, 박주사 아들놈아! 이 드러운 양반 놈아! 였다! 너는 이것이 상당하다! 하고 그놈의 낯짝에다 침을 탁 뱉어 쥐라! 자, 어서 가서 그래 응! 어서 가서!"

하고 그는 소리를 고래고래 지르며 마누라를 자꾸 주장질하였다. 그러나 마누라는 아무 말이 없이 고만 흑흑 느끼어 울기만 한다. 그래 점순이도 따라 울었다. 이때 별안간 어— 하는 외마디소리를 지르자 김첨지는 쾅 하고 방바닥에 거꾸러졌다. 이 바람에 그들의 모녀는 에구머니 소리를 쳤다. 점순이는 한걸음에 뛰어들며 "아버지!" 하고 그의 몸을 얼싸안고 모친은 창황망조하여 오직 "찬물 찬물" 하였다. 그래 점순이는 얼른 냉수를 떠다가 부친의 이마에 뿜었다. 김첨지는 고만 딱 까무러쳤다.

모녀는 어쩔 줄을 모르고 다만 사지가 벌벌 떨리었다.

점순이는 아까 순영이가 갖다주던 좁쌀 한 되로 미음을 쑤느라고 부엌에 있었던 까닭에 그들이 수작하는 말을 낱낱이 들었다. 그래 그는 부친의 까물쓴 까닭도 잘 알 수 있었다.

이 소문이 난 뒤로는 향교말 사람들은 모두 박주사 아들을 욕하며 점순이집 식구를 구제하기 시작하였다. 그것은 성삼이 처까지도 그리하였다. 아래윗동리로 돌아다니며 상놈의 반반한 계집이라고는 모조리 주워먹던 박주사 아들도 웬일인지 성삼이 처만은 건드리지 못하였다. 아니 그는 벌써 언제부터 성삼이 처를 상관하려고 애써보았지마는 서방질 잘하기로 유명한 성삼이 처는 박주사 아들이라면 고만 고개를 흔들었다. 그것은 동리마다 박주사 아들의 뚜쟁이가 있는데, 향교말 뚜쟁이가 박주사 아들의 말을 넌즈시 비쳐볼라치면 성삼이 처는 대번에 입을 비죽거리며

"그까짓 자식이 사람인가. 양반인지는 모르지마는 사람은 아닌데 무얼!"

하고 다시는 두말도 못하게 하였다.

이 유명한 성삼이 처가 우선 쌀 닷 되와 돈 열 냥을 가지고 왔다. 그래 점순이 모친은 은근히 놀래었다. 점백이집에서도 보리 두 말을 가져왔다. 수돌이집에서도 보리 한 말을 가져왔다. 이쁜이집에서도 밀가루 두 되, 만엽이집에서는 좁쌀 한 되…… 심지어 밥 한 그릇, 죽 한 사발이라도 모두 가지고 와서는 김첨지의 고정한 마음을 칭찬하였다.

그러나 속담에 가난 구제는 나라에서도 못한다고, 허구한 날에 그들을 구제할 수는 없었다. 그날 저녁에 점동이도 일하고 돌아와서 이 소리를 듣고는 역시 김첨지만 못지않게 펄펄 뛰었다. 그는 자기 혼자 벌어먹일 터이니 걱정 말라고 큰소리를 하였다. 그러나 그의 한몸으로 온 집안식구를 건져가기는 그야말로 하늘에 올라가서 별 따기같이 어려운 일이었다.

김첨지는 그후에 다시 깨어나기는 났지마는 그 뒤로 병은 점점 더치었다. 약 쓸 일에 무엇에 돈 쓸 일은 그전보다 몇 갑절 더 들게 되었다. 그러나 그 역시 박주사 아들의 말은 다시는 입밖에 내지도 못하게 하였다.

하루는 점순이가 아버지 앞에 무릎을 꿇고 조금도 사색 없이 공손한 말로 박주사 아들한테 시집가란 말을 자청해보았다. 그러나 김첨지는 역시 펄펄 뛰며 듣지 않았다.

"그러면 넌 내 자식이 아니다!"

그의 병세는 날이 갈수록 더해졌다. 인제는 아주 자리에 눕게 되었다. 그런데 약을 써볼래야 돈 한푼 없고 미음 한 그릇을 제대로 쓸 거리가 없다. 모친은 실망 낙담 끝에 울기만 하고 앉았다. 점동이가 겨우 나뭇짐을 해다 팔아서 그날그날 연명해 나가는 형편이었다.

점동이는 이를 악물고 결심하였다. 그는 뼈가 부서지더라도 어떻게든지 제 힘으로 버티어 보려고 하였다. 그는 밤에도 산에 가서 나무를 해오고 날 궂은 날은 짚신을 삼아다 팔았다. 할 수 있는 데까지 해보다가 만일 되지 않으면 나중에는 어떠한 것이든─ 무슨 일이든지 해보겠다고 결심하였다. 점동이는 자기의 뉘동생을 더러운 돈에 팔아먹고 사느니 차라리 강도질을 하고 감옥에 들어가는 것이 훨씬 낫겠다고 생각을 하였다.

그러나 점순이는 또한 점순이 대로 자기 한몸을 어떻게 처치할 것을 단단히 뼈무르고 있었다. 그것은 지금 다시 자기의 부모한테서나 오빠에게서는 박주사 아들한테로 시집을 가도 좋다는 허락을 애당초 얻을 수가 없다는 것이 뻔한 일이었다. 이에 그는 아무도 모르게 자기 혼자 결행하기로 하였다. 그것은 내일이라도 이 동네에 있는 뚜쟁이에게 간단한 한마디 대답을 기별해 주면 그만이다.

점순이가 이 일을 작정하기에는 며칠을 두고 밤잠을 못 자고 그의 조그만 가슴을 태울 대로 태웠다. 그는 울기도 많이 하고 참으로 어찌해야 좋을지 안타까운 가슴을 진정할 수가 없었다. 그런 자에게 자기의 한 몸을 바친다는 것은 참으로 죽기보다도 쓰라린 일이었다.

만일 지금 누가 그보고 이렇게 말한다면─ 내가 네 집 식구들을 먹여 살릴 터이니 그 대신 네가 죽어라…… 한다면 그는 선뜻 대답하였을 것이다. 그러나 지금 세상에서는 그런 의협심을 가진 고마운 사람도 없다. 과연 그는 이 일만 말고는 다른 어떠한 일이라도 무서워하지 않겠다고 아무리 발버둥치고 허공을 우러러 탄식해 보았건만 역시 이 일밖에는 다른 도리가 없었다. 그도 저도 할 수 없다면 좌이대사나 한다지만 자기의 한 몸을 바치게 되면 그들을 구원할 수 있는데 어떻게 모르는 체 할 수 있으랴? 그들의 목숨의 자물쇠는 오직 자기 한 손에만 쥐여졌다. 더구나 부친은 병석에 누워 신음하는데 미음 한 그릇을 쑬 거리가 없는 이때가 아닌가! 아무리 할 수 없는 일이라도…… 슬프고 또

슬프고 죽기보다 쓰라린 슬픔이라도…… 자기는 그것을 참고 견딜 수밖에 없다!…… 고 그는 악에 받쳐 부르짖었다.

하기는 이 근처에도 다른 부자가 없는 것은 아니다. 소위 행세한 다른 양반 부자도 많다. 그러나 그들은 모르는 체하였다. 자기 집안 형편을 잘 알면서도 그들은 모두 모르는 체하였다. 장리벼 한 섬이나 두 섬은 그게 하상 몇 푼어치나 되는가? 그들이 그것을 줄 생각만 있으면 가난한 집의 쌀 한 줌이나 동전 한 푼보다도 하찮고 쉬운 일인데…… 그것도 자기 부친의 고정한 심사는 여태까지 남의 것을 떼먹은 일이 없는데도— 어떻게든지 해 갚을 마음을 먹고 장리벼를 달라는데도…… 그들은 벼 한 톨을 주지 않았다. 그것도 더구나 이런 때에 한 집안식구가 몰살할 지경에 벼 한 섬이나 두섬으로 죽을 사람이 살겠다는데도 있는 사람들은 모두 모르는 척하였다. 그것은 마치 자기네는 봉황선(선유배) 타고 뱃놀이를 하면서 바로 지척에서 물에 빠져 죽어 가는 사람들이 억! 억! 소리를 치며 물을 켜고 허우적거리는데도 모르는 체하고 저희들만 놀고 있는 것과 무엇이 다르랴?

그렇다! 이것이 지금 세상이다. 이것이 짐승보다 낫다는 사람 사는 세상이다.

점순이가 이런 생각을 한다면 그 즉시 부엌으로 뛰어 들어가서 식칼을 들고 나섰을 것이다. 희미하게나마 '서울댁'이 하던 말이 옳게 생각되었다. 과연 그의 말은 이 세상이 악한 줄을 즉각적으로 깨닫게 한다. 가난은 전생의 죄업이요 부귀는 하늘이 낸다는 게 새빨간 거짓말이다! 그는 서울댁의 말과 같이 박주사 아들은 얄미운 생쥐 같은 도적놈으로 알게 되었다. 그런데 자기는 그 생쥐 같은 더러운 도적놈에게 몸을 바쳐야만 하는가? 그러나 할 수 없다.

마침내 점순이는 내일 아침에 박주사 아들에게 기별하기로 마음을 결정하였다.

그는 지금 마지막으로 이 하룻밤을 순결한 처녀의 몸으로 밝히려 하였다. 아까까지도 악에 받쳐서 두눈이 뽀송뽀송하던 점순이는 백척간두에 일 보를 내딛는 결연한 마음으로 닥쳐오는 자기의 운명에 대하였다. 그는 아무도 모르게 울어나 보고 싶은 심정이었다. 아직 초저녁인데 달이 뜨려면 먼 것 같다.

어슴푸레한 황혼이 차차 어둠의 장막으로 싸여드는 적막한 산촌은 마치 죽음의 나라와 같이 괴괴하였다. 그것은 자기의 운명도 이밤과 같이 점점 어두워서 앞길이 캄캄해지는 것만 같았다. 하늘에는 뭇별이 박이고 은하수가 그 복판을 짝 가르고 나갔다. 직녀성은 견우성을 마주보고 있다…… 산뜻한 바람이 어서 이는지? 포플러 잎새가 바르르 떨고이다. 아래말로 가는 산길이 희미하게 뒷산 잔등으로 보인다.

새가 바삭바삭 맞비비는 야릇하고도 답답한 소리가 나는가 하면 무슨 새인지 "빽" 하고 외마디소리를 지르며 날아간다…… 벌써 지랑폭에는 이슬이 축축이 내리었다. 그는 이때의 모든 것이 다만 슬픔의 상징으로만 보이었다. 그래 그는 하늘을 쳐다보고 울었다! 땅을 굽어보고 울었다! 산을 바라보고 울었다!

저— 아득한 숲을 보고 울었다! 그러나 그는 아무런 하소연하는 말은 하지 않고 오직 어머니…… 아버지…….

오빠 하고 부르며 울었다.

그런데 어느 틈에 왔는지 서울댁이 자기 옆에 섰는 것을 발견하였다.

그때 그는 소스라쳐 놀라며 고개를 푹 숙이었다. 과연 그가 밤에 여기로 오려니는 꿈에도 생각지 못한 일이었다.

"아니 이게 웬일이야?"

하고 서울댁은 깜짝 놀라며 묻는다.

"아니오! 저… 저……."

점순이는 그만 울음을 삼키었다. 그리고 그는 아무렇지도 않은 표정을 지었다.

그러나 '서울댁'도 이 소문은 벌써부터 들은 터이다. 그도 자기의 있는 돈을 몇 냥간 점동이를 갖다준 일이 있었다.

"나도 다 아는데 무얼!" 하는 그의 말이 채 떨어지기도 전에 점순이는 와락 달려들어 그를 얼싸안고 고개를 그만 그의 가슴에 푹 처박았다. 그리고 열정에 떨리는 목소리로

"용서해주서요. 용서해주서요! 부잣집 첩으로 가는 것을…… 당신이 미워하는…… 박… 박주사 아들에게로……."
하고 그는 가늘게 부르짖었다. 서울댁은 아무 말 없이 그를 껴안은 채 다만 멍하니 하늘을 쳐다보았다.

그때에 하늘에서는 유성이 죽 흘렀다…….

6

그 이튿날 박주사 집에서 벼 한 바리와 돈 쉰 냥을 점순의 집으로 가져왔다. 하인의 전갈에는 특별히 돈을 보낸 것은 병인의 약시세를 하라는 것이었다.

점순이는 밤 동안에 아주 딴 사람이 되었다. 그는 마음을 도슬러먹었다. 그렇게 생기 있고 상냥하던 그의 표정이 어디로 가버렸다. 김첨지는 이런 일도 모르고 여전히 위독해 누웠다. 그는 이상하게도 오늘부터는 시렁시렁하기 시작하였다. 그는 눈을 뜰 때마다 누구든지 쳐다보일 때는 "저놈이 벼 한 섬에 부자집 첩으로 팔아먹은 놈이야!" 하고 손가락질을 하였다. 그래도 모진 것은 목숨이다. 점순이의 모친은 딸을 판 그 벼와 쌀로 밥을 지어먹었다. 안 먹는다고 굶어죽어도 안 먹는다고 울며불며 야단을 치던 점동이도 그 밥을 먹기 시작하였다……. 그것은 점순이가 그 벼를 찧어서 얼른 밥을 지어다놓고 지성으로 모친을 권

하고 또한 오빠를 권하였기 때문이다.

그날 점동이는 아침도 굶고 산에 가서 나무를 진종일 하다가 다 저녁 때 집에 돌아와 보니 점순이는 난데없는 하얀 쌀밥을 차려다 준다. 행여나 무슨 수가 생겼나 하고 우선 한 숟가락을 뜨며 모친에게 어보다가 그만 그 눈치를 채고는 숟갈을 내동댕이쳤다. 그는 엉엉 울었다.

그러나 그때 점순이는 뛰어가서 오빠의 무릎 앞에 엎드러지며

"오빠 용서해줘요."

하고 빌며 울었다. 그 길로 점동이가 머리를 싸고 드러누웠다.

다만 모친만은 아무 말 없이 마치 혼망이가 다 빠진 사람처럼 하고 앉아서 그들을 멀거니 쳐다보았다.

그는 자기마저 어린 딸의 속을 태워서는 안 되겠다고 생각하였다. 그 것은 점동이의 하는 짓은 다만 점순이의 속을 자질히 태워주는 것밖에 다른 아무것도 아니기 때문이었다. 아들딸 남매를 둔 늙은 내외는 그것 들이나 잘 길러서 착실한 사람들로 장성하기를 유일한 희망으로 삼아 왔다. 그런데 아들의 장가는 고사하고 어린 딸이 이 지경을 당하게 되 었다. 참으로 그것은 꿈밖의 일이었다. 원수의 가난이 자식을 팔아먹게 까지 하지 않는가?

영감의 마음씨로 보든지 자기 집안 식구들은 누구 하나 악한 짓을 한 것이 없다. 하건만 웬일인지 쌀과 같이 살아보려고 밤낮으로 애를 써도 언제나 제턱으로 그들은 가난에 허덕허덕하였다. 그것은 전에 무슨 죄 를 지은 벌역으로 뜻밖에 이런 일이 생기었다. 도대체 이게 누구의 죄 냐? 나중에는 세상에 누명을 쓰고 딸자식까지 팔아먹게 되지 않았는 가? 오직 구습에 젖어 있는 점순의 어머니는 그것을 모두 사람으로는 어찌할 수 없는 천생 타고난 팔자소관으로 알았다. 이런 경우에는 누구 는 어찌하랴? 자기 한 몸이 이 당장에 칼을 물고 엎드러져 죽기는 어렵 지 않다. 그러나 중병이 든 늙은 영감하고 어린 자식들을 두고서 차마

죽을 수는 없었다. 그래 그는 그 쌀로 지은 밥을 자기가 먼저 먹었다. 그는…… 이게 마음을 도슬러먹고 자기도 먹으며 영감도 먹이었다. 그러나 불현듯 딸에게 못할 노릇을 했다고 생각하니 목이 막혀서 밥알이 곤두선다. 어린 딸의 가슴에다 못을 박았다는 생각은 참으로 뼈가 저리고 간이 녹는듯!

"어머니, 어머니! 울지 마세요. 그러면 나도 죽을 테여요……."
하고 마주 눈물을 흘리었다. 그들은 밥상을 앞에 놓고 서로 얼싸안으며 슬피 통곡하였다.

이런 때에 김첨지가 눈을 번쩍 떠보다가는 공중으로 헛손질을 하며
"저놈들이 벼 한 섬에 딸을 첩으로 팔아먹은 놈들이여!"
하고 중얼거렸다.

아! 이게 도무지 무슨 일이냐? 그는 곰곰이 생각해 보았으나 차마 병든 영감을 굶어 죽일 수는 없었다…… 그냥 두면 살지 못한 병든 영감을…….

점동이도 또한 점동이로서 이미 이 지경이 된 바에는 할 수 없다고 생각하였다.

그는 그래도 자기의 힘으로 어떻게 버티어 보려하였는데 점순이가 설마 그런 생각을 할 줄은 몰랐다.

하나 그는 자기 누이를 탓하지 않았다. 결국은 모든 것이 자기가 못나서 그렇다고 하였다. 명색이 사내 코빼기로서 많지 않은 식구를 못 건사하고 어린 누이가 그런 생각을 먹게 한 것은 오직 자기의 못생긴 탓이라고 하였다. 그러나 지금 그의 처지로서는 하루 진종일 산에 가 나무를 해다가 이십 리나 되는 읍내까지 져다주어도 기껏 3~4십 전밖에 못 받는다. 이것으로 어떻게 한 집안 식솔을 부양해 갈 수 있겠는가.

그들은 부자가 같이 벌어야만 간신히 지내던 것을 부친이 자리에 눕게 되고 더구나 농사마저 홍수에 다 떠나가서 금년에는 장리벼도 얻어

먹을 수밖에 별 도리가 없다. 여북해서 점순이가 그런 맘을 먹었을까. 철모르는 저로서도 이밖에 두수가 없음을 잘 알았음이다!

그래도 그는 밥을 먹고 사는 것은 참으로 낯이 뜨뜻한 일이었다. 하나 지금의 사정으로는 어찌할 수가 없었다.

그런데 순영이는 그 며칠 전에 쌀 두 섬을 미리 받아먹은 데로 민며느리 시집을 갔다. 가던 날 식에 그는 점순이를 찾아와서 손목을 붙들고 흑! 흑! 느껴 울었다. 그는 차마 점동이를 붙들고 울 수는 없어 그 대신 점순이를 붙들고 울었던 것이다. 점순이도 마주 눈물을 흘렸다. 그후에 점동이는 더욱 얼빠진 사람같이 되었다. '서울댁'도 확실히 그전같이 쾌활하지가 않았다. 그 역시 실심하니 무슨 깊은 상심에 싸인 것처럼 보였다. 하나 그의 침착하고 굳건한 신념은 여전하였다. 그는 무섭게 침통한 얼굴로 변하였다.

물론 점순이의 모친도 반실성을 하다시피 되었다. 그는 잠시도 영감의 곁을 떠나지 않고 병구원을 성의껏 하였다. 그는 부질없이 한숨과 눈물을 짜내었다. 다만 박주사 아들만이 홀로 자기의 성공을 기뻐하며어서 김첨지의 병이 낫기를 고대하였다. 그것은 병인이 낫기만 하면 점순이를 그날로 데려가려 함이었다.

7

김첨지의 병은 점점 더해지는 것 같았다. 안노인은 만일 영감이 죽으면 어쩔까 싶어서 겁이 났다. 그것은 잇속만 아는 박주사 아들도 부모가 죽었다는 데야 어찌 차마 점순이를 바로 데려갈 수 있으랴? 하는 마음이었다. 박주사 아들에게 이런 생각이 있다면 그것은 고마운 일이다. 마음속으로야 어쨌든지 간에 겉으로는 부모를 위하는 것이 이 세상에서 제일 중대한 일인 줄로 어려서부터 배운 터이라.

그의 부모도 역시 존중한다는 생각이 있게 할 터이므로…… 그러나 박주사 아들은 그런 생각이 아니었다.

그러면 적어도 몇 달 혹은 반 년은 될 터이니 더구나 저편의 핑계거리가 생겨서 이것으로 구실을 삼아가지고 장사를 치르고 오느니 대상을 치르고 오느니 하면 더욱 큰일이라고…… 그래 그는 점순이를 속히 데려올 작정을 하였다.

또 한 가지 그로 하여금 점순이를 속히 데려오고 싶은 마음이 나게 한 이유는 새로 얻어온 첩이 벌써 마땅치 못하게 틈이 벌어진 까닭이었다. 물론 좀더 그의 사랑을 핥아보지 않고 내박차기는 아직 좀 이르지마는 이번 첩은 성미가 너무 괄괄하여 어떤 때는 자기를 깔보는 때까지 있기 때문이었다. 그래 그 풀이로 점순이를 곧 데려다가 이것을 보아라! 하고 그의 기를 꺾어놓고 싶었다. 그것은 저번에 점순이를 보니까 작년보다도 훨씬 큰 것이 아주 처녀의 태도가 제법 났다. 그만하면…… 하는 생각이―더구나 그의 아리따운 자태가―그만 욕심이 부쩍 나게 한 것이다. 한편에서는 피려는 꽃송아리 같은 나긋나긋한 어린 사랑을 맛보며 또 한편으로는 은근한 첩의 사랑을 받다가 그만 싫증이 나거던 이것저것을 모두 혹 불어세우자는 수작이다. 그래 그는 오늘 아침에 가마를 꾸며서 별안간 김첨지 집으로 내었다.

시절은 칠월도 다 가고 팔월 초생이 되었다. 점순이의 집에서는 지금 막 아침을 치르고 난 참인데 간밤까지도 청명하던 하늘은 어느 틈에 구름이 잔뜩 낀 음랭한 날씨가 되었다. 이제는 더욱 원기가 쇠잔하여 미친 소리도 잘 못하는 김첨지는 겨우 미음 한 모금을 마셨는데 아랫목에서 세 식구가 경황없이 아침이라고 치르고 났다. 모친은 오늘 아침에도 그 생각이 나서 밥도 변변히 못 먹고 눈물만 점두룩 흘리었다. 그때 밖으로 나갔던 점동이가 교구군과 앞마당에서 마주쳤다. 그는 한동안 그 자리에 실신한 사람처럼 멍하니 서있었다……

모친은 별안간 눈앞이 캄캄하였다.

점순이는 그저 가슴이 얼떨떨하였다. 그는 잠깐 당황하다가 부친을 쳐다보던 눈을 모친에게로 옮기며

"어머니……"

하는 한 마디 말을 간신히 입밖으로 꺼내었다. 그리고 그는 아무 말 없이 고개를 숙이고 조용히 가마 앞으로 걸어나갔다. 이때에 별안간 애끓는 목소리로

"점순아! 점순아! 아…… 점순아! 점순아……."

하고 모친은 한달음에 뛰어나와 딸의 발 앞에 꼬꾸라졌다.

"아, 점순아!"

점동이가 뛰어들며 또한 그를 얼싸안았다.

그런데 이마적은 미친 소리도 못하고 인사불성으로 누웠던 김첨지가 마치 기적같이 안방 문을 일어나 앉아서 바깥을 내다보며

"저놈들이 장리벼 한 섬에 딸을 팔아먹은 놈들이여!"

하고 손가락질을 하며 중얼거리더니만 히! 히! 하고 웃는다. 이 바람에 점순이는 다시 뛰어들어오며

"아— 아버지!" 하고 문지방 앞에 어푸러졌다.

"아— 점순아!"

어머니가 마주 소리를 내어 운다.

점순이는 천천히 일어나며 두 손으로 자기의 얼굴을 가리웠다.

그는 마지막으로 집안식구들을 휘— 둘러보고는 발걸음을 돌이켜서 가마 안으로 들어가 앉으려 할 순간이었다. 점순이는 언뜻 무섭게 빛나는 두 눈동자와 마주쳤다. 그것은 지금 막 들어오다가 사립문 앞에서 발이 딱 붙어서 맥놓고 쳐다보는 '서울댁'의 눈이었다. 점순이는 그만 가마 안으로 푹 꼬꾸라졌다.

그때 '서울댁'은 점순이를 쫓아가서 그의 등 뒤에다 대고 가만히 그

러나 저력 있는 목소리로 "점순아! 결코 낙망해서는 안 돼. 자기의 처지를 잘 생각해서 재생의 길을 찾아야 한다!" 하고 인차 발길을 돌리었다. 하나 지금 그들의 모든 힘은 벼 두 섬 값만 못하였다. 부친의 실성과 모친의 기절과 오빠의 울음과 또는 '서울댁'의 무서운 눈도 벼 두 섬의 힘만 못하였다! 부모의 사랑과 형제의 우애와 '서울댁'의 순결한 사랑의 힘도 벼 두 섬의 힘만은 못하였다! 벼 두 섬은 부친을 미치게 하고 딸의 가슴에 못을 박고 모친을, 오빠를 영원히 슬프게 하고도 남음이 있었다. 그리하여 지금까지 귀엽게 길러온 점순이는 부모의 자애도— 동기간의 따뜻한 우애로도 어찌할 수 없이 벼 두 섬에 실려갔다.

점순이는 가마를 타고 가는데도 '서울댁'의 하던 말이 두 귀에 쟁쟁히 들리는 것 같았다.

"점순아! 결코 낙망해서는 안 돼. 자기의 처지를 잘 생각해서 재생의 길을 찾아야 한다!"

이 말은 점순이를 힘차게 고무하여 주었다.

'그렇다! 내가 무슨 죄가 있어서 팔려가는 거냐? 가난은 죄가 아니다……. 그러므로 나는 그 빚을 갚을 때까지 종으로 살지 첩으로는 안 살겠다! 차라리 이 몸이 죽을지언정…….'

이렇게 마음을 뼈물러먹은 점순이는 입을 옥물고 눈물을 거두었다.

—《문예운동》 2호(1926. 5).

외교원과 전도부인

1

"오늘은 어디로 가볼까?"

생명보험회사 외교원 김인수는 혼잣말처럼 이렇게 중얼거렸다. 그는 잠시 발을 멈추어 섰다가 어제 내외주점에서 술 한 순배를 대접하던 어느 친구의 말이 생각나서 전도부인 안마리아의 집을 찾아갔다.

안마리아는 착실한 예수교 신자였다. 그가 전도부인이 된 지도 벌써 6~7년이 지나갔다.

원래 밑천이 좀 있는 데다가 규모있는 살림꾼이라 그는 돈푼이나 좋이 벌렸다. 마리아는 청상과부로 수절을 하는데 다행히 유복자가 있어서 늙은 시어머니와 함께 세 식구가 산다. ―외교원은 자기 친구의 말을 지금도 기억하고 있었다. 그 친구의 소개로 예수를 믿었을 뿐만 아니라 그 집과는 세의가 있다 할 만큼 친한 사이니까 자기의 말을 전하면 어쩌면 천 원짜리나 오천 원짜리 같은 것 한 자리는 들어줄 것이라고 하던 그 친구의 말이 아직도 인수의 귀에서 사라지지 않았다.

그래 그는 무엇보다도 돈푼이나 밀렸다는 말에 기대를 걸고 우선 그 집부터 찾아가 보자고 이날의 마수거리를 꾀났던 것이다.

'지난달에는 월급하고 구문하고 합쳐서는 근 백 원 수입이 되었는데 이달에는 차차 여름철이 되어 그런지 월말이 다 되어가도록 지정액도 못하였으니 까딱하면 그것을 월급에서 제하게 되지나 않을까?'

인수는 이런 불안한 생각을 하며 길을 걸어갔다. 그는 세루양복에 대 모테 안경을 쓰고 한 손에는 파르스름한 책보를 들었다. 첫여름 아침의 햇볕이 발끈 비친다. 갓으로 피어난 고목나무 떨기에 푸른 물결을 일으 키는 산들바람이 부딪칠 때마다 온몸의 살을 부드러운 촉감을 느끼었 다. 남산은 푸른 안개 속에 잠기고 북악의 우뚝 솟은 봉우리가 마치 지 리한 봄꿈에서 깜짝 놀라 깬 것처럼 오늘도 차차 소란해지는 경성 시가 를 내려다보고 섰다.

'흥! 내가 이 노릇을 하고 살다니…… 여름양복을 또 사입어야 되겠 는데 돈이 있나. 하기 싫어도 맵시를 내야 한다니! 외교원이란 직업은 기생과 같은 모양이야!'

이런 생각은 재작년에 처음으로 보험회사에 들어갔을 때 외교원 감 독과 같이 다니며 외교원 견습을 하던 회상을 일으킨다.

"어느 동네로 가든지 먼저 구장을 찾아서 술잔이나 대접한 후에 돈있 는 집 내용을 잘 알고 그를 찾아가시오. 그리고 사람의 심리라는 것은 처음에 덜썩 크게 말하면 누구나 놀라는 것이니까 차차 계단을 밟아 들 어가야 하는 법이요. 그러니까 처음에는 교육보험이나 양로보험이나 혼인보험을 들라고 권고하다가 만일 들을 듯한 눈치를 보이거든 기왕 하면 생명보험을 들라고 권고하다가 만일 들을 듯한 눈치를 보이거든 기왕 하면 생명보험을 들라고 하시오. 회사의 참 목적은 생명보험을 많 이 들게 하자는 것이지만 그것만으로는 잘 들지 않을 것 같기 때문에 양로니, 교육이니, 혼인이니 하는 보험을 구색한데 불과하지요. 말하자 면 그것은 음식에 양념처럼……."

그때 감독은 자기더러 양복이 그래서 어디 외교를 하겠느냐고 새로 한벌 갖추라 하였다. 그리고 금테안경을 도금한 거라도 사서 쓰는 게 좋겠다고 권고하는 것이었다. 그때 그는 구루마를 끌고 가는 노동자를 가리키며 우리의 하는 일이 저런 이보다는 좀 편하냐고 빙그레 웃었다.

이것을 연상작용이라 하는지 인수의 기억력은 다시금 예전으로 떠올라 갔다. 어려서 동냥글을 배우느라고, 글방마다 돌아다니며 천덕꾸러기가 되던 일, 뜻밖에 부친이 세상을 떠나서 보통학교나마 못 마치고 나무지게를 도로 지게 되던 일, 게다가 장가는 일찍 들어서 20도 되기 전에 첫 애를 낳기 시작하더니만 30줄에 사 남매를 내리 낳던 아내, 그 아내는 자기가 일본으로 공부간 사이에 자식들을 떼어놓고 몰래 도망 갔다는 모친의 편지를 뒤미처 받게 된 일, 그래 하는 수 없이 눈물을 머금고 두 달 만에 고국으로 다시 돌아오던 일, 그리고 연거푸 흉년에 농사를 낭패하고 시골서는 살 수가 없어서 파산을 하였는데 그때 늙은 어머니와 어린 자식들을 앞세우고 서울로 유리개걸해 오던 일, 그러나 갈 곳이 없어서 그들을 데리고 사글세방으로 쫓겨다니며 별별 고생을 다 하던 일, 그러다가 어느 친구의 소개로 이런 직업을 얻어 되던 일, 그런데 그전에는 생소한 사람 앞에서는 말 한 마디를 할 때도 얼굴을 붉히던 자기가 어쩌면 이렇게 거짓말이라도 참말같이 능청스럽게 하게 되었을까? 하고 끝으로 자기가 자기를 놀라지 아니치 못하였다.

"아, 사람이란 경우에 따라서 이렇게도 변하고 저렇게도 변하는가부다! 사람의 한세상이란 참으로 우스운 것이야……."

그가 마지막 생각을 끊고 주위를 둘러보니 어느덧 발길은 그 집 앞에 당도하였다. 인수는 정신을 차리고 문패를 다시 올려다보았다. 뒤미처 그는 "이리 오너라" 하고 큰소리로 불렀다.

2

오늘 안마리아는 어디 나가지 않고 집에 있었다. 트레머리를 한 그는 삼십이 넘을락 말락 한데 얼굴에는 약간 주근깨가 있다. 하관이 좀 홀쭉한 편이었으나 어글어글한 눈매랑 활발한 태도가 사내같이 서글서글한 맛이 있었다.

그는 모시적삼에 검정치마를 입었다. 김인수는 우선 명함을 꺼내주고 인사를 하였다. 그리고 책보에 싼 보험회사 광고지를 꺼내면서 저편의 눈치를 살피었다.

"네! 그 양반은 잘 알고 말고요."

하고 안마리아는 상냥히 대답한다. 인수는 고개를 끄덕이며 그 친구와는 자기도 대단히 친하다는 말을 하고는 보험이라는 것이 사람에게 가장 필요하다는 것을 전례와 같이 일장 설명하였다.

그리고 결론으로 댁에서도 한자리를 들라고 권고하였다. 인수는 병에서 물 쏟듯 한참동안을 힘들여 말한 까닭에 이마와 콧잔등에는 진땀이 솟아 나왔다. 그는 손수건을 꺼내어서 이리저리 땀을 씻었다. 담배를 피우고 싶으나 이 집에서는 그게 금물인 줄 알기 때문에 그는 참았다.

주인은 그동안에 잠자코 앉아서 한곳을 바라보다가 손의 말이 끝난 뒤에야 비로소 눈을 움직인다. 그러나 별안간 그의 입술에는 엷은 미소가 떠올랐다.

"그렇지만 그것은 재미없습니다. 아무리 돈이 귀하다 하기로니 사람이 죽기를 바란대서야 어데 말이 되나요. 나는 그런 생각이 들어서 전부터 생명보험에는 들고 싶지 않았어요."

천만뜻밖에도 외교원의 귀에는 이런 말이 들렸다.

"아니 그것은 그렇게 해석할 게 아니올시다. 하늘에는 헤아리지 못할 풍우가 있고 사람에게는 조석으로 닥치는 화복이 있다는 옛말과 같이 우리 인생에게는 어느 때 무슨 일이 있을는지 누가 압니까? 하니까 그러한 앞날을 위하여 예비하자는 말씀입니다. 그것은 우리 나라의 '계'와 같은 것입니다. 어서 대부인을 위하여 위친계 모양으로 하나 드십시오. 자제의 교육을 위해서 교육보험을 드시든지……."

외교원은 이와 같이 그렇지 않다는 것을 변명하였다.

"그래도 당자가 죽어야만 돈을 타는 것이니까 죽기를 바라는 셈과 같지 않습니까. 하긴 사람의 명이란 것은 하느님에게 달린 것이니까 설사 죽기를 바란다고 그렇게 될 리야 만무하겠지요마는 그러나 인정상에 거리끼는 제 집안식구나 제가 죽기를 고대하는 것 같은 생명보험에 든다는 것은, 그렇게 생각되지 않아요? 만일 그렇지 않으면 생명보험에 들 필요가 없지 않습니까?……. 물론 저금해 두는 것도 좋은 일이지만 다만 저금만 하는 것뿐이라면 보험회사가 아니라도 얼마든지 저금할 수가 있는 다른 큰 저축은행도 있지 않습니까?……. 그러므로 보험에 든다는 것은 누구나 저금만을 목적하는 것이 아니라 다행히 이 다행이라는 말이 어폐가 있고 모순되는 말이올시다마는 보험에 든 사람이 죽어서 많은 돈을 타먹자는 희망이 있는 까닭이라 하겠지요. 그러니까 그것은 결국 사람이 죽기를 바라는 것과 같이 생각된다는 말입니다."
하고 주인은 또다시 한 번을 쌩긋 웃는다. 옥 같은 흰 잇속이 들여다보인다.

이때 외교원은 생각하였다. 이것이 다른 말로 가령 보험에 들 돈은 없다든지 보험회사의 내막을 잘 몰라서 주저하는 것이란다면 자꾸 졸라나 보겠는데 벌써 이렇게 이론적으로 따지려드는 것은 미리 방패막이를 하자는 둔사가 분명하다고. 그래 외교원은 슬며시 골이 났다. 조금 후에 그는 기침을 한번 한 후에

"좀 실례의 말씀같습니다마는 당신께서는 예수를 왜 믿습니까?"
하고 마주 대들었다.

"예수를 믿다니요?…… 천당에 가려고 믿지 왜 믿어요."

안마리아는 깜짝 놀라며 이렇게 되짚어 묻는데 김인수는 그의 말이 채 떨어지기도 전에 맞받아 대답하였다.

"그러면 예수를 믿는 것도 결국 생명보험에 드는 것과 마찬가지가 아닙니까? 천당에도 죽어야 들어가니까요."

이때 안마리아의 낯빛은 확실히 달라졌다. 한 손을 내저으며

"아니 그것과는 다르지요. 어째서 보험회사와 같다 하십니까? 우리가 예수를 믿는 것은 물론 최후의 목적이 천당에 들어가는 것이지마는 그것은 비단 죽어서 천당에 들어가는 것뿐만 아니라 살아서도 옳은 도리로 잘 살아보자는 것인데요. 그것이 어째서 육신의 썩어질 양식만을 구하는 보험회사와 같다고 하겠습니까?"

하는 주인의 얼굴에는 약간 흥분된 기색이 나타나며 두 눈초리가 샐쭉해졌다.

"그렇기에 말이올시다. 그것이 우리 보험회사와 똑같지 않습니까? 당신도 아까 말씀하시기를 보험회사에 만일 보험액을 타먹는 규칙이 없다면 누가 보험에 들겠느냐고 말씀하셨지요? 그와 꼭 마찬가지로 당신이 믿는 예수교에도 죽어서 천당에 들어가는 신앙이 없다면 누가 예수교를 믿겠습니까? 그것은 마치 보험회사가 아니라도 다른 큰 은행에 얼마든지 저금할 데가 있는 것과 같이 예수교회가 아니라도 이 세상에서 옳은 도리로 살라는 교훈은 얼마든지 다른 것이 있으니까요."

"돈과 하느님은 다르지 않습니까?"

"지금 세상은 돈이 즉 하느님이거든요."

하고 외교원은 콧소리를 한번 쿵! 하고 내었다.

그러나 주인은 이 말을 알아듣는지 못 알아듣는지 미처 김인수의 말끝이 떨어지기 전에 열에 뜨인 목소리로

"아니 당신은 내가 보험회사 속을 잘 모르는 줄 알고 그렇게 말씀하

시는 것 같은데 바른 대로 말한다면 보험회사라는 것은 일종의 협잡수단이라는 것을 나는 그전부터 잘 알고 있습니다. 저 장사치들이 제 낭탁만 채우려고 경품권을 발행하는 것이나 보험회사의 그것이 무엇이 다릅니까? 미상불 처음에 들으면 아무라도 귀가 솔깃하겠지요. 그러나 한번 속아본 사람은 보험에 들지 않는다더군요. 왜냐하면 천 원이나 만 원이니 하는 장래의 큰돈을 탈 생각에만 눈이 어두워서 그동안에 내는 돈은 하찮은 적은 돈같이 생각하지만 실상인즉 몇 해를 두고 그 돈을 부어나가기는 좀처럼 쉬운 일이 아니랍니다. 그리고 당신의 말씀마따나 사람의 일이란 앞으로 어떻게 될는지 누가 안답니까? 혹시는 보험회사가 망할는지도 모르고 또한 한번 부었다가 끝까지 계속하지 못하면 그동안 부은 돈을 헛일로 된다지 않아요? 당신도 외교원이라시니 말이지 보험회사의 교원 쳐놓고 거짓말 않고는 못해먹는다더군요. 그런데 보험회사를 어찌자고 우리 신성한 예수교에다 비교합니까? 아니 어떻게 하느님에게다 댄단 말입니까? 원! 천부당 만부당한 소리도……그러지 말고 당신도 진작 예수를 믿으시오……."

안마리아는 이렇게 부르짖고는 숨이 차서 씨근씨근하였다. 창밖에서는 이따금 더운 김이 훅훅 끼쳐온다. 인수는 하도 기가 막혀서 허! 허! 하고 웃음이 나왔다.

"외교원이 거짓말쟁이면 전도부인도 거짓말쟁이겠지요. 이야말로 떡을 달라는데 돌을 주는 셈이로군요!"

3

안마리아는 전도부인도 거짓말쟁이라는 말에 그만 분통이 끓어올랐다. 그래 그는 어째서 전도부인이 거짓말쟁이냐고 종주먹을 들이대며 마주 대들어서 나중에는 그들 사이에 한바탕 싸움이 벌어졌다.

"전도부인이 거짓말쟁이라니?…… 됩다라니?…… 응 하느님의 복음을 전하는 사람보고 백주에 거짓말쟁이라니?…… 내 원! 십 년 무당질을 하여도 목둑이라는 귀신을 못 보았다고 전도부인 노릇을 여러 해 했어도 이런 소리는 처음 듣겠군!"

하고 안마리아는 열이 꼭두까지 올라서 팔을 걷어붙이고 콩팔칠팔하며 야단을 친다. 그래 외교원도 기위 이렇게 된 바에는 섣불리 할 게 아니라고 다부지게 마주대들었다.

"어째서요? 어째서냐고? 전도부인이 거짓말쟁이라는 속을 말할 테니 자세히 들어보시오. 그래도 우리 보험회사는 보험에 든 사람이 죽었을 때 간혹 보험액을 타다 먹는 것이 사실로 있지 않습니까?"

그러나 당신이 믿는 예수교는 천당에 갔다온 사람을 한 사람도 보지 못하였습니다. 그러면 우리 회사가 회사를 잘되게 하려고 보험액으로 꼬이거나 당신의 예수교가 교회를 흥왕하게 하려고 그런 꿈속 같은 천당을 꾸며놓고 꼬이거나 그래 당신이 못 믿겠다는 사람 보고도 억지로 예수를 믿으라고 전도하는 것이나 내가 보험에 안 들겠다는 당신 같은 이에게도 기어이 들어달라고 조르는 것이나 그래 당신이 그런 전도를 하고 월급을 타먹기나 내가 이런 외교를 해서 생계를 삼는 것이나 피차 일반이 아닙니까? 당신은 나보고 썩어질 육체의 양식만을 구한다고 경멸하시지요? 좋습니다. 그럼 한 가지 묻겠습니다. 당신은 왜 돈을 모아 둡니까? 예수께서는 옷 두 벌이 있거든 한 벌도 없는 사람에게 내주라고 하시지 않았습니까? 화 있을진저 부자여! 하시고 부자가 천당에 들어가기는 황소가 바늘구멍에 들어가기보다도 어렵다 하지 않았습니까?"

"얼레! 황소가 뭐여? 약대지, 약대야! 동물원에 있는 약대두 모르나."

외교원이 한참 말을 이어가는데 별안간 문밖에서 이와 같이 지껄이는 어린애의 목소리가 들리었다. 인수가 고개를 돌이켜보니 과연 방문

옆에는 웬 머리를 깎은 어린애가 빙그레 웃고 섰다. 그래 옥신각신하던 두 사람은 일시에 웃음이 나왔다.

"오, 참 약대랬지! 내가 실수했다. 조선 천지에도 당신이 믿는 예수교 회가 여러 곳 있지마는 하느님도 역시 정도령과 같이 허깨비가 아닌지요? 아니면 하느님이 언제 죄악 세상을 구해본 적이 있었습니까? 그런데 무엇이 복음이어요? 언행이 일치되지 않는 것은 무엇이든지 모두 거짓말인데요."

"죄악 세상을 건져주신 때가 왜 없어요. 소돔 고모래성에 유황불을 던지시고 모세의 지팽이에 기적을 붙여주셔서 저 홍해를 한번 치니 바닷물이 양편으로 쩍 갈라지지 않았습니까? 이스라엘 민족을 애굽에서 구해 주시구요."

"옳지요! 그것은 마치 점쟁이가 지나간 일을 맞히는 것과 일반이지요. 지나간 일의 기적은 지금 나보고 하래도 꾸밀 줄 안답니다."

안마리아의 얼굴은 새파랗게 질렸다. 별안간 그는 펄쩍 주저앉더니 그 자리에 푹 엎드러지며

"아, 당신은 마귀여요. 마귀여요! 아, 당신은 참으로 하느님이 두렵지도 않습니까? 성신을 거역하는 자는 영원히 멸망하고 구원을 얻지 못한다고 하셨습니다. 아, 하느님 아버지시여! 지금 이 자리에 옛날 오순절에 내리시던 그런 성신을 불같이 내려 주시와 세상 지혜에 사로잡힌 이 불쌍한 형제의 죄를 그저 감자껍데기 벗기듯 홀딱 벗겨 주시옵소서. 오, 주여…… 주여 어서 이 형제를 하느님의 길로 인도해주소서. 아멘……."

하고 진정에서 나오는 목소리로 열렬히 기도를 올리었다. 그는 정말로 눈에서는 눈물이 샘솟듯하며 이 죄악 세상에서 헤매는 불쌍한 외교원을 어서 주의 품안으로 인도해달라고 기도를 올렸다.

그러나 외교원은 그의 기도하는 꼴이 우습게 보이었다. 하지만 그가

참으로 눈물을 흘리고 목 메인 소리로 하루바삐 자기를 옳은 길로 찾아
들게 해달라는 말을 외교원이 들을 때 그도 역시 자기의 하는 일이 결
코 옳지 않다는 것을 깨닫고 저으기 감동되는 것 같은 무엇이 있었다.
얼마 있다가 주인의 기도를 다하고 난 뒤에 인수는 이런 말을 하였다.

"그럼 나도 예수를 믿을 터이니 당신도 보험에 들어주시겠소?"

이 말을 들은 안마리아는 어리둥절하였다.

"나는 물론 당신의 권고를 기다릴 것 없이 나의 지금 하는 일이 양심
에 거리끼는 일인 줄 압니다마는 그러니 어찌합니까? 거짓말을 하더라
도 이 짓을 안 하면 당장 어린 자식들하고 늙은 모친을 구제할 수가 없
으니. 그러므로 나도 실상은 거짓말을 하고 싶어 하는 것이 아니라 그런
거짓말을 하지 않으면 살 수가 없기 때무에 부득이 하는 것이지요. 당신
도 예수를 믿으시기 때문에 그와 같은 거짓말을 하게 되는 것이지요."
하는 사내의 눈에도 눈물이 글썽글썽하였다.

안마리아는 그가 무슨 의미로 하는 말인지 잘 이해하지 못하였다. 그
러나 어떻든지 보험을 들어주면 예수를 믿겠다고 진정으로 말하는 사
람을 그대로 떼치는 것은 신자의 도리가 아니라고 마침내 5천 원짜리
보험에 들기로 약속하였다.

"나는 참으로 보험에 들고 싶어서 드는 게 아니라 당신이 예수를 믿
으신다기에 드는 것이요."

"나도 참으로 예수를 믿고 싶어서 믿는 게 아니라 당신이 보험에 드
신다기에 믿는 것이요."

마리아의 말에 이어서 외교원도 이런 말을 하고는 보험권과 생명록
을 서로 바꾸었다.

그후 마리아는 그때 외교원이 하던 말을 두고두고 생각해보았다. 그는 깊이 생각한 결과 마침내 신앙상의 큰 회의가 생겼다. 그는 커다란 고민에 싸였다. 과연 그 보험회사 외교원은 안마리아의 맡은 예배당으로 어느 주일날 예배를 보러 왔다.

그러지 않아도 한번 만나서 물어보았으면 하던 안마리아는 은근히 반가워서 그를 조용한 장소에서 다시 만나 가지고

"여보시오! 우리가 서로 거짓말쟁이가 되지 않고 살 수는 없을까요?" 하였더니 그때 사내의 대답이

"당신의 전도부인 노릇을 그만두고 내가 외교원 노릇을 그만두고 그리고 당신은 과부 노릇을 그만두고 나는 홀아비 노릇을 그만두고 그래서 당신은 무명을 짜고 나는 밭을 갈게 된다면 그때 우리의 생활이야말로 인생을 참으로 사는 게 되겠지요!"

"아, 그런! 그런!…… 저기다 언제 참새가 보금자리를 쳤네……." 하는 그때 안마리아의 두 뺨은 갑자기 장밋빛으로 곱게 물들었다.

작자가 들으니까 그후에 그들은 그때 하던 말과 같이 사내는 외교원을 내놓고 여자는 전도부인을 내놓고 두 집안식구가 한데 모여서 사는데 동대문 밖에 어느 농촌에다 조그만 가대를 마련해놓고 지금 새 살림을 오붓하게 꾸린다는 것이다.

—《조선지광》(1926. 9).

실진

1

아까까지도 구름이 잔뜩 끼어서 금방 무엇이 올 것 같더니만 다시 무슨 변덕으로 하늘은 활짝 개었다. 그러자 미구하여 불볕이 빨끈 났다.

그것은 지금까지 음울하고 충충하고 어디를 보든지 답답하여 쓸쓸한 느낌을 주던 것이 일변하여 명랑한 색채를 천지에 펼쳐놓았다.

우뚝 솟은 벽돌집과 화려하게 장식한 상점—또는 호기있게 달아나는 자동차가 찬란히 빛나는 한편으로 더럽고 추하고 가난한 것들은 누가 제 꼴을 볼까봐 움츠리고 있는 것처럼—양옥집 틈 사구니에 찡겨 있다. 그런 집들에서는 낡은 양철로 만든 굴뚝이 행길가로 뻗치고 섰다. 저녁때가 다 되었는데도 그런 굴뚝에서는 연기가 나지 않는다. 그것은 아가리를 딱 벌리고 넘어가는 햇볕에 선하품만 하고 섰는 것이 궁상맞았다. 어느덧 가을을 재촉하는 서릿바람은 몹시도 차다!

경식이는 시커먼 양복저고리가 군데군데 구멍이 뚫어지고 물빛이 바래서 희끄무레하게 된 것을 오늘도 그냥 입고 그 위에 빈 지게를 지고 나섰다. 더부룩한 그의 머리는 밤송이처럼 일어섰다.

"세상없어도 오늘은 빈 손으로 안 들어가겠다!"

이런 결심을 하고 나온 경식이는 벌써 해가 다 저녁때 되었건만 빈 지게만 지고 헤매기는 역시 어제와 마찬가지였다. 그는 식전부터 나와서 넓은 서울의 길거리를 사방으로 헤매고 있었다.

　그러나 어디서나 짐을 지우려는 사람은 한 놈도 없었다. 결국 돌아다닐수록 배만 더 고프고 다리만 아픈 것뿐이었다. 경식이는 아주 허기가 졌다. 아침도 안 먹은 뱃속에서는 연신 꼬르륵 소리가 나오고 그래도 온몸이 떨리기 시작한다.

　"뭐 더 다녀야 소용없다. 진작 집에 가서 드러눕는 것이!…… 아니다. 오늘은 세상없어도…… 제—기랄 놈의 세상 같으니 어데 보자!"

　그는 이렇게 부르짖자 한번 어깨를 솟구치며 작대기로 땅을 굴렀다. 그의 아래윗니는 옥물어졌다. 그 작대기로 좌우를 벌려놓은 상점의 건물들을 깡그리 때려부수고 싶었다. 이러한 생각은 "어느 놈이고 근드려만 보아라!" 하는 말을 집어내던지듯이 하였다.

　이때 경식의 앞에는 웬 양복쟁이가 커다란 가죽가방을 들고 가는 것이 보였다. 그는 와락 달려들어서 그의 짐을 뺏고 싶었다. 그것은 어제 식전에 남대문 정거장에서 당하던 일을 회상케 하였다. 그는 이런 일이 있었다.

　—어제 경식이는 직행차에나 혹시?…… 하는 생각으로 순사의 눈을 슬슬 피하면서 정거장 구내를 기웃거리어보았다. 그때도 지금 이 양복쟁이와 같은 웬 양복쟁이가 큰 가방과 작은 가방 두 개를 양쪽 손에다 갈라 쥐고는 비슬비슬하며 전차정류장에로 나오는 것을 얼른 앞질러가서 짐을 받으려 하니까

　"동관 앞까지 얼마야?"

하고 그 자는 반말을 던지는 것이었다.

　"삼십 전만 줍시오."

하였더니

"뭐? 삼십 전! (마치 경풍하는 놈이 놀래듯이) 삼십 전은 무슨 삼십 전, 십 전에 가! 그래도 난 전차로 가느니보다 오 전이 손해가 되지만……." 하지 않았던가.

'저런 기급을 할 자식! 저런 것이 양복은 어떻게 사입었노?' 하고 그때 경식이는 속으로 욕을 하며 돌아섰던 것이다. 불한당들은 남의 노력을 거저 빼앗으려고만 들었다.

그러나 이렇게도 연일 벌이가 없을 줄 알았더면 그나마 어제 그 자의 짐을 져다줄걸 잘못했다고 지금 경식이에게는 후회가 되었다. 호랑이가 시장하면 코에 붙은 밥풀도 핥는다는 말과 같이 그 단작스런 십전이라도 벌었더면 하는 생각이 난다. 그는 진종일 헤매어보았으나 돈만 아는 세상에서는 동전 한 푼이라도 자기에게 짐을 지우려는 놈은 없는 것 같았다.

'십 전이면 그래도 호떡이 두 개다! 그게라도 어제 사가지고 갔더면 어머니와 경순이가 한 개씩……' 하다가

'엑— 더러운 인간 같으니! 사흘에 호떡 한 개가 다 무엇이냐?! 굶으면 굶었지! 이런 생각이 사람을 거지가 되게 하는 거야!' 하고 그는 다시 자기의 궁상맞은 생각을 저주하였다. 그러나 그의 눈에서는 자기도 모르게 눈물 한 방울이 굴러내렸다. 뒤미처 그의 머리 속에서는 화약 같은 무엇이 확— 하고 일어났다.

"일할 거리는 없고 빵은 안주고 그러면 어떻게 살란 말이냐?! 이놈의 세상이!"

바로 그때였다. —그는 느닷없이 자기의 옆으로 지나가는 웬 양복쟁이에게로 달려들자 가방을 잡아채가지고는 앞으로 저만큼 달아났다.

"짐을 져다주게! 얼마든지 삯전을 줍소……."

그러나 짐을 뺏긴 양복쟁이 눈을 뒤집고 두 주먹을 부르쥐고 식식거

리고 쫓아오며

"이놈아! 이 도적놈아! 저 도… 도…….'

하고 소리소리 질렀다.

2

경식이는 마침내 가방을 내던지고 말았다. 다행히 후미진 골목이 있는 것을 보고 그는 그 골목 안으로 들어섰다. 그의 등 뒤에서는 웃음소리가 일어났다. 그들은 자기를 아마 미친 놈으로 돌리나보다고 생각하였을 때 경식은 얼굴이 화끈 불이 달아올랐다. 그래도 그 자가 순사에게 고발만 하였더면 자기는 갈 데 없는 도적놈으로 붙들려서 아마 훌륭하게 콩밥 신세를 지게 되었을 것이다. 그는 무심코 허! 허! 실소를 하였다.

경식은 걷잡을 수 없는 분격이 피를 끓게 하였다. 그는 한동안 벅찬 가슴을 울렁거리었다. 어느덧 해는 꼴딱 넘어갔다. 주위에는 컴컴하고 쓸쓸한 밤 기운이 몰아온다. 좁은 골목 안으로 이따금 켜진 전등불은 마치 자기를 무슨 범죄할 사람이나 아닌가 하는 것처럼 눈을 흘기고 내려다본다. 그것은 모두다 가난한 사람을 그렇게 보는 것 같다.

"나는 지금 어데로 가려는가?"

저으기 진정된 경식이는 비로소 이런 의문이 나왔다.

그는 아무리 생각해보아도 다른 데로는 갈 곳이 없었다. 그렇다고 집으로 갈 수도 없다. 그것은 무슨 '오늘은 세상 없어도 빈 손으로는 안 들어가겠다!' 고 한 자기의 맹세를 지키려 할만은 아니었다. 그는 또 다시 그 지긋지긋한 집안식구들의 굶어 늘어진 꼴을 차마 볼 수가 없었기 때문이었다.

참으로 인제는 막다른 골목에 부닥쳤다. 만일 앞으로 더 나갈 수 있다면 그것은 오직 시꺼먼 '죽음'의 구렁텅이뿐이겠다. 누에번데기같이 늙은 어머니를 굶겨 죽이고 봄싹 같은 어린 누이를 남과 같이 가르치지는 못할망정 하루에 두 끼 밥을 못 먹여서 가물음꼴같이 시달리는 생각을 하면…… 그들이 지금 아귀에게 물려서 기한에 떠는 경상을 생각할수록 그는 별안간 두 눈이 벌컥 뒤집혔다. 그러나 자기는 그들을 어떻게 구할 수 있는가? 사람의 바다에는 오직 돈배를 타야만 사는 세상이다. 사람은 짐승보다도 천하고 돈은 사람을 죽이고 살린다.

가만히 생각하면 과연 경식이는 그동안에 어떻게 살아왔는지 지내온 일이 아득하였다. 어느덧 시골서 올라온 지도 벌써 한여름이 지났다. 농사짓던 농민이 논은 떨어지고 아버지마저 돌아가서 살 수 없이 된 그들은 할 수 없이 고향을 떠나왔다. 그래도 사람 많이 사는 서울로 가면 무슨 막벌이 할 곳이라도 있을 줄 알았었다. 하긴 그동안 여름 한철에는 뜨내기로나마 날품을 팔 데가 있더니만 이마즉은 도무지 일거리라고는 아무것도 없다. 방세는 넉 달치나 밀리었다. 노모의 단벌 옷마저 전당포로 들어갔다. 오늘 식전에도 집주인은 나가라고 야단독장을 쳤다. 그래 더군다나 화가 나서 식전 찬바람에 뛰어나왔던 것이다.

"얘야! 그렇게 일찍부터 나가서 무엇 하느냐? 무슨 벌이가 그리 있겠다고— 공연히 배만 더 고프지."

그때 모친은 이렇게 만류하였건만 경식은 못 들은 체하고 그냥 나와 버리었다.

그런데 여태까지 자기가 들어오지 않는 것을 보고 그들은 얼마나 궁금히 생각할 것인가?—

'오늘은 무슨 수가 있는 게다!'
하고 그들이 지금쯤 은근히 기대를 걸고 있을는지도 모른다.

한데 오늘 역시 빈 지게를 지고 어슬렁어슬렁 들어가게 되면— 아! 그때 그들과 마주치는 무서운 순간!…… 그것은 사람과 사람의 눈이 아니라 아귀가 아귀를 대하는 눈이다!

그렇걸랑 진작이나 들어갈 것이지…… 게다가 양복쟁이의 짐을 뺏다가 도적놈소리만 듣고 쫓기어왔다는 말을 듣게 되면…… 이런 생각은 그로 하여금 더욱 걸음을 내키지 않게 하였다.

"어떤 놈이고 한 놈 쳐죽이고……."

별안간 그는 이런 생각이 번쩍 났다. 그는 두 주먹이 경련적으로 부르르 떨리었다. 갑자기 눈앞이 환한 바람에 그는 정신을 차려 자세히 주위를 살펴보았다. 발길은 어느 미곡상점 앞으로 향하였다.

웬 감투쟁이 영감이 나와서 가게방에 꾸벅거리고 앉았다. 거기에는 허연 쌀이 궤짝 안에 가뜩 담기어 있다. 그는 그 순간 저놈의 영감쟁이를 행실내고 쌀을 도적해 가고 싶은 충동이 일어났다.

'붙잡히더라도 당장 붙들리지는 않을 터이지. 저 쌀을 가지고 집으로 가면 오늘 저녁은 그들과 같이 배불리 먹을 것이다!'

그러나 이 역시 공상이었다.

"어서 진지 잡수세요……."

하고 청년이 안방으로 나오는 바람에 그는 주춤하고 다시 걸음을 내걸었다.

경식은 그 길로 얼마를 더 갔다. 한동안은 아무 생각도 그는 하지 않았다. 아니, 아무 생각을 아니 했다느니보다도 갈피 없는 생각이 토막 토막 획획 지나갔다.

뒷집 오까미상집 개가 어제 저녁에는 고기하고 쌀밥 먹던 생각이 다난다.

그러자 그의 귀에는 앞에서 찰싹찰싹하는 신발소리가 점점 가까이 들리어왔다. 거기는 뒷골목의 후미진 곳이었다. 그는 눈을 똑바로 뜨고 바라보았다. 앞에 있는 그림자는 머리에다 무엇을 이었다. 그것은 분명히 자루였다. 무엇이 부픗하게 들어있는 것 같았다. 그것은 쌀이다! 고대 그 영감쟁이가 쌀을 파느라고 그랬구나! 하는 생각을 즉각적으로 느끼었다. 그는 걸음을 총총히 걸었다. 거의 바싹 대서게 되자 그는 작대기를 든 두 팔에 힘을 주었다.

별안간 "끽—" 하는 외마디의 소리와 함께 자루와 사람은 제각기 나동그라졌다. 일순간 경식이는 그 자루를 얼른 집어서 지게에 걸머지고는 뒤도 돌아보지 않고 곧장 달아났다.

3

그 이튿날 아침이 되었다. 경식이는 늦도록 일어나지 않았다. 그는 어젯밤에 무슨 일을 저질렀는지 그저 머리 속이 띵하여서 어떤 한 가지 생각을 종잡을 수 없었다. 어렴풋이 마치 오래된 옛일같이 생각이 흐리었다. 무엇이 머리 속을 띵하니 누르고 있다. 그는 지금까지 눈을 감고 있었지만 잠을 잤는지 꿈을 꾸었는지 도무지 모르겠다. 머리 속에서 밤새도록 무엇이 뺑뺑 돌아갔다.

"얘야! 고만 일어나거라! 벌써 한나절이나 되었다. 어서 일어나서 아침 먹어라."
하고 모친은 지성껏 흔들어 깨운다. 그의 음성은 확실히 어제 저녁과 같이 부드럽고 윤택한 목소리였다. 생명의 환희에서 우러나오는 윤나는 목소리였다.

"하늘이 무너져도 솟아날 궁기 있다더니 참말로 옛말이 맞았구나. 인제는 두수없이 꼭 굶어죽는 줄만 알았더니 이렇게 사는 수가 있는 것을— 그 양반은 짐을 지은 게 아니라 우리 집 식구들 살리려고 그때 그곳에 나타난 은인인가부다……."
하던 모친의 어제 저녁에 기뻐하던 모양이 경식의 눈앞에 선하였다. 철없는 경순이도 또한 웃음으로 입을 방싯 열고

"어데 봐! 어데 봐!"

하고 그때 모친이 자루를 끄르는 옆으로 바싹 다가앉았었다.

그는 마치 그 속에서 무엇이 나오려나 하고 무슨 은금보화나 든 것처럼 두 눈을 똑바로 뜨고 섰지 않았던가!

"아이고, 돈이 다 들었네!"

"응! 돈? 아니 돈을 왜 자루에다 넣었니?"

그들은 이렇게 부르짖었다. 그때 자기는 무어라고 대답해야 할는지 몰라서 주저하다가

"돈?…… 저— 주머니는 구멍이…… 뚫어져서…….”

하고 어름어름하였다.—한낮 때 신룡산 정거장에로 나갔더니 때마침 남행차가 떠나는데 웬 양복쟁이 하나가 기차를 놓치고 두 손에다 커다란 가방을 들고 낙심천만한 모양으로 도로 나오길래

"보아하니 급히 볼 일이 계신 모양인데 어데를 가시려다가 차를 놓쳤습니까? 그러면 짐삯을 헐하게 받고 져다드릴 터이니 저에게 지워줍시오. 하니까— 아니 그렇게 먼데도 가겠느냐고? 그래 멀어도 괜치 않다고 하였더니 불과 삼십 리밖에 안 되는 데를 가서 돈 이 원을 주더군요" 하고—.

이렇게 거짓말을 능청스레 꾸며대었다. 그러나 그들은 너무도 기쁜 까닭에 그런 줄만 알고 아무 의심을 품지 않았던 것이다.

그런데 자루 속에 돈이 들었으려니는 경식이도 생각지 못한 일이었다. 돈이 얼마라는 말에 넌지시 쌀 부피를 짐작하여보니 2원으로 쌀을 사고 남은 것을 자루에 넣었다고 생각키워지는 것이었다.

경식이는 아침을 먹을 경황이 없었다.

그는 어제 저녁도 먹는 숭 만 숭하고 또 아침도 안 먹는다면 그들이 혹시 이상하게 여길는지 몰라서 강잉히 밥상을 붙들었다. 모친과 누이는 그때까지 밥을 안 먹고 있다가 상머리로 둘러앉았다.

"삼십 리나 되는 데를 다녀왔으면 다리가 오죽이나 아플라구. 자 이 콩나물국하고 나우 좀 먹어라! 어제는 너무 시장해서 못 먹었지마는……후—."

하고 모친은 아들의 애쓰는 것이 딱해 못보겠는 듯이 한숨을 연신 내쉬며 자기의 국건더기를 덜어놓고 권한다.

"아니, 싫어요. 어머니나 어서 잡숴요!"

"오냐! 나도 먹지—세상에 가난이란 무슨 웬수인지?!…… 간밤에는 이 근처에 사는 어떤 가난한 마누라가 늦게 쌀을 사가지고 오다가 어떤 몹쓸 놈한테 맞아죽었다는구나!"

"뭐?! 맞아죽었어요?……."

얼결에 부르짖는 경식이는 숟갈을 상 아래로 떨어뜨리었다. 경순이도 두 눈이 휘둥그래져서 쳐다본다.

"그랬단다! 오늘 신문지에 났다는구나. 그 집도 우리같이 가난한 집이었다는데…… 세상에 가난이란 무슨 웬수인지?!…… 아까 우물에 갔다가 정옥이 어머니한테 들었다!"

모친은 국물은 한번 훅 들여 마시자 아들을 쳐다보고 또 권한다.

"아! 어서 좀 먹어라!"

"……."

"저거번에도 어떤 사람이 땅 다지는 기계에 치여 죽었다고 하지 않았니? 날품 값 일곱 냥(70전)에 팔려서……."

"가난한 사람은 맞아죽고 치여 죽고 굶어죽고 하는 겐가요? 뒷집 오까미상 집 개는 쌀밥에 고기 전골만 먹던데—."

이것은 경순이의 의심스러이 묻는 말이었다.

"그 사람도 무척 불쌍하지. 벌이가 없어서 부잣집 밥 먹듯 굶어 지내다가 천행으로 길 닦는 데 모군군으로 뽑히어서 인제는 살았다고 막— 숨을 돌리자마자 그날 바로 치여 죽었다는구나! 첫날 품값도 못 찾아다

먹고… 아! 세상에 가난이란 무슨 웬수인지?!……."

"일곱 냥을?!"

하고 경순이는 또 부르짖었다.

"어서 아까 하던 이야기부터……."

경식이는 초조한 듯이 이렇게 모친을 재촉하였다.

"어둠에서 등불을 보고 대든 나비가 단박에 타죽듯이 그 사람은 돈 일곱 냥을 바라고 대들었다가 — 그러나 나비는 어둠 속에서라도 살지 마는 사람은 어째 돈 없이는 못살게 마련인고?!"

하는 모친의 두 눈에는 별안간 눈물이 글썽글썽하였다.

"어머니! 아까 그 이야기는 하다 말구?"

하고 경순이가 쳐다보는 바람에 모친은 비로소 정신이 난 것처럼 화제를 다시 돌리었다. 경순의 눈에 비치는 오빠의 기색은 어쩐지 무섭게만 보이었다.

"오— 참말 깜박 잊었구나.—그 마누라도 우리 집같이 며칠을 굶다가 어제는 어데서 늦게 쌀말거리가 생겼더란다. 그래 쌀을 사가지고 오다가…… 그 여자는 이 근처에서 행랑살이를 하는 아들딸 남매를 데리고 사는 불쌍한 과부라는데……."

"아! 그런…… 그런!……."

밥숟가락을 쳐든 경식이는 별안간 아래위턱을 딱딱 맞추며 숟갈 든 손이 덜덜 떨리었다.

"아! 어서 밥 먹어라! 공연히 내가 그런 이야기를 밥상머리에서 꺼냈구나……."

"아니…… 괜…… 어서……."

"그래 쌀을 사가지고 오다가 후미진 골목에서 어떤 놈한테 작대기로 ……."

"작대기로?"

"그래. 어떤 놈이 작대기로 쳐죽이고 쌀을 뺏어가지고 달아났단다. 세상에 악독하고 몹쓸 놈도 있지. 어쩌면 그런 불쌍한 사람을 쳐죽이고 뺏어간담.— 작대기와 송장밖에 없더란다."

"작대기와 송장밖에?"

"그런 놈은 대매에 쳐죽였으면!"

하고 경순이도 눈물이 가랑가랑한 눈으로 마주 부르짖는다.

"아니! 그 여인이… 정말…죽… 죽었대요?"

"그 자리에서 바로 즉살하였단다! 작대기로 어떻게 몹시 때렸던지…… 그렇지 않겠니? 무지한 장정놈이 힘껏 때렸을 터이니 뒤통수가 아주 박살이 나서 시꺼먼 피가 행길로 가득 차게 흘렀더란다."

모친은 목 메인 소리로 자기의 말끝을 간신히 마치었다.

"아!……. 아!……."

경식이는 무엇을 억제할 수 없는 것처럼 가늘게— 그러나 속심있게 부르짖었다.

"아! 어서 밥 먹어라. 공연히 내가 그런 소리를 하였구나. 원……."

하고 모친은 불안한 듯이 아들의 눈치를 보고만 있다.

"그래 그놈을 못 잡았나요?"

경순이는 의분이 끓어오르는 것처럼 감격하게 부르짖는다.

"잡기는 어떻게 잡겠니! 송장과 작대기밖에 없더라니…… 이 넓은 장안에서 그것이 뉘놈의 것인지 알아서—"

"그래도 그런 놈은 잡히고 말지 뭘! 그런 악한 놈은……."

"누구든지 죽는 사람은 다 불쌍하겠지만 그런 사람은 더욱 불쌍한 일이지. —지금 그의 어린 자식들은 어머니를 부르며 통곡하고 있을 거다. —사탕 사오고 고기 사온다고 나간 엄마가 왜 죽었느냐고?!"

"에그 가엾어라!"

"그런 적악을 한 놈이 그 쌀밥을 먹고 살로 가겠니? 그러기에 굶어죽더래도 죄는 짓지 말아야 하느니라."

그들은 이렇게 받고 채기를 하며 밥과 국을 맛있게 후룩후룩! 잘들 먹는다. 경식이는 멀거니— 그들의 먹는 모양을 한참 들여다보았다. 그는 무슨 말이 나오는 것을 억지로 참으려는 것처럼 입술을 비쭉비쭉하였다. 경식이는 마치 넋잃은 사람같이 한동안 잠자코 등신처럼 앉아 있었다.

4

그후 4~5일이 지났다. 경식이는 불안한 가운데 낮과 밤을 보냈다. 그는 날마다 아침에 일찍 나가서 저녁에야 늦게 돌아왔다. 원체 입이 무딘 편이지만 그후로는 더욱 뜸해졌다.

그것은 집안식구도 이상스러운 눈치를 채게 하였다.

그러나 그들은 생활의 무거운 짐에 찍어눌려서 그런가보다— 하고 그럴수록 더욱 그를 가엾게 여겼다.

경식이는 그날로 그들 앞에서 자백을 하려던 것이 차일피일 오늘까지 밀려온 것이다. 그것은 자기가 경찰서로 붙들려갈까봐 겁이 나서 그런 것이 아니라 그들의 놀래는 꼴을 차마 볼 수 없음이었다. 과연 오랫동안 어둠 속에 있던 나비가 반겨라고 등불에 대드는 것을 타죽이는 것과 같이 그것은 너무도 잔인한 일이었다. 그날 저녁에는 내일 아침에로—그 이튿날 아침에는 다시 저녁으로— 나중에는 그 쌀이 다 떨어지거든 말하자고 경식은 미뤄왔다. 오늘도 그는 저물게 집으로 돌아왔다.

"제 작대기는 누구해하고 바꾸었니?"

모친은 오늘에야 비로소 눈에 뜨인 것처럼 그의 그전 것보다도 더 묵은 작대기를 쳐다보고 물었다.

"응! 어제 무거운 짐을 질 때 작대기가 휘어서 남의 것과…… 잠깐 바꾸었지."

그는 이렇게 대답하였다. 허나 실상인즉 그날 저녁에 쌀자루를 지고
오는 길에 어느 잔골목으로 지나올 때 어떤 집 앞에 빈 지게와 작대기
가 놓인 것을 자기도 모르게 집어온 것이다. 모친은 밥상을 들고 들어
오며

"어서 저녁 먹어라!"

"……."

세 식구는 역시 그날 저녁과 같이 밥상을 마주 대하였다. 그들은 역
시 맛나게 그 밥을 잘들 먹는다.

"너는 요새 왜 밥을 잘 안 먹니?— 어디가 몸이 아프냐?"

모친은 근심스러운 듯이 아들은 쳐다보며 이렇게 물었다.

"아니요. 아무렇지도……."

"어머니! 참, 저거번에 사람 죽인 그놈을 여태 못 잡았대요?"

별안간 생각이 난 듯이 경순이는 이런 말을 꺼내었다.

"아직 못 잡았단다. —어떤 사람이 작대기를 감추어 가지고 어제 이
근처로 다니더란다. —아마 그게 형사인 게지."

하고 모친은 대답하였다.

"경순아!"

이때 별안간 경식이는 엄숙한 목소리로 불렀다.

"네?"

"지금 네 앞에 그놈이 있다면 어떻게 하겠니?— 불쌍한 과부를 죽이
고 쌀자루를 뺏어간 그놈이—"

"뭐요! 쌀자루?"

"그래?"

하고 경식이는 싱글싱글하고 허무적인 웃음을 띄우며 대답하였다.

"지금 네가 먹는 밥이 바로 그 쌀이다?!……"

"아니 뭐여요?!⋯⋯?

이 말을 듣는 경순이는 별안간 몸을 발딱 일으켰다. 벌벌 떨리는 두 주먹을 쥐면서

"오빠! 그게 정말이어요?"

"그렇다! 그 과부를 죽인 놈이 바로 내다! 그 과부의 쌀을 뺏어온 것이 지금 네가 먹는 밥이다!"

"아! 뭐여요? !"

그들은 마치 경풍한 아이처럼 놀라운 눈을 뒤집어썼다.

"네가 미쳤니? 별안간!⋯⋯ 그게 다 무슨 소리냐?"

모친은 금시에 실성을 한 사람같이 숟갈을 든 채로 덜덜 떨며 말하였다. 그러나 경식이는 여전히 싱글싱글하는 표정으로

"어머니! 정말이여요.— 아까 어머니도 말씀하지 않았소. 형사가 작대기를 감추어 가지고 이 근처로 다닌다고? 그전에 제가 한 말은 모두 거짓말이요."

"아니 오빠!⋯⋯ 아!⋯⋯."

하고 경순이는 새파랗게 질리어서 어쩔 줄을 모르며 흐느꼈다.

"참말로 나는 그 과부를 처죽였다. 인제 형사가 우리 집으로 오면 알 것이다."

경식이는 조금도 사색 없이 확고한 신념을 보이려는 것처럼 부르짖었다. 이때 별안간 모친은 왈칵 달려들어 아들을 얼싸안으며

"경식아⋯⋯ 아이구 네가 이게 웬일이냐?"

하며 통곡을 하는데

"어머니! 제가⋯⋯."

경식이도 마주 목이 메여서 말끝을 못 채웠다.

"네가 참으로⋯⋯ 그랬니? 응! 참으로⋯ 그⋯ 그랬⋯ 니?"

"네! 정말입니다. 어머니! 그때 저는 환장이 되어서⋯⋯."

"그건 거짓말이다! 거짓말. 어려서부터 지금까지 남의 새끼 한 토막을 가져오지 않던 네가 어떻게 남의 것을 뺏으려고 사람을 죽였단 말이냐? 그건 거짓말이다. 거짓말이다!"

하고 어머니는 아들을 얼싸안으며 슬피 울었다.

"아니. 죽였어요! 정말로 내가— 만일 그 과부가 아니라면 다른 사람이라도…… 나는 그날은 세상 없어도 빈 손으로는 집에 안 들어오겠다고— 얼마라도 좋으니 삯을 달랬다가…… 도적놈소리만 듣고 말았소. 그래 다시 오다가…… 어느 쌀전 앞을 지나다가…… 웬 자루는 이고 가는 여인을 만나서 작대기로……."

"아! 오빠……."

하고 경순이는 와락 뛰어들어 저의 오빠를 얼싸안는다. 세 사람의 눈에는 핏줄이 어리었다.

"아! 그럼… 그럼…… 어서 도망가거라! 어데 옷에는 피묻은 자국이 없나? 어데 보자! 어데?"

모친은 별안간 어떤 무서운 공포에 질리어 느닷없이 부르짖으며 어데 피묻은 데가 없느냐고 경식이의 옷을 들춰보며 대든다.

"경순아! 네가 잘 보아라. 밝은 눈으로— 없니? 없어?…… 그럼 어서 달아나거라. 아니 경순아! 저 방문을 안으로 얼른 잠가라! 옳지! 그렇게. 자— 그러면 너는 어서 뒷문으로! 어서! 어서! 다……."

모친은 금방 순사가 잡으러 오는 것 같아서 무섭게 전신을 떨며 어서 달아나라고 아들을 재촉하였다.

"달아나기는 어데로 달아나요. 나는 지금 경찰서로 자수를 갈 터인데."

"뭐? 경찰서로! 아니 그것은 안 된다. 너는 달아나거라!…… 그러면 내가 가마. 경찰서에는 내가 가마."

"흥! 어머니가 무슨 죄로 경찰서에 가시려오?"

"무슨 죄? 그것은… 네… 네가 사람을 죽인 것은 나 때문이다!……

정말로. 아! 아! 너는 나 때문에— 이 늙은 어미 때문에 사람을 죽인 게
아. 아! 그렇지 않으면 네가 왜? 응! 네가 왜?……."
하고 모친은 다시 아들의 목을 끌어안고 눈물 고인 얼굴을 아들의 뺨에
다 문지른다.

"설사…… 누구 때문이라고 하더라도…… 사람은 죽인 것은 저니까
요. 그 벌은 죽인 사람이 받아야지요. 어머니는 아까까지도 그 악한 놈
을—불쌍한 과부를 죽인 그 악한 놈을—만났으면 좋을 것같이 벼르시
지 않았소?— 그런 악인은 넓은 천지에도 쳐죽여야 한다고 그랬지!"

"아! 오빠!… 오빠……."
하고 경순이는 흑흑 느끼며 나오는 울음을 억지로 참으려고 두 손으로
얼굴을 가리운다.

"아! 그래도 그건 네가 진 죄가 아니라 나 때문에 진 것이다! 그것은
네 죄가 아니다! 내 죄다!"

모친은 목 메인 소리로 들입다 운다.

"어떻든지 직접 죽인 것은 나이지요! 그 과부를 죽은 놈은 이놈이요!"

"그 과부는 일신의 횡액으로…… 아니 사주팔자를 그렇게 타고나
서—"

"맞아죽은 것이 자주팔자라면 그와 다른 것도 사주팔자겠지요— 그
러면 전중이를 사는 것도……."

"아이구. 네가 무슨 죄로 전중이를 산단 말이냐? 아! 경식아……."

"어머니! 그 과부는 그럼 무슨 죄로 맞아죽었을까요?"

"너도 아무 죄 없고 그도 아무 죄 없다. 모두 가난한 죄로— 이 세상
이 악착한 때문에…… 아!"

"어머니! 그러나 저는 감옥소(감옥)로 가는 것보다 양심을 속이는 것
이 더 괴로워요. —여태 참아보려고 하였지만 더는 참을 수가……."

"아! 경식아……."

그때 경식이는 벌떡 일어섰다.

"경식아! 경식아! 제발! 어머니의 말을 들어다고!…… 제발! 달어나…
다구!… 다……."

그는 아들의 바짓가랑이를 잡고 늘어지면 애처롭게 운다.

5

이때 마침 문밖에서는 저벅저벅하는 소리가 요란히 들리었다. 뒤미
처 "여보! 여보!" 하고 조선말로 서투르게 부르는 것처럼 낯선 목소리
가 들이었다. 경식이는 마치 기다리던 사람이나 찾아온 것처럼 서슴지
않고 문고리를 따고 나갔다.

"당신들은 경찰서에서 왔소?"

"……당신이 김경식이요?"

"그렇소. ─갑시다. 내가 그 과부를 죽였소!"

경식이는 분명하게 말하였다.

"아니요. 이 애는 가만두고 나를 잡아가 주오! 나 때문에 죽었소. 굶
어 늘어진 늙은 어미를 살리려고 죽인 게요! 아! 나를, 대신 잡아가 주
우! 나를 대신!"

하고 노파는 미친 사람같이 튀어나와서 아들의 앞을 막아서며 그를 못
붙잡게 한다. 그러나 그들은 노파를 떠곤지고 마침내 경식이를 포승으
로 결박지어 갔다.

"나는 잡아가오! 나를 대신 잡아가오. 내 아들은 아무 죄가 없소! 그
것은 이 늙은 어미 때문에. ─아이구! 경식아! 네가 이 늙은 어미 때문
에 실진을 하였구나! 아이구! 네가 무슨 죄로! 아─ 경식아……."

"아! 오빠! 오빠!… 오빠!……"

늙은 어머니와 어린 누이 경순이는 서로 붙들고 몸부림을 치며 이 세

상에 다만 하나를 믿고 살던 경식이를 차마 떼칠 수가 없는 듯이 부르짖으며 통곡하였다.

그들의 가냘픈 울음소리는 밤이 깊어질수록 더욱 구슬프게 들리었다.

(1926. 11. 11).

―《동광》9호(1927. 1).

민며느리
—금순의 소전小傳

1

사내가 어디 마실을 나가는지 방문 닫히는 소리가 철컥 난다. 그때 금순이는 마치 그러기를 고대하였던 것처럼 아랫방으로 깡충 뛰어내려오며

"복남이 아저씬 어데 가셨나유?"

하고 열싸게 부르짖는다. 김씨는 저녁상을 치르고 나서 아들의 옷가지를 찍어매 주려고 반짇고리를 내려놓았다. 하나 그는 우선 담배 생각이 나서 한 대를 피우고 있었는데 금순이가 초싹 내려와 앉는다. 김씨는 그를 흘끔 쳐다보다가 별안간 무슨 눈치를 채었는지 기색이 좋지 않았다.

그러나 금순이는 전과 같이 상글상글한 표정으로

"노인! 그게 뉘 옷이여유? 복남이 아저씨해유? 그럼 내 해드리께유? 네!"

하고 반짇고리 옆으로 주춤 나앉는다. 그는 무엇에다 다쳤는지 콧잔등이에 시퍼렇게 멍이 들었다.

"글쎄 그만두구 자네 옷이나 꿰매게. ……거번에도 시어머니한테 꾸

중을 듣고서 또……."

하는 김씨는 입을 씰룩하며 혀끝을 툭툭 챈다.

하건만 금순이는 노염도 안 타고 어느 틈에 일거리를 붙들고 앉아서 정신없이 바느질만 하였다. 김씨는 하두 어이가 없는 듯이 한동안 금순이를 물끄러미 쳐다보고 있었다. 뒤미처 "하… 하… 하……" 하고 그는 웃음을 내뿜었다.

과연 김씨는 요즈음 금순이로 하여 여간 속이 상하지 않았다. 아니 속이 상하다가도 우습고 우습다가도 딱하고 딱하다가도 면괴해서 도무지 마음을 종잡을 수가 없었다. 그는 속으로 후회하기 마지않았다. 금순이는 그동안 이웃에 사는 김주사 집에서 행랑살이를 하였다. 거기서 저 지난달에 이 황선달 집으로 곁방살이를 들어왔다.

황선달 집은 그들과 같은 종류의 사람은 아니었으나 역시 가난하기는 일반이었다. 황선달은 벌써 육칠 년 전에 죽고 지금은 그의 미망인 김씨가 작은아들 하나만 데리고 단둘이 산다. 지금 세상이란 가난한 사람은 점점 더 가난해지고 부자와 지주는 가만히 앉아 있어도 화수분처럼 재산이 늘어만 갔다. 그 집도 점점 더 가난하여서 지금은 말이 못되는 형편이다. 더구나 독립운동사건으로 큰아들이 간봄에 잡혀간 뒤로 더욱 살기가 극난하였다. 그래 지난 여름에는 할 수 없이 일본으로 공부(고학)를 갔던 작은아들이 돌아와서 살림을 거들고 있었다. 김씨는 무시로 큰아들을 생각하고 언제나 눈물로 세월을 보내었다. 더구나 손자까지 난 큰며느리가 몇 달 전인 어느 날 밤에 어디로 두 살 먹은 복남이를 업고 집을 나간 것이 더욱 그의 가슴을 아프게 하였다. 작은아들은 올해 열아홉 살인데 아직 장가를 안 들었다.

윗방은 그전에 큰며느리가 쓰고 있었다. 차차 날이 추워서 그 방을 쓰지 않게 되자 벌써 언제부터 방을 빌려달라는 금순이에게 인정 많은 김씨가 빌려주었다.

금순이가 처음 이사를 와서는 그렇지 않더니만 차차 이상한 눈치를 보이기 시작하였다. —그는 무슨 까닭으로 그러는지 '복남이 아저씨'를 끔찍이 위하는 반면에 자기의 남편을 지독히 미워하는 것 같았다. 김씨는 처음에 그 눈치를 챘을 때에

"여보게, 그런 생각을 아예 먹지 말게. 이 세상이란 어떻든지 여편네는 사내에게 매여 살게 마련이니까."

하고 간곡히 타일렀다.

"매이기는 누구한테 매이여유? 사람은 다 마찬가진데유."

그때 금순이는 이렇게 대꾸하고 입을 비쭉거릴 뿐이었다.

그는 남편의 말이 나오면 그까짓 것 저까짓 것 하고 그의 옷가지도 잘 꿰매주지 않았다. 그의 손수건은 물론 그가 신은 고무신조차 먼지가 앉을 새 없이 수시로 닦고 심지어는 이 집 빨래까지 대놓고 늘 빨아주었다.

그러니 항상 그가 입을 옷일까부냐? 그는 어서 자기의 지은 옷을 복남이 아저씨가 입는 것을 보고 싶은 듯이 지금도 알기가 무섭게 바느질거리를 뺏어 가지고는 정신없이 실밥을 튀기었던 것이다.

그래 김씨 부인은 너무나 어이가 없어서 숫제 웃음을 내뿜었던 것이다. 문밖에는 아직도 바람소리가 우하고 들린다. 무서운 겨울이 또 닥쳐왔다.

2

금순이는 금년 열아홉 살에 났다. 그가 이 세상에 출생해서 처음으로 사내를 알기는 열네 살 먹던 해 가을이었다. ……하나 지금은 그때와는 딴판으로 새 각시가 된 셈이다. 그는 살이 통통히 찌고 작달만한 키와 동그스름한 얼굴이 꽤 예쁘장스럽게 피어났다. 더구나 그의 눈에는 총

명과 정력이 남실남실 피었다.

금순이는 원래 이 마을 사람이 아니다. 그의 내력은 이 근처 사람만 모를 뿐 아니라 실상은 금순이 자신도 모르는 터이다. 그의 고향이 경상도 대구란 말과 그의 모친은 그가 세 살 먹어서 죽었다는 것을 그의 부친에게 들었으나 모친이 어떻게 죽었는지도 모른다.

웬일인지 그의 부친은 그런 자세한 말을 들려주지 않았다. 다만 금순이 생각에 어렴풋이 나는 것이라고는 부친은 무슨 등짐장사를 하였는데 짐이 가벼울 때에는 어린 자기를 지게에다 지고 무거울 때에는 앞에 걸려서 어디인지 모르는 곳으로 날마다 먼길을 가던 일이 토막토막 생각킬 뿐이었다. 그리다가 하루는 역시 부친의 빈 지게에 얹히어서 이 동리로 들어오던 일밖에는……

과연 금순이의 부친 장공원이 K촌에다 뿌리를 박게 된 것은 금순이가 여섯 살 먹던 해 봄이었다. 그것은 그가 비로소 남의 집 머슴살이를 하게 된 까닭이었다. 장공원은 그때 사십이 넘었었다. 그것은 어린 딸을 데리고 호구를 겨우 하는 들도부질을 언제까지 할 수 없어서 안착된 직업으로 바꿔본 것이다. 그런데 금순이는 어려서도 인물이 똑똑하게 생겨서 그때 여섯 살 먹은 것을 민며느리로 달라는 사람들이 예서 제서 나섰다. 하나 그의 부친 장공원은 어린 것을 그렇게 내줄 수가 없다고 주저해왔다. 그리다가 그 이듬해 가을에 그전부터 지성으로 조르던 한 동리에 사는 차첨지집에다 필경 내주고 말았다. 금순이보다 스물한 살이나 더 먹은 스물여덟 살 먹은 총각 대상에게로……

이 노총각은 더 기다릴 수가 없어서 앞당겨 성례를 이루었던 것이다.

그때 금순이는 신부로서는 너무나 어리어서 보기에도 앙증맞은 쪽머리를 쪘다. 밤에는 사내에게 시달리고 낮에는 시집살이를 하기에 사뭇 쪼들려서 그는 마치 비루먹은 하늘소처럼 파리했다. 그러나 그늘에 있는 풀도 봄이 오면 꽃이 열리는 법이다. 어느덧 인생의 봄을 맞게 된 금순이는 환하게 몸이 피어날 때가 있었다. 그 대신 그의 사내는 벌써 사십이 불원한 중늙은이가 되었다. 언제부터인지 그는 늙은 사내가 보기 싫었다. 그만큼 그는 자기 부친도 미운 생각이 들어갔다. 그나마 해마다 오그라져 들어가는 살림살이는 그대로 부지할 수가 없었다. 그는 재작년 봄에 할 수 없이 논마지기나 얻어 부치려고 웃말 김주사 집으로 행랑살이를 들어가게 되었다. 그후 행랑살이는 이태째 하였다. 그것은 금순이도 남의 집 종노릇을 더 하기가 싫증이 났지만 그의 사내(원득이)도 언제까지 젊은 계집을 내놓아서 안팎드난을 시키고 싶지는 않았다. 더구나 그의 조그만 발을 벗겨서 호미자루를 들리게 하는 것을 원득이로서 차마 못할 일이었다. 그들은 밤낮없이 한탄을 하였건만 종의 멍에는 날이 갈수록 무거워졌다.

그러던 차에 마침 황선달 집 윗방이 비었다는 말을 듣고 금순이가 김씨 부인에게 사정사정 청하여 그 방을 얻어온 것이다.

이사하던 날 금순이는 어찌나 좋던지 몸이 공중에 날 것만 같았다. 아니 그것은 원득이도 마치 우리 속에 갇혔던 짐승이 자유의 벌판으로 내달릴 때와 같이 기뻤다.

그날 금순이는 식전부터 와서 머리에 수건을 쓰고 방안을 깨끗이 쓸어냈다.

그는 참으로 자기 집과 같이 그 방이 마음에 들었던 것이다.

그런데 하루 이틀 지나는 동안에 금순이는 자기도 모르게 어떤 이상한 생각이 싹트기 시작하였다. 그의 눈앞에는 날마다 밤마다 '복남이 아저씨'(김씨의 작은아들)가 알찐거렸다. 금순이는 처음에는 그를 무심히 대하였었다. 그런데 어느 틈에 그와 자기의 남편을 비교해보게 되었다. 복남이 아저씨는 자기와 동갑인 열아홉 살이란다. 키가 호리호리하고 갸름한 얼굴에 눈이 어글어글한데다가 윗입술은 수염테가 새카맣게 잡혔다. 한편 자기의 사내는 남편으로 데리고 산다는 것이 매우 이상스레 생각되었다. 아버지뻘이 넘는 그를 어째 자기의 남편으로 삼지 않으면 아니 되었던가?

그 뒤부터 금순이는 사내의 말을 듣지 않았다. 사내가 미운 대신에 복남이 아저씨가 볼수록 사랑스러웠다. 그러나 그는 자기를 눈도 거들떠보지 않는 것이 속으로 야속하였다. 금순이는 그래도 좋았다. 예수쟁이는 예수의 옷자락만 붙들어도 병이 나았다는 성경을 믿는다니 말이지 금순이는 그의 얼굴만 쳐다보고라도 일평생을 행복으로 살 것만 같았다. 그는 그 남자에게 향하는 마음이 간절하면 할수록 그가 좋아하는 것이면 자기도 좋아하였고 그가 미워하는 것이면 따라서 미워하였다. 금순이는 그의 친구를 공경하고 그가 사랑하는 것이면 무조건 본능적으로 사랑하고 싶었다. 금순이는 누가 그를 찾아올라치면 마치도 자기가 그 집 식구나 되는 것처럼 번번이 나서서 영접을 하였다(일전에도 그러다가 사내에게 목침으로 콧잔등이를 얻어맞았다). 마치 그에 대한 말을 한마디라도 더하게 되면 그것이 자기에게는 그 위에 더 기쁜 일이 없는 것처럼 생각되었다. 금순이는 그의 손수건을 물론 이 집 식구의 벗은 옷을 도맡아서 빨래를 해대고 그의 고무신까지 날마다 먼지를 털고 닦아주었다.

어느 날 이 집 아들이 어디서 백합뿌리를 심은 화분 한 개를 얻어왔다. 그는 화분에다 물을 주었다. 그후부터 금순이는 무시로 화분을 들여다보며 물을 주었다. 하루는 또 이웃집 개가 마당에 온 것을 이 집 아들이 쫓는 것을 보더니만 금순이는 그 개가 얼씬도 못하게 오는 대로 내쫓곤 하였다.

그는 전에 없이 날마다 분 단장을 하였다. 그리고 복남이 아저씨가 출입할 때면 의례히 몸을 일으켜 인사를 하였다. 이 집 아들과 그의 모친 김씨는 그 꼴을 볼 때마다 웃었다. 하나 금순이는 그들이 웃어도 좋았다. 급기야 금순의 남편 원득이가 눈치를 챘다. 그는 아내의 행동이 수상할 때마다 몽둥이로 뚜드려 패었다. 하건만 금순이는 종시 그 마음을 변치 않았다. 아니 그럴수록 금순의 마음은 복남이 아저씨에게로 달려갔다. ……이로 인하여 두 집 사람들은 속으로 여간 걱정이 아니었다.

"참, 별꼴도 다 보겠네."

하고 복남이 아저씨는 혼자 투덜거렸다.

3

어느덧 음력 시월도 다 가고 동짓달 초생이 접어들었다. 무슨 그 때문은 아니었지만 황선달 집은 생계가 곤란하여서 갑자기 먼 곳으로 이사를 가게 되었다. 아닌 게 아니라 김씨 모자는 금순이의 꼴을 보지 않게 된 것이 어찌도 시원한지 몰랐다. 그것은 원득이도 그렇겠지. 하나 금순이는 떠나는 줄을 알게 되었을 때 천길지함 속으로 빠지는 것 같은 절망을 느끼었다. 그는 그후로 시렁시렁 앓기 시작하였다. 그 집이 이사갈 날짜가 차차 가까울수록 그의 발작증은 점점 더하였다.

동짓달 초열흘! 마침내 그날이 닥쳐왔다. 금순이는 그 집이 이사를 간다는 말을 들은 후로 그날부터 틈틈이 헝겊 쪼각을 모아서 주머니 하나를 기웠다. 그것을 그 전날 밤에 주머니끈을 꿰려다가 들켜서 사내에게 목침으로 또 얻어맞았다.

이튿날 식전이었다. 금순이는 그 주머니를 그에게 정표로 주려다가 뜻밖에 발기발기 찢기고 귀로는 이런 말을 들었다.

"애, 여학생도 발길에 툭툭 채이는데 네까진 것을!"

그리고 눈으로는 그가 침을 뱉고 돌아서는 꼴을 보았다. 그때 금순이는 오히려 한 가지를 또 청해보았다. 그는 마지막으로 그가 얻어다놓은 화분을 달라고 하였다. 역시 그것도 거절을 당하였다. 아니 복남이 아저씨는 그것을 안마당에다 메때렸다. 화분은 산산박살이 났다. 그날 밤차로 그들은 멀리 떠나가버렸다.

그 꼴을 본 원득이는 작대기로 또 죽어라고 금순이를 두드렸다. 그것은 금순이가 자기와는 살지 않겠다고 강경히 선언한 때문이었다. 사내는 금순이가 앙살을 하면 그의 입을 주먹으로 짓찧고 닥치는 대로 사정없이 두드려 팼다. 금순이의 코와 입으로는 선지피가 철철 흘렀다. 득살이 날대로 난 사내는 마치 심술궂은 애들이 개구리를 잡아서 태기치듯이 금순이를 방바닥에 메부쳤다. 그때 금순이는 딱 까무러쳐 버렸다. ......

황선달 집이 떠난 후에 금순이는 시부모한테도 매를 맞았다. 그들은 금순이를 발가벗겨놓았다. 시어머니는 시뻘건 인두로 단근질을 하고 시아버지는 송곳으로 정강이를 쑤시며 문초를 받았다. 그러나 금순이는 종내 죽어도 안 살겠다고 닭의 다리 뻗듯 내뻗었다.

그후로 그는 날마다 몇 차례씩 그런 문초를 받으며 한달지간을 지냈었다. 나중에는 사내가 마지막 담판으로 "너하고 나하고 살기 싫거던 허벅다리를 맞꿰자!"고 낫을 들고 대들었다.

그래 금순이는 거침없이 이만 아득아득 갈고 앉아 있었다.

금순이의 이런 태도에 사내는 간담이 서늘하여서 "세상에 너처럼 독한 년은 처음 보았다!" 하고 그제야 너 갈 데로 가라는 허락을 해주었다.

금순이는 그 길로 친정아버지를 찾아가서 두 달 동안은 죽도록 앓다가 살아났다. 장공원은 그동안에 머슴을 살아서 벼섬이나 좋이 모아놓았었다. 그는 딸에게 잘못함을 깨달았던지 그 벼를 팔아서 약시세를 해주었다.

금순이가 다시 완인이 되자 사방에서 청혼이 들어왔다. 그 중에는 전남편과 같이 나배기가 아닌 청년도 있었고 돈푼이나 있는 남자가 후취장가를 들어지라는 것도 금순이는 모두 다 거절하였다.

그 이듬해 봄이 돌아왔다. 어느 날 밤에 그들 부녀는 이웃도 모르게 어디로인지 종적을 감추었다. 그것은 금순이가 자기의 부친에게 떠나자고 졸라서 그러하였다. 그것은 전편에 들리는 소문에는 그들이 서울로 갔다기도 하고 혹설은 군산항구로 가서 막벌이를 한다는데 이 마을 사람들 중에는 그들을 만나본 이가 한 사람도 없었다.

사실 K촌을 떠난 금순이는 그후에 여러 곳으로 방랑하였다. 일시는 이 마을 저 마을로 걸식도 하고 일시는 방물장수 행상도 해보았다. 군산항구로 가서는 쌀 고르기 여공으로 일하였고 인천부두에서는 길가에 앉아서 빈대떡도 부쳐 팔았다.

그동안 불과 수년이 되었건만 금순에게는 몇십 년이나 된 것같이 지리하였다. 그들 부녀는 온갖 풍상을 다 겪어왔다. 그 중에도 더욱 괴로운 일은 가는 곳마다 금순이를 귀찮게 구는 남자들의 농락이었다. 만일 그의 부친이 없었더라면 얼마나 고독을 느끼고 어떻게 그들의 음흉한 모략에서 벗어났을 것인가? 지금도 그 생각을 하면 금순이는 부친의 은혜가 고마웠다.

금순이는 K촌을 떠난 지도 올해 삼 년째이다. 그는 남조선 일대를 유랑하다가 작년 봄에 서울로 올라와서 비로소 자리를 잡게 되었다. 그는 올라오는 길로 S제사공장의 직공시험을 보아서 채용되었다. 그는 지금 동대문 밖에서 사글세방 한 간을 얻어가지고 늙은 아버지와 살림을 하는 중이었다.

그런데 금순이가 다시 시집을 가지 않고 늙은 부친과 같이 그렇게 돌아다닌 것은 남다른 결심이 있었던 까닭이었다. 그것은 황씨 집 아들에게 당한 것이 전혀 자기의 무식과 어리석은 탓임을 뼈저리게 깨닫게 하였다. 그는 지금도 그때 그가 하던 말이 가슴속에 박혀 있었다.

"애, 여학생도 발길에 툭툭 채이는데 네까진 것을!"

그리고 침을 뱉고 돌아서던 꼴이 지금도 눈에 선연하다. 속담에 동냥도 아니 주고 쪽박만 깬다는 것도 유만부득이 아닌가. 악에 받친 금순이는 아예 남자는 단념하자는 것과 동시에 자기도 눈을 떠서 새 사람이 되어보아야지라는 자격지심이 솟구쳤던 것이다. 그는 서릿발같이 맺힌 마음을 뼈물러먹었다.

그는 다시는 시집을 안 가기로 맹세하였다. 그리고 대도회로 나가서 살아보자고 했건만 그동안에는 자리가 잡히지 않아서 이곳 저곳으로 헤매게 되었다. 금순이가 서울로 온 것은 잘한 일이었다.

작년 봄부터 그는 다행히 공장생활을 하게 되었다. 그는 열두 시간 열세 시간 노동을 하고서도 집에 돌아오면 공부를 하였다. 그는 우선 동무들한테서 국문을 배웠다. 책을 사다가는 옥편을 놓고 자습을 하였다. 공부란 무서운 것이다. 어린 새가 날 공부를 하는 것을 보라! 처음에는 한 치 두 치를 날기도 힘들어 보였지만 어느 틈에 공중으로 훨훨 날게 되지 않는가.

금순이도 한 자 두 자를 깨닫더니만 어느 틈에 글바다로 뛰어들었다. 뿐만 아니라 그의 남다른 환경과 본래의 총명은 자본주의사회의 모순을 깨닫게 되었으며 계급의식이 싹트게 되었다. 만일 K촌 사람들이 지금의 금순이를 만나본다면 그들은 어떻게 삼 년 전에 원득이와 살던 아주까리 기름냄새를 풍기던 금순인 줄을 알 수 있으랴 할 만큼 딴 사람같이 달라졌다. 과연 그는 놀랄 만치 우선 외양부터 때물이 쑥 빠졌다.

4

'지금 그이는 어데서 사는가?'

금순이는 가끔 이런 생각이 남몰래 떠올랐다. 사람이란 한번 크게 받은 상처는 좀처럼 가시지 않는 법이라 그런지?……

그것은 벌써 먼 3년 전에, 아니 3년이란 세월이 그리 오래 되지는 않앉어도 마음으로는 그렇게 생각되며 벌써 잊어버렸어야 할 생각이 부질없이 일어나곤 하였다.

하나 그는 날마다 아침 여섯 시에 나가면 밤 일곱 시에야 들어오고 집에 오면 또한 늙어가는 외로운 아버지를 시중들기에 이것저것을 생각할 틈도 없었는데 웬일인지 이 봄을 접어들며 또다시 마음이 뒤숭숭해졌다.

금순이가 공장생활을 한 지도 벌써 만 일 년이 되어간다.

그는 올해 스물한 살이다. 꽃다운 나이에 인물이 똑똑하고 보니 마치 주린 승냥이 떼 같은 사내들이 그냥 두지 않으려 한다. 우선 한 공장 속에 있는 남자들로부터 그를 욕심 내어 걸떡걸떡하는 눈치가 보이었다. (그 중에도 키다리 감독이) 그러나 한 사람도 그를 건드리지는 못하였다. 아니 건드리지 못한 것은 아니다. 건드려보기는 제각기 수단대로 하여 보았지만 모두 짚신짝으로 뺨따구니만 얻어맞고 말았다. 그래 그를 아는 사람은 칼날같이 무서운 여자라고 혀를 내두르는 것이었다. 하나 과거경력을 알고 보면 그리 이상할 것도 없겠다. 사람이란 환경의 영향이 큰 것이다.

그는 오늘도 공장에서 저물게야 돌아왔다. 집에 들어오는 길로 저녁을 지어먹고 나서 밀린 빨래를 또 빨았다. 낮에는 공장에 가서 진종일 있기 때문에 빨래도 밤저녁으로 해야만 되었기 때문에.

어제부터 또 앓기 시작한 부친은 오늘 더한층 통성이 높아졌다. 그전에는 저녁을 부친이 지어놓고 기다렸었는데 이제부터는 자기가 짓게 되고 오늘은 또 빨래까지 하게 되었다. 금순이는 신역이 고되었다. 그는 사지가 느른하다. 지금도 그는 방에 들어오는 길로 자리 위에 몸을 내던졌다.

그런데 오라는 잠은 아니 오고 그 생각이, 마치 누가 귀에다 대고 소곤소곤 일러주는 것처럼…… 그 생각이 다시금 떠올랐다.

그는 지난 일을 생각할수록 고소를 참지 못하겠다.

그렇다니 말이지 금순이가 만일 지금만 같았어도 당초에 그런 생각을 먹었을 리가 만무하였을 것이다. 왜 그러냐하면 그때 자기와 같은 여자가 그런 사내를 탐낸다는 것은 그야말로 쥐며느리가 새우아재를 사모하는 것과 같은 얼토당토않은 처지였기 때문에.

인제는 그가 모든 것을 잘 알았다. 남녀간에 서로 걸맞지 않는 사이에는 마치 무너뜨릴 수 없는 장벽이 가로막혀 있다는 것을! 그들은 지척에 서로 있지마는 마음은 천 리 만큼 간격이 지게 되는 것이다! 그 남자는 학생이 아니었던가? 또한 양반이 아니었던가? 아니 일본 동경까지 갔다온 아직 장가도 아니든 남의 집 귀동자가 아니었던가? 그런데 어림도 없이 자기 따위가 그를 사랑하려 들다니 말이 되는가. 그가 처음부터 끝까지 자기를 박차고만 것처럼 그것은 당초에 천부당만부당한 일이었다. 그때는 그가 얼마나 야속하였던지 모른다. 그러나 지금의 금순이는 조금도 그를 원망하지 않았다. 원망이란 것도 희망할 만한 것이 아니 되는 때에 할 일이니까 그와 자기는 당초부터 거리가 먼 아주 딴 나라에 사는 사람이 아니었던가? 그럼에도 불구하고 그때의 자기는 왜 그리 어리석었던지 모른다. 다시 한편으로 생각하면 그때 그렇게 된 것이 얼마나 다행인지도 모르겠다. 왜 그러냐 하면 만일 그 일이 없었더면 자기는 지금도 그와 같은 생각을 하고 그때와 같은 생활을 하고 있을 것이 뻔한 일로서 사람구실을 못 하였을 것이기 때문이다.

금순이는 이렇게 생각하자 별안간 소름이 쪽! 끼치었다. 사람이란 설령 미련하더라도 우직하게 미련해야 할가부나고 하는 우스운 생각이 들기도 하였다.

지금 금순이의 눈앞에는 그때의 여러 가지 모양이 떠올랐다. 그의 손수건을 빨고 신발을 닦아주던 일, 헝겊 쪼각으로 주머니를 깁던 일, 그가 사랑하던 화분을 달라다가 화분을 깨치고 남편에게 죽도록 매만 맞던 일, 그때 까무러치고 나서도 그날 저녁때 그에게 마지막으로 찹쌀떡이나 해준다고 중상을 입은 다리를 끌고 부엌에서 절구질을 하려고 애쓰던 일…… 그 언제인가 읍내 예배당에 구경가서 목사의 말을 듣고는 새벽마다 기도를 드리던 일, 그가 떠난 후에 갖은 형벌로 시부모한테 문초를 당하던 일, 남편이 마지막에는 허벅다리를 낫으로 찍던 일, 그 후에 매독이 나서 두 달을 죽도록 앓던 일, 또 그후에는 사방으로 방랑하던 중에 가는 곳마다에서 만나보던 많은 사람들이 모두 야비하다는 등등…….

그러나 그는 이런 생각을 더 하고 싶지 않았다. 왜 그러냐 하면 그것은 벌써 지나간 부질없는 생각이므로 그는 이런 생각을 하느니보다는 차라리 잠이나 들었으면 그것이 얼마나 자기 몸에 유익한지 몰랐다.

사람의 생각에서 지나간 일에 미련을 두는 것처럼 치사스러운 것은 없다. 그것이 우습던 일이든지 슬프던 일이든지 간에 조상이 잘살던 게 지금 우리에게야 무슨 상관이며 그때 복남이 아저씨가 지금의 금순이에게 무슨 아랑곳이 있느냐 말이다.

금순이에게는 그보다 더 큰일이 눈앞에 가로놓였다. 사람의 생활이란 연애뿐만 아닐 것이다. 아니 그가 겪은 인생의 비극적 원인을 캐어보면 모두 가난한 때문이었다. 그런데 그것이 자기 하나만 그렇다면 운수라고나 한다지만 이 세상에는 많은 가난한 사람들이 있다. 우선 이 서울장 안에서만도 우글우글하는 가난뱅이들을 보라! 병목정에 널려 앉은 산 고깃덩이들을 보라! 그런데×××××. ××××××××× ××××××××? 지금 ××××××× ─ 가난××××××× ×× ××× ××××××× ×××× ××××××× ××××××× ×× ××××× ×××××× ×× ×××××××××××× × ×××××× ××××××× 런데 그런 생각을, 그런 공상을 왜 하느냐 말이다!

첫 사랑을 바친 사내!— 그것은 잊히지 못할 큰 상처인지 모르리라. 그러나 그것은 아직도 봉건생활에 중독된 사람이 무엇을 먹고 사는지 모르는 관념론자의 생각이다. 지금 인간의 모든 비극의 ××××××× ××××× ××××× ×××××× 어떻게? 이 세상에서 진정한 행복을 구하려드느냐 말이다! 그게야말로 연목구어란 문자를 두고 한 말이다.

×××××××××× ×××××××××××× ×××××××××× ××× ×××××. 그런 이해타산이야말로 소부르주아의 박쥐 구실이다!

금순이는 또다시 결심하였다. 그는 오직 부지런히 일하고 공부하기로, 그것은 금순이의 왕성한 정력이 모든 난관을 극복할 수 있게 하였다. 그리하여 그는 무산계급전선의 한 투사가 되기를! 그의 이 결심은 마치 십 년 전의 그때와 같았다.

어느덧 밤은 이슥한 모양이다. 부친은 아랫목 벽을 안고 누워서 여전히 앓는 소리를 한다. 사람이 다니지 않는 빈 거리에는 전등이 낮같이 밝은데 굴속 같은 그의 방안에는 반딧불 같은 석유등불이 깜박거린다.

금순이는 잠이 들기 전까지 앞으로 할 일을 계획해 보았다.

그리고 그는 꿈속으로 그것을 뼈물었다.……

(1927. 5).

—《조선지광》 68호(1927. 6).

원보(일명 서울)

1

석봉이가 저녁을 먹으러 여관으로 돌아와보니 자기 방에 웬 낯모르는 시골사람인 듯한 늙은 남녀가 들어있는데 게다가 남자는 끙끙 앓는 소리를 하며 누웠다. 그는 두 팔에다 힘을 주고 간신히 일어나려는 것을 노파는 당황한 기색으로 얼른 부둥켜 일으키며 서투른 영남사투리로

"이리로 내리앉으이소."

한다.

석봉이는 그 말을 듣는 둥 마는 둥 하고 별안간 역정이 나서 안중문을 향하여 눈을 흘겼다. 그는 자기도 모르게 이렇게 부르짖으며

"이놈의 집이 그래 돈만 아는가? 밥값을 며칠 안 냈다고 임자가 없는 방에 말도 없이 딴 손을 들이다니."

그러나 그는 할 수 없이 그대로 주저앉았다.

그것은 무슨 '빚진 죄인'이란 속담과 같이 돈 앞에서는 무조건으로 고개를 숙이자는 것은 아니다. 그가 그런 생각을 먹었을 것 같으면 거번 ○○탄광에서 일어난 동맹파업에도 참가하지 않았을 것이요 따라서 실직을 할 까닭도 없지 않은가. 돈은 돈이요 경우는 경우인즉 저편에서

무리한 행동을 할 때에는 누구나 어디까지든지 해보겠다는 것이 그의 주장이었다. 이는 이로 갚고 눈은 눈으로 갚아라 설마 어디 가면 굶어죽으랴? 아니 죽기밖에 더하랴! 하는 것이 다년간 위험한 노동에서 이루어진 그의 강직한 성격이었다. 그래 그는 이번에도 주인을 불러세워놓고 한바탕 내불리고 싶었으나 그것을 꿀꺽 참은 것은 이 불쌍한 늙은 부부 때문이었다. 보아하니 그들은 시골농민이다. 그의 억세 보이는 두 손은 다년간 힘찬 노동을 체험한 것이 증명된다. 지금 만일에 그들을 이 방에서 쫓아낸다 하면 그들은 갈 곳이 없어 주인에게 쪼들릴 것이 뻔하였다. 그것은 어제 저녁까지도 그들이 딴 방에 있는 것을 보았는데 별안간 이 방으로 내쫓긴 것은 필경 밥값을 못 낸 까닭이겠다고 그래 밥값이 밀린 사람들은 마치 죄수와 같이 한방에다 몰아넣자는 수작임을 짐작할 때 그는 부아가 있는 대로 끓어올랐다.

"흥! 망할 것들 같으니……."

석봉이는 다시 한 번 이렇게 뇌였다.

"이리로 내리앉이소!"

병인 부부는 미안한 듯이 다시 자리를 비키며 말한다.

"네, 여기도 괜치 않쇠다."

하고 석봉이는 비로소 병인의 굴신도 못하는 다리를 가엾게 쳐다보았다.

"아 당신도 차 타고 왔능기요?"

병인은 별안간 그의 우멍한 큰 눈을 더 크게 뜨며 무슨 놀라운 일이나 있는 것처럼 이렇게 묻는데 비록 중병은 들었을망정 퍽 기골이 장대해 보인다.

"차요?…… 네, 나도 시골서 차 타고 왔쇠다."

"차 타고? 아 무슨 큰일이 있었는기요?"

"큰일이요?…… 아니요 무슨?…… "

석봉이는 어리둥절하였다. 그는 그 말의 의미를 잘 모르는 것처럼 노인을 똑바로 쳐다보았다. 그러나 노인은 심상치 않은 일이나 발견한 듯이 여전히 놀라운 표정으로 입술을 실룩거리며 두 눈을 흡뜬다.

"나두 차 타고 왔지라오…… 병원에 오느라고 차 타고 왔지라오…… 당신은 와 뭔 일로 차 타고 왔능기요?!"

"네?!……"

석봉이는 또 이렇게 대답하고 그를 여전히 열없이 쳐다보다가

"아니 서울에 첨 오셨나요?"

하고 다시 물어보았다.

"차를 첨 타보셔요? 아니 고향이 어디시건대……."

병인은 아무래도 오십이 넘어보였다. 이만 나이에 차를 처음 타보았다는 말을 듣자 석봉이는 마치 그들은 아주 궁벽한 산 속에서 살든지 그렇지 않으면 절해고도에서 사는 차 구경도 생전 처음 하는 사람인 것 같이 신기하게 생각되었는데 그는

"경상도 ○○ 사오."

한다.

"네 ○○요? 아니 거기는 바로 찻길 옆이 아닌가요?……"

"허허…… 누가 아니락 하오. 차가 가기야 우리 고장에서 불과 이십 리 되는 ○○정거장에로 날마다 가지라오. 그랴고 가시내 사는 고장도 차로 갈락하면 정거장 두 개만 지나가면 바로 그 문앞이지만두 어디 우리네 농군네가 차 타고 다닐 돈이 있능기요?"

하고 그는 차비 사십 전이 없어서 팔십 리나 되는 딸의 집을 한 번도 타고 간 적이 없었다는 말을 하자 석봉이 귀에는 도무지 그 말이 곧이 들리지 않았다. 그러나 노인은 다시 말끝을 이어서

"그래도 차를 몬 타본 사람이 어디 나 하나뿐이락고! 우리 고장에서도 계묘년에 찻길을 첨 놀 때 그때 나하고 철로 일을 함께 하던 김첨지, 춘쇅이, 저 갈미 박서방, 그밖에도 아마 많을 게라. (마누라를 돌아보며)

우리 마을에서 차 타 본 사람이라고는 아마 건넌말(마름집)과 면청에 다니는 황룡이 집밖에는 이번에 우리가 타보는 게 고작일 게라."

"와 그뿐이라고? 상년 봄에 서간도로 이사간 광출이네, 개똥이네도, 또 일본으로 벌이 나간 역득이네 삼부재도 있지 않능기요?"

하고 노파는 영감의 말을 땡겨 주는데 그의 머리도 반백이나 넘어 세었다. 그의 손도 영감만 못지 않게 노동에 악마디가 졌다.

"오 참 내 정신 봐라…… 또 상년 겨울에 산감에게 쫓겨 가지고 고만 산비탈에서 내리뒹굴어서 두골을 뻬개고는 대구 자혜병원으로 가서 죽은 나무장사해묵고 살던 정첨지도 있지 않나!"

"참 그렇다. 그 아재도 있다."

이 말을 듣자 석봉이는 아까 다짜고짜 '당신도 차 타고 왔소?…… 무슨 큰일이 있능기오?' 하고 묻던 말이 비로소 짐작이 나진다.

그것은 자기네와 같이 땅을 파먹는 가난한 시골사람으로서 차를 탄다거나 서울 구경 같은 것은 당초에 생의도 할 수 없는 당치 않은 소원이다. 그것은 건넌말(마름질)이나 면청에 다니는 황룡이네 같은 돈 있는 사람들이나 할 수 있는 것이다. 그러므로 만일 자기네와 같은 사람으로서 차를 타본다든지 서울 구경을 하는 사람이 있다면 그는 마치 서간도로 이사간 광출이네, 개똥이네, 일본으로 벌이 간 억득이네 상부자와 같은 도는 산비탈에서 내리뒹굴어져 두골을 깨치고는 대구 자혜병원으로 가서 죽었다는 나무장수 정첨지같이 그런 불행한 일이나 닥치지 않으면 좀처럼 차를 타볼 수 없다는 말과 같은 것이었다. 그래서 자기도 시골사람으로 차를 타고 왔다니까 혹시 그런 불행한 일이나 없는가 해서 아까 그가 그렇게 놀래며 묻던 것이었다는 것을 석봉이는 비로소 깨닫게 되었다.

석봉이의 이러한 생각은 우선 이 노인의 차 타게 된 일부터 알고 싶어서

"그런데 병환은 무슨 병환이신가요?"

"저 신작로 닦노라고 부역을 갔다가 자동차에 치어서 다리가 뿌서졌답니다. 아구 세상에도……."

"아 저런! 그래서 병원에 오셨나요?"

"네 그래…… 시골서는 암만 고칠락고 좋다는 약은 다 해봤고 병원에도 가봤지만두 어디 고칠 수가 있능기오. 그래 서울로 왔는데 서울서도……."

"아니 여기서도 못 고치겠답디까?"

"낼 다른 곳으로 또 한 번 가볼락 하지만도 오늘 간 데서는 다리를 짤르라고 하는데 그것을 어떻게 짤르능기오? 아! 내가 생각만 해도 몸서리가 처진다. 그라고 돈도 많이 든다는데 돈이 어디 있능기오."

다시 노파의 눈에서는 눈물이 소리 없이 흘러서 그의 낡은 무명치마를 적시었다.……

2

그러나 병인은 빙그레 웃으며

"각중에 내사 다리가 뿌서지지 안 했더면 차도 못 타봤겠고 서울 구경도 못 했을 게라! 다리가 뿌서졌어도 내사 차 타보고 서울 구경하니 좋다! 아 그 웬 사람이 그리도 많은고? 웬 집들이 그리도 큰고? 보소! 당신은 아능기오. 아 그런 집에서는 대체 누가 다 사능기오."

하고 노인은 무등 신기한 듯이 부르짖는다.

"……."

"에라 그 무슨 소리고? 다리갱이가 뿌서져도 서울 구경하는 게 좋단 말이 늬 그게 무슨 쏘리고? 의……."

그 말을 듣는 노파는 혀를 툭툭 차며 영감을 흘겨보고 책망하는 말이었다.

"와 무슨 소리고? 내 다리가 뿌서지지 안 했어도 늬 서울 구경해봤겠능가? 너 차 타봤겠능가?"

"뉘가 서울 구경하고 싶댔나?"

"늬 그람 하고프지 안 했나?"

"뉘 하고 싶댔나!"

별안간 두 내외는 목곧은 영감조로 싸움 시초를 하려 든다.

"늬 그런 소리는 안 했어도 늬 맘속은 그럴 게다."

"늬 어떻게 남의 맘속을 그리 잘 아노?"

"늬 뭐락했노?…… 늬 그럼 부자로 살기가 싫단 말가? 늬 그럼 가난이 소원이란 말가?"

"뉘가 가난이 소원이라 했나? 내가 가난이라면 징글징글하다!"

노파는 체머리를 흔든다.

"그럼 와? 늬나 내나 가난에 머리가 세지 않았능가? 늬 그런 징글징글한 가난뱅이로 오래 살기만 하면 뭐할락 하노? 내사 인차 죽어도 서울 구경하니 좋다."

"늬 그럼 서울로 죽으러 왔능가? 아니 늬 이리로 올라할 때 내가 자혜병원에 간 그 아재 생각이 무뚝 나서 가지 말자고 해도 늬 한사락고 오더니만 늬 정말로 죽을락고 왔능가의?"

하고 노파는 치맛자락으로 눈물을 씻으며 부르짖는다.

"에라 이 문둥아! 울기는 와 우노? 늬나 내나 인차 죽어서 원통할 게 뭐란 말가? 늬 모르겠나? 내사 일곱 살 적부터 지게 지고 이날 이때까지 살아왔지만도 늬나 내나 무슨 시원한 일이 있었능고? 그래 늬도 죽고프다 하지 않았능가? 귀신은 다 뭘 먹고 사노? 와 나 같은 년 안 잡아 먹노! 하지 않았능가?…… 내사 철로 일했어도 차 한번 못 타보다가 인차 첨 타보니까 좋다한 말이 뭐 안 되겠노? 늬도 좋지 않았던가? 그런 놈의 것을 상구 못 타보고 늬나 내나 뭐 하느라고 머리가 허옇게 세었능가 말이다? 에이."

하고 영감은 먹을 줄 모르는 권련을 붙여서 역증이 난 듯이 퍽퍽 피운다. 그리고 마누라를 흘겨본다.

"아따 구마 내사 듣기 싫소의? 늬 복이 없는 것을 어찌락고? 복이 없는 인간은 그런 일만 하는 줄 늬 모르노? 농사하고 신작로 닦고 철로 깔고 하는 건 모다 임자 같은 복이 없는 인간이 한단 말다! 그럼 복이 있는 인간은 흰 쌀밥만 먹고 철로도 탄단 말다! 늬 해마다 농사한다고 흰 쌀밥을 몇 때나 먹어봤노?…… 늬 복에 없는 차 타볼라 하다가 다리갱이 부서졌다!"

"복이 있는가 없는가는 내사 모르겠다. 하지만도 늬 말과 같이 우리는 와 신작로 닦고 철로 깔고 농사해도 먹고살 수 없는가 말다 늬 봐라! 짐승도 저 먹을 건 있지 않나? 내사 신작로 닦으면 그놈의 자동차 딱 보기 싫다. 그놈의 망할 새끼, 마른 날은 먼지 끼었고 진 날은 흙물 끼었고 아니 그것이 신작로 닦어준 턱이란 말가?"

"늬 그보다도 신작로 닦다가 다리갱이가 부서진 건 어쩌겠노?"

석봉이는 윗목에 앉아서 말을 가만히 듣고 있다가 별안간 허허하고 웃음이 나왔다.

"아니 그만들 두십시오. 그러다가 짜장 싸움들 하시겠수다. 하기는 그런 싸움은 할수록 좋지만."

노인은 이 바람에 정신을 차린 듯이 석봉이에게로 머리를 돌리며

"언제 보소! 그렇지 않능기오? 내사 인차 그런 놈의 일은 안 할라 한다. 우리 농군들은 에라 이놈의 것 모조리 차 타라고 하고프다. 보소! 그렇지 않는기오."

"네, 그렇지요."

석봉이는 몽롱하게 대답하였다.

"아니 참 내사 묻던 말 잊었구만, 이 서울 장안에 그 많은 사람들은 뭘 먹고 사능기오? 논밭이라고는 하나도 없는데!"

노인의 고지식한 이 말에 석봉이는 참으로 태고적 사람이나 만난 것처럼 빙그레 웃으며

"당신네가 농사진 것으로 먹고살지요."

하였다.

"아니 그러면 노인은 서울사람도 농사를 지어 먹고사는 줄 알으셨나요?"

"그랬지요 쌀은 농사하지 않으면 없는 게 아닝기요? 그런데 서울 와보니까 우리네 농사 고장보다도 입쌀밥만 해먹기에 내사 서울도 논이 많은 줄 알았지라오."

"허허, 하기야 쌀은 농사를 짓지 않으면 생길 수 없는 것이지요마는 서울사람은 가만히 앉아있어도 쌀을 산같이 싸다주는 사람들이 있답니다. 그것은 당신네 같은 농민이 쌀을 만들어주고 우리 같은 노동자는 석탄을 캐다주고 옷감을 짜다주고……."

"네? 우리가? 당신이?!……"

노인은 말귀를 잘 못 알아듣는 것처럼 어리둥절하니 석봉이를 쳐다본다.

"네, 우리와 당신이, 서울사람은 돈만 가지고 앉아서 당신네가 농사진 쌀과 우리네가 캐내는 석탄으로 잘산답니다. 그런데 그들이 우리에게 주는 것은 누추한 옷과 좁쌀밥 차례도 잘 안 오는 그런 게지요… 당신은 신작로를 닦다가 다리가 부러졌는데도 병원에서는 고쳐주지도 않고 우리는 수백 길 되는 땅속에 들어가서 석탄을 캐다가 먹고살 수가 없는 품값을 조금만 올려 달라고 청했더니 올려주기는커녕 그랬다고 우리를 내쫓는 것이 서울사람들이지요. 나도 그래서 일자리를 잃고 이번에 서울로 왔습니다."

하는 석봉이의 목소리는 차차 긴장해졌다.

"아! 그래서 차 타고 왔능기요?…… 보소! 우리네가 차를 탈라 하면 의례히 큰일이 난단 말다!"

노인은 놀라운 듯이 또는 자기의 예언한 것이 들어맞은 것을 신기하게 생각하는 것처럼 부르짖는다.

"네, 노인의 말씀이 옳습니다…… 우리네가 차를 타게 되면 참말로……."

하고 석봉이도 따라 웃었다.

"와 그럼 그런 노릇을 했는기요. 그대로 가만있지 않고……."

"네 가만있어요? 먹고살 수가 없는데 어떻게 가만히 있어요, 노인도 그런 농사는 하고 싶지 않다고 말씀하지 않았습니까? 노인네 사는 농촌에서도 먹고살 수 없어서 비싼 소작료를 감해달라고 소작쟁의를 일으키지 않습니까? 우리네 노동자의 동맹파업이란 것도 역시 그와 마찬가지랍니다."

"오, 참 그렇구만. 우리 고을에도 농군들이 소작료 감해달라고 쌈했다더니 아니 당신네도 그런 것인가요?"

하고 노인은 의심스러운 듯이 묻는다.

"그렇지요 아까 노인의 말씀에 짐승들도 제 먹을 것은 있다 하시지 않있습니까. 그러면 짐승들도 먹을 것이 있는데 어째서 만물 중에 가장 귀하다는 사람으로서 만물지령으로서, 아니 밤낮 일하는 사람으로서 어째서 먹고살 수가 없습니까?"

"글쎄 와 그런지…… 내사 알 수 있능기오."

"아까 안노인께서는 그것이 복이 없어서 그렇다고 하십디다마는 실상은 복이 없어서 그런 것도 아니요 우리네의 노동자가 천생으로 못생겨서 그런 것도 아니겠지요."

"그럼 복이 없어서 그런 것도, 못생겨서 그런 것도 아니라 하면 그럼

와 그런기요?"

하고 노파는 어이없는 듯이 석봉이를 비웃는 표정으로 쳐다본다.

"내사 그놈의 돈 때문이라 한다! 그놈의 돈을 모두다 불살라 버리란
말다. 보소! 그렇지 않능기요?"

하고 노인은 의심스러운 듯이 석봉이를 쳐다보며 다시 묻는 말이다.

"아니지요, 돈은 나쁜 것이 아니라 돈을 못되게 잘못 써서 그렇지요.
놀고먹는 사람들만 잘살라는 잘못된 세상이라 그렇지요."

"돈을 잘못 쓴다고?…… 잘못된 세상이라고요?"

"네, 한말로 쉽게 말하자면 짐승들은 제각기 벌어먹으니까 자유스럽
게 살지마는 인간에는 놀고먹는 사람들이 있는 까닭으로 그 놀고먹는
사람이 노동자와 농민들을 착취하는 까닭으로 짜장 일하는 사람들은
먹고살 수가 없는 것입니다…… 보십시오! 노인이나 내나 밤낮 일하
는 사람은 어디 돈 구경을 합니까?"

이때 잠자코 앉아서 듣고 있던 병인은 비로소 무엇을 깨달았음인지
고개를 끄덕끄덕하며 멍하니 한동안 무슨 생각을 하고 있는데 별안간
노파는 신기한 듯이 부르짖는다.

"야, 내사 얄궂다! 아니 정말로 그렇기오?"

"네, 그렇지요. 글쎄 농사도 안 짓고 놀고 있는 이 서울사람들 보십시
오 길쌈도 안 하고 잘 입고 사는 이 서울사람을 보십시오. 그들은 모두
우리네 노동자가 피땀을 흘리고 일한 것을 가지고 교묘하게 속여먹고
사는 세음이지요! 당신들은 어째 우리 같은 노동자에게는 돈을 얻기가
하늘에서 별 따기보다도 어려운데 그들에게는 물 쓰듯이 흔한 돈이 있
는 것이 무슨 까닭인지?"

석봉이는 기침 한 번을 한 뒤 다시 말을 잇대인다.

"사람의 세상에서는 어떻든지 사람이 제일 귀한 것이겠고 또한 귀하
지 않을 수 없는 것이올시다. 그런데 지금 세상은 사람이 사람을 천하

게 보고 가난한 사람들을 짐승같이 천대하지 않습니까? 그러므로 망할 세상이올시다. 이 망할 세상을 누구나가 살기 좋은 세상으로 만들어야 할 것이요 또한 만들지 않을 수가 없는데 그것은 오직 노동자, 농민과 같은 그런 절실한 이해관계가 있는 사람들이 서로 힘을 뭉쳐 가지고 지배계급과 투쟁해야 될 것이외다! 다시 말하자면 지주와 자본가를 청산해야 될 것입니다! 당신네는 지금까지 우마와 같이 온순하게 일해서 대체 얻은 것이 무엇입니까? 놀고먹는 서울사람들은 당신네에게 대체 무엇을 주더이까?……"

이렇게 부르짖는 석봉이의 말은 어떤 감격에 떨리며 격분한 두 주먹이 무의식적으로 쥐어졌다. 이때 노인 부부는 우두커니 앉아서 무엇을 생각하고 있었는데 노인은 간간히 고개를 끄덕끄덕할 뿐이었다.……

3

그후 이틀이 지난 밤이었다.

석봉이는 볼일이 있어서 하룻밤을 나가자고 전과 같이 늦게 돌아와 보니 자기 방에 있던 노인들이 눈에 보이지 않는다. 그래 오늘도 병원에서 그저 돌아오지 않았나 하고 저녁상을 물리기까지 기다려 보았으나 전등불이 환하도록 그들은 들어오지 않았다. 궁금한 생각이 든 석봉이는 상을 내가는 머슴한테 물어보았다.

"이 방에 있던 노인네들이 어디 가셨니? 그저 밖에서 안 들어오셨나?"

"노인네들이요, 네 아까 떠나셨답니다."

"떠났어. 응 어디로?……"

의외에 대답을 듣는 석봉의 목소리는 자연 높아졌다.

"몰라요…… 아마 시골로 가셨겠지요."

하고 머슴애는 빙그레 웃으며 상을 들고 나간다. 그래도 석봉이는 궁금하여서 안주인을 불러서 자세히 물어보니 그는 상글상글 웃으며 하는 말이 그들은 아까 저녁때 병원에서 돌아오자 시골사람이 찾아와서 같이 간다고 밥값도 그이가 내고 그 길로 바로 떠났다고 한다.

"시골서 누가 찾아와?…… 일가가 있단 말도 못 들었는데."

석봉이는 오히려 그들의 행방에 의심이 풀리지 않았으나 그러나 비록 일가는 없더라도 이웃사람 누구를 만났던지 만나서 아마 병도 고칠 수 없고 노자도 떨어진 것을 알게 되자 그 사람이 밥값을 대신 물어주고는 같이 데리고 갔나보다 하였다. 그후 석봉이는 하루 이틀이 지나가는 대로 그 노인들의 생각이 기억에서 점점 사라져갔다.

며칠 뒤 그 노인들에 대한 기억은 거의 다 잊어 버렸을 어느 날 아침이었다. 석봉이는 누구를 만나보러 식전 출입을 나섰다.

마침 ○○ 근처를 지나던 중 웬 걸인노파가 한데서 잔 것처럼 이슬에 휘줄근히 젖은 더러운 옷을 입고 손에는 빈 생철냄비를 들고 가다가 걸음을 딱 멈추어 섰다.

그리고 그는 석봉이를 쳐다보며 알은 체를 하는 것이었다.

"아! 노인?……."

석봉이는 그가 누구인 줄 알게 되자 얼결에 놀래어 부르짖었다. 그 순간, 그는 그들이 자기가 있었던 여관을 떠나게 된 까닭도 번개같이 머리 속으로 떠올랐다.

"노인! 이게 웬일입니까? 대관절 바깥노인의 병환은 어떠시고 지금 계신 데는?"

뻔히 아는 노릇을 그는 어떻게 물을 용기가 없어서 말끝을 흐리머리 하였다.

"저 다리 밑에요……. 아래 병원에 가봤는데도 거기서도 다리를 짜르라고 하지 않겠능기오. 그래 할 수 없이 고향을 내려갈라고 했는데 각

중에 병이 더해서 못 떠나고 이튿날 가라 한즉 밥값을 갚고 나니까 찻값이 못 되지 않능기오. 그래 보따리를 잡히고 그 돈을 좀 꾸어주면 시골 가서 갚는다 해도 그리는 안 되겠다고 그 당장으로 나가라고 하지 않능기오……"

하는 노파는 참으로 죽을 판에 살 길을 찾는 거나 같이 일희일비하여 말문이 콱콱 막히었다.

"아! 저런 죽일 년 같으니!…… 그런 걸 내게는 시골서 누가 찾아와서 밥값도 대신 물어주고 데리고 내려갔다기에 나는 정말인 줄로 알았지요…… 능청스러운 계집년 같으니! 그래서 그 뒤에는 어떻게 되셨나요?"

하고 분기가 충전한 석봉이는 비로소 머슴애의 상 내갈 때 빙그레 웃던 기미도 짐작이 난다.

"우리야 어데로 갈 데가 있능기오. 그새에 전량 있던 것도 죄다 떨어먹고…… 할 수 없이 한데서 지냈는데 병은 점점 더해서 지금은 목숨이…… 위태하니…… 아 이 일을 어떻게 하면 좋겠능기오."

"네! 목숨이?…… 그럼 어서 가시지요. 아니 잠깐만 기다리십시오."

그 길로 석봉이는 한달음에 설렁탕 한 그릇을 사가지고 와서

"자, 어서 노인 계신 데로 가십시다!……"

"아 그건 뭐라고 사셨능기오…와!……"

×× 다리 밑으로 가보니 과연 거기는 섬거적을 두른 병신 걸인이 누워 있다.

불과 몇 날 동안에 그들은 아주 훌륭한 걸인으로 변장되어 있었다. 정말 지금 이 세상에는 가난한 사람이 걸인이 되기는 아주 용이한 일 같았다.

"아! 노인 이제 웬일이신가요? 어서 이 더운 국물을!"

하고 그는 급히 설렁탕을 권하였다.

병인의 생명은 위독해보였다.

"아, 보소! 어떻게…… 여기를 다 왔능기오…… 아!"

병인은 간신히 토막말을 하며 반가운 듯이 한 손을 그의 앞으로 내민다. 그때 석봉이는 얼른 그의 손목을 꽉 잡아쥐었다. 병인은 똑바로 석봉이를 쳐다본다.

"보소! 내사 다시 살 수 없능 거 같소. 그러나 인차 죽어도 괜찮겠소. 당신은 내 죽은 뒤라도 우리 농군들한테 가서…… 그런 소리나 일러주소! 우선 내 외손주한테 잘 일러주소. 아, 내 소원은 그밖에 없지요……. 응" 하고 병인의 눈에는 어느덧 눈물이 고요히 흐른다. 원통한 눈물이…….

"늬 또 그 무슨 소린고? 죽기는 와 죽는다 하노! 구마…… 자식도 없는내사 어찌하라고? 의……."

노파도 따라 우는 말이다.

"아니 노인! 병들면 다 죽나요. 그런 생각은 아예 마시고 어서 이 국물을 좀 마시십시오. 그러면 차차…… 아니 내가 어디로든지 모셔다 드리지요."

석봉이는 진정으로 동정에 견딜 수 없어서 턱에 없는 말이지마는 위로 하는 말을 이렇게 하였다. 하기는 별수없이 자기의 여관으로 도로 데리고 갈 작정이었지마는

"자 어서 마시라고 의. 보소! 이 양반이 사온 공으로라도 어서 마시라고."

노파와 석봉이가 번갈아가며 지성껏 권하였으나 그는 한사하고 고개를 내젓는다. 그것은 미구에 죽을 것을 먹으면 무엇하느냐 음식은 마누라나 먹고 당신은 내 부탁이나 들어주소. 내게는 그것이 제일 안심된다고 굳이 사양하는 말 같았다. 그리고 여관으로 안 가겠다고 그는 고개를 흔든다.

이렇게 하기를 한식경— 병인은 차차 숨결이 빨라간다. 의식이 몽롱해간다……. 인제는 의사를 불러도 소용이 없을 것 같다. 일은 당하였

다. 그러나 차마 이렇게 다리 밑에서 죽을 것을 볼 수 없을 뿐만 아니라 주인의 소위가 괘씸하여 뒷일이야 어찌됐든지 간에 데려다 놓고 볼일이라고 석봉이는 인력거를 급히 불러서 우선 병인을 떠싣고 여관으로 달려갔다.

그러나 그 노인은 가는 중도에 무참하게도 운명을 하고 말았다.

별안간 차 안에서 끽끽 꺼르렁꺼르렁 소리가 나기에 뒤따라오던 석봉이가 의심이 나서 차를 멈추라고 하고 들여다보니 병인은 눈을 흡뜨고 마침내 숨을 모으는 중이었다. 인력거꾼은 눈썹을 찡그리며

"간밤에 꿈을 잘못 꾸었더니 별 꼴을 다 보겠네!"

하고 침을 뱉고 돌아서는데

"아, 노인! 노인!"

"아! 니 죽을락 하노 아… 늬 정말로 이 문둥아…… 아 ,하하……."

하고 노파는 곡성을 질러서 소리쳐 운다. 그러나 병인은 눈을 똑바로 뜨고 석봉이를 쳐다볼 뿐! 그것은 마치 아까 하던 부탁을 잊지 말라고 주의시키는 것 같았다.

이때 석봉이와 노파는 참으로 어쩔 줄을 몰랐다…… 그는 제일 여관 주인이 괘씸해서 견딜 수 없었다.

그날 노인을 수철리 공동묘지에 장사할 때 호상원이라고는 노파와 석봉뿐이었다. 쓸쓸한 고총 틈바구니에는 새로이 무덤 하나가 늘었는데 마른 잔디 위로는 아직도 첫봄의 찬바람이 불어온다…… 노파의 울음소리가 그 바람 위로 떠오른다. 그리하여 원보는 서울 와서 공동묘지의 한 자리를 차지하고 누웠다. 과연 서울은 그들에게 무엇을 주었던가?

(1928. 4).

―《조선지광》 78호(1928. 5).

제지공장촌

1

"뛰! 뛰! 뛰!⋯⋯"

오전 세 시를 땅! 치자 공장 사무실에서는 우렁차게 사이렌이 울렸다.

늦은 봄 첫 새벽녘에 별안간 이 귀곡성 같은 외마디 소리는 꿈속처럼 괴괴하던 이 공장촌 일대의 적막을 깨뜨렸다.

마을사람들은 자다가 벌떡 일어났다. 그들은 기적의 외마디소리에 마치 지옥사자한테 덜미잡이를 당한 듯이 기겁을 해서 일어났다. 정말 그렇다! 그들은 날마다 노동지옥에서 헤매고 있지 않은가. 염라국으로 가는 지옥 길은 끝나는 날이나 있는지 모르되 이 노동지옥 속은 날마다 헤매도 제턱이었다.⋯⋯ 그것은 아비가 죽으면 자식이 대 서고 자식이 죽으면 또 그 자식이 대 서서 이 공장촌 사람들은 벌서 이렇게 수백 년 동안을 한 모양으로 살아온 터이니까. 사이렌이 뚝 그치자 집집마다 도깨비불 같은 불이 반짝 붙었다. 그리고 두세두세하는 소리가 들린다. 미구에 그들은 마치 어둠을 뚫고 나오는 유령처럼 초빙 같은 집밖으로 어청어청 걸어나왔다.

그들은 우선 뚝배기에다 찬밥덩이 한 그릇씩 담아들고 선술집으로 모여들었다. 그래 거기다가 술국을 받아들고 막걸리 한 잔으로 해장을 하는 터이었다. 이것이 아침 먹기 전까지의 노동할 힘을 그들에게 주는 것이었다.

그것은 마치 쉴새없이 돌아가는 기계에다가 기름을 붓는 것과 같았다.……

요기를 하고 난 그들은 담배를 한 대씩 피워 물고 제각기 맡은 일간으로 달려갔다.

말하자면 그들은 산 기계다. 그들은 몇 차례씩 '기름'을 부어가며 하루에 열여섯 시간 내지 열여덟 시간씩의 노동을 계속한다. 노동을 신성하다는 어떤 학자님들은 과연 이런 노동도 신성하다고 할 것인가? 하기는 그럴는지도 모른다. 왜 그러냐 하면 그들은 자기네와 같이 놀고먹는 사람들을 위하여 생산을 해주기 때문에. 또한 희생이란 것은 어떻든지 신성한 것이니까. 그렇다! 그만은 틀림없는 사실이다.

2

장별장네 일간에는 타관 노동자가 한 삼십 명 붙어 있었다. 이간 장방— 방이라니 무슨 훌륭한 장판방인 줄 알지 말라! 세계 각국 어느 나라를 물론하고 노동자가 거처하는 방에 어디 훌륭한 것이 있던가? 말하자면 허청과 같은 토방에다 멍석을 죽— 깔고 일년에 한두 번이나 비질을 하는 먼지와 검불투성이의 방— 그런 방에서 그들은 마치 토막나무와 같이 즐비하게 쓰러져 잔다. 그들은 입은 채로 이불로 없이 서로 끼어서 포개고 기대고 다리짓 팔짓을 해가며 코고는 놈에 이가는 놈에 잠꼬대하는 놈에 잠을 자는 것도 역시 괴로운 꿈속에서 헤매다가 별안간 사이렌이 울고 장별장이 호통을 치게 되면 깜짝 놀라서 일어났다.

어제도 온종일 일을 한 그들로서 선잠을 깨어 일어나기란 참으로 죽기보다도 싫은 피로가 덮쳐 눌렀다. 그들은 얼결에 일어나기는 하였지만 과로에 지칠 대로 지친 무거운 몸은 연신 하품만 나오고 기지개를 부드득부드득 켜고 머리를 득! 득! 긁으며 한동안 정신을 수습하지 못하게 하였다. 그런데 가뜩이나 노동 체험이 없는 샌님 같은 이는 더 할 말이 없이 아주 갱신을 못하겠다. 그는 전신이 느른한 게 어디 아니 아픈 데가 없었다. 그래 그는 연해 선하품을 하며 두 손으로 머리를 긁었다.

샌님은 금년에 이십오륙 세나 되어 보이는 키가 작달막하고 어깨통이 딱 바라진 것이 깎은 머리는 고슴도치털같이 억세게 일어났다. 꼬부장한 그의 눈과 야무지게 다문 입모습과 아울러 울차게 생기긴 하였으나 두 손이 흰 것을 보아서 샌님 출신임을 우선 짐작할 수 있었다.

그들은 일어나는 길로 하나씩 둘씩 문밖으로 나간다. 부지런하기로 유명한 장별장은 어느 틈에 벌써 해장을 하고 와서 오늘 할 일의 차비를 차리느라고 안팎으로 들락거리며 게두덜대였다.

"샌님, 고단하시지요. 어서 나갑시다. 벌써 다들 나갔어요."

이것은 뻐드렁이가 난 억석이의 말이었다.

"여보 샌님! 오늘은 우리의 일터로 와서 이야기나 좀 합시다그려. 실없이 나는 샌님의 이야기에 반했어.⋯⋯허허허."

이것은 노랫가락을 잘 부르는 원식이의 수작이었다.

"아이 졸려. 이야기고 무엇이고 난 졸려죽겠다."

하고 샌님은 다시 입이 찢어지게 선하품을 한다.

"아니 원 그렇게두 졸리우, 우리는 노상 습관이 돼서 그런지 벌써 이때쯤 되면 눈이 제절로 번쩍 떠지는데."

"암, 그렇지. 그러니까 너는 지금도 깨우지 않고 잘 일어났지?⋯⋯"

"하하하⋯⋯ 오늘은 늦잠이 들어서 그랬다우⋯⋯."

"허허허⋯⋯."

원식이의 웃음소리다.

이렇게 지껄이는 소리를 들으며 샌님은 그들의 뒤를 따라섰다. 그도 지금 찬밥뚝배기를 들고 맹꽁이갈보네 선술집으로 가는 길이었다.

그가 처음 며칠 동안은 자다가 별안간 눈을 비비고 일어나서 우거지 술국에다 마른 뻣뻣한 대만미 찬밥덩이를 도무지 먹을 수가 없었더니만 차차 먹어나니까 제법 먹을 만하였다. 더구나 텁텁한 막걸리란 입에 대지도 못할 것 같던 것이 지금은 그것도 한 잔쯤은 들이킬 수 있었다. 그렇다니 말이지 그가 노동의 체험을 실지로 하여보기도 한 달 전에 이곳으로 와서부터였다. 그는 비로소 의식이 없는 노동자가 한푼만 생겨도 우선 모주집으로 가는 심리상태를 이해할 수 있었다.

—생지옥 속에서 판에 박은 그들의 생활— 어제도 오늘도 한결 같은 노동의 무거운 멍에를 메고 쉴새없이 허덕이는 그들— 그래서 나날이 뼈를 갈리우고 살을 깎이우는 대로 점점 피로만 더해 가는 그들— 집에 들면 주림과 헐벗음과 질병과 부채가 덮쳐누르고 처자의 푸념과 늙은이의 잔소리와 팔자 한탄밖에 듣지 못하는 그 청춘을 속절없이 노동지옥에서 썩히고 마는 그들!…… 과연 그들에게는 이 막걸리 한 잔밖에 인생의 쾌락이라고 또 무엇이 있던가? 술과 여자! 이것은 다시없는 그들의 진통제이다.

샌님도 지금 막걸리 한 잔에 술국 한 그릇을 다 먹었더니 배가 든든하였다. 술청에는 일군들이 가득 모였다. 젊은 패들은 벌써 만나기가 무섭게 첫새벽부터 맹꽁이갈보를 시달리기 시작한다.

"여보 아씨! 오늘은 더 어여쁘구려, 아씨가 이쁘니 어데 한 잔 더 해볼까!"

"암, 이쁘고 말고요, 자! 술 부었에요."

두 볼이 축 처지고 참으로 맹꽁이처럼 오동통하게 생긴 여자는 뱁새눈으로 음란한 눈웃음을 살살 치며 강십장을 힐끗 쳐다본다.

"누구 반하라고 오늘은 어제보다 분을 더 발랐는데…… 하하하."

"당신이 반하라고…… 참말로 난 당신 노랫가락에 아주 반해죽겠어.…… 헤헤헤. 우선 한 마디 들읍시다그려."

여자는 다시 원식에게 추파를 보내며 간사를 떤다.

"얘— 원식이 수났구나. 아 자식이 한턱 내라!"

걸출이는 원식이의 옆구리를 쿡 지르며 한바탕 웃어댄다.

"이 자식아, 그런 말은 하지 말아, 공연히 최선달한테 남의 웅덩이가 부러지라구……."

"하… 하… 하……."

그들은 이렇게 주고받으며 술잔을 연신 들었다.

*

'술과 여자는 노동자의 아편이다.'

샌님은 그들의 수작을 옆에 서서 들으며 입속으로 이렇게 중얼거렸다. 그는 술국을 다 먹은 후에 '마코'(담배 이름) 한 개를 피워 물고 다시 그들과 함께 일간으로 달려갔다.—

공장사무실에는 두 번째 사이렌이 울었다. 그동안 삼십 분— 그들은 날마다 세 시에 일어나서 세 시 반부터는 일을 시작하였다. 먼동이 트려면 아직도 먼 것 같다. 캄캄한 일간에는 반딧불 같은 남포등이 반짝반짝 한다. 늦은 봄철이라도 새벽녘은 오히려 선선하였다. 더구나 종이를 뜨는 일이라 밤에 찬물을 다루기란 뼛속까지 얼음이 뚫고 드는 것 같았다. 차차 여러 일간에서 요란한 소리가 들려온다. 그들은 제각기 맡은 일거리를 손에 잡은 것이다. 모터가 돌아가고 각처의 종이간에서는 메질을 하는 소리가 토드락토드락 난다. "어—야 어—야!" 이것은 닥(楮)을 치는 소리, "움— 움—" 이것은 발꿈치로 닥풀을 비비는 소리.—

원식이와 깐깐이는 지금 종이를 뜨느라고 철벅철벅한다. 그들은 어디를 가든지 맞붙어 일하는 짝패였다. 제지공장에서는 발질(종이 뜨는 일)을 하는 일군이 상일군이므로 따라서 그들의 품삯이 제일 많았다. (하루에 1원 50전이다).

올해에 열한 살 먹은 만순이는 그들의 종이 뜨는 머리맡에 앉아서 베개모를 놓고 있었다. 그는 졸려서 죽겠다는 듯이 연해 하품을 한다. 만순이는 장별장네 이웃에 사는 늙은 홀어머니와 함께 날품팔이로 벌어 먹고 사는 아이였다. 그의 하루공전은 이십전—억석이와 키다리 김서방은 마주서서 닥풀을 비비었다. 그들은 맨발을 벗고 작대기를 짚고서서 나무구수에 담근 닥풀뿌리를 "움— 움—" 하고 발꿈치로 비비고있었다. 다른 한패는 개울 옆에다 걸어놓은 가마 속에다 닥을 삶느라고 지껄대고 또 한패는 삶아내는 닥을 널판 위에 놓고 철꺽철꺽 방망이로 친다. 그들의 기구는 모터를 빼놓고서는 모두 원시적이라서 인력이 많이 들었다.

먼동이 훤하게 터오자 다시 부인노동자 한패가 달려왔다. 그들은 일제히 머리에다 수건을 썼다. 그들도 이렇게 식전부터 와서 어둡기까지 일하고 이삼십 전의 삯전을 받아가는 터이었다. 그들의 하는 일은 대개 수지를 고르는 일이었다. 좋은 것과 나쁜 것, 물든 것과 물이 안 든 것— 그런 것을 각각 골라놓는 것이었다. 그러면 한 사람의 노동자는 그것을 거름독 같은 큰 양회홈통에다 쌓아놓고 거기다가 양잿물을 끼얹어서 빨아낸다. 그 다음에는 그것을 다시 져다가 모터로 갈아서는 (그전에는 하늘소와 연자매로 갈았다) 냇물에다 깨끗이 헹구어낸다. 그와 같이 헹구어낸 데다 '닥'이나 '펄프' 같은 원료를 섞어서 통물에 타놓고 닥풀물을 친 다음에 장대기로 한참 휘젓는다. 그것을 '발'로 떠내다가 엎어놓고 눌러놓는다.

그것을 햇볕에 말리면 종이로 되는 것이다.

3

　제지공장노동자 중에 샌님 같은 노동자가 들어온 것은 그들에게 확실한 수수께끼였다. 그들 총중에 샌님의 존재는 마치 까마귀떼 속에 있는 백로 한 마리와 같았다. 그만치 그들에게 이상스럽게 보였다. 과연 그들은 샌님을 보고 까마귀떼같이 지껄었다. 그들은 무슨 까닭을 샌님과 같은 서당에서 나오 손 흰 사람이 자기네와 같은 노동자가 되었는지 알 수 없었다.

　그들은 처음에 그가 장별장네 일간으로 들어왔을 때, 모두 그를 조소하고 멸시하는 태도로 대하였었다. 그들 중에는 글방 선생님이 여북 못났기에 이런 데로 기어들었느냐고 불쌍하고 여기는 사람도 있었다. 그리고 자기네의 무식한 것을 도리어 자랑하고 싶은— 무식한 사람이 유식한 사람을 가르칠 수 있는 자기네의 노동력을 자랑하고 싶었다. 그들은 그가 참으로 못나서 이런 데로 굴러왔나부다고 하였다. 그의 얼굴이 누른 것을 보고 혹시 아편쟁이가 아닌가 하고 의심하기도 하였다. 그러나 하루 이틀 지내보니 그는 못나지도 않았고 아편쟁이도 아니었다. 그 후로 그들은 그의 내력을 알고 싶어서 기회가 있을 때마다 미주알고주알 캐어보았지만 그는 좀처럼 자기 신상에 대한 이야기를 하지 않았다. 이에 그들은 자기네의 추측으로 아마 그가 무슨 죄를 저지르고 피해 다니는 사람인가부다 하기도 하였고 그렇지 않으면 요새 세상에서 흔히 떠드는 사회주의자나 아닌가 하는 두 가지로밖에 생각할 수 없었다. 하여간 지금 그들은 샌님의 존재에 대하여 큰 흥미를 느끼게 되었다. 그들이 처음에는 그를 멸시하고 조소하며 도무지 자기네와 같은 그룹이 아닌 것처럼 대하였던 것이 차차 그와 친밀해지는 대로 그에게서도 역시 동류의식을 느끼게 되었다. 그것은 샌님이 비록 손은 흴 망정 조금도 손 흰 티— 유식한 티를 보이지 않고 자기네 노동자들과 같이 먹고 같이 자고 같이 뒹구는 데서 그렇게 생각하였다. 그들은 마침내 샌님에게서 자기를 발견하였다.

*

그러나 샌님은 아직 초대이라 마치 견습생과 같이 이 일 저 일을 맡아 하게 되었다.

어떤 때는 여자들과 함께 수지를 고르기도 하고 또 어떤 때는 종이간에서 메질을 해보기도 하였다. 그런 때에 다른 숙련공들은 샌님이 서투르게 메질하는 것을 보고 모두 허리를 잡고 웃었다.

그는 원식이가 종이를 뜨는 데서 베개모를 놓아주기도 하고 김선달이 종이를 부하는 데서 그것을 붙여주기도 하였다. 또는 푸른 잔디밭으로 가서 종이를 넘기도 하고 그것을 걷기도 하였다.

그는 한 달 동안에 이 제지공장에서 여러 가지 일을 골고루 다 해보았으나 닥풀을 비비는 일과 종이를 마는 일, 종이를 뜨는 일 세 가지만은 하지 못하였다. 종이를 뜨는 일은 원래 기술이 없어서 못하겠지마는 다른 두 가지는 힘에 부쳐서 할 수 없었다. 우선 닥을 비비다가는 닥풀이 벗겨지기 전에 자기의 흰 발꿈치가 먼저 벗겨질 지경이요, 두꺼운 장판지— 대각 같은 것 스무 장을 한 손에 뚤뚤 말기도 샌님 같은 약한 손으로는 손아귀 힘이 너무나 부족하였다.

그가 오늘은 종이 다루는 일간에서 종이 부하는 일을 하게 되었다. 거기에는 커다란 김선달, 원성이, 광문이, 누구누구— 한 십여 명이 뻥— 둘러앉아서 종이를 부하고 있었다. 거기에는 여자들도 두어 명이 섞여 있었다. 그 앞에 있는 헛간에서 다른 한패는 종이를 다듬느라고 요란스런 소리를 내었다.

"여보! 샌님, 유물사관 이야기나 좀 하시구려."

"아주 김선달은 유식하니까 우리는 도무지 말귀를 잘 몰라서 재미가 있어야지!"

"그보다는 동맹파업 이야기나 좀 들려주어요, 난 그 이야기가 제일 이더라."

"응! 파업 이야기도 좋지. 아따 아무것이나.—"

"아니 그보다도 노동자의 이야기를!"

그들은 이렇게 샌님을 한가운데다 놓고 한 마디씩 떠들어댄다.

이때까지 아무 말 없이 꿈지럭꿈지럭 종이만 부하던 원성이는 별안간 샌님에게 이렇게 물었다.

"여보 선생! 사람이란 참으로 무엇하러 사는 게라오?……"

그러나 샌님은 무슨 의미인지 다만 빙그레 웃으며 한참동안 원성이를 건너다보고 있었다.

"날마다 자고 먹고 이렇게 밤낮으로 일만 하는 사람들…… 여기 김선달이거나 박서방이거나…… 우리 모두가 참으로 무엇하러 사는 셈인지?…… 난 어떤 때 불현듯 그런 생각이 나겠지요."

"저 녀석이 봄철이 되어가니까 공연히 마음이 홍승생승한 게지…… 삼분 어머니! 저 녀석을 사위 안 삼으려오? 장가가 들고 싶으니까 저놈이 저런 소리를 한다니…… 하하하."

김선달의 말에 일동은 박장대소를 하며 원성이를 쳐다본다.

"그렇지! 너도 장가만 들어보지— 사람이란 이 맛으로 사는구나! 하고 무릎을 탁— 칠 때가 있을 테니."

"하하하……."

"아니 박서방도…… 내! 별 소릴……."

하고 원성이는 별안간 얼굴을 붉히며 치삼이를 쳐다본다. 그들은 잠깐 침묵을 지키고 다시 종이를 부하기 시작하였다.

"사람이 무엇하러 사느냐고?"

샌님은 비로소 말끝을 꺼내었다.

사람을 사람답게 잘 살기 위해서 사는 것이라고 할까? 우선 원성이 너부터도 잘 먹을 수 있고 잘 입을 수 있고 잘 배울 수 있고 자유롭게 잘 살 수 있는 세상이라면 말이다.“

"자유로 잘 살 수 있는 세상?⋯⋯"

"언제 그런 세상이 돌아오느냐 말이지요.?"

"그것은⋯⋯ 너와 같은 모든 노동자가 단결의 무기로⋯⋯ 지주와 자본가인 지배계급의 압박과 착취가 없는 새 세상을 만들면 될 수 있지. ―특히 우리 조선과 같은 나라에서는 왜놈의 기반에서 해방되어야만 식민지 노예를 면할 수 있구요."

"아이구, 저 양반은 참 아는 것도 많아⋯⋯ 어쩌면!⋯⋯ 그래 본점에는 아무도 안 계시우, 각시도 없고?―"

별안간 삼분 어머니가 샌님을 쳐다보며 정을 듬뿍 담고 하는 말이다.

"아니 인제 보니까 삼분 어머니는 샌님을 사위로 삼고 싶은 게요구려, 별안간 웬 각시도 없느냐고 물으니. 허허허⋯⋯."

"아니게 아니라 나도 저런 사위 하나 얻었으면 똑 좋겠어요. 그래서 우리 내외는 밤이면 잠이 안 온다오.― 자식이라고 그것 하나 있는 것을 어떻게 잘 좀 여워보려고. ―"

"아니 그럼 샌님! 그렇게 합시다. 샌님도 삼분이를 보았지? 좀 잘생겼습되까?"

이 말이 떨어지자 샌님은 그만 "하하하⋯⋯" 하고 웃음통이 터졌다.

"고마운 말씀이요마는 나는 아직 장가를 들 생각이 없습니다."

"그럼 평생 홀아비로 살 테야?"

"하긴 우리 같은 노동자는 그게 편하지. 혼자 벌어먹기도 어려운 세상에 계집 자식을 살리느라고 꺼벅꺼벅하느니⋯⋯."

"생각나면 유곽이나 가구⋯⋯ 하하하⋯⋯."

그들은 또 잡담으로 화제를 돌리며 웃어댄다.

"얘, 너 말하는 물건이 무엇이냐?"

별안간 억석이는 원성이에게 말이 었다.

"뭐…… 말하는 물건이라니?"

어른들의 이야기에 귀를 기울이고 있던 원성이는 얼을 먹은 듯이 어리둥절하여 뒤짚어 묻는다.

"이 자식아, 그것도 몰라. 말하는 물건은 너. 반쯤 말하는 물건은 하늘소. 아주 말 못하는 물건은 이런 종이 같은 것…… 하하…….."

하고 억석이는 커다란 웃음을 내뿜는다. 한 손가락으로 종이를 가리키면서.

"오— 저 자식이 인제 보니까, 샌님한테 들은 이야기를 하는구나. 그럼 나만 말하는 물건이냐? 너도 그렇고 이 방안 사람들이 모두 그렇지."

"그러기에 인제 우리는 말하는 물건으로부터 말하는 사람으로 되려는 참이야.— 그런데 그런 생각이 없는 자식이야말로 말하는 물건이란 말이다."

"이 자식아! 나도 그래서 생각해보았단다. 사람이란 무엇 하러 사는 게냐고?"

그들은 모두 일전에 샌님에게서 들은 이야기— 다만 무지한 노동자는 반쯤 말하는 짐승이나 아주 말 못하는 물건(연장)이나 마찬가지라는 옛날 노예시대의 이야기가 생각키웠다. ……헛간에서 별안간 감독의 목소리가 나자 그들은 잠잠해지며 풀귀얄을 든 손을 제가끔 자주 놀렸다.

감독은 강십장과 함께 방으로 들어왔다. 그는 노동자들이 종이를 부하는 것을 일일이 들여다보다가 의례히 하는 버릇인 것처럼 몇 사람이 붙여 놓은 종이를 이것을 얇아서 못쓰겠다느니 이것을 딱지가 많아서 못쓰겠느니 파지가 많아서 못쓰겠느니 하고 그들에게 눈을 흘기며 잔소리를 한참하다가 나간다.

"저 자식은 공장주한테 언제 적부터 충신인구?"

김선달은 별안간 화증이 나는 듯이 부르짖었다.

"그렇지 하지 않으면 제 밥통이 떨어질 터이니까 우정 하는 것이겠지."

"밥통이 안 떨어지고도 잘할 수가 있지 않는가."

"자식이 맹추라 그러지 않아! 끌끌……."

김선달은 다시 혀를 차며 침을 탁 뱉았다. 그는 쌈지를 부시럭부시럭하더니 담배 한 대를 피워 문다.

그들은 다시 샌님과 이야기를 시작하였다.…… 밖에서 누가 노래를 부른다. 뒤미처 "노세 젊어 노세……" 하는 원식이의 노랫가락도 들려왔다. 노동의 고역은 시간을 새기며 일각일각 한낮으로 달린다.…… 어디서 아침 닭의 우는 소리가 "꼬끼요—" 하고 마치 꿈속에서와 같이 까마득하게 들려온다.

4

아침시간이 되자 사이렌은 또 울었다.— 그들은 네 시간을 노동한 후에야 반 시간의 아침 휴식시간을 얻게 된 것이다.

모터와 사이렌! 이것은 이 공장촌이 생긴 이후에 처음 되는 역사적 산물이었다. 기계문명은 이 공장촌에도 비로소 침입하여 우선 모터와 사이렌이 들어왔다. 전에 없던 근대식의 공장 사무실과 종이창고가 덩그렇게 새로 섰다. 양복쟁이가 왔다갔다하고 자전거, 마차, 인력거가 쉴새없이 연락부절하였다. 불원간 이 마을 한가운데다는 커다란 공장을 짓겠다하며 그때는 전등, 전화도 가설된다는 것이다. 그래 이 마을 사람들은 전에 없던 새 기계가 생겨나고 공장이 차차 번창함을 따라서 자기네들도 문명의 혜택을 많이 입을 줄 알고 은근히 기뻐하였다. 그것은 그전에는 원료를 한 방아내기를 찧으려면 한두 사람이 하늘소와 진종일 씨름을 하던 것을 지금에는 모터로 순식간에 찧어내기 때문이었다. 이것은 기계가 사람의 일을 대신해주지 않는가! 그들은 인력이 그만치 덜 드는 만큼 자기네에게도 '이익'이 있을 줄 믿었다. 그들은 공장이 현대식으로 규모가 커지는 것을 이웃동리 사람들에게까지 자랑하였다. 그래 그들은 종전보다도 일을 더욱 부지런히 했던 것이다.

올 봄에 군청에서 이 공장촌의 이십여 물주를 모두어 제지조합을 혁신하는 동시에 '일선지물주식회사'가 몇만 원의 자본을 대어 공장을 확장한다는 바람에 그들은 수백 명의 노동자와 협력하여 밥 먹을 새도 없이 생산의 능률을 내었다. 그들은 첫물이부터 종이도 상품으로 만들어놓았는데 급기야 회사에서 공전을 내주는 것은 제품 실비에 불과한 것이었다. 계약에는 종이를 잘 만든 물주에게 상여금으로 와리마시(우대)라는 것을 더 준다는 조목이 있으나 그것도 감독이 제 맘대로 하는 것이므로 도무지 대중할 수가 없었다. 우선 '경때장'(장판지의 이름) 한 덩이의 공전이 41원이라 하니 거기에 일 할의 와리마시를 준댔자 4원 10전밖에 더 되는가? 그런데 그 대신으로 이쪽에서는 근량이 모자라도 파지가 많아도 그것을 공전에서 모두 제하고 보니 결국 와리마시라는 것은 있대야 없는 셈과 일반이었다. 그래도 첫물이에는 그것을 이 할 내지 삼 할씩 주기 때문에 공전에서 그리 밑질 것은 없었는데 둘째 물이부터는 종이를 모두 잘못 떴다고 트집만 잡고서 도무지 와리마시라는 것을 주지 않았다. 그들은 비로소 회사에게 속은 줄을 깨닫고 실망하지 않을 수 없었다.

그것은 샌님이 들어오기 전 일이었다.

당초에 회사에서는 어떤 종이 한 덩이를 뜨자면 최소한도의 공전이 얼마나 되는가를 알기 위하여 어리숙한 그들을 꾀어 가지고 아무쪼록 놀지 말고 많은 노동능률을 내도록 한 것이었다. 그래서 물주나 품군이나 할 것 없이 근간히 일해서 만들어놓은 그 실비를 공전으로 작정해놓고 그 중에서 종이를 잘 뜬 물주에게는 상여금으로 와리마시를 더 준다는 실상 알고 보면 박하지만 의견상으로는 몹시 후한 체하는 그들의 약은 수단에 제지업자들을 그만 속아떨어지고 말았다. 당초에 그럴 줄 알았으면 그렇게 능률이나 내지 말아서 몇 명의 품삯이나 뜯어먹도록 공전을 정할 것이 아니었느냐고 그들은 후회하기 마지 않았다. 하기는 그때도 여러 물주들은 회사의 하는 말이 하도 풍성풍성하기 때문에 다소 의심스럽다는 말이 났었는데 감독하고 친한 박선달이 우기기를 그건 아무 염려가 없으니 우리는 성력껏 일을 부지런히 잘해서 회사에게 신용을 잘 뵈자고 하는 말에 여러 물주들은 그도 그럴 듯한 말이라고 그렇게 한 것이었다. 그래서 지금 여러 물주들은 혹시 회사와 부동하지나 않았는가 하여 모두 박선달을 의심하기 마지 않았다. 그것은 비단 그뿐만이 아니라 우선 일감을 나눠주는 것만 보아도 비교적 공전을 나온 것이 박선달에게로 많이 돌아가는 것 같았기 때문이다.

이에 그들은 이번 몰이부터 뜨는 종이는 공정을 전번 물이보다 올려주지 않으면 각 공장이 일제히 파업을 하기로 약속하였다.

원래 이 공장촌은 산협 속에서 농토도 없는 돌자갈 골짜기 속에 있다. 주민들은 자래로 종이를 뜨는 것을 생애로 삼아왔었는데 그 중에서 돈냥이나 있는 사람은 간단한 제지기구를 차려놓고 물주로 될 수가 있었지만 그나마도 못하는 대다수의 가난뱅이는 그전 물주 밑에서 품팔이를 하는 일공노동자로 사는 터이었다. 그러나 물주라는 사람들도 자본이 넉넉하지 못할 뿐 아니라 원체 이 제지업이란 것은 봄 한철 가을 한철뿐이요 여름철 장마통이나 삼동겨울에는 종이를 뜨지 못하므로 그들은 한 해에 두 철을 벌어서 일 년 동안을 살아가지 않으면 안 되는 형편이었다. 그러므로 그들은 한때 종이를 잘 뜰 무렵에는 생활이 좀 어렵지 않지마는 여름이나 겨울 같은 때는 아무 벌이도 못 하기 때문에 할 수 없이 서울 시내에 있는 지물상들한테 선돈을 내다가 우선 먹고살면서 그 이듬해 봄이나 가을에 종이를 떠다주는 터이었다. 그러니 만큼 그동안의 돈 변리를 붙이고 또 종이값을 지물상인들 마음대로 작정하기 때문에 그들은 주는 대로 받아오는 수밖에 없었다. 그것은 마치 지주한테서 땅을 얻어 부치는 소작인과 마찬가지였고 그들 밑에서 품 파는 노동자는 마치 소작인의 집에 고용살이를 하는 머슴군과 같은 셈이었다. 그래서 그들은 어떻게 지물상인들의 기반을 벗어나 보려고 좀 자유로 영업을 해볼까 벼르고 있던 차에 다행히도 지난 봄부터는 큰 회사에서 몇 만 원의 자본을 들여서 공장을 확장하는 동시에 그에 따라서 그들의 벌이도 잘된다는 바람에 실로 그들은 인제야 살 수가 생겼나보다 하였는데 급기야 일을 해놓고 보니 역시 도루 아미타불이었다. 장별장의 말마따나 밭 팔아 논 살 적에는 흰쌀밥 먹자고 한 노릇인데 이렇게 되어가다가는 흰쌀밥커녕 이제까지 간신히 먹어오던 대만미 쌀밥도 얻어먹지 못할 지경이었다.

5

사월 초생에 각 물주들은 일제히 일손을 떼었다. 그들은 오늘 회사로 들어가서 공전을 올려달라고 최후의 교섭을 하기로 하였는데 박선달만은 아직도 일이 덜 떨어졌다고 그들과 같이 동행하기를 회피하였다. 이에 그들 열아홉 물주들은 요구서를 연명하여 도장을 찍어 가지고 장별장을 선두로 '일선지물주식회사'를 찾아갔다.

그러나 박선달의 밀고로 회사에서는 벌써 그들이 몰려올 줄을 미리 알고 있었다. 가재수염을 뻗친 지배인은 거만스럽게 그들을 대하자 우선 이렇게 물으며 픽 웃었다.

"무슨 일로들 왔소?…… 공전을 찾으러 왔나요."

그들은 하두 기가 막혀서 일제히

"아니요."

"그러면?"

지배인은 눈을 똑바로 뜨고 장별장을 노려본다.

"우리가 온 것은 다른 까닭이 아니라 지금 하는 일은 공전이 너무 박해서 그것만 받아가지고는 도무지 살 수가 없습니다. 그래서 지배인께 공전을 좀 올려달라고 사정하러 왔습니다."

"공전을 올려주다니? 그게 무슨 말이요.— 지금 공전은 당신들이 작정하지 않았소."

"어데 우리가 정했나요. 우리의 이익이란 한푼도 없이 최소한도의 실비로 뜨면 얼마나 들겠느냐고 감독이 그렇게 떠보라고 하기에 그대로 시험해본 게지요."

"그러니까 그만치든 실비 외에 상여금으로 와리마시를 더 주지 않았소. 그런데 무슨 공전을 또 올려달라노. 흥!"

하고 지배인은 코방귀를 뀐다.

"그것은 또 그렇습니다. 와리마시를 준다 했으나 그 대신 근량이 부족하다고 제하고 파지가 많다고 제하고 모두 공전에서 또 제하지 않습니까? 그리고 또 지난번 물이에서는 첫물이만치 종이가 좋지 못하다고 와리마시라는 것을 아주 주지 않았으니 그건 또 어찌 합니까?"

"그것은 정말이요. 지난번 종이는 첫 번 종이만 못하다는 것이—."

지배인은 코를 벌름벌름하며 장별장을 매섭게 노려본다.

"그게야 기계로 뜨는 것이 아니고 사람의 손으로 제각기 뜨는 것이니 좀 나은 것도 있고 못한 것도 있지. 어떻게 똑같을 수야 있나요. 그런데 그것을 모두 파를 잡기로 말하면 한정이 없지 않습니까? 암만해도 그렇게 해서는 우리는 다시 더 일을 할 수가 없겠습니다.…… 하니까 지배인께서 좀 생각을 해주십시오."

"아니 그럼 당신들은 일을 못하겠다는 말이요?"

지배인은 눈을 부릅뜨고 한번 딱! 으른다.

"당신들 모두다 그렇소?"

"네! 밑지는 노릇이야 어떻게 합니까?"

그들은 여출일구로 대답하였다.

"무엇 못해? 회사에서는 수천 원어치 원료를 사놓고 아직 절반도 종이를 못 떴는데 일을 중지한다면 그럼 회사의 손해는 당신들이 물어놓을 생각이오?"

그들은 하도 어이가 없어서 그만 웃음이 나왔다.

"이야말로 혹을 떼러 갔다가 하나 더 붙이는 셈이구려. 그렇기로 말이면 회사의 손해를 우리야 아랑곳 있나요."

"뭣이 어째?…… 그만두라구…… 회사에서는 공전을 절대로 더 올릴 수가 없으니 당신들 마음대로 하시오. 어데 누가 못 견디나 해봅시다."

"네. 그리 합시다. 우리도 차라리 놀기는 할망정 그렇게는 일을 할 수가 없다고 작정했습니다. 제일 살 수가 없어서요."

하고 장별장도 배를 내밀었다.

"흥! 동맹파업, 그런 파업은 조금도 무서울 것 없소."

"우리도 그리 무서울 것 없소!"

장별장도 마주 부르짖었다.

지배인은 코웃음을 치며 그만 응접실에서 자기 처소로 달아난다. 그는 몹시 흥분하였다. 장별장의 일행은 그와 동시에 일어섰다. 그들은 분통이 터지는 가슴을 제각기 안고 묵묵히 앞길을 향하였다. 장차 이 일이 어떻게 될 것인가?…… 불현듯 그들의 눈앞에서는 굶어서 늘어진 처자의 참혹한 정상이 필름처럼 눈앞을 지나간다.

6

그 이튿날부터 열아홉 공장은 일제히 파업을 단행하였다. 다만 박선
달 네만 일을 다시 시작하였다.

회사에서는 박선달집에 여러 일꾼을 붙여서 종이를 많이 띄우는 동
시에 사무실 앞에다도 새로 제지통을 만들어놓고 회사가 직접 종이를
떠보려고 하였다.

그러나 감독 한 사람으로써는 여러 노동자를 통제하여 생산능률을
제대로 낼 수가 없거니와 그보다도 일 년 중에 종이철로는 지금이 제일
좋은 때인데 앞으로 장마 지기 전의 단기일 동안에 그 많은 원료를 다
해치울 수가 도저히 없었다. 회사에서는 다시 방책을 연구하였다. 그들
은 열아홉 물주 중에서 그리 강경히 반대하니 않은 조합원들을 뒤로 가
만히 하나둘씩 회유하기를 종전대로 일을 계속하면 회사에서는 특별히
생각해주겠다고 감언이설로 꾀이었다.

아닌게 아니라 그들 중에는 우선 이 여름 동안에 그나마도 종이를 뜨
지 않으면 돈푼을 만져볼 수가 없겠다고 은근히 걱정하는 사람들이 없
지 않았다. 그것은 가난한 소작인이 빚을 얻어서라도 농사를 짓지 않으
면 당장에 먹을 양식을 구하지 못하는 것과 마찬가지로— 그러나 다시
한 번 더 깊이 생각해볼 때 고리대금을 얻어서 소작농사를 짓는 것은
결국 채귀에 몰리어 파산을 재촉하고 마는 것이다. 그것은 마치 춘궁에
가난한 농민을 구제한다는 좁쌀 한 마대를 공거나 같이 타다 먹은 것이
가서는 쌀벼 석 섬으로 갚게 되었다는 농촌 실화와도 같다. 그들이 회
사에서 지금 선돈을 타다가 종이를 뜨는 것은 앞으로 부채를 잔뜩 짊어
지게 되어 결국 회사의 '노예'로 되고 말 것이라는 것을 그들도 충분히
짐작할 수 있었다. 그것은 장별장이 역설하기도 하였지만 그보다도 샌
님의 간곡한 말이 더 한층 그들을 감동시켰다. 그대들이 참으로 일치단

결만 한다면 회사에서도 어찌할 수 없이 필경은 그대들의 주장이 관철되고 말리라는 충고하는 말에 그들은 다시금 힘을 얻었다.

그는 노동자의 실력은 오직 단결에 있는 것을 말하고 장래 큰 이익을 바라기 위해서는 목전의 조그만 이익과 고통을 희생해야 된다는 것을 거듭 강조하였다.

이에 그들은 할 수 있는 대로 목전의 고통을 참아가며 최후의 승리를 쟁취해보려는 결의를 다지었다.

그후 회사측에서는 백방으로 회유정책을 써보았으나 그들이 공고한 결속을 하고 있는데는 어찌할 수 없었다. 그래 회사에서는 그들이 이와 같이 결속된 것은 무지한 조합원 그들로써만은 되지 못할 일이요 반드시 그들의 배후를 조종하는 어떤 자가 있을 줄을 짐작하였다. 그것은 마침내 샌님의 존재를 알아내게 하였다.

그러나 샌님은 벌써부터 자신의 신변이 위태할 줄을 짐작하였다. 그것은 당초에 이 공장촌으로 들어올 때부터도 각오했던 것이다. 그가 이 공장촌으로 들어온 것은 자기는 비로소 진실한 인간으로서 첫 생활의 한 걸음을 내딛자는 것을 의식하고 왔던 것이다. 아니 그보다도 그는 지금까지 자기의 불행한 생활— 알뜰한 무산자이면서도 오히려 소부르주아의식에서 벗어나지 못한 비겁한 자기를 진실한 투사로서 전리를 위해 사는 옳은 사람으로 되게 하겠다는 결심에서 출발한 것이다. 그래 그는 붓을 던지고 연장을 잡게 된 것이다. 그는 생활을 창조하는 노동자가 되고 싶었던 것이다. 여기까지 걸어나온 그의 생활!…… 그것은 그 스스로도 그리 대단치 않게 여기는 터이지만 생후, 25년 동안 그가 살아온 봉건적 가정환경에서 벗어나고 이 새 길을 밟기까지에는 그로서는 여간 용기가 필요하지 않았던 것이다. 그것은 우선 그의 육체가 약한 점이었다. 자기의 잔약한 체력은 도저히 노동을 감내지 못하리라는 마음에 붙들렸었다. 그 외에도 가난한 가족들을 버리고 허다한 소부르주아의 유혹을 끊고 비겁과 안일을 뿌리치고 진실한 생활을 찾기 위하여 최후의 결심을 하고 나선 그는 실로 목숨을 내걸고 혈로를 개척하는 것과 같았다.……

*

어느 날 밤에 샌님은 마침내 경찰에 체포되었다. 샌님 같은 위험한 자를 붙인 장별장도 불온하다고 며칠 후에 잡아갔다. 샌님이 들어가던 날 밤에 삼분이는 남 몰래 앞산고개를 쳐다보고 치맛자락으로 하염없이 솟는 눈물을 씻었다. 그는 자기 모친에게 요전번에 샌님과 여러 일꾼들이 농담을 하였다는 말을 듣고 은근히 그를 가슴 속에 담아두었다.…… 그런데 지금은 그것이 두 눈으로 눈물이 넘쳐흐르게 되었던 것이다.

그러나 삼분이의 속사랑을 샌님은 꿈에도 알지 못하였다.

7

샌님과 장별장이 잡혀간 이후로 그들은 참으로 어찌할 바를 몰랐다.…… 만일 그래도 있다가는 자기네도 그렇게 될까봐 무서울 뿐만 아니라 인제는 중심인물이 없어지고 보니 어떻게 일의 두서를 차려야 할는지 모르겠다. 우선 생활의 위협이 목덜미를 내리친다. 그러나 그렇다고 해서 이때까지 버티고 있던 것을 자진하여 회사에 항복하기는 너무도 못난 짓으로 생각되었다. 차마 그럴 체면이 없었다. 그것은 일후에 장별장이나 샌님을 보기가 부끄럽다는 것보다도 우선 이해타산으로 보아서 그렇다. 만일 그렇게 하게 되면 회사에서는 자기네를 그전보다도 더욱 만만하게 보지 않을 것인가? 그래서 그들은 샌님이 들어가기 전에 말한— 만일 우리 중에서 누가 한두 사람의 불행한 일이 있더라도

그대들은 조금도 겁내지 말고 일치한 행동을 취하라! 그렇게 나가기만
하면 일이 잘 될 것이다. 만일 그렇지 않고 와해하는 날이면 죽도 밥도
안 된다고 부탁하던 말이 생각나서 그들은 우선 샌님과 장별장을 놓아
달라고 그 이튿날 일찍이 서대문경찰서로 진정을 하러 가기로 작정하
였다.

　그들은 그 이튿날 새벽밥을 해먹고 있는 용기를 다해서 예정 계획대
로 경찰서로 몰려갔다.

　그러나 그들의 요구가 제대로 관철될 리는 만무하였다. 그들도 그럴
줄은 미리 짐작하고 간 바이나 한마디로 거절을 당하고 보니 다시 어찔
할 도리가 없었다.

　이에 그들은 할 수 없이 돌아오는 길에 또 군청에를 들러보았다. 군
수에게 면회를 청하고 자기네의 억울한 사정을 하소연하였다. 그러나
군수도 그들의 요구를 도리어 부당하다고 책망하였다. 결국 그들은 절
망에 빠졌다. 다리에 힘이 없이 제가끔 집으로 돌아왔다.

　이러한 기미를 알자 회사에서는 또다시 회유정책을 쓰기 시작하였
다. 지금부터라도 일을 시작하는 물주에게는 여태까지 잘못한 죄도 용
서해주고 종전과 같은 관계를 맺어주겠다는 것이었다. 마침내 그들 중
에는 두 패로 분열이 생기었다. 한패에서는 끝끝내 뻗대보자거니 다른
한패에서는 일이 이 지경이 되었으니 억울은 하지마는 그대로 회사에
굴복하고 일을 시작하자거니…….

　두 패의 이와 같은 힐난은 격렬한 논쟁으로 싸움으로 전개되었다. 그
들은 서로 "이놈! 저놈!" 하다가 나중에는 웃통을 벗어 부치고 덤벼들
어서 격투까지 일어났다. 그것은 성미가 괄기로 유명한 자선이가 일을
그대로 시작하자는 원칠이의 불치를 후려갈긴 것으로부터 시작된 것이
다. 이렇게 편싸움에 되어서 서로 엎치락뒤치락하다가 나중에는 "도무
지 우리 일이 이렇게 되기는 모두 박선달의 초사이다. 그 자식이 우리

편만 들었으면 회사에서도 우리를 이렇게 막보지 못할 것인데 그 자식이 우리를 따돌리고 저 혼자만 회사로 붙기 때문에 이렇게 되지 않았느냐?" 하고 함성을 울렸다. 이 바람에 싸움은 중지되고 다시 자선이의 갈범 같은 목소리가 터져 나왔다.

"그럼 우리는 회사보다도 그 자식이 더 밉지 않으냐? 그 눔은 우리들의 웬수다! 우리는 우선 그 자식부터 요정을 내자. 어데 그 자식이 우리를 따돌리고 얼마나 저 혼자 잘해먹나 보자고. 자 여러분! 그 개자식의 다리를 하나 분질러놓게 같이들 다 갑시다."

하고 그는 두 주먹을 불끈 쥐고 일어섰다. 이렇게 왁자지껄하는 바람에 동리사람들은 벌써 남녀노소 없이 겹겹이 주위에 둘러섰다. 그 중에는 박선달도 끼어서 그들의 눈치를 보고 섰다가 자선이의 이 말을 듣자 그만 꽁무니를 빼려던 바로 그 순간이었다. 어느 틈에 자선이는 그의 멱살을 쥐어잡아서 내동댕이를 쳤다. 그전에는 아저씨라고 부르던 그를 "이 늙은 개자식!" 하고 누구인지 한 사람은 그의 수염을 잡아채서 몽땅 뽑아놓았다.

이 바람에 군중은 와— 하고 박선달에게도 몰켜왔다. 그들은 한패가 뚜드리는 것을 다른 한패는 말리는 척하며 안고 뒤치기를 한참 하는 동안에 박선달은 뭇매를 늘씬하도록 맞았다. 그때 박선달의 아들이 쫓아와서 칼부림을 하고 마누라는 몸부림을 쳤다. 온 동리가 밤중까지 발끈 뒤집혀서 난리가 났다. 박선달의 아들은 그 길로 십리나 되는 '경관 파출소'로 뛰어가서 순사를 데리고 왔다. 그래 그들 조합원은 모두 그 밤중으로 죽— 포승을 지워서 서대문경찰서로 압송을 당해갔다. 그들의 뒤를 그의 가족들이 또한 울며불며 따라갔다. 그 근처에 있는 개들은 온통 밤새도록 컹! 컹! 짖어대서 별안간 무슨 난리나 쳐들어온 것처럼 인근 동리까지 무시무시하게 그날 밤을 새웠다.

그 뒤 며칠 후에 물주들은 자기네도 의외라 할 만큼 무사히 나오게 되었다. 그들은 적어도 몇 달씩은 징역을 살 줄 알았는데 이렇게 무사히 놓일 줄은 참으로 뜻밖이었다. 회사에서는 즉시 그들에게 무조건으로 일하기를 권고하며 그들이 무사한 것은 자기네가 힘써 운동한 보람이라고 전에 없는 호의를 보여주었다. 그러나 회사에서 그들을 내놓게 운동한 것은 자기네의 이해타산으로— 종이를 여름철에 뜨지 않으면 큰 손해를 볼 터이니까 한편으로는 은혜를 베푸는 척하며 속심으로는 자기네의 이익을 보장하자 함이었다. 이에 그들은 우선 생활의 위협도 있고 해서 할 수 없이 일을 다시 시작하였다. 한 보름 동안 소란하던 동맹파업도 결국 그들의 실패로 끝장이 났다. 그러나 그들의 이번 실패는 다만 실패만이 아니었다. 그들은 다시 와신상담을 하며 오직 샌님과 장별장이 어서 나오기를 고대하고 있었다. 과연이다! 그들의 마음 속에 샌님이 뿌려준 씨는 누구의 힘으로도 막을 수 없이 낮으로 밤으로 싹트며 자라나기 시작하였다.

지금 샌님은 침침한 감방 속에 앉아서 고요히 책을 보고 사색에 잠기었다. 그는 황운이라는 프로작가의 한사람이었다.

(1930. 3).

—《대조》 2호(1930. 4).

홍수

1

박건성이가 일본에서 나오기는 지금부터 한 달 전이었다. 그는 칠 년 전에 고향을 떠났었는데 그 동안에 아주 몰라볼 만큼 딴 사람이 되어 나왔다. K강의 맑은 물은 여전히 구비구비 흐른다. 그는 예나 이제나 한결같이 꾸준히 흐른다—.

뒷산 밑으로 탁 터진 넓은 들—들 건너로 하늘 갓을 막아선 먼 산—그 사이로 큰 뱀같이 흰 배를 꿈틀거리는 것이 K강이었다.

여름이다. 넓은 들 일면은 푸른 물결이 출렁거린다. 벌써 벼는 검었다. 강 언덕에는 우뚝우뚝 수양버들이 섰다. 아직 나이 어린 포플라 숲은 일렬로 군대처럼 늘어서기도 하였다. 강 위로는 물새들이 떼를 지어 난다. 강변의 모래 숲에서는 돌비늘이 백인처럼 번뜩인다—.

쩔쩔 끓던 태양도 너울너울 석양에 비꼈다. 맑은 강 위에서는 서늘한 바람이 분다—아직 달뜨기 전 해질 무렵의 침통한 강촌에 저물어 가는 황혼— 낙조는 하늘가에 피 흘리고 그것은 다시 강속으로 물기둥을 처박았다.

—땅 위에도 피가 흐른다……. 그 위로 검푸른 땅거미는 마치 거먹곰

(黑熊)같이 기어왔다. 그것은 미구에 모든 것을 한 입에 삼키고 말았다.— 장미꽃의 붉은 입술도, 귀부인의 화려한 복장도, 황금의 찬란한 광채도…… 그러나 이때의 '자연'은 힘차게 자라나는 성장의 기쁨을 상징하지 않느냐?

T촌 사람들은 하나둘씩 마을 앞 강변으로 모여들었다. 사람뿐 아니라 개와 소도 나왔다. 그리하여 아이들은 모래 숲에서 뛰놀고 소는 아귀를 삭이며 푸른 풀밭에 누웠다. 일꾼들은 혹은 앉고 혹은 서서 어두워가는 이때의 강색을 굽어본다.

그들은 오늘도 온종일 들에 나가서 일하고 돌아왔다. 그래 그들은 피곤하고 쩔은 땀을 들이기 위하여 서늘한 강변을 찾아온 것이다.

만일 이러한 광경을 어떤 무심한 사람이 본다면 이들의 청한한 생활을 부러워할런지도 모른다. 사실 이러한 전원의 경치만 보고 농촌을 찬미하는 시인이 얼마나 많은지 모른다. 그러나 금강산도 식구경食求景이라 하지 않더냐?

과연 그렇다! 지금 이들에게도 '생활'에 부족함이 없다면—그래서 제각기 타고난 재능을 다하여 인생의 행복을 한 가지로 누릴 수가 있다면— 그들의 눈에 비치는 이 강이 얼마나 아름다우랴? 그러나 그들은 가난한 농군이었다. 풀뿌리 나무껍질로 연명하는 농촌이었다—.

뒷산 밑에 마치 사태에 밀려내린 바윗돌처럼 함부로 굴러 있는 것이 그들의 집이었다. 그속에서 무엇이 꾸물거린다. 그것은 마치 유령 같다! 과연 그들은 유령이다. 유령은 밥을 먹지 않고 산다. 그러므로 그들은 초근목피를 먹고살지 않느냐? 그리고 그들의 지은 곡식은 부자집 창고 속으로 들어간다는 말이다!

K강은 일 년에 한두 번씩은 홍수가 난다. 큰물이 나게 되면 이 강 연안의 촌락들은 다시 물난리를 겪는 것이다. 바람 앞에 등불 같은 그들

의 운명은 오직 자연의 횡포에 맡길 수밖에 없었다—.

그래서 심할 때는 집이 떠나가고 사람이 죽고 농작물까지 물 속에 처 넣고 마는 것이다. 그들은 좀더 산 위로 집을 짓든지 이사를 했으면 좋 겠지만, 물론 그들에게 그러한 자유가 없었던 것이다—.

그러나 지금의 K강은 평화한 꿈속에 곤히 잠들어 있었다. 그는 거울 속같이 맑고 비단결 같은 물결을 희롱쳤다. 그것은 마치— 모든 가난한 이 마을사람들아! 어서 나의 품안으로 오너라!— 하는 듯이— 그래 그 들은 올해는 홍수가 나지 않기를 바라고 있었다.

이런 때면 마을사람들은 다시 강변으로 모이는 것이다. 그리하여 무 어라고 말할 수 없는 이 K강을 굽어본다— 그들은 K강이 무서웠다. 하 기는 거저 받는 청풍은 고맙기도 하였다. 무엇이나 돈 안 주고는 얻을 수 없는 세상에서 어째서 거저 주는지 이상하기도 하였지마는. 그러나 지금 T촌 사람들은 이곳을 다만 잠시 휴식을 얻는 장소로만은 두지 않 았다— 그들은 이 강변에서 야학을 시작한 것이다.

야학! 누구나 배워서 모를 사람은 없다. 그들도 차차 호두 속 같은 이 세상 이치 속을 알 수 있었다….

그것은 건성이가 나와서 새로 시작한 노동야학이 있은 연후이었다.

2

건성이가 ○○방적공장으로 팔려가기는 그의 열 다섯 살 먹던 해 봄 이었다. 보통학교를 겨우 졸업한 건성이는 두 해 동안 부친의 농사짓는 것을 거들어보았으나 그렇다고 가세가 늘지는 않았다. 그런데 고생살 이에 지레 늙은 모친은 중병이 들어서 누워 있었다.

공부를 더할 수도 없었지마는 언제까지 그 노릇만 하기도 싫었다. 그럴 때에 마침 일본 ○○방적공장에서 유년 직공을 모집하러 왔다.

이 소문을 들은 건성이는 자기도 뽑혀가자고 그의 부친을 졸랐던 것이다.

그래 그는 읍내 사는 그와 동창생인 삼룡이와 함께 팔려간 것이었다. 모친은 아들을 노동시장에 판 돈으로 병을 고쳤다. 그때 그들은 서로 붙들고 울었다— 옛날 심청이는 공양미 삼백 석에 뱃사공에게 팔려가서 그의 부친 심 봉사의 눈을 뜨게 하였다고 그를 하늘이 낸 효녀라고?— 하였다.

그러나 오늘날 건성이는 단돈 몇십 원에 그의 대장부를 팔아서 모친의 죽을 병을 고쳐놓았다. 그와 같이 팔려간 삼룡이는 들어간 지 석 달 만에 기계에 말려서 치어죽었다— .

지금 세상에서 이러한 효자효녀를 들추어내라면 그야말로 거재두량일 것이다. 그런데 웬일이냐? 이 세상은— 이 개명한 세상은 이런 효자를 표창하기는 고사하고 도리어 학대하지 않느냐?

그러나 그들은 효자효녀가 아니었다. 그들은 다만 노동자에 불과한 것이다. 예전의 효자는 지금의 노동자다! 효자가 가난한 집에서 태어났듯이 노동자도 가난한 집에서만 나온다!

건성이는 훌륭한 노동자가 되어 나왔다.

그는 칠 년 동안의 노동생활을 회상해 보았다— 처음에 방적공장에 들어갔을 때 감독의 학대와 공장주의 무리한 ××로 쉴새없이 노동하는 수천 명 직공의 참담한 생활을! 기숙사에서 마치 ××와 같이 갇혀서 햇빛을 못 보는 여직공들의 얼굴! 폐병 들린 그들의 기침과 각혈!

그런데 음침한 공장 속에서는 악마 같은 기계가 쉴새없이 돌아갔다. 그러는대로 그들은 산 기계와 같이 수족을 놀린다. 그러다가 까딱하면 금시에 멀쩡하던 사람이 송장으로 떠메어 나오지 않는가? 그는 삼룡이가 그렇게 죽었을 때 얼마나 놀랐는지 모른다. 그때 그는 자기도 조만간 저와 같은 운명에 부딪치지나 않을까?—하는 무서운 공포에 떨고 있었다.

그러나 그는 언제까지 제단에 오른 조그만 양으로만은 있지 않았다, 그는 마치 저 콜럼버스가 아메리카 신대륙을 발견한 때와 같이 마음속에서 새 세상을 발견하고 기뻐하였다.

—사람은 운명에 매여 사는 것이 아니라 사람은 밥을 먹지 않고는 살 수 없다. 그렇다면 그 밥은 누가 만드느냐? 우리 같은 노동자의 손으로……. 아주 간단한 것을 지금까지 모르고 있었다. 세상은 이 '밥'을 둘러싸고 모든 복잡한 현상이 일어난다. 밥을 남보다 많이 먹으려는 사람. 가만히 앉아서 잘 먹고 살려는 사람! 그러니 노동자는 가난할 수밖에. 이것은 모두 사람과 사람끼리의 관계이다.

귀신의 작희도 사주팔자도 아니다!

전생의 업원도 조물주의 조화도 아니다!

일평생 노동한 죄로 일평생 가난해야 한다는 그런 망할 이치가 어디 있담!

작년 봄에 일어난 저 유명한 ××사건 때에는 그도 쟁의단의 한 사람으로 열렬히 싸우는 투사가 되었다. 공장에서 쫓겨나기는 물론, '감옥'까지 갔었다.

한번 쫓겨난 그는 다시 공장에 들어갈 수 없었다. 그래 그는 한동안 자유노동을 해보다가 지난달에 고국으로 나왔다. 그는 고국에 나오고 싶었음이다.

그러니 마을사람들이 그가 몰라볼 만치 변하였다고 놀라는 것도 무리가 아니다. 그는 과연 ××××로 변하여왔다.

칠 년만에 나오는 고국은 그 동안에 얼마나 변하였던가? 강산은 의구하다마는 촌락은 더욱 영락해갈 뿐이었다. 늙은 부모는 그 동안에 더 늙고 어린 동생과 누이는 몰라보도록 컸다. 누에 번데기 같은 모친은 그의 생전에 다시 보지 못할 줄 알았던 아들을 보고 기뻐하였다. 그러나 그는 끝으로 이런 말을 꺼내었다.

"너 돈 좀 벌어가지고 왔니? 난 돈 아쉬워서 똑 죽겠구나……."

"아이 어머니는 밤낮 돈……."

이것은 건성이의 누이 순남이 말이었다.

"참말로 돈에 갈급이 났다. 웬일로 사람 살기는 점점 극난이라니?"

그는 이 알지 못하는 수수께끼를 건성이에게 묻는 것 같았다.

멀리 타향에 가서 칠 년 동안이나 있다 온 개화한 아들에게.

벌써 처녀태가 나는 순남이는 부끄러운 듯이 건성이를 흘겨보았다. 그도 타향에서 멀리 나온 건성이에게 호기심이 났던 것이다.

모친의 말을 들은 건성이는 아무 대답이 없이 다만 빙긋 웃었다. 그리고 순남이를 쳐다보며 물어보았다.

"넌 돈이 좋지 않으냐?"

순남이는 고개를 푹 숙였다. 어쩐지 그는 자꾸 부끄럽기만 하였다. 건성이는 말없이 호주머니를 뒤져서 여비를 쓰고 남은 지전 몇 장을 모친의 손에 쥐어주었다.

그는 여전히 빙그레 웃으며 칠 년만에 만나는 집안식구들을 둘러보았다. 영양 부족에 걸린 그들을! 그는 건강한 육체를 가지고 있었다.

그는 그날 밤에 다른 식구들은 모두 코를 골고 자는데도 웬일인지 잠이 오지 않았다. 그는 장차 앞일을 이리저리 궁리해보다가 끝으로 이렇게 부르짖었다.

"어머니, 돈 못 벌어온 이 아들을 용서해주세요! 비록 돈은 벌지 못하였습니다마는 어머니의 아들 되기에 과히 부끄럽지 않은 자식이 되어온 줄 아십시오……."

그는 다시 아까 듣던 모친의 말이 생각났다.

"……웬일로 사람살기가 점점 더 극난이라니?"

밤은 깊었다. 사방은 괴괴한데 오직 그들의 피곤한 숨소리가 어둠을 뚫고 흐른다— 모기소리가 앵 하고 귓가로 지나간다. 인간의 피에 주린 벌레는 빈혈증에 걸린 그들의 피라도 빨지 않고는 견딜 수가 없는 모양이었다.

3

자본주의의 잔인한 '마수'는 농촌의 구석구석까지 빈틈없이 침입하였다. 저들 자본가는 '광대'한 농촌을 원료시장과 식료공급지로 만들었다. 그래 그들은 본값도 안되는 '금새'로 농산물을 모조리 몰아간다. 목화가 그렇고 누에고치가 그렇고 밀 보리 두태며 벼와 쌀도 그런 셈이다.

그래도 부족하여 그들의 '부하'인 부정상인과 불량한 거간들은 그 속에서 또 속여먹기를 예사로 한다. 잠견 공동판매를 할 때 부정사실이 가끔 돌발하지 않는가? 이것은 어쩌다가 폭로되는 되는 것이니까 드러나지 않고 감쪽같이 속여먹는 수도 얼마든지 있을 것이다. 그들은 근량을 속이고 품질을 속이고 값을 깎아서 어리숙한 농민들을 온갖 부정한 짓으로 속여먹는다마는 그것이 훌륭히 합법적으로 행하여진다.

그래서 농촌을 기근의 막다른 골목으로 몰아넣었다.— 농촌은 지금 신음한다. 농촌은 정말로 '아귀'에게 물려 있다.— 농촌뿐이랴. 공장지대도 그렇지만— T촌 이십여 호에도 조석 걱정 없는 집이 한 집도 없다. 그들은 모두 농사를 지었지마는 웬일인지 살기는 점점 어려워간다.

그것은 흉년이 드나 풍년이 드나 노동을 하나 안 하나 굶주리기는 일반인 것처럼 흉년이 들면 소작료도 모자란다. 풍년이라도 소작료와 각항 무리 꾸럭을 치르고 나면 역시 남는 것이 별로 없다. 설령 남는 것이 좀 있다 해도 그것이 돈이 되지 않았다. 가을이 되면 모든 빚쟁이는 성화같이 조른다. 또는 각항 세금도 바쳐야 한다.

그런데 신곡이 나오면 곡식금이 별안간 뚝 떨어진다. 흉년이 들어도 곡식금만은 오르지 않는다. 그래서 그들은 빚 얻어 장리 얻어먹고 지은 곡식을 헐가로 팔아버리지 않으면 안 되는 것이다. 일 년내 쌀 농사를 지어서는 죄다 팔아버리고 다시 만주 좁쌀을 비싼 금으로 사먹어야 한다. 세상에 이런 빌어먹을 일이 있어야 옳단 말인가? 그러나 사실이 그러하다!

　그런데도 근래에는 그 정도가 점점 심해간다. 이것을 불경기라 하고 긴축정책 때문이라 한다. 그러나 왜 '불경기'가 오고 긴축정책을 쓰지 않으면 안 된다는 것이냐? 산업합리화니 돈이 귀해졌느니 하지마는 왜 돈이 귀하고 산업합리화를 하지 않으면 안 되느냐 말이다! 돈이 귀하다 하지마는 있는 데는 더미로 쌓이지 않았는가? 은행에는 지전 뭉치가 금궤 속에 잔뜩 갇히어 애쓰는 '불경기'에 불과하다.

　그러나 이 때문으로 노동자와 농민에게 오는 '불경기'는 실업자와 기근의 홍수를 내게 한다. 저들은 상품을 과잉생산하여 재고품이 산같이 쌓였는데 노동자와 농민은 그것을 살 돈이 없어서 굶어 죽고 얼어죽어야 한다. 그들은 그들이 피땀을 흘리고 생산한 물건과 곡식을 다시 돈을 주고 사지 않으면 아니 된다! 한데 그들에게는 돈이 없다! 세상에 이런 기급할 놈의 일이 또 있단 말이냐?……

　지난 결과부터 양식이 떨어진 마을 사람들은 이른봄부터 풀뿌리와 나무껍질을 벗겨다가 연명을 하는 사람이 많았다. 그래 그들 중에는 부황이 나서 '퉁퉁' 부어 죽는 사람이 많았다. 그래도 그를 매장하는 수속에는 분명히 '무슨 병'으로 죽었다는 의사의 진단서가 붙어 있었다.

　아랫골목 간난네집도 이렇게 죽을 지경이어서 그의 부친은 간난이를 올 봄에 제주도 섬에서 온 뱃사공에게 좁쌀 한 푸대를 받고 팔아먹었다. 간난이는 올해 열한 살 그는 뱃사공에게 끌려갈 때 몸부림을 치며 울었다. 허기가 져서 딸을 팔아먹은 그의 부모도 그를 붙들고 마주 울었다. 간난이는 다시 인육시장으로 팔려갔다.

이런 비극이 있기는 비단 간난네집뿐만이 아니었다. 한참 춘궁 무렵이라 보리고개를 앞둔 마을 사람들은 모두 양식이 떨어져서 죽을 지경이었다.

그들은 돈에 갈급이 났다. 그래 무슨 짓을 하든지 돈을 좀 벌어볼려고 발버둥이를 쳤다.

혹부리 김 서방은 간밤에 뒷동산에서 금덩이를 줏은 꿈을 꾸었다고 망치를 둘러메고 산으로 치달았다. 그는 온종일 산으로 쏘다니며 바윗돌을 깨뜨려보았지마는 금덩이는커녕 납덩이도 얻지 못하고 돌아왔다. 투전 잘하는 원식이는 인근 동으로 노름판을 찾아다녔다. 광성이는 점순네가 몰래 술해먹는 것을 군청 술 조사 다니는 관리에게 밀고하였다. 그는 범칙자를 고발하면 ××의 눈에 잘 보여서 논마지기나 얻어볼까 함이었다.

점순 어머니는 앞 못보는 소경이었다. 그는 자기 같은 병신을 데리고 사는 영감을 지성껏 공경하였다. 영감은 술을 좋아하였다. 가난한 살림살이에 그에게 술대접할 도리가 없었다. 그래 그는 찬밥덩이를 누룩에 삭혀서 그것을 술이라고 가끔 영감을 해먹이었던 것이다. 군청에서는 조사를 나와서 점순네 집을 샅샅이 뒤진 결과 살강 및 조그만 항아리 속에 든 이 찬밥덩이를 발견하였다. 관리는 그것을 증거품으로 압수해 갔다.

그 이튿날 영감을 군청으로 불려가서 '이십 원의 벌금을 당장 바쳐라! 그렇지 않으면 경찰서로 고발하겠다'는 청천벽력 같은 명령을 받았다. 밤이 지나도 영감이 돌아오지 않으니 소경 마누라는 무슨 일인지 궁금하여 그 이튿날 아침에 어린 딸을 앞세우고 삼십 리나 되는 군청에를 들어가 보았다.

영감은 벌써 유치장 속으로 들어갔다 한다. 그는 ××앞에 무릎을 꿇고 앉아서 애걸복걸해보았으나 아무 소용이 없었다. 이리하여 그들은 집을 팔아서 벌금을 물고 이집 저집으로 빌어먹으러 다니는 걸인이 되고 말았다. 그러나 광성이는 밀고했다고 땅 한 되지기도 얻지 못하였다.

옛날에 어떤 철학자는 하늘에 있는 별만 쳐다보고 가다가 구렁에 빠졌다 한다. 지금 이들은 배금철학에 눈이 어두워서 돈만 쳐다보고 갈팡질팡하다가 서로 이마받이를 하고 나가자빠지는 격이었다.— 그럴수록 인심은 점점 각박해지고 살 수는 점점 더 없었다. 그들은 제각기 잘살려고 서로 척푼 오리를 다투었다마는 웬일인지 살기는 점점 더 어려워갈 뿐이다!

그럴 판에 건성이가 나왔다. 칠 년 전에 돈벌이를 하러 일본으로 들어간 건성이가 나왔다 하매, 그들의 눈에는 우선 그의 묵직한 돈지갑이 어른거리었다. 그래 그들은 오랜간만에 만나는 반가움보다도 제각기 소망을 품고 건성이를 찾아갔었다. 무슨 살 도리가 없을까? 하고……

"이제는 박 첨지도 허리끈을 끌러놓겠다. 설마 건성이가 빈 손으로 나왔을 리는 없겠지……."

하고 그를 은근히 부러워하는 사람도 있었다. 과년한 딸을 둔 치백이는 건성이를 사위 삼고 싶은 생각이 슬그머니 났다. 심지어 아랫마을 술장수 마누라인 뚱뚱보까지 "저렇게 외국 박람을 많이 하고 하이칼라가 되어 나왔으니 읍내 건달 친구를 많이 사귀어서 자기 집 술 동이나 좋이 따라주겠지!" 하는 소망을 품게 하였던 것이다.

그런데 그들의 소망이 여지없이 깨지고 말 줄을 누가 알았으랴? 그는 단돈 십 원을 못 벌어가지고 나온 모양이다. 그래 그들은 모두 건성이를 손가락질하였다. 뒷집 치백이도 그를 사위 삼고 싶은 마음이 쑥 들어갔다.

그러나 건성이는 돈을 못 벌어가지고 왔을망정 돈 있는 사람을 무서워하지도 부러워하지도 않는 것 같다. 그는 술도 안 먹고 노름도 할 줄 몰랐다. 지금 그만 나이면 한참 계집애들 궁둥이를 따라다니기에 바쁠 터인데 그는 그렇지도 않았다. 그는 건달도 아니요 선비도 아니었다.

그는 낮에는 끙! 끙! 일을 하고 밤에는 무슨 책을 읽었다. 그리고 가끔 순사가 나와서 그를 찾았다. 그가 일본서 나오던 이튿날 아침에도 읍내에서 순사가 나왔었다. 그러나 그는 칼 찬 경관 앞에서도 조금도 무서운 기색이 없이 유창한 일본말로 쾌활하게 담화하였다.

"대체 건성이는 어떻게 생긴 사람이라냐? 참 별 희한한 사람이 되었데 그려!"

"글쎄 원, 그 사람이 일본 갔다 오더니만 아주 별사람이 되었던데."

그들은 이렇게 건성이를 아주 별사람으로 취급하게 되었다. 그들은 그밖에는 도무지 다시 더 형용할 수가 없었던 것이다.

그가 나오던 사흘 날 아침 해 돋기 전이다. 건성이는 그의 부친을 따라서 고지논을 매러 갔다. 박첨지가 그날 식전에 건성이의 입에서 저도 논을 매러 가겠다는 말을 들을 때 그는 부지중 한숨이 흘러나왔다(그러나 그의 건달 같지 않은 행동을 가상히 여길 수는 있었다).

"안 해 본 상일을 별안간 어떻게 하겠니? 고만두어!"
하고 부친은 볼 먹은 목소리로 만류하였다.

"목도판 일도 해보았는데 그까짓 논을 못 매요!"
그는 한사코 따라가게 된 것이었다.

고지논 매러 가는 일군들은 마을 뒤에 있는 느티나무 정자 밑으로 모여서 '농자는 천하지대본'이라 씌인 기폭을 날리며 풍물을 치고 나갔다. 그들은 일제히 꽁무니에다가 호미를 차고 머리에는 수건을 썼다. 쇠잡이는 그 위에 벙거지를 쓰고 벙거지 꼭대기에는 상모를 달았다. 그들은 벌써부터 흥이 나서 그것을 삥!삥! 돌리며 뛰논다. 그러다가 일렬로 늘어서서 농장으로 나갔다. 건성이도 그들과 같이 차리고 그들 가운데 섞이었다.

"깽매갱깽 깨매갱깽 깨매갱깽 깨매갱깽 깽매갱깽꾸갱깽매갱 깽깽
깽……."

하는 풍물소리와 함께 아침 바람에 기폭을 펄!펄! 날리고 나가는 광경
이 건성이에게는 다시 없이 즐거웠다. 그것은 마치 원시 부락민족이 전
쟁에 나가는 것 같은 건장한 기분을 느끼게 하였다.

일터로 나가자 건성이도 다른 일꾼과 같이 호미를 빼들고 논 속으로
들어갔다.

"어―하 얼러를 가 ―세―"

그들에게서는 또 이러한 농부가가 흘러나왔다. 선소리는 앞니 빠진
준필이가 매겼다. 처음으로 논을 매보는 건성이는 호미가 벼포기 사이
로 잘 돌아가지 않았다. 그래 그의 서투른 호미질하는 것을 보고 농군
들은 모두 다 웃었다. 건성이는 그들의 호미질하는 것을 한참동안 견습
을 해보았다.

"타국에 가 칠 년 동안이나 있다가 온 것이 기껏 논 매러 왔던가!"

"논을 맬 터이면 진작 상일을 할 노릇이지 타국에는 뭐하러 갔노?"

"상일도 연골에 배워야 되는 게지…… 인제는 뼈가 굳어서 되거디."

"남의 일이라도 참 딱하군. 박 첨지가 이제는 셈평이 좀 펼 줄 알았더
니…… 저게 무슨 일이람 끌! 끌!"

그들은 건성이를 이렇게 흉보고 비양하고 싶었다.

그러나 그런 말이 그들의 입 밖에까지 나오지는 않았다. 그것은 어디
인지 모르게 건성이의 인금에 눌려서 그런 말을 감히 토하지 못하였음
이다…… 그의 진중하고 늠름한 기상에는 어디인지 넘어보지 못할 구
석이 있었다. 건성이는 그들과 농담도 잘하였다. 그러나 그의 이야기
끝은 언제든지 다만 잡담으로만 그치지는 않았다. 그들은 그에게 생전
듣지 못하던 신기한 말을 들었다. 그의 이야기는 다만 '유식'한 이야기
가 아니었다. 그것은 고담에서도 글방선생에게서도 듣지 못하던 말이

었다.

"참말 그렇지! 그래여!" 하고 자기네도 모르게 무릎을 탁! 탁! 치게 하는 말이었다. 그래 그들은 차차 이 세상 속을 짐작하게 되었다. 자기네가 왜 가난한 까닭도 알게 되었다. 부자는 왜 점점 더 부자가 되고 가난한 사람은 왜 점점 가난해지는 까닭도 짐작하게 되었다. 그들은 도회의 공장노동자도 자기들과 같이 비참한 생활을 하고 있다는 이야기, 그래 그들은 자본가를 대항하여 ××××한다는 이야기, 노동자와 농민의 대다수가 가난의 지옥에서 면하려면 오직 ××하여······ 한다는 이야기.

그리하여 건성이는 그들의 진정한 동무로 사귀게 되었던 것이다. 그는 이제는 한 사람 몫의 일군으로 대우받게 되었다. 그래 그는 날마다 그들과 같이 일하러 다녔다. 그가 품일을 하게 되는 날에는 하루에 삼십 전씩 품삯을 받아왔다.

일꾼이 하나 더 생긴 박 첨지 집에는 농사일이 한결 수월하게 되었다. 박 첨지는 은근히 건성이를 사랑하게 되었다. 그래 그는 돈푼이나 벌어왔다고 가만히 앉아서 늙은 애비를 부려먹으려는 난봉자식보다도 건성이와 같이 진실한 아들을 도리어 탐탁히 생각할 수 있었다.

그는 오늘도 온종일 강 건너 큰 들에 가서 고지논을 매고 돌아왔다.

4

차차 둥글어가는 초생달은 큰 희망을 품고 중천에 솟아올랐다. 은근한 달빛에 잠긴 강색은 다시 밝는 날의 광명을 꿈꾸고 있었다.

강변에다 떼우적을 치고 멍석을 깐 위에 조그만 램프등을 달아놓은 것이 그들의 간단한 야학원이었다. 늙은이들은 그 옆에 둘러앉아서 젊은이들의 배우는 것을 구경하고 있었다. 야학교사로는 건성이 외에도 한 사람의 보통학교 졸업생인 일룡이가 있었다. 건성이는 야학을 시작하기 전에 우선 자기 돈으로 신문을 사서 밤마다 낭독을 하였다. 그는 낭독을 한 후에 그것을 정확히 비판하였다. 이 신문 독회가 차차 자라서 야학이 된 것이다.

그들의 교과서로는 농민독본을 가르쳤다. 그들은 그야말로 낫 놓고 ㄱ자도 모르는 터이므로 가갸거겨부터 가르치지 않으면 안 되었다.

야학생의 한 사람인 투전 잘하는 원식이는 밤마다 모이는 사람들을 웃기었다. 그는, 한문숫자를 읽을 때에도 마치 투전 글자 외우듯이 '석삼' '넉새'라고, 산술을 할 때에도 '오륙 따라지'니 '칠팔 진주'니 하였다. 그러나 그들 중에는 열심히 공부하는 사람이 많았다. 가르치는 사람이 열심히 가르치게 되면 배우는 사람도 열심히 배우게 되는 것이다. 장접장네 집에서 머슴 사는 완득이는 한문자를 두 팔뚝에다 써놓고 그것을 틈틈이 들여다보았다. 그는 하루에 몇 자씩을 작정해 놓고 날마다 그것을 익히는 터이었다.

오늘밤도 야학이 끝나자 신문 독회를 전과 같이 마치고 그들은 다시 이야기판을 벌이게 되었다.

"완득이가 저렇게 공부를 잘하니 장가 쉬 들겠다 히히히……."
하고 조 첨지는 농담을 꺼내었다.

"글쎄, 완득이 국수를 얻어먹어야겠는데 올 가을에나 먹어질랴나 원!"
이것은 앞니 빠진 준필이 말이었다.

완득이는 빙글빙글 웃으며

"장가는 들면 뭐 하나여! 돈 없는 놈이!"

"넌 그럼 돈 벌어가지고 장가들 셈이야? 네까짓 게 무슨 돈을 벌어!"
하고 원식이는 완득이를 놀려댄다.

"고만두어! 나도 네까짓 것은 부럽지 않다! 투전은 너를 못 당하지만!"

좌중에서는 와 하고 홍소哄笑가 일어났다.…… 사실 완득이는 원식이와 투전을 하게 되면 판판이 떨어졌다. 그는 일년내 머슴살이한 '새경'

을 받아가지고는 원식이와 투전을 해서 하룻밤에 날려보내고 만다. 그리고 나서 그는 쓴 입맛을 다시고는 다시 일 년 동안 머슴살이를 또 한다! 그러나 그는 자승지벽이 대단하였다.

그래 원식이와 해마다 또 노름을 해서 전과 같이 잃어버리는 것이다. 그것은 원식이가 그가 새경받은 눈치를 알고 슬금슬금 골을 올려줄라 치면 그는 당장에 돈주머니를 풀어놓고 팩! 달려들어서 단판에 승부를 다투는 것이다. 그러나 워낙 수가 부족하므로 원식이를 당할 수 없었다. 그는 지금 삼십이 불원하였지마는 아직 장가도 들지 못한 총각 대방이었다.

완득이는 오히려 긴장한 표정으로 건성이를 쳐다보며 호소하는 것처럼

"저 자식이 노름을 하게 되면 나를 번번히 속인단 말이지…… 그러나 원 수대로만 정당히 해보지 내가 너한테 지나."

건성이는 빙그레 웃으며

"그러나 그것은 원식이만 나무랄 것도 아니야. 노름이란 서로 빼앗어먹자고 하는 것이니까. 그런 것을 같이 하여 속은 사람도 옳지 못하겠지."

"그도 그렇지만."

하고 완득이는 고개를 끄덕끄덕 하였다.

"얘. 이담부터는 우리 노름을 하지 말자."

그는 금시에 맘이 풀려서 원식이를 웃는 낯으로 쳐다볼 수 있었다. 이 동리에서 제일 늙은 조첨지의 말이다.

"참말로 인제는 노름들은 하지 말게. 우리도 소시쩍에는 노름을 좀 했지마는 노름 친구란 술 친구만도 못한 게니 그것도 다 예전시절같이 돈이 흔할 때 말이지. 이건 먹고살기가 난리인데 노름할 경황이 어디 있느냐 말이야. 없는 놈끼리 서로 뺏어서 먹으랴니 뺏어서 먹을 것이

무엇이 있어야지."

"저희도 다시야 노름을 할 리가 있어요. 그전에는 다 모르고 그런 짓을 했지요만!"

하고 노름꾼 대장 원식이가 말을 꺼냈다.

"참 그렇지요. 그전에는 동리가 바로 잡히지 않아서 그런 일 저린 일이 생겼지만 인제야 그런 짓 할래야 할 틈이 있어야지요.… 이렇게 야학을 늦도록 하고 나면……."

사실 그들에게는 다른 잡념이 생길 여유도 없었다.

5

치백이도 저녁마다 야학을 다니었다. 그는 열 일곱 살 먹은 딸 음전이를 여직 여의치 못하여 은근히 걱정 중이었다. 아직 장가들지 않은 줄을 안 건성이가 처음 나왔을 때는 그를 사위 삼고 싶었지마는 그가 돈 벌지 못하고 나온 줄을 안 때에는 그 맘이 쑥 들어가고 말았더니 건성이의 위인을 정작 알게 되자 그는 다시 먼저 생각이 부활되었다.

그러나 건성이에게 그 의향을 물어본즉 그는 장가를 안 들겠다고 거절하였다. 음전이는 비록 농촌에서 자랐을망정 인물이 똑똑하니만치 그들은 사위를 잘 얻고자 오랫동안 고르던 중이었다. 자기와 같은 농군을 구할 양이면 진작 여읠 곳도 많았겠지마는 무지막지한 데 한이 된 그들 내외는 글공부한 사위를 얻고 싶은 것이다.

그런데 건성이가 나와서 야학을 시작한 후부터 그의 인생관에도 차차 변동이 생기게 되었다. 노동자나 농민은 결코 천한 인간이 아니다. 도리어 일하지 않고 놀며 살려는 인간이 기생충 같은 천한 인간이다. 노동자와 농민이 그러한 지식계급에게 딸을 주려는 것은 마치 부자집으로 딸을 첩으로 파는 것이나 다름이 없다. 그는 차차 이런 생각이 들게 되었다. 그래 그는 건성에게 부탁하였다.

"그럼 어디 중신 하나 해주게. 그렇드래도 자네는 나보다 발이 넓을 터이니……."

"네……. 그러지요. 아니 바로 한 동리에 좋은 남자가 있지 않아요?"

"응? 누구?"

치백이는 잠깐 놀래며 묻는다.

"완득이가 어떠서요?"

"아, 완득이!……"

많은 기대를 가지고 있던 치백이는 다소 실망하는 표정을 나타냈다.

"완득이 왜 어때서 그러서요? 제 생각 같아서는 그만한 자리도 없을 같은데요."

"완득이도 위인은 진실하지마는 남의 집에서 머슴 사는 사람이라… 하나 내야 관계없겠지만 안에 좀……."

하고 치백이는 말끝을 흐리마리한다.

"머슴이면 어떤가요? 그런 말씀을 또 하십니다 그려! 아들같이 한집에서 다리고 살면 좋지 않습니까?"

"글쎄 그도 그렇지마는…… 어듸……."

"정히 마땅치 않으시다면 고만두셔도 좋겠지요마는 저는 그런 이유로는 반대하고 싶지 않습니다."

그날 저녁에 치백이는 식구들과 같이 저녁상을 받고 앉아서 마누라에게 하는 말이었다.

"여보! 마누라 난 애기 혼인을 어서 정하고 싶소."

"누구는 안 그런가요. 어디 마땅한 곳이 있우?"

"응 있어…… 저 완득이 말일세."

"응! 누구요?……"

"아따 완득이말이야."

"아니 여태 고르고 있다가 겨우 완득이를 골랐단 말씀이유? 난 싫소!"

마누라는 별안간 성이 나서 쌔근쌔근 한다.

"조런 소가지 좀 보았나! 아니 완득이가 어때서 그래! 남의 말을 자세히 듣지도 않고."

"어떻긴 무에 어때. 남의 집 머슴꾼이지 집도 절도 없이 무 밑둥 같은 남의 집 머슴꾼이지!"

치백이는 숟갈을 든 채로 한참동안 마누라를 흘겨보다가

"그러지 않대도 그러는군. 나도 그전에는 이녁같이 생각했었지만 우리 같은 노동자는 노동자끼리만 상종을 해야 한단 말이야. 이 세상에서 제일 천대받는 사람이 제일 옳게 사는 사람이란 말이다. 마누라! 예전 노래도 있지 않는가, 나물 먹고 물 마시며 팔을 베고 누웠으니 대장부의 살림살이 이만하면 족하다고."

그의 노래곡조 비슷한 말에 음전이는 고만 웃음이 터졌다. 마누라는 기가 막힌 듯이 따라 웃으며

"그럼 거지로 사는 것이 제일 옳겠소구려! 난 가난이라면 아주 지겨워 죽겠소!"

"아니, 그럼 이녁은 음전이를 어떤 부자집으로 여의어서 사위 덕을 볼 것 같소? 부자들이 무엇이 부족해서 우리네 같은 가난한 농군의 딸을 다려가겠오. 돈만 있다면 여학생들도 대가리를 싸매고 대드는데— 기껏 한대야 첩으로 줄 터인데 윗말 정고령집 아들을 좀 못 보느냐 말이야. 불과 몇 달을 안 살고 내보내고는 또 얻고 또 얻고 하는 것을 그래도 첩으로 주고 싶단 말이야! 이 발겨갈 년아!"

"누가 첩으로 주고 싶댔소! 툭하면 욕은 웬 욕이야."

"그럼 뭐야, 딸의 덕을 보자면."

"누가 덕을 본댔다고 그러우. 공연히 당신 혼자 야단을 치면서."

"아니, 대관절 당자한테 물어볼 일이야. 제 자식이라고 강제혼인을

하는 것은 구식이니까. 네 맘엔 그래 어떠냐? 응."

치백이는 음전이에게 입을 가까이 하며 묻는다.

그러나 음전이는 별안간 고개를 푹 숙이며 아무 대답도 않았다.

"아이 별 것을 다 묻는구려! 오늘 약주를 자셨오? 그러시우. 남 부끄럽구면……."

"약주는 웬 약주야 밀밭 근처도 안 갔는데. 마누라도 야학에 다녀봐요! 내 말이 옳지 않은가. 가난한 사람의 살 길이 마치 신작로같이 환하게 내다보인단 말이야. 아니 그것은 아모리 무식한 마누라도 짐작이 있겠구려!

저 광성이가 점순네를 고발해서 제게 유익한 노릇이 무엇이었소? 그리고 지금 점순네는 어떻게 되었느냐 말이야…… 저도 지금은 후회한답디다. 저도 사람놈이면 후회해야 싸지. 그리고 웃말 정고령집에 조석으로들 문안을 하며 서로 논을 좀 얻을라고…… 서로들 아첨을 하며 '누구네 부치는 논을 나를 떼어달라' 고 없는 닭 마리와 계란 근을 갖다 바쳐서 서로 소득이 무엇이었더냐 말이야. 그럴수록 살찌는 놈은 누구냐 말이야? 나도 전자에는 더러 그렇게 생각하고… 아니 나는 그래도 그렇게 내 욕심만 채우려 들지는 않았지. 마누라도 잘 알다시피……."

"그러니까 작년 겨울에도 나를 시켜서 암탉 두 마리를 그 집에다 주라 안했구려? 쇳통!"

치백이는 잠깐 얼굴을 붉히다가

"그것은 내가 어디 남을 논을 뗄라고 그런 것인가— 논 서너 마지기 얻어 부치는 것을 윗말 어떤 놈이 뗄란다는 소문을 듣고 그런 것이지…… 그런 소리는 새삼스레 왜 해!"

치백이는 소리를 꽥 질렀다.

건성이가 저녁을 먹고 나오다가 왁자지껄하는 소리를 듣고 치백이 집으로 들어왔다.

"무엇들을 그라서요?"

건성이는 마당에 놓인 절구통 끝에 걸터앉으며 이렇게 물어보았다.

"아 참 자네 잘 왔네! 저녁 먹었나……."

"네. 지금 먹고 옵니다."

"다른 게 아니라 저 애 혼인 말이 나서 이야기를 하는데 도모지 땅파기 같이 힘이 드네 그려! 여봐요! 우리 건성이가 여북 잘 알고서 완득이를 말하겠나."

"아니 아니 그럼 그게 건성이가 말한 게요?"

"완득이 말인가요? 그 사람을 나는 좋은 사람으로 봅니다."

하고 건성이는 말하였다.

"그렇고 말고. 사람이 진실하고 요새는 야학도 잘하고 하는데 마누라는 쥐뿔도 모르고 반대적이란 말이야. 남의 집 머슴이라고 안된다고 하니 이런 제기 그야말로 비렁뱅이가 거지를 넘보는 게나 일반이지. 대체 이녁은 뭐냐 말이야!"

"명색이 뭐냐 말이야!"

"명색이 가난한 농군의 마누라지 뭐야…… 이를테면 그렇단 말이지. 누가 완득이를 못 생겼댔소? 고자랬소?"

"그러니까 잠자코 내 말을 들어요! 어련히 알아서 할라고. 음…… 건성이 그렇지 않은가?—"

"네. 그렇게 작정하셔도 좋겠지요."

음전이는 벌써 상을 들고 부엌으로 들어가서 설거지를 하기 시작하였다. 이리하여 그들은 딸의 혼인을 거의 작정하다시피 하였다.

음전이도 완득이를 그리 싫어하는 모양은 아니었다. 그는 부자집으로 첩으로 가든지 그렇지 않으면 콧물 흘리는 어린 신랑한테로 가느니보다는 차라리 완득이 같은 튼튼한 총각이 낫지나 않을까? 생각되었음이다.

6

음력으로 유월 그믐께. 어느덧 더위도 고개를 넘은 늦은 여름철이었다. 올해는 비가 알맞게 와서 T촌 사람들도 농사를 잘 지었다. 이제는 기심도 거진 다 매서 한편으로는 두렁풀도 베기 시작하였고 일손을 일찍이 뗀 사람들은 산으로 기어올라서 '나무갓'을 뜯기도 하였다.

그들이 살포를 집고 들에 나가서 장한 벼가 허옇게 팬 것을 볼 때에는 비록 남의 곡식이라도 배가 저절로 부른 것 같았다. 그래서 올 칠 월 백중에는 '두레'를 한 밥 잘 먹자고 그들은 벌써부터 개를 잡느니 돼지를 잡느니 하며 벼르고들 있었다. 이런 기미를 안 건성이는 그날을 무의미하게 보내고 싶지 않았다. 그래 그는 그날을 어떻게 보낼까? 하고 궁리를 하다가 마침내 그날에 완득이와 음전이의 결혼식을 거행했으면 좋겠다 하였다.

치백이는 건성이의 이 말을 들을 때

"아모 준비도 없는데 별안간 어떻게 지내나!"

하고 입맛을 다시었지마는

"가을에 가면 별 수 있겠소? 공연히 새잡이로 빚을 지느니 그런 계제에 간단히 치르고 맙시다!"

하는 건성이의 말에 그도 그렇다고 동의하게 되었던 것이다.

뜻밖에 장가들게 된 완득이는 너무나 좋아서 어쩔 줄을 몰랐다. 그래 그는 주인집에서 선 새경을 몇 십 원 타오고 점순네도 건성이가 주선을 하여서 의복감과 약간의 준비를 하게 되었다. 물론 모든 혼인 절차는 건성이가 지휘하게 되었다.

그는 재래의 '구습'을 타파하고 아주 간단한 농민의 결혼식을 새로 만들어서 거행하기로 하였다.

어느덧 기다리던 백중날은 돌아왔다.

일랑풍청한 좋은 날이었다. 이날 식전부터 T촌 일경은 발끈 뒤집혀서 잔치 차리기에 분주하였다. 백중놀음에 혼인까지 겸하였으니 촌에서 이만큼 큰 일을 치르기는 과연 처음이었던 것이다.

건성이는 먼저 결혼식부터 거행하자 하였다. 그래 마을 뒤 느티나무 정자 밑에다 차일을 치고 결혼식장을 베풀었다. 그 밑에다가는 멍석을 깔고 신랑 신부가 들어올 길에는 정한 볏짚을 두 귀에 맞추어서 쪽 깔아놓았다.

탁자 위에는 들꽃을 꺾어서 한 병을 꽂아놓았다. 그리고 그 옆에는 신랑 신부의 예물이 놓였다. 예물은 호미와 낫이었다.

구경꾼은 차일 안팎으로 꽉 들어찼다. 기다리던 신랑 신부가 초례청에 들어섰다. 이때 쇠잡이들은 농악을 쳤다. 피아노 대신이다. 신랑은 베 고의 적삼에 두루마기를 입었다. 신부도 모시 치마적삼을 수수하게 입었을 뿐이다. 그는 분도 바르지 않았다. 들러리로는 신랑 편에는 원식이가 서고 신부편에는 일룡이 부인이 섰다.

풍악 소리에 그들이 들어서자 이 예식의 주례인 건성이는 지금부터 신랑 박완득과 신부 김음전의 결혼식을 거행하겠다는 개회사를 시작하였다. 그는 우선 종래의 강제혼인과 매매혼인과 정략혼인의 옳지 못함을 통론한 후 혼인이란 진실하게 두 사람의 행복을 위하여 결합할 것이란 뜻을 말하고 또한 예식에 있어서도 가난한 농민에게 있어서는 인간의 행복을 위하여 거행되는 혼인 예식이 도리어 감당치 못할 큰 빚을 지게 하여 일가파산하는 비극을 낳게 한다.

혼인을 잘 지냈다는 것은 결코 음식을 많이 차렸다거나 기구가 놀라왔다는 데 있는 것이 아니고 그것은 오직 두 사람의 만남이 행복하냐 않느냐 한데 달린 것이다. 그러므로 냉수 한 그릇을 떠놓고 초례를 지낸다 할지라도 그 혼인이 두 사람에게 행복을 주는 진실한 혼인이라면 그것을 잘 지낸 혼인이라 할 것이지 비단 치마자락으로 눈물을 씻는 혼인은 그것이 혼인이 아니라 죄악이라고 열렬히 부르짖었다.

"그러므로 여러분께서도 앞으로는 재래의 모든 허위와 허식을 버리고 이 두 신랑 신부같이 간단한 예식으로 하시기를 바랍니다!"
하고 끝을 맺은 후에

"지금은 신랑 신부가 이 결혼을 맹세하는 의미로서 예물을 주고 받겠습니다. 그런데 농민에게 제일 귀중한 게 무엇이냐 하면 호미와 낫과 같은 농구올시다. 우리는 우리의 생활에는 도모지 당치도 않은 금가락지니 보석반지니 하는 그런 허영虛榮을 바리고 우리와 가장 친한 호미와 낫을 우리의 결혼 예물로 선택하였습니다. 그럼 여러분 생각은 어떠십니까?······ (청중에서는 좋소 좋소 하는 소리가 일어난다)"

"신랑 신부는 예물을 교환하겠습니다."

건성이가 이렇게 선언하자,

신랑은 신부의 바른 팔에 호미를 걸쳐주고 신부는 신랑의 왼편 어깨에 낫을 얹어주었다. 낫은 날이 서지 않았다.

이것으로써 결혼식은 마치고 말았다. 신랑신부가 나갈 때에 쇠잡이들은 또 농악을 쳤다. 군중 속에서는 나가는 신랑 신부에게 '여물'을 끼얹어주었다.

식이 파하자 그들은 다시 잔치를 베풀었다. 원래 백중놀음으로 준비된 음식과 혼인집에서 따로 준비한 음식이 있기 때문에 그들은 배를 두들기며 한바탕 잘 먹을 수 있었다. 술, 떡, 고기, 국수, 과실 모든 것이 골고루 있었다. 그때 그들은 진종일 잘 놀았다. 농기를 내다 꽂고 풍물을 치며 뛰놀기도 하였다. 신랑을 달아 먹는다고 헹가래질도 치고 춤도 추고 소리도 하고 이리하여 백중놀음과 결혼식은 성대하게 거행되었다.

완득이는 내년부터 음전이 집으로 오기로 하고 올 일 년은 그대로 장접장의 집에서 머슴을 살기로 하였다.

그들 부부는 참으로 결혼 예물인 호미와 낫을 귀중히 여기었다.

7

T촌 사람들이 백중놀이를 잘 치르고 난 그 이튿날 밤부터 난데없는 비가 퍼붓기 시작하였다. 그래도 그들이 생각하기를 설마 비가 오면 얼마나 오랴? 원체 한동안 가물었으니 비가 좀 와야 전곡 해갈도 되고 진장밭도 깨생이 되겠다고 아주 안심을 하고 있었다. 그러나 어찌 뜻하였으랴? 부실부실 오던 비가 어느덧 폭우로 변하고 폭우가 놋날 들이듯 연사흘 내리쏟더니 그만 큰 장마가 지고 말 줄을…….

K강은 별안간 새빨간 뱀으로 변하였다. 장마는 마침내 칠월 한 달 내개이지 않았다. 그 연안에 넓은 들도 바다와 같이 물이 고이고 강 면안은 진흙바다로 화하였다. 그런데 비는 개이지 않고 자꾸 퍼부었다.

이제는 강변의 농작물은 말할 것도 없이 모두 침수가 되고 산 밑에 있는 마을 집들까지 물 속에 들어갈 지경이었다. K강 상류에서는 집이 떠내려온다. 그 지붕 위에 사람이 올라서서 "사람 살려라!" 하는 처참한 소리가 들린다. 어린애 송장이 떠내려온다. 소와 말도 떠내려오고 세간 농짝과 절구통 등이 떠내려온다.

어떻든지 을축년보다도 더 큰 장마라고 한다. 강원도 어디서는 산이 무너져서 여러 백성이 한꺼번에 몰사를 하였다 하고 충청도 경상도 전라도 함경도 각처에서 죽은 사람이 수천 명이요 여기저기 전멸된 동리가 부지기수라는 각처의 물난리 소문은 온 조선에 빗발치듯하였다.

그런데 K강 연안에 있는 T촌도 각일각 위험에 빠지게 되었다. 물은 점점 불어서 집안으로 대들었다. 마을 사람들은 이제는 집을 버리고 산으로 피난하는 외에는 별 도리가 없을 지경이었다. 그들은 곡식이 물에 잠길 때에도 하늘을 부르짖어 울었다. 정작 땅 임자는 그렇게 울지 않았는데 이들 소작인이 무슨 정성으로 그렇게 울 것이랴마는 그래도 풍년이 들면 단 한 톨이라도 자기 앞에 떨어지는 것이 있기 때문이다.

그런데 이제는 토막살이나마 집이 떠나가고 보면 나무에도 돌에도 부칠 곳이 없는 그들은 장차 어떻게 살 것이냐! 그들은 이 불의지면에 참으로 망지소조하였다. 그러나 하늘에서는 쉬지 않고 폭우가 내리 쏟아졌다.

마을사람들은 마을 뒤 정자나무 밑에 모여서 엄청나게 물이 나가는 K강을 건너다 보았다. 건성이도 그들 중에 섞여서 바라보았다. 그는 암만 생각하여도 마을이 위험할 것 같았다. 그래 그는 부랴부랴 서둘러서 완득이, 자선이, 원식이 그외에도 누구누구를 선발하여 '구호반'을 꾸미었다. 그래서 제각기 한편으로는 세간을 간단하게 짐을 매는 외에 또 한편으로는 장성들과 합력하여 그것을 모두 정자나무 밑으로 옮겨 놓았다.

그는 자기도 무거운 짐을 져 나르며 각 집의 살림살이가 서로 섞이지 않도록 잘 단속하였다. 그래 마을사람들은 네것 내것 할 것 없이 모두 성의껏 일을 보았다. 그리하여 그들은 어둡기 전에 세간을 모조리 옮겨 놓게 되었다. 강물은 마을 앞마당까지 들어왔다. 마을 사람들도 모두 정자나무 밑으로 올라왔다.

밤은 점점 깊어가는 비는 여전히 쉬지 않고 쏟아진다— 깜깜한 밤중 지척을 분별할 수 없는데 그들의 귀에는 무서운 빗소리와 물소리만 처참하게 들렸다. 그 사이로 우루루 하는 천둥소리와 번갯불이 팍— 하늘을 긋고 사라진다. 그들은 무서웠다.

또한 자기네 집이 떠나가지 않나? 하고 서로들 조바심을 하였다. 그러나 새까만 어둠 속에서는 아무것도 보이지 않았다.

그들은 배가 고팠다. 물이 급히 대들어서 저녁 해 먹을 겨를도 없었던 것이다.

밤이 깊을수록 찬 비를 맞는 그들은 속이 비어서 우장과 삿갓을 있는 대로 두르고 정자나무 밑으로 은신을 하였지마는 그나마 사람이 다 차례가 못 갔을 뿐외라 원체 몹시 쏟아지는 폭우이므로 그들은 아주 노바기를 하고 있지 않으면 안되었다. 그래 노인들은 앓는 소리를 연발하고 어린애들도 '아이고 추워……. 배고파' 하고 어머니 아버지를 부르짖었다.

그것은 노약이 아니라도 아래 윗니가 딱!딱! 들어맞게 떨릴 지경이다. 그런데 나뭇잎 사이로 쏟아지는 빗소리는 폭포수처럼 무섭게 떨어진다. 이런 때는 이야기를 할 수도 없었지만 비바람 소리에 들리지도 않을 것이다. 그러나 한줄기 쏟아진 뒤에는 다시 뜸하여서 그 동안에 정신을 좀 차릴 수가 있었다. 지금도 비가 다시 뜸하자 어둠 속에서는 사람의 목소리가 들리었다.

"누구 성냥 가졌어?"

"성냥은 있지마는 추져서 될라구!"

"그래도 인내. 어듸 좀 켜보게. 원 담배가 먹고 싶은데 성냥이 있어야지."

하는 것은 선소리 잘 먹이는 준필이 목소리였다.

"원 아저씨는 이 경황 중에 웬 담배는 자신다구 그러시유!"

"그래도 먹어야 살지! 이 사람아."

하는 말에 여러 사람들은 와 하고 웃음이 나왔다. 준필이는 바람맞이를 피하여 여러 번만에 간신히 담배 하나를 피어 물었다. 불이 번쩍! 하는 동안에 여러 사람들은 자기들의 참혹한 과경을 비쳐볼 수 있었다. 그것은 참으로 유령 같았다. 누가 그런 생각이 들었는지 깔깔하고 웃음을 내놓자 여러 사람들은 또 따라 웃었다. 바람이 분다.

"그런데 밤은 언제나 샐 모양이야!"

"닭도 아즉 안 울었지!"

완득이와 걸출이 목소리다.

"건성이 여보게."

"예!……"

"그런데 참 어떻게 산다나. 집이 안 떠나가도 무엇을 먹고 살는지 모를 터인데 후…… 집마저 떠나가게 되면 장차 어떻게들 산단 말인가?"

조첨지는 새삼스럽게 기운없는 소리로 이런 말을 꺼내었다.

"뭐! 그리 걱정 마시지요!"

"자네는 참 만리타국에 가서 박람도 많이 하고 개명을 잘고 왔으니 말이지 참 자네 말을 들으면 속이 시원하단 말일세. 그런데 우리 같은 무식한 사람들은 아주 꿈 속에서 살아온 셈이 아닌가? 허허허……."

"글쎄요. 이거 큰일났는데…… 대관절 비가 개어야지! 내둥 잘하다가 늦장마는 웬 늦장마야! 제길할 하늘이……."

"글쎄말이지…… 야속한 한울님도 있지…… 어떻게 좀 살 도리를 마련하게 후 우리 같은 무식한 사람이야 무엇을 알겠나."

"저 혼자서야 무슨 힘이 있겠습니까? 다 여러분과 함께 힘을 합해야 되겠지요! 참으로 우리의 믿을 곳은 우리들 자신밖에 없습니다(건성이는 차차 흥분되어서 목소리에 힘을 주었다). 여러분께서도 이미 경험이 많으시니 말이지. 우리들 노동자나 농민을 위해서 유익을 준 사람이 누구입니까? 정자 말 사고 정고령집입니까, ××이나 ××입니까? 그들은 한푼이라도 긁어가고 한시간이라도 우리를 부역시킬 뿐 아니었어요……."

(남녀노소는 모두 그의 말을 정신없이 듣고 있었다)

건성이는 기침을 하고 목소리를 가다듬어서 다시 말끝을 이었다.

"여러분들은 지금까지 나는 무식하다, 우리는 아무 힘없는 가난한 농민이다 하고 오죽 팔자 한탄만 하고 한숨만 쉬고 있었지만 그것은 우리에게 있는 힘을 서로 합치지 못한 까닭입니다. 여러분 보십시오! 지금

이 강의 저 무서운 큰물도 그 근원을 살펴보면 한 개의 조고만 개울물에 지나지 않습니다. 그 여러 갈래 개울물이 서로 합쳐서 흐른 까닭으로 저와 같이 큰 강이 되고 지금 우리들의 멀리 위에 떨어지는 빗방울이 합해서 그렇게 큰 물이 되지 않습니까? 저 큰 강은 본래부터 큰 강이 아닙니다. 조고만 개울물들이 한데 합쳐서 흐르니까 저렇게 큰 강이 된다는 말입니다. 그러면 여러분! 조고만 개울물을 아모 힘이 없어서 어린애라도 무난히 건널 수가 있지마는 저렇게 큰 강이 되고 보면 능히 산을 무너뜨리고 상전을 벽해로 만들고 우리 T촌의 백여 명이나 되는 인총들도 집을 내버리고 저 물에 쫓겨서 이렇게 피난하게 되지 않았습니까?(그렇지! 참말 그래여) 그와 마찬가지외다. 여러분을 한 사람씩 떼어 놓고 생각하면 마치 이 산골 저 산골의 조고만 개울물과 같지마는 여러분이 서로 처지가 똑같은 여러분이 지금이라도 일심합력만 하게 되면 저 강물과 같이 큰 힘을 낼 수가 있습니다. ─그러면 그 여러분의 힘으로 무슨 일을 못하겠습니까? 또한 우리는 무엇이 겁나겠습니까. (옳타! 그렇소!) 그래서 우리를…… (一行略) 굳은 힘과 마주 ××××야 되겠습니다. 그렇지 않으면 우리는 점점 더 가난하고 못 살게 될 뿐입니다! 여러분은 생각해보십시오. 그런가? 그렇지 않은가?……"

건성이는 어느덧 한마당의 연설을 하게 되었다. 그는 자기가 어느 틈에 일어섰는지 모르게 일어선 것도 지금서야 비로소 알 수 있었다.

"참 그래…… 그렇고 말고."

"한 맘 한 뜻만 된다면 세상에 못할 일이 없지 내남없이 그렇지 못하니까 못하지만."

"원체 악이 나면 겁날 것도 없느니. 이래… 저래…… 나…는 일반이 아닌가?"

"그러면 어떻게 한 맘 한 뜻이 되게 한단 말인가?"

조첨지가 다시 묻는 말이다.

"그것은 농민조합 같은 것을 만들어서 우리들은 아주 한 집안식구처럼 한데 뭉쳐야 되겠지요."

"농민조합? 저 큰들에서들 한다는 것과 같은 것 말인가?"
하며 혹부리 김서방이 의심스럽게 웃는다.

"그렇지요!"

"그러면 그것을 속히 좀 만드세그려!"

"그러나 그것은 말로만 되는 것이 아니라 여러분의 힘을 합해야 될 것입니다."

"그야 두말할 것인가 우리 중에서 설마 딴 맘을 먹을 사람이야 있겠나."

"암 그렇지요. 딴 맘 먹을 사람이 어디 있겠어요!"

"자. 그럼 속히 만들어 보자구 그려!"

"하긴 우리도 강 건너 큰들에서는 발써부터 그런 것이 생겼다는 말을 듣고 우리 동리도 그런 것을 해보고 싶은 생각이 있었지마는 누가 선도할 사람이 있어야지요. 우리같이 무식한 사람들끼리야 무엇을 할 수 있어야지."

"참 그렇지요. 누가 먼저 선등나서서 그런 것을 꾸미면 따러갈 수야 있지마는."

그들의 의식은 이렇게 한곳으로 모이었다. 농민조합이란 어떠한 것인가? 하고 그들은 제각기 몽롱한 생각을 쥐어짜보기도 하였다. 그러나 그들은 어떠한 호기심과 아울러 거기에 큰 희망을 붙여 보았다. 참으로 그들의 살 길은 그것밖에 없나보다 생각되었다.

피난한 우중에서도 닭은 홰를 치고 울었다. 어떤 곤란 중에도 그는 제 맡은 바 직분을 다하려는 것처럼.

차차 밤은 밝아간다. 어둠 속에서 분명히 보이지는 않았으나 물은 엄청나게 불어서 온 동리 집이 물 속에 든 것 같았다. 그들은 이 정자나무 본대 위에도 위험하지나 않을까? 하고 성냥을 그어서 추진 나무로 횃

불을 놓아 보았다. 아직 그러지는 않았다.

그러나 그들은 경계를 게을리 하지 않고 돌을 던져 보기도 하며 불을 비쳐보기도 하며 밤을 새우고 있었다. 이 경황 중에도 잠자는 사람이 있었다. 그러는 동안에 먼동이 훤하게 터진다. 그들의 지리한 밤은 차차 밝아왔다. 비도 그만 저만 그쳐간다.

8

이튿날 아침에 일어나 보니 T촌은 하룻밤 동안에 수라장이 되어버렸다. 물가로 가까이 있는 얕은 집들은 모두 떠나가고 그렇지 않은 집도 거의 무너지지 않았으면 반쯤 쓰러지고 말았다. 물은 엄청나게 온 동리 집에 침수하였던 것이다. 그리하여 조사한 결과는 유실가옥流失家屋 오 호五戶 도괴가옥倒壞家屋 십이 호十二戶 반괴가옥半壞家屋 팔 호八戶라는 종래에 보지 못한 큰 수해를 내었다.

집을 떠나보낸 사람들은 제 집터에 가 앉아서 땅을 치며 울었다. 온 동중은 마치 초상난 집같이 "아이구" "지구"하며 울부짖는다. 어른들이 우는 서슬에 어린애들도 덩달아 울어서 아주 악마구리 끓듯 한다. 떠나간 집 중에는 원식이와 일룡이 집도 끼었고 준필이네 조첨지네 장접장네 집고 끼었다. 치백이 박첨지집은 전부 무너졌다.

건성이는 이럴 것이 아니라고 그들을 쫓아다니며 일일이 위로하는 한편에 '구호반'을 독려하여 우선 거접할 곳을 준비하였다. 홑이불 같은 것으로 천막을 치고 있는 대로 양식을 내어서 밥을 지어 가지고 공동으로 나눠 먹었다. 그들은 밤새도록 떨고 잠을 못자서 근력이 없던 차에 더운 밥으로 우선 허기진 배를 채우게 되었다.

날은 완구히 개이기 시작하였다. 강물도 쉽사리 빠져간다. 한낮이 되어가자 면소와 군청에서 수해조사를 나왔다. 신문기자도 오고 순사도 나왔다. 그들이 일일이 조사해 간 후에 농민조합에서도 조사를 나왔다.

건성이와 조합에서 온 사람은 무슨 이야기를 한참 하다가 다 저녁 때 돌아갔다.

마을사람들은 우선 무너진 집을 다시 건축하기 시작하였다. 그래 온 동리 사람들이 일제히 나서서 공동으로 일을 하는 동안에 ○○조합과 그외 각 단체에서도 수해 구제금이 나왔다. 그래 그것으로 또 유실된 집들을 새로 짓게 되었던 것이다. 이런 역사로 그들은 팔월 한 달 내 눈코 뜰새없이 바쁘게 지내었다.

그러나 그들은 조금도 피곤할 줄을 모르고 모두 제 힘껏 부지런히 일을 하였다. 그것은 거저하는 부역이 아니기 때문이었다. 다 같은 자기네의 일이요, 또한 진정한 동정을 하는 일이었다. 그들은 이 한 달 동안의 공동생활에서 많은 교훈을 얻게 되었다. 그것은 과연 한 사람 한 사람이 각자 위심하느니보다는 온 동리 사람의 힘을 합치는 데서 얼마나 큰 힘이 생기는지를 두 눈으로 똑똑히 볼 수가 있었음이다.

이 한 달 역사할 동안에는 그들은 모든 것을 공동으로 생활하였다. 따라서 그들은 제각기 분업分業으로 일을 맡아보았던 것이다. 우선 밥을 짓는 것도 각 사람이 차례차례 돌려가며 짓는데 식구 비례대로 양식을 추렴하여다가 큰 솥에 한데 지어서 한 자리에 둘러앉아 먹었다. 물론 양식없는 이는 추렴에서 빠졌다. 그렇게 하는 것이 나무도 덜 들고 양식도 덜 들고 제일 간편하였다.

그것은 이런 비상한 때에는 그렇게 하는 수밖에는 다른 도리도 없었음이다. 대관절 제가끔 집이 없는데 어떻게 각각 살림을 할 수가 있느냐 말이다. 그래서 나무하고 절구질하고 심부름하고 반찬 만들고 하는 모든 일을 모두 떼어 맡아서 돌아가며 하고 그리고 자기 차례가 돌아오기까지는 편안히 놀 수 있었다. 나무는 대개 건석이 같은 소년들이 해오고 식사는 여자들이 맡아보게 되었다. 그리고 장정들은 오직 집 짓는 역사에 전력하였던 것이다.

그러나 처음에는 좀 어수선하여서 정신을 차릴 수가 없더니 차차 치러나니까 두서를 알게 되었다. 그것은 건성이가 질서 있고 공평하게 잘 지휘한 보람도 있었지마는 큰 일을 많이 치러 본 장접장 마누라가 시원스럽게 팔을 걷어붙이고 나서서 일을 잘 보살피기 때문이었다. 밥 때가 되면 한 아이가 징을 꿍!꿍! 울리었다. 그러면 일꾼들과 어른 아이가 정자나무 밑으로 쭉 모여들었다. 그들이 멍석 위로 가족끼리 죽 늘어앉으면 식사 보는 사람들이 밥과 반찬을 똑같이 나눠주는 것이었다.

이러는 동안에 팔월 한가위가 돌아왔다. 그동안에 마을 역사는 거죽 일은 거의 끝나고 이제는 흙일과 잔일이 많이 남게 되었다. 그래 올 벼심은 집에서는 벼를 베어다가 송편을 빚고 막걸리 동이와 북어 마리를 사다 놓고 백중 이후의 처음으로 추석놀이도 잘 하였다.

구월 초생부터는 모두 집을 들게 되었다. 그래 그들은 오래간만에 각기 자기 집을 제각기 솥을 붙이게 되었다.

그러나 그들이 각기 자기 집으로 흩어진 후에는 한번 결합한 힘은 그대로 뭉쳐 있었다. 그들은 한 달 동안의 공동생활에서 이 힘을 길러낸 것이다. 그들은 그전에 다 각기 남보다 잘 살아보려고 허덕이던 것이 모두 공상인 줄을 알게 되었다. 자기 한 몸의 조그만 힘과 맘뿐으로는 잘 살아지지 않는다는 것을!

그것은 마치 헤엄칠 줄 모르는 사람은 아무리 허위대며 물 밖으로 나오려고 하여도 점점 더 물속으로만 들어가고 말 듯이 그들은 허덕일수록 점점 더 가난이 파고들었다. 그들은 이런 공상을 언제까지 되풀이하고 있느니보다는 차라리 야학이라도 하는 것이 얼마나 나은지 알 수 있었다.

덮어놓고 안 벌어지는 돈을 벌려고 하느니보다도 돈이란 게 어떻게 생겨서 어떻게 유출되는 것인가? 하는 경제의 초보지식부터 배울 필요가 있었다. 그래 혹부리 김서방, 광성이, 원식이부터도 그렇게 생각되었던 것이다. 그들은 종래의 모든 공상과 미신과 소경 제 닭 잡아먹는 셈과 같은 사리사욕을 차차 버리고 대동지환에 처한 자기네의 전체 운명을 바라보게 되었다.…

그러나 인간이란 다만 관념적으로, '이것이 옳으니 이대로 하라!' 고 한다고 그대로 곧 실행되는 것은 아니다. 행동은 언제든지 '실제' 를 요구한다. 종래의 그들은 다 각기 막다른 골목에서 저 혼자만 잘 살아가보려고 발버둥이를 쳐보았다. 그러나 더 나갈 곳이 없는 그들은 그 자리에서 서로 이마받이를 할 뿐이었다. 그 길밖에 모르는 그들은 막다른 골목에서 서로 맞부비고 떠밀고 드잡이하며 다 각각 저 혼자만 돈구멍으로 빠져나가려고 조바심을 쳤다마는 다시 더 빠져나갈 곳은 없지 않은가!

그런데 그들에게는 난데없는 딴 길이 발견되었다! 그 길은 지금까지 걸어온 반대방향에 있는 큰 신작로였다. 아니 아까까지도 도무지 보이지 않던 새 길이었다. 그것은 마치 지금까지 안개가 자욱한 속에서 보이지 않던 것이 차차 안개가 사라지며 새로 보이는 길 같았다. 그것은 마치 이 앞 K강과 같이 아래로 흐를수록 넓은 강이었다. 강은 마침내 양양한 바다로 통하듯이 이 신작로도 그런 길로 뚫린 것 같았다. 자유의 바다로!

그들의 이 힘은 마침내 ○○농민조합 지부를 설립하게 되었던 것이다. 그들의 이힘은 마치 저 K강의 '홍수' 때와 같이 앞길을 막는 것은 무엇이든지 박차고 나갈 힘이었다.— 그들은 ○○농민조합 후원 밑에서 그들 일동의 굳건한 결합으로 이 조합을 만든 것이었다!

그들은 미리 준비하고 벌써 역사할 때에 공청 한 채를 더 지어놓았었다. 그것을 조합 사무실로 사용하게 되었다. 그래 그들은 지부위원장인 장접장 이하로 건성이, 치백이, 완득이, 원식이, 준필이, 일룡이 그외에도 적당한 사람으로 집행위원을 설정한 후 각기 부서를 나누어서 사무를 집행하게 되었다. 조합에는 조합기가 꽂혀 있었다.

야학도 이 사무실로 옮기었다. 그들은 남자뿐만 아니라 여자야학도 시작하였다. 거기에는 음전이와 순남이도 열심히 다녔다.

이리하여 그들의 모든 힘은 조합으로 집중되어갔다.

9

어느덧 수확할 무렵이 돌아왔다, 그래 T촌 사람들도 일제히 나서서 벼를 베기 시작하였다. 그러나 큰 수해를 치르고 난 농작물은 아주 여지가 없이 되어서 소작료를 정한대로 치르고 나면 아무 것도 남지 않을 뿐 아니라 도리어 부족할 집도 많았었다.

이에 그들은 전 수확의 이 할 혹은 아주 면제해주기를 제각기 수해 정도를 따라서 지주에게 진정하고 그렇지 않으면 소작료×× 동맹을 일으키기로 하였다. T촌사람들의 짓는 전장은 거의 윗마을 사는 정고 령집 땅이었다. 큰들에도 그 집 전장이 많았으므로 ○○농민 조합에서도 쟁의를 일으키게 되었다.

그래 T촌에서도 그들과 공동투쟁을 취하게 되었다. 그러나 쟁의는 쉬이 끝나지 않았다. 이에 조합에서도 지구전을 할 준비와 또는 명년 보릿동까지 살아갈 식량 준비로 매호마다 노동을 징발하고 단 한 푼이라도 생리할 부업을 하기 시작하였다. 여자들도 멱을 치고 새끼를 꼬아서 팔았다. 장정들은 큰들로 마당질 품팔이를 나갔다. 노인들은 신을 삼아 팔았다.— 그들은 모든 것을 공동으로 하였다. 공동으로 사들이고 공동으로 팔았다. 물론 이 모든 것을 조합에서 처리하게 되었다.

쟁의에는 혹시 그 중에서 배반하는 자가 있을지도 몰라서 그들은 서로 경계하였다. 그래 저녁을 먹으면 일제히 조합으로 모여서 쟁의에 대한 방책과 오늘까지에 조사한 보고를 듣고 늦도록 이야기하다가 돌아가 자고 그 이튿날 아침에는 또 누구누구는 무슨 일을 하러 어디로 가고 누구누구 는 무엇을 하겠다는 것을 일일이 조합에 와서 보고하였다. 그래도 미심하여서 그들 중에서는 또 규찰대를 조직해가지고 그들의 행동을 엄중히 감시하기까지 하였다.

　이 판렬에 건성이는 고만 검속이 되었다. 그러나 그후로 완득이, 원식이, 치백이, 준필이, 장접장 등 이 꾸준히 잘 싸우고 있었다. 그러나 그들이 아직 처음 경험이니만치 혹시는 실패할런지도 모른다마는 그것은 그저 실패만은 아니었다. 이미 뿌리잡고 든든히 선 조합은 그로 말미암아 흔들리지 않았다. 그들에게는 참으로 '홍수' 같은 힘이 점점 한데로 뭉쳐 흐를 뿐이었다.

―《조선일보》(1930. 8. 21~9. 3).

묘·양·자

1

"삼월아."

"네!"

안방에서 부르는 마님의 목소리를 듣고 삼월이는 기급을 해서 안으로 들어갔다.

'무슨 일인가?'

'또 애기 시중인가?'

삼원이는 들어가는 도중에 고개를 비꼬고 이렇게 생각해보았다. 그러자 그는 입을 비죽 내밀었다. 머리로부터 금붙이와 비단으로 온몸을 내리감은 중년의 이 집 마님은 단골로 놀러오는 안손님과 마주앉아서 지금도 심심풀이 화투를 하고 있었다. 그는 삼월이가 들어오는 것을 보더니만 고개를 반짝 쳐들며

"건넌방에 좀 들어가 보아!"

한다.

그러자 그는 다시 놀음에 정신이 팔렸다.

상대편에서는 지금 난초 열끝자리를 제끼었다. 그것을 보자 마님은

"옳다! 난 초약했다."

하고 좋아서 마주 손뼉을 치며 뒤수럭을 떤다.

"뭐요?"

상대방 여자는 초약을 했다는 말에 입맛이 써서 부르짖는다. 그런데 삼월이가 재차 묻는 바람에 이 집 마님은

"아니 넌 여적 안 갔냐? 뭘 묻는 거야. 애기가 오줌이 마려운지 우는 소리가…… 아차 저런 놈의 공산명월 보았나…… 아니 넌 애기가 우는 소리를 못 들었어?"

"못 들었어요."

마님은 여전히 화투판에다 정신을 쏘며

"뭐 하느라 못 들었단 말이냐― 또 낮잠을 잤냐?"

"아니요, 마님!"

"그럼 귀먹었냐?…… 어서 가서 애가 오줌 뉘어주고 방도 치우고 하란 말이야. 그리고 깔어준 요도 좀 빨아서 널랴무나. 오줌을 지렸는지 냄새가 나드구나…… 어서 하셔요!"

하고 주인여자는 다시 상대방에게 화투를 하라고 재촉을 한다.

"네."

삼월이는 얼른 돌아서서 나왔다. 그는 또다시 입을 비죽 내밀었다.

'애기?' 하고 그는 되뇌었다. ―애기는 무슨 애기야?

"얼른 하셔요…… 그런 일을 누가 일일이 하라기를 기다리고 있는가. 제가 맡은 일이면 시키지 않아도 제 의견대로 척척 해야지."

마님은 삼월이가 나간 것도 모르고 화투판에만 정신이 쏠려서 입 속으로 중얼거린다.

"이렇게 척척 구다사이로…… 하하하."

"웬 저런…… 뭘 해야 좋단 말인가? 도무지 할 것이 없으니…… 에―라 홑끝이라도 짤라라!"

오동 홑끝을 자르면 맞은편 손님이 무슨 생각이 났는지 주인마누라를 힐끗 쳐다보더니만
"아니 오줌이 마려우면 번번이 우나요?"
하고 묻는다.
"그러믄요. 똥오줌을 꼭꼭 가린답니다."
"그것도. 아이구 신통해라. 어쩌면 그렇게……."
"어디 그 뿐인가요. 갖은 재롱을 다 한답니다."
"저거 보게! 언제 와서 그 신통한 재주를 한번 구경 좀 해야겠구먼요."
"오셔요. 우리 영감님은 애기한테 아주 반했답니다. 하긴 나도 반했지마는……."
"왜 안 그러시겠어요. 매사가 정들일 탓이라구."
"아닌 게 아니라 미련한 인간보다 낫다니깐요. 못생긴 사람은 이십 삼십이 되도록 오줌을 싸지 않아요?
"그렇고 말구요. 우리 이웃에도 스무 살이나 먹은 자식이 여적 오줌을 싼답니다. 첫날밤에 각시 요에다 오줌을 쌌다는 녀석이니 더 말할 것두 없겠지만…… 호호호……."
"그런 천치 같은 것을 장가는 와 들였을까.
"글쎄 말이지요. 호호호……."
그들은 '애기' 칭찬을 하기에 화투를 할 줄도 모르고 입방아를 찧기에 정신이 없었다.

2

삼월이는 지금 그들의 칭찬이 대단한 '애기'의 방으로 들어갔다.
'애기'는 건넌방에서 거처하였다. 도배장판을 뽀얗게 해놓은 그 방

안에는 여러 가지의 '애기' 장난감이 군데군데 놓여 있다. 그리고 방 한
구석 모퉁이로 '애기'가 잠을 잘 자게 만들어놓은 푹신푹신한 쇠침상
이 놓였다. 그 침상은 도금을 한 것이었다. 조그만 비단이불이 그 위에
얹혀 있다. 삼월이가 그 방으로 들어가자 '애기'는 침대 위에 앉아서
지금 들어오는 삼월이를 똑바로 노려보며 슬프게 울었다.

"냐—옹! 냐—옹!"

울음 소리가 이상한 '애기'다. 이 집 주인 내외는 고양이를 '애기'라
고 부른다.

'애기'는 달랑달랑하는 금방울을 목에 달았다. 그것은 정말 금으로
만든 금방울이었다. 이 집 주인영감이 특별히 미술품 제작소로 몸소 찾
아가서 몇십 원인가 주고 일부러 맞추어온 것이다. 그리고 이 '애기'는
청옥인가 무슨 보옥으로 염주와 같이 만든 목도리에다 황금방울을 차
고 있었다. 이 목도리도 가난한 사람들이 들으면 물론 하품을 할 만한
큰 돈이다. 그것은 금방울보다도 더 비싼 보석이라고 하였다.

이 집에서 둘도 없는 이 귀여운 '애기'는 보석목도리에 황금방울을
차고 날마다 재롱을 부리며 먹고 자는 것이 그의 맡은 일과였다. 그러
면 삼시로 맛난 요리는 물론이요 이름 모를 서양과자의 주전부리까지
연신 입을 달고 있게 하였다.

'애기'가 몸을 움직이면 금방울이 달랑달랑…… 소리를 내었다. 그
것은 마치 바람이 건뜻 불면 '풍경'이 노래를 하듯이.

방울 속에 넣은 구슬도 은으로 만들었다. 그 소리가 그리 크지는 않
아도 맑고 여음이 그윽하게 들리는 것이 운치있었다. 그것은 부지중 유
쾌한 기분을 자아내게 하였다.

그는 몸을 움직일 때마다 이 소리를 내었다. 그리고 그가 울 때면 그
의 울음소리와 방울소리가 서로 조화가 되어서 음악적인 미묘한 여음
을 내었다. 지금도 그는 그런 소리를 내었다.

"냐—웅! 달랑… 달랑……."

그러나 삼월이는 이런 음악적 묘음을 알아들을 만한 지식도 없었거니와 설령 있다손 치더라도 그것은 기괴스럽게 들렸을 것이다.

왜 그러냐 하면 그는 이 귀여운 '애기'의 몸에서 노린내가 나는 것이 질색할 노릇인데 그의 시중을 들어주는 전용 노예로 되었기 때문이다. 그는 이 세상이 고르지 못함을 새삼스레 분개하였다. 자기는 그런 '애기'는 뭇으로 져다주어도 싫고 두 번만 보아도 근처에 가기가 싫은데 왜 밤낮 그의 시중을 하라는가? 그렇게 귀해하는 '애기'라면 귀해하는 저희들이 공양할 것이 아니냐고 하나 이 댁 마님과 영감은 그런 구석지근한 일은 하기가 싫어서 남을 시키고 '애기'의 재롱만을 구경할 줄 알았다.

그래서 그들은 구저분한 일— 오줌 뉘고 똥 뉘고 요 빨고 심지어 벼룩까지 잡아주는 그런 일은 삼월이더러만 장창 하라는 것이었다.

아름다운 것은 미운 것을 없이 하는 데서 생기고 깨끗한 것은 더러운 것을 없이 해야만 될 것이 아닌가? 그런데 더럽고 미운 것을 제거하는 데는 한 손가락도 움직이지 않고 다만 아름답고 깨끗한 것만 취하려는 생각, 그것은 이 세상에서 무엇 같다고 할까?

그는 그런 일만 아니면 다른 일은 무엇이든지 시켜도 좋겠다고 생각하였다. 정말 그러하였다.

그는 지금도 방으로 들어서며 고양이에게 눈을 흘겼다.…… 얄미운 생각은 그만 조것을 반짝 들어서 메부치고 싶었지만 차마 그럴 수가 없었다. 그것은 '애기'라는 '영물'이 조금만 저에게 해로운 일이 있으면 곧 울음으로 표시하여서 안방 마나님에게 꼭꼭 꾸중을 듣게 하기 때문이었다.

삼월이는 지금도 한 번 쥐어박고 싶은 것을 꿀꺽 참았다. 그는 '애기'를 고이 안아다가 오줌을 뉘어주었다. '애기'는 수놈이었다.

사람의 손때가 오르고 눈치코치가 말끔한 이 '애기'는 눈만 몹시 흘겨도 벌써 울음을 내놓는 바람에 그는 도무지 어찌할 수가 없었다.

"사람이 고양이의 종이 되다니…… 아…… 원통한 신세도 다 있지…… 흑… 흑……."

삼월이는 남몰래 이렇게 부르짖고 목이 메어 울은 적도 한두 번이 아니었다.

그러나 이 세상 사람들은 그게 조금도 아무렇지 않은 것처럼, 아니 도리어 당연한 일처럼 보고 있었다. …… 마치 그것은 돈의 앞에서는 그보다 더한 것이라도 하는 수밖에 없다는 듯이…….

과연 이 집의 귀여운 '애기'는 그게 사람이 아니라 고양이었다.

3

안손님은 화투를 치면서 이 집 마님에게 묻는 말이다.

"애기는 어데서 구해오셨나요?"

"시굴 작인의 집에서 선물로 가져왔답니다. 영감이 짐승을 무등 사랑하시는 줄 알고 강아지, 닭, 오리, 게우, 옥토끼, 두루미, 부엉새, 비둘기…… 별것들을 다 가져와야 도무지 당신 마음에 들지 않으셨는데 애기의 선사를 받은 것은 그 중에서도 가장 마음에 드셔서 기르게 되었답니다. 다른 것들은 모두 동물원으로 보냈고요……."

주인마님은 마치 자랑이나 하는 것처럼 한참동안 동물 이름을 주어 섬기었다.

"그래요! 참, 미물이라도 이런 댁에서 귀염을 받는 것은 얼마나 팔자를 잘 타고났을까요."

"암만요, 어서 장가를 들여야겠군요, 호호호."

안손님은 화투를 제끼고 나서 한 손으로 입을 싸쥐며 웃는다.

그는 정색을 하며 다시 뒷말을 잇는다.

"귀한 애기의 씨를 받아야 할 것 아니여요."

"그렇지 않아도 지금 구하는 중이랍니다."

"아가씨는 또 어데서 이 댁으로 들어올려는가?"

"그거야 우리도 모릅지요. 또 시굴서 선사가 들어올려는지 원!"

"고양이야 이 서울엔들 왜 없겠어요. 그런 것을 고르기가 매우 어렵겠지요. 그렇지 않아요?"

"네 정말이여요. 입이 높으면 고량진미도 맛이 없는 것처럼, 하하하……."

"저 일본에서는 이런 일이 있었다나요.―"

하고 안손님은 새 화제를 꺼내었다.

"어느 자본가 한 사람이 세계전쟁 때에 군수품으로 큰돈을 벌었는데 그 사람은 아마 식도락에 취미를 붙였는가 보아요. 그래 돈을 아끼지 않고 세계국가의 요리란 요리는 다 만들어서 먹어보아야 도무지 맛이 없더랍니다. 그가 하루는 생각하기를 꾀꼬리는 목소리가 그처럼 아름다우니 아마 그놈의 고기 맛도 유별나게 좋을 거라고 이런 생각이 들자 그는 하인들에게 당장 꾀꼬리를 사오라고 했답니다. 값은 얼마나 주는지 간에……."

"저런 변태식욕자 보았나!"

주인마님이 화투장을 내다말고 상대방을 쳐다보며 기피한 듯이 다음 말을 기다린다.

"그래 돈 이백 냥 씩을 주고 꾀꼬리를 대여섯 마리 구해왔더랍니다. 그것을 굽기도 하구 볶기도 해서 꾀꼬리요리를 해바쳤더니 그 자본가는 한점을 집어먹어 보고서는 맛이 없다고 젓갈을 내동댕이쳤다나요. 호호호……."

"아이그 아까와라! 그 많은 돈을 들여서 산 것을……."

"그러게 말이지요. 건 돈지랄이 아니여요.— 천 냥도 더 들여서 산 것을 먹지도 않고 내버렸다니."

"돈보다도 그 꾀꼴새들이 더 불쌍하지 않아요! 그것들이 그렇게 죽지 않고 살았다면 사람들의 귀에 얼마나 아름다운 노래를 들려주었을까요."

주인마님이 측은히 생각해서 하는 말씀이었다.

"왜 아니여요! 그래서 자본가를 흡혈귀라나부지요? 남의 생명이야 죽든지 말든지 간에 제 욕심만 채우러드니까요. 호호……."

안손님은 지금 이 집 영감도 그와 비슷한 자본가요. 또한 고양이를 '애기'라고 호사스럽게 기르는 것이 그 왜놈 자본가가 꾀꼬리요리를 해먹어보는 심리와 무엇이 다르냐고 빗대어 하는 말인데도 주인마님은 눈치를 못채고 여전히 맞장구를 치는 꼴이 가관이었다.

"그렇구말구요. 꾀꼬리요리를 해먹는 사람보다 고양이를 기르는 게 얼마나 착한 일인데요. 그래서 아랫사람들은 우리집 영감이 심덕이 무던하시다구 모두들 일른답니다. 짐승한테까지 은덕을 입힌다고요."

주인마님은 자기의 영감이 정말 착한 것처럼 추어대었다.

"암만요! 고양이를 기르면 우선 쥐가 얼씬도 못하지 않아요. 그 한 가지만 하더라도 고양이는 사람에게 유익한 동물입지요.…… 인간들끼리야 서로 어쨌든지간에……."

상대방의 안손님은 이 집 마님과 서로 친해다니기는 하나 속으로는 그들의 모순된 생활을 흉보았다. 이 집과는 연사간이 되는데도 이해관계에 들어서는 푼돈을 따지고 영독하게 구는 것이 그는 밉살머리스러웠다.

하나 그는 이런 속을 알면서도 겉으로는 친한 척하였다. 그리고 그가 이 집으로 마실을 자주 다니는 것은 심심풀이로 화투를 치는 것이 유일한 취미로 되었기 때문이다.

그는 마실을 다니면서 이 집 영감 내외의 사는 꼴을 마치 정탐꾼처럼 넘겨다보았다. 물론 그것은 어떤 잇속을 노리기 위함이었다.

그들은 서로 만나기만 하면 화투를 노는 것이 유일한 쾌락이었다. 워낙 유한마담들의 할 일이란 이런 것밖에 더 있는가!

4

안국동 김중호 집에를 가보면 누구나 그 높직한 솟을대문과 기둥 좌우에 붙어 있는 유명한 주인 영감의 문패와 직함이 눈에 띌 것이다. 무슨 친목회원이니, 무슨 정사원이니, 무슨 위원이니…… 그리고 나중에는 동물학대방지회 찬조원이라는 가장 특색있는 명예직까지 붙어있다.

정말로 그는 동물을 귀해한다. 아니, 그것은 동물뿐만 아니라 우선 그의 직함으로만 보더라도 그가 이 사회에서 얼마나 활동하고 있는지 족히 짐작할 만하였다. 그는 실로 사회 각 방면으로 많은 사업에 관계하고 있는 명사인데 마침내 그의 '혜택'은 동물계에까지 미치게 되었다.

그는 '동물학대방지회'를 창립할 때에 발기인 중의 한 사람으로 첫줄에 씌어 있었다.

하기에 일부 사회에서는 그를 지주라 하고 교활한 자선가라고도 한다. 인색한 고리대금업자, 잔인한 공장주라는 별명을 듣기도 하겠다. 그러나 이것은 비단 김중호 한 사람에게만 한한 것은 아니다.

오늘날 재산가라는 부명을 듣는 지주나 자본가 쳐놓고 이와 같은 말을 듣지 않는 사람이 누가 있겠는가? 다소간 정도의 차이는 있을지 모르나 한 사람도 그와 같은 구설을 아니 듣는 사람은 없다.

하다면 지식도 없는 김중호가 오직 돈 한 가지를 모으는 데 재미를 붙여서 잔인한 악덕 지주로, 자본가로 되었다는 것은 그리 이상스러운 것도 아니다. 왜 그러냐 하면 원래 이 사회가 그렇게 계급적으로 대립되었기 때문에 양편의 간격의 구멍은 날이 가면 갈수록 더욱 커질 수밖에 없기 때문이다. 메꿀래야 메꿀 수가 없는 깊은 구렁이 패이었기 때문이다.

그것은 김중호 내외가 고양이를 양자로 삼았다는 그 한 가지 사실만도 이를 족히 증명하지 않는가!

그들의 배금사상은 마침내 인간을 소외하고 동물에게로 애정이 쏠리었다. 이것은 비뚤어진 동물주의 사상이다.

그러나 그들은 자기가 낳지 않은 양자를 하는 것보다는 차라리 고양이를 대신 기르는 편이 낫겠다는 생각으로 그리하였다. 제 자식도 아닌 양자를 했다가 우선 재산을 들어먹으면 어쩔까 싶은 염려에서 그들은 양자할 것을 단념하였다.

그런데 고양이를 기르면 이런 걱정 근심을 할 것이 조금도 없다는 결론을 얻을 수 있었다.

하긴 그럴 말로면 고양이도 기르지 않으면 더 경제가 되지 않겠느냐고 질문할는지 모르지만 사람은 무엇이나 사랑하지 않고서는 못 배기는 본능이 있는가보다. 김중호는 이 본능만은 어찌할 수가 없어서 자식 대신 고양이를 기르게 된 것이다. 그렇게밖에 달리는 생각할 도리가 없지 않은가.

또한 그들은 다자다우라는 옛말과 같이 자식이 없는 것을 도리어 팔자가 편하다가 돌려 생각하기도 하였다. 그것들이 돈이나 안 준다고 누구네 자식들과 같이 자살을 한다든가, 재산으로 말미암아 집안에 풍파를 일쿠게 된다면 그야말로 우환 중에도 상우환이라는 생각으로…….

이에 그들은 일가집 자여질이 없는 바도 아니건만 양자를 하지 않기로 작정하였다.

……그렇게 제자식도 믿지 못할 세상인데 하물며 남의 자식을 데려다가 길러 가지고 덕을 보기는 고사하고 무슨 환난을 당할는지 모르는 일을 왜 하겠느냐고.

5

오정이 가까워오자 삼월이는 점심준비를 하기에 부엌에서 바쁘게 돌아다녔다.

점심을 시작하기 전에 안방마님은 삼월이를 불러들였다.

"오늘 점심에는 반찬을 무엇을 할래?"

"글쎄요……. 어제 사온 도미를 지질까요?"

"그래라. 영감마님 잡술 것은 고추장에 지지고 애기 먹을 것은 소금을 발라서 구우려무나!"

"예……."

삼월이는 차마 입술을 내밀지 못하고 입안으로만 내미는 시늉을 하였다.

"또 너무 짜게 굽진 말아. 애기는 짠 것하고 매운 것은 아주 질색이란다."

"예……."

"그리고 갈비 곰국이 남아있겠지, 그것도 데워서 영감마님의 진지상과…… 애기도 목 맥힐 테니 한 보새기 떠주구……."

"예……."

삼월이는 돌아서 나오는 길에 정말로 입술을 비죽 내밀었다.

그것은 고양이새끼는 제 할아비 신주보다도 더 위한다고 속심으로 비웃었던 까닭이다.

이날 점심에는 이 집의 귀여운 '애기'—고양이에게 석발미 이밥과 생선도미 한 마리를 통째로 구워서 대접하게 되었다.

그런데 삼월이는 이날이라고 특별히 고양이를 더 미워한 것은 아니었고 마님의 분부대로 요리를 만들었는데 웬일인지 고양이는 점심을 다 먹지 않았다.

하기는 안방마님이 연신 점심 재촉을 하는 바람에 영감님이 미구에 오실 터이니 어서 밥을 지으라고 설레발을 치는 바람에 혹시 도미가 덜 구워졌는지도 모른다.

그러나 생고기도 먹는데 고양이가 생선이 좀 설 구워졌다고 안 먹는대서야 그것은 사람 이상으로 호강에 겨운 말이겠다.

안방마님은 '애기'의 반찬을 잘못해주어서 안 먹었다고 콩팔칠팔하며 또 야단이었다.

그것은 끼니 때마다 꼭꼭 '애기'가 밥 먹는 것을 안방마님이 지성껏 검사하였기 때문에—.

마님은 성이 시퍼렇게 나서 우선 도미를 군 것을 한 점 떼어 먹어보더니만

"아이구 짜거워라, 이년아! 너 좀 먹어보아라! 이 죽일 년 같으니! 짐승이라고 그래서는…… 이년! 너도 벼락을 맞어죽지 온전히 죽지는 못할라……"

하고 죽은 년 잡도리를 하듯이 눈이 빠지도록 나무라는 것이었다.

삼월이가 처음에는 몇 마디 변명을 해보았다. 그랬더니만 또 말대답을 한다고 더 기승을 떠는 바람에 그만두었다. 그는 너무도 억울한 책망이건만 꿀꺽 참고 들을 수밖에 없었다. 다만 그의 두 눈에서 흐르는 뜨거운 눈물만이 샘솟듯 흘러서 소리 없이 치맛자락에로 떨어질 뿐이었다.

바로 그때였다.

영감마님 김중호가 이해춘과 작별하고 자기 집으로 점심을 먹으로

들어오다가 이 난데없는 짝짝궁이에 눈이 둥그래서

"아니 이게 웬일이냐?"

하고 안으로 뛰어들어왔다. 그러지 않아도 넋이야 신이야 하고 혼자 사설을 하던 마나님은 자기 영감을 보더니만 우선 건넌방으로 끌고 들어가서 고양이를 가리키며 전후 사실을 한바탕 늘어놓았다. 그리고 나서는

"여보! 저런 죽일 년도 있수?"

하고 참으로 무슨 큰일이나 난 것처럼 헐레벌떡이며 영감을 쳐다보는 것이었다.

한동안 잠자코 듣기만 하던 김중호는 차차 기색이 달라진다. 그러더니만 별안간 집안이 떠나가도록

"삼월아!"

하고 고래고래 소리를 지른다.

"예······."

삼월이는 마치 고양이 앞에 생쥐같이 발발 떨며 들어왔다.

"이년! 죽일 년 같으니!"

김중호는 별안간 와락 달려들자 삼월이의 머리채를 잡아채서 마루 위에다 내동댕이를 쳤다. 그리고 주먹으로 발길로 사정없이 쥐어지르고 걷어차기를 여러 번 하였다.

그래도 삼월이는 마치 공과 같이 대굴대굴 구르며 가냘픈 울음을 느껴 울 뿐이었다.

"이년아! 다시 또 그까짓 버르쟁이를 했단 봐라! 넌 뼉다귀가 성치 못할테니······."

"인제 그만해두세요.······ 그러기에 내가 뭐라던?"

마님은 삼월이가 맞은 것이 아주 깨소금같이 고소롬한 모양이었다. 그것은 마님뿐 아니라 '애기' 도 연신 앞발을 쳐들고 김중호에게 아양을

부르며 "냐— 옹 냐— 옹" 간사하게 울었다. 고양이의 목에 걸린 금방울이 청보석목도리에서 달랑! 달랑! 하는 음악적인 소리를 고요히 내었다.

"저런 년이 있기 때문에 동물학대방지회라는 것이 생길 필요가 있단 말야."

김중호는 오히려 노염이 삭지 않은 듯이 흥분된 목소리로 부르짖었다.

"동물학대방지회란 무에요?"

"말 못하는 짐승을 학대하기 못하도록 널리 선전하는 사회단체란 말야.— 마치 교회에서 죄를 짓지 말라고 전도를 하듯이."

"그럼 저 년도 그 회를 믿게 했으면 좋겠구려."

"글쎄 말이야."

"아니 영감도 그걸 믿으시우?"

"믿지 않구…… 나도 그 회의 회원인데.— 당신도 회원이 되고싶소?"

"회원이 되면 어떻게 하는 게라우?"

"어떻게 하기는 무엇 어떻게 해. 첫째는 자기가 동물을 사랑할 것이요, 둘째는 다른 사람도 동물을 사랑하도록 일깨워주고 길거리에 나설 때에 마소를 학대하는 사람을 보거든 그리 못하도록 만류하며 일깨워주는 게지."

"거 참! 꼭 됐구려. 내가 동물을 얼마나 사랑하기에요."
하고 마나님은 영감의 비위를 맞추려 든다.

"쉬이 동물학대방지회에서는 일반에서 동물애호사상을 선전하기 위하여 시위행진을 하게 되었는데 그날은 시내로 돌아다니며 그런 선전을 한단 말이요. 마치 구세군이 가두전도를 하듯이……."

"그럼 그때 나도 갑시다."

"가구려."

"아니 시장하시겠수. 삼월아! 어서 나리마님 진짓상 차려오너라."

마님은 비로소 생각이 난 듯이 삼월이를 재촉한다. 마님의 명령에 삼월이는 어찌할 수 없이 결리는 가슴을 부둥켜안고 다시 부엌으로 들어갔다.

주인 내외는 겸상을 해서 곰국에 도미지짐에 옥 같은 이밥을 은수저로 마주먹었다. 마나님은 화로에다 미리 데우고 있던 반주를 금술잔에 따라서 영감에게 권하였다.

중호는 점심을 먹고 나자 그 길로 이해춘이를 찾아갔다.

그는 자기집에서 발생한 이 중대사건을 '회'에 보고하는 동시에 가두선전을 할 수 있는 대로 속히 하도록 준비하라는 재촉을 하고 싶었던 것이다.

삼월이는 상을 물리고 나자 자기 방으로 들어가는 길로 자리에 쓰러졌다. 그는 다시 울음이 복받쳐서 흑흑 느껴 울기 시작하였다.

동물학대방지회의 상무이사라는 이해춘이가 만일 그 광경을, 삼월이가 뚜드려 맞는 광경을 목격하였다면 어떻게 생각했을는지 모르나 그것은 동물 학대가 아니라 바로 인간 학대였다. 아니 그보다도 한 걸음 더 나가서 동물 숭배라고 보아야겠다. 그것은 인도주의가 아니라 주도주의요 짐승이 사람의 대가리를 밝고 올라서는 세상이라고 할 것이다. 이럴래서야 인간도 마지막이다. 참으로 말세가 된 셈이 아닌가?……삼월이의 소박하고 단순한 생각에도 그게 도무지 아무리 생각해야 옳은 일 같지가 않았다. 하느님이 있다는 것도 멀쩡한 거짓말같이 생각되었다.

왜 그러냐 하면 만일 하느님이라는 이가 정말로 있다고 한다면 이런 사실을 내려다보고 그냥 있을 수 있겠는가?

김중호는 지금도 동아제사회사의 사장으로 있었다.

6

그후 며칠이 지났다. 이날도 사장실에는 잡지기자니, 신문기자니 또한 보험회사 외교원이니, 은행회사의 중역이니 하는 사람들이 많이 찾아왔었다.

거기에 '동물학대방지회' 상무이사 이해춘이가 찾아와서 면회를 청하였다.

급사가 이해춘의 명함을 들고 들어오는 것을 받아보자 김중호는 흔연히 그에게 먼저 들어오기를 허락하였다.

"아, 이상이요. 어서 들어오시오!"

하고 그는 이해춘에게, 의자를 권한 후에 급사에게 차를 가져오라고 일렀다.

"예! 일간 기체안녕하십니까?"

"요새는 좀 바빠서 못 만났소. 그후에 회의사업이 어떻게…… 잘 진척되나요?"

뚱뚱이 김중호는 은근한 태도로 금테안경 밑에서 번쩍이는 눈알을 이해춘에게로 쏘았다.

"예…… 회의 성적이 날로 높아가고 있습니다.…… 영감께서 그처럼 후원해주시는 덕분으로 회원들도 대단 감사히 여기며 일심껏 동물애호사상을 선전하고 있습니다."

김중호는 이 말을 듣자 만족한 웃음을 얼굴에 가득히 띠며

"천만에. 나야 무슨 도움을 주겠소. 그것은 이선생의 노력으로 그러시겠지."

하고 하하하 웃는다.

"아니올시다. 모두다 영감께서 하념하신 덕택이외다."

이해춘은 고개를 숙이며 황송한 자세로 예를 하였다.

"좋소! 하여간 많이 힘써주시오…… 사업이 잘만 된다면 또 기부금을 걷을 수도 있고 당국에서 보조금을 타내올 수도 있을 터이니까."

"네! 그렇게 하여주신다면 더욱 영감께 감사를 드려야겠습니다."

"하하하……."

김중호는 여송연을 꺼내서 한 개를 피워 문다. 그는 기분이 매우 좋아서 너털웃음을 연신 웃고 있다.

그는 이해춘에게도 담배를 한 대 권하니

"황송합니다."

하고 아니 받으려 한다.

"어서 피우시오!"

"예!"

이해춘은 그제야 두 손으로 여송연을 받았다.

"그런데 이 사업을 발전시키는 데는 아마도 교회의 후원을 얻는 것이 필요할 것 같소. 내 생각은 그런데…… 이선생은 어떻게 생각하시는지요?"

하고 김중호는 이해춘을 의미있게 그의 꼬부장한 눈치로 쏘아본다.

이해춘은 지금 들여온 찻잔을 받아서 한 모금을 홀짝 마신 후에

"예! 그렇습니다. 저도 그것이 좋을 줄로 생각합니다."

"그렇지요? 교회는 사람을 죄악에서 구원하는 것이 목적이요. 이 사업은 동물을 인간의 학대에서 방지하자는 것이 목적이니까 역시 그것도 죄악에서 구원을 하는 셈이 아니겠소."

"예! 그다 이를 말씀입니까. 참 그런 말씀을 하시니 말이지 이 사업을 철저히 진행하려면 비단 교회뿐 아니라 학교와도 연락을 취할 필요가 있을 줄 압니다. 보통학교 생도들에게 가끔 강연을 들려주는 것이."

"참 그것도 좋은 의견이요."

"예! 그리고 교회 신자들을 할 수 있는 대로 회원으로 많이 받아들이

는 것이 좋겠사온데 저 구세군처럼 길거리에서 선전하는 것도 가장 효력이 있을 것 같아서요……. 쉽게 말하자면 '동물을 사랑하라!' 이런 표어를 쓴 깃발을 들고 시위행렬을 하며 선전삐라와 가두연설 같은 것을 하는 것이……."

"옳소!참 그게 묘안이요. 아니 그럼 음악 같은 것도 있어야 하지 않을까요?"

"물론 음악대가 있으면 더욱 좋겠습지요."

"그럼 악기도 차차 준비해봅시다! 그리고 제 1차의 가두선전을 가까운 장래에 한 번 해봅시다."

"예…… 좋습니다. 어느 일요일에……."

"옳지. 그러면 우선 이것으로 준비를 하시오. 선전삐라도 만들고 하자면 현금이 필요하겠으니."

그는 호주머니를 흠척하자 십 원짜리 지전 몇 장을 꺼내어준다.

"예. 감사합니다."

이해춘은 그 돈을 집어넣으며 공손히 머리를 숙이었다.

7

"아니 이상댁에서는 어떤 동물을 기르시오?"

김중호는 별안간 무슨 생각이 난 것처럼 이렇게 물었다.

"예…… 저의 집에서는 삽살개 한 마리를 기릅니다."

"개를? 우리 집에서는 고양이를 한 마리 기르는데 그것이 아주 신통하단 말이지, 선생도 언제 보셨든가?"

"한 번 보았습니다. 참 아주 귀엽게 생겼드구면요."

"우리가 무슨 이 사업을 한대서가 아니라 사람이나 짐승이나 생명을 타고나기는 마찬가지가 아니겠소. 그런데 사람은 말을 할 줄 알지마는 이 말 못하는 짐승을 함부로 학대하는 것은 참으로 그 이상 큰 죄악이 없는 줄 아오. 더구나 마소 같은 것은 실컷 부려먹으면서 그 위에 학대까지 한다는 것은 도저히 인도상 용서치 못할 일이라 하겠소."

김중호는 이렇게 아주 점잖은 말을 하였다.

"예⋯⋯. 그다 이를 말씀이오니까."

하고 이해춘은 그의 말에 맞장구를 쳤다. 김중호는 다시 생각이 난 듯이 백금시계를 꺼내보더니만

"아 벌써 오정이 지났다. 자 그럼⋯⋯."

하고 자리를 일어선다. 그 바람에 이해춘이도 마주 몸을 일으켜 세웠다.

"그만 물러가겠습니다."

"예 일간 또 만납시다!"

한편 삼월이는 그들의 심사를 정말로 알 수 없었다.

인간이 노동과 창조의 기쁨을 모르고 단지 동물적 본능으로만 살려 한다면 그것은 한갓 말초신경의 향락을 쫓아다니는 이외에 다른 염원이 없을 것이다. 그들은 먹고 할 일이 없으니까 어떻게 하면 먹은 것을 잘 내리고 오늘은 또 무엇으로 소일을 할까 하는 것이 가장 관심사인 동시에 어떻게 했으면 자기의 재산을 더욱 늘릴까 하는 것이 고작으로 되었을 것이다.

그러나 다만 안일한 생활로서는— 고량진미도 늘 먹으면 맛이 없는 것이요 주색잡기도 육장하게 되면 진력이 날 것뿐이다,

이에 그들은 권태를 느끼게 되어 새로운 자극과 향락을 갈구하기 마지 않는다. 유한계급의 이와 같은 부화한 사상은 때로는 그것이 변태적 성욕과 기괴한 취미로 발전하는 것이다⋯⋯. 그래서 구라파 어디서는 소위 마라손댄스의 세계기록을 새로 지으려고 몇 패의 청춘남녀들이 그야말로 불면불휴는 고사하고 밥도 먹을 줄 모르며 일천 시간을 돌파하려는 마라손댄스를 하기에 숨이 차서 헐레벌떡이며 납덩이같이 무거

운 다리로도 그냥 뛰고 있었다. 하며 또 아메리카의 어떤 무덤은 몇백만 원을 들여서 깊이 팠는데 거기다 음악을 장치해놓고 무덤 속에서 그것을 듣게 하였다는 것이다…….

김중호는 역시 이런 기괴한 취미를 다분히 가진 모양으로서 그는 고양이 양자에서 말년의 낙을 보고 살려는 것 같았다.

하나 삼월이는 생각할수록 그들에게 학대를 받는 것이 분하였다. 그것은 사람의 음식을 차리다가 그런 일을 당해도 원통할 터인데 황차 짐승의 먹이를 잘못해주었다고 사람을 마구 구타한다는 것은 도무지 듣도 보도 못한 고금에 없는 일이었다. 그는 더 참을래야 참을 수 없는 분통이 가슴속으로 치밀어올랐다.

그날 저녁에 삼월이는 그의 남편이 어서 돌아오기를 고대하였다. 남편이 돌아오자 그는 주인집 내외에게 낮에 당하던 소조를 낱낱이 이야기하였다. 그때 그는 울음이 북받쳐서 남편의 무릎 앞에 쓰러지며 흐느껴 울었다.

그의 남편 춘식이는 벌써 오래 전부터 실업을 당하고 이마즉은 정거장에서 날품 파는 뜨내기인부 노릇을 하였다. 그것도 며칠 건너만큼 일자리를 겨우 붙들게 되었다.

춘식이는 아내의 말을 다 듣고 나자 두 주먹을 불끈 쥐었다. 분한 생각대로 한다면 안으로 쫓아들어가서 당장에 그들 내외를 박살을 내고 싶었다. 하나 그는 억지로 참았다. 그는 하도 분해서 안문을 향하여 눈을 흘기며 공연히 두 주먹을 휘둘렀다.

그는 한동안 앉았다 일어섰다 안절부절을 못하였다. 얼마 뒤에 그는 간신히 가슴을 진정시키고 나서

"가만있어! 분풀이를 할 때가 있을 테니!"

하고 혼자 무엇을 골똘히 생각하고 있었다. 춘식이는 언뜻 동아제사공장에서 남직공으로 일하고 있는 인철이가 생각났다.

그 회사는 김중호가 사장으로 있는 제사공장이다. 일전에 인철이를 만나서 이야기를 들으니까 이즈음은 불경기를 빙자삼아 가지고 회사에서는 노동자들의 삯전을 깎으려고 한다던가. 만일 그렇게 된다면 노동자들 측에서도 그대로 있을 수가 없으니 동맹파업을 해야겠다고 하던 말을 들은 기억이 지금 그의 머리에 떠올랐다.

그래 그는 무릎을 탁 치며

"옳다!"

하고 다시금 부르짖었다.

"무에 옳다여요?"

삼월이는 두 눈이 번쩍 띄어서 자기 남편을 돌아다보았다. 그는 혹시 무슨 좋은 수가 생겼는가 싶어서……

"이 사람을 찾아가서 이야기를 하여야지!"

"이 사람이 누구여요?"

"아따 서대문 밖 제사공장에 다니는 순돌이 아버지 말이다!"

"그에게 뭐라고?"

"요새 세월이 없다고 직공들의 삯전을 깎으려 한대. 그건 멀쩡한 거짓말이거든! 세월이 없으면 가난한 사람들이나 죽겠지 부잣집들이 무슨 걱정이람!"

"직공들의 삯전을 깎아서 남는 돈으로는 고양이새끼를 더욱 호강시키려는 게지 뭐!"

삼월이는 자기도 모르게 이런 말이 분통 속에서 터져 나왔다.

"그런 죄악을 모두 말해주어야지……. 대관절 그날이 어느 날이냐 말이지?"

"무슨 날이?"

"짐승을 위한다는 날이라나, 제 할아비를 위한다는 날이라나……."

"아이 안방에서 들으라구―"

삼월이는 조심스러운 듯이 자기 사내의 옆구리를 꾹 찔렀다.

"들리면 어때여?…… 기껏해야 행랑살이밖에 더 쫓겨날까?"

"……."

"영감이란 자는 그저 안 들어왔나?"

"아직 안 들어온 모양이여요."

"그럼 내일이라도 그들이 이야기하는 것을 귀담아들어서 그 날짜를 아는 대로 나한테 알려주어야 되오!"

하는 사내는 저녁밥을 몇 숟갈 뜨다 말고 그 길로 일어서 나간다.

"어디를 또 나가우?"

"인철이를 좀 가보아야 되겠소."

"그렇게 서둘지 않으면 어떠우?"

삼월이는 의심스러운 듯이 자기의 남편을 유심히 보았다.

"쇠뿔도 단김에 빼랬다구 무슨 일이든지 생각난 김에 서둘러야지. 공장 형편이 요새는 어떤가 우선 그것부터 알아보아야 되겠소……."

그는 이렇게 말하고는 다시 아까 부탁하던 말을 그 아내에게 재삼 당부하였다.

"그렇게 해요!"

"예! 염려 마세요."

그는 그 길로 인철이를 찾아갔다. 인철이는 그의 동무들과 같이 집에 있었다.

그는 인철이에게 자기 아내가 주인집 내외에게 당한 소조를 일일이 이야기하였다. 그리고 동물학대방지회의 가두행렬을 어느 날 굉장히 거행한다는 말까지 자세히 들려주었다.

그의 말을 끝까지 듣고 난 인철이는 그만 못지않게 격분이 끓어올랐다.

 그것은 다만 인도상으로 보아서 김중호가 용서치 못할 위인이라는 막연한 의분에서만 격동된 것은 아니다. 그보다도 그는 자기들 노동자들과 직접적으로 이해관계가 밀접한 사람이었기 때문이다.

 김중호는 그들이 다니는 공장의 사장이 아닌가. 그는 자기의 생각 여하로 노동자들의 삯전을 내릴 수도 올릴 수도 있었다. 그는 자기의 마음 하나로 직공을 내쫓을 수도 채용할 수도 있는 절대한 권력을 가지고 있었다.

 그런데 그는 어떻든지 노동자들의 삯전을 내리깎으려고만 애를 썼다.

 노동자들은 날마다 새벽 네 시 다섯 시경에 일어났다. 요새도 그들은 벤또를 싸가지고 공장으로 달려갔다.

 엄격한 규율 밑에서 그들은 쉴새없이 맡은 일을 계속하였다. 그대로 생산고는 높아가고 회사의 이익은 많았다. 그 이익금은 대주주인 김중호에게 많이 배당되었다. 그들은 노동시간의 연장과 노동의 강도로 노동자들을 착취하였다.

 그것은 성년노동자도 그렇지만 10여 세 되는 어린 소녀들이 새벽부터 저녁까지 열네 시간 이상의 노동을 강요당하였다. 그들은 연약한 몸에 건강을 해치도록 피땀을 흘리면서도 품삯이라고는 불과 몇십 전이 못되었다. 그런데 이마즉은 불경기라는 구실을 삼아가지고 그나마 적은 삯전에서 또 얼마를 깎으려고 한다. 불악귀같이 이윤에 눈이 어두운 자본가의 심사를 노동자들은 도저히 묵과할 수 없었다.

 그들은 사람의 생활을 동물 이하의 레벨로 낮추려 하고 있다. 노동자들에게는 동물 이하의 생활을 강요하면서 그는 그만큼 남는 막대한 이득으로는 고양이새끼를 기르는 데 갖은 사치와 호강을 시키고 있다. 그뿐만 아니라 돌 고른 쌀밥에 생선과 고기를 고양이에게 장복시켰다. 그리고 그들은 고양이먹이의 도미를 잘못 구워주었다고 삼월이를 구타까지 하지 않았는가! 이런 자야말로 가난한 사람을 짐승 이상으로 학대하는 심사가 아니고 무엇이냐?

그래 인철이는 주먹을 쥐고 부르짖었다.

"아니 그 동물학대방지회의 가두행렬이라는 것은 어느날 한다든가?"

"그건 아직 모르겠네. 영감이란 작자가 우리 여편네를 때려주고는 노발대발해서 이해춘이를 찾아갔다니까!"

"이해춘이란 자는 누군데?"

"이해춘이가 바로 그 회에서 이사 일을 보는 사람이라네."

"아니 궐자가 됩다 노발대발한단 말야? 매맞은 사람은 어쩌고?"

"자기 조상같이 위하는 고양이의 진지 한 때를 설 때리게 한 것이 분하여서 나갔다니까 아마 그날을 속히 끄댕기자고 의논하러 갔는지도 모르지."

그는 생각할수록 기가 막혀서 어이없는 웃음이 나왔다.

"그날을 아는 대로 나한테 곧 기별을 해주게! 그럼 나도 동무들과 미리 상론할 일이 있으니."

"그러지 않아도 여편네에게 그 부탁을 하고 나왔네!"

인철이는 그날에 행할 계획을 동무들과 짜보았다. 그들은 이 세상에 대한 불공평과 사장 김중호의 탐욕을 폭로하였다. 춘식이가 일어서자 인철이도 누구를 찾아가보아야 하겠다고 모자를 쓰고 나섰다.

그들은 다시 속히 만나기를 기약한 후에 네거리에서 헤어졌다.

9

그후 안방마님은 더욱 열렬한 동물애호가로 광신자와 같이 되었다. 마치 전도부인이 집집마다 돌아다니며 전도를 하듯이 그는 짐승을 기르는 집을 일부러 찾아다니며 주의를 시켰다.

그가 만일 아메리카에 태어났더라면 좀더 기발한 취미를 찾기에 골몰했을 것이다. 그 역시 일 천 시간의 마라손댄스를 추는 무용선수로 뽑혔을지도 모를 일이요 성적으로는 좀더 자유스러운 개방된 생활을 할 것이며 그래 남녀 군상들이 한데 어울려서 여울물처럼 빙빙 돌아가는 이상야릇한 취미— 초콜릿과 같은 달콤쌀쌀한 맛에 취하여 기계문명이 빚어낸 소음과 초스피드 속에서 말초신경의 쾌락에 열중할 대로 열중하였을 것이다.

거기는 고루거각의 마천루가 있고 별장과 호텔의 온갖 설비가 있고 별별 기괴한 오락장과 마굴이 있다. 그래 오늘은 창부같이 요염한 파리에로, 내일은 스피드의 도시인 뉴욕에로, 거만한 젠틀맨 식의 런던에로…… 비행기로 날고 기선으로 달리고 자동차로 질주하였을 것을!

한데 이 안방마님과 영감은 조선에서 태어난 것을 불행히 생각하지는 않았다. 같은 부르주아이면서도 남과 같이 인간생활의 오묘한 진미를 골고루 속속들이 맛보지 못하도록 또한 남과 같이 고개짓을 못하게 되는 것을 그들은 유감히 여기지 않았다.

왜 그러냐 하면 계급적 사회에서는 비록 같은 자본계급에 속한다 하더라도 그들 사이에는 사다리와 같은 층계가 많아서 엄연히 그것이 구별되었기 때문이다. 한층이라도 밑에 있는 자는 위에 있는 자를 쳐다보게 되고 한층이라도 위에 있는 자는 맨 밑에 있는 자를 내려다보지 않을 수 없게 되었다. 실례로 장자 중에도 십만장자, 백만장자, 천만장자, 억만장자가 있지 않는가?

그들은 원칙적으로 자본의 대소를 표준으로 하여 세력이 구별되는 것이다. 또한 그것은 그에 따르는 복잡한 부작용의 힘으로 마치 저 태양계와 같이 자본을 싸고 도는 것이었다. 작은 유성은 큰 유성을 싸고 돌지만 큰 유성들은 다시 더 큰 태양계를 안고 돌 듯이…….

그러나 이 집 내외분은 조금도 낙심할 것은 없다! 왜 그러냐 하면 호랑이 없는 동산에는 삵아지가 선생이라고, 빈약한 조선에서는 그래도 그들만큼 호강하며 사는 사람도 별로 없었기 때문이다……. 그리고 그들은 가장 '진보적'인 기발한 취미, 즉, 고양이 양자와 동물학대방지회 사업을 하고 있지 않는가? 내용이야 회칠한 무덤이든지 무엇이든지 간에 간판만은 버젓하지 않느냐 말이다. 동물까지 사람 이상으로 사랑한다니…….

만일 그들의 소작인이나 직공들과 같이 그의 지배 밑에서 직접적으로 여러 가지 압제를 당하지 않는 사람들이 이런 말을 들었을 것 같으면 그들은 참으로 얼마나 김중호 씨의 자선사업을 칭송할 것이냐?…… 사실 한 편에서는 그를 칭송하는 사람도 없지 않았다……. 그것은 물론 아첨꾼들이었지만.

어느 날 아침에 안방마님은 어디를 나들이 갔다가 오는 길에 큰 길거리에서 웬 마차꾼이 짐을 한 짐 잔뜩 싣고 언덕길로 올라가는데 말을 사정없이 채찍으로 갈기며 휘몰아대는 것을 보았다.

"와… 와… 이놈의 말새끼……."

마님은 이 꼴을 보자 그만 질색을 하며 그 마차꾼 앞으로 대들어서 한바탕 꾸짖는 것이었다.

"여보! 말 못하는 짐승을 그렇게 때릴 게 무에요. 살살 몰지 않고……."

"무에요! 남이야 뭘 하든지 당신에게 무슨 상관이 있어서 참견이요?"

"어째 상관아 없어요. 나는 동물학대방지회 회원인데요."

하고 마님은 보기 좋게 저고리 앞자락에 붙인 마크를 가리켰다.

"동물학대방지회란 다 무엇 말라 비틀어진 게요? 남은 길이 바쁜데 원 별 일이 다 많군. 이라! 이놈의 말새끼 왕! 왕!"

하고 마차꾼은 더욱 성이 나서 한 번 더 채찍으로 후려 때렸다.

"아이구 가엾어라! 여보 그게 무슨 짓이요? 아무리 짐승이라고…… 여보! 파출소로 갑시다……."

마님은 열이 나서 쫓아오며 고래고래 소리를 지르고 악을 썼다.

10

마차꾼은 못 들은 체 말을 후두들겨 몰고가다가 뒤를 흘끗 돌아보며,

"무엇이 어째? 마나님! 할 일이 없거던 낮잠이나 가 자시우. 원 나중엔 별 걱정이 다 많군. 아니 무슨 일로 파출소에 가자는 거요? 누구를 어쩔려구."

"어쩌긴 누가 어째요. 짐승을 그렇게 학대하지 말래두 듣지 않으니까 하는 말이지요."

"허허 이이가 미쳤나?…… 여보! 이 세상에는 사람들을 짐승보다도 더 천하게 학대하는 사람이 있는데 그게 어데 당한 말이요? 짐승은 그래도 먹을 게나 주지요…… 왜 이렇게 정신없는 소리를 해!"

마차꾼은 채찍으로 마님의 코밑에다가 한 번 상앗대질을 하고는 여전히 말을 휘두들겨 몰고 간다. 그는 그러지 않아도 자기 역시 마차말 이상으로 허덕여야 입에 풀칠하기가 극난한 이 세상을 저주하여 마지 않는데 웬 뚱딴지 같은 노파가 백주에 잠꼬대를 하는 것이 꼴 같지 않았다.

한편 마나님은 그 길로 분연히 동물학대방지회로 이해춘 이사를 찾아가서 그 사실을 저저이 보고하였다. 그리고 그 말몰이꾼의 '비행'에 대하여 엄중히 처벌할 것을 제의하였다.

"그게 동물에 대한 상식이 없어서 그러합니다. 이런 일로 보아서도 하루 빨리 동물애호선전사업을 해야겠습니다."

"예, 나도 그래서 이사님을 찾아왔어요."

그날 저녁에 마님은 자기 영감한테 이렇게 말하였다.

"영감도 목사가 되었으면 좋겠소……. 자본가보다는 욕을 덜 먹지 않

아요. 그리고 영감! 부자는 천당에도 못 들어간다니 내나 영감이나 동물학대방지회원이 되었댔자 벌써 천당에 가기는 다 틀리지 않았소?"

"그건 또 별안간 무슨 소리야, 당신은 천당을 똑 죽어서만 가는 줄 아오?"

"그럼요. 어디 다른 데도 천당이 있는가요?"

"천당은 여러 곳에 있고 또 등수가 각각 다르다오. 이 세상에는 천당이 있단 말이요."

"이 세상에 어디 있어요? 그건 목사님한테도 못 들은 말인데!"

"이게 즉 천당이야, 바로 우리집이…… 알아듣겠소?"

"우리집이?"

노파는 끔찍이 놀래며 자기 영감을 쳐다본다.

"허허 가난한 사람이 가는 천당은 죽어서이지만 부자의 천당은 생전에 있단 말이요. 다시 말하면 가난한 사람은 이 세상에서 가난하게 살았으니까 죽어서는 무형한 천당과 같은 부귀를 누린단 말이요. 그래서 죽어서 가는 천당은 길고 살아서 누리는 천당은 짧은 법이요!"

"그럼 이 세상 천당은 돈만 모으면 아무라도 누리겠소구려."

"누가 아니래요. 그러니까 그 천당을 명예있게 누리기 위해서 자선사업이 필요하단 말이요…… 알아듣겠소? 동물학대방지회도 그 중의 하나요."

김중호는 의미있게 다시 마누라를 쳐다보며 빙그레 웃었다.

"그럼 영감의 교는 대체 무슨 교요? 예수교도 아니고 천주교도 아니고……"

"쉽게 말하면 자본교라고나 할까? — 이 세대는 자본주의사회니까, 하하하……"

11

기다리던 일요일이 돌아왔다. 그것은 김중호 편의 동물학대방지회에서 기다렸지마는 인철이 편의 노동자들도 기다리고 있었다.……

이날 김중호는 며칠 전부터 연설할 것을 준비하고 있었다. 그는 (삭제)…… 늙어가는 머리를 짜내었다.

열두 시 정각에 행렬이 시작되었다. 동몰학대방지회의 가두선전사업 계획은 이해춘의 지휘 하에 착착 진행되었다. 그것은 우선 정동주일학교의 소학생들에게 기폭을 돌려서 앞에 세우고 소년군이 요량한 음악을 울리었다. 그리고 '동물을 사랑하라!' 라는 표어를 쓴 깃발과 동물학대방지회의 '회기'를 선두로 한 수십 명의 회원들이 행렬을 지어가며 오가는 사람들에게 삐라를 뿌리었다. 삐라에는 아무쪼록 동물을 사랑하라는 박애주의적인 언사를 간곡히 늘어놓은 것이었다.

선전행렬의 최종점인 ○○ 광장에서는 명사 제씨의 연설이 있게 되었다. 그들은 군중이 자기네 행렬 속에 끼어들라는 암시를 주었다.

조선에서는 처음으로 되는 이 동물학대방지회란 대체 무엇인가? 군중들은 호기심이 나서 하나둘씩 그들의 대오 속에 뛰어들었다.

인철이는 미리 삼월이의 남편 춘식이와 짜고 계획해두었던 일을 시작하였다. 그것은 노동자들도 하나둘씩 여기저기서 행렬의 대로에 섞이게 하였다.

오늘은 공장에서도 노는 공일이었다. 때문에 기숙사에 있는 여직공들까지 이날 낮에는 외출을 할 수가 있었다.

그들은 직공 중에서도 가장 의식이 뒤떨어진 사람들을 오늘의 계획에 참례케 하려고 맹렬히 활동하였다. 그래 서로 친한 끼리끼리의 동무들을 꾀어가지고 나오도록 하였던 것이다.

이 계획은 뜻과 같이 성공하였다.

그것은 이 다음 파업 때에 그들의 단결력이 한층 공고해질 것 같은 조짐이 보였다. 대열에는 사람들이 자꾸만 모여들었다.

삐라를 뿌리는 대로 군중은 더욱 늘어가서 수백 명의 인종으로 불었다. 어떻든지 구경을 좋아하는 서울사람들이 이날은 마침 일요일인 데다가 울긋불긋한 기를 둥땅둥땅 음악을 울리며 길게 행렬을 지어서 큰길거리로 장사진을 쳐가는 것은 일제의 탄압으로 구속을 받는 식민지 조선에서는 근래에 처음 보는 장관이었다. 그런데 가두행렬이라는 것도 전에 보지 못하던 '동물학대방지회'라는 기발한 것이었기 때문에 더욱 인기를 끌 수가 있었다.

이날 김중호의 집에서는 내외분이 총출동하였다. 안방마님은 나올 때에 삼월이에게 집을 잘 보고 고양이 '애기' 대접을 잘 하라고 열 벌 스무 번 당부하여 두었다.

행렬은 마침내 최종목적지까지 무사히 통과하였다.

군중은 넓은 마당이 빽빽하도록 대성황을 이루었다.

거기에는 각양각색의 직업을 가진 사람들이 섞여 있었지만 그 중에도 점원, 하층의 샐러리맨, 실업자, 무직업자…… 어떻든지 무산자와 소시민층에 속한 사람들이 대부분이요, 그 외에는 다수가 노동자 여직공들이었다.

노동자들 중에도 이날 간부격으로 나선 사람들은 대개 변장을 하였다. 그것은 워낙 군중이 많은 까닭에 김중호는 그들의 어떠한 '음모'가 있어서 이날 자기들의 사업을 방해할 줄은 꿈에도 생각지 못하였다.

… (삭제) …

이와 같은 계획을 꾸밀 수 있게 된 것은 삼월이를 통하여 이날 가두행렬의 출발시간과 행렬이 통과하는 구역을 미리 알았기 때문이다. 그들은 제가끔 반장을 정하여 책임자가 노동자들을 출동시키도록 하였던 것이다.

12

광장에는 벌써 연단을 설비하고 주객이 웅거할 천막까지 쳐놓았다.

군중이 장내로 빽빽이 몰려들자 예정한 대로 선전 연설을 시작하게 되었다.

이날 응원연사로는 장로교의 목사와 ○○고아원장, 시천교 청년회 총무 또는 안동병원 원장 등이 초빙되었다.

"우리 사회에는 이런 사업도 없어서 매우 유감으로 생각하였는데 다행히 지금 사회자의 보고와 같이 비록 늦기는 하였지만 이런 단체가 생기게 된 것은 조선민족도 남과 같은 문명에 뒤지지 않으려는 그만한 역량을 표시하는 것으로서 이 사람은 무한히 만족하는 바입니다. 또한 이와 같은 말씀을 여러분께 드리게 된 기회를 나는 다시없는 영광으로 생각하는 바이올시다!"

김중호는 기침을 한 번 하고 나서

"예— 대체 사람이나 짐승이나 이 세상에서 생명을 타고나기는 일반이 아니겠습니까? 그런데 그 중에서도 가축들은, 다시 말하면 소나 말이나 개나 하늘소나 양과 같은 것은…… 우리 인간생활에 제일 필요하다고 없지 못할 동물인 줄 압니다. 그런데 이 소중한 동물들은 참혹히 학대하는 사람들이 우리 사회에도 많이 있는 줄 압니다 (그는 주먹을 부르쥐고 흥분되어 부르짖는다). 참으로 이것은 용서치 못할 죄악입니다. 말 못하는 짐승을 학대한다는 것은 사람으로서 차마 못할 일이 아니겠습니까? 그래서 당초에 이런 회를 주장한 우리들도 그런 꼴을 목도하고 차마 보지 못할 측은지심에서 이 동물학대방지회라는 것을 발기했다고 나는 생각합니다."

이렇게 한참 신이 나서 하는 판에 저편 구석에서도 다른 패의 연설이 벌어진 줄을 누가 알았으랴! 김중호는 영문도 모르고 연설을 계속하였다. 그러나 그것은 비단 그들뿐만 아니라 순사들까지도 한동안은 그런 줄을 모르고 이쪽에만 정신을 팔고 있었다.

노동자들은 지금까지 김중호의 연설을 들었기 때문에 양쪽 말을 비교해서 들을 수 있었다. 그것은 그들의 가슴에 더욱 벅차오르는 감동을 일으키게 하였다.

연설자는 번개같이 언덕 위로 뛰어올라서자

"여러분! 이 세상에는 동물이 더 귀중합니까? 사람이 더 귀중합니다? 만일 동물이 사람보다 더 귀중하다면 모르되, 그렇지 않다면 동물보다 사람을 먼저 생각해야 옳지 않겠습니까? 다시 말하면 동물학대를 방지하기 전에 인간학대를 방지해야 될 것이외다. 그런데 여러분! 여러분이 사시는 지금 이 세상은 어떠합니까? 사람이 사람을 동물보다 더 몇 갑절 착취하고 학대하지 않습니까?"

그는 주먹을 부르쥐고 열렬한 목소리로 이렇게 부르짖었다.

…(15행 삭제)…

"그러면 이것은 위선이올시다. 여러분은 김중호의 죄악을 아십니까? 그는 여러 가지 방법으로 노동자와 농민을 착취해서 모은 막대한 이윤으로 한 마리 고양이를 사람 이상의 호강을 시키고 있습니다!"
하고 외쳤다.

그는 다시 김중호가 고양이에게 보석목도리와 금방울을 해 채웠다는 말과 또한 돌 고른 쌀밥에 고기와 생선만 먹인다는 말과 그리고 그 집 식모인 삼월이가 고양이 반찬의 생선 도미를 좀 잘못 구워주어서 고양이가 한 때의 진지를 설 때렸다고 삼월이를 늘씬하도록 구타하였다는 말을 피가 끓게 부르짖은 뒤에 끝으로 잇대기를

"여러분! 그들은 불경기가 심해서 노동자의 삯전을 내리지 않고는 공장을 유지할 수가 없다고 합니다. 그러나 보십시오! 이와 같은 낭비와 죄악으로 쓰는 돈을 만일 그들이 절약할 것 같으면 도리어 여러분의 삯

전을 올리고도 이익이 남을 것이올시다……!"

…(20행 삭제)…

말이 떨어지자 흥분된 군중들은 와— 하고 저편으로 몰려갔다.

"그렇다! 동물학대를 방지하기 전에 인간학대를 방지하자!"

"고양이의 의붓애비를 인간에서 집어치워라!"

"동물학대방지회를 박멸하자!"

그들은 이러한 구호를 부르짖으며 아우성을 쳤다.

이 혼란과 소동 틈에 인철이 패의 주동분자는 날쌔게 몸을 피하였다. 경관대가 달려들어 장내는 별안간 가마솥에 물 끓듯 소란하였다.

…(5행 삭제)…

이리하여 그들의 연설회는 뒤죽박죽이 되고 이날 성대하게 선전하려던 동물학대방지회는 그야말로 '똥친 막대기회'가 되고 말았다.

이 불의지변에 김중호는 쥐구멍을 못 찾고 달아났다. 안방마님도 두 다리에 바람이 나도록 도망질을 쳤다.

그런데 그들이 집에 돌아와보니 이게 또 웬일이냐?…… 그 귀중하게 기르는 고양이 '애기'가 그만 안마당에 네 다리를 쭉 뻗고 죽어 나자빠지지 않았는가!

"아이구머니! 우리 애기 불쌍해라! 네가 이게 웬일이냐?……"

안방마님은 마치 친상이나 당한 것처럼 그 앞에 가 털썩 주저앉아서 일장통곡을 하였다. 뒤미처 들어오는 김중호도 그 광경을 보고 "앗" 소리를 질렀다. 그들은 참으로 어쩔 줄을 모르고 두 번째 이 불의지변에 대경소괴하였다. 그들은 한동안 마치 그 자리에 얼어붙은 듯이 가련한 고양이 시체를 마주 들여다보고 있었다.……

삼월이는 고양이 대가리를 기둥에다 메부쳐 죽이고 식구들과 함께 어디로인지 달아났다.   (1932. 1).

—《조선일보》(1932. 1. 1~31).

박승호

1

하학시간이 되자 승호勝昊는 학생들을 헤치고 자기 방으로 들어갔다. 인제는 저녁 일곱 시부터 시작하는 세 시간의 야학시간까지 그는 쉴 참이 된 것이었다.

승호는 분필가루가 하얗게 묻은 손을 씻을 생각도 하지 않고 그대로 있다. 그는 몹시도 피곤한 사람처럼 방으로 들어가는 길로 바로 허리를 펴고 드러누웠다.

"아 — 허리야…… 아 — 함……."

그는 중얼거렸다. 그리고 입을, 그의 가로 째진 큰 입을 딱 벌리고 하품을 했다. 그는 다시 네 활개를 쩍 벌리고 기지개를 부드득 켰다. 근 사십 명이나 되는 아이들을 복식複式으로 몇 반을 나누어서 혼자 가르치기란 참으로 여간 바쁘지 않은 일이었다. 한참 바쁠 때는 이리 닫고 저리 닫고 자기도 모르게 나덤비지 않으면 안되었다. 학생 중에는 계집 애들도 섞여 있었다. 이것들이 서로 짜그락거리고 툭탁거리고 하는 대로 그것을 일일이 쫓아다니며 뜯어말려주어야 되고 또한 그들이 예서 제서 "선생님"을 부르는 대로 그는 일일이 그들의 수중을 들어주지 않으면 안되었다.

승호는 지금도 고대 일학년의 수동이와 복순이가 상학시간에 싸우고 있는 것을 한바탕 입씨름하던 생각이 났다.

이렇게 밤낮으로 마치 참새떼와 같은 졸망구니들과 아귀다툼을 하고 나면 그는 나중에는 입안에 침이 마르고 혀가 깔깔하고 입아귀가 저리어서 견딜 수 없었다.

생철지붕을 덮은, 일자로 너덧 간을 지은 목제 교실의 마루방이 연한 끝에다 온돌방 한간을 들인 것이 이를테면 사무실 겸 숙직실로 쓰는 방인데 승호가 이 방에서 거처하고 있었다.

방안에 세간이라고는 틈 벌어진 소나무 책상 한 개와, 그 위에 책 몇 권이 얹혀 있고 다시 그 옆으로는 종이도 안 바른 성냥궤짝 위에 낡은 무명 이부자리 한 벌이 개켜 있는데 그것은 묻지 않아도 이 방 임자의 소유물이라는 것을 누구나 짐작할 수 있게 하였다.

승호는 지금 무엇을 생각하는지 눈알도 굴리지 않고 천장의 한곳을 쳐다보고 있다. 그는 반자지의 국화무늬를 몇 번이나 세어보다가 실패하고 실패하고 하였다. 간여름의 장마통에 천정이 새어서 양지조각으로 떼운 데가 마치 덕석이의 검정바지를 흰 헝겊으로 기운 것같이 구차해보인다. 가난한 학교에 가난한 학생! 그리고 '가난한 선생'이라는 것이 새삼스레 제격에 맞는 것 같았다. 그것은 까마귀같이 아래위를 새까맣게 입고 협수룩한 머리에 짚신짝을 끌고 다니는 자기 모양을 생각할 때 그는 어느덧 이 마을 사람들과 같은 농군이 되지 않았는가 하는 서글픈 생각이 나게 하였다.

'예전 말에도 선생의 똥은 개도 안 먹는다 하지 않는가? 나는 언제까지 이 짓만 하고 있을 것이냐! 아―'

승호는 부지중 한숨이 흘러나왔다. 그는 다시금 외로운 생각이 났다.

'이번 학기에는 단연코 고만두기로 교장에게 다시 최후 선언을 해야겠다.'

승호는 마침내 이렇게 부르짖고 벌떡 일어났다. 그는 조끼주머니를 뒤져서 마코 한개를 붙여물고 아까 우편으로 배달된 신문이 방바닥에 떨어져 있는 것을 집어서 비로소 읽어보기를 시작하였다.

2

승호가 이곳 ××학교 선생으로 오기는 지금부터 일 년 전이었다. 그리 장구한 세월은 아니겠지마는 이렇게 적적한 산촌에서 일 년 이상을 묵고보니 십 년이나 된 것과 같은 지리한 생각이 난다.

그런데 마을사람들은 하나도 자기의 동류로 볼 사람은 없었다. 그들은 날이 새면 모두 산으로 들로 일하러 나가고 밤이 되어도 역시 제각기 집안일에 골몰하고 있었다.

하기는 그들도 틈이 있는 대로 승호를 찾아오고 승호도 심심하면 그들을 밤저녁으로 찾아다니며 놀았다. 승호는 그들과 이야기하기를 좋아하였다. 그들도 승호의 이야기를 좋아하였다. 그것은 승호의 털털하고 덕기 있는 그의 인격을 흠앙하기 때문이라고 하겠지만 그보다도 그가 지기들에게 어떤 유익한 도리로 지도하려는 것 같은 행동을 더욱 탐탁히 생각함이었다.

과연 승호는 그들과 이야기하는 것이 유일한 낙이었다. 순박한 그들에게 세상 돌아가는 형편을 이야기해주고 그들의 낡은 인생관과 묵은 사상을 깨뜨려주고 그리고 하나둘씩 과학적 새 지식을 집어넣어주는 것이 승호에게는 다시없는 낙이 되는 것이었다.

그러나 무심코 자기도 모르게 일어나는 적막한 생각! 마치 히스테리에 걸린 여자처럼 간간이 발작하는 그 마음은 자기로도 좀처럼 진정하기 어려웠다.

적막한 이 산촌에 오직 들리는 것이라고는 물소리, 새소리, 바람소리. 지금도 창밖에서는 겨울을 재촉하는 찬바람이 뒷동산 솔밭에서 휘파람을 치고 있다. 사방을 둘러보면 오직 산과 들, 숲과 나무. 그 사이에 게딱지 같은 농가의 초막이 잔고랑에 굴러 있는 바윗돌처럼 여기저기 덤불을 이룬 것이 더욱 황량해보인다.

게다가 지금은 가을의 수확도 다한 끝이라 들에는 곡식 한톨이 남지 않고 따라서 사람의 그림자도 사라진 헤영 벌판이 폐허와 같이 죽음의 침묵을 지키고 있다. 그래서 인간의 생활은 아주 이 자연의 원시적 폭위暴威에 짓밟힌 것처럼 숨죽어 있다. 그들은 인제부터는 초막 속에서 동면을 시작하려는 것처럼 모두 그 안으로 기어들었다. 그래서 오직 높은 하늘과 하늘가에 솟은 산봉우리 위로 무심한 구름만 오고가며 그 사이로 해나 달이 갈마들었다.

아! 이 얼마나 단조한 인간의 생활이냐?!

승호는 학교 마당에 서서 때때로 이런 광경을 홀로 바라보고 있을 때 그는 마치 절해고도絶海孤島로 표류한 로빈슨 크루소와 같은 느낌이 떠올랐다.

그런데 이곳과 서울의 상거는 불과 삼십 리를 격하지 않았는가.

서울에는 승호의 동무가 있다. 김은 ××잡지사에 사원으로 있고 박은 ×× 상무로 투쟁하고 있다. 한 고향 태생인 최(여성)는 ××공장에 직공으로 있으면서 활동하고 있다. 그들은 모두 중앙무대에서 제각기 활약하고 있는데 자기만은, 그렇다 자기만은 홀로 역시 그들과 같은 젊은 몸으로서 이런 두메 속에서 초동과 목수를 벗하며 졸망구니들과 소일을 하는가? 생각하니 그는 그런 생각이 날 때마다 서글픈 마음을 걷잡지 못하였다. 사실 그는 고독하였다.

3

"선생님!"

문 밖에서 누가 부른다.

"왜?"

승호는 신문에서 눈을 떼지도 않고 대답하였다.

"저— 아버지가 선생님 저녁진지 잡숫지 말고 좀 오시래요."

"응! 그래 너 먼저 가거라."

"그럼 곧 오서요!"

"오—."

승호는 그게 점동이의 목소리인 줄을 알고 있었다. 밖에서는 점동이의 뛰어가는 신발소리가 들린다.

승호는 점동이를 귀애하였다. 그는 점동이뿐 아니라 그 집 안팎 식구가 모두 좋았다. 점동이 아버지는 사십이 넘은 건실한 농군이었다. 비록 무식은 하고 남의 땅을 소작해서 간구한 살림을 할망정 사리에 밝고 순박한 농민의 덕성을 갖추어 있었다. 점동이는 그의 부친을 닮았다. 그는 공부를 부지런히 하고 승호의 말을 하나도 귀넘어 듣지 않았다.

"오늘이 무슨 날인가?……"

승호는 보던 신문을 내던지고 몸을 일으켰다. 군불 때는 왕겨 내에 머리가 지끈지끈 아팠다.

늦은 가을의 짧은 해는 엷은 볕발을 던지고 벌써 봉 윗재를 넘어가고 있다.

승호는 갑자기 부닥치는 바깥 냉기에 고슴도치같이 몸을 움츠리고 걸어갔다. 점동이의 집은 조그만 등성이 하나를 넘는 윗말이었다.

"김공 계신가요?"

승호가 싸리문 안으로 들어서자 부엌에서 불을 때고 있던 점동이 어머니는 부지깽이를 든 채로 쫓아나와서 반가이 맞는다.

"아이 선생님! 어서 들어오십시오. 애기 아버지! 선생님 오십니다."

그는 다시 안방을 향하여 소리를 쳤다.

"녜, 일간 안녕하십니까?"

"어서 들어오십시오."

승호의 목소리를 듣자 점동이 아버지도 방문을 열고 내다본다.

"어째 요새 며칠 뵈일 수 없었나요. 그동안 분주하셨던가요?"

승호는 주인이 권하는 대로 아랫목에 자리를 삼고 앉으며 그와 마주 인사를 하였다.

"녜! 그놈의 타작인가 무엇인가 하느라고 좀 바뻤어요."

"참, 일전에 타작을 하셨다고요? 올에는 얼마나 소출이 있었던가요?"

승호는 담배를 피워물고 빙그레 웃으며 주인의 건장한 얼굴을 쳐다보았다.

"흥! 기가 막힙지요. 소출이 많이 나면 무엇 하나요."

주인은 두어 번 입맛을 다시고나자 다시 말끝을 이어서

"참, 타작을 하는 날도 진지 한때를 대접을 못해서 어떻게 황송한지……. 그날 여간 속이 상해야지요. 농사는 작년보다 잘 지었다는 것이 도리어 빈털터리올시다그려. 타작마당에서 빗자락만 들고 물러난다더니 참으로 내가 그쪽이 된 셈이외다. 도모지 이래서야 어디 사람이 살 수 있을까요?"

"허— 참, 큰일났습니다. 장차 이 겨울을 어떻게 살으시나요?"

"그까짓것 죽지 않으면 살기겠지요. 아니 선생님, 여보십시오. 이런 우리집은 농사를 잘 지었다는 것이 그런데 그나마 잘 못 진 사람들은 어떻겠습니까?"

"물론 더하겠지요."

"우리집이야말로 참 농사를 짓기야 좀 잘 지었습니까? 논 닷 마지기에 열닷 섬 마트매가 났으니 삼배출이나 난 셈이 아니어요."

"그것 참 많이 났습니다. 거름을 얼마나 하셨기에 그렇게 났을까요?"

"하— 선생님, 말씀 마십시오. 그만큼 곡식을 내게 할 때 얼마나 이놈의 수공이 들었겠습니까? 논이 좋아서 그런 줄 아십니까? 물론 논도 나쁘진 않지만 그러나 논이 좋다고 제절로 되는 것이 아닌 줄은 선생님께서도 잘 아시지 않습니까?"

"녜, 알다뿐이겠어요."

"선생님! 논에 가서 육장 살았습니다. 육장 살았다는데야 다시 더 말할 나위가 있습니까? 선생님! 바른대로 말이지 우리 아버지 어머니에게 그렇게 지성을 하였다면 이놈은 벌써 효자가 되었을 것이외다. 선생님, 망발에 토 달고 정말 그렇습니다."

주인은 어느덧 언성을 높이고 얼굴에 핏대를 세운다. 그는 희연을 곰방대에 붙여 물었다.

"허…… 참……."

점동이 모친이 방으로 빈 그릇을 가지러 들어갔다가 자기 영감의 떠드는 소리를 듣고 핀잔을 주기를

"모처럼 선생님 오시래놓고 그까지 소리 하실랬소? 무에 그리 좋은 소리라고!"

"허허, 선생님이야 한집안 식구 같은데 무슨 말씀은 못하겠소. 참, 시장하실 터인데 얼른 좀 들여와요."

"돼야 들여오지요. 잠간만 기다리구요."

"아니 시장치 않습니다. 천천히 지으십시오."

안주인이 나가자 주인은 다시 이야기를 꺼내었다. 그는 목소리를 낮추어서

"참, 말이 났으니 말이지 이래서야 어디 농민이 살 수 있어요. 아까도

말씀했지요만 닷 마지기 농사가 열닷 섬 마트매가 났으니 좀 많이 났습니까? 그러면 절반 타작이라도 일곱 섬 반은 제 차지가 안되겠어요."

"그렇지요."

"흥! 그런데 들어보십시오. 거기서 나락값을 제하고 비료값을 제하고 장리 보리쌀이니, 농사짓느라고 얻어쓴 돈 변리니, 각항 세금이니, 무슨 조합비니, 농회비니, 구장과 동장의 추렴세니……."

그는 한마디씩 섬기는 대로 담뱃대로 방바닥을 상앗대질을 하면서

"속담에 불 베고 뭣 베고 하니 남는 것이 있어야지요. 이럴래서야 백주에 헛농사를 짓지 않습니까?"

"그렇습니다. 지금 이 세상이란 ××가와 ××만 ×하는 사회이니까 노동자나 농민의 생활은 점점 더 ××에 빠지게만 됩니다."

이야기에 씨가 먹자 승호도 맞장구를 쳤다.

"그래요. 저는 참 무식해서…… 무엇인지, 무엇이 무엇인지 잘 모릅니다마는 우리 농민도 이제는 막다른 골목에 다다렀다는 줄 압니다. 선생님, 들어보십시오. 참, 우리집은 대대로 농사를 짓는 토백이 농민인데 우리 아버지가 동학난리에 돌아가셨지요."

"녜, 동학난리에요?"

승호는 처음 듣는 만큼 자기도 모르게 놀라운 목소리로 물었다.

"그랬어요! 참 선생님은 실례올시다마는 동학난리를 잘 모르실 걸요."

"녜, 어른들이 이야기하시는 말씀만 들었지 잘 모릅니다."

"올에 연세가 몇이시랬지."

"인제 스물다섯이올시다."

"아 ― 그러시면 실례 말씀으로 그때는 씨도 안 생겼을 때입니다그려. 허허허…… 갑오년이 올에 서른아홉 해가 되었으니까."

"허허허, 그렇습니다."

"참, 동학난리란 무서웠지요. 그때도 마치 연전 만×통같이 조선 천

지가 바짝 고았지요."

"그랬던가요?"

"그럼요. 그때도 동학을 하면 새 세상으로 잘살 수 있다는 바람에 왼 조선의 농군들이 각처에서 벌떼같이 일어났답니다. 그때나 지금이나 우리네 농군이야 어디 성명이 있습니까? 더구나 그때쯤은 양반 상놈의 구별이 지독해서 수령방백의 아주 나쁜 정사(학정)와 세도양반의 토호 질 틈에서 어디 우리네 같은 천민이야 벼 한 섬을 맘대로 놓고 먹을 수 있었나요. 그런데 별안간 동학난리가 일어나자 사방에서 그 무섭던 양 반들의 목을 뎅겅뎅겅 베게 되고 그들이 꿈쩍을 못하게 되었으니 그때 시절에 도탄에 든 백성들이 왜 동학을 하지 않겠습니까? 얘— 인제는 우리들 세상이라! 우리의 살 길은 동학이라고 각처의 농군이 함성일 지 르고 일어났지요."

승호는 무엇을 깨달았음인지 고개를 끄덱끄덱하였다.

"그러나 지금 생각하면 그것도 역시 연전 만×통과 같이 무지한 백성 들은 턱없이 남의 힘만 믿고 살랴는데 모다 실패하고 말았지요! 동학을 하면 잘산다니까 와— 하고 그리로 쏠리고 ××를 ××면 잘산다니까 또 와— 하고 ××를 불렀지요. 하나 선생님 말씀대로 우리네 농군의 살 도리란 우리들의 ××과 우리들의 ××이 아니면 안된다는 말입니 다. 세상에 잘난 사람들이나 남을 믿고 산다는 게 아주 허사라는 것이 이 두 가지의 지난 일로 보아서 저는 잘 알 수 있는 줄 압니다."

"그렇습니다. 소위 세상에서 잘났다는 자나 사회를 위한다는 유명한 자들은 자고로 저희들의 야심을 채우기 위하여 도리어 그런 대중의 운 동을 나쁘게 이용하고 또한 그들의 정당한 운동의 나갈 길을 가로막았 습니다. 그런 자들이 대부분이었지요."

"지금도 동학이란 것이 그저 있다는데 그들은 무엇을 하고 있는가요?"

"역시 다른 교회나 마찬가지로 혹세무민을 하고 있지요. 예수쟁이가 후세의 천당이란 것을 이 세상에다 세운다고 백주에 헛소리를 하고 있지요."

4

"무엇 잡술 것도 없는 것을 오시래서…… 어서 식기 전에 뜨서요."

어린애를 업은 점동이의 모친은 밥상을 들여다놓고 불안스레 하는 말이다.

"원 천만에, 웬 반찬이 이렇게 좋습니까? 아주머니도 같이 잡수시지요."

"녜, 애들하고 천천히 먹지요. 어서 잡수서요."

주인은 상을 바로 놓고 옹배기에 담은 막걸리를 사발로 떠서 먼저 승호에게 권한다.

"어디 술먹을 줄을 안답니까?"

"아니 약주를 못하시던가요? 그럼 조곰만 하시지."

승호는 주인이 따라주는 막걸리 한모금을 들이마시고 얼굴을 찡그렸다. 그리고 그는 그 사발에다가 한사발을 가득 따르어서 주인에게 권하였다.

주인은 그것을 한숨에 들이키고나서

"약주도 못 자시고 무엇을 잡수시나…… 그럼 어서 진지나 자시지요."

"녜……."

"참, 선생님을 오시란 것은 조용히 모시고 여쭐 말씀이 있어서요."

주인은 숟갈을 마주 들자 어조를 변해서 비로소 이런 말을 꺼내인다.

"녜, 무슨 말씀인지?……"

"다름아니오라 선생님의 섭섭한 말씀이 들리기에…… 일전에 교장 선생님께 들었습니다."

하고 그는 의미있게 승호의 얼굴을 쳐다본다. 비로소 주인의 말눈치를

채인 승호는 빙그레 웃으며

"아― 그 말씀인가요."

"그래 정말로 가시겠습니까? 선생님이 가시면 아이들을 어떻게 하라고?"

"녜, 확정은 아니올시다마는 후임자가 있는 대로 오는 동계방학 때쯤 물러갈까 합니다."

"선생님! 이런 가난뱅이 학교에 누가 또 오겠답니까? 선생님, 그저 한 일 년 더 고생하실 셈치고 내년까지만 계셔주십시오. 그러면…… 우리도 생각하는 것이 있습니다."

주인은 참으로 사정하다시피 밥숟갈을 놓고 승호를 쳐다본다.

"허허…… 한 일 년 더 있으나 덜 있으나 일반이지요."

"아니 그렇지 않습니다. 참, 선생님과 같은 양반이 이런 농촌에서 무슨 재미로 오래 계시겠습니까? 아니할 말로 월급을 많이 드리니 재미가 나겠습니까, 무슨 일을 의논할만한 동무가 있으니 재미가 있습니까? 그것은 비단 선생님뿐만 아니라 나 같은 사람도 답답할 때가 많습니다. 이건 나도 무식한 놈이올시다마는 모다 한치 앞을 못 내다보고 그저 당장의 눈앞만 들여다보고 있습니다. 아니 선생님 바른대로 말이지 나 같은 놈이 둘만 있어도 여태 그대로 있겠습니까…… 벌써 무슨 일이 나도 났지……."

승호는 주인의 말을 잠자코 들으며 밥을 먹고 있었다.

"그러나 송아지도 가리치면 하늘 천 따 지를 안다고 설마 사람의 새끼를 가리치지 못할 배 아니온즉 선생님, 이 겨울에 우리 힘써서 그들을 가리쳐봅시다. 그들도 인제는 아무것도 제 욕심만 채울 것이 없으니까요."

"녜, 그게야 어려울 것 없지요만……."

승호는 무어라고 말해야 좋을지 몰라서 이렇게 어물어물하고 말았다.

그동안에 점동의 모친은 숭늉 솥에 불을 때서 뜨거운 숭늉을 떠다놓고 아이들 밥그릇을 윗목으로 주섬주섬 갖다놓았다(점순이는 점동이를 불러가지고 왔다).

　"왜 약주를 안 자셨어요. 막걸리라 못 잡수신 게로군!"

　"약주를 못 자신다오."

　"약주도 못 자시고 담배도 못 자시고 어쩌면 그렇게도 얌전하신지…… 그럼 진지나 많이 잡수서요, 반찬은 없지마는."

　점동의 모친은 여자로서의 상냥한 표정을 보이며 승호에게 다정히 굴었다.

　"선생님이 가시겠다는 것을 한 일 년 더 고생하시라고 내가 만류하였소."

　"아이구머니, 가시다니 웬 말씀이어요. 이것들을 어찌하라고……."

　"그러기에 대접을 잘들 해요. 이런 촌가에서 무엇이 답답하다고 그 고생을 하시겠소. 그러면 내 자식을 맡긴 사람들이 그런 사정이나 좀 알어야지. 에—."

　"원 천만의 말씀을 다 하십니다."

　"참 그러시지. 식사와 거처 범절이 오죽이나 어설프실까. 그렇지만 선생님이 가시면 저것들을 어짜라고……."

　그는 별안간 눈물이 핑 돌자 목이 메어서 말끝을 맺지 못하였다. 승호가 언뜻 옆눈질을 해보니 그들은 잡곡을 뒤섞은 데다가 무우를 지져 넣은 밥(?)을 종구라기와 상사발에 퍼놓고 앉았다. 그래도 두 아이들은 그것을 허발을 해서 퍼먹고 있다.

　승호는 자기만 쌀밥을 먹는 것이 미안해서 견딜 수 없었다. 그리고 그는 비록 밥만 얻어먹는—한 달에 십 원도 받지 못하는— 생활을 하고 있지마는 이들 농민의 참담한 생활에 견주어보자 스스로 불안한 생각이 나기 마지 않았다. \

야학시간이 되자 학생들은 모여들었다. 그들은 대개 주학晝學에 오지 못하는 아이들과 언문도 모르는 청년 몇 사람도 있었다.

승호는 야학도 두어 반을 나누어서 언문으로부터 쉬운 한문글자와 간이한 산술을 가르치고 그리고 과외 강화로 노동자와 농민의 지식을 알아듣기 쉽게 이야기해주었다.

이날밤에는 점동이 아버지도 구경을 오고 전에 오지 않던 몇 사람도 와서 끝까지 구경을 하고 있었다.

어쩐지 이날밤에 승호는 새로운 힘을 얻은 것같이 마음이 든든하였다. 그는 신이 나서 말에 힘이 오르고 그것이 샘물과 같이 솟아나왔다. 그는 이제까지 고독한 생각이 어디로 사라지고 말았다.

승호는 이날에 중국의 노동자 이야기를 그들에게 들려주었다.

"여러분! 저 상해란 곳에는 수십만 명의 노동자가 있는데 다섯 살이나 여섯 살 먹은 어린 노동자가 수만 명이나 된다 합니다. 그들은 아침 여섯 시부터 밤 여섯 시까지 열두 시간 이상을 노동하는데 그들은 다만 입만 얻어먹기 위해서 연골 적부터 그런 고역을 하지 않으면 안됩니다. 그들은 그렇게 삼 년 동안 잘 견습을 해야 비로소 이삼십 전의 품삯을 받기 시작한다 합니다. 그러면 그들은 부모도 없고 일가친척이 없는 고아라 그런 줄 압니까? 아니올시다. 그들도 부모가 없는 바는 아니지마는 그들의 부모도 역시 노동자이기 때문에 헐한 품삯을 받아가지고는 많은 가족을 멕여살릴 수가 없기 때문에 한 식구라도 덜기 위해서 어리고 불쌍한 아들 딸이지만 어쩔 수 없이 그렇게 보내는 것입니다. 그러면 여기 있는 여러 사람은 저 불쌍한 중국의 가난한 아이들보다, 노동자의 아이들보다는 그래도 여유있는 생활을 하고 있지 않습니까? 당신들은 비록 가난한 학교일망정 이렇게 공부를 할 수 있지 않습니까? 하루에 열두 시간이나 열네 시간의 노동도 않고 그래도 공부할 시간이 있지 않습니까? 그러면 그런 생각을 하여서 당신들은 남보다 공부도 잘하고 집안일도 잘 돌보아야 하고 또한 그뿐 아니라 노동자와 농민이 왜 가난한 까닭도 잘 알아서……. ×××을 ×××어야 할 것입니다."

야학생들도 이날밤의 승호의 말을 감격히 듣고 있는 것 같았다. 참새떼같이 재재거리던 그들이 찍소리 없이 승호의 이야기를 듣고 있었다.

이날밤에 승호는 밤이 이윽토록 생각해보았다. 그는 엄정한 자기비판을 해보았다.

자기는 지금 야학생들에게 중국의 유년 노동자의 참담한 생활을 이야기해주지 않았는가? 그리고 그들(중국의 가난한 아이)보다는 오히려 여유있는 생활을 한다고 말한 동시에 훌륭한 ××이 되라고 그들을 격려해주지 않았던가! 그러면 자기는 이 야학생들보다도 오히려 여유있는 생활을 하면서 단지 이런 촌가에서 고적한 것을 참지 못하여 떠나겠다는 것이 옳은 것이냐? 자기는 실천을 못하면서 남더러만 그것을 하라는 것은 부르주아의 위선적 교육이다. 자기가 지금 이곳을 떠나겠다는 것은 이곳에서보다 더 나은 일을 하러 가려는 것이 아니라 좀더 자기의 개인생활을 윤택히 하고 자기의 이름이 사회적으로 좀더 드러나기를 바라는 대도회에서 모던 걸 틈에 끼어 아스팔트를 걷는 맛과 카페나 흥행물에 간혹 도시적 취미를 맛보자는 개인적 야심에 불과한 것이 아닌가. 그렇지 않으면 이곳에서도 얼마든지 일을 할 수가 있지 않느냐? 도리어 일을 표준한다면 노동자 농민촌으로 일부러 들어가야 할 것이 아니냐! 그렇다! 나는 지금까지 '교육 노동자'가 되려 하지 않고 묵은 관념의 선생으로서 그들에게는 허위를 가르치고 자기는 선생님으로 대접만 받자 한 것이 아닌가? 나는 지금부터 진정한 교육 ××자가 되자!

그는 이렇게 계급적 양심으로 비춰보자 자기도 모르게 회한의 눈물이 핑 돌았다.

그래 그는 마침내 자기청산을 하는 동시에 이곳에 그대로 눌러 있기로 작정하였다.

그 이튿날 아침에 승호가 점동이의 부친을 찾아가서 그 뜻을 전하였을 때 그들은 얼마나 기쁘던지

"선생님! 고맙습니다."

하는 말을 몇 번인지 거푸하였다.

6

그 뒤부터 승호는 흔들리지 않고 일심으로 그들을 교육하기에 전력하였다.

하루는 점심시간에 잠깐 쉴 참에 신문과 함께 '친전' 편지 한 장이 그에게로 배달되었는데 그것은 서울 어떤 잡지사에 있는 김군의 편지였다.

승호가 편지를 뜯어보니 거기에는 다음과 같은 사연이 만년필 글씨로 씌어 있다.

박형!

그동안 평안하시고 시골 재미가 어떠하신지요? 다름아니라 나의 있는 잡지사에 결원이 생겨서 사원을 보충하겠기에 형을 말씀하였더니 다행히 승낙이 되어서 기별합니다. 그러면 이 편지를 보시는 대로 곧 들어오시오. 그나마 직업이라고 너도 나도 하는 것을 전부터 형의 취직을 부탁받은 때문에 이 기회를 놓치지 않을 것이올시다. 이만.

×월 ×일

서울 있는 김××

승호는 편지를 다 보고나자 자기도 모를 웃음을 웃었다. 그리고 그것을 찢어서 아궁이에 집어던졌다. 그가 만일 며칠 전에 이런 편지를 받았다면 복음을 들은 것처럼 좋아하는 동시에 그 편지를 가지고 교장한테로 달려가서 떠나겠다는 사정을 하였으리라마는 지금의 승호로는 그것이 아무런 희소식이 안되었다. 그래 그는 그 즉시로 다음과 같은 답장을 썼다.

김형!
적조하던 차 형의 서신은 반가이 받아보았습니다. 더구나 저를 위해서 그처럼 전력하신 것은 고맙게 사례합니다. 그러나 저는 다시 생각한 바가 있어 당분간 이곳에 그대로 있기를 작정하였습니다. 그러면 모처럼 주선해주셨는데 미안합니다마는 그것은 직업을 갈구하는 다른 동무를 써주시기를 바라오며 자세한 것은 일후에 만나서 말씀하겠습니다.

×월 ×일
박승호

승호는 이 편지를 부치고나서 다시 서울 동무들을 생각해보았다.
그는 어쩐지 서울이 멀어진 것 같고 자기는 영구히 서울 사람이 못될 것처럼 생각되었다. 따라서 그는 김군의 생활과도 멀어지는 것 같은 느낌이 떠올랐다.

—《신계단》 4호(1993. 1).

서화

1

며칠째 연속하던 강추위가 오늘은 조금 풀린 모양이다. 추녀에 매달린 고드래미가 녹아 내린다.

바람이 분다.

그래도 정초(음력설)라고 산과 행길에는 인적이 희소하였다. 얼음 위에 짚방석을 깔고 잉어 낚기로 생애를 삼던 차첨지도 요새는 보이지 않았다.

얼어붙은 강 위에는 벌써 언제 온 지 모르는 눈이 그대로 쌓여 있다. 갓모봉의 험준한 절벽 밑을 감돌고 다시 펀한 들판으로 흘러 내린 K강은 마치 백포白布를 편 것같이 눈이 부신다. 간헐적間歇的으로 벌판에서 불어 오는 바람은 선풍을 일으키며 공중으로 올라간다. 광풍狂風은 다시 강상백설江上白雪을 후려쳐서 강변 이편으로 드날린다. 그것은 마치 은비와 같이 일광에 번득이며 공중으로 날리었다. 하늘은 유리처럼 푸르다.

"정초의 일기로는 희한하게 좋은걸…… 한데 명절이라고 심심도 하다."

콧노래를 부르고 있던 돌쇠는 별안간 고개를 쳐들었다. 태양은 눈이

시다. 펀한 들 건너 하늘갓으로 둘러선 먼산에는 눈이 하얗게 쌓여 있다. 거기는 어쩐지 무슨 신비하고 숭엄한 별천지같이 감정이 무딘 돌쇠로서도 느껴졌다.

소리개가 갓모봉 위로 날아와 강 위 하늘을 빙빙 돈다.

돌쇠는 이 산잔등을 좋아한다. 여기에 올라서서 보면 원근산천이 다 보인다. 이 산부리를 내려가면 바로 강벼루를 접어드는 어귀였다.

돌쇠는 두루마기를 뒤로 제끼고 바위에 걸터앉았다. 그는 담배 한대를 피워 물었다. 어제 화투판에서 딴 것이다.

이마에 대추씨만한 흉터를 가진 돌쇠는 넓적한 얼굴에 입이 비교적 컸다. 그러나 열기 있는 눈이 그의 건장한 기품과 아울러 남에게 위신이 있어 보였다. 젊은 여자가 더러 반하는 것이 아마 그 때문일 것이다.

그는 아침을 먹고 나서 어디 노름판이나 없나 하고 윗말로 슬슬 올라가 보았다. 거기도 어디나 마찬가지로 모두 쓸쓸하였다. 어린애들의 당성냥내기 윷노는 소리가 산지기 조첨지 집에서 목 갈린 개의 울음처럼 들릴 뿐이었다. 젊은 사람들은 모두 일 보러 나간 모양이다. 모두 먹고 살기에 겨를이 없는 것 같다.

그래서 돌쇠는 짚신장수 남서방 집에 가서 왼종일 이야기를 하다가 무료히 내려오는 길이었다. 거기서 막걸리 한 사발을 먹은 것이 아직도 주기가 있다. 해는 서산에 기울어서 석조夕照는 하늘갓을 물들이고 설산雪山을 연연하게 비추었다.

한데 난데없는 불빛이 그 산 밑으로 반짝이었다. 그것은 마치 땅 위로 태양 하나가 또 하나 솟아오르는 것처럼…… 불길은 볼 동안에 점점 커졌다. 그러자 도깨비불 같은 불들이 예서제서 웅기중기 일어났다.

"저게 무슨 불인가?"

돌쇠는 이상스레 쳐다보았다. 순간에 그는 어떤 생각이 번개치듯 머리로 지나갔다.

그는 그 길로 벌떡 일어나서 네 활개를 치고 집으로 내려왔다.

그는 금시에 우울한 표정이 없어지고 생기가 팔팔해 보이었다.

돌쇠가 저녁을 먹고 나서 먼저 나간 성선成先이 뒤를 쫓아갔을 때는 벌써 날이 저물었다. 낫과 같은 갈고리달이 어슴푸레한 서쪽 하늘에 매달렸다. 그 동안에 광경은 일변하여 불길은 먼 들 건너 산 밑을 뺑 둘러쌌다. 새빨간 불이 참으로 장관이었다. 달은 놀란 듯이 그의 가는 눈썹을 찡그리며 떨고 있다. 별은 눈이 부신 듯이 깜짝이었다.

그러나 불은 그곳뿐만 아니다. 너른 들을 중심으로 지금은 동서남북이 모두 불천지다. 어두울수록 불빛은 더욱 발갛게 타올랐다. 그러는 대로 군중의 아우성소리가 그 속에서 떠올랐다.

"불이야, 쥐불이야!"

돌쇠는 엉덩춤이 저절로 났다.

"그렇다! 오늘이 쥐날이다! 아, 저 불 봐라! 하하, 하느님의 수염 끄실르겠다!"

사실 너른 들을 에워싼 불길은 하늘까지 마주 닿았다. 하늘도 빨갛다.

K강 지류를 끼고 올라간 반개울 안팎 동리에서도 아이들이 쥐불을 놓으며 떼로 몰려서 내려온다.

"불이야, 쥐불이야!"

예전에는 쥐불싸움의 승벽도 굉장하였다. 각 동리마다 장정들은 일제히 육모방망이를 허리에 차고 발감개를 날쌔게 하고 나섰다. 그래서 자기 편 쪽의 불길이 약할 때에는 저편 진영을 돌격한다. 서로 육박전을 해서 불을 못 놓게 훼방을 친다. 그렇게 되면 양편에서 부상자와 화상자가 많이 나고 심하면 죽는 사람까지 있게 된다. 어떻든지 불 속에서 서로 뒹굴고 방망이 찜질을 하고 돌팔매질을 하고 그뿐이랴! 다급하면 옷을 벗어 가지고 서로 저편의 불을 두드려 끄는 판이라 여간 위험하지가 않았다. 돌쇠의 이마에 있는 대추씨만한 흉터도 어려서 쥐불을 놓다가 돌팔매로 얻어맞은 자국이었다.

졸망구니 아이들은 동구 앞 냇둑에다 불을 놓으며 내려왔다. 손이 곱아서 성냥이 잘 그어지지 않았다. 몇 번 신고를 해서 간신히 글라치면 마치 기다렸던 것처럼 바람이 꺼놓는다. 그래서 그들은 논둑 밑에 가 납작 엎드려서 옷자락으로 가리고 불을 붙였다. 어떤 계집애는 치마폭으로 바람을 가려 주었다.

그러나 큰사람들은 어느 해가에 그런 짓을 하고 있을 수는 없었다. 그들은 솜방망이에다가 석유 칠을 해서 횃불을 켜가지고는 뛰어다니며 불을 붙였다.

반개울 앞들에는 순식간에 불천지가 되었다. 마른 풀은 닿기가 무섭게 활활 타올랐다. 호도독호도독 재미있게 탄다.

물 아래로 무더기 무더기 몇 갈래로 타는 것은 읍내 편 사람들이 놓는 불이었다. 왼편으로 기러기떼처럼 일렬을 지어서 총총히 늘어선 불길은 한들 쪽 사람들…… 다시 이쪽으로 가물가물하게 훨씬 멀리 보이는 것은 장들 쪽 사람들…… 왜장골, 정자골, 공서지, 원터 쪽에서도 불! 불!

멀리 어디서 풍물 치는 소리가 바람결에 들린다.

"깽매! 깽매! 깨갱…… 잉……."

젊은 여자와 머리채가 치렁치렁한 처녀들은 동구 앞까지 나와서 어마어마하게 타오르는 사방의 불빛을 쳐다보고 재깔대었다. 거기에는 간난이네, 응삼이 처, 아기네, 또순이도 섞여 있다.

돌쇠와 성선이를 선두로 한 반개울 사람 십여 명은 읍내 편의 불길이 성한 것을 보고 쫓아 내려갔다. 간난이를 업은 돌쇠 처는 또 누구와 싸움이나 하지 않을까 하고 은근히 걱정하였다. 반개울 사람은 자래로 읍내 편 사람들과 쥐불싸움을 하는 때문에…….

그러나 돌쇠의 일행은 미구에 실망하고 돌아왔다. 그들이 쫓아가 보니까 쥐불을 놓는 사람은 모두 졸망구니와 아이들뿐이므로 도무지 대거리가 되지 않기 때문이었다.

돌쇠는 이런 승벽이나마 해마다 쇠하여 가는 것이 섭섭하였다. 그것은 읍내 사람들이 더한 것 같았다. 농촌의 오락이라고는 연중행사로 한 차례씩 돌아오는 이런 것밖에 무엇이 있는가? 그런데 올에는 작년만도 못하게 어른이라고는 씨도 볼 수 없다. 쥐불도 그만이 아닌가!

정월 대보름께 줄다리기를 폐지한 것은 벌서 수삼 년 전부터였다. 윷놀이도 그전같이 승벽을 띠지 못한다. 그러니 노름밖에 할 것이 없지 않으냐고 돌쇠는 생각하였다.

그는 이것이 무슨 까닭인지는 모른다. 쥐불은 관청에서도 장려한다고 하지 않는가? 그런지 아닌지는 몰라도 쥐불을 놓으면 논두렁 속에 묻혔던 벌레가 모두 타죽어서 곡식을 유익하게 한다는 것이다. 그런데도 쥐불을 놓는 어른은 없었다. 그러나 하필 쥐불뿐이랴! 마을사람들의 살림은 해마다 줄어드는 것 같았다.

사실 그들은 모두 경황이 없어 보인다. 수염이 댓자 오치라도 먹어야 양반 노릇을 한다고, 가난한 양반은 양반도 소용 없었다. 올 정월에 흰떡을 친 집도 몇 집 못 된다. 그러니 쥐불이랴? 세상은 점점 개명을 한다는데 사람 살기는 해마다 더 곤란하니 웬일인가?

오직 사는 보람이 있어 보이는 집은 가운뎃마을 마름집뿐인 것 같았다.

밤이 차차 이슥해지자 각 처의 불길은 기세가 죽어 갔다. 반딧불같이 띄엄띄엄 붙은 곳은 마지막 타는 불꽃인가? 불은 저 혼자 타라고 내버려두고 사람들은 제각기 흩어져 갔는지 아까까지 들리던 아우성 소리도 지금은 없어졌다.

"이런 제미! 그럴 줄 알았으면 공연히 내려갔지."

"글쎄. 아, 춥다!"

돌쇠와 성선이는 언 발을 구르며 돌아온다. 돌쇠는 추운 중에도 담배를 꺼내서 붙여 물었다.

"여보게, 한케 안 하려나?"

돌쇠는 성선이에게도 담배 한 개를 꺼내 주며 물었다. 그들은 외딴 주막에서 먹은 술이 얼큰하였다.

"어디 할 축이 있나."

담뱃불을 마주 붙이는 성선이는 귀가 솔깃하였다.

"응삼이하고 완득이하고……."

"응삼이가 할까?"

"그럼, 내가 꼬이면 된다."

"하자!"

성선이의 눈은 담뱃불에 빛났다.

"뉘 집에 가 할까?"

"글쎄…… 웃말로 가보세."

돌쇠는 고개를 외로 틀었다. 그는 노름할 장소를 궁리해 보았다. 아주 누구나 땅뜀을 못 할 곳, 그래서 개평꾼이 쫓아오지 못할 으슥한 곳에서 오붓하게 하고 싶었다.

달은 벌써 졌다. 별이 총총 났다. 고추바람이 칼날같이 귀뿌리를 엔다. 강빛은 어두운 밤에도 환하게 서기한다. '콩! 콩!' 마을에서 개짖는 소리. 산모롱이를 돌아오니 바람이 덜 차다. 주막거리를 접어들자 술집에서는 윷들을 노느라고 왁자지껄하였다.

"개야 걸어가자, 떡 사주마!"

"윷이냐! 삿치냐! 오곰의……."

"석동문이가 죽었구나. 야, 우리는 막이다."

두 사람은 술집 앞에 와서 걸음을 멈추고 귀를 기울였다. 거기에는 완득이도 끼어 있는 모양이었다.

"자? 그럼 완득이를 불러 내라. 나는 응삼이를 잡어내 올 테니."

돌쇠는 성선이의 옆구리를 꾹 찔러 가지고 가만히 소곤거렸다.

"응, 그래."

"눈치채지 않게!"

"알았어."

성선이는 고개를 끄덕이고 술집으로 들어갔다. 돌쇠는 그 길로 자기 집으로 들어갔다. 그는 우선 밑천을 더 만들어야 할 판이었다. 삽짝을 열고 들어가니 뜰에서 자던 바둑이가 주인의 인기척을 듣고 반가이 꼬리를 치며 달려든다. 돌쇠는 가만히 윗방문을 열었다.

돌쇠 처 순임이는 간난이를 업고 쥐불 구경을 나갔다가 추워서 바로 들어왔다. 그는 집으로 오면서도 남편이 무슨 일이나 저지르지 않을까 걱정하였다. 그는 열두 살 때에 민며느리로 들어왔다. 그게 벌써 십 년 전이었다. 얼굴에 주근깨가 돋고 약간 얽은 티가 있는 조그만 여자였다. 그는 남편이 무서웠다.

"오늘 밤에도 안 들어오려나? 요새는 뉘 집에서 자는지 몰라!"

자기 방으로 올라와서 자리를 펴고 누운 순임이는 입 속으로 중얼거렸다. 간난이는 젖을 물고 자다가 몇 모금씩 빨고 빨고 한다.

그는 어려서는 시집살이하기에 쪼달리다가 남편의 그늘을 알 만 하니깐 남편은 난봉을 피웠다. 한 달이면 집에서 자는 날이 며칠 안 된다. 간난이는 벌써 세 살이 되었는데 아직 아무 기별이 없다. 그는 어서 아들을 낳고 싶었다.

어느 날 그는 가만히 시어머니 몰래 마을의 단골(무당)에게 가서 물어 보았다. 단골은 손가락을 꼬부렸다 폈다 하며 육갑을 짚어 보더니 서로 살이 끼어서 그렇다 하였다. '짚신살이 껴서 나돌아다니기를 좋아한다. 살풀이를 하자면 큰고개 서낭으로 가서 큰 굿을 해야 된다'는 것이었다.

"또 어디 가서 노름을 하나, 원…… 참으로 짚신살이 껐나부다!"

응삼이 처가 어쩌 눈치가 다르더라. 문득 그는 이런 생각이 떠올랐다. 갑자기 고적을 느끼었다. 가슴이 두근거린다.

그는 이리 뒤치고 저리 뒤치며 남 모르는 가슴을 태우다가 겨우 잠이 들었다.

밤이 어느 때나 되었는지 무엇이 선뜻하는 바람에 놀라 깨보니 어느 틈에 들어온지 모르는 남편이 이마를 짚고 흔든다. 그는 기지개를 켜며 더듬어서 사내의 억센 손목을 잡아 보았다. 그것은 언제와 같이 익숙한 자기 남편의 손이었다.

"아이…… 손도 차라! 왜 앉었수?"

"두루마기 어디 있어?"

"두루마기? 또 어디 가우?"

그는 눈을 반짝 떠보았다. 방 안은 캄캄한데 사내의 황소 같은 숨소리가 어두운 속에서 들리며 입김이 얼굴에 스치었다.

"어서 찾어 줘!"

돌쇠는 성냥불을 켜서 담배를 붙였다.

"아이, 귀찮구면! 밤중에 또 무얼 하러 간대…… 아까 아랫방에다 벗어 놓지 않었수?"

순임이는 괴춤을 추키고 일어나서 남편이 주는 성냥불을 켜가지고 아랫방으로 내려갔다. 자다가 일어난 그의 가냘픈 몸뚱어리와 쪽이 풀어져서 늘어진 뒷모양은 성례를 갖추기 전의 그의 처녀 때 모양을 방불케 하였다. 돌쇠는 아내가 없는 동안에 미리 보아 두었던 아내의 베개 맡에 빼놓은 은비녀를 얼른 집어서 조끼주머니에 넣었다.

"자 ? 옜수! 밤중에 어디를 또 간대……."

아내는 두루마기를 이불 위에 놓고 다시 성냥불을 켜서 실뱀 같은 들기름등잔에 불을 켜놓았다. 반딧불 같은 희미한 불이 두 사람의 그림자를 흙벽 위에 비추인다. 밤은 괴괴하다.

돌쇠는 얼른 일어나서 두루마기를 입는데 아내는 말끄러미 한짝 눈을 찌그려 감고 사내를 쳐다보았다. 그는 눈이 부시었다.

"왜 자지 않고 앉었어?"

돌쇠는 망건 위로 풍뎅이를 눌러 썼다.

"난 여적 자지 않았수. 어디 갈라기에 저리 야단이야."

아내는 불만한 듯이 말한 것을 남편이 혹시 노하지나 않을까 해서 뒤끝으로 슬쩍 웃었다.

"떠들지 말어. 어디를 가든지 웬 참견이야!"

아랫방에서 자던 모친이 들리는 소리에 잠이 깨인 모양이었다.

"간난 애비 왔니? 또 어디를 가니? 이 치운 밤중에."

"윗말로 윷 놀러 갈라우!"

돌쇠는 문을 탁 닫고 나왔다.

순임이는 나가는 사내의 뒷모양을 우두커니 앉아서 바라보았다.

그는 간신히 든 잠을 깨어서 그런지 좀처럼 잠이 오지 않았다. 잠은 어디로 아주 멀리 달아난 것 같다. 밖에서는 바람 소리가 우하고 일어난다. 그는 별안간 답답증이 났다. 뭐라고 할 수 없는 부아가 끓어올랐다.

그는 부엌으로 들어가서 냉수를 떠먹었다. 얼음이 버걱버걱한다. 마당에 서서 보니 앞들 너른 벌판에서는 불이 아직도 타고 있다. 사방에서 타들어와서 그런지 불은 다시 기세 있게 들 한가운데서 화광이 충천하다. 새빨간 불길은 폭풍에 날뛰는 미친 물결같이 이리 쓸리고 저리 쓸리며 불똥은 하늘로 올라갔다.

그는 어쩐지 별안간 그 불 속으로 뛰어들고 싶은 충동이 나서 견딜 수 없는 것을 억제하고 있었다. 방에 들어와서 그는 비녀가 없어진 것을 발견하였다.

2

윗말 최소사 집 윗방에서는 희미한 석유등잔 밑에 네 사람이 상투를 마주 모으고 앉았다. 그 옆에는 머리를 얹은 노파가 뻐드렁니를 내밀고 불쩍을 떼며 앉았다. 노파는 장죽을 뻗치고 앉았다.

돌쇠는 투전목을 잡고 척척 쳐서 주르륵 그어 가지고는 아기 패에게 떼어 얹힌 뒤에 한 장씩을 돌려 주고 나서 자기 패를 빼보더니만,

"자— 들어갔네!"

하고 팻장을 투전 맨 위로 엎어 뉘었다. 그리고 아기 패에게 묻는다.

"얼마 실었니?"

"일 원 태라!"

성선이는 팻장을 엎어 놓고 오십 전짜리 은전 두 푼을 꺼내 놓았다. 돌쇠는 그대로 일 원을 태워 놓고 다시 완득이에게,

"넌 얼마냐?"

"난 오십 전 됐다."

"또 자네는?"

"난 패가 잘 모…… 못 들었는데…… 에라, 일 원 놓을 게!"

응삼이는 주저하다가 지전 한 장을 꺼내 놓았다. 돌쇠는 아기패에게 돈을 제대로 다 태놓은 뒤에 투전목을 다시 성선이에게 돌려대며 눈을 끔쩍끔쩍하였다.

성선이는 투전장을 빼서 먼저 놈과 마주 겹쳐 가지고 번쩍 들어서 두 손으로 죄어 보더니,

"대었네!"

그담 장을 완득이가 빼서 조여본다.

"난 들어갔네!"

그는 한 장을 빼서 다시 조여 본 후에 자리에 엎어 놓았다.

응삼이 차례다.

그도 벌벌 떨리는 손으로 투전장을 빼어서 서투르게 조여 보더니,

"나도 들어갔어!"

하고 한 장을 다시 뺐다.

돌쇠는 투전 두 장을 빼어서 그의 큰 입을 오므리고 빠드득 소리가 나도록 조여 보더니만 다시 한 장을 들어가자 별안간 활기가 나서 소리친다.

"자 — 들 까라구!"

"서시!"

돌쇠는 성선이 앞에 놓인 돈을 쫙 긁어들였다.

완득이가 석 장을 까놓는 것은 일육팔 진주였다.

"난 일곱 끗이야."

하고 응삼이도 석 장을 까놓으며 머리를 긁는데 돌쇠는 거침없이 응삼이 앞에 놓인 돈도 소리개가 병아리 움키듯 집어들이면서,

"청산만리일고주 칠칠오 돛대 가보 흔들거리고 떠온다!"

툭 제끼는데 그것은 분명히 오칠칠 가보였다. 응삼이는 두 눈이 툭 불거졌다. 일곱 끗으로도 못 먹는 것이 분하였다.

"이런 제미! 아니, 속이지 않나."

"속이긴 어느 제미붙을 놈이 속여! 그럼 네가 패를 잡으람!"

돌쇠는 핀잔을 주었다.

응삼이는 더펄머리를 다시 긁적긁적하였다. 그는 망건도 안 쓰고 맨상투 바람으로 사랑에서 자다가 붙들려 나왔다.

그는 돌쇠가 꾀는 바람에 섣달 그믐께 소 판 돈의 절반을 가지고 나와서 거진반 다 잃었다. 가슴이 두근두근하고 눈이 캄캄해서 벌써부터 투전장이 잘 보이지 않는다.

"아주머니, 무엇 먹을 것 좀 해주소. 한잔 먹어야지, 속이 출출한데."

"무슨 안주가 있어야지."

노파는 불쩍 딴 돈을 주머니에 넣으며 뻐드렁니를 벌리고 웃는다.

아랫방에서는 아이들이 코를 골며 정신없이 잔다. 뒷동산 솔밭에서 부엉이가 운다.

"계란이나 한 줄 삶으시오. 두부나 한 모 지지고…… 안줏값은 내가 내지."

돌쇠는 계란값과 두부값을 절그럭거리는 호주머니에서 꺼내 놓고 다시 아기 패에게 팻장을 돌려 주었다.

"얼마야?"

"이런 제미."

응삼이는 또 팻장이 잘 못 든 데 속이 상해서 등신 같은 소리를 혼자 중얼거렸다. 웬일인지 팻장은 장자가 아니면 '세오' 자가 드는데 두 장을 대기는 안 되었고 석 장을 들어가면 영락없이 끗수가 더 줄었다. 그는 처음에는 끗수가 잘 나오더니 차차 줄어들어가는 것이 웬 까닭인지를 몰라서 이상하였다.

그 동안에 안주인은 아까 사온 술을 병째로 데우고 술상을 차려서 들어왔다. 무밑둥 김치 줄거리가 개상 소반에 늘어지고 통노구 속에 두붓점이 둥둥 떴다. 온돌의 골타분한 흙먼지내가 지독한 엽초 탄 내와 시크무레한 간장 냄새와 어울려서 일종의 야릇한 악취를 발산하였다.

성선이는 술병을 기울여서 우선 노파에게 한잔을 권한 후에,

"자 ? 너 먹어라!"

돌쇠는 텁텁한 막걸리 한 사발을 받아 들고 한숨에 쭉 들이켰다.

"아, 좋다! 목이 컬컬하더니."

팔뚝 같은 무밑둥을 들고 줄거리째 어석어석 씹는다.

그러나 응삼이는 술 먹을 경황도 없었다.

"자 ? 응삼이!"

완득이가 술을 먹고 다시 따라서 응삼이를 권하는데,

"난 싫여!"

"이 사람아, 한 잔만 하게나? 돈 좀 잃었다고 술도 안 먹으랴나!"

"자네들은 남의 속도 모르고…… 내일 경칠 생각을 하면…… 참, 남은 하기 싫다는데 공연히 끌고 와서……."

응삼이는 여전히 머리를 긁적긁적하며 무슨 소리인지 모르는 반도막을 등신같이 웅얼댄다.

"자식도 못도 났다. 잃기 아니면 따기지, 이 자식아, 돈 잃었다고 술까지 안 먹겠다는 그런 할미 붙을 자식이 어디 있니!"

돌쇠가 핏대를 세우고 고함을 쳤다.

"그럼 난 노름은 고만 놀겠다!"

"이 사람아, 어서 들어…… 이게 무슨 재민가?"

응삼이는 마지 못해서 술잔을 받으며,

"아니, 그렇게 골낼 게 아니라…… 나는 내 사정이 따분해서……그…그… 그래서…… 한 말인데……."

별안간 응삼이는 무엇이 걸린 것처럼 목 갈린 소리를 하며 군침을 삼킨다. 그는 떨리는 손으로 술잔을 받아서 약 먹듯 들이마셨다.

"저 자식이 제 마누라한테 부지깽이로 맞을까 봐서 그러지, 허허허."

"아따, 그러거든 기어올르렴!"

"하하하, 자식이 그게나 ×하는지 몰라!"

"빌어먹을 놈들!"

하늘이 아는 개평꾼이라는 순칠이는 어떻게 알았는지 최소사 집을 찾아왔다. 그는 아까 아랫말 술집에서 윷을 놀 제 성선이가 들어오더니 미구에 둘이 함께 나가는 것을 보자,

'저 애들이 어디서 한판 어울리는가부다!'

하고 조금 뒤에 쫓아나왔다. 그래서 아랫말의 그런 냄새가 날 만한 집은 사냥개처럼 모조리 뒤져 올라오다가 마침내 최소사 집에 그들이 숨어 있는 것을 발견하였다.

그는 거침없이 삽짝문을 열고 들으서며 문 밖에서부터 게두덜거린다.

"에, 치워! 치워…… 이 사람들이 여기 와 있는 것을……."

"저 염병할 친구가 기어이 찾아왔군!"

"그러기에 눈치 안 채게 불러내뢨더니…… 아저씨도 참 기성도 스럽소."

돌쇠는 성삼이의 말을 받다가 방문을 열고 들어서는 순칠이를 쳐다보며 빙그레 웃는다.

"이 사람들, 이렇게 구석진 데 와서 하는가? 에, 치워. 우선 한잔 먹세!"

그는 우선 고드래미가 매달린 거의 반백이나 된 수염을 쓰다듬어서 버선 발바닥에다 문지르고 나서 젓갈을 붙들고 상머리로 달려든다.

"참 아재는 용하기도 하지. 어떻게 여기를 다 찾아왔수!"

주인 노파가 술을 따르며 쳐다본다.

"그러기에 하느님이 아는 최순칠이라지, 허허."

순칠이는 술잔을 붙들고 배짱을 부리기 시작한다. 술거품을 후―불며,

"다들 자셨나!"

"네, 아저씨! 어서 잡수시우!"

순칠이는 그전에 청주병영을 다니었다. 병정 다닐 때에 술 먹고 노름하기를 배웠다. 그는 지금도 그때 소싯적에 흥청거리고 놀던 것을 한편으로는 자랑삼아서 다른 한 편으로는 동경되는 듯이 이야기하였다.

"참 그때 세상이 좋았느니. 옷 밥 걱정이 있겠나, 고기 술은 먹기가 싫어서 못 먹고…… 흥, 계집은 더 말할 것 없고……."

그때 이야기가 나오면 그는 신이 나서 코똥을 뀌어가며 젊은이들에게 떠벌리었다.

갓모봉 너머 지주 이참사 집이 그때 한창 의병떼와 화적에게 위협을 받을 무렵에 순칠이는 그 집으로 청주병영에서 보호병으로 파송을 받아 나왔다. 그는 이참사 집에서 삼 년을 지내는 동안에 밤이면 한차례씩 순행을 돌고 낮이면 총 메고 사냥질을 하는 것이 직무였다.

그때만 해도 이 산촌에서 병정이라면 신기해 보였다. 그래서 마을 사람들은 그를 두렵게 보고 한편으로는 호기심으로 대하였다. 더구나 그가 이참사 집에 있음이랴! 미상불 그는 그때도 호강으로 지내던 판이었다.

그런데 청주병영이 해산되고 따라서 자기도 일개 평민으로 떨어지게 되자 그는 이리저리 굴러 다니다가 이참사를 연줄로 가족을 데리고 이곳으로 이사해 왔다. 과거의 그런 생활을 하던 순칠이는 자연히 노름판을 쫓아다니게 되었다. 그는 한편으로 이참사 집 농사 몇 마지기를 짓는 체하지만 농사는 부업으로 짓는 셈이요, 도박이 본업이었다. 그는 노름판에는 어느 판이든지 알기만 하면 들어갈 수가 있었다.

술상을 치우자 투전판은 다시 벌어졌다.

떠들썩하는 바람에 자다가 오줌을 누러 일어난 이웃 사람들이 하나둘씩 모여들었다. 신장수 남서방, 산지기 조첨지 아들 군삼이, 또 누구누구가. 닭은 벌써 세 홰째 운다.

개 짖는 소리가 요란하다.

"나도 한케 하세!"

순칠이도 투전판으로 달려들었다.

"아저씨 돈 있수?"

"그럼 있지."

"어디 뵈시우?"

"있대두 그래."

"그럼 하십시다. 한 장(일 원) 이하는 못 놓기요."

"그라지."

이번에는 응삼이가 물주를 잡았다. 그는 아기패로만 한 것이 돈을 잃은 까닭이 아닌가 해서. 한 판은 다시 죽 돌아갔다.

"까시우……."

"장구 지구 북 지구 노들로……."

순칠이는 팔을 걷고 팻장을 까놓는데 장구였다.

"일이육 저리육 선달가보!"

돌쇠는 일이육을 까놓는다. 아기패가 모두 먹었다.

"빌어먹을…… 이놈의 노름을 어디 하겠나……."

응삼이는 갈기머리를 마치 갈퀴로 잔디밭을 긁듯이 북북 긁으며 징징 우는 소리를 하였다.

"누구 잡게. 난 패 안 잡겠네!"

"자식두 변덕은……. 인내라, 내 잡으마."

돌쇠는 와락 투전목을 잡아챘다.

그래서 응삼이는 다시 아기패로 붙어 보았다. 그는 눈을 홀딱 까고 정신을 차리고 대들었다. 그러나 원체 투전이 서투른데다가 자겁이 많은 응삼이는 점점 눈이 게슴츠레해가지고 정신이 얼떨떨해서 도무지 노름이 되지 않았다. 투전장을 붙들고 가끔 넋잃은 사람같이 한동안 앉았다가 옆엣사람에게 핀잔을 먹었다. 못난 사람은 이러나저러나 지청구꾸러기였다.

마침내 그는 화증이 버럭 나서 있는 돈을 톡 털어 가지고,

"너고 나고 단둘이 한번 빼구 말자…… 그까짓 것! 밤샐 것 무엇 있니."

하고 돌쇠에게로 달려들었다.

"그것 좋지!"

돌쇠는 투전목을 잡고 익숙하게 척척 쳐서 주르륵 긋자,

"자, 떼라!"

"자, 뗐다!"

"빼라!"

"뺐다!"

단판씨름의 큰판이라 방 안의 공기는 긴장되었다. 개평꾼들은 노름판을 우겨싸고 눈독을 쏜다. 석 장을 들어간 응삼이는 신장대 떨 듯 투전을 붙들고 조이는 손이 떨리었다. 그는 어떻게 똥이 타던지 느침이 흐르고 이마에는 땀이 솟았다.

"서시!"

"이놈아! 장팔이다!"

돌쇠는 투전장을 제끼자 자기 앞에 쌓인 돈뭉치를 번개같이 집어넣고 벌떡 일어섰다.

"아이구! 이런 복통할 놈의 투전아!"

응삼이는 투전짝을 찢어버리고 주먹으로 가슴을 치며 자빠진다.

그러자 좌중은 와— 하고 돌쇠에게로 손을 벌리고 달려들었다.

"개평 좀 주소…… 나두, 나두."

돌쇠는 두 손을 조끼주머니 속에 잔뜩 처넣고 팔뒤꿈치로 좁혀드는 사람들을 떼밀면서 군중을 정돈하였다.

"글쎄! 줄 테니 가만히들 있어요. 이렇게 하면 정신을 차릴 수가 있나."

그는 호주머니에서 집히는 대로 은전을 집어서 손바닥마다 내주면서 문 밖으로 뛰어나왔다. 그는 별안간 누구를 발길로 차고 뿌리치며 군중을 헤치고 나와

"이건 왜 심사 사납게 두 손씩 벌려!"

순칠이, 성선이 외 몇 사람은 돌쇠의 꽁무니를 따라 섰다. 기운 세고 팔팔한 돌쇠에게 그들은 마구 덤비지 못하였다.

3

돌쇠는 다 저녁때 함박눈을 맞고 집으로 돌아왔다. 어제는 그렇게 좋던 일기가 아침부터 눈이 퍼붓기 시작한다. 그는 술이 취해서 들어오는 길로 방 안에 쓰러진다.

아내는 부엌에서 저녁을 짓다가 뛰어들어와서 우선 사내의 호주머니를 뒤져 보았다. 비녀가 나온다. 그는 여간 기쁘지가 않아서,

"그렇지 않으면 뭐야. 어머니, 비녀 찾았어요!"

"어디서 찾았니?"

머리를 얹은 박성녀가 장죽을 물고 올라온다. 그는 겨울이 되면 해소병이 도져서 지금도 기침을 콜록콜록하였다.

"애비 호주머니 속에서요!"

별안간 돌쇠는 두 눈을 번쩍 떠본다.

"왜 남의 호주머니는 뒤지고 야단이야."

"누가 야단이야. 왜 남의 비녀는 가져갔어!"

"가져가면 좀 어때!"

"말도 않고 가져가니까 그렇지."

"아따, 찾았으면 고만이지. 그런데 너는 어디를 갔다가 인저 오니? 콜록! 아이구, 그놈의 기침이……."

"가긴 어디를 가요. 요새 정초니까 사방으로 놀러 다니지요. 물 가져와! 목말러 죽겠대두."

그는 벽에다 침을 뱉는다. 며느리가 물을 뜨러 나간 사이에 모친은 아들의 옆으로 가까이 앉으며,

"너 어젯밤에 응삼이하고 노름했니?"

"노름? 했소…… 했으면 어째서."

"아따, 아까 응삼이 어머니가 와서 네가 꼬여 가지고 노름을 해서 소

살 돈을 잃었다고 한참 야단을 치고 갔으니까 그렇지야."

"참, 그런 야단이 어디 있어."

순임이도 실쭉해서 말참견을 하였다.

돌쇠는 물 한그릇을 벌떡벌떡 켜고 나서,

"꾀긴 누가 꾀어…… 제가 하고 싶으니까 했지!"

"그래도 네가 꾀었다고 야단이던데…… 그래 아버지께서 여간 걱정을 안 하셨단다."

"그…… 그 빌어먹을 늙은이가 경을 치지 못해서…… 자식을 여북 못나야 남의 꼬임에 노는 자식을 낳는담! 에 아이고, 나도 그런 자식을 둘까 보아…… 저것이 그런 자식을 내질르면 어짠담!"

돌쇠는 상혈된 눈알을 굴리며 순임이를 손가락질한다. 몸이 저절로 끄덕거린다.

"미친 소리 마라. 자식을 누구 맘대로 낳니?"

"어쩐 말이야. 콩 심은 데 콩 나고 팥 심은 데 팥 나고 다 제 꼴대로 생기는 것이야. 그러면 저 오망부리도……. 허허."

"공연히 가만 있는 사람을 가지고 그러네. 이력은 뭬 그리 잘나서……."

순임이는 뽀로통해서 입을 내민다.

"아따, 요란스럽다…… 그래 응삼이가 돈을 많이 잃었니? 삼백 냥을 잃었다는구나."

"가만있어!"

돌쇠는 새로 사입은 모직 조끼주머니를 만져 보다가,

"지갑 누가 가져갔어? 응, 지갑!"

"지갑을 누가 가져갔대. 잘 찾어보지!"

"옹! 여기 있다. 고것 쏘기는 왕퉁이 새끼처럼."

돌쇠는 지갑을 열고 지전뭉치를 꺼내 보이며,

"야단은 얼마든지 치래. 욕하고 돈하고 바꾸자면, 얼마든지 바꾸지.

욕 먹어서는 입 아프지 않으니까…… 어머니, 그렇지 않소!"

모친은 돈을 보더니 한걸음 다가앉으며,

"그래도 한 이웃간에 그런 경우가 있느냐고 아주 펄펄 뛰는 꼴이라니……."

"허허…… 지금 세상이 어디 경우로만 살 수 있는 세상이냐 말이야지. 눈 없으면 코 베먹을 세상인 걸."

돌쇠는 상반신을 가누지 못하고 근드렁근드렁하며 곱은 손으로 돈을 세어본다.

"하나, 둘, 셋, 넷, 다섯…… 나더러 꾀어 냈다고? 꾀어 내면 좀 어때…… 하나, 둘, 셋…… 내가 꾀어 내지 않으면 다른 놈이 먼저 꾀어낼 텐데. 하나, 둘, 셋…… 그렇다면 다른 놈의 좋은 일을 시키느니보다 이웃간에 사는 내가 먹는 것이 당연한 목적이 아니냐 말이야…… 가만 있어, 몇 장을 세다 말었나! 하나, 둘, 셋……."

돌쇠는 돈을 세다가는 잔소리를 하고 잔소리를 하다가는 세던 것을 잊어버리고 또다시 새로 센다. 모친은 다시 한걸음 다가앉으며,

"얘야, 그게 다 모다 얼마냐? 인내라, 내가 세어주마."

"가만 있어요. 내가 세야지 어머니가 셀 줄 아나 원. 하나, 둘, 셋…… 어머니, 돈 좀 주리까?"

"그래 좀 다구. 돈 말러서 어디 살겠니."

"허허허…… 그러면서 노름한다구 야단들이람. 노름을 안 하면 우리 같은 놈에게 돈이 어디서 생기는데…… 여보 어머니, 하루 진종일 나무를 한짐 잔뜩해서 판대야 십오 전 받기가 어렵고 품을 팔래도 팔 수 없지 않소. 그런데 노름을 하면 하룻밤에도 몇 백 원이 왔다갔다한단 말이야. 일 년 내 남의 농사를 짓는대야 남는 것이 무에냐 말야. 나도 그전에는 착실히 농사를 지어 보았는데…… 가만히 그런 생각을 하니까 할수록 그런 어리석은 일이 없는 줄 깨달았소. 어떻든지 이 세상은 돈

만 있으면 제일인즉 무슨 짓을 하든지 돈을 버는 것이 첫째가 아니냔 말야. 그래서 나도 순칠이 아저씨한테 노름을 배웠는데 무얼 어째! 아차! 또 잊었다. 하나, 둘…….”

“여보, 나도 한 장만 주. 그러다가 잃어버릴라고 그리우.”

아내는 돈이 욕기가 나는 듯이 들여다보고 섰다가 해죽이 웃으며 사내 옆으로 앉는다.

“네가 돈은 해 무엇 해…… 흥! 참, 돈이 좋더라. 내가 돈을 땄다는 소문을 들더니 만나는 사람마다 집적대겠지. 평상시에는 소 닭 보듯 하던 놈들도 아주 다정한 듯이 달러붙으며 ‘여! 돌쇠, 돈 생겼다데. 한잔 내게!’ 하는 놈에, ‘돌쇠형님! 돈 따섰다는구려! 개평 좀 주구려’ 하는 놈에, ‘세배할 테니 세뱃값을 내라’는 놈에, ‘돈을 꾸어 달라’는 놈에…… 아따, 참 사람 죽겠지! 그뿐인가, 저 술집 마누라는 좀 크게 먹겠다고 연신 꼬리를 치겠지…… 허허허…….”

“그래, 그년에게 많이 디민 게로구나.”

“그까짓 것한테 디밀어요. 절구통 같은 것한테! 허허.”

돌쇠는 모친의 묻는 말에 코웃음을 친다.

“뭘 안 그래! 여적 거기서 자다 왔지!”

“뭐 어째. 이게 게다가 강짜까지 할 줄 아네.”

“누가 강짜한대, 그깟년들한테 돈을 쓰니까 그렇지.”

“허허허, 강짜는 아닌데 돈을 쓰는 것이 아깝단 말이지. 허허허, 그자식 그런 말은 제법인 걸…… 어디 입 한번 맞출까.”

“이이가 미쳤나, 왜 이래!”

돌쇠가 귀뿌리를 잡아다리는 것을 아내는 무색하게 뿌리쳤다.

“허허허, 어머니, 내가 술 취한 모양인가? 그러니 돈이 좋지 않소. 이 세상은 돈 가진 사람이 제일이란 말이야. 그래서 돈 있는 싹수를 보면 어떻게든지 그놈의 돈을 할퀴어 내랴고만 하는 세상이야. 내가 하룻밤 동안에 돈 몇십 원이 생겼다구 모든 사람들이 핥으러 덤비는구려. 우선 어머니도 이 궐자도…… 그렇다면 내가 응삼이 돈을 따먹은 것이 무엇이 잘못이란 말이야. 어머니, 그렇지 않소?"

돌쇠는 점점 혀꼬부라진 소리를 하며 몸을 가누지 못한다.

"하하…… 참 그렇다. 세상 사람이 모두 돈에 약이 올라서 그렇구나."

"한 이십 원 남았을 터인데…… 어떻게 된 셈이야, 한 장,두 장……."

돌쇠는 여적껏 세다 만 돈을 인제는 한 장씩 방바닥에다 죽 벌여 놓는다. 모친과 아내의 눈은 황화전 벌여 놓듯 한 지전장 위로 왔다갔다 한다. 돌쇠는 일 원짜리를 다 놓고 나서 다시 오 원짜리를 집어 내며,

"이러면 십삼 원, 이리하면 십팔 원……."

"얘야, 십팔 원이 얼마냐?"

모친은 궁둥이를 들먹대며 아들을 쳐다본다.

"십팔 원이면! 일백여든 냥이지 얼마요. 자, 잔돈이 또 있거든!"

돌쇠는 다시 봉창을 뒤진다.

"어머니나…… 참 퍽 많고나! 아니, 너 저렇게 술이 취해서 더럭 잃어버리지나 않았니?"

돌쇠는 오십 전짜리 은전 지전과 동전을 섞어서 이삼 원을 다시 벌여 놓으며,

"잃어버리긴 왜 잃어버려요. 나를 그렇게 정신없는 놈으로 아시우? 노름을 무엇으로 하는데."

아내와 모친의 얼굴은 더욱 긴장되었다.

"너 무엇을 먹었니? 콩나물국 좀 끓여주랴!"

"콩나물국? 그것보다도 고기를 좀 사고 술을 좀 받어 오시우. 한잔 더 먹어야지, 아버지도 좀 드리고. 자, 이 오 원으로는 양식을 팔란 말이야. 그리고 이것으로는 술 사고 고기 사고…… 그리고 또…… 집안 식구가 모다 몇인가…… 하나 앞에 한 장씩이면 다섯이지?"

"어짠 게 다섯이야. 간난이 알러 여섯이지."

"그런 데는 약빠르다. 그럼 자, 여섯! 이건 또 밑천을 해야지. 장사는 밑천이 있어야 하니까."

돌쇠는 몫을 나눠준 후에 나머지 돈은 도로 지갑에 넣고, 조끼주머니에……

"가지고 가시우, 나는 좀 자야겠수!"

"그래라!"

모친은 떨리는 손으로 돈을 집어 들고 아랫방으로 내려가자 돌쇠는 아내의 무릎을 잡아다녀 베고 쓰러진다. 간난이는 아랫목에서 잔다.

"궐련 한 개 붙여 드류?"

"그래!"

"아이, 술내야……"

"술내? 너 언제 술 받어줬니?"

아내는 담배를 붙여 주고는 남편의 망건을 벗겨 문 앞 말코지에 팔을 뻗쳐 걸고 나서 상투 밑을 비집고 배코 친 머릿속을 뒤적이며 이를 잡았다.

하얀 비듬이 서캐 슬 듯 깔린 것을 손톱으로 죽이는 대로 지끈지끈하는 소리가 났다.

"그게 다 이야? 아, 션하다."

"다 이유."

아내는 웃었다.

그는 남편의 묵직한 몸뚱이를 실은 다리가 따뜻한 체온에 안기는 훈훈한 촉감을 느끼었다.

미구에 사내는 담뱃불을 붙여 든 채로 코를 골기 시작하였다.

김첨지가 저녁을 먹으러 들어오자 마누라는 어서 영감이 들어오기를 기다렸던 것처럼 신이 나서 아들이 돈 벌어 온 이야기를 하였다. 사실 그는 지금까지 오십 평생에 그렇게 많은 돈을 한번도 쥐어본 일이 없었다. 그래서 그는 연래로 해소로 고롱고롱하는 병객임에도 불구하고 별안간 활기가 나서 이리 닫고 저리 닫고 하며,

"얘들이 다 어디로 갔나! 돌이는 잠시도 집에 안 붙어 있지, 누가 있어야지 심부름을 시키지. 내가 기운이 웬만하면 가겠다마는 죽어도 못 가겠다. 콜록콜록…… 아이 춰라! 웬 눈은 이리 퍼붓나. 올에는 풍작이 들라나, 설밥이 많이 쌓이니…… 얘 어미야! 뭐하니? 고만 나오너라!"

이러던 판에 영감이 들어왔던 것이다. 그는 오늘이야말로 영감에게 큰소리를 할 수 있는 것을 자랑삼아 아들의 이야기를 장황히 하고 나서 영감의 귀에다가 다시 가만히 소곤거렸다.

"이백 냥이나 가졌습디다그려."

진물진물한 눈에 눈곱이 끼고 두 볼이 오므라진 노파는 아래턱을 우물우물하며 체머리를 흔든다. 그것은 은근히 영감에게 아들을 야단치지 말라는 암시를 주는 것 같다.

김첨지는 우멍한 눈에 구리같이 검붉은 뻔쩍뻔쩍하는 큰 얼굴을 반백이 된 고추상투 밑에 쳐들고 두루마기 소매로 팔짱을 낀 채로 쭈그리고 앉아서 잠자코 마누라의 말을 듣고만 있더니,

"그래 어디 갔어? 자나?"

"지금 정신 모르고 잔다우."

김첨지는 입맛을 쩍쩍 다시었다.

마누라는 영감의 심사를 알 수 없었다. 언제는 아들이 벌이를 않고 논다고 성화를 하더니 이렇게 돈을 많이 벌어왔는데도 좋아하는 기색이 없이 입맛을 다실 것이 무엇인가! 하기야 노름해서 따온 돈을 남에게 자랑할 것은 없겠지만 그렇다고 좋아하지 못할 것도 없지 않은가! 마누라는 영감의 얼굴을 뻔히 쳐다보았다. 마치 이 늙은이가 속으로는

좋아하면서도 겉으로만 우엉을 까는 셈이 아닌가? 하는 것처럼.

"돈도 좋지마는…… 한 이웃간에서 그래서야 너무 인심이 사나웁지 않은가. 차라리 돈을 꾸어 달랄지언정……."

김첨지는 소싯적에는 골패도 해보고 투전도 해서 남의 돈을 따먹기도 하고 제 돈을 잃어 보기도 하였다. 그러나 그는 그때 시절과 지금 시절은 시대가 다르다 하였다. 예전 시대에는 살기가 그리 어렵지 않기 때문에 심심풀이로 도박을 하였는데 지금은 모두 돈에만 욕기가 나서 서로 뺏어먹으려는 적심을 가지고 노름을 한 즉 그것은 벌써 심사가 틀린 것이라 하였다.

"여보, 어림도 없는 소리 작작하오. 누가 우리와 같은 가난한 집에 돈을 꾸어 주겠소. 그리고 노름을 그 애만 하기에! 이참사 나으리 같은 한다 한 양반네도 노름을 한다며. 콜록!콜록!"

"흥! 다 그런 유명한 이는 노름을 해도 잘난 값으로 흉이 파묻히지마는 우리 같은 상놈의 자식이 노름을 하게 되면 그것은 남에게 손가락질을 받는 법이야!"

김첨지는 장죽을 털어서 잎담배를 부시럭부시럭 담는다.

"사람은 다 마찬가지지…… 아이구, 가난이라면 아주 지긋지긋해서 난 먹고 살 수만 있다면 무슨 짓이라도 하고 살겠소. 도적질 이외에는."

"그럼 자식에게 노름을 가르치란 말이야. 저런 쇠새끼같이 미련한 계집 봤나."

영감은 마누라를 흘겨보다가 소리를 버럭 지른다.

"누가 가리치랬소, 못 본 체하란 말이지! 콜록콜록."

마누라는 기침을 하기에 그러지 않아도 숨이 가쁜데 부아가 나니까 더욱 헐헐해지며 어깨숨이 쉬어진다.

"도적놈이 어디 따로 있는 겐가. 바늘도적이 황소도적 된다고 그런데로 쫓어다니면 마음이 허랑해져서 사람을 버리기 쉽고 까딱하면 징역살이를 할 테니까 말이지. 그런 걸 못 본 체하란 말이야!"

"아따, 노름판을 안 쫓어다니는 사람도 별 수 없습디다…… 다 제게 달렸지. 이녁은 해마다 농사를 짓는대야 남의 빚만 지고 굶주리게 하면서 무슨 큰소리를 하우."

"뭣이 어째…… 예이 경칠 년 같으니."

김첨지는 별안간 물고 있던 담뱃대를 들어서 대꼬바리로 마누라의 등줄기를 후려갈겼다.

"아이구머니…… 애개개개……."

마누라는 그 자리에 자지러지는 소리를 하며 삭은 등걸같이 쓰러진다.

"늙은 년이 제 밑구녕으로 내질렀다고 자식 역성은 드럽게 하지. 이년아! 안 되면 조상 탓한다고 가난한 탓을 왜 나보고 하는 게냐! 네년이 얼마나 팔자가 좋았으면 나 같은 놈에게로 서방을 해왔느냐 말이야. 이 주리를 틀 년 같으니."

김첨지는 열이 벌컥나서 갈범의 소리를 지르며 담뱃대를 거꾸로 들고 다시 마누라에게로 달려든다.

"아이구, 아버지! 고만두셔요. 고만두셔요."

부엌에서 저녁을 짓던 순임이는 한걸음에 뛰어들어가서 떨리는 손으로 김첨지의 소매를 잡고 늘어졌다.

"아버지! 고만 참으셔요!"

그는 오장이 벌렁벌렁 떨리는 몸으로 두 틈을 가르고 끼어 서서 목멘 소리로 애걸한다.

김첨지는 마치 고양이가 생쥐를 노리는 것처럼 마누라를 노려보다가 문을 열고 나가 버린다. 돌쇠는 여전히 정신없이 코를 곤다.

김첨지는 이참사 집 논 열 마지기를 얻어 부치는 소작인이었다.

사실 해마다 농사를 짓는대야 도조 치르고 구실을 치르고 나면 농사 지은 빚은 도리어 물어 넣어야 하는 오그랑장사였다. 어떻든지 예전에는 넉 짐 닷 뭇이나 닷 짐밖에 안되던 구실이 몇 배나 오르고 도조도 닷 섬 남짓 하던 것이 지금은 열한 섬을 매놓았다.

지주는 땅을 팔 때마다 가도를 해서 판다. 그러면 새로 산 땅임자는 헐한 땅의 도조를 마저 올린다. 그들은 자기 땅이므로 도조를 맘대로 추켜 매놓고 작인에게 징수하였다. 그래도 토지 기근에 울고 있는 소작인은 울며 겨자 씹기로 그런 논이라도 아니 부칠 수는 없었다.

김첨지가 짓는 열 마지기도 토지가 이동되는 때마다 도조가 올라서 그렇게 된 것이다. 그것은 이참사 집에서 수 년 전에 경답을 새로 산 것이었다.

김첨지는 오십이 넘었으되 아직도 근력이 정정하였고 돌쇠가 또한 한다는 장정이었으므로 농사는 얼마든지 더 지을 수가 있었다. 그러나 해마다 땅난리가 심해가는 소작농에게는 김첨지에게도 좀처럼 땅 차례가 오지 않았다.

그래서 김첨지는 일 년 생계에 거의 태반이나 부족한 것을 다른 부업으로 벌충을 하고자 그는 차첨지를 따라서 낚시질을 하고 산에 올라 나무를 해다가 읍내에 팔아 보아야 그런 것이 도무지 돈은 되지 않았다. 여름에는 칡을 끊어서 청올치를 쪼개 팔고 겨울이면 자리를 매어서 장에다 판다. 어떤 때는 원두(참외장사)를 놓아보고 어떤 해는 도야지도 길러 보고 이 몇 해 동안은 해마다 누에를 몇 봉씩도 놓아 보았지만 웬일인지 그 모든 일은 수고만 죽게 들 뿐이요 생기는 것은 별로 없었다. 모두 똥값이었다.

김첨지가 돌쇠 보고 노름꾼이 된다고 꾸짖지만 사실 이런 환경 속에서 찌들리는 젊은 놈으로서는 여간해 가지고 마음을 잡기가 어려웠다.

김첨지는 그 길로 차첨지 집을 찾아가서 두 늙은이는 세상을 한탄하는 이야기를 주고받았다. 차첨지는 짚신을 삼고 있었다.

"이 세상이 도무지 어떻게 되어 갈 셈인고?"

4

돌쇠가 노름을 해서 응삼이의 소 판 돈 수백 냥을 땄다는 소문은 그 이튿날 낮 전에 반개울 안팎 동리에 좍 퍼졌다.

이 소문은 동리 사람들에게 적지 않은 충동을 주었다. 그들은 만나는 사람마다 이 이야기로 화제를 삼았다.

반개울 상중하뜸의 백여 호는 대부분이 영세한 소작농이었다. 그들은 거개 갓모봉 너머 사는 이참사 집 전장을 얻어 부쳤다. 돌쇠도 그 중의 한 사람이었다.

어떻든지 자기네와 생활이 같은 돌쇠가 하룻밤 동안에 수백 냥의 돈이 생겼다는 것은 기적 같은 놀라운 일이 아닐 수 없었다. 수백 냥이란 돈은 자기네가 일년내 죽도록 농사를 지어야 겨우 얻어 볼 수 있는 큰 돈이었다. 이런 큰 돈을 하룻밤 동안에 벌었다는 것은 그것은 참으로 기막힌 일이 아닌가? 돈이 생기려면 그렇게 쉽게 생기는 것이라고 그들은 새삼스레 돈에 대한 욕기가 버썩났다.

그래서 그들은 겉으로는 돌쇠를 불량한 사람이라고 욕하였지마는 속으로는 은근히 그 돈을 욕심내고 돌쇠의 횡재가 부러웠다. 노름을 할 줄 알면 자기도 한번 해보고 싶었다. 불시로 노름을 배우고 싶은 사람도 있었다.

연전에 이 근처에도 금광이 퍼졌을 때 안골 사람 하나가 금광을 발견해서 가난하던 사람이 별안간 돈 백 원이나 생겼다는 소문을 들었을 때 이 마을 사람들은 모두 마치를 둘러메고 높은 산을 헤매며 금줄을 찾았다. 누른 돌멩이만 보아도 이키! 저게 금덩이가 아닌가? 하고 가슴을 두근거렸다. 마치 그때와 같이 이 마을 사람들의 눈에는 지금 지전뭉치가 번하였다. 십 원 짜리 빨간 딱지 — 감투 쓴 영감의 화상을 그린 — 지전뭉치가 어디 아무도 모르게 굴러 있는 것 같았다! 그들은 장날이면 읍내 가서 청인 송방이나 큰 장사치가 아니면 은행이나 부자에게서만 볼 수 있는 그것이 자기네와 처지가 같은 돌쇠에게도 차례 온 것은 마치 자기네에게도 그런 행운이 뻗쳐 올 것 같은 희망의 한 가닥 광선이 비치는 것 같았다. 그들의 이러한 공상과 선망과 초조와 아울러 그림자같이 따라다니는 아귀의 위협은 다시 절망과 비탄의 옛 보금자리로 돌아갔다. 그러는 대로 그들은 돌쇠를 시기하고 욕하였다.

"그 자식은 사람이 아니다. 돈을 많이 따고도 개평 한푼 안주는 자식……"

면 서기를 다니는 김원준은 오늘도 출근을 하였다가 저녁에 돌아왔다. 면사무소는 이 동리에서 오 리밖에 안되는 갓모봉 너머에 있었다.

원준이는 저녁을 먹다가 무슨 말 끝에 그 소문을 들었다.

원준이는 노름이라면 빡 하는 위인이다. 그도 응삼이가 소 판 돈이 있는 줄을 알고 어떻게 화투판으로 그를 꾀어내 볼까 하여 은근히 기회를 엿보고 있었던만큼 먼저 돌쇠한테 다리를 들린 것이 분하였다. 그러나 그는 그 대신 다른 욕심을 채워 볼 기회가 닥친 것을 기뻐하였다. 그는 가슴이 뛰었다.

응삼이 처 이쁜이는 올에 스물을 겨우 넘은 해사한 여자였다. 그의 친정은 바로 인근 동으로서 지금도 부모가 거기서 산다. 그들은 응삼이가 천치인 줄 알면서도 땅마지기나 있다는 바람에 사위 덕을 보려고 — 역시 가난한 탓으로 — 어린 이쁜이를 민며느리로 주었다. 이쁜이가 열한 살 먹었을 때 아버지 앞을 걸어서 낯선 이 동리로 왔었다.

이쁜이는 차차 커갈수록 그의 이름과 같이 이뻐졌다. 그래서 열네 살에 응삼이와 성례를 갖추었을 때도 제법 숙성하였다. 응삼이는 그때 열일곱 살.

동리 사람들은 모두 응삼이를 천치라고 흉보았다. 이쁜이는 어린 소견에도 그런 말이 들릴수록 천치 사내를 데리고 사는 자기의 신세가 애달팠다. 그는 어떻게 생긴 사람인지 도무지 성을 낼 줄 몰랐다. 밤낮없이 입을 헤 벌리고 느침을 흘리었다. 이쁜이는 지금도 첫날밤을 겪던 생각을 하면 얼굴이 화끈거렸다. 그는 열일곱 살이나 먹었으면서도 그때까지 여자라는 것을 잘 모르는 모양 같았다.

그런데 어떻게 된 셈인지 그 뒤로부터는 밤낮없이 자기의 궁둥이를 떠나지 않으려 한다. 이건 마실을 다닐 줄도 모르고 점도록 안방 구석에만 처박혀 있다. 그는 그 꼴이 더욱 얄미웠다. 그래서 건드리는 대로 벌 쏘듯 쏘아붙인다. 그럴라치면 응삼이는 역시 천치 같은 웃음을 헤 웃으며 우멍한 눈으로 쳐다본다. 느럭느럭 힘 없는 목소리로,

"그렇게 쏠 것 무엇 있어!"

"쏘긴 무얼 쏘아…… 흘레개야…… 아이그, 저 염병할 것이 언제나 거꾸러지누."

혀를 차고 눈을 흘겼다.

"내가 죽으면 네가 서방해갈라구!"

"서방해 가면 어째! 병신이 지랄한다구…… 참 언제까지 네놈의 집 구석에서 살 줄 안다데."

이쁜이는 사내를 몹시 미워한 까닭인지 웬일인지 아직까지 초산을 않고 있다.

어느 날 아침에 응삼이는 아침을 먹다가 느닷없이 자기 모친을 부른다. 뻔히 쳐다보면서,

"어머니, 왜 우리집에서는 애를 안 낳는다우? 웃말 갑성이는 아들을

났다는데 ……."

"빌어먹을 놈! 내가 아니, 왜 안 낳는지!"

이쁜이는 막 밥숟갈을 입 안에 넣다가 그만 웃음을 내고 문 밖으로 뛰어나갔다. 그는 뱃살을 붙잡고 간간대소를 하다가 나중에는 그것이 눈물로 변해서 그날 진종일 우울히 지냈다.

"아이구! 저 웬수를 어째……."

그럴수록 그는 사내가 미워서 죽겠다. 먹는 것도 살로 안 갔다. 만일 법이 없는 세상이라면 그는 벌써 응삼이를 사약이라도 해서 죽였을 것이다.

이런 생각은 한편으로 돌쇠에게 정을 쏟게 되었다. 돌쇠는 자기집에 사랑방이 있는 때문에 자주 놀러왔다. 낮으로 밤으로 일거리를 가지고 와서 응삼이와 함께 새끼를 꼬기도 하고 멱을 치기도 하였다.

이 동리는 모두 그렇지마는 남녀간에 내외를 하지 않는 까닭으로 그는 안에도 무상출입을 하였다. 돌쇠는 자기 시어머니를 보고 아주머니라 불렀다. 그럴 때마다 이쁜이는 돌쇠에게 추파를 보내고 남모르는 가슴을 태우며 있었다.

돌쇠의 사내답게 생긴 풍채와 언변 좋은 데 그만 반하고 말았다.

그러나 시아버지는 벌써 돌아갔지마는 시어머니가 늘 집에 있고 응삼이가 안방 구석을 좀처럼 떠나지 않기 때문에 그는 오직 상사의 일념이 조각구름처럼 공허한 심중에 떠돌고 있었다.

작년 가을이었다.

동리 사람들은 한참 논밭을 거두어들이기에 바쁠 참이었다. 응삼이 집에서도 집안식구가 모두 들로 나가고 이쁜이만 혼자 집을 보고 있었다. 시동생 응룡이는 학교에서 아직 돌아오지 않았다. 이웃 아이들도 모두 들로 나갔다.

마침 그때, 무슨 일로 왔던지 돌쇠가 응삼이를 부르며 들어왔다. 그때 이쁜이는 돌쇠를 보고 웃었다. 그는 그때 꽈리를 불고 있었다.

지금도 그 생각을 하면 심장이 뛰었다. 그것이 그에게는 초련의 독배였다.

그 뒤로 두 사람의 소문은 퍼져갔다. 돌쇠는 응삼이 집을 자주 갔다. 이쁜이도 무슨 핑계만 있으면 돌쇠 집을 찾아갔다. 그는 돌쇠 처 순임이에게 친히 굴고 돌쇠의 부모를 존경하였다. 그리고 간난이를 몹시 귀여워했다.

"자네도 어서 아들을 나야 할 터인데 웬일인가? 아즉도 소식 없나?"

이쁜이가 간난이를 안고 뺨을 맞춘다 입을 맞춘다 하고 있을 때 돌쇠 모친은 이런 말을 하고 쳐다보았다.

"아이구, 참 아주머니도…… 소식이 무슨 소식이 있어유!"

이쁜이는 얼굴이 빨개졌다. 그때 돌쇠 모친은 빙그레 웃으며 속으로는, '그 자식이 참으로 병신인가? 고자인가?'

그러나 이런 의심은 비단 돌쇠의 모친뿐 아니었다. 그는 이쁜이를 동정하였다. 바보는 바보끼리 만나야겠는데 이건 너무 짝이 기운다. 마치 비루 먹는 당나귀에다가 호마를 붙여준 셈이 아닌가? 지금 돌쇠 모친은 이런 생각을 하고 다시 웃었다.

이쁜이는 돌쇠 집에를 가려면 은비녀를 꽂고 은가락지를 꼈다.

원준이도 이와 같은 두 사람의 관계를 눈치채고 있었다.

익어가는 앵두 같은 이쁜이의 고운 입술은 그도 한 알을 따넣고 입안에 굴리고 싶었다.

원준이는 저녁을 먹고 나서 응삼이를 찾아갔다. 응삼이는 집에 있었다.

응삼이는 오늘 집안 식구에게 저물도록 쪼들려서 그렇지 않아도 흐리멍텅한 사람이 혼 나간 사람같이 되었다.

"응삼이 있나?"

"누구여!"

웅삼이 모친은 원준이가 들어오는 것을 보자 반색을 하며 영접하였다.

"아이구, 어려운 출입을 하시는군! 오늘도 면청에 갔었지?"

그는 원준이보고도 의당히 하소를 할 것인데도 그가 면서기 벼슬을 다니게 된 뒤로부터는 반존칭을 주었다.

"네, 저녁 잡수셨어요?"

"어서 들어오. 퍽 춥지."

원준이는 안방으로 들어와서 그의 해맑은 얼굴을 들고 우선 방 안을 휘 둘러본다. 이쁜이는 윗방 문턱에 가려 앉았다.

원준이는 털외투 자락을 뒤로 제치고 앉아서 우선 담배 한 개를 화롯불에 붙이며,

"웅삼이가 간밤에 돈을 많이 잃었다지요!"

"그랬다우. 아이구, 그 망할 놈이 환장을 하였는지 어쩌자고 돌쇠 같은 노름꾼하고 노름을 했다우."

아픈 상처를 칼로 에는 듯이 웅삼이 모친은 다시 복통을 한다.

"이 사람아! 참 자네가 미쳤지. 자네가 돌쇠와 노름을 하면 그 사람의 돈을 먹을 줄 알았던가?"

원준이는 점잖게 말하고 민망한 듯이 웅삼이를 쳐다보았다.

"심… 심… 심심풀이로 하… 하자기에 했는데, 그… 그…… 사람이 공연히……."

웅삼이는 병신같이 말을 더듬으며 머리를 긁는다. 그는 역시 입을 헤벌리고. 이쁜이는 그만 그의 상판을 흙발로 으깨주고 싶었다. 낯짝에다 침을 뱉고 싶었다.

"허허허…… 사람도. 그러나 아주머니도 잘못이시지 왜 돈을 맡기셨어요."

"누가 맡겼어야지. 밤중에 몰래 들어와서 훔쳐 내었지."

"허허, 아니 돌쇠가 꾀셨던 게지요? 꾀수던가? 응삼이!"

원준이는 담배연기를 맛있게 들이마셨다가 입으로 코로 내뿜으며 응삼이를 돌아본다. 응삼이는 북상투의 갈기머리를 긁적거린다. 그는 어떻게 말을 해야 좋을지 모르는 모양으로 입만 벙긋벙긋하였다.

"저 등신은 누가 하자는 대로 하는데 무얼! 그렇지만 돌쇠란 놈도 못쓸 놈이지. 한 이웃간에서 다른 사람과 노름을 한대두 말려야만 할 터인데 그래 제가 노름을 해서 돈을 뺏어 먹어야 옳소."

응삼이 모친은 생각할수록 절통하여서 목소리가 떨려 나왔다. 그는 원준이에게 하소연하면 무슨 도리가 있을까 보아 빌붙었다.

"그런 사람이야 말해 무엇해요, 아무튼지 그런 자리가 걸리지 않아서 걱정일 텐데요. 하여간 우리 동리는 큰일났어요. 해마다 노름꾼만 늘어가니 선량한 사람들도 자연히 나쁜 물이 들지요."

"글쎄 말이야…… 그놈의 노름꾼 좀 씨도 없이 잡어갔으면…… 조카님도 면소를 다니니 말이지 그래 이걸 어떡해야 옳다우?"

"그럼 어떻게 할 수 있나요. 고발을 하면 응삼이도 경을 칠테니 그저 노름을 하기가 불찰이지요. 이사람아, 다시는 말게!"

"그러니 그 많은 돈을…… 어떻게 화가 나던지 아까 돌쇠란 놈이 있으면 제가 죽든지 내가 죽든지 해보랴고 쫓어갔더니만 그놈이 있어야지. 그래서 그 집 식구보고 야단을 한바탕 쳤지마는 그게 무슨 소용있수?"

"그렇지요, 고발을 한댔자 돈은 못 찾을 것이니, 그래도 본보기를 해서라도 한번 혼을 내놓아야겠어요! 에 고약한 사람들!"

"그러면 작히나 좋을까!"

윗방에서 그들의 이야기를 듣고 있던 이쁜이는 원준이의 얼굴을 뻔히 쳐다보았다. 그도, 지금은 동리간에서는 노름을 않지마는 — 읍내에서 노름만 잘하고 요릿집과 술집으로 돌아다니며 주색잡기라면 사족을 못 쓴다는 소문이 났다. 그래서 월급을 탄대야 집에는 한푼 안 가져오고 저 한 몸뚱이만 안다는 녀석이 남의 흥만 보고 앉았는 것이 꼴같지가 않았다.

"참, 조카님은 이 동리에서는 제일 유식도 하고 면청에도 다니고 하니 우리 응삼이를 잘 건사해 주었으면 좋겠어. 조카님이 만일 그렇게만 한다면 다른 사람이 꾀어낼 틈도 없지 않겠수! "

응삼이 모친은 다소 불안스런 청을 하는 것처럼 하소연해 보았다.

"녜, 그게야 사실 내 말만 들으면 해될 게야 없겠지요."

원준이는 응삼이를 쳐다보는 한짝 눈으로 이쁜이를 곁눈질하였다.

응삼이 모친은 그 말에 반색을 해서 자리를 고쳐 앉으며,

"그럼 조카님이 좀 괴롭더라도 자주 놀러 다녀서 저 애를 끼고 잘 타일러주! 아이구, 그렇게 했으면 내가 참으로 마음을 놓겠수."

그는 웬일인지 별안간 눈물이 핑 돌았다.

"동리간이라도 어디 믿을 사람이 누가 있수. 저 애가 원체 반편인데다가 아비 없는 후레자식으로 그저 귀둥이로만 커났으니 무얼 배운 것이 있어야지 사람이 되지…… 얘 응삼아, 그럼 너 이담부터는 다른 사람의 말은 듣지 말고 이 서기양반의 말을 잘 들어라! 응?"

모친은 오므라진 입을 벌리고 안타깝게 말하는데 응삼이는 힘 하나안 들이고 모친의 말이 떨어지자,

"그라지유!"

하고 다시 머리를 긁었다.

이쁜이는 별안간 고개를 돌리고 입을 싸쥐었다.

'이 밥통아! 어서 죽어라! '

이날로부터 원준이는 응삼이 집을 자꾸 드나들었다. 그는 들어올 때마다 응삼이를 불렀다. 그러나 언제든지 한 눈으로는 이쁜이를 곁눈질

하였다. 그의 뱁새눈같이 쭉 째진 갈고리눈으로 말끄러미 쏘아보는 것은 어쩐지 기미가 좋지 않아서 이쁜이는 가슴이 떨리었다. 그는 원준이의 심상치 않은 행동에 은근히 겁을 먹었다. 맑은 시냇물같이 밑구멍이 뻔하게 들여다보이는, 조금도 어수룩한 구석이 없는 원준이가 자기 집을 자주 찾아오는 것은 반드시 그 이면에 무엇이 숨어 있지 않으면 안 되었다. 무엇일까?

물새가 논꼬에 자주 오는 것은 송사리를 찍어 먹기 위함이다!

이쁜이는 원준이가 올 때마다 무서웠다. 그는 무엇인지 자기에게서 찾아내려는 것처럼 음흉한 눈을 쏘았다. 무슨 말을 할 듯 할 듯한 표정이다. 어떤 불길한 조짐이 생길 것 같은 예감이 날이 갈수록 그의 마음을 조마조마하게 하였다. 그런데 원준이는 꾸준히 드나들었다. 그러는 대로 돌쇠와는 멀어지는 것 같았다. 돌쇠는 응삼이와 노름을 한 뒤로부터는 한 번도 오지 않았다. 그는 모친에게 경을 칠까봐 그러는지 그렇지 않으면 다른 까닭이 있는지?

그래서 이쁜이는 외나무 다리를 건너는 때와 같이 위험을 느끼었다.

그는 원준이와 돌쇠 사이에 무슨 일이 생기지 않을까 아슬아슬 가슴을 졸이었다.

그러는 가운데 보름이 닥쳤다.

5

돌쇠의 집에서도 보름 명절이라고 아내와 모친은 수수를 갈아서 전병을 부치고 쌀을 빻아서 떡을 쪘다. 또순이는 한 옆에서 그들을 거들고 있었다. 그는 올에 열네 살이나 키가 훌쩍 크고 숙성하였다. 눈창이 맑고 큰 눈에 콧날이 선데다가 그의 입모습이 귀염성 있게 생겼다. 또순이는 숱이 좋은 머리에 새빨간 공단댕기를 달았다. 그가 뛰어 다닐 때마다 댕기는 잉어뜀을 하였다.

마을에는 들기름내가 떠올랐다. 있는 집 어린애들은 새 옷을 갈아입고 음식을 길거리로 먹으며 다닌다. 명일 기분이 떴다.

보름 명일은 어린애들 명일이다. 그리고 또한 여자들의 명일이었다.

계집애들은 물론 젊은 여자들은 이날이야말로 분세수를 곱게 하고 새 옷을 갈아입었다. 없는 사람도 할 수 있는 대로, 그들에게 만일 혼인 옷을 간수해 두었다면 일년에 두 차례인 이날과 팔월 추석에는 반드시 꺼내 입었다.

그들의 모양은 가지각색이었다. 다홍 치마에 연두 저고리, 남 치마에 노랑 저고리, 연두 치마에 분홍저고리…… 문자 그대로 울긋불긋하게 차려 입고 나서서 그들은 오리같이 뒤뚱거리며 떼로 몰려다녔다. 풀을 억세게 해입은 광목겉을 입은 사람은 걸음을 걸을 때마다 와삭와삭 소리가 났다.

그들은 널을 뛰고 깍대기 벗기기 윷을 놀았다. 명일 기분은 열사흘부터 농후하였다. 이날까지 여유가 있는 집은 보름을 쇠려고 대목 장을 보아 왔다. 오막살이나마 집간을 의지한 사람은 나무를 해다가 팔아서라도 북어마리와 다시마 오락지를 사들고 돌아왔다.

그전에는 보름 명일에도 소를 잡았다. 그러나 지금은 상중하 안팎 동리 백여 호 대촌에서도 소 한 마리를 치울 수가 없었다. 하기는 올 설에도 소 한 마리를 잡아먹었지만 그것은 고기의 대부분을 가운뎃말 마름 집과 면서기 원준이 집에서 치우기 때문에 잡은 것이었다. 고기 한칼 구경 못한 집이 적지 않았다.

열나흘 아침부터 아이들은 수수깡으로 보리를 만들어서 잿더미에 꽂아놓았다. 그것을 저녁때 타작을 한다고 뚜드려서 올해 농사의 풍년을 점치는 것이었다. 이날은 누구나 밥 아홉 그릇을 먹고 맡은 일을 아홉 번씩 한다는 것이다. 나무꾼은 나무 아홉 짐, 글 배우는 사람은 글 아홉 번, 있는 집 아이들은 부럼을 깨물고 늙은이들은 귀밝이 술을 홍실로 늘이고 잔대로 마셨다.

돌이도 학교를 갔다와서 또순이하고 수숫대로 보리를 만들어 꽂았다.

이날 밤에 자면 눈썹이 세고 밤중에 하늘에서 짚신할아비가 줄을 타고 내려와서 자는 사람을 달아 본다 하여 아이들은 작은 가슴을 태우며 졸음을 참고 있었다. 돌쇠가 어릴 때만 해도 이런 풍습은 마을 전체로 성행해서 그는 과연 자고 일어나 보면 눈썹이 하얗게 세 있었다. 지금 공주에서 사는 고모가 몰래 분칠을 한 것이었다. 그래서 어른들에게 눈썹이 세었다고 놀림을 받았었다. 어느 해인가 한번은 이날 아침에 누구한테 더위를 사고 분해서 깩깩 울고 들어온 적도 있었다. 이날 더위를 사면 그해 여름내 더위를 먹는다는 것이었다. 그것은 돌쇠가 아주 어렸을 때의 일이다. 밤에는 아이들이 떼로 몰려다니며 말 달리기를 하고 제웅놀음을 하였다. 어른들은 귀여운 듯이 그들을 보호해주고 따라다니며 구경하였다. 그해 일 년간의 액막이를 이날 밤에 하는 것이었다.

그러나 이런 풍속도 쥐불이나 줄다리기와 마찬가지로 지금은 다만 어린애들에게 형해만 남아 있다. 마을 사람들은 모두 생기가 없어졌다. 모두 누루텅텅한 얼굴을 들고 늙은이처럼 방구석으로만 기어들었다. 그리고 신세 한탄을 하며 한숨쉬는 사람이 늘어났다.

돌쇠는 이런 분위기에 싸인 것이 답답하였다. 마치 사냥꾼에게 쫓긴 짐승이 굴 속에 끼인 것 같다. 왜 그들은 전과 같이 팔팔한 기운이 없어졌을까? 그래서 이런 명일도 전과 같이 활기 있게 지내지 못하는가?

그는 날이 갈수록 우울해졌다. 그런데 이 우울을 풀기에는 술과 노름이 약이었다.

'모두 살기가 구차해서 맥이 빠졌구나!'

돌쇠는 저녁을 먹고 나서 윗모퉁이로 슬슬 올라가 보았다. 그는 지금도 마음이 공허하였다. 많은 사람들에 끼었어도 심정은 고독을 느끼었다. (그것은 돌쇠뿐만 아니라 마을의 가난한 사람들은 모두 그런 기분에 싸였다).

윗모퉁이 서기 집 마당에는 벌써 이웃 사람들이 많이 모였다. 늙은이들은 장죽을 물고 섬돌 위에 쪼그리고 앉았다. 거기에 부친과 차첨지도 마주 앉아서 무슨 이야기를 하고 웃고 있었다. 부친도 그전같이 기운이 없었다. 그도 가난에 지쳤다.

이 동리에서는 서기 집이 제일 터전이 넓었다. 사랑방이 두 간이나 있는 집도 이 집뿐이었다. 주인 김학여는 마을 중의 부농으로서 도지소가 댓 바리나 되고 토지도 두어 섬지기를 가지고 있었다. 그 역시 일자무식한 상놈이었으나 아들이 보통학교를 일찍 졸업하고 면서기를 다니는 까닭에 마을 사람들은 서기 집이라는 택호를 불러 주었다.

망을 접어든 둥근 달이 갓모봉 뒷산으로 삐주룩이 떠오른다. 비늘구름이 면사포와 같이 거기에 반쯤 가렸다. 달은 지금 너울을 벗고 산 위에서 내려다본다. 크고 둥근 달은 서릿발을 머금고 마치 울고난 안정과 같이 불그레하였다.

뉘 집 개가 짖는다.

아이들은 달에 홀린 것처럼 아랫모퉁이에서 재깔거렸다. 그래도 생기가 있기는 어린애들뿐이었다.

"철꺽! 철꺽!"

안마당에서는 널뛰는 소리가 들리었다. 젊은 여자들이 뼁 둘러 있다.

이쁜이와 아기—이 집 주인의 딸—가 지금 널을 뛴다. 이쁜이는 소복을 하얗게 입었다. 달 아래 널뛰는 두 사람의 맵시는 아리따워 보인다. 달을 향해 선 이쁜이는 그의 전신이 공중으로 올라갈 때마다 해사한 얼굴이 달빛에 비쳤다. 그는 석류 속 같은 잇속을 내놓고 웃었다. 아기는 비단옷을 휘감았다. 선녀가 하강한다는 것이 이런 여자가 아닌가?

돌쇠는 취한 듯이 그들을 보았다.

원준이도 안마루에 걸터앉았다. 그는 술이 취한 모양이었다. 무엇을 먹었는지 껄껄하고 있다.

"나도 좀 뛰어 볼까. 아주머니, 나구 뜁시다."

아기가 그만 뛰고 내려오자 돌쇠는 성선이 처의 소매를 끄잡았다.

"아이그, 망칙해라. 남정네가 널이 다 무에야!"

"왜 남정네는 널을 못 뛰나요, 아무나 뛰면 되지."

"호호, 난 뛸 줄을 알아야지. 잘 뛰는 이하고 뛰구려."

성선이 처는 이쁜이를 돌아보며,

"이 아재하고 한번 뛰어 보소."

이쁜이는 부끄러운 듯이 물러선다.

"형님, 싫여!"

이쁜이는 가늘게 부르짖었다. 그래서 성선이 처는 다시 이쁜이에게로 널밥을 더 많이 놓아 주었다. 두 사람은 널을 올려 보았다. 이쁜이가 먼저 구르니까 돌쇠는 떨어질 듯이 서투른 두 발길로 간신히 널판을 밟는다. 그는 얼마 올라가지 않았다. 구경꾼들은 웃음을 내뿜었다. 그러자 돌쇠가 다시탁 구르니까 이쁜이는 까맣게 공중으로 올라간다. 구경꾼들은 아슬아슬해서 쳐다보았다. 그러나 이쁜이는 조금도 자리를 잃지 않고 어여쁜 발맵시로 널판을 구른다. 돌쇠는 다시 엉거주춤하고 줄타는 광대처럼 올라갔다. 구경꾼들은 또 폭소를 터치었다. 돌쇠가 떨어지며 다시 밟자 이쁜이는 이번에는 아까보다도 더 높이 올라갔다.

"아이, 무서워라!"

"참 잘 뛴다!"

제비같이 날쌘 동작에 여러 사람들은 감탄하기 마지 않았다. 사실 이쁜이는 돌쇠가 기운차게 굴러주는 바람에 신이 나서 뛰고 있었다. 그는 널에 정신이 쏠려 있으면서도 심중으로 부르짖었다.

'그이가 참 기운도 세군!'

원준이가 뜰에서 보고 있다가 내려오며,

"어디 나 좀 뛰어 봅시다!"

하고 돌쇠가 뛰던 자리로 올라섰다. 이쁜이는 어쩔 줄을 모르고 뭉칫뭉칫한다.

"아따, 아무나하고 한번 뛰어 보라고!"

이쁜이는 할 수 없이 원준이와 널을 올랐다. 원준이는 힘껏 굴러 보았다. 그러나 이쁜이는 아까 돌쇠와 뛰던 것의 절반도 못 올라간다. 이쁜이가 떨어지며 널을 구르니까 이번에는 원준이가 까맣게 올라갔다가 베갯머리의 옆으로 떨어진다. 그 바람에 널판이 삐뚤어져서 핑그르 돌며 두 사람은 땅 위로 둥그러졌다.

"하하하……."

구경꾼들은 일시에 폭소를 터쳤다. 이쁜이는 남부끄러워서 얼굴이 빨개진다. 그는 원준이에게 눈을 흘겼다.

"밥을 그렇게 해서는 안 되겠구먼 그려…… 호호호."

"난 안 뛸래."

이쁜이는 골딱지가 나서 성선이 처를 쳐다본다.

"허허…… 널 한번 뛰랴다가 망신을 했군!"

원준이는 궁둥이를 털고 일어서자 무색해서 있을 수가 없던지 슬그머니 밖으로 나가 버렸다.

"아잰 참 기운두 세시우. 어짜면 그렇게 세우!"

성선이 처는 돌쇠를 보고 다시 혀를 내둘렀다. 이쁜이가 흥이 깨지는 바람에 구경꾼들도 흥미가 없어졌다. 그는 옷을 버렸다고 핑계하며 한옆에 가 끼어 섰다. 그래서 널은 다시 아이들에게로 차례가 갔다.

돌쇠는 또순이와 아기가 널을 뛰는 것을 보자 그만 나왔다.

돌쇠는 부친에게 꾸지람을 듣고 나서 한동안은 노름방을 쫓아다니지 않았다. 그러나 그렇게 야단을 치던 부친도 자기가 노름해서 따온 돈으로 사온 술밥과 고기를 먹었다. 만일 그 돈으로 양식을 사오지 못했다면 그 동안에 무엇을 먹고 살았을런지? 이런 생각을 하는 돌쇠는 어쩐지 그의 부친이 우스워 보이고 세상 일이 다시 이상스러워졌다. 그러나 냉정히 다시 생각해 볼 때 그는 과연 응삼이에게 잘못한 줄을 깨달았다. 아니 그것은 응삼이보다도 그의 아내 이쁜이였다. 그는 자기의 정부가 아닌가? 그런데 그의 남편을 꾀어서 그 집 돈을 뺏어 먹었다는 것은 아무리 내 앞으로만 따져 보아도 얼굴이 간지러운 일이었다. 그래서 돌쇠는 사실 면목이 없어서 그 후로는 응삼이 집에를 가지 못하였던 것이다.

그런데 오늘 저녁에 뜻밖에 그를 서기 집에서 만나 보았다. 같이 널도 뛰었다. 그는 지금 아까 그와 마주 서서 널뛰던 생각을 하자 별안간 가슴이 뭉클해졌다. 눈물 같은 것이 두 눈에 어린다. 그는 무심히 달을 쳐다보았다. 달빛은 아까보다 명랑하게 구름을 헤치고 나온다. 그는 술이 먹고 싶었다. 누구하고 싸움이라도 하고 싶었다. 그는 기운이 북받쳤다.

"어디를 갈까……?"

돌쇠는 울적한 심사를 걷잡지 못하여 발벙발벙 윗말로 가는 길을 향하여 한발 두발 떼놓았다. 막 개울을 건너서 우물 앞을 지날 무렵이었다. 뒤에서 누가 부른다.

"여보!"

홱 돌아다보니 달빛에 보이는 얼굴은 생각지 않은 이쁜이였다. 돌쇠는 공연히 가슴이 선뜩하였다.

"어디 가우?"

돌쇠는 손을 내저으며 가만히 부르짖는다.

"쉬— 누가 듣는구면……."

"아따, 그렇게두 겁이 나우."

이쁜이는 돌쇠를 따라오자 해죽이 웃으며 그를 붙들고 개울 골 안으로 올라갔다.

얼음 밑으로 깔려 내리는 산골 물이 꿀꿀 소리를 내며 흐른다. 그들은 상류로 올라가서 언덕 밑 바윗돌을 가리고 앉았다. 얼음에서 이는 찬 기운이 선뜩선뜩하였다.

사방이 괴괴한데 밝은 달을 향하여 마주 앉아서 그윽한 물소리만 듣고 있으니 어쩐지 마음에 처량하였다. 두 사람은 한동안 무슨 말을 해야 좋을지 몰랐다.

순간 돌쇠는 목 안이 뿌듯하며 무엇이 치밀어올랐다. 그는 떨리는 목소리로,

"아! 임자한테 잘못했수다. 참으로 볼 낯이 없소……."

"이이가 미쳤나…… 무슨 소리야!"

이쁜이는 점점 숙어지는 돌쇠의 턱어리를 쳐들었다.

"아니…… 진정…… 용서해 주소. 이놈이 참으로 죽일 놈이다!"

돌쇠는 주먹으로 눈물을 씻는다.

"아니, 별안간 왜 그러우. 누가 임자보고 잘못했댔수?"

이쁜이는 웬 영문을 몰라서 얼떨떨하였다.

"그런 게 아니라 내가 한 깐을 생각하니까 임자에게 잘못된 줄을……고담에 솥 떼고 뭐 한다는 말과 같이 내가 그따위 짓을 한 것이……후. —"

"아이구, 인저 보니까 당신도 못났구려, 빙충맞게 울기는 왜 울우?"

이쁜이는 안타까웁게 치마폭으로 눈물을 씻긴다.

"나도 임자 보고 잘했달 수는 없어. 그러나 나는 그까짓 일로는 조금도 임자를 원망하지 않수."

이쁜이도 자기 설움이 북받쳐서 목소리가 칼끝같이 찔린다.

"그러면 임자도 옳지 못하지…… 어떻든지 임자의 남편이 아니겠소."

"나도 모르지 않아. 그래두 옳지 못한 것과 살 수 없는 것과는 다르지 않수? 난……어떻게든지 살고 싶수!"

별안간 이쁜이는 돌쇠의 무릎 앞에 엎어지며 흐늑흐늑 느껴 운다. 응삼이의 못난꼴이 보였다.

"이거 왜 이래! 아까는 나보고 운다더니……."

"흑흑…… 우리 부모가 때려 ×일 ××이지, 어짜라고 나를 그것한데……."

돌쇠는 이쁜이를 잡아일으키며,

"임자의 부모도 여북해야 그랬겠나! 임자는 벌써 배고픈 걸 잊어버렸구려!"

"차라리 배고픈 것이 낫지……."

"흥, 그건 임자가 모르는 말이지. 그렇다면 임자는 아즉도 내가 응삼이와 노름한 사정은 모르는 모양이구려!"

"노름한 사정을?"

이쁜이는 말귀를 잘 모르는 것처럼 눈썹을 찡그리며 쳐다본다.

"그래! 그럼 임자는 나를 그저 노름에 미친 사람으로만 보고 있단 말이지. 그러나 나는 그렇게 노름에만 정신이 팔린 놈이 아니야. 나는 지금도 노름꾼이 되고 싶지는 않아…… 집에 먹을 것이 없고 나무는 산에 가서 해올 수 있다 하나 쌀은 어디 가서 얻나? 농사는 해마다 짓지마는 양식은 과세도 못 하고 떨어진다. 해마다 빚만 는다. 엄동설한 이 치운데 어린 처자와 부모 동생이 굶어죽을 지경이 되었다. 나는 이 꼴을 차마 그대로 보고 있을 수가 없었다…… 오냐, 도적질 이외에는 아무것이라도 하자! 아니 도적질이라도 할 수 있으면 하자! 그러면 노름이라도 하자! 그래서 나는 응삼이를 꾀어낸 것이다! 그런데 임자는……."

"아, 고만… 고만……."

이쁜이는 한 손으로 돌쇠의 입을 틀어 막으며 가쁜 듯이 부르짖는다. 그는 돌쇠의 긴장된 표정이 무서웠다.

"…… 나도 그런 줄은 잘 안다우."

그는 간신히 중단했던 말을 끝막았다.

"갓모봉 너머 이참사 같은 부자가 하는 노름과 우리네 같은 사람이 하는 노름과는 유가 틀리단 말이다. 그들은 심심풀이로 하는 노름이지마는 우리는 살 수 없어서 하는 노름이다."

"이참사도 노름을 하우?"

이쁜이는 놀란 듯이 묻는다.

"그럼 하구말구…… 일전에는 부자들과 화투를 해서 몇 백 원을 땄다는데 순칠이 아저씨가 그 통에 요새 돈 십 원이나 생기지 않았나."

"아! 웬수놈의 가난…… 참 내가 임자를 부른 것은 꼭 할 말이 있어서……."

이쁜이는 비로소 그 말을 꺼내었다.

"무슨 말?"

"아! 달도 밝다. 저…… 다른 말이 아니라 이 앞으로 원준이를 조심하란 말이야."

이쁜이는 목소리를 다시 한층 죽여서,

"눈치를 가만히 보자니까 아마 임자의 뒤를 밟을 모양이야. 그래서 만일 걸리기만 하면 가만히 안 둘 것 같습디다."

이쁜이는 돌쇠의 주머니를 뒤져서 담배 한 개를 피워 물고는 원준이가 자기 집으로 처음 찾아오던 날 밤에 시어머니와 이야기하던 말과 그 후로 날마다 드나들며 이상스레 구는 행동을 겁나는 듯이 말하였다.

"제까짓 것이 그러면 누구를 어쩔 테야. 공연히 건방지게 굴어 봐라, 다리를 분질러 놀 테이니."

돌쇠는 별안간 역증이 나서 부르짖었다.

"나는 걱정 말라구! 나보다도 그 자식이 임자를 욕심내서 음흉한 행동을 하려는 모양이니 임자도 정신차리라구!"

돌쇠는 어쩐지 불안을 느껴서 이쁜이에게 이런 주의를 다시 주었다. 별안간 돌쇠는 질투의 불길이 솟아올랐다.

"내게야말로 제가 어짜게!"

"반할는지 누가 아나?"

"아마!"

이쁜이는 야속한 듯이 돌쇠를 쳐다본다…… 눈물이 달빛에 빛난다.

"임자가 나를 그렇게 알우?"

"아이 치워!"

"고만 갑시다."

이쁜이는 허전허전하였다.

그는 이대로 떨어지기가 싫었다.

돌쇠가 윗말로 올라가는 산잔등이로 올라가는 것을 그는 몇 번이나 뒤를 돌아다보며 시름없이 내려왔다.

우물을 지날 때 그는 빠져 죽고 싶은 생각이 났다. 이쁜이는 막 자기 집으로 들어가는 골목을 접어들자 뒤에서 누가 큰기침을 한다. 그는 가슴이 달랑하였다. 원준이다…….

보름도 흐지부지 지나가고 마을 사람들은 다시 싸늘한 현실에 부닥쳐서 제각기 발등을 굽어보았다. 그야말로 각자도생이다. 그들은 마치 눈 쌓인 산중을 주린 짐승이 헤매듯이 사면팔방으로 돈벌이에 헤매었다. 마을에도 차례로 양식이 떨어져갔다.

돌쇠도 눈을 뒤집고 다시 노름판으로 쫓아다니지 않으면 안 되었다. 차첨지는 고기낚기를 다시 시작하였다. 그는 고기를 잡으면 그놈을 가지고 읍내로 가서 파는 것이었다.

김첨지는 부지런히 자리를 쳤다. 해마다 청올치를 해서 팔고 남은 치레기로 그는 여름내 노를 꼬아 두었다가 겨울이면 자리 장사를 하는 것이었다.

그런데 원준이는 그들과는 아주 별세계에 사는 사람처럼 유유하게 한가한 세월을 보내고 있었다. 그는 면사무소를 갔다 오면 번들번들 놀았다. 마치 사냥개처럼 무슨 냄새를 맡으려는 듯이 이집 저집으로 돌아다닌다. 그는 여전히 응삼이 집을 자주 왔다.

이월 초생이다. 추위는 계속되었으나 그래도 겨울 같지는 않았다. 쌀쌀한 바람에도 봄 기분을 내고 품 안으로 기어 들었다. 양지짝으로 잇는 언덕 밑에는 풀싹이 시퍼렇게 살아났다. 그것이 눈보라를 치면 얼었다가 양지가 나면 다시 깨어났다. 풀도 이 마을 사람들과 같이 잔인한 추위와 싸우고 있었다.

논밭둑에는 벌써 나물 캐는 아이들이 바구니를 끼고 헤맨다. 보리밭에는 국수덩이, 꽃다지, 냉이, 달래 싹이 돋아난다.

응삼이 집에서는 아침을 치르고 나자 모자는 윗말 마름 집 물방앗간으로 용정을 하러 갔다. 응삼이는 소 살 돈을 노름해서 잃은 까닭으로 벼를 찧어 팔아서 그 돈을 벌충하지 않으면 안되었다. 올에도 논섬지기를 짓자면 큰 소를 세우지 않으면 안 되었다. 응룡이는 돌이와 사랑마당에서 놀더니 어디로 몰려갔는지 아무 기척도 없어졌다.

이때 이쁜이는 혼자 반짇그릇을 앞에 놓고 버선구머리를 볼받고 있었다. 그는 사내의 버선짝을 보아도 미운 생각이 났다. 그는 지금도 이 생각 저 생각에 움직이던 바늘은 몇 번이나 멈추고 한숨을 쉬었다.

그런데 거기에, 원준이가 응삼이를 부르고 들어온다. 오늘이 공일이었다.

원준이는 언제와 같이 털외투 '에리' 에 목을 움치고 윤이 반질반질나는 노랑 구두를 신고 들어왔다.

"없어요!"

이쁜이는 깜짝 놀라 일어나서 문을 열고 내다보았다. 그는 공연히 가슴이 뛰고 얼굴이 화끈하였다.

" 어디 갔어요?"

원준이는 싱글싱글 웃으며 뜰 위로 올라선다.

"방아 찧러 갔어요."

이쁜이는 문설주에 붙어 서서 몸을 반쯤 가리고 간신히 대답하였다.

"아주머니도 가셨나요?"

"네……."

담배귀신이란 별명을 듣는 원준이는 담배를 또 한 개 꺼내 문다.

"성냥 있어요?"

"네…… 성냥이 어디 있나!"

이쁜이는 황급하게 방 안을 둘러보다가 성냥을 찾으러 부엌으로 원준이 앞을 지나 들어갔다. 그는 부뚜막에 있는 성냥갑을 흔들어 보고 조심스럽게 두 손을 뻗쳐서 원준이에게 공손히 내밀었다. 그는 면구스러워서 고개를 다시 숙이고 아까와 같이 방 안으로 들어가서 문설주에 붙어 섰다.

"참, 당신한테 물어 볼 말이 있는데……."

원준이는 잠깐 주저하다가 어색한 듯이 이런 말을 꺼내고 이쁜이를 쳐다본다.

"네…… 무슨……."

이쁜이는 구석으로 숨었다. 그는 원준이가 심상치 않게 구는데 점점 불안을 느끼었다. 원준이는 여전히 싱글벙글 싱글벙글한다.

"당신의 집안 식구는 속여도 나는 속이지 못할 게요."

"……."

이쁜이는 가슴이 떨리었다. 무슨 일일까? 열나흗날 밤 일인가? 그 생각이 번개치듯 지나간다.

"나는 벌써 다 알고 묻는 말이니까 바른대로 고백하지 않으면 당신에게 손해가 될 것이오. 당신은 지난달 열나흗날 밤에 어디를 갔었지?"

"가긴 어디를 가요?"

이쁜이는 자기도 알지 못하게 절망에서 떨리는 목소리가 나왔다. 인제 보니까 그날 밤에 뒤를 밟았나 보다!

"아모 데도 안 갔어? 당신이 말하기 싫다면 구태여 물을 것은 없소. 그것은 당신이 생각해 보면 알 것이니까…… 나는 당신을 위해서 하는 말이야. 만일 내가 한마디만 당신 시어머니께 뗑구게 되면 당신은 어떻게 될지 모르지 않소?"

"……."

원준이는 어느 틈에 문지방에 걸터앉았다.

"하기는 당신의 소행을 생각하면 이런 말을 귀띔할 것 없이 당신 어머니한테 말할 것이지만, 그렇게 하면 전도가 창창한 당신에게 불행하지 않겠소? 그러니 내 말을 듣겠소, 못 듣겠소?"

원준이는 차차 흥분되어서 숨을 헐떡거린다.

"무슨 말이어요. 들을 말이면 듣고 못 들을 말이면 못 들……."

이쁜이는 인제 악이 올라서 무서움도 없어지고 원준이를 똑바로 쏘아보았다. 그러나 원준이는 여전히 빙그레 웃으며,

"그만하면 알지 뭐!"

이쁜이는 별안간 고개를 벽에 기대고 훌쩍훌쩍 울기 시작하였다. 그는 참으로 원준이가 아는가 봐 겁이 나서 그런 것이 아니라 그의 하는 행동이 분하기 때문이었다.

그가 참으로 점잖을 것 같으면 모르는 체하든지 그렇지 않으면 자기를 훈계하고 말 것이 아닌가? 그런데 자기의 과실을 책잡아가지고 그 값으로 비루한 제 욕심만 채우려는 것은 가증하기 짝이 없다. 너를 주

느니 개를 주지! 하는 미운 생각이 지금 이쁜이의 마음속에 가득 찼다.

"나가요! 당신이야말로 대낮에 이게 무슨 짓이우?"

이쁜이는 별안간 고함을 쳤다.

이 의외의 대답에 원준이는 깜짝 놀라서 몸을 벌떡 일으켰다.

"아니 당신이…… 정말들 이러기야!"

눈을 휘둥그렇게 뜨고 쳐다본다.

"그러면 누구를 어쩔 테야! 어서 나가요, 공연히 안 나가면 왜장칠 테니."

이쁜이는 독이 푸독사같이 올랐다. 그는 자기에게도 이런 용기가 어디 있던가 하고 내심으로 은근히 놀랐다.

"뭣이 어째? 정말로 이래도 좋을까? 후회하지 않을까!"

"맘대로 하라구, 이르면 쫓겨나기밖에 더할까? 고작 가야 죽기밖에 더할까? 행세가 천하에 못되었수. 임자는 면서기를 다닌다고 남을 이렇게 깔보는가? 유식한 사람의 버릇은 다 그런가?"

원준이는 그만 모닥불을 뒤집어쓴 것같이 얼굴이 화끈 달았다. 그는 무섭게 눈을 흘기고 한참 서서 노려보다가 할 수 없이 나가 버린다.

이쁜이는 그 자리에 쓰러져서 보리밥 한솥지기는 울었다. 그는 암만 울어도 시원치 않았다.

저는 이 마을에서 제일 잘 산다고 누구에게 권리를 부리려 드는가? 그는 생각할수록 안하무인한 그의 행동이 분하였다. 그런 생각을 하면 전후 사연을 모조리 토파를 하고 죽든지 살든지 한번 해보고 싶었다. 그는 마침내 이런 모든 소조가 천치 같은 사내를 얻은 까닭으로 벌써 넘보고 그랬다는, 자기 팔자 한탄으로 결론을 지을 수밖에 없었다.

그러나 분한 정도로 따진다면 원준이도 결코 이쁜이만 못하지 않았다. 그는 이쁜이에게 그런 봉변을 당하기는 참으로 의외였다. 더구나 그런 볼모를 잡아가지고 위협을 하게 되면 웬만한 여자일 것 같으면 대개 넘어갈 줄만 알았었는데 이 계집이 여간 당차지 않다고 그는 은근히 놀라기를 마지 않았다. 그래서 그는 그 길로 응삼이 집에는 발을 끊고 말았다.

원준이는 그 길로 가운뎃말 사는 구장 집을 찾아갔다. 마름 집에 선생으로 있던 이생원은 연전에 갓모봉 너머 이참사의 주선으로 향교 장의를 지냈다고 지금도 감투를 쓰고 나왔다.

"아니, 자네가 웬일인가?"

구장은 원준이를 사랑으로 맞아들였다.

"오늘은 면에 안 갔던가!"

"네! 일요일이올시다."

"옳아, 내 정신 봤나. 오늘이 참 공일이지."

"선생님께 잠깐 의논드릴 말씀이 있어서요."

원준이는 그 전에 서당에 다닐 때 구장에게 글을 배운 일이 있기 때문에 선생님이라고 부르는 터이었다.

"응! 무슨 일?"

구장은 노를 꼬면서 묻는다.

"이 동리는 노름들을 않습니까? 저희 동리는 노름이 심해서 큰일났어요."

"못 들었어. 요새도들 한다나?"

"하는 것이 뭡니까! 월전에 노름들을 해서 응삼이가 소 판 돈 삼십 원을 잃었다는 말씀은 선생님께서도 들으셨지요. 바로 쥐불 놓던 날 밤이올시다."

"그 말은 들었지!"

구장의 뾰족한 아래턱에 달린 얌생이 수염이 말할 때마다 까불까불한다.

"그 돈을 돌쇠가 따먹었다는데요. 그때도 응삼이 모친이 고발을 한다고 펄펄 뛰는 것을 어디 한 이웃간에서 차마 그렇게 하랄 수가 있어야 지요. 그래 말렸지요."

"아무렴, 그 다 이를 말인가."

"그런데 이 사람들이 지금도 정신을 못차리고…… 요새는 버쩍 더합니다그려. 그리고 어디 그뿐입니까. 도무지 풍기가 문란해서 커가는 아이들에게 여간 큰 영향이 아니올시다. 이대로 가다가는 동리가 망하지 않겠어요?"

원준이는 무슨 큰 일이나 생긴 것처럼 긴장해서 부르짖었다.

"그러니 어떻게 한단 말인가. 어디 한두 사람이어야지 무슨 도리를 강구하지. 에— 고약한 사람들 같으니!"

구장도 다소 역증이 나는 것처럼 꼬던 노끈을 제쳐 매놓고 담배를 부스럭부스럭 담는다.

"저희 같은 젊은애들 말은 어디 들어먹어야지요. 그러니까 선생님께서 진흥회장 어른과 상의를 하셔서 속히 동회를 붙여가지고 어떤 제재를 내리는 것이 좋겠습니다."

구장은 잠깐 무엇을 생각하다가,

"그게야 어렵지 않겠지마는…… 그렇게 해서 효력이 있을까?"

"확실히 있을 줄 압니다. 그들을 불러다 놓고 엄중하게 징계를 하고 만일 차후에도 노름을 하는 사람이 있으면 벌금을 물게 한다든지 하는 그런 규칙을 만들어 놓게 되면 실행될 수가 있겠지요. 그래도 노름을 하고 싶으면 바로 타동에 가서는 할지라도……."

"글쎄 어디 의논해 보지…… 자네들은 인저 착심하고 면서기를 다니기까지 하니 더 부탁할 말이 없네마는, 우리 동리란 웬 노름꾼이 그리 많은지…… 참 한심한 일이야!"

"저희야 다시 그런 장난을 하겠습니까. 그 전에는 철 모르고 그랬지만요……."

원준이는 면구한 듯이 고개를 숙이고 자리를 긁는다.

구장은 장죽을 재떨이에 뻗치고 앉아서 뻑뻑 빨다가,

"자네가 그런 말하니 말일세마는 노름이 이렇게 퍼지게 된 것은 꼭 이참사 까닭이니. 촌이란 일상 읍내를 본뜨는 것인데 이참사 같은 명망 있고 일군의 유력한 지위를 가진 이가 노름을 하게 되니 무식한 사람들이야 무족거론이 아니겠나…… 더구나 요새 세상같이 모두 살기가 어려운 판에…… 허허……."

구장은 별안간 이가 물던지 배꼽에 걸친 괫마리를 까고 득득 긁는다. 때비늘이 허옇게 긁힌다.

"그렇지요, 상탁하부정으로……."

원준이는 제 얼굴에 침 뱉는 것 같아서 하던 말을 멈추고 다시 고개를 숙였다.

6

이틀 후에 소임은 아래윗동리를 집집마다 돌아다니며 저녁에 마름집으로 모이라는 말을 전하였다. 특히 노름꾼으로 지목되는 사람은 하나도 빠지지 않도록 직접 찾아보고 일렀다. 동리 사람들은 별안간 무슨 일인지 몰라서 수군거렸다.

해가 어슬핏하자 집회장소인 정주사 집에는 하나둘씩 사람이 불어갔다.

시계가 여덟 시를 쳤을 때에는 아래윗간 사랑이 꽉차서 마루에까지 사람이 앉아야 할 만큼 상중하 동리의 거진 절반이나 모인 셈이었다.

거기에는 이날 회합의 문제 인물인 돌쇠는 물론이요, 완득이, 성선이도 왔는데 웬일인지 노름꾼의 대장인 최순칠이가 오지 않았다.

"더 올 사람 없나, 고만 이야기들 해보지."

아랫목에서 구장하고 나란히 앉은 진흥회장 정주사는 좌중을 둘러보며 물었다. 제각기 패패로 앉아서 까마귀떼같이 떠들던 사람들은 일시에 말을 그치고 아랫방으로 고개를 돌리었다. 윗말 남서방, 산지기 조첨지도 왔다.

정주사 아들 정광조는 윗방에서 원준이와 마주 앉았다.

"녜! 시작해 보시지요."

원준이는 정주사와 구장을 바라보았다.

"선생님이 먼저 말씀하시지요!"

"아니 회장이 말씀하셔야지…… 허허……."

"동회니까 구장이 말씀하셔야지…… 그럼 아모려나!"

정주사는 담뱃대를 놓고 수염을 쓰다듬으면서 말을 꺼내었다. 그도 세무서 주사를 다녔다고 깎은 머리에 감투를 쓰고 있었다.

"오늘 밤에 동리 여러분들을 이렇게 오시란 것은 다른 것이 아니라 우리 동리에 좋지 못한 일이 있어 그 대책을 강구하지 않으면 안되겠어서 모이라 한 것이요. 그 좋지 못한 일이란 것은 지금 아랫말 김서기가 사실을 보고할 터이니까 여러분은 잘 들으시고 아무 기탄없이 여러분은 좋은 의견을 말씀해 주시기를 바랍니다. 그래서 우리 동리도 풍기를 숙청해서 훌륭한 모범촌이 되도록 여러분이 서로 도와가기를 바라기 마지 않습니다."

정주사는 구장을 돌아보며,

"그뿐이지? 더 할 말씀은?"

"그렇지요, 더 무슨."

구장은 훈장질하던 버릇이 그대로 남아서 상반신을 끄덱끄덱하였다.

"그러면 김서기, 보고하지!"

"녜!"

정주사의 말이 떨어지자 원준이는 대답을 하고 일어났다. 그는 양수

거지를 하고 서서,

"에 — 오늘 밤에 보고할 사실이란 것은 지금 진흥회장 영감께서 말씀한 바와 같이 우리 동리의 문란한 풍기를 '개량' 하자는 것입니다. 헴! 여러분께서도 이미 아시다시피 우리 동리에는 도박이 제일 심합니다. 그 증거로는 우선 정초에—바로 쥐불 놓던 날 밤에— 도박을 한 것이 증명됩니다. 그날 밤에 도박을 하니 분이 지금 이 자리에 계신 것 같으니까 누구라고 지명을 않더라도 다들 아실 줄 압니다. 더구나 그날 밤에 불소한 금액을 잃은 사람은 한 이웃에 사는, 반편 같은 불행한 사람이라는 데는 같은 노름이라 할지라도 정도가 다르다고 생각합니다 ...."

원준이는 마치 승리의 쾌감을 느끼는 사람과 같이 기고만장해서 돌쇠를 슬슬 곁눈질하며 부르짖었다.

그러나 돌쇠는 벌써 이날 저녁의 모인 의미를 잘 알기 때문에 별로 놀란 것은 없었다. 그는 어저께 원준이가 이쁜이에게 대한 행동을 자세히 들었다. 그러므로 돌쇠는 오늘 밤의 집회가 원준이의 행동이라는 것을 벌써 짐작하고 있었던 것이다. 그러니만큼 그는 이를 악물고 어디보자! 하는 결심을 굳게 할 뿐이었다.

원준이는 손을 입에 대고 기침을 두어 번 한 후에 다시 말을 이어서,

"에헴! 그런데 그분들은 그 후에 조곰도 반성하는 기색이 없이 계속해서 지금도 노름을 합니다. 이것이 하나올시다. 에헴! 또 한 가지는 ...."

"에—그게 원 무슨 일들이람."

"원체 노름이 너무 심하지. 진즉 무슨 수를 내든지 해야 할 게야."

"그거 참 옳은 말일세. 그 사람 똑똑한데⋯⋯."

"암, 승어부했지. 저 사람 집 산수에 꽃 폈는데!"

청중에서 이런 말이 수군수군거리자 구장은 담뱃대를 들고 정숙하라

고 명하였다.

원준이는 더욱 어깨가 으쓱해졌다.

"에— 또 한 가지는 신성한 가정의 풍기를 문란하게 한 것이올시다. 아마 이것도 여러분께서 대강 짐작하실 만한 소문을 들으셨을 줄 압니다. 그러면 이만큼 말씀해 두고 끝으로 한마디 아뢰고저 하는 것은 이런 불미한 일을 그대로 두어서는 오륜삼강의 미풍양속이 없어지고 동리가 멸망해 갈 것이오니 여러분께서는 그 대책을 잘 생각하시고 책임자에게 어떠한 제재를 주어서라도 동리를 바로잡게 하시기를 바랍니다."

원준이는 연설조로 하던 말을 마치고 자리에 앉는다. 그는 다소 흥분이 되어서 숨이 가빴다.

"그러면 어떻게 할까요? 여러분! 의견을 말씀하시지요!"

정주사는 좌중을 둘러본다.

원준이는 다시 일어서서,

"에— 제 생각 같애서는 먼저 문제의 책임자들이 각기 자기 양심에 비춰서 이 자리에서 사과를 한 후에 앞으로는 다시 그런 불미한 행동을 않겠다는 맹서를 하고 그리고 나서 다시 여러분께서는 그의 만일을 보장하기 위해서 어떠한 벌칙을 작정하는 것이 좋을 것 같습니다."

이제까지 아무 말 없이 앉아서 빙글빙글 웃고만 있던 정광조는 별안간 좌중의 침묵을 깨치었다. 하기는 여러 사람은 오늘 저녁의 모임이 동회인 만큼 그가 먼저 무슨 말이 있을 줄 알았는데 오히려 지금까지 아무 말이 없는 것을 이상히 생각할 만큼이었다. 왜 그러냐 하면 그는 동경 유학생이기 때문이었다. 그는 폐병이 걸려서 작년 연종(양력)에 일시 귀국하였던 것이다.

"지금 이 모임에 저도 발언권이 있습니까?"

광조는 좌중에 묻는 말이나 시선은 원준이에게로 갔다. 그는 원준이의 '오륜삼강'이니 '신성한 가정'이니 하는 말이 우스웠다.

"녜, 동회인만큼 누구나 말씀하실 수가 있습지요."

원준이가 이렇게 대답하였다. 좌중은 동의한다. 광조는 일어서서 우선 머리를 숙여 예한 후에 다시 팔짱을 끼고서,

"에— 지금 보고하는 말씀을 들어 보면 첫째 조목과 둘째 조목이 모두 추상적인 것 같습니다. 옛말에도 명기위적이라야 적내가복이라고 그 죄를 밝힌 연후에 형벌을 작정할 것이 아닙니까? 그러면 지금 그 보고를 좀더 소상히 할 필요가 있을 줄 압니다. 즉 누구누구는 어떠어떠한 범과가 있다는 것을 본인은 물론이요 제삼자에게도 확실히 알려 줄 필요가 있을 줄 압니다."

광조가 말을 마치고 앉으니까 좌중은 이 의외의 발언에 모두 고개를 두리번두리번하고 있다.

"참, 그렇지! 그래야지!"

"녜! 그것은……."

원준이가 다시 일어난다. 그는 불안한 표정이 나타났다.

"……이미 여러분께서 잘 아시는 사실이므로 구태여 지적할 필요가 없을 것 같아서 그랬습니다…… 또한 고현의 말씀에도 그 죄를 미워하고 그 사람은 미워하지 않는다는 의미를 본받어서 되도록은 관대한 처분을 하는 것이 좋을까 해서 그만큼 보고를 하였습니다."

광조는 다시 일어났다.

"에— 그러면 이 보고를 정당한 사실로 인정한다는 전제에서 저의 의견을 잠깐 말씀하겠습니다. 저 역시 들은 소문을 종합해 가지고 말씀드리겠는데 첫째 도박으로 말하면 우리 동리에서 젊은 사람치고 별로 안 하는 사람이 없는 줄 압니다. 더구나 노름꾼의 대장이라 할 만한 이가 오늘 밤에 안 오신 것은 대단 유감으로 생각합니다(청중은 모두 웃는다) 둘째 신성한 가정의 풍기를 문란한다는 조목에 있어서는 더구나 문제를 막연히 취급하는 것 같습니다. 가정이란 대개 결혼을 기초한 것으로

볼 수 있는데 오늘날 우리 사회의 결혼제도라는 것이 어떠합니까? 이미 여러분도 잘 아시는 바와 같이 소위 이성지합이 백복지원이라는 인간대사를 부부가 무엇인지도 모르는 젖내 나는 어린 것들을 조혼을 시키거나 그렇지 않으면 당자에게는 마음도 없는 것을 부모가 강제 결혼을 시키는 것이 오늘날 우리 사회의 결혼제도가 아닙니까? 그러나 한번 머리를 돌이켜서 저 문명한 나라를 볼 것 같으면 거기서는 청년남녀가 각기 제 뜻에 맞는 배필을 골러서 이상적 가정을 세우는 것이올시다. 어시호 '신성한 가정'이 될 수 있겠습니다. 원래 결혼이란 당사자끼리 할 것이지 거기에 제삼자가 전제할 것은 아닙니다. 그러므로 우리 사회의 불합리한 결혼제도에는 따라서 많은 폐해가 있습니다. 남자는 첩을 두고 외입을 합니다. 여자는 본부를 독살하고 음분도주합니다! 이것이 모두 강제 결혼과 조혼의 폐해올시다. 그러므로 아까 둘째 조목으로 보고한 사실이란 것도 결국 우리 사회의 결혼제도의 결함에서 생기는, 반드시 없지 못할 폐해일 줄 압니다. 그렇다면 이와 같은 제도에 희생된 사람들에게는 오히려 '동정'할 점이 많이 있을 줄 압니다."

원준이는 이 불의의 공격에 어쩔 줄을 몰랐다. 그는 다시 일어서서,

"그러나 우리는 이 제도를 일조일석에 고칠 수는 없습니다. 그렇다면 우리는 종래의 관습을 복종할 의무가 있을 줄 압니다."

"그것은 말이 되지 않습니다. 우리가 만일 우리의 생활상에 어떤 잘못을 발견할 때는 우리는 그 즉시로 그것을 고쳐야 할 의무가 있을 줄 압니다. 만일 그렇지 않다면 우리는 그 잘못을 영영 고치지 못하고 말 것입니다."

"그렇지! 그게 옳은 말이지."

청중에서 누가 부르짖었다. 그는 돌쇠에게서 그날 밤에 개평을 얻은 남서방이었다.

"그러면 문제를 간단히 낙착짓기 위해서 다시 번복합시다. 대관절 아

까 김서기의 보고를 여러분은 정당하다고 인정하십니까?"

광조는 다시 일어나서 묻는다.

잠시 방 안은 쥐죽은 듯이 고요하였다.

그러자 돌쇠가 별안간 벌떡 일어선다. 그는 아까부터 하고 싶은 말이 많았으나 어떻게 조리 있게 말할 자신이 없어서 지금까지 망설이고 있던 참이다. 그런데 그는 광조의 말에 용기가 났다.

"첫째 노름으로 말씀하면, 제…… 제가 물론 잘못했사와유. 하지만두 저는 본시 노름꾼이 되고 싶어서 한 것은 아니외다. 어떻게 합니까? 일 년내 농사를 지어야 먹을 것은 제 등을 못대고 식구는 많은데 굶어죽을 수는 없으니…… 쥐불 놓던 날 밤에 응삼이와 노름을 한 것도 실상은 이렇게 환장지경이 되었을 뿐 아니라 응삼이가 소 판 돈이 있는 줄을 알고 노름하자고 꼬이는 사람이 많은 줄을 알기 때문에, 그렇다면 남에게 뺏길 것이 없어서 그날 밤에 노름을 하였지요. 그것은 지금 당장 응삼이를 불러다가 물어 보셔도 알 것입니다. 그리고 노름은 어디 저 혼자만 합니까! 갓모봉 너머 이참사 영감 같으신 이도 노름을 하시지 않습니까."

"노름은 그렇다 하고 가정의 풍기문란에 대해서는 또 변명할 말이 없느냐?"

정주사는 정중하게 돌쇠에게 묻는다. 그는 양반인 까닭에 아랫사람들에게는 언어에 차별을 하였다.

"녜……? 둘째로 무슨 말씀이던가요? 거기 대해서도 저만 특별히 잘못한 것은 없습니다. 그것도 이실직고하겠사오니 응삼이 처를 불러다가 물어보십시오!"

좌중은 이 새 사실에 모두 놀랐다.

"그럼 누구란 말이냐!"

정주사의 묻는 말에 돌쇠는 원준이를 손가락질하였다.

"원준이올시다."

"저 사람이 미쳤나. 내가 어쨌단 말이야!"

원준이는 얼굴이 새빨개졌다. 색먹고 대든다.

"자네가 그저께 아무도 없는 기미를 보고 대낮에 응삼이 집에를 들어가지 않았나?"

좌중의 시선은 모두 원준이에게로 집중하였다. 돌쇠는 다시 긴장해서 부르짖었다.

"어?"

"오늘 저녁에 이렇게 모인 것이 저는 누구의 조화라는 것을 잘 알고 있사외다. 저 하나를 이 동리에서 제일 불량한 사람이라 지목해가지고 그러는 것 같습니다마는 사실인즉 이와 같은 흉계를 꾸민 것입니다. 아까 이 댁 나리가 말씀하신 것과 같이 젊은 사내로 우연만한 사내 쳐놓고 누가 외입 않는 사내가 있습니까? 네! 제 죄는 지당히 받사오리다. 그러나 벌을 주시되 공평히 주십시오."

돌쇠의 말에 여러 사람은 가슴이 찔리었다. 참으로 누가 감히 먼저 돌쇠에게 돌을 던질 수 있느냐?

"잉! 잉!"

별안간 구장은 담뱃대를 들고 힝 나간다. 그는 원준이에게 속은 것이 분하기 때문이었다.

"아니, 왜 일어나세요?"

"그럼 가지 무엇해요, 깍두기판인데!"

정주사의 묻는 말에 그는 이 말을 던지고 나가 버린다.

그는 콧구멍이 벌름벌름하였다.

"허허 참, 별꼴 다 보겠군!"

"똥 묻은 개가 겨 묻은 개를 나무라는 셈이로군!"

좌중의 시선은 원준이에게로 집중되었다.

회합은 별안간 묵주머니가 되고 여러 사람들은 허구픈 웃음을 웃으며 하나둘씩 돌아갔다. 원준이는 어느 틈에 달아났는지 가는 것도 보지 못한 사람이 많았다.

광조는 회심의 미소를 웃었다.

그는 신성한 가정의 풍기문란(?)이 쥐구멍을 못 찾고 쑥 들어간 것이 통쾌하였다. 자유연애 만세!

돌쇠가 뒷산 잔등을 막 넘으려니까 뒤에서 누가 헐헐 가쁜 숨을 쉬며 쫓아온다.

"누구야!"

"나!"

그는 천만의외에 이쁜이였다.

"아니, 임자가 웬일이야?"

돌쇠는 깜짝 놀라서 부르짖었다.

"쉬— 나두 구경을 왔었다우!"

"어— 그래 죄다 들었는가?"

"그럼, 무슨 일인지 궁금해서 쫓어와 봤지."

이쁜이는 돌쇠의 손목을 꼭 쥐었다.

"정주사 아들의 말을 알어들었소?"

"저— 무슨 말인지 자세히는 몰라도 임자를 퍽 두둔하는 것 같애! 그렇지? 난 뜰 아래 짚동가리에 숨었었어!"

이쁜이는 다시 돌쇠의 손목을 꼭 쥐어 본다.

"그래!"

"그럼 우리를 두둔해 주는 사람도 이 세상에 있구려!"

이쁜이는 죽은 사람이 다시 산 것처럼 희한하게 생각되었다.

"그렇지! 사람은 기운차게 살어가야 돼. 설사 죄를 짓더라도 사람으로서 진실해야 하느니……."

"우짜면 그이가 말을 그렇게 한다우!"

"일본 가서 대학교 공부하지 않었나!"

두 사람의 대화는 어둠 속에서 도란도란한다. 이쁜이는 돌쇠에게 온 몸을 실리다시피 치개면서 걸음을 떼놓았다.

"세상은 우리가 모르는 별세상이 또 있는가부지? 그이(정주사의 아들)는 그것을 잘 아는 모양인가 봐!"

돌쇠는 무엇을 골똘히 생각하다가 무심코 이런 말을 하였다.

"참말로 우리도 그런 세상에서 살어 보았으면……."

그들은 한동안 아무 말 없이 걸어갔다.

—《조선일보》(1933. 5. 30~7. 1).

이기영 초기 문학의 근대성과 리얼리즘

1. 머리말

이 글에서는 식민지시대의 대표적인 카프 작가였던 이기영의 생애를 소개하고 〈오빠의 비밀편지〉로 등단한 1925년부터 대표작 〈고향〉이 나온 1934년까지 그의 초기 문학을 살펴보려고 한다. 그의 초기 문학을 개관하되, 계급성이라는 이념축과 리얼리즘이라는 미학축을 분석함으로써 그의 문학이 근대문학사의 큰 틀 속에 새롭게 재정립될 수 있음을 보여주고자 한다.

한국 근현대문학사에서 근대성을 거론할 때 마르크스레닌주의에 입각한 리얼리즘문학은 일정한 위치를 차지한다. 마르크스주의가 20세기 끝 무렵에 역사적 실험으로 종결되긴 했지만 70여 년간 인류의 진보적 이상의 한 축을 이루었던 것은 부인할 수 없을 것이다. 무엇보다도 그것은 자본주의적 근대 기획이 지닌 제반 모순을 근본적으로 변혁하려는 정치적 실천의 산물이었다. 또한 서구적인 의미의 부르주아적 근대 기획에 대립되면서 동시에 그와 상호보완되는 측면이 함께 존재하였다. 만약 근대의 일반적 특성을 '계몽의 기획'이라 규정할 때 마르크스주의는 바로 '급진적 계몽의 기획'에 속한다고 할 수 있다. 사회주의를 근대 극복의 이상이나 탈근대라 할 수는 없겠지만 자본주의와는 다른 길을 모색했던 '또다른 근대', 실패한 근대 기획의 하나로 볼 수 있을 것이다.

이런 맥락에서 이기영을 거론하는 것은 실상 20세기 우리 문학의 좌파적 경향을 대표하는 식민지시대 카프(KAPF) 문학의 문학사적 위상을 재정립하고 그 미학적 평가를 새롭게 하는 문제의식의 산물이라 할 수 있다. 이는 그가 보여준 문학적 성취가 과연 우리 근대문학이 이룬 성과의 한 봉우리로 인정될 수 있는가 문제와 관련된다. 이에 이기영 문학의 미적 특징과 그 근대성을 간략히 살펴보도록 한다.

2. 작가로서의 성장과 카프 활동기

민촌民村 이기영李箕永(1895. 5. 29~1984. 8. 9)은 충남 아산에서 태어나 천안에서 성장하면서 집안의 몰락과 조혼에 실망한 나머지 적잖은 방황과 방랑의 시절을 보냈다.* 그는 1895년 5월 29일(음력 5월 6일) 충남 아산군 배방면 회룡리에서 덕수 이씨 충무공파 후손인 아버지 이민창(1873~1918)과 어머니 밀양 박씨(1869~1905) 사이의 장남으로 태어났다. 밑으로는 동생 풍영과 이복동생 제영이 있다. 아버지 이민창은 구한말인 1892년 무과에 급제한 때로부터 거의 서울에 머물러 있으면서 관직 진출을 도모하고 집안 살림은 제대로 돌보지 않았다.

이기영은 주로 할머니 손에서 자라났다. 그의 집은 고모네 집 농토를 관리하는 마름 노릇을 하면서 얼마간 소작도 했으나 생활은 어려웠다. 1897년 경 천안군 북일면 중엄리(현재의 천안시 안서동)로 이사한 후부터 이곳 상, 중, 하엄리가 이기영의 심정적 고향으로 여겨져 성장기의 생활공간이면서 동시에 문학적 토양이 되었다. 그의 나이 7세 되던 1901년 무렵 삼촌과 함께 하엄리 서당에 다니기 시작했다. 9,10세 무렵에는 집안이 점점 가난해져 극도의 궁핍에 시달렸다.

---

* 이기영의 생애에 대해서는 이기영,《리상과 노력》, 평양 : 민청출판사, 1957 ; 신구현,〈민촌 리기영〉《현대작가론》2, 평양 : 조선작가동맹출판사, 1960 ; 김홍식,〈이기영 소설 연구〉, 서울대 박사 논문, 1991 ; 이상경,《이기영, 시대와 문학》, 풀빛출판사, 1994 등을 참조하여 정리한다.

1905년 봄에 장티푸스가 유행하여 어머니가 사망하였다. 그는 어머니를 여읜 후 잠시 방황하며 마음 붙일 것을 찾다가 고전소설에 빠져들었다. 이후 이야기책 잘 보기로 소문이 나서 노인들한테 귀염을 받고 '소설 낭독꾼'으로 뽑혀 다니기까지 했다. 그는 고전소설을 읽으며 소설 주인공같이 초년에는 고생을 하지만 나중에는 출장입상出將入相하는 영웅이 되기를 갈망했고, 그 주인공에 자신을 빗대면서 그 책 주인공과 함께 울었다 웃었다 했으며, 거기서 한편으론 민족적 애국주의 사상을 섭취할 수 있었다고 술회하고 있다. 그의 소설 독서는 고전소설에서 시작하여 이인직 신소설을 거쳐 이광수의 〈무정〉으로 이어졌다.[*]

그는 1908년 봄 한양 조씨 집안의 조병기(1891~1957)와 조혼했다. 이 결혼은 당시 지식인들이면 으레 그렇듯이 강요된 것으로 받아들여졌다. 이후 그의 소설 전반에서 조혼의 폐습을 강력하게 비판하고 자유연애와 자유결혼을 대안으로 제시하는 것은 자신의 행복하지 못했던 조혼 경험에 힘입은 바 클 것이다. 여기서 중요한 것은 조혼이 단지 이기영의 개인적 체험 차원의 문제일 뿐만 아니라 중세적 잔재를 청산하고 근대적 인간관계를 새로이 설정하는 중요한 문학적 계기로 작용한다는 점이다.

1909년 봄, 아버지 이민창이 신식학교 교육사업에 돈을 쏟아붓느라고 빚을 지고, 그 빚을 갚을 양으로 금광 사업에 뛰어들었다가 망하는 바람에 집안이 더욱 기울게 되었다. 집도 민촌이었던 중엄리에서 반촌인 유량리로 이사했다. 이기영은 어려워진 집안 형편 탓에 다니던 학교를 중도 퇴학하게 되었다.

그에게 청소년 성장기는 심리적 방황과 가출, 방랑의 연속이었다.

---

[*] 이기영, 〈나의 문학 동기〉《문장》 1940. 2 참조. 이에 근거하여 이기영이 영웅주의에 빠졌다거나 이기영 소설이 핵심이 '영웅소설적 생애 감각'이라는 견해가 나오기까지 하였으나 무리라 아니할 수 없다. 김홍식, 〈이기영 소설 연구〉, 서울대 박사 논문, 1991 참조.

1914년 집을 뛰쳐나와 경상도, 충청도, 전라도 농촌에서 품팔이도 하고 토목공사장 통역도 했다. 1915년 겨울에는 서울에서 지적도를 필사해주는 일본인 밑에서 필생筆生 노릇도 하고 한때는 충북 단양 부근에서 중석광을 찾아다녔으며 나중에는 유성기를 들고 전라도로 약장사를 갔다가 아버지에게 붙들려 돌아오기도 하였다. 이러한 20대의 방랑과 노동은 밑바닥 삶의 훌륭한 체험이 되어 훗날 〈봄〉〈신개지〉〈두만강〉 등 이기영 장편소설의 현실적 근거로 작용하였다.

그는 1918년에 방랑을 마치고 귀향하였다. 이때 마침 고향 마을에 기독교가 들어오자 심리적 안정을 되찾으려고 잠시나마 열렬한 신자가 되어 권사 직책까지 맡고 기독교 감리교 계통인 논산 영화여학교 고원雇員 생활을 했다. 그 해 11월 할머니와 아버지가 열흘 사이를 두고 세상을 떠났을 때는 제청과 혼백을 불사르고 제사도 지내지 않는 식으로 기독교에 몰두한 적도 있었다. 그러나 곧바로 부패한 교회에 환멸을 느낀 나머지 기독교와 거리를 두게 되었고 나중에 〈외교원과 전도부인〉〈변절자의 아내〉 등 기독교를 비판 풍자하는 작품 창작의 계기가 되었다.

예술 창작은 작가의 세계관, 미학적 이상, 생활체험의 특성을 통한 객관적 현실의 굴곡된 반영이기 때문에 작가의 복잡한 상황을 복잡함 자체로 인식할 필요가 있을 것이다. 이기영의 경우에도 그가 처음부터 유물론자였던 것이 아니라 유교사상, 기독교사상에 일정정도 영향받은 적이 있다. 그의 여성주의는 조혼제 등에 반대하는 반봉건의식의 발로이고 부르주아나 관념론 비판은 기독교 등에 반대하는 반종교의식의 발로라고 할 수 있다. 하지만 그의 세계관은 동경 유학과 귀국 후의 소모임 활동을 계기로 커다란 변모를 겪었다.

이기영은 1922년 4월 호서은행 천안지점 은행원 생활로 저축한 돈을 가지고 일본 동경으로 고학의 길을 떠났다. 마산 시절의 친구와 함께 가서 동경 정칙영어학교에 입학한 것이다. 그러나 고학생활도 잠깐, 이듬해 1923년 9월 관동대지진의 여파로 귀국을 서둘게 되었다.

그는 고향에 돌아와 작가가 될 결심을 하고 자신의 견문과 체험을 토대로 하여 미발표 처녀장편 《사死의 영影에 비飛하는 백로군白鷺群》을 썼다. 《암흑》으로 제목을 고친 이 작품의 게재를 위해 1924년 3월 중순 상경하여 《조선일보》《동아일보》 등에 투고했으나 게재를 거절당했다. 이때 우연히 《개벽》지 소설·희곡 현상모집 공고에 응모한 〈옵바의 비밀편지〉가 3등으로 당선, 동지 7월호에 발표됨으로써 등단했다. 그는 당선 통지를 받고 상경하여 《시대일보》 기자 조명희의 소개로 문단에 참여하게 되었으나, 생활 근거를 마련치 못하여 다시 귀향했다.

이기영은 1925년 봄 서울에 정착하면서 본격적인 단편 습작에 몰두하였는데 주로 인사동에 있는 도서관을 이용하였다. 그는 거기서 당대 문인들과 처음 접했는데 조명희만은 구면이었다. 조명희와는 동경 유학 시절 어느 회합에서 만나 알게 된 사이로서 그 덕분에 서울 문인들을 알게 되고 《조선지광》 잡지의 관계자들과도 안면을 트게 되었다. 그래서 그해 여름에 조선지광사에 기자로 취직하여 활동하다가 얼마 안 있어 당시 막 결성(1925. 8. 23)된 카프(조선프롤레타리아예술동맹)에도 가입했다. 그의 세계관이 막연한 진보성을 넘어 어느 정도 과학성을 확보하는 것은 그 무렵 조명희, 한설야와 함께 마르크스레닌주의를 학습하는 소모임에 참가하여 본격적인 사회과학 공부를 한 시기라고 할 수 있다.

카프에 가담하여 프로문학 작가로서 자신의 진로를 설정한 그는 〈가난한 사람들〉〈농부 정도룡〉〈민촌〉〈쥐이야기〉 등의 작품을 계속 발표했다. 그의 초기작은 풍자소설·자전소설·농민소설의 세 유형으로 대별되는데, 그 어느 것이나 작품의 주인공은 영웅적 의지의 인물이며, 계급사상에 입각한 민중계몽주의를 표방하고 있다. 당시 대표작으로는 자전적 소설 〈가난한 사람들〉(1925. 9)과, 〈농부 정도룡〉(1926. 1) 〈민촌〉(1926. 1) 등이 있다. 이 중에서 〈민촌〉은 충청도의 향교말이라는 민촌을 배경으로 친일 지주의 착취와 횡포, 소작농민의 궁핍한 생활과 자각을 그렸다. 여기서는 지식인의 어설픈 민중계몽주의의 실천적 한계를 그렸다는 점에서 리얼리즘 소설의 본령에 접근하고 있다.

이기영은 1927년 9월 이후 카프의 제1차 방향전환기에 즈음하여 무산계급에게 정치적 목적의식을 불어넣으려 힘썼다. 이 시기 작품은 목적의식을 전면에 부각시키기 위해 계급적 미자각 상태의 인물이 계급의식을 각성하는 과정을 그린다는 점에서 추상성·관념성이 없지 않다. 소설 주인공은 거의가 당위로서의 추상적 계급의식을 직설적으로 토로하는 인물로 되어 있다. 그러나 〈원보〉(1928. 5)는 노농동맹의 사상을 균형 잡힌 필치로 그려낸 작품으로, 이 시기 작품들 가운데 비교적 높은 형상성을 보여준다. 이기영은 1928년 5월의 카프 재조직 과정에서 조선프로예술동맹 전국대회 재무담당 준비위원을 지내기도 하였다.

1930년에 들어와서 카프의 볼세비키화 노선에 따라 전위적 인물 형상과 계급투쟁을 실천하는 적극적 행동을 부각시키는 등 점차 작품의 양상이 과격해져갔다. 이들 작품들의 양상은 대개 노동운동의 형상화로 집약되는데, 생산현장에 뛰어든 진보적 지식인의 지도에 의한 제지공장 노동자들의 파업을 그린 〈종이 뜨는 사람들〉(〈제지공장촌〉, 1930. 4)과 빈농 출신의 전위적 노동자가 귀향하여 농민들을 계급적 각성과 단결로 이끄는 활동을 다룬 〈홍수〉(1930. 8. 21~9. 3), 그리고 〈부역〉(1931. 9) 등이 그 계열에 드는 작품들이다.

이기영은 1930년 4월 경 카프 중앙위원 및 출판부 책임자, 그리고 1930년 말을 전후한 카프 조직 확대 개편기에는 작가동맹 책임자를 맡으며 카프의 볼세비키화 노선에 적극 호응했다. 그러다가 1931년 8월 카프 제1차 검거사건으로 구속되어 약 두 달만인 10월 15일 불기소로 석방되었다. 이후 창작에 몰두하여 당대의 평판작으로 꼽히는 중편 〈서화〉(1933. 5. 30~7. 1)를 발표했다.

〈서화〉는 3·1운동을 전후한 식민지 초기의 농촌 현실 속에서 부대끼는 농민적 삶의 전형적 형상을 사실적으로 그려냈다. 그 내용은, 가난한 소작농 돌쇠가 농사 짓는 것만으로는 먹고 살기 힘들어 노름을 하고 이웃집 유부녀와 간통을 하는 이야기를 다루고 있다. 돌쇠는 이웃집 응삼이를 꾀어내 투전으로 거금을 따고 그의 아내인 이쁜이와도 좋아 지내다 면서기 김원준 등 마을사람에게 질타당한다. 하지만, 마을 모임에서 그가 그렇게밖에 할 수 없었던 사정이 거론되고 동경 유학생 정광조의 입을 통해 농촌의 궁핍상과 조혼제를 비판되는 것으로 끝난다.

이 작품은 쥐불놀이와 노름으로써, 전통이 사라지고 황폐해가는 3·1운동 전후의 식민지 농촌 풍경을 형상화하였다. 돌쇠 같은 가난한 농민이 느끼기에는 세상이 개명開明되었다는데도 살기는 더욱 힘들어졌다는 주제가 실감나게 그려졌다. 예전에 즐겨하던 쥐불놀이 등 세시풍속마저 사라질 정도로 인심이 각박해졌다는 것은 식민지 농업정책의 결과이다. 이에 대한 비판적 시각을 농민 자신의 눈으로 실감나게 묘사한데 이 작품의 미덕이 있다.

1932년 2월 《조선지광》이 폐간됨에 따라 실직하여 생계를 마련해보려고 학생 하숙을 쳤으나 여의치 않아 극심한 생활고에 시달렸다. 자전적 소설이라 할 〈돈〉(1937. 10)에서 보듯이, 병든 아기 약값을 대기 위해 아기 옆에서 작품 원고를 쓰다 아기가 죽고 마는 비극적 상황을 연출할 정도로 궁핍하였다. 카프 작가들과 함께 일제 경찰에 체포될 때에도 워낙 손목이 가늘어 수갑을 채워도 손이 빠질 정도로 말랐다고 한다. 그해 9월 경에는 《조선지광》 후신으로 창간된 《신계단》 기자직을 얻었으나 곧 사퇴하고 창작생활에 전념하였다.

1933년 8월 초순경 천안으로 낙향하여 대표작 〈고향〉을 40일만에 탈고, 《조선일보》(1933. 11. 15~1934. 9. 21)에 연재하였다. 연재중이던 1934년 여름에 카프 제2차 검거사건으로 체포되었다.* 그래서 〈고향〉의 마지막 부분은 퇴고도 못한 채 신문에 게재되었으며 특히 원터마을 농민들의 소작쟁의를 지원하는 제사공장 노동자들의 제사공장 파업장면이라든가 노농동맹이 실현되는 대목 등은 검열로 인해 적지 않게 삭제 당하기도 하였다.

이기영은 1935년 1월 26일 전주지방법원 검사국에 송치되어 2월 2일 예심에 회부되었고, 6월 29일에는 예심에서 유죄 판결을 받고 10월 말 공판에 회부되었다. 12월 9일 언도공판에서 3년 형에 집행유예 판결을 받고 석방되었다. 검거된 후 거의 1년 반 동안 감옥살이를 한 이후였다.

3. 이기영 초기 소설의 계급의식과 근대 기획

〈오빠의 비밀편지〉로 등단한 1925년부터 대표작 〈고향〉이 나온 1934년까지 이기영 초기 소설의 계급의식과 리얼리즘 예술방법은 한국문학의 근대 기획 전체에서 어떤 위치에 놓일까? 이 문제 해명에 있어서 근대성 문제는 중요한 이론적 범주라 하겠다. 여기서 근대란 기본적으로는 자본제적 사회구성의 특징으로 규정되지만 식민지적 근대화를 경험한 한국문학으로선 전적으로 식민지자본주의라는 사회성격에 포괄되지 않는 역동적 측면을 고려하지 않을 수 없다. 한국문학에서 근대란 부르주아 민족주의문학과 프롤레타리아 계급문학이 서로 상호경쟁, 보완되면서 헤게모니를 다투는 경쟁의 장 속에서 그 존재 근거를 마련했다고 보는 것이 타당하다는 것이다.

---

* 이기영은 1934년 8월 하순 카프 제2차 검거사건으로 서울에서 체포되어 전주 경찰서로 호송되었다. 8월 26일자 신문에 이기영이 검거당한 사실이 보도되고 있다. 제2차 검거사건은 세칭 '신건설 사건'이라 불리는데, 카프 산하의 연극단체 '신건설'의 삐라를 가진 학생이 1934년 7월 고향인 전북 금산에서 발각된 것이 단초가 되어 좌익 예술인들이 80여 명 검거된 사건이다.

이기영 소설이 지닌 근대적 성격이란 그가 속한 우리 사회의 본질적 현안인 민족문제, 계급문제를 어떻게 구체적으로 형상화했는지 하는 문제와 무관할 수 없다. 그의 근대 인식과 소설의 근대성을 잘 보여주는 것이 〈서화〉〈고향〉 등의 이른바 '개명 논쟁'이다. 식민지적 근대화에 대한 비판적 시각은 이기영 소설 전체의 창작 동력으로까지 작동한다. 그의 소설적 인식이 바로 식민지적 근대에 대한 민중적 회의와 비판에 자리잡고 있다고 할 수 있다.[*]

이기영은 그의 대표작 〈서화〉〈고향〉에서 등장인물의 입을 통해 '세상은 점점 개명을 한다는데 사람 살기는 해마다 더 곤란하니 웬일인가?'라는 의문을 제기하고 그를 해명하고자 노력한다. 〈서화〉(속편인 〈돌쇠〉 포함), 〈고향〉의 예를 보도록 한다.

"개명이란 다 이렇게 머리도 깎고 문명의 이기가 발달되어서 사람 살기가 편한 것을 개명이라 하겠지 무슨 별것이 있겠어요?"

"그렇습지요. 한말로 말하자면 사람마다 자유 평등으로 문명은택을 고루 받고 전제에서 해방되는 것을 개명이라고 할 것입니다."

"자유 평등? 해방? 아니, 그렇게 사람마다 모두 자유 평등을 찾고 해방만 하면 그러면 오륜삼강도 없고 아주 뒤죽박죽이 되고 말게? 허허허."

"그건 그렇지 않습니다. 그 반면에 문명국에서는 교육이 일반적으로 보급되어가니깐요."

"오, 교육이 보급하니까…… 해방을 해도 좋다…… 그런데 이건 또 웬일이라나? 문명한 사람이 자유를 더욱더욱 속박하는 것 같은 것은? 에헴."

"네, 그것은 제 민족이 아니니깐 그렇지요. 그리고 인도는 야만이니

<hr />

[*] 이기영 소설 전체의 창작동력을 이른바 '개명 논쟁'으로 파악한 것은 이상경의 논의에서 수준을 보여준다. 자세한 논의는 이상경, 《이기영, 시대와 문학》, 플빛출판사, 1994, 23~36면 참조.

까요."*

"예전에는 왜 가난이 없었나요, 가난 구제는 나라에서도 못하신다는데 다 마찬가지지요."

"그야 그렇지만두 예전이야 어디 지금 세상 같았나."

"그럼 다 같은 돈인데 왜 외국물건 값은 비싸고 조선물건 값은 쌉니까? 그전에는 광목 한 자에 칠팔 전 하던 것이 지금은 근 삼십 전을 하는데, 곡가는 그대로 쌀 한 말에 왜 일 원 테를 뱅뱅 도느냐 말이에요!"

"그거야 돈이 달라졌으니까 그렇지. 지전이야 어디 우리네 돈인가, 개화돈이지? 허허허."

…(중략)…

"아무튼지 세상은 좋은 세상입네다. 돈 한가지가 없어 그렇지요."

"아따 그 사람 시원한 소리 하네. 돈이 어데 있어야 말이지."

"그래도 사람 나고 돈 났지 돈 나고 사람 났던가요."

김선달은 얼굴에 핏대를 세우고 고성으로 부르짖었다.

"허허! 그렇게 큰소리해야 우선 자네부터 돈 앞에 굴복하지 않았나? 참, 자네 같은 사람이 돈 한 가지만 있어보게."**

〈서화〉 연작, 〈고향〉의 등장인물들은 세상이 근대화되었는데도 민중이 인간 대접을 받지 못하고 생활이 훨씬 더 피폐해지는 이유를 논란거리로 삼고 있다. 이들 질문에는 우선, 세상이 점점 개명開明, 즉 근대화되면 실제 생활이 나아져야 한다는 진보에 대한 긍정적 입장이 전제되어 있다. 근대화를 타락이나 변절로 파악하는 보수적인 입장이 아님을 분명히 드러낸다. 둘째로, 앞뒤 이치를 따져서는 사람 살기가 나아져야 하는데 근대화된 사회가 실제는 그렇지 못한 것에서 일종의 모순을 찾

---

* 이기영, 〈돌쇠〉《형상》 1934. 2, 12면. 〈돌쇠〉는 〈서화〉의 속편이라고 명기되어 있다.
** 이기영, 《고향》 상권, 한성도서주식회사, 1936, 219~221면.

고자 하는 지향이 담겨 있다. 나아가 그러한 잘못된 세상을 올바른 세상으로 바꾸어야 한다는 신념까지 숨겨져 있다고 볼 수 있다.

이와 같은 배경에서 이기영의 초기 소설에 나타난 프로문학적 성격은 어떻게 정리될 수 있을까? 그가 창작을 시작한 1920년대 중반의 소설사적 흐름은 하층민의 개인적 차원의 반항과 절규에 그치는 것이 아니라 '무산계급의식'이라는 집단의식의 대두가 부각되었다. 이때는 아직 카프가 뚜렷한 정치적 목적의식을 띠지는 않았을 것이기 때문에 초기 프로소설은 일정한 한계를 보였다.

초기작인 〈가난한 사람들〉(1925. 9), 〈악인과 선인〉(1926. 8), 〈고난을 뚫고〉(1928. 1) 등 초기작에서 보이는 한계는 주인공이 자연발생적인 차원에서 폭력적으로 문제 해결을 시도하려는 데 있었다. 이는 거대한 바깥세계의 횡포, 즉 식민지 착취사회의 모순이라고 하는 세계의 질서를 개조시키기 위해서는 과학적 인식에 근거한 조직적 투쟁이 필요한데 아직 거기에 이를 만큼 작가의 세계관이 확고하지 못했기 때문이다. 또한 〈가난한 사람들〉(1925. 9), 〈쥐 이야기〉(1926. 1), 〈오 남매 둔 아버지〉(1926. 4) 등 해결책을 제시한 것도 지식인의 관념만 드러날 뿐 민중의 생활과 정서를 대변한 것은 아니었다. 이념의 도식적 적용은 무산계급 투쟁을 선전하는 도구로 소설을 전락시켜 정작 민중과는 멀어질 염려가 있었다.

이전과는 달리 좀더 뚜렷한 의식을 가진 주인공이 등장하여 조직적 항거를 하는 작품이 1927년 〈호외〉 이후에 등장했다. 〈원보〉(1928)로 대표되는 이들 목적의식기 소설은 송영의 〈석공조합대표〉, 조명희의 〈낙동강〉, 한설야의 〈과도기〉〈씨름〉 등과 함께 관념과 현실이 구체적 형상화를 통해 소설 속에 융화되어 신경향파 시기의 비판적 리얼리즘을 뛰어넘는 성과를 보였다고 할 수 있다. 이전의 〈민촌〉〈농부 정도룡〉 등과 함께 농촌 개혁의 구체적 방편으로서 노동자의 눈으로 농민을 바라보는 시야가 확보된 것이다. 그러나 아직 식민지 농정에 의해 황폐화한 농촌을 있는 그대로 묘사하여 식민지 모순을 고발하는 데 그쳤지 소작쟁의를 통해 잘못된 현실을 고쳐나가는 모습을 형상화하지는 못했다.

그것이 이루어진 1930년대 초의 〈홍수〉〈부역〉 등에서는 대체적으로 사회운동의 논리가 소설의 짜임새를 규정하는 도식성을 보였다. 미완의 장편 〈현대풍경〉(1931. 11. 29~1932. 4. 27)을 포함해서 이들 작품들은 계급의식의 노출이 다소 심하다고 할 수 있다. 하지만 카프 극좌파 작품의 도식주의적 편향과는 뚜렷하게 구별된다고 할 수 있다.

예를 들어 권환의 〈목화와 콩〉, 윤기정의 〈양회굴뚝〉, 조중곤의 〈소작촌〉, 송영의 〈군중정류群衆停留〉, 김남천의 〈공장신문〉 등의 단편소설에서 드러나는 짜임새의 특징은 볼세비키적 방향 전환이라는 사회운동의 논리가 소설 구조에 무매개적으로 관철된다는 점에서 기계적 도식성을 보인다고 할 수 있다. 이는 자본주의 일반의 속성과 그 극복의 대안을 곧바로 작품화하려는 시도가 결과적으로 사회적 실천과 창작 실천을 미학적 매개 없이 파악한 미학의 부재 내지 단순화를 초래한 결과일 것이다. 사회적 요구와 창작 사이의 거리를 메꾼 것은 창작방법에 대한 미학적 고려가 아니라 일본이나 소련의 선진논리에 대한 선험적 추종이었다. 따라서 이들 식민지시대 프로문학의 기계적 추수론이 창작에 지장을 준 것은 부인할 수 없는 현실이다.

이 점에서 이기영은 문제적이다. 프로문학을 대표하는 작가이면서 동시에 프로문학의 일본추수주의를 벗어나는 예외적 존재이기도 하기 때문이다. 그는 30년대 초반 카프 극좌파의 관념적 극좌성을 극복하고, 나름대로 식민지 자본주의적 관계의 일상생활화에 대한 안목을 형상화한 구체적 현실성을 확보하고자 하는 창작적 노력이 보였다고 할 수 있는 것이다.

이기영 소설은 분명 계급의식에 입각한 프로문학운동의 산물이다. 중요한 것은 프로문학운동의 비평적 쟁점을 기계적으로 작품 창작에 대입한 카프 극좌파의 급진성과는 변별되는 개성적 창작에 힘썼다는 사실이다. 예를 들어 권환, 윤기정, 조중곤, 송영, 김남천 등은 매 시기 프로문학운동의 전개과정에서 전체 운동의 논리를 그대로 창작에 관철시키려 했다는 점에서 속류사회학적 도식주의의 오류*를 보였다고 할 수 있다. 이는 사회운동과 창작을 무매개적으로 1대1 대응시킨 미학의 부재 내지 단순화라 하겠다. 이기영은 이런 흐름과 일정한 거리를 두었다. 그는 창작보다 운동을 앞세우는 관념적 급진성을 극복하고, 나름대로 궁핍한 시대의 구조적 모순을 구체적 일상생활로 포착하여 사실적으로 묘사하려는 창작적 노력이 보였다고 할 수 있다.

다른 한편 우리 문학에 연면히 흐르는 리얼리즘 미학의 흐름에서 볼 때 이기영 소설이 비판적 리얼리즘에서 사회주의 리얼리즘으로 발전하는 한 축을 담당했다는 평가도 가능하다. 초기 소설을 보면 20년대 초중반 신경향파 시기에는 비판적 리얼리즘 소설과 그 극복형태로서의 소설이 혼재되어 있었다. 〈가난한 사람들〉〈민촌〉 등에서 보듯이 비판적 리얼리즘을 넘어섰으나 사회주의 리얼리즘으로 썩 나아가지 못한 과도기가 일정 기간 지속되었다는 것이다. 그러다가 20년대 후반 목적의식기의 〈원보〉, 30년대 초중반 창작방법논쟁기의 〈서화〉〈고향〉에 와서 전형성이 확보된 위에서 사회주의적 이상이 내재적 시각으로 형상화된 작품이 이루어졌다고 볼 수 있다.

그렇다면 리얼리즘방법의 물적 토대로서 이기영만 지닌 고유한 문체

---

* 볼세비키화 시기의 카프 비평 논쟁과 윤기정, 김남천, 조중곤 등의 작품에 대한 구체적 평가는 필자가 이미 시도한 바 있다. 졸고, 〈1930년대 초의 리얼리즘론과 프로문학〉《반교어문연구》 1집, 반교어문학회, 1988 ; _____, 〈카프 문학부 편, 《캅프 작가 칠인집》에 대하여〉《민족문학사연구》 창간호(창작과비평사, 1991) 참조.

적 특징은 무엇일까? 예를 들어 소설에 과감하게 등장하는 하층민의 일상어투와 관용어구·구비문학의 풍부한 활용은 그것을 통해 독자와의 정서적 친근성을 확보하고 민중과의 연대감이 얻어지는 것이 성과라 할 수 있다. 이러한 서술방식의 전통성·현장성·민중성은 독자와의 친근감, 정서적 유대감을 유발하는 한편, 작품이 전대문학의 유산을 받아들여 민중적 정서를 재창조하였다는 점에서 문학사적 전통 계승 맥락을 긍정적으로 평가할 수 있게 된다. 즉, 이들 작품이 단지 소련을 통한 일본 프로문학의 이식만이 아니라 우리 전통문학의 유산을 의식적·무의식적으로 계승한 증거이기도 하다는 점이다.

4. 마무리

근대성의 기준에서 볼 때 이기영 소설 특히 그의 대표작 〈서화〉〈고향〉은 식민지자본주의 현실을 비판 극복하려는 마르크스주의라는 이름의 근대 극복의 기획에서 출발하였다. 그러나 소설의 현실은 조혼제 폐해를 비판하는 등의 대목에서 볼 수 있는 전근대 극복의 문제라든가 지식인의 귀향과 민중 계몽이라는 근대적 기획의 모습도 잘 드러나 있다. 비록 계몽의 기획이라는 점에서는 이광수의 〈흙〉이나 심훈의 〈상록수〉와 큰 틀로 묶일 수 있을지 몰라도 근대 극복의 기획— 이를테면 사회주의적 이상을 내재적 시각으로 구체화시켰다는 점에서는 뚜렷한 변별성을 보인다고 하겠다.

결론적으로 볼 때 이기영 문학에 깔린 문제의식은 일제와 타협하는 부르주아 민족주의문학이 지닌 '잘못된 근대'를 비판하면서 '제대로 된 근대'를 정립하기 위하여 그 대안으로 사회주의적 이상을 제시한 데 있다. 그는 조혼제 비판과 같은 봉건적 잔재를 비판하는 동시에 유학 지식인에 의한 근대적 계몽을 기획하였다. 게다가 이광수 이후 김동인, 염상섭에 이르는 우파 민족주의 작가와는 달리 식민지자본주의 체

제가 초래한 계급모순과 민족모순을 극복하는 정치 투쟁에 가담함으로
써 결과야 어쨌든 근대 극복의 실천까지 아울렀다고 할 수 있는 것이
다. 〈서화〉〈고향〉 등을 통해 볼 때 식민지시대 프로문학의 이상이었던
사회주의 리얼리즘 문학의 수준작은 전근대-근대-탈근대의 문제의식
이 병행적으로 관철되면서 구체적 형상으로 자리잡았던 것이다. 이러
한 해석이 타당하다면 이기영 문학이 이상으로 삼은 진보적 이상은 실
패한 근대 극복의 기획이라기보다는 근대성의 또 다른 이름이었던 셈
이다.

1895년 5월 29일(음력 5월 6일) 충남 아산군 배방면 회룡리에서 태어남. 집안은
덕수 이씨 충무공파로서 아버지 이민창은 1892년 무과에 급제한 때로
부터 서울에 머물러 있으면서 가계를 돌보지 않아서 가난한 살림은 더
욱 몰락했다. 호방한 성격에 술을 좋아했고 개화사상가였던 이민창은
1906년 겨울 군수였던 안기선(신소설 작가 안국선의 형이며 문학평론가 안
막의 아버지) 등과 함께 천안 사립 영진학교를 창립, 총무직을 맡아 상당
한 기부금도 내는 등 열성적으로 애국계몽운동을 펼친 것으로 보인다.
개화사상가로서 아버지의 모습은 이기영 소설 곳곳에 여러 형상으로
등장하며 특히 그의 자전적 소설 〈봄〉에서 유춘화는 직접 이민창을 모
델로 했다.

1897년 (1898년?) 천안군 북일면 중엄리(천원군 북원면 중엄리)로 이사함. 이곳
상, 중, 하엄리가 성장기의 생활공간이 됨. 그곳은 근 백 호 되는 세 동
리에 기와집이라고는 볼 수 없고 제 땅마지기를 가지고 추수해 먹는 집
이 없는 상민들이 모여사는 '민촌'이었고 양반은 이사와서도 오래 살
지 못하였다고 한다. 또한 동학농민전쟁과 의병투쟁의 근거지로서 많
은 전설이 깃들인 고장이기도 했다. 이기영 일가는 고개 하나 너머에
있는 고모집의 전장을 관리하는 마름노릇을 하면서 얼마간 소작도 했
으나 생활 형편은 점점 어려워갔다.

1905년 봄에 장티푸스의 유행으로 어머니가 돌아가심. 부고를 받고 서울에서
내려온 아버지는 다시는 서울로 올라가지 않았다. 어머니의 사망은 어
린 이기영에게 '마치 광명한 천지가 별안간 암흑으로 변한 것' 같은 충
격을 주었으며 가계가 극도로 곤궁해져서 서당에 수업료를 낼 수 없고
종이 한 장 붓 한 자루를 못 사 감나무 잎사귀를 따가지고 남 몰래 글씨
를 써보기도 했을 정도였다. 서당 동무들로부터 도둑이란 누명을 쓴 적
도 있었다. 이 간고한 생활환경이 작가로서의 준비시기가 된 셈인데 이
기영은 어머니를 여읜 후 마음 붙일 곳을 찾아 고대 소설을 읽기 시작
했다. 그때 아버지는 곧 서모를 맞이했고 서모에게서 한글을 배웠던 것
이다. 이 후 이야기책 잘 보기로 소문이 나서 노인들한테 귀염을 받고
'소설 낭독꾼'으로 뽑혀다니기까지 했다. '신출귀몰한 재주가 있고

초년에는 갖은 고생을 하다가 나중에는 출장입상하는' 고대소설의 주인공에 자신을 빗대면서 그 책 주인공과 함께 울었다 웃었다했으며 거기서 한편으론 민족적 애국주의 사상을 섭취할 수 있었다고 술회하고 있다.

1906년 겨울, 아버지의 발기와 열성으로 창설된 사립 영진학교에 입학하여 머리꼬리를 늘이고 소위 '신학문'을 배우기 시작하였다. 군대 해산 당시 일본의 신무기에 패퇴한 조선 군인의 이야기를 직접 듣고 새 것에 대한 갈망이 생겼고, 고대소설의 주인공들에 환멸을 느끼면서 신소설 〈목단화〉〈추월색〉 등을 읽고 커다란 충격을 받음. 신소설을 읽으며 그 주인공들처럼 해외유학을 하고 돌아와 나라의 독립과 자유를 위하여 활동하는 애국자가 될 것을 몽상하였다고 한다.

1908년 봄에 한양 조씨 집안의 조병기(趙炳箕 1887~1957. 이기영의 〈봄〉을 비롯한 여러 소설에 자기보다 네 살 많은 여자와 조혼한 사건이 나오는 것으로 미루어 호적의 출생년도가 잘못되었을 것이다)와 결혼. 이 결혼은 그해 가을의 할머니의 회갑을 더욱 경사롭게 하기 위한 것이었고 자신의 의사가 개입할 여지가 전혀 없었던 이기영에게는 단지 어색하고 속박만 받게 되는 사건이었다. 그의 소설에서 조혼의 폐습을 신랄히 비판하고 자유로운 연애와 결혼에 의한 이상적인 가정생활에 대한 꿈을 자주 피력하는 것은 자신의 조혼 경험에 기인한 바가 많을 것이다. 친구 H군이 서울에서 전학옴 (이 H군의 형상은 〈봄〉에서 장궁이라는 소년으로 나옴. 그는 서울에서 학교를 다니다가 금광을 쫓아다니는 그의 부친을 따라 전학왔는데 첫눈에 남다른 애정을 느꼈고 "다음날 그들의 우정이 연애의 감정을 계속"했다고 한다. 장궁이의 서울이야기는 '신비의 나라에서 가져온 딴 세상이야기를 듣는 것'처럼 신비하고 신화를 듣는 것 같았다고 함). 이기영의 최초의 가출은 이 H군과 더불어 일본에 가고자 하는 것이었다.

1909년 봄, 집안형편으로 할 수 없이 학교를 중도 퇴학하게 됨. "나는 이웃 아이들이 부러워하던 학생 생활을 집어치우고 다시 그들과 같은 초동으로 변하여 나무지게를 지고 나섰다." 그랬다가 동창제군이 부친에게 재입학시킬 것을 권고하고 또 읍내 있는 어떤 하급생 집에 가정 교사격으로 있을 수 있어서 숙식을 제공받게 되어 재입학한다.

1910년 소학교 졸업. 6개월간 잠업강습소에 다님. 그것은 '양잠가가 되고자 해서 함이 아니라 집에서 할 일은 없고 놀기는 싫어서 들어간 것'이었고 이 해부터 어디로 멀리 달아날 궁리를 했다.

1911년 아버지의 명으로 난생 처음 서울에 가서 토지조사국 기수 시험에 응시했으나 낙제했다.

1912년 4월 초순 해외 유학의 꿈을 실현하는 첫 단계로 마산으로 가서 친구 H군을 만나 같이 부산으로 갔으나 현해탄은 건너지도 못하고 두 달 만에 집으로 되돌아온다.

1914년 다시 집을 뛰쳐나와 수 년간 전라도, 경상도, 충청도 각지를 방랑함. 돌아다니며 농촌에 품팔이도 하고 토목공사장 노가다 패의 통역도 하고 충북 단양 부근에서 중석광을 찾아다니며 일확천금의 백일몽에 들뜨기도 했다. 나중에는 유성기를 들고 전라도로 약장사를 갔다가 아버지에게 붙들려 돌아오게 되었다.

1918년 귀향하여 고향마을에 기독교가 들어오자 곧 열렬한 신자가 되어 권사 직책까지 맡음. 기독교 계통인 논산 영화여학교 고원생활을 함. 11월 할머니와 아버지가 열흘 사이를 두고 세상을 떠나자 아버지의 장례를 치르고 기독교 식으로 제청과 혼백을 불사르고 제사도 지내지 않는 식으로 미신타파의 행동을 하기도 했다. 그러나 차차 기독교에 대한 환멸심과 반항심을 가지게 되었다.

1919년 1월부터 천안군 고원 노릇을 함. 3·1운동 당시 기독교 계통 단체인 혈성단의 격문을 가지고 비밀히 독립운동 기금을 모집하러 다녔고 여름에 남포까지 갔다온 일이 있다고 술회하고 있음. 3·1운동 이후 자기의 사상을 표현하고 싶은 충동을 느낌. 청년회에 들어 문화계몽사업에 참가하고《동아일보》에 시사문제에 대한 단평과 창가를 투고하여 채택되기도 했다고 함. 3·1운동을 계기로《학지광》《태서문예신보》《청춘》등을 우편으로 구독하면서 현대문학예술을 지향하게 된다.

1921년 9월부터 1922년 4월까지 호서은행 천안지점 근무.

1922년 4월, 마산 시절의 친구와 함께 일본 동경으로 고학의 길을 떠나 동경 정칙 영어학교를 다님. 그가 대서소의 필생으로 학비를 버는 동안 친구는 노동판을 쫓아다니다가 직업적 사회운동가로 나섬. 이 친구로부터 처음 사회주의 서적을 접하게 된다.

1923년 봄, 일본어로 번역된 서양근대소설들을 읽기 시작함. 그가 최초로 접한 것은 러시아의 아르츠이바셰프의《사닌》이었다고 함. 2월 조선 유학생들이 모인 집회에서 포석 조명희를 처음 알게 되었다. 조명희와는 동경에 있을 때부터 알던 사이였다. 9월 관동 대지진으로 고향에 돌아옴. 이를 '〈고향〉의 주인공 김희준보다 더 초라하게 빈손으로 돌아왔다'고

술회하고 있다. 이해 겨울 들어앉아서 장편《사死의 영影에 비하는 백로군白鷺群》이라는 소설을 쓴다.

1924년 3월 중순, 전해 겨울에 쓴 소설을 〈암흑〉이라는 제목으로 고쳐서《조선일보》편집국장을 찾아갔으나 퇴짜를 맞은 뒤 4월《개벽》창간 4주년 기념 현상 작품 모집에 단편소설 〈오빠의 비밀편지〉를 응모 3등으로 당선됨. 당시 심사위원은 염상섭이었음. 이 무렵 인사동 도서관에서 다시 조명희를 만나고 고리끼의 작품들을 접하게 됨. 7월말 아주 서울로 올라와 조명희의 알선으로 조선지광사에 취직하는 한편 카프에 가맹함. 이때 무산자에 속했던 자신의 계급의식이 카프에 가맹하는데 조금도 사상적 주저를 않게 했다고 한다. 이는 창작 생활과 세계관 발전에 중요한 전환점으로 되었다.《조선지광》에 평론을 발표한 한설야를 처음 만났다. 신여성인 홍을순(1905~)과 결혼하다.

1927년 카프가 재조직되면서 출판부의 책임을 맡음.

1928년 6월, 조선지광사의 김동혁, 김복진 등과 함께 종로서 고등계에 체포되었다가 수 일 만인 6월 25일 석방됨. 조선공산당 사건과 관련하여 조선지광사에 근무하던 이기영도 조사를 받은 듯하다.

1931년 8월 10일 카프 제1차 사건으로 검거 2개월 만에 불기소로 석방된다.

1932년 《조선지광》이 폐간되면서 실직, 극도의 경제적 궁핍에 시달림. 12월에 홍을순과의 사이에서 난 아들 건 단독으로 사망하다. 이때의 기막힌 사정은 단편 〈돈〉에 잘 드러나 있다.

1933년 그 전해 겨울, 평론 〈 '적막한 예원' 의 일절을 읽고—동인군을 박함〉을 쓰고 이어서 이 해 봄에 〈 '혁명가의 안해' 와 이광수〉를 씀. 작품 창작에만 주력해오던 이기영이 문학예술에서의 사상성과 계급성을 부정하려는 김동인과 이광수에 대한 맹렬한 이론투쟁을 전개한 것으로서 이광수의 소설 〈혁명가의 안해〉를 반박하는 소설 〈변절자의 안해〉를 썼으나 검열에 걸려 첫 회분만 발표되고 원고까지 압수당했다고 한다. 카프 제1차 검거 때 옥중에서 구상한 어린 시절 고향 이야기인 중편소설 〈서화〉를 발표. 8월 초순 천안으로 내려가 성불사에서 40일 동안 〈고향〉을 집필하여 11월부터 연재 시작.

1934년 8월 하순 '신건설사 사건' 으로 서울에서 체포되어 전주 경찰서로 호송되었다(8월26일 검거 사실이 보도됨).

1935년 1월 26일 정주 지방법원 검사국에 송치되어 2월 2일 예심에 회부됨. 6월29일 예심에서 유죄판결을 받고 공판에 회부됨. 12월 3년형에 집행유예 관결을 받고 석방된다.

1936년 1월, 감옥에서 구상한 바 소시민 지식인의 과대 망상증을 풍자적으로 폭로하고 그 형상을 통해 당대 사회제도의 불합리성을 폭로하는 장편 풍자소설《인간수업》을 발표. 2월 20일 복심에 회부되었다가 원심대로 확정됨. 재판과정에서 이기영은 '민족주의 사상은 없는가 하는 재판장의 질문에 전연 없는 바는 아니지마는 막연한 감정을 가졌을 뿐이고 행동 여하에까지는 생각한 적이 없었다고 대답한 다음 공산주의 사상의 전향의 질문에는 원래 전향을 할 만한 사상을 못 가졌다고 말하자 재판장도 의외라는 듯 눈이 동글해졌다'고 하는 기사가 보임. 8월 한달간 마산에서 지냄. 이기영이 마산에서 상경하자 아들이 죽었다고 하는데 이 아들에 대해서는 호적상의 기록이 없음. 10월 엄흥섭이 편집책임자로 있던 한성도서에서《고향》을 단행본으로 출판함(상권은 10월, 하권은 1937년 1월). 이때의 검열과 관련하여 "서울 출판사에는 조선말을 귀신처럼 잘 아는 니시무라라는 왜놈이 검열국장으로 일하였습니다. 그자에게서 조인을 받아야하는데 다른 수가 있나요. 그래서 여관에서 일을 하는 기생들이 있었는데 그들을 시켜서 그 왜놈에게 술을 잔뜩 먹이고 조인을 받았습니다"라고 하는 에피소드도 있다.

1937년 〈고향〉이 귀사산치貴司山治가 주재한 일본 잡지《문학안내文學案內》1~4월까지 일본어로 번역 연재됨.

1938년 식민지 자본주의화 과정에서 친일지주 및 자본가의 성장과 봉건양반의 몰락, 성장하는 새로운 세대를 형상한《신개지》발표.

1939년 7월 1일 총독부의 시국인식 간담회에 참석. 8월 18일부터 2주일간 만주로 취재 여행을 다녀와 10월부터 생산소설 〈대지의 아들〉을 연재함. 10월 20일 조선문인협회 발기인으로 가담.

1940년 동학농민전쟁으로부터 한일합방에 이르는 시기의 한 양반가정을 중심으로 봉건제도의 몰락과 새로운 근대적 정신을 가진 세대의 성장을 보여주는 자전적 장편소설《봄》을 발표.

1943년 4월 조선문인보국회 소설 희곡부회 상담역을 맡는다.

1944년 3월 31일 강원도 내금강 병이무지리로 소개하여 자기 손으로 농사를 짓다가 해방을 맞음. 1940년대에 들어서면서 일제에게 창씨개명을 강요당했으나 창씨하지 않고 버티었으며 사상보호관찰소에서 일어로 집필하거나 강연할 것을 요구했을 때 자신은 소학교를 졸업했을 뿐이기에 일어를 모른다는 핑계로 버티었다고 한다. 그러다가 아무래도 서울에 있기가 어려워 산골로 소개한 것이다.

1945년 9월 24일 이기영이 상경했다는 기사가 보임. 조선프롤레타리아예술연맹의 성립에 주도적 역할을 함. 12월 10일 한재덕, 한설야와 더불어 다시 서울에 온다.

1946년 4월 해방 이후 최초의 작품 희곡 〈해방〉을 발표. 8·15해방 1주년 기념 사업으로 철원극장에서 상연되었다고 함. 4월 어느 날 평양에서 김일성 장군과 면담. 그때까지 가족은 내금강에 있었는데 이 면담에서 "이제는 나이도 많으신데 젊은이와 달라서 혼자 생활하기가 불편하실 것입니다. 그리고 일을 하자면 마음이 안착되어야 합니다. 빨리 가족들을 올라오게 하는 것이 좋겠습니다"라고 하는 김일성의 배려로 평양에 집을 구해 가족과 함께 지내게 됨. 7월 북조선문예총의 기관지인 《문화전선》 창간호에 북한의 토지개혁을 다룬 단편 〈개벽〉 발표. 이 해부터 1982년 사이 35년 동안 조소친선협회 중앙위원회 위원장을 지냄. 8월 10일~10월 7일 조선인민의 방소사절단으로 소련 방문.

1948년 북한문학사상 첫 장편소설인 《땅》 제1부의 '개간편' 발표.

1949년 《땅》 제1부의 '수확편' 발표. 장편소설 《땅》은 북한에서 토지개혁에 의해 벌어진 농촌사회의 복잡하고도 거대한 변화와 발전을 대서사시적인 넓이와 깊이로 재현한 작품이다. 6월 푸쉬킨 탄생 150주년 기념 축전 소련 방문. 이 소련 여행 뒤 《소련은 인민의 위대한 벗》을 낸다.

1950년 4월 해방 전후 병이무지리의 생활을 토대로 한 소설 〈농막선생〉과 해방 후의 북한 사회에서 진행된 변화를 소재로 한 소설 〈개벽〉〈전변〉을 묶은 소설집 《농막선생》 간행.

1952년 2월 고골리 서거 100주년 기념 제전 소련 방문.

1954년 장편소설 《두만강》 제1부 발표. 제1부는 19세기말 20세기초부터 일제의 조선강점에 이르는 시기의 충청도의 한 두메산골을 배경으로 봉건적인 양반지주의 몰락과 근대적인 친일 지주의 성장과정, 민중과 지식인의 반일의병운동과 애국계몽운동을 형상화했다.

1955년 회갑을 맞아 《고향》 재판(평양 : 조선작가동맹출판사) 간행. 제2차 소련작가대회에 참석하여 보고함.

1957년 최고인민회의 부의장으로 됨. 11월 25일 조혼한 아내 조병기가 아산군 온양읍에서 사망. 《두만강》 제2부 발표. 제2부는 1910년 이후부터 1919년 3·1운동 전후에 이르는 시기 충청도, 함경북도, 그리고 만주 동북지방을 무대로 하여 국내외의 반일 의병운동과 부르주아 민족운동의 역동성, 양반계급의 몰락과 성장하는 친일군상을 형상했다. 이 제2부를 집필하면서 이기영은 작품의 무대로 되는 무산 지구를 세 번이나 갔다 왔다고 한다. 처음은 그 지방의 지리, 역사, 풍토, 사투리를 연구하러 갔고 두 번째는 쓰다가 그 지방의 사투리가 막혀서였다. 세 번째는 작품을 퇴고까지 다 해놓고 그 지방의 사람들에게 교열을 받으러 갔다고 한다.

1959년 《땅》 제2부 '조국해방전쟁편'을 《평양신문》에 연재하다가 신병으로 중단.

1960년 조선작가동맹출판사에서 '리기영선집' 출판을 기획. 이 해에 《땅》 제1부는 일부 수정하고 제2부는 완성하여 제 1, 2부를 함께 출판. 6~7월 《두만강》 제3부 집필을 위해 보천보, 삼지연 등지와 함경북도 무산 일대를 견학함. 《두만강》 제1부로 인민상 수상.

1961년 《두만강》 제3부 발표. 제3부는 1920년대초 노동계급 영도하의 민족해방운동부터 1930년대 초 항일무장투쟁에 이르는 시기 국내외의 광범위한 반일운동을 형상화했다.

1963년 《한 여성의 운명》 제1권 발표.

1965년 《한 여성의 운명》 제2권 발표.

1967년 장편소설 《조국》 발표.

1972년 조선문학예술총동맹 위원장. 조국통일전선 중앙위원. 장편소설 《력사의 새벽길》 상권 발표.

1973년 《땅》 제1부의 개정판 발행.

1984년 8월 9일 사망. 평양 신미리 애국열사능에 묻힘. 유고집 《태양을 따라》 발간.

1. 이기영 소설 및 희곡 목록

〈오빠의 비밀편지〉,《개벽49》, 1924. 7. 24. 3 집필.

〈가난한 사람들〉,《개벽59》, 1925. 5. 24. 6 집필.

〈쥐 이야기〉,《문예운동1》, 1926. 1. 25.11 집필.

〈농부 정도룡〉,《개벽55, 56》, 1926.1~2.

〈장동지 아들〉,《시대일보》, 1926. 1. 4.

〈오 남매둔 아버지〉,《개벽68》, 1926. 4.

〈민촌〉,《문예운동2》, 1926. 5. 〈팔어먹은 딸〉로 추정.

〈외교원과 전도부인〉, 1926. 5. 19. 작.

〈부흥회〉,《개벽72》, 1926. 8.

〈악인과 선인〉,《조선지광58》, 1926. 8.

〈박선생〉,《별건곤1》, 1926. 11. 끝부분 낙장.

〈천치의 논리〉,《조선지광 61》, 1926. 11.

〈실진〉,《동광9》, 1927. 1.

〈농부의 집〉,《조선지광63》, 1927. 1.

〈어머니의 마음〉,《현대평론1》, 1927. 1.

〈유혹〉,《조선일보》, 1927. 1. 4~8.

〈아사(농부의 집 속편)〉,《조선지광64》, 1927. 2.

〈호외〉,《현대평론2》, 1927. 3.

〈비밀회의〉,《중외일보》, 1927. 4.

〈밋며느리─금순의 소전〉,《조선지광68》, 1927. 6.

〈해후〉,《조선지광73》, 1927. 11.

〈채색무지개〉,《조선지광75》, 1928. 1.

〈고난을 뚫고〉,《동아일보》, 1928. 1. 5~24.

〈숙제〉,《조선지광77》, 1928. 3,4합호. 콩트.

〈원보 (일명 서울)〉,《조선지광78》, 1928. 5.

〈경순의 가출〉,《조선일보》, 1929. 1. 1.

〈자기희생〉,《조선일보》, 1929. 3. 12.

〈향락귀〉,《조선일보》, 1930. 1. 2~18.

〈종이뜨는사람들(제지공장촌)〉,《대조2》, 1930. 4.

〈홍수〉,《조선일보》, 1930. 8. 21~9. 3.

〈광명을 앗기까지〉,《해방1》, 1930. 12. 〈쥐이야기〉 속편.

〈앞잡이〉,《해방》, 1931. 2.

〈시대의 진보〉,《조선지광94》, 1931. 1, 2합호.

〈이중국적자〉,《해방》, 1931. 6.

〈부역〉,《시대공론》, 1931. 9.

〈현대풍경〉,《중앙일보》, 1931. 11. 28~32. 4. 27. 미완.

〈묘·양·자〉,《조선일보》, 1932. 1. 1~31.

〈양잠촌〉,《문학건설1》, 1932. 12.

〈박승호〉,《신계단》, 1933. 1.

〈김군과 나와 그의 안해〉,《조선일보》, 1933.1. 2~15.

〈변절자의 안해〉,《신계단》, 1933. 5. 33. 6에는 (략)으로 됨.

〈서화〉,《조선일보》, 1933. 5. 30~7. 1.

〈고향〉,《조선일보》, 1933. 11. 15~34. 9. 21.

〈가을〉,《중앙》, 1934. 1.

〈돌쇠〉,《형상1~》, 1934. 2. 2회 연재 미완.

〈진통기〉,《문화창조1~》, 1934. 6. 조선문학 39. 1~7 재록

〈노예〉,《동아일보》, 1934. 7. 24~29.

〈B씨의 치부술〉,《중앙11》, 1934. 9.

〈남생이와 병아리〉,《청년조선1》, 1934. 10~. 미완.

〈원치서〉,《동아일보》, 1935. 3. 3~17.

〈흙과 인생〉,《예술》, 1935. 7, 36. 1. 연재소설 미완.

〈인간수업〉,《조선중앙일보》1936. 1. 1~7. 23.

〈유선형〉,《중앙28》, 1936. 2.

〈도박〉,《조광5》, 1936. 3.

〈배낭〉,《조광7》, 1936. 5.

〈십년 후〉,《삼천리74》, 1936. 6.

〈유한부인〉,《사해공론15》, 1936. 7.

〈적막〉,《조광7》, 1936. 7.

〈성화〉,《고려시보》, ?~1936. 10. 1. 장편연재소설 중 제7회.

〈야광주〉,《중앙35》, 1936. 9. 연재 중단.

〈비〉,《백광1》, 1937. 1.

〈나무꾼〉,《삼천리81》, 1937. 1.

〈맥추〉,《조광15,16》, 1937. 1~2.

〈추도회〉,《조선문학》, 1937. 1.

〈어머니〉,《조선일보》, 1937. 3. 30~10. 11.

〈인정〉,《백광5》, 1937. 5.

〈산모〉,《조광20》, 1937. 6.

〈그와 여교원〉,《동아일보》, 1937. 9. 28~30.

〈돈〉,《조광24》, 1937. 10.

〈노루〉,《삼천리문학1》, 1938. 1.

〈신개지〉,《동아일보》, 1938. 1. 19~9. 8.

〈참패자〉,《광업조선》, 1938. 2.

〈설〉,《조광31》, 1938. 5.

〈청년〉,《사해공론39》, 1938. 7.

〈욕마〉,《야담34》, 1938. 10.

〈대장간〉,《조광36》, 1938. 10.

〈묘목〉,《여성36》, 1939. 3.

〈수석〉,《조광41》, 1939. 3.

〈소부〉,《문장3》, 1939. 4.

〈권서방〉,《가정지우》, 1939. 5.

〈고물철학〉,《문장6》, 1939. 7.

〈야생화(일명 나의 고백)〉,《문장7》, 1939. 7.

〈형제〉,《청색지6,7》, 1939. 9~10.

〈대지의 아들〉,《조선일보》, 1939. 10. 12~40. 6. 1.

〈귀농〉,《조각50》, 1939. 12. 〈소부〉의 속편.

〈봉황산〉,《인문평론》, 1940. 3.

〈왜가리〉,《문장16》, 1940. 4. 〈왜가리촌〉으로 개제.

〈봄〉,《동아일보》, 1940. 6. 11~8. 10.《동아일보》폐간.
　　《인문평론》, 1940. 10~41. 2.

〈간격〉,《광업조선》, 1940. 9, 11, 12.

〈아우〉,《조광62》, 1940. 12.

〈삼각형(일명 처복론)〉,《신세기》, 1941.1.

〈종〉,《문장24》, 1941. 2.

〈생명선〉,《가정지우》, 1941. 3~8.

〈여인〉,《춘추2》, 1941. 3.

〈인가훈〉,《춘추12》, 1942. 1.

〈동천홍〉,《춘추13~26》, 1942. 2~43. 3.

〈시정〉,《국민문학5》, 1942. 3.

〈저수지〉,《半島の光》, 1943. 5~9.

〈공간〉,《춘추29》, 1943. 6.

〈광산촌〉,《매일신보》, 1943. 9. 23~11.

〈양캐〉,《방송소설명작선》(조선출판사, 1943).

〈처녀지〉,《삼중당서점》, 1944.

〈해방(희곡)〉,《신문학》, 1946. 4. 45. 10집필, 46년 철원극장에서 상영.

〈닭싸움(희곡)〉,《우리문학》, 1946. 3. 45년 집필.

〈개벽〉,《문학전선》, 1946. 7.

〈형관〉,《문학전선》, 1946.8~. 미완.

〈진통기〉, 1946. 미완.

〈웅탁리 인민들〉,《애국독본》, 1947. 1.

〈립춘〉, 1947. 12.

〈땅(개간)〉,《민주조선》, 1947~.

〈화병〉, 1948. 9.

〈지도자를 부른다〉, 1949.

〈전변〉, 1950. 4.

〈농막선생〉, 1950. 〈형관〉을 완성시킨 것.

〈선로원 리웅선〉,《통일신문》, 1950. 9.

〈삼팔선〉,《인민》, 1950. 10~12, 52. 1~3.

〈영웅 김봉호〉, 1951.

〈복수의 기록〉,《민주조선》, 1953. 7. 11~14.

〈강안마을〉,《조선문학》, 1954. 7~8.

〈붉은 수첩〉,《청년생활》, 1959. 1~60. 3.

〈땅〉 제2부,《문학신문》, 1959. 3. 5~.

　　　　　《평양신문》, 1959. 7. ?~.

2. 단행본

《민촌》, 〈민촌〉〈외교원과 전도부인〉〈쥐이야기〉, 문예운동사, 1927.

《고향》, 한성도서, 1937.

《서화》, 〈서화〉〈도박〉〈인정〉〈산모〉, 동광당서점, 1937.

《신개지》, 삼문사, 1938.

《이기영단편집》, 〈오빠의 비밀편지〉〈쥐이야기〉〈민촌〉〈추도회〉〈적막〉〈유한
부인〉〈비〉〈묘목〉 학예사, 1939.

《인간수업》, 영창서관, 1941.

《봄》, 대동출판사, 1942.

《광산촌》, 성문당, 1944.

《생활의 윤리》, 성문당, 1944.

《처녀지》, 삼중당 서점, 1944.

《농막선생》, 〈전변〉〈농막선생〉〈개벽〉, 조소문화협회중앙본부, 1950.

《쥐불》, 〈쥐불〉〈오빠의 비밀편지〉〈가난한 사람들〉〈유한부인〉〈쥐이야기〉〈외
교원과 전도부인〉조선작가동맹출판사, 1956.

《보리가을》, 〈민촌〉〈원보〉〈제지공장촌〉〈박선생〉〈추도회〉〈원치서〉〈산모〉〈비〉
〈묘목〉〈적막〉〈보리가을〉〈믿며느리〉〈소부〉〈귀농〉〈왜가리촌〉〈봉황산〉
〈채색무지개〉〈아우〉〈양캐〉〈묘양자〉, 민주청년사, 1957.

《환상적 무지개》, 〈비〉〈외교원과 전도부인〉〈박선생〉〈인신교주〉, 민주청년사,
1957.

《현대조선》, 〈오빠의 비밀편지〉, 조선작가동맹, 1958.

《문학전집 제3권》, 〈가난한 사람들〉〈쥐이야기〉〈민촌〉〈농부 정도룡〉, 출판사

《이기영 단편집》, 〈외교원과 전도부인〉〈박선생〉〈실진〉〈믿며느리〉〈채색무지
개〉〈원보〉〈제지공장촌〉〈묘양자〉〈박승호〉〈묘목〉〈원치서〉〈적막〉〈비〉
〈추도회〉〈돈〉〈소부〉〈귀농〉〈왜가리촌〉〈공개〉〈양캐〉〈인신교주〉〈박
선생〉〈양캐〉〈인신교주〉, 민청출판사, 1959.

《땅》제1부 개간편, 조선인민출판사, 1948.

《땅》제2부 수확편, 조쏘문화협회, 1949.

《두만강》제1부, 조선작가동맹출판사 , 1954.

《두만강》제2부, 조선작가동맹출판사, 1957.

《땅》제1부 수정판(리기영 선집), 조선작가동맹출판사, 1960.

《땅》제2부, 조선작가동맹출판사, 1960.

《조국해방 전쟁편》(리기영 선집).

《붉은수첩》, 민청출판사, 1961.

《한 녀성의 운명》제1권, 민청출판사, 1963

《두만강》(리기영선집) 제3부, 조선작가동맹출판사, 1964.

《한 녀성의 운명》제2권, 조선사회주의로동청년동맹출판사, 1965.
《력사의 새벽길》, 문예출판사, 1972.
《땅》제1부 개정판, 문예출판사, 1973.

1950년 이전 비평

김남천, 〈지식계급 전형의 창조와 '고향' 주인공에 대한 감상〉, 《조선중앙일보》, 1935. 6. 28~7. 4.

_____, 〈이기영 검토─사상·작품·문장〉, 《풍림》 6, 1937. 5.

_____, 〈 '인간수업' 독후감〉, 《조선일보》, 1937. 5. 25.

_____, 〈현대 조선소설의 이념〉, 《조선일보》, 1938. 9. 10~18.

_____, 〈 '봄' 에 대하여〉, 《조광》, 1940. 12.

민병휘, 〈춘원의 '흙' 과 민촌의 '고향' 〉, 《조선문단》 23, 1935. 5.

_____, 〈민촌 '고향' 론〉, 《백광》 3, 6 , 1937. 3, 6.

_____, 〈민촌 이기영과 함광 안종언〉, 《청색지》 5, 1939. 5.

박승극, 〈창작의 기술문제─이기영 씨 '서화' 를 계기로〉, 《조선일보》, 1933. 9. 6.

_____, 〈이기영 검토─그의 인간·사상과 작품 문장에 대하여〉, 《풍림》, 1937. 5.

박영희, 〈민촌의 역작 '고향' 을 읽고서〉, 《조선일보》, 1936. 12. 1.

_____, 〈민촌 이기영론─ '고향' 을 중심한 제작〉, 《동아일보》, 1938. 2. 19~20.

백 철, 〈리얼리즘의 재고〉, 《사해공론》 9, 1937. 1.

송 영, 〈무언의 인 이기영 군〉, 《문학건설》 1, 1932. 12.

_____, 〈내가 본 민촌〉, 《신문학》, 1946. 4.

안석주, 〈무언무소의 민촌 이기영 씨〉, 《조선일보》, 1933. 1. 26.

안함광, 〈 '로만' 논의의 제과제와 '고향' 의 현대적 의의─장편소설 검토(Ⅱ)〉, 《인문평론》 13, 1940. 11.

엄흥섭, 〈이기영 저 《이기영단편집》〉, 《문장》 10, 1939. 11.

에이(A) 기자, 《이기영과의 잡담집》, 《신인문학》, 1936. 8.

유진오, 〈이기영 씨의 인상〉, 《조선문학》 15, 1939. 1.

윤기정, 〈이기영 씨의 창작집〉《민촌》을 읽고, 《조선일보》, 1928. 3. 20~23.

이무영, 〈소설가 아닌 소설가 ─민촌의 《서화》를 읽고, 《동아일보》, 1937. 8. 3.

이원조, 〈《서화》 신간평〉, 《조선일보》, 1937. 8. 17.

임 화, 〈소설문학 20년〉, 《동아일보》, 1940. 4. 12~20.

정일수, 〈신춘의 쾌작 한개─이기영 씨의 '묘·양·자' 〉, 《조선일보》, 1932. 3. 3~5.

채만식, 〈소재와 구성—민촌의 '묘목'과 남천의 '녹성당'—3월 창작 '개관〉, 《동아일보》, 1939. 3. 9.

한설야, 〈포석과 민촌과 나〉, 《중앙》 28, 1936. 2.

_____, 〈신춘창작평〉, 《조선지광》, 1929. 2.

한 효, 〈민촌의 '고향'을 예로 들어〉, 《삼천리》, 1936. 4.

단행본

권 유, 《민촌 이기영의 작가세계》, 국학자료원, 2002.

권영민 편, 《월북문인연구》, 문학사상사, 1989.

김윤식, 정호웅 공편, 《한국 근대 리얼리즘 작가 연구》, 문학과지성사, 1988.

_____, 《한국 현대 현실주의 소설 연구》, 문학과지성사, 1990.

_____, 《한국현대문학사상사론》, 일지사, 1992.

리효운 외, 《〈고향〉과 〈황혼〉에 대하여》, 조선작가동맹출판사, 1958.

신구현 외, 《현대작가론》 2, 조선작가동맹출판사, 1960.

안함광, 《조선문학사》(1900~), 교육도서출판사, 1956.

역사문제연구소 문학사연구모임, 《카프문학운동연구》, 역사비평사, 1989.

은종섭, 《조선 근대 및 해방전 현대소설사 연구 2》, 김일성대출판사, 1986.

이기봉, 《북의 문학과 예술인》, 사사연, 1986.

이미림, 《월북작가 소설 연구 : 1930년대 사회와 소설의 담론》, 깊은샘, 1999.

이선옥, 《이기영 여성소설 연구》, 국학자료원, 2002.

이재선, 《현대소설의 서사시학 : 소설 텍스트 새로 읽기》, 학연사, 2002.

이주미, 《한국리얼리즘문학의 지평》, 새미, 2003.

임규찬·한기형 편, 《카프비평 자료총서 1~8》, 태학사, 1990.

정호웅 외, 《장편소설로 보는 새로운 민족문학사》, 열음사, 1993.

조남현, 《이기영:이야기꾼·리얼리즘·이데올로그》, 건국대학교출판부, 2002.

ИВАНОВАВ. 편, 《리기영, 생애 및 저서 목록》, 모스크바, 1983.

논문

간복균, 〈이기영의 '고향'과 숄로호프의 '개척되는 처녀지' 대비 연구〉, 《논문집》 31, 강남대학교, 1998.

고정욱, 〈이기영 '두만강' 론—계급적 대립구조에 입각한 등장인물의 각성과 단결을 중심으로〉, 《반교어문연구 2집》, 반교어문학회, 1990.

곽 근, 〈'고향'의 문학사적 의의와 가치〉, 《건국어문학》 18, 건국대학교국어국문학연구회, 1994.

구인환, 〈이기영의 《두만강》, 《월간문학》, 1989. 12.

구자희, 〈방향전환기 계급소설〉, 《경원 어문논집》 제7집, 경원대학교 국어국문학과, 2003.

_____, 〈이기영 소설 연구〉, 경원대 대학원 석사논문, 1994.

권 유, 〈민촌 이기영의 도시 빈민 소설 연구〉, 《한양어문》 8, 한양대학교 한양어문연구회, 1990.

_____, 〈민촌 이기영의 친일작품 연구〉, 《한민족문화연구》 제4집, 새로운사람들, 1999.

_____, 〈이기영 문학의 적층성과 그 한계 :그의 대표작 '고향'을 중심으로〉, 《한민족문화연구》 제7집, 한민족문화학회, 2000.

_____, 〈이기영소설연구:해방 이전 작품을 중심으로〉, 한양대 대학원 박사논문, 1992.

권명아, 〈이기영 소설 연구:서사구성의 특성을 통해 본 창작개성에 관하여〉, 연세대 대학원 석사논문, 1993.

권영민, 〈계급 리얼리티의 선봉장 이기영〉, 《월간경향》, 1988. 9.

권일경, 〈돈키호테적 지식인상에 드러난 주체 정립의 문제, 《인간수업》, 풀빛, 1989.

_____, 〈이기영 장편소설 연구〉, 서울대 석사논문, 1989. 6.

권정희, 〈이기영 소설 연구〉, 영남대 석사논문, 1989. 1.

김 철, 〈1920년대 신경향파소설 연구〉, 연세대 박사논문, 1985. 2.

김강호, 〈이기영의 '두만강' 론, 《국어국문학》 27, 부산대학교국어국문학과, 1990.

김경선, 〈한·중 사실주의 소설의 비교 연구:이기영과 모순의 경우〉, 부산대 대학원 박사논문, 1996.

김경희, 〈이기영의 '고향' 연구:리얼리즘 단계와 갈등양상을 중심으로〉, 강원대 교육.

김남일, 〈이제 누가 이기영을 읽을 것인가〉, 《실천문학》 1999년 가을호.

김동석, 〈이기영의 '땅' 연구〉, 《민족어문학회 어문논집》, 2005.

김동환, 〈'고향' 론〉, 《민족문학사연구 창간호》, 민족문학사연구소, 1991. 9.

_____, 〈1930년대 한국 전향소설 연구〉, 서울대 석사논문, 1987.

_____, 〈1930년대 후기 장편소설에 나타나는 풍속의 의미〉, 《관악어문연구》 15집, 서울대 국어국문학과, 1990. 12.

_____, 〈1930년대 후반기 소설의 대체현실 추구와 의사 낭만성; '대하' '봄'

　　'탑'을 중심으로〉,《한성어문학》13, 한성대학교 국어국문학과, 1994.

김명숙, 〈가족사소설로서의 이기영의《봄》론〉,《자하어문논집》제17집, 상명어
　　문학회, 2002.

_____, 〈이기영 '고향'에서 본 조선 현대 지식인의 양면성〉,《인문사회과학연
　　구》제9집, 호남대학교인문사회과학연구소, 2002.

김명신, 〈이기영 소설 연구:해방이전 작품을 중심으로〉, 연세대 대학원 석사논
　　문, 1990.

김민규, 〈이기영의 농민소설 고찰: '고향'을 중심으로〉, 조선대 교육대학원 석
　　사논문, 1989.

김병걸, 〈이기영의 '고향'론,《1930년대 민족문학의 인식》, 한길사, 1990.

김병광, 〈'흙'과 '고향'의 대비연구〉, 단국대 대학원 박사논문, 1989.

_____, 〈초기 농민소설에 대한 고찰〉,《국어국문학》90, 국어국문학회, 1983.

김선규, 〈농민소설의 내적 형식과 서사전략:이기영의 '고향'론〉,《문예미학》
　　제9호, 문예미학회, 2002.

_____, 〈이기영의 '고향'에 나타난 근대성 연구〉, 대구대 대학원 석사논문,
　　2000.

김성수, 〈이기영 소설 연구:식민지시대 소설의 리얼리즘적 성격을 중심으로〉,
　　성균관대 대학원 박사논문, 1992.

_____, 〈이기영 소설의 서설적 검토〉,《성대문학》26집, 성균관대 국어국문학
　　과, 1988.

_____, 〈이기영 초기소설에 나타난 인물성격의 전형성〉,《반교어문연구》2집,
　　성균관대 반교어문연구회, 1990.

_____, 〈이기영의 초기소설과 사회주의 리얼리즘 문학의 형성〉,《한국근대문
　　학사의 쟁점》, 창작과비평사, 1990.

_____, 〈프로문학·월북작가론의 본격 성과;이상경 저《이기영─시대와 문학》
　　서평〉,《민족문학사연구 7》, 민족문학사연구소, 1995.

_____, 〈이기영론, 황패강 외 편〉《한국문학작가론》제4권, 집문당, 2000. 2.

김성진, 〈이기영 '고향'의 리얼리즘에 대한 고찰〉, 인제대 교육대학원 석사논
　　문, 2001.

김성희, 〈이기영의《두만강》연구〉, 연세대 대학원 석사논문, 2004.

김양선, 〈1930년대 장편소설에 나타난 여성문제 인식 : 강경애의 '인간문제'이
　　기영의 '고향' 한설야의 '황혼'을 중심으로〉,《연구논총》2, 중앙대학
　　교국제여성연구소, 1991.

김연숙, 〈1920-30년대 소설에 나타난 '귀향' 양상 연구:염상섭, 이태준, 이기영을 중심으로〉, 경희대 대학원 석사논문, 1994.

김영희, 〈이기영의 초기 농민소설 연구〉, 《국문학보》 11, 제주대학교인문대학 국어국문학과, 1992.

_____, 〈이기영의 초기 농민소설 연구〉, 제주대 대학원 석사논문, 1992.

김옥기, 〈이기영 농민소설 연구〉, 연세대 교육대학원 석사논문, 1989. 6.

김외곤, 〈1930년대 한국 현실주의소설 연구〉, 서울대 석사논문, 1990. 2.

_____, 〈노농동맹의 성과와 한계;민촌 이기영의 '고향' 을 중심으로〉, 《문학정신》 61, 1991. 11월호. .

_____, 〈북한문학에 나타난 민족해방투쟁의 형상화와 그 문제점;민촌 이기영의 '두만강' 을 중심으로〉, 《문학정신》 66, 열음사, 1992.

김용구, 〈이기영 소설의 구조〉, 《강원인문논총》 1, 강원대학교 인문과학연구소, 1990.

김우종, 〈이기영론〉, 《현대문학》 426, 현대문학, 1990.8.

김윤식 외, 〈한국소설사 3〉, 현대소설, 1991. 여름호.

김윤식, 〈문제적 인물의 설정과 그 매개적 의미, 한국 근대문학사상 비판, 일지사〉, 1978. 한국리얼리즘소설연구, 탑, 1987.

_____, 〈이기영론〉, 《한국현대현실주의소설연구》, 문학과지성사, 1990.

_____, 〈이기영의 '땅' 론〉, 《실천문학》 1990년 겨울호.

_____, 〈이념의 형식과 경험의 형식;한설야·이기영의 창작방법론 비판〉, 《예술과비평》 23, 서울신문사, 1991.

_____, 〈이중어 글쓰기의 제5형식 시론시론;이기영 소설의 연속성에 관련하여〉, 《현대문학》 제50권 제2호 통권590호 현대문학, 2004.

_____, 〈작가의 관념적 오류와 소설적 진실—이기영의 '농막일기' 와 '농막선생〉', 《한국현대현실주의소설연구》, 문학과지성사, 1990.

_____, 〈토지개혁과 개벽사상—이기영의 《땅》〉, 《한국현대현실주의소설연구》, 문학과지성사, 1990.

김은하, 〈1930년대 리얼리즘 소설 연구:강경애의 '인간문제', 이기영의 '고향', 한설야의 '황혼' 론〉, 중앙대 대학원 석사논문, 1994.

김일영, 〈1920년대 희곡의 특징에 관한 연구〉, 서울대 석사논문, 1985. 2.

김재영, 〈이기영 단편소설의 유형별 인물 연구〉, 국민대 대학원 석사논문, 1995.

_____, 〈북한의 토지개혁과 그 소설적 형상화—이태준의 《농토》와 이기영의 《땅》을 중심으로〉, 《한국현대현실주의소설연구》, 문학과지성사, 1990.

_____, 〈사실주의와 문학비평의 기준―최근의《두만강》논의에 대한 비판〉, 《한국현대현실주의소설연구》, 문학과지성사, 1990.

_____, 〈일제하 농촌의 황폐화와 농민의 주체적 각성―'고향' 론〉, 《민족문학 운동의 역사와 이론》, 한길사, 1990.

김재용, 〈해방 직후 자전적 소설의 네가지 양상〉, 《문예중앙》 18, 중앙일보사, 1995.

김정숙, 〈이기영의 '고향' 에 나타난 인물의 행위항적 구도〉, 《어문논집》 26, 중 앙대학교문리과대학국어국문학과, 1998.

김종균, 〈이기영 장편소설 '고향' 의 가족 양상 연구〉, 《한국어문학연구》 12, 한 국외국어대학교한국어문학연구회, 2000.

_____, 〈이기영 장편소설 '고향' 의 서사구조 연구〉, 《논문집》 제34집, 한국외 국어대학교, 2002.

김종대, 〈민촌소설 분석 소고〉, 《연구논집》 4, 중앙대 대학원학생회, 1985. 5.

김종욱, 〈1920~30년대 한국농민소설의 발전과정연구〉, 서울대 석사논문, 1990.

김종현, 〈이기영 초기소설의 아나키즘적 경향 연구〉, 《문학과언어》 제26집 문 학과언어학회, 2004.

김종호, 〈1940년대 초기 만주 유민소설에 나타난 '정착' 의 의미; '대지의 아들' 과 '북향보' 를 중심으로〉, 《국어교육연구》 25, 경북대학교사범대학국 어교육연구회, 1993.

김주경, 〈민촌 이기영 소설 연구:해방 이전의 작품을 중심으로〉, 아주대 교육대 학원 석사논문, 2004.

김진아, 〈이기영 장편소설 《처녀지》연구〉, 영남대 대학원 석사논문, 2003.

김차진, 〈이기영 농민소설에 나타난 친일지주 계층 연구:현실인식과 윤리의식 의 상관성 규명을 중심으로〉, 영남대 교육대학원 석사논문, 1996.

김택중, 〈식민지시대 소설에 나타난 현실인식;김동리의 '산화' 와 이기영의 '민 촌' 을 중심으로〉, 《대전어문학》 11, 대전대학교국어국문학회, 1994.

김한식, 〈이기영 장편소설 《신개지》 연구: '고향' 과의 비교를 중심으로〉, 《한국 문학이론과 비평》 제18집, 한국문학이론과비평학회, 2003.

김해숙, 〈이기영의 '고향' 연구〉, 경남대 교육대학원 석사논문, 2005.

김현주, 〈김남천, 이기영의 작품속에 나타난 기독교적 특성 연구〉, 숙명여대 대 학원 석사논문, 1991.

_____, 〈이기영의 '고향' 분석〉, 경희대 교육대학원 석사논문, 1993.

김혜영, 〈이기영 농민 소설 연구〉, 서울여대 대학원 석사논문, 1991.

김효정, 〈1930년대 전향소설의 의식 변모 양상 연구:이기영, 한설야, 김남천을 중심으로〉, 대구효성가톨릭대 대학원 박사논문, 1998.

_____, 〈이기영의 전향 소설 연구: '적막' '설' '고물철학' 을 중심으로〉, 《한국
전통문화연구》 12, 대구효성가톨릭대학교한국전통문화연구소, 1997.

김홍식, 〈민촌 이기영의 '고향' 연구〉, 《호서대학교 인문논총》 제8집, 호서대학
교인문과학연구소, 1989.

_____, 〈이기영 소설 연구〉, 서울대 박사논문, 1991. 8.

김희자, 〈이기영 소설 연구〉, 건국대 박사논문, 1990. 8.

나병철, 〈리얼리즘의 두 유형과 대화적 소설〉, 《기전어문학》 10·11, 수원대학
교국어국문학회, 1996.

남원진, 〈이기영 문학사상 연구: '유토피아' 의식을 중심으로〉, 건국대 대학원
석사논문, 1997.

노현숙, 〈이기영의 '고향' 연구〉, 전북대 교육대학원 석사논문, 1993. 대학원
석사논문, 1997.

류보선, 〈이상적 현실의 형상화와 소설적 진실 ; 이기영의 '땅' 에 대하여〉, 《문
학정신》 67, 열음사, 1992.

_____, 〈현실적 운동에의 지향과 물신화된 세계의 극복; '고향' 론〉, 《민족문학
사연구》 3, 민족문학사연구소, 1993.

문재원, 〈이기영 장편소설의 현실주의적 성격 연구〉, 부산대 대학원 석사논문,
1991.

박 은, 〈이기영의 '고향' 연구〉, 한양대 교육대학원 석사논문, 1991.

박규남, 〈이기영의 '고향' 연구:문학생산이론적 접근〉, 전남대 대학원 석사논
문 2001.

박대호, 〈 '농부 정도룡' 구조 분석〉, 《한국학보》 46, 일지사, 1987. 봄 = 김윤식
외편, 《한국리얼리즘소설연구》, 탑, 1987.

_____, 〈근대 사회의식소설의 세계관 연구〉, 서울대 석사논문, 1985. 8.

박덕희, 〈이기영 소설 연구:카프해체기 단편소설 중심으로〉, 고려대 교육대학
원 석사논문, 1994.

박명애, 〈 '고향' 〉과 《땅》의 텍스트 비교연구:이기영 작품 변모양상을 중심으로〉,
단국대 대학원 석사논문, 2004.

박선희, 〈여성의 시각으로 본 이기영의 '고향' 〉, 광운대 대학원 석사논문,
1998.

박연규, 〈이기영 소설의 전형성 연구〉, 고려대 교육대학원 석사논문, 1994.

박영욱, 〈이기영 '고향' 에 나타난 인물유형과 갈등 연구〉, 인천대 교육대학원

석사논문, 1992.

박윤재, 〈이기영 농민소설 연구: '민촌' '원보' '고향' 에 나타난 인물유형분석을 중심으로〉, 충북대 교육대학원 석사논문, 1992.

박태상, 〈새로 발견된 이기영의 《기행문집》 연구:공산주의적 유토피아로서의 '소련' 〉, 《북한연구학회보》 제5권 제2호, 북한연구학회, 2001.

_____, 〈이기영의 농민소설 《땅》에 나타난 북한 토지개혁의 성과〉, 《북한학연구》 1, 고려대학교북한학연구소, 2000.

_____, 〈이기영의 소설문학 연구:《개벽》과 《땅》에 나타난 북한의 사회현실을 중심으로〉, 《논문집》 30, 한국방송통신대학교, 2000.

박홍배, 〈민촌문학의 여성관〉, 《어문학교육》 제14집, 한국어문교육학회, 1992.

_____, 〈민촌소설 연구; '두만강' 을 중심으로〉, 《동의어문논집》 5, 동의대학교 인문대학국어국문학과, 1991.

_____, 〈이기영 소설에 나타난 인물유형의 특징〉, 《어문학교육》 17, 부산교육학회, 1995.

_____, 〈이기영 소설의 인물 유형 연구〉, 《어문학교육》 제17집, 한국어문교육학회, 1995.

_____, 〈이기영의 장편소설 연구〉, 동아대 대학원 석사논문, 1994.

반채용, 〈이기영의 '고향' 연구〉, 아주대 교육대학원 석사논문, 2000.

백성우, 〈소외와 탈소외의 구조─이기영의 '민촌' '홍수' '서화' 〉, 《한국언어문학》 제34집, 한국언어문학회, 1995.

_____, 〈이기영 농민소설 연구〉, 조선대 대학원 석사논문, 1996.

변영애, 〈이기영 소설 '봄' 연구〉, 경상대 대학원 석사논문, 1994.

변정화, 〈이기영의 작품과 여성해방의 문제;목적의식기 작품을 중심으로〉, 《어문논집》 1, 숙명여자대학교한국어문학연구소, 1991.

_____, 〈이기영의 작품에 나타난 여성현실과 그 전개방식:초기 경향소설을 중심으로〉, 《아세아여성연구》 29, 숙명여자대학교아세아여성문제연구소, 1990.

서경석, 〈1920~30년대 한국경향소설 연구〉, 서울대 석사논문, 1987. 2.

_____, 〈근대의 새로운 인식과 '고향' 의 세계:이기영의 '고향' 〉, 《문학사상》 317, 문학사상사, 1999.

_____, 〈리얼리즘소설의 형성〉, 김윤식 외편, 《한국리얼리즘소설연구》, 탑, 1987.

_____, 〈만주국 기행문학 연구〉, 《어문학》, 제86호 한국어문학회, 2004.

_____, 〈자전적 소설의 한 유형;이기영의 '봄' 론_____, 《문학정신》 45, 열음

사, 1990.

서은주, 〈이기영 소설 연구〉, 연세대 석사논문, 1991. 1.

서정임, 〈이기영 소설에 관한 연구〉, 연세대 교육대학원 석사논문, 1989. 6.

서종택, 〈'만세전' '고향'의 서사구조〉, 홍대논총, 1982. 2.

손병락, 〈'고향'의 문학사적 의의〉, 《영남국어교육》 5, 영남대학교사범대학국어교육과, 1997.

손종업, 〈이기영 소설 연구:식민지 반봉건사회 형상화와 '경험' 중심주의 고찰〉 중앙대 대학원 석사논문, 1992.

송보웅, 〈민촌 이기영 연구: '고향'을 중심으로〉, 전주우석대 교육대학원 석사논문, 1992.

신우현, 〈민촌 이기영 소설 연구〉, 건국대 석사논문, 1990. 1.

신춘호, 〈이기영의 《두만강》 연구〉, 《중원인문논총》 15, 건국대학교부설중원인문연구소, 1996.

신현방, 〈이기영 소설에 나타난 중심 인물 연구〉, 경북대 교육대학원 석사논문, 1993.

신희교, 〈이기영의 '광산촌' 연구〉, 《한국언어문학》 제43집, 한국언어문학회, 1999.

심연무, 〈이기영 소설의 풍자성 연구〉, 전주우석대 대학원 석사논문, 1991.

안낙일, 〈이기영의 '고향' 연구〉, 한림대 대학원 석사논문, 1997.

안상문, 〈이기영의 '고향'과 '두만강'에 관한 비교 연구〉, 연세대 교육대학원 석사논문, 1991.

_____, 〈이기영의 문학사상 연구:1930-50년대에 발표한 문학론을 중심으로〉, 《경희어문학》 제21집, 경희대학교문리과대학국어국문학과, 2001.

양문규, 〈1920년대 이기영 소설연구;부르주아 리얼리즘 계승 및 그 지양〉, 《인문학보》 15, 강릉대학교인문과학연구소, 1993.

양태진, 〈월북작가론〉, 《통일정책》 4-2, 평화통일연구소, 1978.

오성호, 〈닫힌 시대의 소설—이기영의 《봄》에 대하여〉, 봄, 풀빛, 1989.

_____, 〈이념지향적 작품군의 구조적 특징〉, 《농민소설론》, 형설출판사, 1984.

원덕기, 〈이기영 '고향'의 인물유형 연구〉, 동국대 대학원 석사논문, 1999.

원은영, 〈가족사연대기소설 연구:김남천의 《대하》, 〈이기영의 《봄》, 한설야의 《탑》을 중심으로〉, 이화여대 대학원 석사논문, 1992.

유문선, 〈1930년대 창작방법논쟁 연구〉, 서울대 석사논문, 1988.

유진월, 〈1930년대 프로극의 여성인물 연구〉, 《한국극예술연구》 제6집, 한국극예술학회, 1996.

윤미선, 〈이기영 농민소설 연구: '고향' '신개지' '봄' 을 중심으로〉, 연세대 교육
　　　대학원 석사논문, 1991.

윤여탁, 〈프로문학의 성과와 그 의미〉, 《선청어문》 26, 서울대학사범대학국어
　　　교육과, 1998.

윤지관, 〈리얼리즘 문학에서의 반영성 전형성 민중성—이기영의 '고향' 의 경우〉,
　　　민족과문학, 1991. 봄.

은희균, 〈이기영의 소설 연구〉, 전남대 교육대학원 석사논문, 1993.

이강현·박여범, 〈1930년대 가족사·연대기 소설 연구〉, 논문집 9, 중부대학교,
　　　1997.

이경호, 〈이기영의 '고향' 연구〉, 한양대 대학원 석사논문, 1991.

이국수, 〈이기영《인간수업》의 욕망 고찰〉, 《우암어문논집》 7, 부산외국어대학
　　　교 국어국문학과, 1997.

＿＿＿, 〈이기영의《인간수업》연구〉, 부산외국어대 교육대학원 석사논문, 1996.

이규배, 〈이기영 소설의 변모과정 연구〉, 부산대 석사논문, 1994.

이기인, 〈 '고향' 의 현실인식과 낭만적 지향〉, 《어문논집》 30, 고려대학교국어
　　　국문학연구회, 1991.

이도연, 〈몸의 소설학 혹은 욕망의 계급적 분포도:이기영의 '고향' (1934)론〉,
　　　《한국문학평론》 제6권 제1호 통권 제21호 2002. 봄호.

이미림, 〈 '두만강' 론〉, 《인문학보》 10, 강릉대학교인문과학연구소, 1990.

＿＿＿, 〈1930년대 소설에 나타난 마녀 사냥 및 젠더 전유:이광수의 '혁명가의
　　　아내' , 이기영의 '변절자의 아내' 를 중심으로〉, 학술논총 제35집, 원주
　　　대학, 2003.

＿＿＿, 〈이기영 장편소설 연구〉, 숙명녀대 대학원 석사논문, 1994.

＿＿＿, 〈이기영문학의 주도모티프〉, 《어문논집》 4, 숙명여자대학교한국어문학
　　　연구소, 1994.

＿＿＿, 〈이기영의 '여성해방' 소설 연구〉, 《여성문학연구》 통권 6호, 한국여성
　　　문학학회, 2002.

＿＿＿, 〈이기영의 '봄' 연구〉, 《어문논집》 3, 숙명여자대학교한국어문학연구
　　　소, 1993.

＿＿＿, 〈이기영의 '신개지' 연구〉, 《어문논집》 2(92. 2) pp.29~41, 숙명여자대
　　　학교한국어문학연구소, 1992.

이상경, 〈 '서화' 재론〉, 《민족문학사연구》 2, 민족문학사연구소, 1992.

＿＿＿, 〈식민지 친일지주의 형상화〉, 《신개지》, 풀빛, 1989.

_____, 〈이기영 소설의 변모과정 연구〉, 서울대 대학원 석사논문, 1992.

_____, 《이기영 시대와 문학》, 풀빛출판사, 1994.

이선옥, 〈설화적 구성과 보수적 여성의식의 내면화:이기영의 '땅'〉, 《통일논총》 17, 숙명여자대학교통일문제연구소, 1999.

_____, 〈우생학에 나타난 민족주의와 젠더 정치―이기영의 《처녀지》를 중심으로〉, 《실천문학》 2003년 봄호. 실천문학사 2003.

_____, 〈이기영 소설의 여성의식 연구〉, 숙명여대 대학원 석사논문, 1995.

이수현, 〈1930년대 경향소설의 이중서사 연구:이기영의 '고향' 과 강경애의 《인간문제》를 중심으로〉, 서강대 대학원 석사논문, 2002.

이용군, 〈이기영의 '고향' 연구:아버지 세대의 극복을 통한 공동체 삶의 대안적 모색〉, 《우리문학연구》 제15집, 우리문학회, 2002.

이원동, 〈이기영의 생산소설 연구:《동천홍》 '광산촌' 을 중심으로〉, 《어문학》 제 85호 한국어문학회, 2004.

이재복, 〈이기영의 '민촌' 과 '홍수' 의 담론 연구〉, 한양대 대학원 석사논문, 1994.

이재선, 〈반항의 시학과 상상력의 제한―이기영의 '고향' 론〉, 《세계의 문학》,. 1988. 겨울.

이정숙, 〈민촌 이기영 소설에 나타난 작가의식 연구〉, 창원대 대학원 석사논문, 1994.

_____, 〈이기영 소설 연구: '고향' 과 《두만강》을 중심으로〉, 고려대 대학원 석사논문, 1992.

_____, 〈이기영 소설에 나타난 작가의식 연구〉, 사림어문연구, 1994.

이정화, 〈이기영 소설연구:장편소설 '고향' 과 '땅' 중심으로〉, 성신여대 교육 대학원 석사논문, 1994.

이종희, 〈농민소설 《고향》의 담론 연구〉, 《대전어문학》 16, 대전대학교국어국 문학회, 1999.

_____, 〈이기영 소설연구:타자성 담론을 중심으로〉, 대전대 대학원 석사논문, 2004.

_____, 〈임화와 김남천의 창작방법 논쟁〉, 《대전어문학》. 17, 대전대학교국어 국문학회, 2000.

이주미, 〈이기영 장편소설 연구〉, 동덕여대 대학원 석사논문, 1996.

_____, 〈해방 직후 사회주의 소설의 새로운 인물 전형: '땅' 의 순이 어머니〉, 《한민족문화연구》 제5집, 어람출판사, 1999.

이주영, 〈이기영의 '고향' 에 나타난 여성의 형상화 양상〉, 경기대 교육대학원 석사논문, 2003.

_____, 〈1920년대 한국프로문학의 한계〉,《논문집》20, 경북대, 1975.

_____, 〈1930년대 한국 장편소설 연구〉, 서울대 박사논문, 1984. 2.

이철주, 〈북한예술인들의 현주소〉, 북한, 북한연구소, 1978. 4.

이혜경, 〈이기영 소설 연구:농촌현실을 형상화한 작품을 중심으로〉, 서울대 대학원 석사논문, 1991. 2.

임규찬, 〈 '서화' 의 작품적 성격과 의의〉,《반교어문연구》2집. 반교어문학회, 1990.

_____, 〈이기영 '서화' 의 작품적 성격과 의의〉, 반교어문연구 반교어문학회, 1990.

임선애, 〈 '혁명가의 안해' 〉와 〈 '변절자의 안해' 두 작품의 관계와 의의〉,《영남어문학》27, 영남어문학회, 1995.

임옥규, 〈 '두만강' 의 구조와 담론 특성 연구〉,《성심어문논집》제25집 성심어문학회, 2003.

장사흠, 〈인물 형상화의 이상과 이상:이기영의 '고향' 을 중심으로〉, 강릉어문학12, 강릉대학교인문대학, 1998.

장성수, 〈이기영의 소설과 농촌현실의 발견〉, 서종택 외편,《한국현대소설연구》, 새문사, 1990.

장재선, 〈1930년대 농민소설 연구:이광수의 '흙' , 이기영의 '고향' , 심훈의 '상록수' 를 중심으로〉, 동국대 교육대학원 석사논문, 1993.

장재진, 〈이기영 장편소설 연구:30년대 후반작품을 중심으로〉, 고려대 대학원 석사논문, 1999.

장현경, 〈이기영 초기 단편 연구: '쥐이야기' '민촌' '농부정도룡' 을 중심으로 살펴 본 비판적 리얼리즘 성격〉,《인천어문학 》12, 인천대학교, 1996.

전영선, 〈초대 북조선 문학예술가동맹 중앙위원장 한설야, 인민상 수상 작가, 노벨상 후보 이기영―북한문화예술인물(33)〉,《북한》통권 제348호, 북한연구소, 2000.

정 준, 〈이기영의 장편소설 '고향' 연구〉, 중앙대 교육대학원 석사논문, 1997.

정대호, 〈이기영의 장편소설에 나타난 현실진단과 그 대응논리의 변화〉,《문학과 언어》제11집, 문학과언어학회, 1990.

정덕준, 〈1920년대 소설의 정신사적 연구〉,《어문논집》40, 안암어문학회, 1999.

정동철, 〈이기영 '고향' 의 인물 연구〉, 한국교원대 대학원 석사논문, 1994.

정문권, 〈막심 고리끼 문학이 한국작가들에게 끼친 영향 ; Kotchanova Tatiana〉,

《인문논총》 제18집, 배재대학교인문과학연구소, 2002.

정미원, 〈이기영 '고향'의 작중인물 연구〉, 한국외국어대 대학원 석사논문, 1988.

정은숙, 〈이기영 소설에 나타난 여성 의식 연구〉, 인하대 교육대학원 석사논문, 2001.

정지환, 〈이기영 해방전 장편소설 연구:여성등장인물의 의미 분석을 중심으로〉, 서울시립대 대학원 석사논문, 1993.

_____, 〈이기영의 '고향'의 연구:여성인물 분석을 중심으로〉, 《전농어문연구 》 4, 서울시립대학교문리과대학국어국문학과, 1991.

정태호, 〈이기영 초기소설에 나타난 인간상 고찰〉, 조선대 교육대학원 석사논문, 1993.

정현정, 〈'고향'의 현실인식과 인물의 전형성 연구〉, 상명여대 교육대학원 석사논문, 1996.

정호웅, 〈《두만강》론—항일무장투쟁의 길〉, 《창작과비평》, 가을호. 창작비평사. 1989

_____, 〈1920~30년대 한국경향소설의 변모과정연구〉, 서울대석사논문, 1983.

_____, 〈경향소설의 변모과정〉, 김윤식 외편, 《한국리얼리즘소설연구》, 탑, 1987.

_____, 〈이기영론:리얼리즘정신과 농민문학의 새로운 형식〉, 김윤식 외편, 《한국 근대 리얼리즘작가연구》, 문학과지성사, 1988.

조구호, 〈'고향'의 대중성 연구〉, 《경상어문》 제8집, 경상대학교 국어국문학과 경상어문학회, 2002.

_____, 〈이기영 소설의 대중문학적 성격〉, 《배달말》 통권 제30호, 배달말학회, 2002.

조남철, 〈이기영의 농민소설 연구, 《논문집》 18, 한국방송통신대학, 1994.

조남현, 〈《두만강》을 통해 본 북한문학;이기영, '두만강'론〉, 《문학사상》 200, 문학사상사, 1989.

_____, 〈《두만강》을 통해본 북한문학〉, 《문학사상》, 1989. 6.

_____, 〈이기영의 '두만강' 연구;한국대하소설 연구 8〉, 《동서문학》 191, 동서문학사, 1990.

조동길, 〈민촌의 '대지의 아들' 연구〉, 《국어국문학》 제107호, 국어국문학회, 1992.

조성준, 〈이기영 소설의 변모과정 연구:전형적 인물과 전망을 중심으로〉, 강원대 대학원 석사논문, 1992.

조수웅, 〈이기영의 생애와 문학적 특색〉, 《문학춘추》 2000년 겨울호.

조은파, 《《두만강》 연구〉, 한양대 대학원 석사논문, 1993.

조진기, 〈이기영의 '고향' 연구〉, 《동일문화논총》 2, 동일문화장학재단, 1993.

_____, 〈이기영의 '고향' 연구〉, 《영남어문학》 제20집, 한민족어문학회, 1991.

_____, 〈일제말기 국책의 문학적 수용—이기영의 광산소설을 중심으로〉, 《한민족어문학》 제43집, 한민족어문학회, 2003.

증천부, 〈여혁약의 초기 소설 '우차' '폭풍우 이야기' 와 동 시기 이기영의 농민소설에 나타난 시대현실과 주제의식〉, 《한국문학논총》 제22집, 한국문학회, 1998.

지수걸, 〈역사학자가 본 우리 소설 식민지 농촌현실에 대한 상반된 문학적 형상화—이광수의 《흙》과 이기영의 '고향' 을 중심으로〉, 《역사비평》 1993년 봄호, 역사문제연구소, 1993.

진영복, 〈해방기 리얼리즘 소설 연구〉, 연세대 대학원 석사논문, 1992.

최갑진, 〈1930년대 귀농소설 연구〉, 동아대 대학원 석사논문, 1993.

최병우, 〈 '고향' 론〉, 《선청어문》 19, 서울대학교사범대학국어교육과, 1991.

_____, 〈 '고향' 의 서술상 몇 가지 특징〉, 《강릉어문학》 9, 강릉대학교인문대학, 1994.

_____, 〈이기영 소설의 서술 구조에 관한 연구〉, 《한국언어문학》 제36집, 한국언어문학회, 1996.

최웅권, 〈주체의식의 확립과 작품의 가치추향;광복전 이기영의 문학창작을 회고하면서〉, 《숭실어문》 11, 숭실대학교숭실어문연구회, 1994.

최일혁, 〈이기영 소설 연구:사회주의 리얼리즘 소설을 중심으로〉, 국민대 교육대학원 석사논문, 1996.

최정숙, 〈 '고향' 에 나타난 이기영의 리얼리즘〉, 《통일》 106, 민족통일중앙협의회, 1990.

표언복, 〈사회주의 리얼리즘 소설의 기독교 인식;이기영을 중심으로〉, 《논문집》 22, 목원대학교, 1992.

_____, 〈이기영의 '고향' 론〉, 《한국언어문학》 제27집, 한국언어문학회, 1989.

_____, 〈이기영의 단편 '어정재비' 에 대하여〉, 《목원어문학》 13, 목원대학교국어교육과, 1995.

하정일, 〈 '고향' 〉과 농민소설의 방향〉, 《연세어문학》 22집, 연세대 국어국문학과, 1990.

한 선, 〈이기영의 '고향' 연구〉, 전북대 교육대학원 석사논문, 1998.

한기형, 〈 '고향' 의 인물 전형 창조에 대한 연구(1)〉, 《반교어문연구》 2집. 반교어문학회, 1990.

———, 〈신경향파소설의 현실주의적 성격〉, 성균관대 석사논문, 1989. 12.

———, 〈이기영 '고향'의 인물전형 창조에 대한 연구(1)―김희준과 소작농민의 인물성격에 대하여〉, 《반교어문연구》, 반교어문연구, 1990.

———, 〈이기영문학의 사상적 근저;그 현실주의 정신의 면모〉, 《반교어문연구》 3, 반교어문학회, 1991.

한수영, 〈1920~30년대 농민소설의 전개양상, 홍수―식민지시대 농민소설선〉, 민족과문학, 1989.

한승옥, 〈지식인의 귀농 의미 재고: '흙'과 '고향'을 중심으로〉, 《어문논집》 24·25, 고려대학교국어국문학연구회, 1985.

한태화, 〈이기영의 소설 '고향'의 인물 연구〉, 한양대 교육대학원 석사논문, 1996.

한형구, 〈'고향'의 문학사적 의미망〉, 《문학사상》 별책부록, 1988. 8.

———, 〈1930년대 리얼리즘소설의 성격― '서화' '고향'의 경우〉, 《한국학보》 48, 일지사, 1987. 가을.

———, 〈농민소설의 발전과정〉, 김윤식 외편, 《한국리얼리즘소설연구》, 탑, 1987.

홍길선, 〈이기영의 '고향'에 나타난 갈등 연구:배경을 중심으로〉, 수원대 대학원 석사논문, 1998.

홍혜미, 〈이기영의 '땅' 분석―창작방법론을 중심으로〉, 사림어문연구, 2001.

Chee,Changboh, "Korea Artiste Proletarienne Federation : A Case of Li- terature as A Political Movement," A.C. Nahm ed., *Korea under Japanese Colonial Rule:Studies of the Policy and Techniques of Japanese Colonialism*, The Center for Korean Studies Institute of International and Area Studies, Western Michigan Univ., 1973.

책임편집 김성수

1959년 서울 출생. 성균관대 국어국문학과 및 동 대학원 졸업.
1992년 〈이기영 소설 연구〉로 문학박사 학위 취득.
현재 성균관대학교 교수이며 문학평론가, 영화평론가로 활동.
저서로 《카프 대표소설선》(1988), 《우리 문학과 사회주의 리얼리즘 논쟁》(1992),
《북한 문학신문 기사 목록—사실주의 비평사 자료집》(1994),
《우리 소설 토론해 봅시다》(1995), 《교실에서 세상 읽기》(1997),
《영화 그리고 삶은 계속된다》(1998), 《여간내기의 영화교실》(1999),
《통일의 문학, 비평의 논리》(2001), 《삶을 위한 문학교육》(1987, 공저) 등이 있음.

범우비평판 한국문학·34-❶

서화 (외)

초판 1쇄·발행 2006년 3월 25일

지은이   이기영
책임편집   김성수
펴낸이   윤형두
펴낸데   종합출판 범우(주)
기 획   임헌영 오창은
편 집   장현규
디자인   김지선
등 록   2004. 1. 6. 제406-2004-000012호
주 소   413-756 경기도 파주시 교하읍 문발리 출판도시 525-2
전 화   (031) 955-6900~4
팩 스   (031) 955-6905
홈페이지   http://www.bumwoosa.co.kr
이메일   bumwoosa@chol.com
ISBN   89-91167-24-1 04810
           89-954861-0-4 (세트)

* 책값은 뒤 표지에 있습니다.
* 잘못된 책은 바꾸어 드립니다.

집대성한 '한국문학의 정본'

평가한 문학·예술·종교·사회사상 등 인문·사회과학 자료의 보고 ―임헌영(한국문학평론가협회 회장)

▶ 계속 출간됩니다

T. (031) 955-6900~4   F. (031)955-6905 www.bumwoosa.co.kr ●공급처 : (주)북센 (031)955-6777

범우학술·평론·예술

범우사 서울시 마포구 구수동 21-1
전화 717-2121 FAX 717-0429